CB067651

# A ESPADA DE
# AVALON

MARION ZIMMER BRADLEY
e DIANA L. PAXSON

# A ESPADA DE AVALON

*Tradução*
Marina Della Valle

Planeta minotauro

Copyright © The Marion Zimmer Bradley Literary Trust Works e Diana L. Paxson, 2009
Publicado mediante acordo com a autora por meio da Baror International, Inc., Armonk, Nova York, Estados Unidos.
Copyright © Editora Planeta do Brasil, 2025
Copyright da tradução © Marina Della Valle, 2025
Todos os direitos reservados.
Título original: *Sword of Avalon*

*Preparação*: Ligia Alves
*Revisão*: Caroline Silva e Carmen Costa
*Projeto gráfico e diagramação*: Márcia Matos
*Capa*: Fabio Oliveira
*Ilustração de capa*: Amanda Brotto

Dados Internacionais de Catalogação na Publicação (CIP)
Angélica Ilacqua CRB-8/7057

Bradley, Marion Zimmer
  A espada de Avalon / Marion Zimmer Bradley, Diana L. Paxson; tradução de Marina Della Valle. – São Paulo: Planeta do Brasil, 2025.
  384 p.

ISBN 978-85-422-3650-7
Título original: Sword of Avalon

1. Ficção norte-americana I. Título II. Paxson, Diana L. III. Valle, Marina Della

25-1773                                              CDD 813

Índice para catálogo sistemático:
1. Ficção norte-americana

MISTO
Papel | Apoiando o manejo florestal responsável
FSC® C005648

Ao escolher este livro, você está apoiando o manejo responsável de florestas do mundo, e outras fontes controladas

2025
Todos os direitos desta edição reservados à
EDITORA PLANETA DO BRASIL LTDA.
Rua Bela Cintra, 986 – 4º andar
Consolação – 01415-002 – São Paulo-SP
www.planetadelivros.com.br
faleconosco@editoraplaneta.com.br

Para Steve, camarada forjador de palavras.

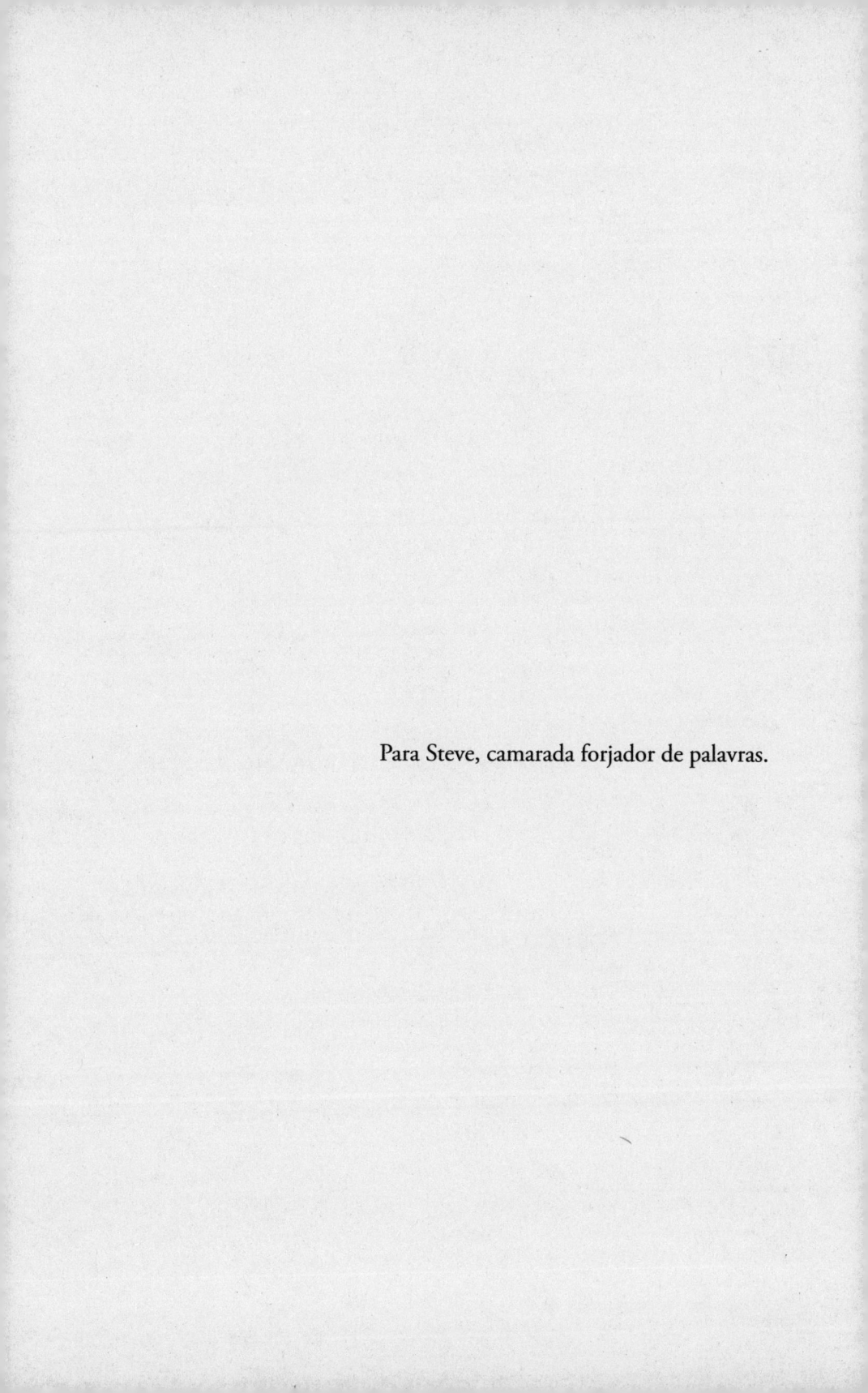

# nomes na história

MAIÚSCULAS = personagens principais
+ = figuras históricas
( ) = mortos antes do início da história

## pessoas

**PESSOAS DA ILHA DOS PODEROSOS**
Acaimor – rapaz ai-utu, um dos Companheiros de Mikantor
Adjonar – ai-zir, um dos Companheiros de Mikantor
Agraw – noivo de Cimara
Amieiro – menina da Vila do Lago
Analina – estudante em Avalon
Anaterve – mercador de Belerion, pai de Analina
ANDERLE – Senhora de Avalon
Belkacem – sacerdote e mestre da tradição de Avalon
Beniharen – menino ai-ilf, um dos Companheiros de Mikantor
Chaoud – fazendeiro ai-zir
Cimara – princesa e depois rainha dos ai-zir, prima de Mikantor
Durrin – sacerdote e bardo de Avalon, pai de Tirilan
(Eilantha – nome do templo de Tiriki)
Ellet – jovem sacerdotisa dos ai-giru
Eltan – rei dos ai-ushen, irmão de Ketaneket
Eltanor – sacerdote avançado de Avalon
Eran – ferreiro em Avalon
Esquilo – velho do povo antigo do vale
GALID – chefe do clã dos Amanhead dos ai-zir
Ganath – rapaz ai-giru estudando em Avalon, depois curandeiro
Gansa e Ganso – gêmeos da Vila do Lago
Hino – bobo de Galid
Iftiken – rei dos ai-giru
Irnana – prima de Anderle, mulher de Uldan e mãe de Mikantor

Izri – um dos homens de Galid
Kaisa-Zan – grã-sacerdotisa dos ai-utu
Keddam – um dos guerreiros de Galid
Ketaneket – rainha dos ai-ushen, irmã de Eltan
Kiri – velha sacerdotisa
Larel – sacerdote de Avalon
Leka – grã-sacerdotisa dos ai-akhsi
Linne – grã-sacerdotisa do ai-giru
Lycoren – um dos chefes dos ai-akhsi
Lysandros – descendente de troianos, um dos Companheiros de Mikantor
Maçarico – caçador, parte do povo da charneca em Belerion
Menguellet – rainha dos ai-akhsi
Mexilhão – irmão de criação de Mikantor, um de seus Companheiros
(Micail – príncipe de Ahtarrath, nos Reinos dos Mares, grão-sacerdote do Templo da Luz e, depois, de Avalon)
MIKANTOR (Pica-Pau) – príncipe destituído dos ai-zir
Muddazakh – paladino de Galid
Mulher Salgueiro – mãe de Texugo, líder da Vila do Lago
Nuya – grã-sacerdotisa dos ai-zir
Olavi – grã-sacerdotisa dos ai-siwanet
Orlai – fazendeiro de Azan
(Osinarmen – nome do templo de Micail)
Pelicar – dos ai-ilf, um dos Companheiros de Mikantor
Ramdane – um dos homens de Galid
Rato-do-Mato – rapaz da Vila do Lago estudante em Avalon
Romen – dos ai-utu, um dos Companheiros de Mikantor
Rouikhed – menino ai-akhsi treinado em Avalon, um dos Companheiros de Mikantor
Saarin – grã-sacerdotisa dos ai-ushen
Sakanor – rei dos ai-utu
Samambaia Vermelha – mãe de criação de Mikantor
Shizuret – grã-sacerdotisa dos ai-ilif
Soumer – um dos guerreiros de Galid
Tanecar – filho da rainha Ketaneket dos ai-ushen
Tegues – dos ai-giru, um dos Companheiros de Mikantor
Texugo – líder da Vila do Lago
(Tiriki – princesa de Ahtarrath, grã-sacerdotisa de Avalon)
TIRILAN – filha e herdeira de Anderle
Ulansi – dos ai-zir, um dos Companheiros de Mikantor
Uldan – líder de guerra dos ai-zir

Urtaya – rainha dos ai-utu
Zamara – rainha dos ai-zir, irmã de Uldan

## PESSOAS DO MAR DO NORTE E DAS TERRAS NORTENHAS

Aelfrix – menino da Cidade dos Círculos
+ (Agamemnon, rei dos micenos, vitorioso em Troia)
Aiaison – filho mais velho do rei de Tirinto
+ Aletes – bisneto de Héracles e Iolau, líder dos eraklidae atacando Korinthos
Bodovos, o Urso – comandante da guarda na Cidade dos Círculos
+ (Brutus – príncipe de Troia que emigrou com seus seguidores para a Ilha dos Poderosos)
Buda – irmã de Bodovos, mãe de Aelfrix
+ Doridas e Hyanthidas – reis de Korinthos
+ (Erakles [Héracles] – príncipe deserdado de Argos, herói e ancestral dos eraklidae)
Katuerix – ferreiro em Bhagodheunon
+ (Klytemnaestra – mulher e assassina de Agamemnon)
+ Kresfontes – filho de Aristomakhos, irmão de Temenos e Aristodemos, tataraneto de Erakles, líder do ataque a Tirinto e Mykenae
Leta – filha de Aletes
Lorde Loutronix – Mestre de Fossos e Trancas, Cidade dos Círculos
Maglocunos – rei dos tuathadhoni
Melandros – condutor de carruagem e amante de Aiaison
+ (Menelaos [Menelau] – rei de Esparta, marido de Helena)
Naxomene – rainha de Tirinto
+ (Odikeos [Odisseu] – rei das Ilhas Jônicas, herói de Troia)
+ (Orestes – filho e vingador de Agamemnon, pai de Tisamenos)
+ (Persaios [Perseu] – herdeiro de Tirinto e fundador de Mykenae)
Phorkaon – rei de Tirinto
Tanit – menina escravizada a serviço da rainha Naxomene
Thersander – mercador de Korinthos
+ Tisamenos – rei de Mykenae
Tuistos, Mannos e Sowela – reis sacerdotes e rainha sacerdotisa da Cidade dos Círculos
VELANTOS – filho bastardo do rei de Tirinto, um ferreiro

# PODERES

## HONRADOS EM AVALON

Banur – o deus de quatro faces, destruidor/preservador, governante do inverno

Caratra – filha ou aspecto provedor de Ni-Terat, a Grande Mãe. Vênus é Sua estrela

Manoah – o Grande Criador, Senhor do Dia, identificado com o Sol; governante do verão

Nar-Inabi – "Modelador de Estrelas", deus da noite, das estrelas e do mar; governante da época da colheita

Ni-Terat – Mãe Escura de Todos, aspecto Velado da Grande Mãe, deusa da Terra; governante da época de plantio

## HONRADOS PELAS TRIBOS

"Achi" – a Exaltada ou Permanente, usado como título de respeito para a deusa de poder jorrante

Achimaiek – "Avó", Aspecto Ancião da Deusa

A Ralhadora – protodeusa depois chamada Ceridwen

Guayota – o Maligno, aparece como um cão

Magek – o deus Sol

## HONRADOS NAS TERRAS DO MAR DO MEIO

Apollon – Apolo

Arei – Ares

Athana – Atena

Cástor e Pólux – semideuses gêmeos, filhos de Zeus (também os nomes dados por Velantos a seus machados de guerra)

Diwaz – Zeus

Epaitios – Hefesto

E-ra – Hera

Ereias – Hermes

Keraunos – Trovejador (Zeus)

Senhora da Forja – um aspecto de Atena

Senhora dos Pombos – Afrodite

Paion – Apolo

Posedaon Enesidaone (Estremecedor da Terra) – Poseidon

Potnia – "a Senhora", título geral de deusa

Potnia Theron – Senhora dos Animais, ou Natureza

# POVOS

Ai-akhsi – povo do carneiro
Ai-giru – povo da rã
Ai-ilf – povo do javali
Ai-siwanet – povo do falcão
Ai-ushen – povo do lobo
Ai-utu – povo da lebre
Ai-zir – povo do touro
Aqueus – povo do Peloponeso
As tribos – cultura dominante da Ilha dos Poderosos
Dânaos – povo do sul da Grécia
Dórios – povo do norte da Grécia
Eraklidae, Filhos de Erakles – os dórios, ditos descendentes dos filhos de Héracles
Povo Antigo – povo do sangue mais antigo da Ilha dos Poderosos, agora vivendo nas beiras da terra cultivável; inclui o povo da Vila do Lago e o da charneca de Belerion
Ti-sahharin – as Irmãs Sagradas, sacerdotisas das tribos
Tuathadhoni – povo protocelta ao norte da planície do Danúbio

# LUGARES

A Colina do Útero – Silbury Hill, Averbury
Akhaea – o Peloponeso e a Grécia central
Akhsian – território dos ai-akhsi – os Dales, Lancashire, Yorkshire, Cumbria
Área do clã de Amanhead – lar de Galid
Área do clã de Carn Ava – Averbury
Argolid – o planalto abaixo de Argos, incluindo Mykenae e Tirinto
Azan – o "Cercado de Touros", território dos cinco clãs dos ai-zir – Dorset, Wiltshire, Gloucestershire, Oxfordshire
Azan-Ylir – centro de Azan, território do clã da Planície do Henge – hoje Amesbury
Belerion – uma área em Utun – região sul da Cornualha
Bhagodheunon – Forte dos Freixos, perto de Wurzberg, Alemanha
Campo de Tojos – Shovel Down, perto de Chagford, Devon
Cidade dos Círculos (antiga Zaiadan) – localizada entre as modernas Heligolândia e Eiderstedt, na costa da Jutlândia

Círculo da Donzela – Merry Maiden, perto de Penzance, na Cornualha
Colinas da Donzela – perto dos túmulos de Five Knolls, no Ridgeway
Fontes de Sulis – Bath
Girun – território dos ai-giru – Essex, Norfolk, Suffolk (Anglia)
Hiperbórea – Ilhas Britânicas e Escandinávia, as terras além do vento norte
Ilha dos Poderosos, Ilha de Estanho, Hespérides – Grã-Bretanha
Ilifen – território dos ai-ilf, Midlands, Warwickshire, Derbyshire, Lincolnshire e Leicestershire
Khem – Egito
Korinthos – Corinto
Mamoa das Três Rainhas – dólmen Three Spinsters, Devon
Mykenae – Micenas, Peloponeso, Grécia
Nemeia – norte do Peloponeso, Grécia
Nova Troia – terras de descendentes de Brutus de Troia, Kent, Sussex, Hampshire
O Henge – Stonehenge
O Tor – Tor de Glastonbury, Somerset
País do Verão – o Vale de Avalon
Reino Oculto – País das Fadas
Rio Aman – o Avon, que corre por Wiltshire e Dorset
Rio Sabren – Severn
Siwan – território dos ai-siwanet, terras ao norte das colinas Cheviot
The Lead Hills – the Mendips, Somerset
Tirinto – cidadela ancestral perto de Náuplia, na Grécia
Três Amieiros – Tewkesbury
Troia – Troy
Ushan – território dos ai-ushen, Gales
Utun – território dos ai-utu, Devon e Cornualha

# PRÓLOGO

*Morgana fala:*

**D**IZEM QUE OS VELHOS DORMEM POUCO, COMO SE NÃO TIvessem necessidade de descansar, com o sono final do corpo tão perto. Seja a idade ou o peso da memória o que me mantém acordada, à noite meu sono é interrompido, e me levanto cedo. Esta manhã saí da cama sem acordar minhas aias para caminhar pelo lago bem naquela hora enevoada entre a escuridão e o amanhecer, quando os pássaros cantam sua promessa de que a luz vai retornar. Quando os primeiros raios do sol cintilaram através das nuvens, um brilho atravessou as águas, e por um momento vi a forma brilhante da Espada.

O tempo convergiu em torno de mim, e mais uma vez estava na Barca Sagrada de Avalon, e Artur jazia moribundo em meus braços. Lancelote lançou Excalibur no lago e eu a vi ser recebida pela Senhora. Minha respiração parou enquanto esperava para ver se a mão Dela reapareceria, devolvendo a Espada das profundezas para escolher um novo rei para salvar a Britânia.

As visões se seguiam, mas o que eu via era fogo – o metal primeiro forjado nos fogos do céu, aclamado como objeto de poder pelo povo que vivia no calcário antes mesmo que um druida ou adepto das ilhas afundadas viesse para estas praias. Vi os fogos de uma forja na qual um mestre ferreiro, fugindo da condenação de seu povo, tinha feito uma espada própria para a mão de um rei. Escondida e renovada, quebrada e forjada novamente, na hora de mais necessidade da Britânia, havia retornado para trazer a vitória.

Olhei, e uma visão que desanuviava me mostrou a superfície do lago de novo, cinza e imóvel. Então chorei, e até mesmo essa imagem se toldou. O povo moreno das colinas que fora o guardião da Espada desaparecera. Água, não fogo, escondia a espada empunhada por Artur, e não havia rei da linha ancestral para invocá-la novamente. O brilho que tinha visto fora o salto de um peixe, nada mais.

E, no entanto, quando comecei a andar novamente, percebi que as lágrimas em meus olhos não eram de desespero. Quando Excalibur foi para o lago, eu sabia que era o fim de uma Era, a perda de tudo que tinha amado.

*E, porém, atrás de seu véu de brumas, Avalon permanece. O aço das estrelas só foi metal quando a habilidade de um ferreiro e a paixão de uma sacerdotisa lhe deram alma. O que fizeram naqueles dias, quando o mundo que conheciam parecia condenado, pode ser feito de novo se a Senhora da Forja tomar de novo seu martelo.*

*A Espada se foi, mas a esperança não morre.*

## ൠ um ൠ

*Fogo.*

O fedor acre de colmo queimado irrita a garganta; então a fumaça a faz tossir, o pânico despertando ao longo dos membros enquanto a luz vermelha bruxuleia pelo chão. Ela agarra a criança adormecida. A pele é puxada da porta. Adiante, ela vê figuras e o brilho de lâminas.

Uma mulher grita com uma intensidade aguda que se ergue sobre os choques de armas de bronze e os gritos de batalha. O grito é dela mesma, e no entanto o eu que sabe disso de alguma forma está separado do hálito quente das chamas. O bebê tosse e se debate, membros fortes, espírito forte lutando para sobreviver. Uma viga do telhado desaba através da porta, e ela geme, tomada por uma angústia acima da dor do corpo. Ela olha através das chamas, buscando uma saída, e rostos inimigos olham de volta com malícia. Ela se encolhe e cai no chão, a fumaça roubando sua respiração enquanto um grito separa a alma do sentido: "Assim morre o Filho de Cem Reis!".

E a consciência gira para fora — ela vê os telhados de colmo do recinto real caindo enquanto o fogo se espalha; os chifres de touro colocados sobre o grande portão desabam. Corpos de guerreiros, nus em pelo do sono, jazem espalhados pelo chão sangrento enquanto inimigos empilham o saque de caldeirões de bronze, tecidos finos, copos e ornamentos de ouro.

O tempo acelera, e a madeira chamuscada de Azan-Ylir se transforma em montes encharcados que logo estão cobertos de verde. Mas as chamas se espalham, e os ai-giru, os ai-ilf, os ai-utu, e então os ai-akhsi e os ai-ushen e até mesmo os ai-siwanet, bem ao norte, são engolfados pelas chamas. As tribos da Ilha dos Poderosos se engalfinham como cães famintos enquanto as gerações *passam. E, quando os navios com velas pintadas se aproximam dos penhascos brancos da ilha, não há ninguém para enfrentar os guerreiros de cabelos claros que saltam na areia, as vestes listradas e xadrezes girando em torno dos joelhos. Eles tumultuam a terra, queimando o que as guerras anteriores haviam deixado, e as músicas, as artes, a sabedoria das Sete Tribos parecem jamais ter existido.*

*"Deusa, o que pode nos salvar?", seu espírito grita.*

*E em resposta ela ouve um chamado: "Das estrelas virá a Espada do Rei!".*

\*\*\*

— Senhora, está doente? Qual o problema?

Tremendo, Anderle abriu os olhos. Kiri estava curvada sobre ela, o velho rosto vincado de preocupação. Havia fumaça no ar, mas trazia o cheiro distinto de carvão em chamas, não de colmo... não o cheiro de carne assando. Ela prendeu a respiração, fixando o olhar no teto manchado de fuligem da forja da Ilha da Donzela, e árvores e a luz do sol no pico verde do Tor.

O verão por fim chegara às terras pantanosas. No momento, as nuvens tinham se retirado, e todas as coisas vivas tiravam o melhor da luz de Manoah. Uma maré exultante de verde sufocava os cursos da água e pendia sobre as lagoas; insetos zumbiam no ar úmido.

— Sente-se, minha senhora — ralhou Kiri, ajudando-a a ir até o banco do lado aberto da cabana, onde uma brisa leve vinha da direção do mar. — A senhora desmaiou com o calor do dia e da forja.

Kiri olhou com ar acusatório para o ferreiro.

— Não me culpe. — Ele franziu o cenho. — Ela sabe que não deve se curvar sobre o fogo.

O sacerdote ferreiro usava apenas uma tanga debaixo do avental pesado de couro. Anderle desejou poder fazer o mesmo, mas os drapeados da grã-sacerdotisa eram um símbolo de sua dignidade, e a velha Kiri, que a servia desde pequena, não a deixaria sair do Tor sem o véu de linho fino.

— A senhora gritou — disse a pequena Ellet, abanando-a. — Achei que tivesse se queimado.

— Estou bem! Estava vendo... imagens... nas chamas.

— Foi uma visão, senhora?

Os olhos azuis de Ellet se arregalaram. Seu cabelo castanho era fino e inclinado a escapar da trança, formando uma penugem ao redor do rosto dela como as penas de um pássaro jovem.

— Deusa, espero que não! — Anderle exclamou. — Azan-Ylir queimava. Foram todos mortos, incluindo o filho de Irnana.

Ela puxou uma mecha de cabelo escuro pesado para trás e suspirou. Ela e Irnana eram ambas descendentes da velha linhagem que tinha dado tantos sacerdotes e sacerdotisas para governar Avalon, mas a prima herdara a altura e o cabelo ruivo da família, enquanto Anderle se parecia mais com o povo esguio e moreno da Vila do Lago, ou talvez, como dizia a lenda, o povo daquele Além-Mundo que estava a um piscar de olhos do nosso.

Os lábios de Kiri se afinaram. Sempre houve ataques de um lado e de outro entre as tribos e clãs da Ilha dos Poderosos, mas no último ano a situação havia ficado pior. As velhas sacerdotisas falavam de um tempo em que o clima era mais quente, mas as chuvas vinham com mais frequência a cada ano, e as enchentes permaneciam por mais tempo, transformando cada pedaço de terra alta do vale em ilha. Os homens murmuravam que chegaria um dia em que poderia não existir verão. E o Touro de Azan que liderava os guerreiros da tribo era velho, seus filhos adultos mortos na batalha em que o filho da irmã, que deveria ter sido seu herdeiro, também morrera. Ele tinha tomado Irnana como esposa três anos antes. Mikantor era o único filho deles.

— Não tivemos nenhum aviso... — disse Eran, franzindo a testa.

— Os campos tinham restolho... — Anderle disse lentamente. — Isso foi no fim do verão, quando a colheita do feno foi feita...

— Foi uma fantasia trazida pelo calor! — proclamou Kiri.

Anderle suspirou. Ela estava cercada de pessoas que a conheciam desde a infância, já designada como herdeira pela palavra da avó e o desejo das estrelas. Colocara os ornamentos da grã-sacerdotisa pela primeira vez quando os seios mal tinham se desenvolvido. Era de esperar que a tratassem como um ícone e não como uma adulta com vontade própria. Mas agora ela tinha dezoito anos, e esperava uma criança. Colocou a palma da mão sobre a barriga inchada. Talvez quando a vissem com um bebê no peito percebessem que era uma mulher adulta.

— Beba essa água agora, meu amor, e deixe o medo baixar. Pensar muito em coisas assim não faz bem para a senhora nem para a criança.

*Talvez*, pensou Anderle, bebendo do copo de madeira de olmo. Ou talvez tenha sido um aviso. Aterrorizante como fora a visão era o choro que a assombrava. A perda de qualquer criança era uma tragédia; a morte do filho da prima seria uma tristeza pessoal. Mas a Voz havia lamentado Mikantor como algo maior, como o herdeiro de uma linha real que viera para a Ilha dos Poderosos das Terras Afundadas do outro lado do mar. Ela não poderia evitar ataques tribais, mesmo quando ameaçavam aqueles que lhe eram queridos, mas salvaguardar aquela herança era certamente parte de sua obrigação como Senhora de Avalon.

— Descanse agora, minha pequena, e vamos mandar vir uma liteira para levá-la de volta ao Tor...

Anderle assentiu e puxou o véu, grata agora por sua proteção. Melhor que Kiri acreditasse que estava cansada do que se começasse a perguntar por que Anderle ainda franzia o cenho.

\*\*\*

Anderle se encolheu conforme a paisagem de sua visão surgiu em vista. Estavam passando pela abertura na cerca de pedras que serpenteava pela beira da colina. Diante dela, os campos de Azan brilhavam com o dourado do restolho da colheita. À direita, uma fila de montes funerários seguia em paralelo à estrada. À esquerda erguiam-se as pedras nuas do grande Henge. O caminho descia para cruzar o leito raso que os aman haviam cavado na planície, com as terras do clã atrás. Ela se esquecera de que as plantações na planície amadureciam mais cedo do que nos pântanos em torno de Avalon.

Durrin chegou ao lado dela, sobrancelhas claras unidas de preocupação.

— Não é nada. A criança me chutou — ela disse rapidamente.

— Você não deveria ter caminhado para tão longe — ele disse, censurando.

Quando sacerdotes e sacerdotisas se deitavam juntos no Grande Rito, não deveriam se recordar de quem tinham sido os mortais carregando o poder dos deuses, mas todos sabiam que Durrin havia gerado o bebê que agora se agitava no útero dela, e ele estava inclinado a se comportar como se fosse marido dela, além de pai da criança.

— Queria que eu balançasse na liteira por todas aquelas milhas? Ou sacudisse em uma das carruagens do rei Uldan? Andar é mais fácil, garanto.

Anderle suprimiu a vontade de explodir com ele. Ele a teria perdoado. Todos diziam que mulheres grávidas sempre ficavam sem paciência. Mas ela era a Senhora de Avalon, e precisava estar além de tal fragilidade.

— Em sua condição, queria que tivesse ficado no Tor — ele respondeu, a pele clara se avermelhando — e que não tivesse feito essa viagem.

*Ele não estava sozinho nisso*, ela pensou com um suspiro. Quando anunciou sua intenção de visitar a prima em Azan, todos, da velha Kiri em diante, haviam tagarelado objeções. Kiri era velha demais para viajar para tão longe, mas tinha enviado Ellet, que era totalmente devotada, ainda que um pouco ingênua, como substituta. Anderle se preparara para aguentar a solicitude. Conhecia Irnana, e conhecia o velho rei. Eles não teriam dado ouvidos a um mensageiro. Iriam *escutá-la*? Se não escutassem, talvez pudesse persuadir a irmã de Uldan, a rainha. Guerra era negócio de homens, mas a rainha era a autoridade final.

— Bem, logo estaremos lá. — Durrin controlou a própria irritação e lhe deu o sorriso que sempre enchia o coração dela.

Os deuses o tinham abençoado com uma beleza além do comum. Ela esperava que o filho dos dois puxasse a ele.

Doce com a distância, ouviram o chamado de uma corneta. Haviam sido vistos, e em pouco tempo a gente da prima a receberia com algo fresco para beber e um lugar macio para sentar. Apesar de suas palavras orgulhosas para Durrin, a dor nas costas dela agora era constante. O caminho levava até a área real, um recinto cercado por um fosso com um barranco e uma paliçada. Homens vieram correndo pelo caminho que vinha dos campos para os portões menores. Os cones de colmo de várias casas redondas apareciam sobre as cercas, e o arco sobre o portão principal era coroado com um par de chifres de auroque e um disco solar de bronze dourado. O gado ruivo peludo pastando nas invernadas locais levantou a cabeça em curiosidade momentânea conforme o grupo de Avalon passava. Enquanto se aproximavam, os guerreiros da casa do rei formaram duas fileiras. Eram homens grandes usando kilts de lã presos por cintos de couro largos, segurando escudos redondos de couro pintado e lanças cerimoniais de lâmina larga. De dentro do complexo, ela ouviu a batida grave de um tambor.

Anderle levantou a mão em bênção enquanto passavam. "Achi! Achi!", veio o murmúrio do outro lado. Conforme os guerreiros levantaram as lanças em saudação, o sol poente refletiu em braceletes dourados e pontas de lança de bronze polido. A demonstração explicava muito por que os vizinhos do rei Uldan o invejavam. Ela reprimiu um estremecimento quando passaram sob a sombra dos chifres.

***

— Pode ver que estamos bem protegidos.

O rei baixou a caneca dourada de cerveja de cevada. Era um homem grande e ainda forte, embora os músculos começassem a pender nos ossos fortes e o cinza salpicasse seu cabelo castanho. Ele fez um gesto para o círculo de pilares robustos que sustentavam o teto do salão de banquetes, esculpido e pintado em zigue-zagues e espirais que brilhavam e apagavam conforme a luz do fogo subia e baixava. Podiam ser fortes, mas as paredes, caiadas do lado de fora e cobertas por tecidos finos por dentro, não eram mais que vime rebocado. Um inimigo que atravessasse a paliçada não teria problemas para passar.

— Os lobos podem uivar em torno dos meus portões, mas nenhum deles vai me atacar — ele continuou —, tenham duas pernas ou quatro.

Anderle suspirou. Na última estação, os dois tipos tinham ficado mais ousados. Uma alcateia andava pelas colinas acima da planície, mas foram os ai-ushen, cujas terras ficavam além do estuário ao norte, os autores de ataques que dizimaram os rebanhos do clã de Amanhead. O cordeiro que tinha sido fervido com ervas e cevada para o banquete parecia uma massa em seu estômago. Aquilo não estava indo bem.

— Isso é o que os olhos do corpo enxergam — ela disse com paciência. — Mas fui treinada para ver com o espírito, e a visão me mostrou esses telhados em chamas...

A vista do fogo da lareira trouxe aquilo de volta.

Irnana fungou.

— Essa conversa de visões pode impressionar o povo comum, prima, mas eu também cresci em Avalon. Nossos professores não nos disseram que o tempo é a coisa mais difícil de definir em profecia? — Ela deu tapinhas no braço de Anderle. — Eu me lembro de como me afligia quando estava grávida de Mikantor. A senhora mesma disse que aquele dia estava quente. Não é mais provável que tenha sido alguma fantasia causada por seus próprios medos?

Anderle mordeu a língua para não responder. Irnana poderia ser casada com o rei mais importante da Ilha dos Poderosos, mas sempre precisava submeter-se à irmã de Uldan, Zamara, que era rainha. A sacerdotisa suspeitava de que a prima sempre tinha se ressentido por ter sido Anderle, e não ela, a escolhida para governar Avalon.

— Certamente meus medos teriam me mostrado perigo para o bebê em meu útero... — Ela pousou a mão de modo protetor na curva da barriga, onde a criança que crescia se esticava e virava. — A criança que estou tentando salvar é sua!

— Anderle — disse o rei —, nós apreciamos seu cuidado. Mas a responsabilidade e o direito de proteger meu filho pertencem a mim, não à Senhora de Avalon!

Ele terminou de esvaziar a caneca, e a esticou para que fosse enchida de novo pela moça que carregava o balde de cerveja pelo salão.

Anderle estirou a mão sobre a boca do próprio copo. Tinha bebido o suficiente, e não precisava adicionar enjoo de cerveja aos outros desconfortos da gravidez. Ela se mexeu no banco almofadado, mas suspeitava de que não existiria posição confortável até que a criança nascesse.

— E quem acha que nos atacaria? — perguntou Irnana. — Os ai-ushen dão preocupação na fronteira do norte, mas o líder de guerra deles é Eltan, um rapaz sem prestígio para montar uma campanha séria, e os ai-utu, no sudoeste, sempre foram nossos amigos.

— Nem todos os inimigos estão fora das fronteiras — disse Anderle em tom neutro. — Os chefes de todos os seus clãs estão contentes com o governo?

O rosto de Uldan escureceu.

— Sacerdotisa, a senhora vai longe demais! Acha que não conheço meus homens, guerreiros com quem derramei sangue, que me protegeram quando enfrentamos nossos inimigos?

Ele fez um gesto para os bancos que cercavam o fogo. Anderle reconheceu os chefes dos clãs de Amanhead e Oakhill, Carn Ava e Belsaira, e o resto, e se perguntou. Ela sabia que Galid dos Amanhead, por exemplo, havia recentemente perdido a família para uma das doenças que periodicamente assolavam a terra, e enchentes tomaram suas plantações. Os chefes ainda acreditavam na sorte do velho touro?

*Eles o veem envelhecendo, e sua irmã sem um filho...* Anderle baixou os olhos. Sentiu Durrin enrijecer de modo protetor ao lado dela e pousou uma mão no braço dele. *Não há ninguém mais surdo do que o homem que se recusa a escutar.*

— Eles estão contentes em me seguir há vinte invernos e mais — continuou Uldan. — A planície é o coração de nossas terras. Como poderia ser governada de Amanhead, Carn Ava ou Oakhill?

— Protegemos o grande Henge e os montes tumulares ancestrais — disse Irnana, com orgulho. — Aqui é o centro sagrado de Azan.

— Alguém ainda se importa? — Anderle perguntou com amargura. — Você e eu somos descendentes do Povo da Sabedoria que levantou o Henge, e fomos criadas com histórias de seu poder, mas o que isso significa para as mães dos clãs dos ai-zir? Quem se importa com montes tumulares quando nosso povo enterra as cinzas de seus mortos em potes na terra? Se se importassem, Carn Ava poderia desafiá-los. O círculo de pedras deles é tão sagrado quanto o Henge. Mas contra eles eu creio que vocês estejam seguros. Só espero que conheça os outros quatro clãs tão bem quanto acham.

— Paz. — A voz suave de Durrin tirou a irritação de sua reprovação. Ele sorriu para Irnana, e a outra mulher se recostou com um suspiro.

Durrin tinha aquele efeito sobre a maioria das mulheres, refletiu Anderle, tentando suprimir a amargura. Quando se juntaram no ritual, ela carregara o poder da Deusa como ele fizera com o do Deus, e agora ela estava grávida dele. Mas ele ao menos teria olhado para ela se não fosse a Senhora de Avalon?

— Certamente conhece melhor seu próprio povo... — ele continuou, e a tensão desapareceu do ar.

*Talvez*, pensou Anderle, sombriamente. Não era bom sinal que a rainha não tivesse vindo ao banquete de boas-vindas. Ela era mais velha que o irmão e não teria mais filhos. Para continuar a linhagem real, Uldan precisava ficar no poder até que Mikantor tivesse idade suficiente para liderar os guerreiros para a filha de Zamara. Saber das tensões e das alianças em mudança dentro da tribo era trabalho da rainha. A não ser que o luto pelo filho a tivesse tomado totalmente, Zamara saberia onde qualquer perigo poderia estar.

— Chega dessa conversa — disse Irnana no silêncio. — Eu me recuso a ficar apavorada por vapores assim quando está claro que a planície foi abençoada pelos deuses. Precisa andar comigo amanhã para ver como os bezerros deste ano cresceram!

Como se concordasse, a criança na barriga de Anderle chutou forte. Irnana notou o estremecimento de Anderle e riu.

— Tem aí outro guerreiro que vai lutar com meu Mikantor?

Anderle balançou a cabeça. As sacerdotisas haviam assegurado a ela que a criança era menina, uma filha para herdar a liderança de Avalon, embora que utilidade isso teria se as tribos destruíssem umas às outras? *Deveríamos lutar para deixar aos nossos filhos um mundo melhor,* ela pensou, infeliz, enquanto a prima continuava a tagarelar.

— Anda passando muito tempo em suas rezas, Senhora de Avalon. Sem dúvida o bebê vai apreciar o movimento se fizer algum exercício.

Ela fez um gesto para a moça que trouxera cerveja para seguir em frente, e Anderle fez o mesmo, mas Durrin e Uldan estenderam as canecas para serem enchidas de novo. Talvez aquilo fosse bom. Se eles bebessem juntos, o charme de Durrin poderia conseguir o que a autoridade de Anderle não conseguira.

— Vamos, prima? Deixe os homens afogarem o juízo, se quiserem. Eles vão se arrepender quando a manhã chegar.

— De fato, se pretende me arrastar por toda a planície amanhã, melhor descansar o que puder.

Anderle conseguiu sorrir.

\*\*\*

A cama era muito macia. Na casa da Senhora de Avalon, até mesmo a grã-sacerdotisa dormia em uma esteira de palha no chão. Em Azan, a cama reservada para hóspedes de honra era de um tipo totalmente diferente, um colchão de penugem de ganso em cima de palha, sustentado por uma rede de cordas presa em uma armação. A cada vez que Anderle ou Ellet se viravam, ela rangia e balançava. Tinha esperado adormecer rápido. A sacerdotisa mais jovem adormecera assim que se retiraram, mas Anderle seguia deitada acordada, ouvindo os roncos e assovios das outras seções.

As partições de vime ou de tecido de lã entre os pilares e a parede faziam pouco para abafar o som.

Mesmo as disciplinas que eram parte do treinamento de uma sacerdotisa não tinham lhe trazido mais que algumas poucas horas de descanso. O sono verdadeiro a eludia, e por fim ela suspirou e se levantou com cuidado. Ellet se agitou com uma pergunta murmurada.

— Durma, criança — ela sussurrou. — Vou apenas me aliviar. Não há necessidade de se levantar também.

Era verdade que, com o bebê sentado sobre a bexiga dela, fazia meses que não era capaz de dormir a noite inteira, mas, fosse o motivo desconforto ou ansiedade, Anderle não aguentava ficar imóvel.

Ela abriu os tecidos que separavam o local de dormir delas e pisou cuidadosamente sobre Durrin, que roncava em uma esteira de palha bem ao lado. O brilho opaco das brasas dava luz suficiente para que ela encontrasse o caminho entre os guerreiros deitados ao lado do fogo e saísse passando pelo couro que pendia na porta principal.

Era a hora silenciosa logo antes do amanhecer, úmida e fria. A névoa no chão se enrolava em volta das casas. Anderle respirou fundo ao emergir de trás da tela de vime e tossiu quando um fedor acre entrou em seus pulmões. O choque arrepiou a pele de seus braços. Aquilo não era névoa! Sentia cheiro de fumaça, iluminada pelo primeiro brilho baço do fogo. O colmo de uma das casas redondas menores estava em chamas. Por um momento, o desespero paralisou seus membros. Era a cena de sua visão. Mas em sua visão *ela* não estava ali.

Ela engoliu um grito enquanto corria pesadamente de volta pelo pátio. De que adiantaria um aviso se não poderia usá-lo para mudar o resultado? Passou rapidamente pela porta, curvando-se para chacoalhar o ombro do primeiro guerreiro adormecido.

— Levante-se, homem! Há inimigos dentro do recinto. Mas em silêncio, e poderá pegá-los de surpresa antes que saibam que foram avisados!

Ela mais sentiu que viu a onda de movimento enquanto o aviso era repassado. Os homens ficavam de pé, fuçando para pegar as espadas dos ganchos nas pilastras e os escudos das paredes. Anderle se abraçou a uma das pilastras. Ali dentro, corria o risco de ficar presa em uma construção em chamas, mas iria sentir-se mais segura lá fora? Nenhum homem das tribos iria ferir por vontade própria a Senhora de Avalon, mas, ainda que estivesse usando os mantos azuis de sua vocação em vez de uma camisola e um xale, poderiam não reconhecê-la no escuro. Tentou se convencer de que estava mais segura ali.

O metal soava e alguém xingou. Ela ouviu a voz de Uldan, baixa, mas firme, e sentiu o coração disparado desacelerar. A falta de imaginação que o fizera ignorá-la o impedia de entrar em pânico agora. Formas altas passaram empurrando-a, reunindo-se diante da porta. Então um comando breve os enviou marchando para a frente. Houve um grito, um clangor de bronze. "Ai-zir! Cuidado com os chifres do touro!", veio o rugido grosso, e "Temam as presas! Ai-ushen!" foi a resposta em um uivo agudo de lobo.

Ela deveria ter esperado por isso. A tribo do norte estava em constante pressão dos moradores das montanhas que tinham sofrido coisa pior. Sem dúvida as novilhas que Irnana elogiara já estavam a caminho dos campos dos ai-ushen. Terra produtiva era o grande tesouro, mas ouro e bronze podiam comprar comida daqueles que ainda tinham campos em que os cereais cresciam.

Alguém atiçou o fogo da lareira e ela viu o olhar apavorado de Ellet. Durrin estava se esforçando para ficar de pé, piscando com a comoção ao redor dele.

— Peguem nossos mantos! Irnana, está aqui?

Mas a mulher do rei já abria caminho na direção dela. Cabelos ruivos soltos em alvoroço, ela apertou o braço de Anderle. Lá fora a gritaria era pior, o cheiro de fumaça mais forte agora.

— Ajude-me a chegar até Mikantor!

Por um segundo, a sacerdotisa ficou olhando. Então se recordou de que a criança dormia com a babá em uma das outras casas redondas. Anderle estremeceu com o tumulto que ouvia lá fora. Seu espírito, se não o corpo, tinha sido enfraquecido pelos paparicos de Kiri. Não adiantava protestar que não conseguia ajudar. Os homens de Uldan estavam lutando; Ellet e Durrin olhavam para ela buscando instruções. Grávida ou não, ela precisaria usar qualquer poder que tivesse. *E, se a Senhora de Avalon não pode achar alguns feitiços para proteção*, ela então pensou, *nossa linhagem merece fracassar*.

— Vamos juntos. Fiquem quietos, e lembrem-se do treinamento! — ela disse em voz alta. — Respirem fundo, borrem o ar em torno de vocês. Se sairmos em pânico, vão nos cortar!

Ela esperava que Zamara tivesse tido o bom senso de ficar dentro de casa. A casa dela ficava no centro do recinto, marcada pelo estandarte no mastro. Nem mesmo os lobos de ai-ushen ousariam matar uma rainha.

*Precisamos ser sombras...* Ela extraiu poder da terra e o envolveu em torno deles, estendendo a consciência interior para sentir o fluxo de energias lá fora. Não havia ninguém por perto. Ela apertou o braço de Irnana e a puxou pela porta.

O corpo de um dos guardas da casa jazia diante dela, outras formas estavam espalhadas pelo chão ao redor, mas perto do portão principal o bronze reluzia enquanto figuras em luta entravam e saíam do clarão agitado. Uma mulher gritou quando guerreiros a forçaram para o chão, rasgando suas roupas. Anderle sentiu um aperto no estômago enquanto o choro de um bebê seguia sem parar.

— Que casa? — ela sussurrou enquanto iam adiante, e Irnana apontou para uma construção menor atrás da casa da rainha.

Atrás delas a luz brilhou enquanto alguém colocou uma tocha no telhado de colmo do salão de banquetes de Uldan. Os homens corriam para dentro e para fora da construção, embrulhando bens e utensílios nos tecidos de lã que insulavam as paredes. Posição social ou magia poderiam tê-la protegido de homens enlouquecidos pelo desejo de batalha e pela ganância?

Tinham quase chegado à casa onde Mikantor dormia com outras crianças. Anderle se encolheu, as mãos fazendo um gesto de proteção, quando uma figura correu na direção do grupo, então a reconheceu como uma das criadas que serviam no salão.

— Minha senhora, está segura. — A menina apertou o braço de Irnana.

— Fique quieta, tola — Anderle sibilou.

Mas já era tarde demais. O movimento da criada tinha chamado a atenção de um dos guerreiros como a corrida de um rato atrai uma coruja. Conforme o homem pulava na direção deles, Anderle ficou tensa, então reconheceu a figura vultosa como o chefe de Oakhill que tinha estado no salão de banquetes.

— Galid! — gritou Irnana. — Proteja-nos! Preciso chegar até meu filho!

O homem balançou a cabeça, os lábios se curvando em um sorriso sem humor.

— Que a cria de Uldan morra como morreram meus filhos. Uldan perdeu o favor dos deuses!

Por um momento, Irnana ficou olhando.

— Foi você? Foi você o traidor que deixou os lobos entrarem?

O olhar de Galid ardeu enquanto ele a olhava de cima para baixo, o fogo brilhando nas faixas que continham suas muitas tranças.

— De fato, você é uma ovelha balindo, mas uma bonita. Vou poupá-la para aquecer a minha cama se for se comportar.

A fúria ardeu no rosto dela. Não, Anderle podia ver com tanta clareza porque a Casa das Crianças estava em chamas. Conforme Galid se esticou para ela, Irnana abaixou sob o braço dele e se jogou para a porta.

Enquanto o homem se virou, Anderle se endireitou, raiva e horror pulsando nas veias.

— Você se atreve a se opor ao poder de Avalon!

Os olhos dele se arregalaram. O que ele estava vendo? Era a primeira vez que Anderle colocava o encanto da Mãe Escura a sério. Ela não sabia se conseguiria, especialmente agora. Fora a necessidade que libertara seu poder, observou aquela parte da mente que não falava de modo confuso, necessidade canalizada pelas disciplinas de Avalon. Ela nunca havia realmente *precisado* daquele poder antes.

— Você vai ficar de lado — ela disse em uma voz persuasiva. — Não somos seus inimigos...

O coração dela saltou ao perceber que o triunfo cruel no rosto dele cedia lugar ao medo. Ela se virou para seguir Irnana pela porta.

— Anderle, é tarde demais!

Durrin a pegou pelo braço. O calor chamuscou seu rosto, e ela percebeu que não apenas o colmo, mas as paredes também estavam em chamas. A fumaça já havia sobrepujado todos lá dentro? Ela expandiu o espírito e ouviu o choro lamentoso de uma criança.

*Assim morre o Filho de Cem Reis!*

— Não!

Anderle negou as palavras que reverberavam em sua memória. O couro fumegante que fechava a porta foi puxado de lado. Através de um turbilhão de fumaça, ela viu Irnana com o filho preso ao peito.

— Salvem-no!

Anderle se soltou do aperto de Durrin e se inclinou em uma explosão de calor como a forja de um demônio, cambaleando quando Irnana enfiou a criança nos braços dela e balançou para trás, envolta e coroada em chamas. No momento seguinte, o sorriso triunfante dela se contorceu. Anderle se afastou cambaleando, fechando os olhos enquanto a visão de esplendor se transformava em um horror de cabelos em chamas e pele que torrava.

O grito dela quebrou o transe de Galid. Vendo a criança nos braços dela, o guerreiro sorriu e balançou a espada.

— Anderle! — gritou Durrin, enfiando-se diante dela para pegar o braço de Galid. — Corra!

Ellet a empurrou para longe dos homens em luta. Anderle viu Durrin se soltar. O olhar angustiado dele procurou o dela. Galid também se virou. Durrin gritou o nome dele, e se jogou no golpe de espada de Galid.

*Corra!* O pedido chegou ao coração dela, não aos ouvidos. Chorando, ela permitiu que Ellet a arrastasse para longe.

## dois

— Minha senhora, não podemos parar aqui! — Ellet olhou para a silhueta escura do monte funerário. — É um lugar de fantasmas!

Ela apertou Mikantor, que começou a chorar. Apesar de suas palavras, a sacerdotisa mais jovem cambaleava. Ellet carregara o bebê pela maior parte do caminho através do vau do Aman e subindo a colina, e até mesmo a energia juvenil dela tinha chegado ao fim.

— Os ancestrais não vão nos fazer mal. Mas, se ficarmos exaustas agora, vamos nos juntar a eles.

Anderle controlou a própria respiração. *Também estou levando uma criança*, ela pensou de modo sombrio, *embora ela pese menos que o menino de Irnana*. Ela olhou para o caminho pelo qual tinham vindo.

A cena abaixo era o reverso daquela que tinha visto quando chegaram. O fedor de colmo queimado havia substituído o aroma de feno. Os animais que pastavam nos campos foram afastados, as casas redondas que tinham parecido tão confortáveis atrás da paliçada agora eram cones de chamas em cujas luzes figuras escuras saltavam. Graças aos deuses ela não podia mais ouvir os gritos.

Mas, no caminho atrás deles, nada se movia.

Os lobos ai-ushen estavam simplesmente ocupados demais saqueando para ir atrás de fugitivos agora? Imagens daqueles últimos momentos na propriedade do clã retorciam o coração de Anderle. Ela tinha visto o golpe de Galid derrubar Durrin. *Ele morreu para nos salvar. Quando estivermos em segurança, vamos lamentá-lo...* Aquela litania a mantivera em movimento pela estrada.

Galid viria atrás deles. O sacrifício de Durrin tinha dado a eles tempo, não segurança, e cabia a Anderle usá-lo bem. Quando a perseguição viesse, esperariam encontrar os fugitivos na estrada para Avalon. Era questão de tempo.

Um cão uivou e Ellet começou a tremer de novo, obviamente lembrando de histórias do demônio Guayota, que assombrava lugares solitários e, dizia-se, assumia a forma de um cão.

— Você está certa. Acho que precisamos sair da estrada.

— Mas para onde podemos ir?

Ellet olhou para a paisagem de colinas gentis em torno deles, com montes funerários construídos por homens cujos nomes tinham desaparecido da memória, mas cujo poder ainda morava ali.

— Deixe-me pegar Mikantor.

A sacerdotisa tirou a criança que choramingava dos braços da garota. O menino mal tinha três meses, mas era grande para a idade.

Depois de alguns momentos, a respiração de Ellet começou a relaxar. O olhar de Anderle se moveu para o Henge, seus blocos de sombra levantados debaixo das estrelas. Mesmo dali, podia sentir a energia que ele concentrava como um leve zumbido nos nervos. Em Avalon, dizia-se que tinha sido construído por um sacerdote vindo de além-mar que era um ancestral tanto dela quanto do bebê em seus braços. Ela fora ensinada as disciplinas para despertar seus poderes, mas fazer isso poderia ser perigoso para a criança no útero. A situação deles não era tão desesperadora. Ainda não. Mas Mikantor era descendente dos homens que tinham construído os montes funerários, assim como daqueles que construíram Avalon. Talvez eles estivessem dispostos a ajudá-lo.

— Antigos! — ela chamou suavemente. — Avós, avós de Azan, escutai-me! Contemplai vosso herdeiro!

Ela ergueu o bebê que se debatia e o baixou lentamente. Ele parou de resmungar e olhou. Os olhos de Ellet ficaram enormes em seu rosto pálido ao perceber também a mudança no ar. *Algo* estava escutando. Anderle respirou fundo e continuou.

— O território do clã caiu, e inimigos o perseguem. Apenas vós podeis nos ajudar agora! Vinde para guardar os caminhos. Confundi aqueles que vêm atrás de nós. — A mão dela apertou os membros fortes do menino. — Pelo sangue de vosso sangue e osso de vosso osso, eu vos rogo! Levai-os para longe, e guiai-nos para casa em segurança!

Anderle cambaleou e apertou a criança quando um vento súbito sussurrou em torno dela. Quando conseguiu ver de novo, a grama estava imóvel. Mas sua Visão despertada mostrava um brilho de radiância acima do monte tumular. A mesma luz brilhava sobre os outros montes tumulares espalhados pela planície. Ela ardia das pedras poderosas do Henge.

— Você está vendo?

Ela se virou para Ellet, o medo dando lugar ao assombro. Tocou a testa da garota, e Ellet arquejou. A planície havia muito guardava algumas das terras de cultivo mais ricas. Seus mortos eram muitos, e eram poderosos, e ainda estavam ali...Um reino dos mortos estava ao redor delas, e a paz dele estava sendo substituída por uma raiva pulsante que fez os braços de Anderle se arrepiarem.

— Vamos — ela sussurrou, pisando em um caminho que levava para longe da estrada.

Agora ela podia ver muitas trilhas assim, passando entre os contornos retangulares de campos ancestrais. Para a visão superficial, elas estavam escondidas, mas a terra se lembrava. Todos os tempos estavam presentes ali; a terra guardava a lembrança de cada ação para aqueles que tinham olhos para ver.

— Mas como vamos encontrar o caminho? — Ellet apertou o braço dela.

— Veja como as trilhas nos levam. De um monte funerário a outro, os ancestrais vão nos passar.

Mikantor tinha adormecido, quente e mole em seus braços. Ela sorriu um pouco, e o passou de volta para a garota. Continuaram assim enquanto as estrelas giravam em direção à manhã, movendo-se com facilidade pelos caminhos ancestrais e subindo novos muros de pedra que tinham sido construídos através das trilhas. Na hora cinzenta bem antes do amanhecer, Mikantor acordou de novo, chorando com uma intensidade ansiosa.

Anderle olhou em torno de si com um suspiro. A luz brilhante que as guiara estava desaparecendo com a aproximação do dia. Ao norte, um último brilho coroava um grande monte tumular com lados escondidos por arbustos e árvores. O bebê havia começado um gemido desolado.

— Ele está com fome — disse Ellet.

— Vamos parar no próximo riacho — a sacerdotisa respondeu. — Podemos pingar água na boca dele com a ponta do meu véu.

E, de fato, quando o fizeram, o bebê sugou com vontade, mas pareceram apenas momentos até que ele começasse a chorar de novo. A energia que havia levado Anderle tão longe também estava sumindo. Quando ela tropeçou pela segunda vez, salva de uma queda apenas por um giro que sacrificou suas costas, soube que precisavam encontrar não apenas comida, mas um lugar de refúgio, e logo. Mas para onde poderiam ir?

Anderle se forçou a respirar fundo e deixar a exalação levar a dor para longe. Ainda estava cansada, mas por um momento ao menos conseguia ficar de pé em equilíbrio sobre a terra e se recordar de que era algo mais que uma criatura tropeçante de carne e ossos.

O céu se enchia de radiância. Velhas disciplinas endireitaram suas costas, levantaram seus braços no ar em saudação ao dia que vinha.

*Ah, beleza sobre o horizonte no leste,*
*Levanta tua luz no dia, ó estrela oriental,*
*Estrela do Dia, acorda, levanta!*

*Ni-Terat*, ela adicionou à prece silenciosa à Deusa, *Tu, que da escuridão dá à luz o dia, tem misericórdia deste pequenino, oculta-o dos inimigos!*

Por um momento, o arco dourado de Manoah queimou sobre o horizonte. Com a visão ofuscada, ela fechou os olhos, e, com a imagem ainda impressa nas pálpebras, virou e deu um passo. No intervalo entre levantar o pé e pousá-lo novamente, ouviu um balido, e aquilo não vinha da criança.

— O que foi? — veio a voz de Ellet de trás dela.

— A resposta da Senhora... — Anderle lutou para impedir que sua voz tremesse. — Vamos!

Juntas, elas se embrenharam pelo emaranhado de espinheiros, rosas silvestres e pés de amora-brava que haviam crescido em torno do velho monte tumular.

Ellet soltou um guincho quando algo se moveu atrás de um arbusto de sabugueiro, preto e depois branco. Havia duas criaturas ali? Com cuidado, Anderle levantou um galho de amora-brava, viu o olhar funesto de uma cabra presa pelos chifres nos galhos e sufocou um sorriso. As ovelhas, animais tolos, estavam sempre tendo esse tipo de acidente, mas era incomum encontrar uma cabra naquela situação.

— Não tenha medo de nós, ama — ela disse em voz baixa, enquanto a cabra lutou com os galhos e baliu de novo. — Você perdeu sua criança? — ela perguntou, vendo as tetas inchadas balançarem quando o animal se moveu. — Aqui tem um jovenzinho que perdeu a mãe, talvez possamos ajudar uns aos outros...

Havia uma pequena clareira debaixo dos freixos que cresciam no topo do monte funerário.

Por um longo momento, os olhos amarelos de pupilas compridas olharam os dela em uma avaliação. Então a cabeça da cabra pendeu, descansando nos galhos em vez de lutar contra eles conforme a tensão deixava seus membros. A parte da frente dela era preta, a de trás, branca com pintas pretas. Não era de espantar que fosse difícil de ver.

— Assim... assim...

Anderle se moveu para a frente até que conseguiu acariciar o flanco peludo da cabra. Uma pelagem mais pesada escondia um subpelo macio. Os galhos do sabugueiro estavam cheios de tufos de lã onde a cabra tinha lutado para se soltar, e todos os gravetos por perto estavam comidos.

— Fique calma, então, e vamos cuidar de você. Ellet — ela disse em voz baixa. — Traga o bebê e segure-o embaixo das tetas dela.

Murmurando suavemente, ela acariciou o flanco da cabra com uma mão e, com a outra, apalpou as mamas. A cabra se mexeu um pouco com o toque dela, mas não tentou chutar ou se afastar.

— Fique calma e vamos aliviar você — murmurou a sacerdotisa, abençoando as tradições que exigiam que uma sacerdotisa aprendesse as habilidades práticas que mantinham a comunidade.

Ela colocou a teta em ângulo com a boca em bico da criança e apertou. Um fluxo fino de leite acertou a boca do menino e escorreu pelo queixo. Por um momento, Mikantor olhou pasmo; então a boca dele se abriu. O segundo jorro entrou antes que ele decidisse se ia ou não chorar. Ele tossiu, engoliu e abriu a boca de novo.

Quando o leite da cabra começou a faltar, os olhos de Mikantor estavam fechados e ele caiu em um sono pacífico pela primeira vez desde a escapada deles. Anderle se recostou com um suspiro e estendeu os braços.

— Eu tomo conta dele agora. Quero que use seu cinto para amarrar e levar a cabra de volta até o riachinho para beber água. Ela deve estar quase seca.

— E a senhora?

— Bebi quando o cruzamos. Você e eu podemos ficar sem mais água até o anoitecer, e também a Senhora Aia, assim que beber sua porção. Fique de ouvidos abertos. Pode deixá-la pastar um pouco, mas precisam estar de volta antes do dia alto.

— E se os lobos ai-ushen me encontrarem? — perguntou a moça enquanto desembaraçava os galhos que prendiam os chifres da cabra.

— Ora, você é só uma menina da casa de fazenda aqui perto que se perdeu procurando essa cabra fujona e passou a noite nos campos. Eles estarão procurando uma mulher com um bebê, e, no seu presente estado, se puxar o cabelo para baixo para esconder a lua crescente na testa, garanto que ninguém vai achar que é uma sacerdotisa de Avalon!

Com o cabelo castanho e os olhos azuis dela, carrapichos no xale e a bainha da camisola rasgada e suja de lama, Ellet era uma filha típica daquela terra, ainda que um tanto encardida.

— Tente parecer estúpida e não fique nervosa, e acho que vão deixá-la em paz.

— Vou fingir que é mestre Belkacem questionando-nos sobre a linhagem das grãs-sacerdotisas — a moça disse, secamente. — Listas de nomes sempre transformam meu cérebro em lã.

Anderle se recostou contra o tronco do freixo, enquanto a moça e a cabra seguiam descendo com leveza o lado do monte funerário. Essa sensação de segurança era uma ilusão, mas ao menos estava sentada, imóvel. Não tinha percebido o quanto a corrida delas pelo campo a havia esgotado. Naquele momento, achava que não conseguiria se mover mesmo que todo o bando de guerra dos ai-ushen aparecesse lá embaixo.

\*\*\*

Permaneceram no monte funerário durante o dia, dormindo irregularmente enquanto a cabra, a quem tinham dado o nome de Ara, continuava a aparar os arbustos debaixo do freixo. Ela se mostrou uma provedora abundante de leite, providenciando o suficiente para alimentar Mikantor e também as duas sacerdotisas. Com isso, frutas silvestres dos arbustos e um pouco de agrião que Ellet tinha trazido do riacho, sentiram-se fortes o suficiente para seguir em frente, levando a cabra, assim que a escuridão caiu.

A segunda noite de jornada passou sem acontecimentos, e encontraram outro monte funerário para servir de abrigo quando o dia chegasse. Não tinham visto seguidores, e pela terceira manhã Anderle começava a acreditar que haviam escapado dos inimigos. As caminhadas delas as forçaram a seguir ao norte da melhor rota, mas, se fazer um desvio no caminho custava tempo, era vantajosa em segurança.

*A velha Kiri teria um ataque se me visse agora*, pensou Anderle, marchando com as saias puxadas debaixo da barriga que balançava e o cabelo cheio de nós enrolado em um espinho. Até que essa jornada tivesse provado sua resistência, não tinha percebido que ela própria duvidava de si. Mas podia ver o rosto encovado de Ellet e sabia que o seu deveria estar do mesmo jeito. Uma dieta de frutas silvestres e leite de cabra não era suficiente para um uso tão extenso de energia.

— Se me lembro direito, ali acima daquela colina fica o assentamento de onde veio Chrifa.

— Não era a moça alta que contava umas histórias ótimas? Estava terminando o treinamento dela quando cheguei, e então ela foi embora para servir em Carn Ava.

— Ela foi, e acho que a família dela estaria disposta a ajudar uma sacerdotisa que se perdeu da escolta.

— Só uma sacerdotisa? — Ellet olhou para ela com cautela.

Anderle assentiu.

— Acho que estamos seguros, mas não há necessidade de correr riscos tolos. Vou ficar naquela mata ao lado do velho túmulo com Mikantor e Ara enquanto você vai e pede um pouco de pão e queijo em nome de Avalon.

— E se tentarem me manter lá?

— Não vão protestar se declarar que precisa ir para a mata fazer uma oferenda!

O monte funerário era velho o suficiente para ter perdido a terra que cobria uma ponta. As pedras desnudas que tinham emoldurado a primeira tumba pareciam rosa à luz matinal. Uma abertura escura abaixo delas sugeria outra câmara mais adentro. Depois de um cumprimento aos que tiveram os corpos colocados ali, Anderle prendeu a amarra de Ara no tronco de uma aveleira, encurvou-se contra uma delas e ajeitou Mikantor na curva do braço. Graças aos deuses ele ainda não engatinhava.

Por um tempo foi suficiente desfrutar do apoio sólido da terra e das pedras. Em algum lugar acima dela, um passarinho canoro saudava o sol com um "hu it" descendente que terminava em um trinado. Ela olhou para cima através das copas das faias até ver as penas verde-claras pálidas da ave. Ali havia paz, ela pensou, com sono. Tanto as tensões sutis da vida em Avalon quanto a violência do ataque em Azan pareciam distantes. Qualquer paixão que tivesse governado os que estavam enterrados ali havia desaparecido fazia muito tempo. Ela tentou ficar acordada para esperar a volta de Ellet, mas o ar que esquentava a envolveu em um doce abraço.

Não foi o passo leve da moça que a despertou, mas as pisadas duras de pés que usavam sandálias. E talvez seu sono não tivesse sido profundo como imaginara, pois, sem precisar pensar, Anderle se viu empurrando Mikantor pela abertura entre as pedras do túmulo e forçando a barriga inchada através da abertura depois dele.

— Vi alguma coisa se mexer — veio a voz de um homem, abafada pela terra e pela pedra.

— Ao lado do túmulo? — um segundo homem respondeu. — Este lugar pertence aos mortos, mas eles não caminham de dia!

Ela puxara todas as roupas para dentro? Anderle se esforçou para ver acima da curva do quadril.

— Então por que está ficando para trás, hein, Izri? — Isso com o sotaque do norte. — O chefe diz que precisamos verificar todas as fazendas, todos os esconderijos. Não sei se os fantasmas podem machucar você, mas Ramdane com certeza pode!

— Esta terra tem túmulos demais — veio a segunda voz de novo. — Os mortos ajudam suas feiticeiras, ou teríamos encontrado uma trilha.

Um pouco de terra caiu conforme alguém subia pelo monte funerário. Anderle lutou contra uma visão em que o peso dele mudava o equilíbrio das pedras, de grandes massas deslizando para esmagá-la junto com a criança. Ao menos, pensou sombriamente, teriam um enterro digno.

— Pelo forcado do Caçador, é uma *cabra*! — a primeira voz exclamou.

— Então agradeço a ele — respondeu o nortista. — Será uma boa mudança em relação ao cozido de cevada.

Anderle se retesou, apertando inconscientemente a criança. Mas o protesto de Mikantor foi coberto pelo balido súbito de Ara.

— Deixe o bicho em paz! — um dos outros homens gritou. — Pode ser uma oferenda!

*Antigos, ocultai-nos, e farei uma oferenda de verdade!*, rezou a sacerdotisa. *Colocai medo nos corações deles até que fujam!* Ela sentiu abruptamente que não estava sozinha. Os guerreiros também sentiram.

— Se quer que suas bolas murchem e suas plantações morram, siga em frente. Eu estou saindo daqui agora!

O som de folhas amassadas e galhos quebrados a avisou quando primeiro um, depois o segundo homem foram embora.

— Muito bem, mas acho que são tontos covardes — respondeu o nortista. — Ainda assim, se tivessem alguma força de caráter, imagino que não teríamos tomado Azan.

O resmungo sumiu conforme ele também refazia seus passos pela mata.

Anderle ficou deitada tremendo por um longo tempo, mas, por ora, seu coração havia desacelerado e os músculos tensos começavam a relaxar. A razão lhe dizia que os guerreiros tinham ficado com medo demais para retornar, mas naquele momento isso não era o suficiente para convencê-la a sair daquele útero de terra. Nunca havia lhe ocorrido sentir inveja dos ancestrais. Mas ali estavam eles abrigados em pedra eterna, todas as paixões apagadas, todo o perigo no passado.

*Ou ao menos parte deles*, ela então pensou. Outra parte vivia no sangue e nos ossos de seus descendentes, e outra ainda se movia de vida a vida através dos séculos, buscando resolver seu destino. E aquilo iria viver ainda mais que essas pedras...

De tempos em tempos, memórias de outras eras emergiam nas meditações de uma das pessoas de Avalon. Até mesmo a pequena Ellet tinha sonhado usar uma picareta de chifres de veado para cortar o solo do Tor e criar o caminho em espiral em torno dele; os sacerdotes mais velhos julgavam provável que ela tivesse sido um dos acólitos que vieram para Avalon dos Reinos do Mar que agora estavam debaixo das águas. Mas as visões de Anderle eram do Afundamento, da última explosão cataclísmica, quando a montanha se espatifou e sua cidade morreu em chamas.

*Se eu de fato estava lá, então não sobrevivi*, ela percebeu subitamente. *Talvez seja por isso que prever a destruição de Azan me assustou tanto...* Mikantor se mexeu nos braços dela e ela se virou de lado para dar mais espaço. *E quem era você naqueles dias, meu pequenino? Você é a criança que foi salva para herdar uma nova terra?* Por ora, era suficiente tê-lo salvado do incêndio.

Dizia-se que Micail, que construíra o grande Henge, viera de uma linhagem de reis, embora tivesse vivido como sacerdote, não como governante. Ela tinha a impressão de que a escuridão se transformara em uma tapeçaria na qual figuras baças se moviam, lutando, dançando, virando grandes pedras. Ainda tentando entender, ela dormiu tão profundamente quanto qualquer um dos ancestrais.

Quando Anderle acordou de novo, a faixa de luz que entrava pela abertura da tumba era pouco mais clara que a escuridão lá dentro. Por um momento ela não sabia onde estava, muito menos o que a tinha acordado. Então ouviu o balido que Ara fazia quando não recebia água ou comida suficiente. Quem tinha vindo era alguém que a cabra esperava que tomasse conta dela. A sacerdotisa sorriu na escuridão e reuniu forças para um chamado mental.

— Minha senhora! — veio a voz suave de Ellet de fora. — Onde a senhora está? Está invisível?

A voz dela tremia. Havia histórias sobre adeptos de Avalon que conseguiam fazer exatamente isso.

— Está seguro agora. Os malvados foram embora!

Mikantor guinchou em protesto enquanto Anderle o empurrava pela abertura, e Ellet arquejou. Quando ela passou a cabeça e os ombros pela abertura, viu a moça olhando, os dedos torcidos em um sinal de proteção.

— Não sou nenhum fantasma. — A sacerdotisa reprimiu uma risada. — Mas certamente sou grata aos espíritos que me abrigaram. Quando os ai-ushen vieram, pensaram que Ara fosse uma oferenda. Se trouxe comida, precisamos deixar alguma coisa na tumba.

Ellet se recuperou o suficiente para erguer um saco cheio.

— Deve estar com fome, e a pobre Ara está mais que pronta para ser ordenhada de novo.

Ela pegou uma vasilha de madeira e um odre de água do saco e deixou a cabra beber, então se acomodou perto do flanco de pintas pretas e colocou Mikantor no colo.

Anderle se esticou com cuidado. A última luz do dia brilhava no oeste, e a lua nova já estava alta. Ela sentia que Ellet tinha falado sinceramente, pois uma paz palpável caía sobre a terra. Fuçou no saco de comida e tirou dois pães de cevada, deixando um na entrada da tumba.

— Mas o que aconteceu com você? — ela perguntou, ao começar a comer. — Os lobos foram até a fazenda também?

— Eles foram mesmo, e devemos a Chaoud e à família dele a bênção de Avalon! Os desgraçados nos colocaram em fila na casa enquanto enfiavam as lanças no colmo e nas covas de armazenamento. Chaoud disse que eu era a irmã dele que não batia muito bem depois de ter tido febre, e eu puxei o cabelo sobre os olhos e murmurei e babei até que desistiram de qualquer ideia que pudessem ter de me estuprar.

Ellet sorriu.

— Eles levaram a comida que conseguiram encontrar — ela continuou —, mas nestes dias o povo aprendeu a esconder os suprimentos. Restou o suficiente para alimentá-los, e nos dar algumas provisões também. Com certeza em mais um dia ou dois chegaremos ao Tor...

Ela olhou para Anderle com esperança.

A sacerdotisa assentiu. *E o que farei se os ai-ushen nos seguirem?*, ela então se perguntou. O Povo do Lago não tinha nenhum guerreiro. *Nossa magia é para cura e crescimento, não destruição. Se eu sequer pudesse atrair as brumas do lago ao nosso redor para nos esconder do mundo!* Talvez quando chegassem ao Tor os deuses teriam lhe dado algum conselho.

Mas primeiro precisavam chegar lá.

## ∾ três ∾

Anderle e Ellet chegaram à vila do povo do lago no quarto dia depois da queda de Azan. O céu brilhava rosa enquanto o sol se erguia sobre as colinas a leste, mas a neblina ainda envolvia as plataformas nas quais os moradores tinham erguido suas moradias; então, vistas de cima, as construções pareciam flutuar sobre a água.

Alguns cães começaram a latir em resposta aos balidos de Ara, e em instantes as pessoas apareceram nas plataformas. Nesse momento, Texugo abriu caminho entre as pessoas, ainda esfregando o sono dos olhos, com a mãe, Mulher Salgueiro, atrás dele. Ele era jovem para ser o líder da vila, batizado pelas mechas brancas que apareceram em suas têmporas quando o pai dele morreu.

— Sagrada, a senhora está aqui! — Ele correu através da passagem elevada, curvando-se para fazer o sinal de reverência no coração e na testa. — Soubemos do fogo, e então nenhuma notícia. Ficamos com medo...

Anderle reprimiu uma careta. Bem podia imaginar como as notícias da queda de Azan teriam sido recebidas em Avalon.

— O que souberam?

— Dizem que o rei e toda a família dele mortos. — O olhar dele se moveu para o bebê. — Irnana e o bebê queimados no incêndio.

— Minha prima correu para a Casa das Crianças para tentar salvá-lo — Anderle disse, com verdade. — O telhado caiu antes que ela pudesse escapar.

Ela estremeceu com a lembrança.

— Ouvimos que Durrin foi morto na luta. — Texugo lançou um breve olhar para ela. — Alguns dizem que os Ancestrais levam a senhora para morar com eles nos montes funerários.

Anderle assentiu, pensando no fato de que as pessoas às vezes podiam sentir a verdade mesmo quando não conseguiam entendê-la.

O riso de Ellet era um pouco agudo demais.

— Nós tivemos uma viagem e tanto! Mas a Deusa cuidou de nós. Ela mandou Ara aqui para que pudéssemos alimentar a criança!

Ela esfregou a parte de trás da cabeça da cabra, entre os chifres. Os olhos se arregalaram conforme as pessoas perceberam que Anderle segurava um bebê nos braços.

— É um órfão que resgatamos na viagem — ela disse com clareza.

Tagarelando, a mãe de Texugo abriu caminho até a frente do filho.

— Bebê não único que precisa comer. Vocês duas vêm comigo. Tem mingau quente no fogo.

Ela levantou a ponta do cobertor e Mikantor abriu os olhos escuros e a agraciou com um olhar de procura que a fez rir.

Mulher Salgueiro tinha sido ama de Anderle quando ela era bebê. A própria avó de Anderle vinha da mesma família, e não havia ninguém em quem ela confiasse mais para cuidar de Mikantor. Ainda estava pensando nisso ao se ajeitar com gratidão em uma almofada de couro estofada de penas. O fogo ardia sobre uma laje de pedra no centro do cômodo longo. O reboco de argila das paredes ondulava levemente sobre o vime abaixo. Os aromas de peixe secando e fumaça de madeira estavam entre suas primeiras lembranças. Avalon era sua vida, mas isso parecia mais com o lar.

— Menino de Irnana? — a mulher mais velha perguntou enquanto Anderle abria os panos que embrulhavam a criança e ela viu o cabelo ruivo. — Ele parece forte.

— Graças a Caratra — respondeu Ellet. — Ou ele bem poderia ter morrido antes de encontrarmos a cabra.

— Isso também foi um milagre — Anderle então disse. — Foi tudo que vi na minha visão, mãe, exceto que eu estava lá. Esta criança tem um destino. Mas, até que tenha idade suficiente para reclamá-lo, o mundo deve pensar que ele *de fato* morreu.

— Até o povo de Avalon?

Os olhos escuros da velha brilharam.

— Especialmente — Anderle disse com pesar. — Os ai-ushen, e os traidores que os ajudaram, virão procurar Mikantor quando souberem que retornei, e aqueles que juram servir a Verdade acham difícil mentir.

— Então ele precisa ser escondido. Conhece Samambaia Vermelha, mulher de Águia-Pesqueira? Ela tem bebê novo, e muito leite. Vai tomar conta dele se eu disser. — Mulher Salgueiro esticou a mão para acariciar o cabelo brilhante. — Raspamos a cabeça dele por ora. Mais tarde usamos tinta de castanha. Ele já tem o tamanho de uma criança de cinco luas. Qualquer um que veja vai pensar que é mais velho, e nosso.

Anderle se recostou na almofada, só agora se permitindo reconhecer que a ansiedade que ela carregava tinha sido um fardo maior que a criança. Ela bebericou com gratidão o chá de milefólio que a velha lhe serviu em um copo esculpido em madeira de carvalho.

— Ellet, vá encontrar Samambaia Vermelha, diga a ela para vir.

Quando a moça tinha saído, Mulher Salgueiro se virou para Anderle.

— Agora me diga como você está.

Por um momento, Anderle só conseguia olhar.

— Eu não... sei — ela disse lentamente. — Só pensei no próximo perigo, no medo. Durrin morreu para me salvar. Queria sentir dor por ele, mas não sinto nada, nem mesmo gratidão por estar viva.

— Isso vai vir. — A Mulher Salgueiro assentiu. — Agora precisa descansar.

Anderle aquiesceu. A dor em suas costas havia voltado, e ela se mexia na almofada tentando aliviar a tensão. Ouviu riso do lado de fora e se virou quando Ellet entrou pelo couro da porta, seguida por uma mulher de rosto redondo que deveria ser Samambaia Vermelha. Ela claramente tinha um pouco de sangue das tribos. Poderia até ser capaz de fazer Mikantor passar como seu filho. Mas o que inspirou confiança instantânea foi o sorriso de Samambaia Vermelha.

Anderle se esticou e a Mulher Salgueiro passou o embrulho morno. Ela aninhou o menino no peito e sentiu os olhos encherem de lágrimas quando o bebê começou a se esfregar nele, lábios que buscavam fazendo sons leves de sugar. Ele começou a se agitar quando não encontrou nada ali.

— Depois dos últimos dias, vou sentir falta dele como se fosse meu próprio filho. Mas ele precisa ser alimentado. — Ela olhou para Samambaia Vermelha. — Mulher Salgueiro me diz que você tem o leite, e o amor, para cuidar de outra criança. Todas as crianças são sagradas para os que cuidam deles, mas os deuses me disseram que a vida desse menino é importante para todas as pessoas dessa terra. Entende isso? Entende que por causa disso ele tem inimigos? Faremos tudo o que pudermos para proteger você e ele, mas você poderia estar em perigo. Está disposta a correr o risco e cuidar desta criança?

— Dê-me o menino — Samambaia Vermelha simplesmente disse, abrindo a capa de couro de corça que usava sobre a saia.

Debaixo, os seios cheios estavam nus. Conforme ela pegou o bebê nos braços, o leite começou a fluir. Um ajuste de especialista colocou um mamilo escuro na boca que procurava, e a mulher suspirou. Ela então olhou de novo para Anderle.

— A senhora fala a verdade, Sagrada. Todas as crianças um presente dos deuses. Isso eu digo para a senhora. Conforme dou meu leite para esse menino, ele se transforma em minha própria carne. Como se fosse meu, o protejo. Não posso fazer mais por nenhum bebê, não importa filho de quem.

— Sim... — sussurrou Anderle. — A Deusa fala em mim. Ela vai cuidar de você, e virei vê-lo quando puder. Obrigada!

Ela se moveu na almofada, sentiu umidade e olhou para baixo, imaginando se tinha derramado o chá. Mas a umidade morna se espalhava entre suas pernas.

Ela olhou para Mulher Salgueiro em confusão e tentou se levantar.

— Desculpe, acho que me molhei e arruinei sua almofada.

Mulher Salgueiro e Samambaia Vermelha trocaram olhares, e a mulher mais jovem riu.

— Vou levar esse pequeno agora e alimentá-lo mais. Acho que a senhora logo vai ter o seu próprio bebê para encher os braços.

Por um momento, Anderle simplesmente ficou olhando. Então sentiu os músculos da barriga contraindo-se e entendeu que seu trabalho de parto tinha começado. Durrin havia prometido que quando a criança chegasse iria cantar até que ela não sentisse nenhuma dor. Ela imaginou se conseguiria ouvi-lo do Além-Mundo.

— O bebê está chegando? — Ellet guinchou. — Agora? Senhora, devo mandar chamar Kiri em Avalon?

Sem conseguir falar até que a próxima contração tivesse passado, Anderle balançou a cabeça.

— Mulher Salgueiro ajudou dezenas de bebês a chegar a este mundo, e, com a bênção de Caratra, confio nela para o parto do meu. Não mande nenhum aviso para Avalon. Eles devem saber apenas que cheguei aqui com um bebê, e vou sair como cheguei, com um bebê nos braços. E isso você pode jurar com verdade!

\*\*\*

*Tirilan...* O nome saiu dos lábios de Anderle como o toque de um sistro. O signo dela era o do Pacificador. Belkacem tinha lido as estrelas para ela, e Merivel viu o futuro dela na lagoa sagrada. *"Ela vai ser uma cantora, e muito amada..."*

Anderle apreciou as palavras. *Como o pai,* ela pensou, ao se curvar sobre o berço para enrolar mais o cobertor no bebê adormecido. Como o pai, a criança tinha cabelo encaracolado claro, e Anderle pensou que não era apenas pelo amor imenso de uma mãe que via nos espasmos adormecidos da menina o começo do sorriso deslumbrante de Durrin.

Desde o nascimento de Tirilan, estava sempre pensando em Durrin, momentos de luto alternados com lembranças agridoces e uma alegria angustiada.

Conforme as chuvas do inverno inundavam os pântanos, a vida continuava no Tor quase como antes. A névoa que pairava sobre os juncos parecia separá-los do mundo, como os antigos ensinamentos diziam que o Povo da Sabedoria sabia fazer. Mas ocasionalmente alguém vinha da Vila do Lago com informações. Mesmo na estação em que os homens se amontoavam perto de casa, os rumores ainda varriam a terra. Dizia-se que o filho de Uldan fora transformado como metal de cobre na fornalha e levado para viver com os deuses; dizia-se que os ancestrais o tinham levado para os montes funerários; dizia-se que ele estava escondido em dez lugares diferentes pela terra, de onde voltaria para destruir seus inimigos quando se tornasse um homem. As histórias sobre a própria viagem dela eram igualmente fantásticas. Agora diziam que tinha passado aqueles quatro dias perdida no Além-Mundo, e dado à luz uma filha lá, ou dentro de um monte funerário, o que era quase a mesma coisa no que dizia respeito à crença popular.

*Eles bem podem achar que você é uma criança do Reino Oculto*, pensou Anderle, curvando-se sobre o berço mais uma vez. O berço era muito antigo, entalhado com o símbolo do sol alado de Manoah que os Sábios tinham trazido das Terras Afundadas. A criança adormecida franziu um pouco as sobrancelhas no sono, então se virou e se ajeitou de novo. *Você não é uma criança dos montes ocos*, ela então pensou, *mas dos deuses*. Ela levantou os olhos quando Ellet entrou pela porta.

— Senhora! — Com a testa franzida de Anderle, a moça se endireitou e respirou fundo. — Senhora, um menino da Vila do Lago chegou. Ele diz que Galid dos Amanhead está lá com uma dúzia de guerreiros. Ele exige um bote para trazê-los para o Tor.

— Eles fizeram buscas nas casas?

Ellet balançou a cabeça.

— Estão interessados apenas em Avalon. Texugo disse ao rapaz que conseguiria segurá-los por um pouco de tempo, mas que vão começar a matar se ele demorar muito.

— Mande-o de volta — ela disse rapidamente. — Diga a Texugo para deixá-los vir.

\*\*\*

Anderle escolheu esperar pelo traidor atrás do sol alado no frontão do Templo da Luz, com os sacerdotes mais antigos atrás dela, todos vestindo túnicas brancas brilhantes, os diademas de seus graus na testa. As túnicas eram tecidas com linho pesado, alvejados até a brancura de uma nuvem em um dia de sol, e com bordados de sigilos dourados nas barras. Conforme os visitantes se aproximavam, ela percebeu que Galid era seguido por homens de seu próprio clã. Belkacem deu um passo à frente para bloquear o caminho deles com o cajado. Entalhado e pintado de ouro para parecer uma serpente, era uma coisa bela, mas não era páreo para uma lança.

— Quem vem em armas para perturbar a paz de Avalon? — A voz do velho ainda tinha poder. — Coloquem as armas de lado, homens de sangue, ou partam, pois não vão encontrar respostas aqui.

O sorriso de Galid aumentou, mas os homens atrás dele olhavam com desconforto.

— Acha que esse tipo de truque vai me assustar? — ele começou, mas percebeu que seus guerreiros haviam começado a sair de perto. — Ainda assim, acredito que somos mais que páreo para mulheres e velhos — ele acrescentou, rapidamente. — Vamos baixar as armas se elas os deixam com medo.

— Elas estarão seguras aqui — disse Belkacem, afável, indicando um banco em uma encosta. — Vou designar um guardião digno.

Ele fez um gesto, e Linora, que, aos sete anos, era a mais jovem das donzelas em treinamento, aproximou-se com gravidade e sentou-se na grama.

Os guerreiros pareciam levemente escandalizados ao tirarem cintos de espadas e colocarem as lanças ao lado dela no chão.

Anderle mordeu o lábio para esconder o riso.

— Se vêm em paz, são bem-vindos.

A irmã mais velha de Linora ofereceu a eles uma taça dourada cheia até em cima de cerveja.

— Bebam sem medo — a sacerdotisa disse com doçura, embora soubesse que era diversão, e não ansiedade, que brilhava nos olhos de Galid. Mas não importava o que o traidor pensava se conseguissem intimidar os homens dele.

Galid devolveu a taça, os traços cheios de cicatrizes cuidadosamente graves como o da menina. Quando Anderle olhou para ele, viu o rosto sobreposto pela imagem fuliginosa do homem que rira enquanto Irnana queimava e derrubara Durrin. Ela fechou os olhos por um instante, sabendo que precisava lidar com o homem que ele era *agora*.

O corpo dele agora era pesado de músculos, e a fome frustrada em seus olhos claros tinha se transformado em uma confiança cautelosa. A queda cruel de seu bigode escuro não mudara. Ele se vestira para o encontro como um rei, embora a rainha dos ai-zir tivesse se recusado a torná-lo um. O quanto aquilo tinha carcomido sua alma? O kilt dele era feito de lã fina castanho-avermelhada, o manto que cobria sua túnica sem mangas do mesmo tecido. Ele usava braceletes dourados pesados nos braços, e a capa e o cinto tinham fivelas de ouro.

Mas, se ele havia mudado, ela também tinha, pensou a sacerdotisa. Sem a falta de jeito da gravidez, estava ereta como uma imagem em seus mantos formais, o rosto um oval puro dentro dos véus drapejados e o ornamento na cabeça que aumentava sua altura em um palmo, trazendo a deusa tripla de Avalon. Galid a olhou como se quisesse desvelar a mulher atrás daquelas pregas duras.

*Imagine o que quiser*, pensou a sacerdotisa com uma diversão amarga. *Não sou uma mulher agora, mas a Voz da Deusa, e Ela vai fazê-lo escutar...*

— Venham. — Com o passo gracioso e deslizante que aprendera quando não era mais velha que Linora, Anderle liderou o caminho até o salão.

— Ficamos honrados por seus cumprimentos — disse Galid quando tinham sido sentados perto da lareira. — Mas não precisava ter se dado ao trabalho. Nossa missão é simples. Agora que o campo está ficando mais pacífico, viemos buscar o filho de Uldan.

Anderle o olhou nos olhos sem piscar, grata porque o véu escondia o pulso disparado na garganta.

— E o que faria com o menino se ele estivesse aqui?

— A rainha Zamara nos pediu para encontrar o sobrinho dela — respondeu um dos guerreiros. — Para que seja criado como herdeiro dos ai-zir.

*Ele até poderia acreditar no que dizia*, pensou Anderle ao observá-lo. Mas ela não tinha deixado de notar o brilho cínico no olhar de Galid.

— Ai de mim, aqui é só Avalon, não o Além-Mundo — ela respondeu com amargura.

— Não brinque comigo! — O tom de Galid se tornou mais mordaz. — Irnana passou o bebê para a senhora, e eu vi quando o levou para longe. Sabe-se que trouxe a criança com a senhora quando voltou ao Tor.

— As duas coisas são verdade, mas uma não garante a outra — disse Belkacem, com tristeza. — O filho de Irnana jamais chegou a Avalon. O bebê de quem ouviu falar é da própria Senhora.

Se eles não estivessem a um fio do desastre, Anderle teria rido da confusão de frustração, incerteza e descrédito nos olhos de Galid.

— Precisa entender por que não compreendi que estava atrás de nós para que pudesse cuidar do menino — ela disse, ácida. — Mas o caminho foi difícil, e não tínhamos leite para ele. Minha própria filha só nasceu depois que estávamos quase aqui, ou eu o teria alimentado nos meus próprios seios. Sinto muito... — ela disse, de olhos baixos.

— Não acredito na senhora! — Galid explodiu.

Anderle levantou os olhos para ele.

— Não acredita? Ellet, traga Tirilan para nós aqui.

Eles ficaram sentados em um silêncio rígido até que Ellet voltou com o bebê, agora acordado e agitando-se suavemente nos braços dela. Com três meses, o cabelo dela era um halo dourado. Anderle não tinha conhecido muitos bebês, mas certamente não era apenas uma parcialidade de mãe que via beleza nos pequenos traços, apesar do olhar dúbio com que a criança mirava todos aqueles homens estranhos.

— Esta é minha filha, herdeira de Avalon — Anderle disse com calma. — Gostaria que eu abrisse os panos dela para que se assegurem de que se trata de fato de uma donzela?

Um dos homens corou e os outros tiveram a graça de parecerem envergonhados. Estava claro para todos que aquela criança delicada não poderia ser o filho ruivo e forte de Uldan.

— Isso não será necessário — Galid disse, rígido.

Por um momento ele olhou Anderle nos olhos, uma mistura estranha de lascívia e respeito nos olhos dele.

O rosto de Tirilan ficou vermelho e Ellet a colocou nos braços da mãe, onde ela começou a remexer contra o tecido pesado, e então a chorar. Subitamente Anderle percebeu que não havia abertura nos mantos cerimoniais pela qual ela pudesse dar de mamar à criança, e em um instante seus seios começariam a vazar em resposta ao choro da criança.

— Podem vasculhar a ilha — Belkacem ofereceu com seriedade —, mas juro pela Luz que esse é o único bebê de qualquer sexo que será encontrado entre nós aqui.

— Busquem, se desejarem — Anderle se levantou, acomodando o bebê sobre o ombro. — Mas, para essa criança, ao menos, tenho leite, e é melhor alimentá-la antes que ela deixe todos nós surdos!

— Se jurarem isso, então tenho certeza de que é verdade, mas mesmo a verdade às vezes pode mentir. — Galid levantou a mão como um lutador saudando o inimigo. — Não esquecerei, Senhora...

Os olhos deles se encontraram, e ela ouviu as palavras não ditas: "*E estarei de olho em você...*".

\*\*\*

Enquanto um inverno frio relutantemente dava lugar a uma primavera igualmente molhada, as pessoas da vila relataram um número incomum de estranhos na área. *Galid estava mantendo sua palavra*, pensou Anderle, e negou os desejos de seu coração de ir até a Vila do Lago visitar Mikantor, a quem Samambaia Vermelha, seguindo os costumes da vila, chamava de Pica-Pau. Assim, foi só bem depois do primeiro aniversário do menino, quando os sacerdotes no Tor tinham terminado as cerimônias em torno do solstício de verão, que ela cruzou o lago para presidir o Festival de Verão dos moradores da vila.

Anderle sentou-se na plataforma na qual a casa do líder fora construída, ajudando Mulher Salgueiro a trançar guirlandas para as danças da noite com galhos folhosos e flores que as crianças tinham trazido do pântano. Tirilan dormia em um berço ao lado dela.

— Se eu não confiasse na observação dos céus, diria que estamos celebrando a Chegada da Primavera.

Ela trançou algumas prímulas entre o agrião-do-brejo que já estava preso na trança de taboas com um suspiro.

— De fato é — a velha concordou. — Muitos caminhos pelo brejo ainda estão debaixo d'água.

— Neste ano as ilhas do País do Verão são de fato ilhas.

Além das plataformas, o sol brilhava nas águas abertas do lado e nos canais que serpenteavam por entre os juncos.

— As terras alagadiças ainda são água. Não tem muito lugar para as ovelhas e cabras pastarem, ou para colher sementes. No próximo inverno acho que vamos viver de peixe seco, aves aquáticas e frutas silvestres.

— Fique grata por tê-los — Anderle disse sombriamente. — Dizem que fez frio demais para cultivar muita coisa nas velhas fazendas acima da chapada, e as que ficam muito abaixo estão tão encharcadas que o rebanho está ficando com podridão de casco e as sementes se afogam no campo.

Ela se virou quando um trinado de risadas soou de baixo. Uma das meninas mais velhas estava cuidando das crianças pequenas que brincavam no chão que fora desnudado entre as estacas conforme a água recuava. Mikantor estava entre elas, já andando, e alto e forte.

— Os meninos parecem bem, e ele cresceu. Se alguém perguntar, podemos dizer que ele é um ano mais velho que o irmão de leite, Mergulhão.

— O leite de Samambaia Vermelha é bom — respondeu Mulher Salgueiro.

As duas riram quando ele sentou de repente na lama, as sobrancelhas levantadas em uma expressão cômica de surpresa. No momento seguinte, ele se levantava de novo. O sol criava reflexos avermelhados no cabelo tingido.

— Ela ama Pica-Pau como se fosse filho dela.

— Eu sei, mas não podemos mantê-lo aqui para sempre. As crianças pequenas se parecem todas, mas, quando ele crescer, nem mesmo a tintura de cabelo será suficiente para fazer as pessoas acreditarem que ele é daqui. Já há lendas dizendo que o filho de Uldan foi renascido nas chamas.

— Levar Pica-Pau enquanto ele é jovem será muito difícil para ele e para Samambaia Vermelha — a velha disse devagar.

— Vou esperar o máximo que puder. — Anderle suspirou. — Pode ser mais seguro movê-lo de uma vila para outra.

— Talvez, mas isso é o futuro — respondeu Mulher Salgueiro. — Precisamos mantê-lo em segurança agora, ou ele não tem futuro. Vocês ainda sabem magia poderosa. Protejam a Vila do Lago e ele ficará em segurança aqui.

Anderle olhou para ela, e a nova guirlanda em que ela trançava lisimáquias roxas e juncos floridos tremeu em suas mãos.

— Não apenas a vila. Quando fizermos o circuito das sete ilhas sagradas — ela disse devagar —, poderei fazer o feitiço.

\*\*\*

A aliança entre o povo que um dia tinha caçado nos brejos e os sacerdotes e sacerdotisas de cabelos cor do sol que vieram do mar durava mil anos. Cada raça tinha seus próprios Mistérios, e as duas linhagens, mesclando-se, haviam dado à luz uma tradição que se baseava nos poderes tanto da terra quanto das estrelas. Disso viera o caminho em espiral que ligava as realidades internas e externas do próprio Tor, e o conhecimento dos caminhos das energias da terra seguia enquanto fluíam pelo território.

O Tor era ligado a várias das colinas menores que se levantavam sobre os pântanos. Um mapa dessas ilhas criava uma forma que eles também viam nas estrelas. Os sacerdotes a conheciam como Carruagem de Luz, ou Carroça de Caratra, mas o povo do brejo via a constelação como a parte superior de um urso. Para honrar esse poder protetor, tornara-se tradição seguir o caminho de ilha a ilha no Solstício de Verão.

Os barcos baixos e compridos partiam à meia-noite. Quando os barcos se moviam do brejo para o lago, ela podia sentir a diferença no movimento, mas, além disso, era como se eles flutuassem entre mundos. Quando o som de vozes a acordou, o céu estava ficando mais claro. Diante deles se erguia o monte cheio de árvores da Colina de Vigia. Os pássaros já entoavam seu coro de saudação para o dia que chegava. Quando a primeira faixa dourada apareceu sobre os montes a leste, os barqueiros enfiaram as tochas na água e Anderle começou a canção:

*Que beleza, que beleza sobre o horizonte,*
*O Senhor do Dia chega vestido de luz!*
*Despertem, filhos da terra, enquanto ele se ergue.*
*A luz enche a alma como enche a terra.*
*Desperte, ó meu povo, para a vida e a luz.*

Ela se curvou, movendo as mãos no Sinal de saudação. *Salve, Manoah, Senhor da Luz*. Ela invocou o deus por seu nome ancestral. *Toca o caminho que tomamos hoje com poder, para que possamos estar protegidos daqueles que nos desejam mal*. Ela ergueu os braços lentamente ao se esticar para receber a luz que descia do alto dos cumes e acendia as águas como se as tochas tivessem colocado fogo nelas.

Ela prendeu a respiração quando sentiu o mesmo fogo se acender dentro de si. Só depois soube que para os outros ela parecia retratada em luz. Ela se virou para o norte.

— Conforme a luz abençoa as águas, eu invoco os espíritos desta colina para nos proteger de todos os inimigos.

Conforme seguia de volta ao caminho, Anderle podia sentir o poder que havia levantado girando atrás de si como um fio de luz.

Os homens do assentamento abaixo da colina esperavam para levá-los na viagem de volta. A primeira parte era a mais longa, seguindo o curso sinuoso do rio. De ambos os lados, gramas longas ondulavam em um brejo levantado, intercaladas com urzes e um emaranhado de bétulas e amieiros. Libélulas já voejavam sobre a água, e de vez em quando um peixe pulava para saudar o dia.

Quando chegaram à ilha baixa onde um dia um grande guerreiro havia lutado com um espírito da escuridão, o sol estava na metade do caminho até o meio-dia. Deixaram uma oferenda e cruzaram rapidamente a colina dos poderes selvagens. O lugar também não era feito para habitação humana, embora caçadores viessem até ali às vezes para manter vigília e implorar o favor daqueles poderes, mas outros fugiam, enlouquecidos por medos repentinos, e corriam até caírem de exaustão ou serem engolidos pelo pântano.

Anderle sentiu o espírito da colina como uma energia caótica, mas não inamistosa. Ao atrair o poder do sol, ela o sentiu despertar. *Se os inimigos vierem, encha-os com teu terror*, ela rezou. *Que eles encontrem tua danação vagando sem juízo!* E ela teve a impressão de que algo na ilha sorriu em resposta.

Agora eles seguiam para o sul através das terras baixas. Garças andavam onde as pétalas das íris-amarelas se curvavam em suas hastes orgulhosas e as flores azuis dos morriões-d'água capturavam pedacinhos de céu. Em pleno meio-dia chegaram à Ilha dos Pássaros. A vila de Texugo ficava logo em seguida, construída no brejo para deixar o chão sólido para cultivar plantas e como pasto para as ovelhas.

A única estrutura no outeiro era um santuário. Bandos de aves aquáticas que clamavam buscavam o ar em torno dela. Conforme espalhava os grãos que eram a oferenda deles, elas se aquietaram de novo, tagarelando em satisfação. Anderle olhou de volta para o caminho pelo qual tinham vindo, fortalecendo o aperto no fio de poder. Ficou de pé, braços levantados ao céu.

*Salve a ti, brilho do meio-dia,*
*Ó sol em seu esplendor, governante do dia.*
*Cada folha e lâmina, cada pássaro e animal*
*Vive pelo amor do Senhor da Luz.*
*Bendito seja o fogo sagrado do sol...*

Quando ela voltou aos barcos, Mulher Salgueiro esperava com comida e bebida. Samambaia Vermelha também tinha vindo, com Mikantor apoiado no quadril, olhando em torno com a mesma curiosidade ávida dos patinhos que seguiam as mães em fila grasnando entre os juncos. Conforme Anderle abraçou a outra mulher, ela pousou um beijo na testa do menino.

— Alegre-se na Luz, Filho de Cem Reis. Consegue ver a teia brilhante que se estende até longe? Eu a teço para proteger *você*.

E, embora soubesse que suas palavras não podiam significar nada para uma criança tão jovem, teve a impressão de que os olhos dele rastreavam aquele brilho invisível entre os juncos que balançavam.

Deixando a vila e a colina para trás, os barcos viravam para o oeste, na direção da ilha onde cresciam os carvalhos sagrados. Quando a idade e os ventos do inverno derrubavam uma árvore velha, uma bolota que tinha sido guardada era cuidada com esmero até que conseguisse resistir às tempestades. Ali, a sacerdotisa derramou cerveja e amarrou uma fita de linho fino em torno do tronco como era costume, mas também prendeu aquela linha de luz na árvore.

O Sol fazia uma curva para o oeste quando se voltaram para a Ilha da Donzela. Eran veio encontrá-la, uma vez na vida com a túnica limpa, pois naquele dia a forja estava fria, e o único fogo que ardia era aquele no céu. Quando ele a viu, arregalou os olhos.

— Senhora, caminhe na Luz... — Ele se curvou.

Anderle sorriu, pois ele era o primeiro, a não ser pela criança, que tinha percebido que ela tentava algo mais que o ritual de costume.

— Mestre ferreiro, peço sua bênção ao meu trabalho, e a bênção da Senhora da Forja.

Ele se curvou de novo e foi para o lado para acompanhá-la para dentro da oficina. A imagem da deusa no nicho na parede era feita de chumbo das colinas ao norte do vale, com uma base cilíndrica para sugerir uma saia e pequenos pedaços em forma de espiga como seios no torso. Os anos haviam apagado qualquer traço que ela pudesse ter debaixo do ornamento de cabeça, mas erguia-se como uma sacerdotisa, com braços estendidos para cima. Era uma das deidades que o Povo da Sabedoria havia trazido, mas reconhecida como espírito de afloramento no coração humano e na terra. Eran enfeitara o nicho dela com flores de verão. Anderle parou, sentindo o fio de sol como um calor em suas costas, e esticou o braço para reuni-lo e oferecê-lo ao poder que a imagem representava.

— Achi, Antiga — ela murmurou. — Aqui está outro fogo para que segures. Protege a criança que é nossa esperança, e, quando ele crescer, forja as armas que darão a ele a vitória!

Ela esperou, e ouviu um farfalhar como o barulho do vento nas árvores ou o fogo sibilando nas brasas. Mas o fogo estava apagado, e o ar estava parado, e o som era uma voz que sussurrou para a alma dela.

*"No cadinho ele será testado, modelado na forma, forjado até que seja uma arma digna de minha mão."*

Ela deve ter balançado, pois, quando abriu os olhos, Eran segurava seu braço e lhe oferecia água. Ela aceitou com gratidão, mas mesmo para ele não conseguiu explicar.

Só restava o Tor. Anderle podia sentir a tensão enquanto subia e circulava as pedras que o coroavam, pois o sol começava a descer na direção do mar distante. Mas o poder na colina era maior do que ela já sentira, como se ávido para aceitar as amarras dela. Ela desceu tropeçando para os barcos e esperou para seguir na direção da Vila do Lago novamente.

Enquanto cruzavam a última parte de água aberta na direção da vila, o céu flamejava com suas próprias fogueiras de Solstício de Verão. Tinha sido um dia muito longo, e ela sentia cansaço até os ossos, mas a meada de luz se esticava firme atrás dela. O barco passou pela vila e parou na terra alta ao lado. Com a proximidade da noite, os pássaros haviam se escondido entre os juncos, e o topo da colina estava muito silencioso. No oeste, o Sol incendiava montes de nuvens sobre o mar distante. Ela apertou os olhos contra aquele brilho de glória final ao cantar o hino da noite.

*Que beleza, que beleza no horizonte,*
*O Senhor da Luz desce para seu descanso.*
*Durmam, filhos da terra, já que a terra dorme;*
*A Luz vive dentro de vocês, vive na terra.*
*Durmam e encontrem cura até ele voltar.*

Conforme a última faixa de brilho de fogo desapareceu, ela pegou o fio de luz e o ligou ao pulso que fluía da Colina de Vigia, onde tinham começado, um laço de poder para atar em segurança as sete ilhas do Vale de Avalon.

## ໙ QUATRO ໙

— Pica-Pau! A senhora de Avalon está aqui!

Com as palavras do irmão, os olhos de Pica-Pau se abriram e ele se levantou, jogando para o lado a coberta de peles de coelho costuradas. *A senhora brilhante...* Ele sempre a chamava assim na mente, embora ela fosse pequena e tivesse cabelos e olhos escuros como todos na vila. Ela morava na ilha mágica ao sul da Vila do Lago. Talvez fosse por isso que a luz parecia sempre se juntar em torno dela. Pica-Pau fechou o cinto do kilt, jogou a coberta de peles de coelho sobre o ombro, pois cedo assim o ar da primavera ainda era gelado, e seguiu o irmão até a lareira.

— Eles chegaram ontem à noite — tagarelou Mergulhão, enquanto engoliam o mingau quente que Samambaia Vermelha insistiu em colocar diante deles. — Escutei as vozes.

A senhora brilhante os visitava uma ou duas vezes por ano. De algum jeito, as coisas sempre eram arranjadas de modo que ela o visse. É claro que ela via todas as crianças da vila, e às vezes havia doces com suas bênçãos, mas Pica-Pau sempre teve a impressão de que ela o observava de um modo especialmente próximo. Aquilo o deixava desconfortável, como se ele fosse diferente dos outros. Mas já sabia disso. Havia alguma coisa errada com seu cabelo. A mãe o mantinha curto, e todo mês ela precisava tratá-lo com um remédio que o deixava seco e baço.

— Vá mais devagar — arfou Mergulhão enquanto Pica-Pau pegou a sacola e saiu pelo caminho que ia para a casa do chefe. — Eles ainda não levantaram. Ficaram todos acordados até tarde conversando.

— Como você sabe? — murmurou Pica-Pau.

— Acordei quando papai entrou e ouvi, claro. Como sempre, você dormiu o tempo todo.

— Vamos esperar, então. Vou brincar de pega-varetas com você — ele completou, de modo conciliatório, agachando-se na beirada da plataforma.

Ele pegou a sacola que o pai fizera para ele com a pele de um rato-do-mato e virou o feixe de varetas finas na mão. Era um jogo do qual o irmãozinho, que tinha a mão firme, embora não fosse forte, gostava muito.

— Por que você dá tanta importância, afinal? — perguntou Mergulhão enquanto Pica-Pau endireitava as pontas das varetas e as jogava no ar.

— Ela é bonita — ele respondeu, enquanto Mergulhão fazia a primeira jogada, virando as varetas com a de puxar e pegando-as em uma mão. — Como alguém que vi em um sonho.

Ele não mencionou que às vezes os sonhos eram pesadelos de fogo e terror nos quais a senhora brilhante o resgatava.

— E ela me dá presentes.

— Uhu! — o menino mais jovem disse, então xingou quando a mão mexeu e um nó de varetas começou a cair. — Sua vez — ele concedeu, mas Pica-Pau não estava ouvindo.

A porta da casa do chefe tinha sido aberta, e *ela* estava ali, falando com alguém atrás dela. Dessa vez, porém, foi diferente. Ao lado dela estava uma menina, uma coisinha de cabelo claro que carregava em si o mesmo tipo de brilho. A Senhora se virou, viu Pica-Pau ali de pé e sorriu.

— É você, Pica-Pau? Você cresceu!

A Senhora de Avalon falava bem o dialeto da Vila do Lago.

Enquanto Mergulhão juntava as varetas, Pica-Pau ficou de pé, reconhecendo a resposta costumeira que os adultos davam quando não sabiam o que fazer. No caso dele, era normalmente verdade. Ele tinha a mesma altura que o menino mais velho de Samambaia Vermelha, que, com doze anos, ia caçar com os homens.

— Essa é minha filha, Tirilan — a Senhora então disse. — Você teria a bondade de mostrar a vila a ela? Mas não a deixe cair no lago. Tiri não sabe nadar.

Pica-Pau e Mexilhão trocaram olhares. A menina era pequena, mas deveria ter ao menos seis anos. Com aquela idade, qualquer criança da Vila do Lago sabia nadar como um sapo.

— Vamos tomar conta dela — disse Mexilhão, alegremente, e ganhou outro sorriso.

— Vamos, então — murmurou Pica-Pau, liderando o caminho de volta até a casa da mãe, embora não tivesse ideia do que iriam fazer.

— Por que você é chamado de Pica-Pau? — perguntou Tiri, usando o modo de falar das tribos.

Ao menos ela não era tímida.

— Por que eu sempre me enfio nas coisas, acho — ele respondeu, desejando ter prestado mais atenção às lições da Mulher Salgueiro na língua tribal.

— Achei que talvez fosse porque seu cabelo se levanta em volta da cabeça como um filhote de pássaro.

Não havia malícia no tom dela, mas ele sentiu o rosto corar de raiva.

— Você é toda pálida e magra, como alguma coisa debaixo de um tronco. Acho que vou chamar você de Minhoca!

— Você vai me engolir? — ela retrucou. — Quero ver você tentar!

Ele piscou; ela parecia ficar mais brilhante.

— Um pirilampo, talvez, afastando as coisas que querem comê-lo porque tem gosto ruim!

Ela franziu o cenho, como se tentasse entender se era outro insulto ou um elogio.

Quando chegaram à porta de Samambaia Vermelha, mais crianças tinham se juntado a eles. Castor, que, aos nove anos, era quase tão grande quanto Pica-Pau e inclinado a desafiá-lo; Amieiro, uma menina de pernas compridas com uma trança negra longa que olhou para Tiri como se ela tivesse vindo de outro mundo; Ganso e Gansa, que eram gêmeos.

— Seu nome tem significado? — perguntou Amieiro, quando tinham feito as apresentações.

— Nossos nomes têm significados na língua antiga dos Sábios — respondeu a menina de Avalon, com seu primeiro sorriso. — O meu significa "doce cantora". Meu pai era um bardo.

Pica-Pau piscou e desviou o olhar. Definitivamente brilhante, ele pensou, como a mãe dela. Deveria ser bom saber de onde vinham seus traços e talentos. Ele amava os pais, mas achava difícil ver algo de si neles.

— Podemos ensiná-la a balançar no galho do salgueiro? — perguntou Castor.

— Se quebrar, ela vai cair na água, e não sabe nadar, e de qualquer jeito a água ainda está fria — respondeu Amieiro.

— Poderíamos sair em um barco — ofereceu Ganso, timidamente.

Ele se virou para a menina.

— Você viu os brejos? São muito bonitos na primavera.

— Mas ela não sabe nadar — protestou Mergulhão.

— Ela precisou subir em um barco para chegar aqui, não precisou? — rosnou Pica-Pau, embora fosse acreditar se lhe dissessem que a Senhora de Avalon podia voar. — Pode segurá-la se tem medo de que ela caia.

— Eu gostaria de ver os brejos — disse Tiri com clareza. — Vocês remam ou empurram os barcos com uma vara?

Pica-Pau olhou para ela com mais respeito. Ao menos ela sabia *alguma coisa* sobre barcos.

— Ainda não tenho altura para usar a vara bem — ele admitiu —, mas remo rápido. Ganhei a corrida de meninos no Solstício de Verão do ano passado.

Castor, que tinha sido derrotado por Pica-Pau naquela corrida, deu uma olhada furiosa.

— Não precisamos ir *rápido*, Pica-Pau, mas em segurança — disse Amieiro, com ar de repreensão. — Vamos!

O povo da Vila do Lago estava acostumado demais com o bando de crianças tagarelando para notar a cabeça dourada entre elas conforme desciam as escadas e se enfiavam nos barcos longos e baixos que os moradores esculpiam nos troncos das árvores. Pica-Pau ajudou Tiri a entrar no barco atrás dele com Mergulhão e Amieiro, enquanto Castor e os gêmeos pegaram outra embarcação.

— Havia trilhos de troncos no meio dos brejos — disse Amieiro enquanto se afastavam das estacas. — Mas estão debaixo d'água por muito tempo agora. Barco melhor. Você vai em qualquer lugar!

Tiri apertou os lados enquanto deslizavam pelos juncos e carriços novos e verdes que brotavam sobre o emaranhado amarelo onde as plantas do ano anterior tinham sido cortadas para o colmo, mas se acomodou quando um movimento longo do remo fez a embarcação seguir para água aberta adiante. Chamavam aquilo de lago, mas não era muito fundo, uma lâmina de água cobrindo o chão baixo a oeste da Ilha dos Pássaros e do Tor. A água cintilava com um brilho nacarado sob o céu claro.

— Para onde está nos levando? — perguntou Tiri.

— Se tivermos sorte, ver animais — ele respondeu. — Os pássaros vêm para o norte.

Ele apontou para um bando de aves aquáticas misturadas sobre a água. Além delas, um vislumbre branco saiu de trás de alguns juncos.

— Olhem, um cisne!

Remadas mais cuidadosas os levaram em torno da ponta norte da Ilha dos Pássaros e para o que gradualmente se resolveu em um riacho lento que alimentava o lago, vindo de terras mais altas ao norte onde o brejo e o pântano levantado sustentavam um emaranhado de árvores.

— Vamos ver ursos?

— Quer ver?

Ele olhou para ela com surpresa. Ela podia parecer fraca e pálida, mas ele começava a suspeitar de que era mais corajosa que qualquer um deles. Ele normalmente precisava trabalhar duro para convencer os outros de que tinha um plano realmente interessante.

— Temos uma lenda de que um dia existiu um urso, ou talvez um espírito de urso, que vivia em uma caverna em Avalon.

— Nunca ouvi falar de ursos nos brejos — observou Amieiro. — Acho que é molhado demais para eles, especialmente agora. No campo mais alto, às vezes veados.

— Ah... — disse Tiri, com indiferença. — Bem, é muito bonito aqui.

Irritado, Pica-Pau franziu o cenho.

— Quer empolgação? — ele disse devagar. — Vamos para a Ilha do Deus Selvagem!

— É proibido! — disse Mergulhão. — *Não* podemos ir lá!

— Pode voltar no outro barco com Castor se está com medo — Pica-Pau disse sobre o ombro, enfiando o remo na água e movendo o barco para a frente.

Um arrabio saiu voejando e grasnando dos juncos quando passaram, e Tirilan riu.

— É muito longe — disse Amieiro.

— Não é mais longe do que daqui de volta ao Tor — ele respondeu, embora imaginasse que levaria mais tempo para achar o caminho através do pântano do que cruzar o lago aberto.

Ele fizera essa viagem apenas duas vezes desde que tinha idade suficiente para acompanhar a proteção do Solstício de Verão, e as enchentes de inverno podiam mudar os canais, mas todas as crianças do lago tinham um bom senso de direção. Ele sentia a ligação invisível entre as ilhas sagradas. Se as seguisse, alcançaria seu objetivo.

— O que vamos encontrar na ilha proibida? — Tiri parecia estar se divertindo.

— Coisas selvagens — Amieiro respondeu de um jeito mordaz.

— Espíritos — completou Mergulhão. — Às vezes eles deixam as pessoas loucas.

— Minha mãe comanda espíritos — Tirilan disse com desdém. — Não vai me assustar com essa história.

Pica-Pau tinha certeza de que aquilo era verdade, mas a mãe dela não estava ali. Distraído, ele deixou o barco raspar em um tronco escondido e enfiou o remo na água para afastá-lo. A embarcação era sólida, mas virava com facilidade.

Quando se aproximaram do cume de terras altas onde a colina se erguia, era quase meio-dia e o desjejum de mingau parecia muito distante. Ainda assim, os brejos tinham comida para aqueles que sabiam encontrá-la. Precisariam ficar de olhos abertos quando chegassem à ilha.

O riacho se estreitou, curvando-se em torno da base do que parecia ser uma colina, embora fosse difícil ver o formato através das árvores. Se ele se lembrava corretamente, um pouco adiante o riacho se juntava a outro e continuava na direção da Colina de Vigia. Era isso, então. Pica-Pau ficou de pé, equilibrando-se com cuidado, e pulou para uma raiz protuberante. Mergulhão jogou a corda amarrada na proa do barco para ele, e, quando os outros saíram, eles puxaram a embarcação para a margem barrenta.

— Agora andamos.

Ele sorriu com a expressão de Tirilan enquanto ela olhava para a bagunça de lama, detritos e folhas apodrecidas.

— Melhor tirar os sapatos — ele disse a ela.

Ele e as outras crianças já estavam descalços. Cedendo, ele estendeu a mão para equilibrá-la até que chegassem a um terreno mais firme.

***

— Estou feliz por ver que a vila sobreviveu bem ao inverno — disse Anderle.

Era um belo dia, e, depois de semanas de nuvens e chuvas, estavam gratos por sentar nos bancos da plataforma em que a casa do chefe fora construída e tomar sol.

Texugo sorriu.

— Aqui sempre sabemos como viver com a água. A casa de Texugo ficou molhada, mas nesse verão construímos a plataforma dele mais alta.

— Já olhamos os lugares onde plantamos e coletamos — completou a mãe dele. — Não vamos ter tanto cereal para pão este ano, mas mais água é bom para pescar e aves. Não vamos morrer de fome.

Anderle assentiu.

— Vou mandar alguns dos nossos mais jovens para ajudá-la. Será bom para eles aprender como obter comida pode ser trabalhoso. A maior parte da nossa comida vinha de Azan. Ainda estamos recebendo um pouco dos fazendeiros que são gratos pela nossa ajuda no passado, mas é claro que não há nada dos reis.

— Soube que Galid de Amanhead agora governa Azan-Ylir. — Texugo, que estava sentado na beira da plataforma, se curvou para cuspir na água abaixo.

— Ele *diz* que é como um protetor da rainha. Mas Zamara ainda segue em Carn Ava, e me disseram que agora todos os guardas dela são lobos ai-ushen.

Ela estremeceu, relembrando.

— Acho que o rei Eltan feliz por ter um lugar para enviá-los, assim não criam problemas em casa. O primo de Eltan tenta matá-lo no verão passado, mas Galid deve tudo a ele, é aliado confiável.

— Confiável? — Anderle riu com amargura. — Ele traiu o próprio rei. Por que Eltan deveria imaginar que Galid não vai fazer a mesma coisa com ele?

— Talvez os guerreiros lobo estão lá para ficar de olho *nele* — observou o marido de Samambaia Vermelha, que se chamava Caçador.

— Acho que poucos chefes dormem tranquilos hoje em dia. — Texugo pegou sua xícara de chá de argila. — Se bons homens, sofrem porque não podem salvar todo o povo, ou usar toda a riqueza para ajudar, e ficarem fracos. E têm medo do povo deles se são ruins.

— Medo e fome são uma boa desculpa para o ódio — disse Caçador. — Muitas contas antigas são pagas agora.

— Então todo mundo acaba com medo de todo mundo — observou Mulher Salgueiro —, e, quando os inimigos chegam, não ficam juntos.

Anderle estremeceu de novo, embora o sol de primavera aquecesse seus ombros. Eles podiam perguntar às estrelas se a colheita seria boa ou não, mas, se as estrelas previssem desastre, não poderiam conjurar alimento da grama. Contra as forças que estavam mudando o mundo deles, a magia de Avalon parecia ter pouco poder. Se as preces de um sacerdote não faziam mais efeito nas enchentes do que a praga de um chefe, por que os clãs iriam dividir o pouco que tinham com Avalon?

*"O que não podemos curar precisamos aguentar…"* O lema de Kiri veio à mente. Certamente o futuro guardava mais do que essa lenta desintegração de toda ordem, ou por que razão suas visões a tinham levado a Azan para resgatar Mikantor? *Quando o Filho de Cem Reis estiver adulto, vai restaurar nosso mundo*, ela disse a si mesma, duramente. *Nossa tarefa é preservar os pedaços até lá.*

Ela chacoalhou o corpo e olhou para os outros.

— Certamente já passou da hora da refeição do meio-dia. Devemos chamar as crianças para comer? Vi Pica-Pau muito rapidamente pela manhã. Quero ver o quanto ele cresceu.

— Cresceu? — sorriu o pai de criação do menino. — Ele cresce como junco do brejo na primavera. Mais alto a cada dia.

— Vá chamá-los então — disse Mulher Salgueiro, pousando uma mão no ombro do filho para se levantar. — Vou mexer o cozido de novo.

A velha tinha trazido vasilhas de madeira cheias de uma mistura fumegante de grãos e raízes com um pouco de carne-seca antes que Caçador voltasse, e, quando ele subiu as escadas da plataforma, franzia a testa.

— É bom que começaram a comer. As crianças não estão aqui. As pessoas disseram que meus meninos e sua filha saíram com Amieiro, Castor e os gêmeos, com quem eles brincam sempre. Os barcos deles sumiram.

Anderle olhou dele para Texugo.

— Eles saíram em barcos? Isso é seguro?

— Nossas crianças aprendem a lidar com barcos quando aprendem a andar — respondeu o chefe. — Mas é estranho que não tenham voltado para comer.

— Eles podem ter se perdido nos brejos?

Subitamente a colcha de retalhos de verdes e água brilhante parecia mais confusa que bonita. Anderle tinha crescido entre os brejos, mas quando precisava cruzá-los usava os caminhos de madeira.

— Não acredito nisso — Texugo disse devagar. — Sempre dá para ver os picos ao norte e ao sul, e hoje o sol mostra o oeste. Eles sabem o caminho que precisam tomar. Ainda assim... podem estar presos em algum lugar...

— Nada nos brejos para machucá-los! — Mulher Salgueiro disse rapidamente. — Mas talvez melhor seus homens irem olhar, não? Esperamos...

— E planejamos como fazer com que se arrependam de nos assustar assim! — completou Anderle.

Tirilan era uma criança de boa natureza, mas tinha ideias próprias. Aquela não seria a primeira vez que havia escapado de seus cuidadores.

Quando Texugo e Caçador voltaram, o sol estava na metade do caminho entre o meio-dia e o horizonte. Tinham vasculhado a área em torno da Vila do Lago, mas barcos não deixavam rastros na água, e não havia sinal das crianças.

— Devem ter ido mais longe, mas para que lado? — perguntou Caçador, frustrado.

— Quando perceberem que está ficando escuro, vão voltar para nós — disse Mulher Salgueiro.

— Se puderem... — Anderle ficou de pé, olhando a paisagem.

Em que direção teriam ido? Uma sacerdotisa de Avalon poderia não saber como navegar os juncais, mas sabia montar as correntes de poder. Fechou os olhos, estendendo os sentidos interiores para as fronteiras que ela mesma havia firmado no verão anterior, buscando o fluxo e refluxo de energia dentro da área que ela protegia, e a assinatura particular da filha.

Ela se virou para os homens:

— Vamos sair de novo, e vou com vocês. Há alguma coisa naquela direção — ela apontou para o norte — que me chama. Quando estivermos mais perto, saberei com certeza.

\*\*\*

A margem do riacho estava sufocada com salgueiros, cujos ramos baixos ainda retinham pedaços secos de juncos deixados ali nas enchentes de inverno. Pica-Pau ouviu um grasnado abafado e se virou para ajudar Tiri a tirar dos cabelos fragmentos de um ninho de alvéola. Texugo e Mergulhão seguiam. Depois de uma discussão vigorosa, Amieiro concordara em ficar nos barcos com os gêmeos.

— Achei que tivesse dito que as pessoas vinham aqui às vezes — Tiri reclamou.

— No Solstício de Verão — ele respondeu, censurando. — Mas vem o inverno, a costa sempre muda. Ainda assim, deveria ter. Ali, vê, perto dos freixos? Caminho que sobe a colina.

Um grupo de troncos brancos brilhava além dos arbustos de espinheiro. Quando emergiram, viram uma linha ondulante de grama verde seguindo para cima. No começo, Pica-Pau se perguntou se era realmente um caminho, mas na mesma hora notou galhos que tinham sido intencionalmente virados para não bloquearem a passagem. Sentiu um arrepio nos cabelos da nuca. Os humanos eram apenas hóspedes naquele lugar, e não muito bem-vindos. Mas ainda não estava assustado o suficiente para se virar e ir embora.

— Tomem cuidado — ele disse em voz alta. — Não quebrem galhos e... falem baixo.

Mergulhão lançou um olhar curioso para ele. O irmão sempre tinha sido sagaz, usando a inteligência para compensar a falta de tamanho, e ele sabia que, embora Pica-Pau conseguisse se mover com o mesmo cuidado que qualquer menino treinado para caçar as presas pequenas e cautelosas que um arco de criança poderia derrubar, ele não era conhecido pela prudência.

Conforme o caminho ficou mais íngreme, os outros olhavam para ele com mais frequência. Eles também tinham, ele pensou, desconfortável, aquela sensação de que eram observados por Algo que, se não era inimigo, certamente não era amigo da humanidade.

— Gostaria que tivéssemos trazido uma oferenda — Mergulhão disse em voz baixa.

— Eu tenho um pedaço de pão de aveia — sussurrou Tirilan.

*Eu deveria ter pensado nisso.* Pica-Pau mordeu o lábio. Aquela era a última das coisas em que precisaria ter pensado. Quando chegassem em casa, *se* chegassem em casa, Samambaia Vermelha iria arrancar o couro dele. Mas ele sentia que demonstrar medo agora iria atrair o tipo de atenção que queriam evitar. Terminar a subida com cuidado, mas com ousadia, era a melhor escolha para eles agora. *E então virar e voltar para casa,* e aceitar a punição que os pais dele escolhessem.

Um som aflautado suave vindo de cima fez os quatro pararem, olhando.

— Um perna-vermelha! — afirmou Mergulhão, mas aquilo não soava exatamente como o pássaro de pernas vermelhas que vivia no brejo.

Subitamente parecia escuro demais debaixo das árvores. O caminho tinha ficado mais íngreme, e as pernas de Pica-Pau doíam. Ele olhou para trás para ver como os outros se saíam. Mergulhão e Castor arquejavam, mas Tiri parecia dançar pelo caminho. *Sem dúvida estava acostumada a escalar,* ele pensou com ressentimento, lembrando-se da altura do Tor.

Ele pulou quando o pássaro – deveria ser um pássaro – soltou de novo aquele chamado estranho de flauta. Havia soado quase em seu cotovelo. Ele olhou em torno, perdido, mas não conseguia ver nada além de folhas que se moviam. Não ouvira o vento levantar, apenas um sussurro vago que parecia vir de todos os lugares em torno dele. Nem parecia haver uma direção no movimento das folhas. Aquilo fez a cabeça dele girar.

Ele sentiu uma mãozinha apertar seu cotovelo e se virou. Tirilan tinha ficado imóvel como uma corça assustada.

— Alguma coisa está nos observando… — ela soprou no ouvido dele.

Ele assentiu, estranhamente reconfortado por saber que ela também sentia aquilo. Que alguma sensação de atenção estava ao redor deles, mas tinha a impressão de que só iria piorar se ficassem ali.

— Não há ursos no vale — Castor murmurava. — Não há ursos.

*Não*, pensou Pica-Pau, *mas poderia haver coisa pior*. Desejou ter prestado mais atenção às histórias dos caçadores.

— Psiu — murmurou Tiri. — Há espíritos aqui. Quase consigo entender as palavras deles.

*Isso não precisa de magia*, pensou Pica-Pau, tremendo. *Eles estão nos dizendo que não pertencemos a este lugar.* Mas os galhos balançavam de tal modo que ele mal conseguia ver o caminho.

— Então diga a eles que não queremos fazer nenhum mal.

— Está vindo! — Castor exclamou de repente, e se preparou para correr.

Pica-Pau esticou o braço para pegar a túnica dele.

— Cale a boca e segure minha mão!

A necessidade de tomar conta dos outros o acalmou, e ele começou a subir novamente. Apenas Tiri parecia não sentir medo. Ele colocou Castor entre Tiri e Mergulhão e pegou a outra mão dela.

Enquanto subiam aos poucos, percebeu sua surpresa com o modo como aquilo parecera natural. Por um momento, ele se lembrou de abraçá-la enquanto o mundo caía em pedaços ao redor deles, mas naquela lembrança eram ambos adultos, então talvez fosse um sonho. Enquanto seguiam adiante, podia ouvi-la sussurrando palavras em outra língua; achou que fosse a velha língua que os sacerdotes usavam no Tor. Pica-Pau tentou imitar os sons dela e sentiu que saíam com facilidade, o que também pareceu estranho, já que nunca os ouvira antes.

O tumulto em torno deles aumentava. Galhos açoitavam com raiva, e gravetos e pedras pareciam ceder intencionalmente sob cada passo. *Pare!*, ele pensou. Precisava ser capaz de parar aquilo – costumava saber como –, mas isso era ridículo, disse a si mesmo. Aquilo deve ter sido em seus sonhos.

Tirilan disse outra palavra. Pica-Pau começou a repetir as sílabas e as sentiu mudar em sua boca. Por um momento, uma *Palavra* pairou no ar. No próximo, era ecoada pelo estrondo de um trovão. O mundo ficou escuro e então iluminado de novo, e de repente tudo estava imóvel.

As crianças olharam umas para as outras, surpresas demais para falar, embora Tirilan mirasse Pica-Pau com um olhar estranho, considerando.

— Ali está o caminho — Pica-Pau por fim disse. — Vamos.

A luz atravessava as folhas jovens para sarapintar o chão diante deles, mas, embora a mata ainda fosse misteriosa, a tensão que os ameaçara tinha ido embora. Uma borboleta dourada flutuou atravessando o caminho deles. Mergulhão tocou o ombro dele e apontou, e Pica-Pau vislumbrou a forma graciosa de um cervo. Agora que sabia olhar, podia ver mais deles, movendo-se, como as crianças, para o cume da colina.

Luz dourada enchia o ar diante deles. Quando seus olhos se ajustaram, viram uma pequena clareira acarpetada de grama nova aberta ao céu azul. Cervos pastavam ali, o castanho-avermelhado rico de suas pelagens de verão brilhando entre o resto da pelagem alta de inverno. Ele contou quatro corças, duas delas acompanhadas de filhotes pintados. Além deles, um pouco separado, um animal maior pastava.

Quando Pica-Pau deu um passo para a frente, aquele outro cervo levantou a cabeça. O menino olhou primeiro para a galhada aveludada meio crescida, então o pescoço imenso e os ombros se levantaram à vista. As corças jogaram as cabeças para cima em alarme e sumiram, seguidas de seus filhotes. Mas a cabeça do cervo se virou, e por um longo momento Pica-Pau foi trespassado por aquele olhar escuro, impassível.

*Eu conheço vocês...*, dizia aquele olhar, *mas são jovens demais e fracos para me preocupar. Vamos nos encontrar de novo quando estiverem adultos...*

Com uma bufada, a cabeça coroada se virou, e o cervo foi desdenhosamente embora. Em momentos a galhada havia se misturado aos galhos, a forma vermelho-acastanhada com as sombras, até que Pica-Pau se perguntasse se os cervos tinham de fato estado lá.

Onde eles estiveram, raios de sol se moviam e bruxuleavam como se atravessassem árvores, pois o sol já descia em direção ao oeste. Tirilan passou por baixo do braço esticado de Pica-Pau e saltou pela grama, levantando o rosto para a luz.

— Os espíritos estão aqui! — ela gritou. — Não conseguem vê-los? Ah, venham e entrem na dança!

— O que ela quer dizer? — sussurrou Mergulhão. — Com quem ela está dançando?

Pois Tiri certamente dançava, o cabelo claro levantando, as saias da túnica branca abrindo-se como as asas de um cisne enquanto ela abaixava e rodava. Ela esticou os braços, rindo, e por um momento Pica-Pau julgou que podia ver as formas radiantes que dançavam com ela. Mas ele ficou onde estava. Ele tinha suas visões e ela tinha as dela.

Nunca soube por quanto tempo ficou observando aquela dança estranha enquanto o sol afundava na direção do mar distante. Mas chegou um momento em que os raios de sol falharam, e Tirilan ficou sozinha na clareira, a luz sumindo dos olhos dela ao começar a desaparecer no céu.

Pica-Pau foi até ela.

— Está tudo bem — ele disse em voz baixa. — Mas precisamos ir. Os Poderes do Dia nos abençoam, mas não sabemos dos Poderes da Noite.

Quando ele pegou a mão dela, ouviu lá embaixo a voz da Senhora de Avalon chamando-os.

\*\*\*

Anderle estava sentada na proa de uma barca baixa com a filha nos braços. Adiante, o cume puro do Tor se erguia como o centro correto do mundo. Seria bom estar em casa. No entanto, quanto mais pensava nisso, mais ficava perturbada com a história das crianças sobre o que havia acontecido na Ilha do Deus Selvagem.

— Vamos voltar logo para a Vila do Lago? — Tirilan levantou os olhos para ela.

— Você quer?

Tiri assentiu.

— Pica-Pau é engraçado.

Anderle reprimiu o impulso de perguntar como ela podia considerar divertido escalar por aí na mata selvagem e deixar a mãe meio louca de preocupação. Ela tinha gritado com eles alto o suficiente na noite anterior, isso quando não abraçava a filha até que ela grasnasse em protesto para assegurá-la de que realmente estava ilesa. Caçador, claramente chocado com o perigo ao qual os filhos haviam exposto a filha da Senhora de Avalon, tinha levado os dois meninos para uma coça e os mandara para a cama sem jantar.

— Ainda está brava? — perguntou Tiri, que conseguia ler a mãe muito bem. — Ele ficou muito arrependido. Acho que estava tentando se mostrar para mim.

Anderle pensou. O menino mais jovem tinha gritado quando estava sendo punido, mas Pica-Pau não fez nenhum som.

— Fiquei muito feliz quando foi nos buscar — a menina completou, de modo tranquilizador. — Como soube onde procurar?

*A menina tinha nascido sacerdotisa*, pensou Anderle, e era precoce. Talvez tivesse idade suficiente para entender.

— Você sabe que todo ano eu renovo as proteções em torno das sete ilhas sagradas. Senti uma mudança na energia ligando as ilhas, então achei que deveríamos procurar lá. Quanto mais perto chegávamos, mais eu sentia que alguma coisa estava errada. Foi por isso que me aborreci com você ontem à noite. Estava com medo.

— Entendo — disse Tiri, sábia. — Eu também estava com medo. Alguma coisa que não gostava de nós estava lá. Cantei todas as preces de que consegui lembrar.

— Você cantou, minha querida? — Anderle sorriu. — Fico feliz por ter se lembrado delas. Qual você estava dizendo quando ouviu o som do trovão? O sentimento tinha mudado.

Tinha acontecido bem quando estavam deixando as águas abertas para o riacho – trovão de um céu limpo, e no momento seguinte a sensação avassaladora de que tudo ficaria bem.

— Ah, aquilo não fui eu — a criança respondeu. — Pica-Pau começou a dizer as preces comigo, e, quando cheguei à parte sobre proteção do vento e da tempestade, ele disse uma palavra diferente, e então estávamos seguros, eu sabia.

— Que palavra? — Anderle sussurrou. — O que ele disse?

— Ele disse — Tirilan balançou a cabeça. — Consigo escutá-la, mas não dizê-la. Não era minha...

Anderle estremeceu, e por um momento uma alma muito mais velha olhou pelos olhos da menina.

— Era a Palavra do Trovão — Tirilan então disse.

*Não posso deixá-la perceber que estou surpresa*, Anderle pensou, entorpecida. Pica-Pau *é um filho da Vila do Lago, mas* Mikantor *é Filho de Cem Reis. É tão estranho que ele fosse... se lembrar?*

— O que Pica-Pau acha que aconteceu?

— Ah, ele não sabe o que fez. — Ela sorriu. — Mas, seja o que for, sei que já fizemos isso antes. Ele não é como os outros meninos da vila. Acho que deveria trazê-lo para Avalon.

— Gostaria de poder — a voz de Anderle estremeceu.

Se o poder já surgia nele, precisaria ser treinado. Fazia algum tempo que não percebia espiões de Galid. Talvez ela finalmente o tivesse convencido de que a criança estava perdida. Se ela encontrasse outras crianças talentosas para ensinar, poderia esconder Pica-Pau entre elas.

— Eu gostaria disso. — Ela deu um abraço na filha. — Vamos ver.

# ~ CINCO ~

Enquanto a primeira lua cheia após a virada do outono se aproximava, a Senhora de Avalon viajou para o grande Henge para honrar os ancestrais. Os caminhos já estavam encharcados com a chegada do inverno, as velhas samambaias nas encostas flácidas e marrons. Dizia-se que esse festival um dia marcara o fim da colheita, mas a colheita ali havia terminado fazia um mês. As almas que tinham vindo guiar teriam uma viagem molhada para casa.

Os grandes montes funerários com passagem tinham sido abandonados havia gerações, mas a cada sete anos os espíritos dos mortos ainda desciam pelo rio para fazer sua peregrinação ao Henge, e dali para o Além-Mundo. Em cada fazenda e vila, a mulher mais velha da casa presidia as cerimônias pelos mortos da família, ajudando na transição deles para o Além-Mundo como tinha ajudado o parto de cada nova criança de sua linhagem. E naquele ano, como na maioria dos anos de que Anderle se recordava, famílias demais tinham perdido um membro a quem agora precisavam dizer adeus. Mas a Irmandade Ti-sahharin, as sete sacerdotisas que guiavam a vida espiritual das tribos, tinha outra tarefa. E para isso haviam chamado a Senhora de Avalon, que servia a todas as tribos, mas não era ligada a nenhuma, para ajudar.

Passaram pelas encruzilhadas e pela fileira de montes funerários de que Anderle se lembrava bem demais de sua fuga de Azan-Ylir, e chegaram subitamente à beira do vale raso que o Aman, agora inchado em um pequeno rio em vez do ribeirão gentil de costume, havia aberto na planície. À esquerda deles, os galhos nus dos carvalhos arranhavam um céu nublado. Do outro lado do rio, outros viajantes passavam pelas madeiras chamuscadas que um dia guardaram a casa do grande rei. Conforme se aproximavam, Anderle reconheceu as capas de chuva de juncos tecidos que os ai-giru usavam.

— Vamos esperar aqui — ela disse aos seus homens. — Se eles tiverem problemas com a travessia, podem ficar felizes com nossa ajuda.

Mas os pântanos das terras dos ai-giru eram ainda maiores que os que cercavam Avalon, e os acompanhantes da Senhora conseguiram passar a vau pelo riacho com um mínimo de borrifos e xingamentos. Conforme os recém-chegados se dirigiam para a margem, Anderle ficou ao lado da carroça coberta em que a sacerdotisa seguia.

— Linne... espero que esteja bem. Não vou perguntar se teve uma viagem agradável — disse Anderle enquanto uma mão magra abriu a aba de couro e ela vislumbrou um rosto pálido dentro.

— Deixe-me ver... quando diz agradável a senhora se refere a dois cavalos machucados e um mal da tosse que atingiu três de meus homens com tanta força que eles precisaram ser deixados pelo caminho?

Anderle assentiu. Era o começo da época escura, a estação que pertencia aos poderes que viviam abaixo.

— E como seu povo passou este ano?

— Minha terra é como a sua. A maior parte é brejo, então sabemos como lidar com água, embora, se realmente tivéssemos membranas nos pés como as rãs que batizaram nossa tribo, estaríamos melhor. Mas agora precisamos lutar contra invasores da Grande Terra — Linne continuou.

— Imagino que os tempos também andem ruins por lá.

— Não sei por que pensariam que estamos melhor — ela disse com amargura. — Mas questionei o único homem que capturamos vivo. Ele me disse que a terra deles é tão baixa que, quando o vento sopra do oeste, o mar invade com facilidade. A grande Cidade dos Círculos perde terreno a cada ano. Então, os homens sem família entram nos barcos para ver o que podem encontrar em outro lugar.

— Não deveríamos nos surpreender. — Anderle suspirou. — Não é a mesma coisa aqui, já que uma tribo é forçada a sair de suas terras e ataca outra, e eles atacam os vizinhos por sua vez. É como uma avalanche... cai uma pedrinha, e antes que se saiba metade da montanha está em movimento.

Adiante o terreno se inclinava levemente para cima. Agora podiam ver os amontoados de tendas feitas de lã crua ou couro oleado e barracas com telhados grosseiros de colmo que tinham sido erguidas perto da entrada do Caminho Processional. Aquela reunião não era nada comparada às vastas multidões que em outras épocas se reuniam ali para o festival, mas era um comparecimento impressionante do mesmo jeito. Além deles ficavam os cercados onde o gado de pelagem ruiva esperava para ser morto para banquetes ou trocado para melhorar o rebanho de outras tribos.

Um dos homens de Anderle levantou um chifre aos lábios e soprou três chamados longos. As pessoas começaram a sair das tendas, puxando os mantos sobre as cabeças contra a garoa fina que começara a cair de novo. Ela estremeceu, só agora permitindo-se admitir que acharia bom ter uma tigela de sopa quente e o calor de uma fogueira.

\*\*\*

— Na virada do Outono olhei na lagoa da Mãe, mas só consegui ver os giros da água, tudo se dissolvendo, tudo sendo levado embora... — Kaisa-Zan, dos ai-utu, levantou o rosto, a luz do fogo brilhando na água em seus olhos.

Ela era a sacerdotisa mais jovem, uma garota robusta com uma cabeleira castanho-avermelhada.

— Não é preciso ser vidente para interpretar isso — observou Leka, que vinha dos ai-akhsi, o povo do carneiro. — A senhora tem medo de enchentes, então é tudo o que vai ver.

Ela se serviu novamente de cozido, uma mistura de cordeiro, carne de vaca e uma variedade de raízes e grãos, tão diferentes quanto as mulheres que os comiam. O bruxulear do fogo fazia as sombras dançarem com imagens nos tecidos pendurados que aqueciam a parede interna da casa redonda. Era a única construção permanente no recinto, uma estrutura robusta com um telhado de colmo pesado que descia quase até o chão do lado de fora. Na fogueira central, fervia o caldeirão de bronze precioso com o cozido, e bolos de aveia tostavam nas pedras chatas na beirada do fogo.

— Pode se dar ao luxo de sorrir — Kaisa-Zan respondeu com amargura. — Mora em Dales. Mas o que iria achar se suas colinas se tornassem ilhas? Se isso acontecer, só vão poder criar ovelhas.

— Paz — aconselhou Linne. — Estamos aqui para nos aconselhar para nosso povo... atacar umas às outras não servirá a nenhum propósito.

Ela olhou pelo círculo com um olhar repressor, a luz do fogo dando uma cor fugitiva ao cabelo prateado. Nuya, que era irmã mais nova de Uldan e Zamara e grã-sacerdotisa dos ai-zir, sentara-se o mais longe possível de Saarin dos ai-ushen. Não haviam falado uma com a outra desde que chegaram.

— Recebemos alguma palavra de Olavi? — ela perguntou.

— Dizem que as estradas para o norte já estão cobertas de neve — respondeu Saarin. — Eu mesma quase não vim — ela completou, com um olhar para Nuya. — As senhoras não me fizeram sentir muito bem recebida aqui. Mas é necessário. Muitos da minha tribo também morreram.

— Todas nós temos pessoas demais para chamar este ano — disse Leka —, mas não pode culpar o resto de nós por se ressentir do modo como seu rei tenta resolver os problemas dele. É ruim o suficiente que Eltan tenha tomado territórios de outra tribo. Aqueles que não mata, escraviza, e eles ficam gratos por colher os restos das próprias colheitas.

— E a criatura dele, Gali, é pior — completou Kaisa-Zan. — Os homens dele assolam como cães selvagens, atacando fazendas e destruindo tudo o que não conseguem levar embora. Ele pensa que, se destruir Azan, Zamara vai aprová-lo como rei?

— Ele é como um cão selvagem que ataca um cercado de cordeiros — disse Leka —, rasgando e matando pelo prazer da destruição.

— Como faz qualquer animal alijado de sua verdadeira natureza — observou Shizuret —, seja cão ou homem.

*Era verdade*, pensou Anderle, lembrando-se dos campos incultos e fazendas abandonadas que vira ao viajar até ali de Avalon. E, ao longo dos anos, havia escutado uma série firme de histórias de refugiados. Eles não precisavam esperar que a piora do tempo os destruísse quando tinham homens piores.

— Acho que a doença de Galid é algo mais profundo, um vazio que nenhuma quantidade de comida, ou de sangue, consegue preencher — ela então disse.

— Ao menos o lobo, quando mata, é para viver — disse Saarin.

Nuya enrolou o xale em torno de si como se para se proteger do contágio da outra. E, no entanto, quando chegasse o dia seguinte, fariam todas a viagem ao Henge, juntando seus poderes para aqueles cujas mortes lamentavam. Anderle olhou em torno do cômodo, procurando a qualidade comum que as tornava quem eram.

Ela e Kaisa eram as mais jovens, e as outras tinham idades entre elas e Linne, pois, no costume normal, uma jovem ajudaria sua predecessora por muitos anos antes que a morte ou a aposentadoria a colocasse no cargo superior. Mas é claro que aqueles não eram tempos normais. Leka tinha trinta e poucos anos, robusta, com cabelo encaracolado castanho e uma maneira direta que às vezes era interpretada como dura. Dizia-se que os ai-akhsi andaram guerreando com os vizinhos do sul, e ela recebera alguns olhares sombrios de Shizuret, a sacerdotisa dos ai-ilif, que era quase tão velha quanto Linne, e que tivera um marido e seis filhos antes que a praga os levasse, junto com a mulher que deveria suceder a sacerdotisa da tribo antes dela. Talvez a similaridade fosse aquele ar de autossuficiência, como se, por terem visto o Além-Mundo, não pudessem ser derrotadas por nenhuma tragédia neste.

— Posso prever desastres em abundância mesmo se a Ilha dos Poderosos permanecer acima no mar — disse Shizuret, sombriamente. — Entramos em tempos duros, minhas irmãs, e precisamos nos preparar para enfrentá-los.

— Isso é difícil quando nossos líderes colocam toda a energia deles em lutar uns com os outros em vez de tratar dos males que nos assolam — concordou Linne. — Eu me recordo de uma ninhada de cachorrinhos que alguém tentou afogar. A boca do saco se abrira, e eles lutavam para vir à tona. Mas, cada vez que um deles chegava à superfície, outro tentava subir e empurrava o irmão para baixo d'água de novo.

— Sorte difícil — disse Leka.

— O que aconteceu com os filhotes? — perguntou Kaisa-Zan.

— Eu os tirei e encontrei casas para eles... — O sorriso de Linne desapareceu. — Mas não posso fazer a mesma coisa por seus chefes.

O olhar dela permaneceu por um momento em Saarin e Nuya, então seguiu.

— Nossa magia é para crescimento e cura — sussurrou Kaisa-Zan.

— E os chefes duvidam de nossa habilidade de usá-la — concordou Nuya, com um olhar venenoso para Saarin. — O único poder que os homens entendem agora é a ponta de uma lança.

Anderle fechou os olhos, invocando a imagem que viera a ela mais de uma vez em sonho. Vira Mikantor, adulto, caminhando por um campo de batalha, levando na mão uma espada que brilhava como fogo branco. *Ouso dizer a elas? Elas precisam muito dessa esperança, mas serão muitos anos antes que o que vi aconteça.* Ela engoliu as palavras com um suspiro. Enquanto Galid vivesse, o mundo precisava continuar a acreditar que o herdeiro de Uldan havia morrido.

— E ainda assim nós *somos* as Irmãs Sagradas. — Linne se endireitou, as dobras da túnica azul dando à silhueta magra uma súbita majestade. — E, se tudo o que pudermos fazer for tirar o filhote ocasional do riacho, faremos isso.

*Ou do fogo...*, refletiu Anderle, pensando em Mikantor, já que ela o vira quando passara pela Vila do Lago a caminho dessa reunião. Deveria estar quase na hora de Samambaia Vermelha pintar o cabelo dele de novo, pois reflexos vermelhos brilhavam em meio ao castanho cinzento como fogo através das cinzas. No ano anterior não houvera explorações tão ultrajantes como a visita à Ilha do Deus Selvagem, ou não, ao menos, que envolvessem sua filha, mas ele parecia ter o dobro da iniciativa e da energia de seus amigos de brincadeira. *Vou precisar fazer alguma coisa a respeito daquele menino.*

— Precisamos trabalhar com as crianças — ela disse em voz alta, um pensamento levando a outro. — Essa crise não vai acabar logo. Precisamos ensinar as crianças a confiar umas nas outras, até mesmo as meninas que estão em treinamento, e não podemos fazer isso se as mantêm em casa.

— O que está sugerindo? — Saarin a cortou.

— Mandem-nas para Avalon por algumas estações, meninos e meninas. Vamos ensinar-lhes curas e história, fazê-los trabalhar juntos nos rituais. Quando tiverem aprendido, rido e testado as mentes uns dos outros, vai ser difícil pensar no povo das outras tribos como aqueles desgraçados malignos do outro lado da colina.

— Como fazemos aqui... — Linne disse secamente.

Anderle deu de ombros.

— Mande-me aqueles que acham que têm talento. Os que têm energia e mentes curiosas. Aqueles que os pais julgam que criam problemas, mas que têm bons corações. De cada tribo, peguem dois ou três entre as idades de sete e catorze.

— Com uma carga ou duas de provisões para a manutenção deles — bufou Shizuret —, ou pensou em como vai alimentá-los? Crianças estão sempre com fome em todas as idades, e os seus pântanos não são exatamente o celeiro desta ilha.

— Nem Azan, hoje em dia — murmurou Nuya com tristeza.

— Os homens da Vila do Lago os ensinarão a caçar — Anderle sorriu —, mas não vamos rejeitar nenhum suprimento que puderem ceder.

— Falando nisso, acho que os bolos de aveia estão quase prontos — disse Shizuret —, e desperdiçar comida boa seria um pecado.

*E isso*, pensou Anderle, *era um sentimento com o qual todas conseguiam concordar.*

\*\*\*

A luz das tochas deixava os barrancos que definiam o Caminho Processional em alto-relevo, colocando tanto a planície ondulante quanto o rio atrás deles em uma escuridão ainda mais profunda. Anderle segurou as extremidades da capa juntas com uma mão, pois o vento chegara com o pôr do sol, e a lã negra voava em torno de suas pernas. Ao menos também estava levando as nuvens embora.

A luz aumentou enquanto Shizuret emergiu da tenda para se juntar às outras sacerdotisas que se posicionavam atrás da Senhora de Avalon, e seus acompanhantes seguiram atrás dela. Na luz bruxuleante, o javali negro costurado nas costas de seu manto parecia se preparar para o ataque. Alguns momentos depois e Saarin e seus guerreiros-lobo seguiram e tomaram seus lugares na fila, a sacerdotisa no meio, seus portadores de tocha de cada lado. Imagens de lobo e rã, lebre, carneiro e touro dançavam na luz do fogo, pois todas as sacerdotisas usavam seus trajes tribais ali.

Aqueles eram os últimos. Anderle levantou o cajado, coroado com a lua tríplice que estava costurada entre seus ombros. Um olhar sobre o ombro mostrou que a lua real já estava bem acima do horizonte, sendo coberta e descoberta pelas nuvens restantes. Conforme o cajado se levantou, o murmúrio de conversa cessou, até que os únicos sons eram o crepitar das tochas e a voz murmurante do rio.

— Irmãs, a lua se ergueu. A estação de Achimaiek chegou. É a Hora do Chamado? — Anderle gritou.

— A Hora do Chamado chegou — veio a resposta.

— Então vamos procurar a Passagem entre os Mundos...

Ela fez um sinal, e os dois rapazes com zunidores começaram a girar suas tiras. Conforme eles foram para a frente, o zumbido arrepiante subiu e baixou, eriçando os cabelos da nuca de Anderle com um calafrio que não vinha do frio.

O caminho seguia para cima e para a direita em uma subida gentil antes de virar para oeste na direção do Henge. Conforme a estrada se nivelou e emergiram na planície, Anderle viu a linha dos montes tumulares estendendo-se à sua esquerda, e parou a procissão para saudar os ancestrais que jaziam ali. Diante dela, a avenida seguia reta por um trecho, e a lua, finalmente escapando das nuvens que a cingiam, revelava a planície em uma luz fria que deixava as tochas pálidas. Aqui e ali linhas suaves do horizonte eram quebradas pelos montes funerários cobertos de árvores dos reis ancestrais.

Enquanto recomeçavam a marcha, Kaisa-Zan, que tinha uma voz bela e clara, começou a cantar os versos que davam boas-vindas a Achimaiek, a quem as tribos adoravam como a Avó, cuja estação era o inverno.

*O olho da lua de outono é alto;*
*A chuva castiga a colina, frio invernal*
*Castiga a carne e flagela os ossos.*
*Com dias mais curtos,*
*O gemido do vento feroz*
*A Anciã conduz.*

Anderle viu um ponto de luz ao norte onde, em Carn Ava, a fogueira dos fardos tinha sido acesa sobre a colina da Senhora. Naquela noite as fogueiras sinalizariam de colina a colina, do norte mais distante até o mar do sul, fazendo os vivos se encolherem atrás das portas e chamando os mortos para suas covas. Com aquela visão, o coração dela bateu mais forte. Os mortos cujos espíritos haviam se prendido a ossos e cinzas acordavam, escutando a música.

*Ela os chama para casa, sem mais vagar;*
*Ela faz uma fogueira na altura,*
*Saúda planície e colina, e chama baixo,*
*Além de bom ou mau,*
*Além de elogio ou culpa,*
*Seus nomes verdadeiros.*

A sacerdotisa teve uma consciência súbita do Henge diante deles, ainda que àquela distância não parecesse mais que um matagal sem folhas, mal visível sob a luz da lua. Apesar daquela claridade, as sombras estavam em todo lugar, mais sentidas que vistas. Os fantasmas do povo antigo cujos montes funerários salpicavam a planície recebiam os mortos mais recentes, a quem Anderle sentia juntando-se atrás deles.

*Sigam, sombras, aquela via brilhante*
*Para seu último fim. A curva final*
*Vai levá-las ao lugar onde melhor*
*Encontrarão paz,*
*Seu Eu, em descanso,*
*Ali no oeste.*

A nota final desapareceu, e os zunidores começaram a girar mais uma vez, mas agora aquele zumbido era apoiado pelas vozes das sacerdotisas subindo e descendo em melodias estranhas. A tensão engrossou; os espíritos nos montes funerários estavam ouvindo. Conforme o caminho dobrou de novo para a esquerda, Anderle viu os pares de pedras que marcavam a entrada para o caminho elevado através do fosso. As sombras das sacerdotisas aumentaram diante delas conforme os carregadores de tochas se afastaram para seguir em uma só fileira. Anderle fez uma pausa de novo quando chegaram ao pilar que marcava o nascer do sol do Equinócio de Verão e desengachou o odre de cerveja do cinto para derramar a bebida sobre a pedra em oferenda. Então a fileira se curvou em torno dela e seguiram adiante.

Enquanto cruzavam a abertura no barranco e no fosso e passavam entre as três pedras que demarcavam o limite, suas sombras mudaram de novo, pois os homens que levavam as tochas se viravam para formar um círculo de fogo em torno do Henge. Enquanto eles se moviam, luz e sombra começaram a tecer um padrão através das pedras ligadas do círculo de blocos de arenito. As sacerdotisas desaceleraram os passos para que entrassem ao mesmo tempo em que os homens completavam o círculo deles. Mas, embora apenas sete mulheres vivas tivessem entrado no círculo de pedras, uma companhia muito maior as seguira.

Agora a luz se firmava, raiando entre as pedras erguidas ligadas e o círculo de pilares menores de basalto azul dentro, de modo que, quando as sacerdotisas se posicionaram dentro do semicírculo de grandes trílitos, pareciam estar no centro de uma grande roda. Se havia qualquer som do lado de fora, não podiam ouvir, e Anderle sabia que os homens lá fora ouviram apenas um fraco murmúrio vindo de dentro.

Ela fechou os olhos e respirou fundo, dirigindo a consciência para explorar a corrente de poder que corria debaixo da superfície do solo. Ela corria através da grande ilha, das costas do sul através do Henge e Carn Ava e dali para o Tor. Ela estava em uma encruzilhada, invisível ao olho comum, e, quando trouxe o poder de volta para sua espinha, ativou um terceiro canal que ligava Acima e Abaixo.

— Irmãs, estamos reunidas? — ela disse.

— Estamos reunidas! — veio a resposta.

Naquela noite, estavam entre a vida e a morte. O povo da ilha escolhera bem o seu lugar, e seus outros ancestrais, fugindo da queda dos Reinos do Mar, tinham feito bem em reconhecer a sabedoria nativa, mesmo aquelas – ou assim dizia a lenda – que buscaram se apropriar do poder desse lugar para seus próprios fins. Anderle olhou para cima para o lado sul do Henge, onde os blocos de arenito que formavam as partes caídas do círculo jaziam jogados sobre a grama morta. Em Avalon a história de como aquelas pedras tinham sido derrubadas em uma batalha de magia entre os sacerdotes do Henge e os do Tor era ensinada aos adeptos mais avançados. Dizia-se que depois do conflito os sobreviventes deixaram os blocos de arenito onde haviam caído como um aviso permanente aos que queriam usar indevidamente seu poder.

E agora, pensou a sacerdotisa, não tinham mais a habilidade de erguer os pilares caídos e reparar os lintéis ainda que quisessem. O segredo de moldar o som para fazer tal magia tinha sido perdido nas gerações que passaram depois que as pedras foram levantadas. Mas ainda sabiam como usar as qualidades únicas do Henge. Quando estava de pé dentro do círculo, o som tinha uma qualidade peculiar, uma vibração que não era bem um eco. As vozes pareciam especialmente claras.

— Chamem aqueles que agora precisam fazer sua passagem!

Leka de Dales foi a primeira a ir para o centro e levantar as mãos.

— Ulthake, filho de Izora. Eu o invoco. Perdeu sua vida quando as rochas do cercado cederam com a enchente do riacho enquanto você tentava salvar a última ovelha.

— Bendita seja sua vida e bendita seja sua passagem — as sacerdotisas responderam em coro.

Anderle sentiu as vibrações das vozes passando através dela, respirou fundo novamente e, ao soltar o ar, abriu a mente ao espírito que havia sido chamado. Na escuridão atrás das pálpebras, via o contorno brilhante das Pedras, e a forma enevoada do homem, olhando em torno de si em assombro. O que ele via?

— *Ulthake, ouça-me* — ela enviou um chamado interior. — *Sua carne é cinzas, seu espírito está solto do corpo. Agora vem a separação final. Deixará uma parte aqui para cuidar de sua família e guardar suas memórias?*

Ela esperou e sentiu uma concordância forte. Sem dúvida um eco do homem assombraria as pedras caídas daquele cercado de ovelhas. Ela esperava que os descendentes dele pudessem reconstruí-lo um dia.

— Está bem. Mas agora chamo sua alma maior, o Eu que sobrevive a todas as mudanças.

Com essas palavras, a imagem do homem ficou mais brilhante, mas estava mudando, a estrutura de ossos alterando-se, as cicatrizes e rugas de preocupação sumindo. Uma sucessão de rostos passou rapidamente por aquele semblante, combinando-se por fim em uma imagem que estava além de raça, além de idade, além de gênero, e ainda assim diferente de qualquer outra alma.

— Este é o rosto que você tinha antes de nascer. Vá para o oeste, Filho da Luz, para considerar o que aprendeu nesta vida, e para descansar até que chegue a hora certa para que ocupe de novo um corpo humano.

Anderle sentia o fluxo de poder se intensificar na direção do Tor. Ela se virou para aquela direção, levantando os braços do corpo espiritual, libertando aquele espírito brilhante para o oeste.

Essa era a tarefa para a qual as Ti-sahharin a chamaram, a sabedoria trazida da Atlântida perdida, para facilitar a confusão da passagem e acelerar o espírito além dos círculos do mundo. Lá, tinha sido um ritual de leito de morte feito por um sacerdote para um indivíduo, mas as Irmãs Sagradas da Ilha dos Poderosos já reuniram seus mortos depois do fim da colheita e os chamado para o Henge. Um sacerdote ou sacerdotisa entre os primeiros de Avalon tinha sido inspirado a guiar a passagem dos mortos para todas as tribos de uma vez. As tribos chamavam a deusa que cuidava dos mortos de Achimaiek, mas era Ni-Terat que Anderle chamava, a Mãe Escura que aninhava as sementes no túmulo de seu útero durante o frio do inverno até que chegasse a hora de renascer.

Conforme ela relaxou com aquele primeiro esforço, ouviu Kaisa invocando o próximo espírito.

— Hilmi, filho de Koucella. Você criou três filhos para segui-lo, e morreu de mal da tosse em seu quadragésimo quinto ano.

— Bendita seja sua vida e bendita seja sua passagem — as outras responderam, e Anderle respirou de novo e se preparou para receber o homem dos ai-utu.

O primeiro espírito era sempre o mais difícil, mas a cada chamado sucessivo parecia mais natural habitar aquele espaço entre os mundos. Um depois do outro, as sacerdotisas invocaram os espíritos daqueles que haviam morrido nos últimos sete anos.

Ela reconheceu a voz de Saarin, dura de dor.

— Krifa, filha de Boujema, você morreu dando à luz seu segundo filho.

Aquela mulher fora linda, e Anderle teve consciência de um momento de tristeza, rapidamente reprimido, por uma vida interrompida cedo demais.

Shizuret levantou as mãos.

— Amruk, filho de Abrana, você foi morto defendendo sua fazenda dos guerreiros de Dales.

Mesmo em seu estado desconectado, Anderle sentiu um esfriamento da energia do círculo. No entanto, sabia que não seria o único morto por violência. Aqueles que morriam de idade avançada ou doença em geral ficavam felizes por se livrarem da dor. Mas os guerreiros ainda desejavam vingança. As partes dos espíritos deixadas para trás estavam ávidas demais por continuar a guerra. Mas a emoção principal de Amruk era uma grande tristeza, quase tão difícil de suportar. Com um esforço, ela abarcou o espírito dele, e foi recompensada quando a escuridão por fim deu lugar a uma alegria luminosa. Ela suspirou, soltando-o. Enquanto a lua branca passava pelo zênite e seguia seu arco para o oeste, a litania continuou.

Linne chamou:

— Massine, filha de Izoran. Você morreu na idade de setenta e sete anos, deixando seis netos e quinze bisnetos.

Esse era um espírito maduro e sereno, já meio transmutado em percepção. Enquanto Massine seguia adiante, as sacerdotisas se aqueceram na luz dela.

— Bendita seja sua vida e bendita seja sua passagem.

— Kalinna, filha de Auris, você morreu depois de ser estuprada por homens dos ai-ushen. — Essa era a voz de Nuya, tremendo de raiva.

Anderle queria dizer a ela para ficar calma – a dor dela iria segurar o espírito que chamava –, mas a voz e a visão estavam presas em uma realidade interior. Apenas o poder que ligava acima e abaixo a mantinha ereta, membros travados, suspensa entre direções, entre os mundos. De modo vago, ela tomou consciência da voz suave de Linne, confortando e apoiando, e gradualmente a imagem da mulher violada se tornou clara, e ela também seguiu em frente.

As energias em torno dela começavam a mudar. Sentia a lua baixa no oeste; o ar tinha o frio úmido da hora cinza antes do amanhecer. Em algum lugar, um pássaro piou com esperança, então ficou em silêncio. Muito mais palpável, porém, era o vazio da esfera espiritual onde antes tantos espíritos se reuniam.

— *Rápido* — seu espírito gritou. — *Logo será dia!*

Houve uma pausa; então Saarin falou:

— Barkhet, filho de Eilin, você morreu de frio e fome enquanto sua mãe chorava, quando tinha apenas cinco anos...

Anderle se estendeu para o pequeno espírito, intrigado demais com o lugar estranho em que se encontrava para se mexer.

— *Venha, pequenino, para onde ficará aquecido, bem alimentado e seco. Não teve tempo de aprender muita coisa dessa vez. Que você renasça em melhores tempos. Venha, está na hora de descansar.*

Como se tivesse sido filho dela, ela o pegou nos braços e o girou, soltando-o como um pássaro cativo para buscar os céus.

— Bendita seja sua vida e bendita seja sua passagem — as sacerdotisas cantaram, e naquele momento a luz de fora se mesclou à luz de dentro quando o sol recém-nascido apareceu na beirada leste do mundo.

Conforme a escuridão recuava, Anderle viu aquela extensão de sombras como o manto de uma figura poderosa, a Anciã em Si, em toda a sua beleza seca e terror, reunindo os espíritos espalhados e levando-os embora. Por um momento, Ela olhou de volta para Anderle, Seus olhos iluminados de amor e tristeza.

— *Não chore por aqueles que se foram. Pode sentir dor porque Eu os levei para Meus cuidados, sabendo que, com o tempo, eles vão renascer?*

Mas Anderle não conseguia se esquecer das palavras com as quais as sacerdotisas lamentaram seus mortos. O que eles tinham vindo ao mundo para ser e fazer não estaria completo agora.

— *Perdoa minha tristeza. Vejo apenas o tempo que me é dado. Tu vês a eternidade...* — ela respondeu, relembrando Irnana e Durrin.

Ela tinha salvado Mikantor, mas quem poderia dizer se ele viveria até se tornar homem?

Enquanto a luz do dia enchia o círculo, os outros poderes que tinham fluído por ele começaram a afundar de novo na terra. Com eles foi a energia que sustentava Anderle. A imagem da Deusa desapareceu em um clarão de luz. Houve um momento em que as realidades interior e exterior giraram vertiginosamente, e então ela caiu como se não tivesse ossos. Sentiu a grama molhada abaixo dela, os braços magros de Linne apoiando-a, e então não soube de mais nada.

\*\*\*

Pica-Pau se mexia desconfortável no banco de madeira, imaginando se dobrar o manto em uma almofada tornaria sentar durante a lição algo mais fácil para seu traseiro magro. Tinha ficado empolgado quando soubera que ele e o irmão se juntariam a outros doze jovens como estudantes em Avalon, mas hoje o sol brilhava e ele se via ansiando pela liberdade dos brejos. Não era o único a se esfregar por ficar sentado em um cômodo de pedra em um dia quente de verão.

— Desculpem se aborreço vocês — disse Larel enquanto Rouikhed continha um bocejo.

Ele era um menino alto de nariz grande de Dales que disputava com Pica-Pau a liderança nos jogos das crianças.

— Desculpe, mestre, não dormi bem a noite passada — o menino respondeu.

— Ninguém dorme bem — reclamou Rato-do-Mato, outro menino da Vila do Lago. — Ele nos acorda gritando!

— Teve outro pesadelo? — Larel franziu o cenho. — É verdade que as crianças têm sonhos ruins com frequência, mas às vezes esses sonhos guardam sementes da verdade.

— Imagino que sim. — O menino baixou a cabeça. — Sonhei de novo com a enchente que levou a fazenda da minha família. Toda vez que vem, estou tentando encontrar outra maneira de salvá-los, mas nunca dá certo, e quando acordo é como perder todos de novo.

— Entendo — Larel disse em voz baixa. — Sei que não faz bem dizer que não havia nada que você pudesse ter feito a não ser morrer com eles. Acredito que foi salvo por um motivo, e quando encontrar seu trabalho essas lembranças vão esmaecer.

— Eu sei, mas... — O menino levantou os olhos de repente. — Esse sonho foi diferente. Eu estava na colina, observando, e vi as enchentes espalhando-se até que cobrissem tudo. Não era só minha casa... o mundo inteiro estava sendo levado embora...

Um sussurro correu entre as crianças, e Pica-Pau se perguntou quem mais tivera aquele sonho.

— O que podemos fazer? — Rouikhed gemeu. — Tudo o que conhecemos e amamos vai ser destruído?

Por um momento, Pica-Pau vislumbrou um pânico de resposta no rosto de Larel – ele também temia a destruição, ou apenas a perspectiva de lidar com um cômodo cheio de crianças histéricas? Então o jovem sacerdote se controlou.

— Acha que somos os primeiros a enfrentar um desastre? — ele perguntou com severidade.

Ele apontou para uma imagem, as cores agora desbotadas pela idade, que adornava a parede rebocada.

— Já olharam de verdade para essa imagem? Façam isso agora! O que vocês veem?

Doze pares de olhos se viraram obedientemente para a parede.

— Sempre achei que fosse uma montanha — Tiri por fim disse. — Com algum tipo de nuvem no topo.

— E mais nuvens em volta — completou Rato-do-Mato.

— Imagino que pareçam nuvens. — Larel suspirou. — A imagem era muito mais clara quando ouvi a história pela primeira vez, mas a umidade a borrou. Ouçam agora, pois foi assim que a imagem foi explicada para mim. Esse pico — ele se levantou e traçou o contorno — era chamado de Montanha Estrela, e ele se erguia no centro de Ahtarrath, uma ilha em um mar mais ao sul. O que vocês veem em cima não é nuvem, mas fogo e cinzas, e o que veem em torno são as ondas do mar que a engolfam.

— Não se parece muito com isso — disse Tiri, distraída.

— Como uma montanha pode ter fogo? — Pica-Pau perguntou rapidamente. — A floresta queimou?

— Do jeito que a história segue, tudo queimou. Naquelas terras, fogos vivem debaixo da terra. E a montanha explodiu de dentro. Aqueles que conseguiram chegar aos barcos escaparam e buscaram refúgio em outras terras.

— Como esta! — Tirilan sorriu de novo. — Minha mãe me contou essa história quando eu era pequena.

— Exatamente. Eles tinham perdido tudo e precisaram construir uma nova vida em uma nova terra. Mas sobreviveram e trouxeram sua sabedoria para Avalon, e misturaram o sangue e a magia deles com os das Sete Tribos.

— Mas nunca vamos alcançar suas maravilhas — disse Ganath, melancolicamente. — Não conseguimos nem restaurar a glória de nosso próprio povo. Nos velhos dias, dizem, os reis de Ai-Zir dispunham de exércitos de homens para mover as grandes pedras e todos bebiam em canecas de ouro trabalhado.

— No entanto — Larel disse com firmeza —, eles são nossos ancestrais. Se fizermos tudo o que pudermos para preservar a verdade que nos foi dada, creio que os deuses não vão permitir que nossas tradições se percam totalmente.

Larel terminou em uma nota vibrante, e Rouikhed conseguiu dar um sorriso.

— Mas ele não diz que vamos todos sobreviver... — sussurrou Mergulhão.

— Eu sei — murmurou Pica-Pau, mas havia decidido, não importava o que acontecesse, que *iria* sobreviver, e certificar-se de que Tiri, Mergulhão e todos de quem gostava também vivessem.

— Acham que uma vida é tudo? — o sacerdote então desafiou.

— Que importa quantas vidas tivemos se não conseguimos lembrar quem éramos e o que fizemos antes? — reclamou Analina, das terras dos ai-utu, que se considerava sofisticada porque tinha ajudado o pai a lidar com os mercadores que vinham de Tartesso para comprar estanho em Belerion.

— Minha mãe diz que uma sacerdotisa treinada pode ajudar a alma a recordar quem ela realmente é quando viaja para o Além-Mundo — Tiri então disse. — Foi isso que ela foi fazer no Henge no outono passado.

Ganath, que, como Tiri, era filho de uma sacerdotisa, assentiu.

— Minha mãe me disse que, quando você está vivo, só se lembra dessas outras vidas quando realmente precisa saber de uma coisa que aprendeu na época.

Ele era um menino normalmente alegre, com uma voz bela e clara.

— Às vezes acho que me lembro — disse Rato-do-Mato, lentamente. — Diferente para vocês... estiveram aqui a vida toda e ouvem as coisas, então como poderiam saber? Mas algumas coisas que aprendo aqui são mais como lembrar de alguma coisa que sabia antes.

Pica-Pau fez uma careta, lembrando-se de que ecoara as palavras de Tiri na Velha Língua na Ilha do Deus Selvagem. Tinha sido um sacerdote de Avalon e aprendido aquelas palavras antes? E então havia aquela Palavra que expulsara os poderes malignos. Anderle e os outros tinham feito perguntas intermináveis a ele, mas não conseguia nem se lembrar de como a Palavra soava, muito menos o significado.

No entanto, embora não tivesse admitido isso aos outros meninos, se ele tivesse tido outra vida, estava bem certo de que nela havia conhecido Tirilan. Apesar de ter se esquecido da Palavra que trouxera o trovão, ele ainda se recordava do calor sólido da mãozinha dela.

## SEIS

Pica-Pau desviou o cajado e sentiu o choque vibrar até o braço quando Larel o bloqueou. O cajado era uma arma de sacerdote, mas o menino aprendera a respeitar os hematomas que ele poderia deixar quando manejado por mãos experientes. Ele se abaixou, deslizou um pouco no chão ainda molhado da última chuva e se recuperou com um giro rápido que o colocou sob a guarda do jovem sacerdote. As ovelhas mantinham a grama curta no campo abaixo do complexo no qual começara a pensar como lar. Os jovens em treinamento se exercitavam ali todos os dias antes da refeição do meio-dia.

Nos três anos desde que viera morar no Tor, o menino tinha aprendido muitas coisas. Essa era uma de suas favoritas, embora desejasse que o cajado fosse uma lança ou uma espada. A senhora Anderle dissera que aqueles que aperfeiçoavam suas habilidades espirituais não precisavam de armas físicas, mas a magia dela não salvara o pai de Tirilan.

Ele sentiu, mais que viu, o cajado do sacerdote girando na direção dele e deu um golpe para a frente a fim de bloqueá-lo, transferindo a energia do impacto para seu próprio balanço ao baixar a arma e girá-la para acertar o lado de Larel. No último momento tentou evitar o golpe, mas o *tchoc* gordo quando a arma bateu o fez se encolher, embora não tanto quanto Larel, que cambaleou para trás com um grito reprimido.

— Deusa! Acho que você rachou uma costela! — O sacerdote fez uma careta ao apalpar o lado do corpo.

— Desculpe, Larel — Pica-Pau tentou parecer envergonhado, quando na verdade seu coração batia em triunfo. — Aquele fora o seu melhor golpe. — Não esperava acertá-lo... — *Ao menos não com tanta força...*

— Imagino que deva ficar orgulhoso dos meus ensinamentos, se não das minhas habilidades — Larel disse, lamentoso. — Ai... — ele disse de novo ao tentar pegar o cajado. — É melhor pedir a Kiri para enfaixar isso. Não vai acelerar a cura, mas vai me lembrar de ter mais cuidado ao me mover.

As brumas ainda flutuavam no lago, jogando um véu fantasmagórico entre as árvores, mas, conforme o sol subia, queimava por entre as nuvens. Pica-Pau ficou vermelho quando um raio mais forte brilhou subitamente no cabelo louro de Tiri. Havia quanto tempo *ela* o observava?

— Devo puni-lo por você? — ela perguntou enquanto Larel passou mancando.

— Como se pudesse! — grunhiu Pica-Pau, e os outros meninos riram.

Ela foi para a frente para olhá-lo nos olhos. No ano anterior, crescera até ficar quase tão alta quanto ele, graciosa como um cisne, e tão forte quanto.

— Ora, não... — ela respondeu, de olhos arregalados. — Isso seria um mau uso dos meus poderes. Mas eu sei onde você dorme. — Um risinho estragou a tentativa dela de fazer um tom ameaçador. — Aranhas? Cobras-d'água? O que será?

Pica-Pau olhou. *Meninos* deveriam aprontar esse tipo de coisa para fazer as meninas darem gritinhos. Mas Tirilan não temia nenhum vivente.

— Sabe que quando você fica de pé assim fica igualzinho um galo silvestre eriçando as penas? — ela disse alegremente.

Ele sentiu a pele queimar, mas não conseguiu pensar em uma resposta. Virando de costas, desafiou Rouikhed para outra rodada com os bastões. Ele ouviu Tiri rindo com as outras meninas enquanto elas se afastavam.

\*\*\*

Na vez seguinte em que Pica-Pau viu Tiri, ela estava arrancando o mato do pequeno jardim no cercado do salão de jantar, onde Ellet vinha tentando fazer crescer certas ervas silvestres que usavam para cura. Quando percebeu quem era, hesitou, mas ela já estava ficando de pé e estendendo a mão. Havia chovido antes, e ela tinha uma mancha de lama no nariz.

— Por favor, não vá embora... desculpe por ter provocado você hoje de manhã, mas estava engraçado ali de pé, e eu estava brava por ter machucado Larel.

— Você gosta dele? — Pica-Pau imaginou por que aquele pensamento o perturbaria.

Ele fixou os olhos na fileira de flores de camomila, evitando o olhar dela.

Na fileira seguinte haviam plantado maleiteiras, e depois touceiras de milefólios. Abelhas zumbiam felizes enquanto iam de flor em flor.

— É claro — ela começou, então riu. — Mas não tenho uma *paixão* por ele, se é o que quis dizer.

Era, mas ele não iria dizer.

— É claro que não — ele ecoou, cuidadoso para usar o dialeto do Tor. — Você é nova demais para pensar nessas coisas.

— Eu tenho a mesma idade que você!

— Não, não tem não. Eu tenho treze anos e você tem um ano a menos — ele disse, resoluto, embora não pudesse negar que nos últimos meses ela tivesse mudado.

Havia seios pequenos, mas definidos, sob a túnica de lã sem tingir dela.

— É mesmo? — ela disse, com doçura. — Ouvi minha mãe dizer que quando eu nasci você tinha três meses, *e* cabelo ruivo vivo.

Por reflexo, ele passou a mão sobre o cabelo que mantinha bem curto apesar de terem parado de colocar remédio todo mês depois que ele viera para Avalon. Quando deixava crescer, virava uma massa de cachos castanho-avermelhados.

— Não há nada de errado com o meu cabelo!

Uma abelha zumbiu na direção dele e ele a afastou com a mão.

— Sei disso — ela parecia perturbada. — Não importa. Foi algo que ouvi minha mãe dizer para a velha Kiri um dia.

Pica-Pau piscou, então agarrou o braço dela quando ela começou a se virar.

— Tirilan! Não pode vir com algo assim e depois simplesmente parar! O que mais ela disse?

Tiri olhou para ele e depois para o braço dele no braço dela até que, ficando vermelho, ele a soltou.

Ela fez uma careta pensativa.

— Eu não entendi. Ela disse que precisaram tingir seu cabelo porque você era muito diferente dos outros bebês. Seus inimigos o teriam encontrado se não fosse disfarçado.

*O remédio que Samambaia Vermelha usava era uma tinta?* Por alguns momentos, Pica-Pau só conseguiu olhar.

— Deve ter entendido errado — ele por fim disse. — Meu pai nem é chefe. Como ele poderia ter inimigos?

— Talvez eu tenha entendido errado — ela disse em voz baixa. — Não faz sentido, faz? Embora você não seja muito parecido com Mergulhão...

— Muitas pessoas não se parecem com suas famílias. Você não se parece nem um pouco com a sua mãe.

— Sim, mas... ah, deixe para lá. Eu não devia ter falado. Kiri sempre diz que as pessoas que ouvem atrás da porta nunca ouvem nada de bom sobre elas, ou ninguém mais, imagino.

Os olhos dela brilharam, e ele percebeu que ela estava a ponto de chorar.

— Está tudo bem — ele disse com a voz rouca. — Não importa.

Mas os dois sabiam que ele tinha mentido.

*\*\*\**

Anderle se esforçava para passar tempo com a filha todos os dias. Talvez ter perdido a mãe tão cedo a tivesse levado a idealizar o relacionamento, mas estava determinada a não deixar a criança totalmente sob cuidado daqueles que poderiam tratá-la com muita reverência por causa da mãe ou, pela mesma razão, se ressentir dela. E assim, a não ser quando estava em um ritual noturno, a hora depois que os sacerdotes e sacerdotisas faziam sua refeição comunitária ela passava com Tirilan no pequeno cômodo ao lado do salão de jantar que havia tomado para si.

Agora estavam sentadas ao lado da pequena lareira, mãos ocupadas com trabalhos de agulha. Tirilan herdara os dedos inteligentes da mãe, e, quando não havia vestes rituais para serem bordadas, alguém sempre tinha uma túnica precisando de remendo. Naquela noite, Tiri estava consertando um rasgo triangular em uma massa disforme de lã cinza. Anderle sorriu um pouco, apreciando a imagem da menina com o cabelo brilhando na luz do fogo. Ela ainda era uma criança, mas estava crescendo rápido, e de vez em quando era possível vislumbrar a jovem mulher, de ossos longos e belos traços, que se tornaria.

— No que está trabalhando? — ela perguntou, gesticulando com a agulha de osso com a qual estava fazendo a barra de um véu de linho.

— Na túnica de Pica-Pau. — Tiri a estendeu para a mãe ver.

Já tinha sido remendada em vários lugares e precisaria de trabalho em vários outros.

— Gostaria que ele não fosse tão cruel com as roupas, embora fossem durar mais se ele me desse antes de ficarem tão rasgadas.

— Você não deveria trabalhar nas túnicas dos meninos — opôs-se Anderle.

— Eu sei. Só faço isso para Pica-Pau. Achei melhor ir me acostumando. Espero me casar com ele um dia.

— Ele vem incomodando você? — perguntou Anderle, subitamente alarmada.

De todos os problemas que havia previsto para preparar o menino para tomar seu lugar no mundo, esse não tinha sido um.

E, na verdade, o rapaz estava naquela idade desajeitada, todo pernas e cotovelos, quando não deveria ser atraente para ninguém.

— Eu acharia que ele é novo demais, mas...

— Pica-Pau? Claro que não. Ele ainda pensa em mim como um estorvo. — Ela olhou para a túnica com um sorriso secreto. — Quando chegar a hora, vou precisar falar para *ele*.

Anderle balançou a cabeça.

— Isso não vai ser necessário. Pode tomá-lo como amante nos ritos, mas as sacerdotisas não se casam.

— E se eu não me tornar sacerdotisa? — a menina questionou.

— Bobagem! — a mãe exclamou. — Você nasceu sacerdotisa... está no seu sangue. Se não tivesse nenhum talento seria outra história, mas senti sua energia aumentar nos rituais. Não pode negar que sente o poder. O potencial está ali. Seu treinamento formal vai começar logo.

— Pica-Pau também tem potencial... vai torná-lo sacerdote?

Anderle parou de repente, olhando para a filha.

— Pica-Pau... deve seguir outro caminho.

Como o tempo passava rápido. Logo imaginava que precisaria encontrar um jeito de contar a ele sobre aquele destino.

— E eu? — Tirilan tinha ficado imóvel.

— Você será Senhora de Avalon depois de mim.

— Simples assim? — perguntou a menina. — O conselho de sacerdotes vai me escolher porque você quis? Pode ser a Senhora de Avalon, mas quem a tornou rainha do mundo? Não a vejo tendo muita sorte em fazer a chuva parar ou impedir as tribos de lutar. Acho que o mundo tem outros planos, e eu também!

— Você não tem ideia do que está falando! — exclamou Anderle, em uma fúria pouco costumeira, não menos porque o que a menina havia dito era verdade. — Você é uma criança que sonha em brincar de casinha. Viu como vivem as mulheres que tanto se orgulham em serem chamadas de esposas? Minha prima Irnana era esposa do rei dos ai-zir, e até mesmo ela...

Anderle parou abruptamente, percebendo que quase tinha soltado a história inteira. Um dia Tirilan precisaria saber, mas não agora, quando a cabeça dela estava cheia de fantasias tolas sobre o menino.

— Não importa. — Com esforço, ela recuperou a calma na voz. — Você ainda é criança, e ele também. A hora de fazer escolhas está muito longe.

\*\*\*

A comunidade em Avalon tinha feito seu melhor para providenciar um treinamento abrangente para as crianças que lhe foram confiadas. Além de suas próprias genealogias, elas aprendiam as histórias e os grandes feitos de cada tribo. Aprendiam a ter orgulho das conquistas daqueles que haviam erguido os montes funerários e a sentir e extrair o poder que aqueles monumentos canalizavam pela terra. Aprendiam os nomes e as histórias dos deuses e espíritos adorados em cada região, como calcular as viradas das estações pelo movimento do sol e das estrelas e os rituais para cada festival, embora com o tempo tão desordenado as cerimônias não parecessem combinar tão bem com as datas como ocorria no passado. Os estudantes aprendiam as tradições das ervas, divinação e meditação e, para que todo esse trabalho mental não os deixasse fracos, aprendiam a lutar com o cajado, a remar um barco e a nadar.

Depois daquela conversa perturbadora com a filha, por um tempo Anderle observou os estudantes mais de perto que antes. Mas, fossem quais fossem os sonhos de Tirilan, não parecia existir nada além de amizade entre ela e Pica-Pau, e a sacerdotisa começou a achar que tinha sido apenas uma fantasia de criança, por fim. Ainda assim, começava a se preocupar com o menino. Ele, que sempre queria falar nas aulas, agora respondia em monossílabos, se respondesse. Ele fora um líder nos jogos, mas agora jogava sem entusiasmo. Tinha tomado gosto por longas caminhadas e silêncios emburrados.

— É só a juventude — disse Belkacem. — Os meninos têm essas fases, e isso vai passar.

Mas Larel, que se recordava da própria juventude com mais clareza, não tinha tanta certeza.

— Alguma coisa está incomodando a criança — ele disse a ela um dia no fim do verão. — Até os amigos dele perceberam. Mas não consigo fazê-lo falar comigo.

*Seja juventude ou alguma causa mais profunda, ele está crescendo*, pensou Anderle, enquanto o observava sentado em um círculo ouvindo a lição de Belkacem sobre a história de Avalon. *Se ele for desafiar Galid e governar os ai-zir, há coisas que vai precisar aprender.* Apesar de seu emburramento, Pica-Pau tinha crescido ao longo do verão. Estava mais alto que Tirilan de novo. O cabelo havia escurecido do ruivo vivo de bebê, mas, enquanto ele estava sentado com a cabeça curvada, braços em torno dos joelhos, o sol acendia brilhos de fogo nos cachos castanho-avermelhados.

— Vocês todos sabem que nossa comunidade aqui vem da fusão de dois povos — disse Belkacem —, as tribos ancestrais desta ilha e os adeptos que vieram para cá das ilhas perdidas de além-mar. Diz-se que um deles não era apenas sacerdote, mas príncipe de uma ilha chamada Ahtarrath, o herdeiro de cem reis. Micail era o líder dos adeptos que levantaram cantando as grandes pedras do Henge, e o marido da primeira Senhora de Avalon.

*Se houvesse um homem dessa estatura entre nós, eu poderia reconsiderar minha posição sobre o casamento,* Anderle pensou, com sarcasmo. Durrin tinha sido um cantor maravilhoso e um homem charmoso, mas às vezes ela se perguntava se o seu amor por ele teria durado depois que ela cresceu em seu poder próprio. *A verdade é que preciso de um homem cuja força seja páreo para a minha.* Mas, como líder da comunidade deles, ela precisava ser suprema, e, embora a Senhora pudesse se deitar com um rei tribal em ritual, aquele papel era geralmente tomado pela grã-sacerdotisa da tribo dele. Tomar um homem das tribos como parceiro permanente em rituais iria subverter o equilíbrio de poder. Sempre havia uma Morgana para servir como Senhora de Avalon, mas uma alma digna de assumir o título de Merlim raramente aparecia entre eles.

*E assim,* ela concluiu com um suspiro, *meu destino parece ser me deitar em uma cama vazia.* Certamente não se aborrecia pela maior parte do tempo. Não houve um homem capaz de agitar seu sangue desde que Durrin morrera. Era apenas em dias como aquele, quando o sol havia saído das nuvens e cada folha e grama pareciam brilhar com vida, que se lembrava de que era mulher, ainda jovem, e sozinha.

Belkacem parecia falar monotonamente na direção de uma conclusão, por fim. Anderle saiu dos freixos em cujas sombras estava e começou a descer a colina para falar com o menino.

— Senhora! — o velho sacerdote gritou, e as crianças que estavam reunidas em torno dele fizeram o gesto de reverência e foram para o lado.

— Onde estava quando eu os questionava? Eles estão indo muito bem, muito bem mesmo. Tão bem que acho que devemos dar a eles algum papel na cerimônia da Colheita.

— Sim, sim, deveríamos fazer isso — Anderle respondeu, os olhos sobre Pica-Pau, que dissera algo a Mergulhão que fez o outro menino franzir o cenho e agora subia a encosta mais baixa do Tor. Quando ela conseguiu se desvencilhar, ele tinha desaparecido no emaranhado de carvalhos e pilriteiros que ladeava a base da colina.

\*\*\*

Anderle parou na pedra erguida mais a oeste entre as que coroavam o Tor e fez uma pausa para recuperar o fôlego. Tinha mantido um passo moderado de propósito, pois cumprimentar Pica-Pau descabelada pelo vento e suada seria igualmente indigno. Mas o menino mal estava na metade da subida da colina. Ele andava com a cabeça baixa, pausando de vez em quando para examinar uma pedra ou contornar uma flor. Às vezes seguia o caminho errante que os primeiros sacerdotes haviam esculpido na colina, mas então reunia forças e seguia para a frente de novo.

Os lábios dela se torceram quando olhou para a encosta gramada. Tinha rolado desde o cume quando era criança. Kiri batera em seu traseiro até que doesse tanto quanto o resto das batidas que recebera no caminho para baixo, mas a dor tinha valido a pena. Ela ainda se lembrava da empolgação zonza quando todas as direções desapareceram em um turbilhão de sensações, como se ela estivesse a ponto de girar fisicamente para o Além-Mundo. Era o que ela tinha esperado fazer. Dizia-se que do Tor era possível passar para aquele outro reino que ficava sobre este como um véu invisível.

Agora, é claro, ela sabia como mudar sua consciência entre as dimensões como tinha feito no Henge, quando fora parteira das almas. Mas seria uma bela coisa andar na própria carne até aquele reino onde não havia sol ou lua, mas apenas um crepúsculo luminoso perpétuo, para encontrar sua rainha eterna.

A sombra dela se alongou conforme o sol descia na direção da massa de nuvens que normalmente pendia sobre o mar. A luz dele brilhou no cabelo lustroso de Pica-Pau enquanto o menino subia a borda da colina.

— Bom encontro — ela disse em voz baixa.

Ele olhou, arregalando os olhos, e começou a fazer uma reverência que ficou menos profunda quando a visão dele se ajustou e ele percebeu que era Anderle.

— Sei quem estava esperando. Não sou Ela, mas eu *sou* a Senhora de Avalon, e você está sob meus cuidados. Pica-Pau, todos nós percebemos que está com problemas. O que é, minha criança? Estamos sozinhos aqui… pode falar comigo livremente.

— Pica-Pau, a senhora me chama! — ele explodiu. — Quem me deu esse nome, e quando? *Quem sou eu?*

*Ele sabe!*, pensou Anderle, a mente girando em especulações. Alguém havia contado a ele a profecia de que o filho de Uldan retornaria para salvar seu povo?

— Alguém lhe disse que tem outro nome? — ela perguntou, ganhando tempo para deixar a batida forte do coração desacelerar, e, como um eco, ouviu *"sei o nome que você tinha antes de nascer"*, uma frase dos Mistérios.

E não era o propósito de uma vida a manifestação daquela identidade primeva?

— Ninguém precisou me dizer — ele disse rapidamente, mas seu rosto vermelho disse a ela que *alguma coisa* o tinha colocado naquele caminho. — Não sei se tenho outro nome, mas só preciso olhar no reflexo da lagoa para ver que não sou filho da vila. Eles deveriam ter me chamado de "Cuco" — ele completou com amargura. — Onde encontrou o filhote que colocou no ninho de Samambaia Vermelha?

Anderle suspirou. Ao menos podia parar de imaginar como contar ao menino sobre sua herança. Deveria dizer a ele para sentar, mas não tinha certeza de que ele conseguiria se dobrar sem cair.

— Imagino que deveríamos ter lhe contado antes, mas precisa entender... ainda é uma criança. Não acho que iria entender.

*Tente...* disse o olhar de resposta dele, e por um momento alguém muito mais velho olhou por aqueles olhos profundos.

— Você tem outro nome — a sacerdotisa então disse. — É Mikantor.

Ele piscou, tentando processar a informação.

— Não é um nome das tribos — ele por fim disse.

— Sua mãe era minha prima Irnana. Como eu, ela veio da linhagem sagrada de Avalon, que remonta ao Povo da Sabedoria, vindo para cá através do mar.

— Então por que fingir que eu era uma criança do Lago? — ele exclamou. — Por quê? — Ele parou de repente, olhando. — A senhora Irnana era casada com o rei dos ai-zir — ele falou devagar. — Ouvi essa história. Ele morreu quando Galid abriu os portões para os ai-ushen, e a senhora dele queimou com o filho...

— Assim dizem — Anderle concordou. — Mas eu tirei você de lá. Galid sabe que você sobreviveu, mas não o que aconteceu depois.

— Então foi por causa dele que meus pais morreram.

*O quê*, ela se perguntou, *o menino tinha ouvido?*

— É, de fato. Então precisamos mantê-lo escondido o máximo de tempo que pudermos.

*Isso não seria muito tempo*, ela pensou, já vendo sob os contornos suaves da infância a sugestão dos traços fortes que ele teria como homem. Embora tivessem sido refinados pela mistura com o sangue de Avalon, ele ainda teria a aparência de Uldan.

— É bom que saiba agora. Há coisas que precisa aprender se for derrotá-lo. Sua prima Cimara não tem irmãos. Como parente mais próximo, você tem mais direito de governar os ai-zir.

— E se isso não for o que quero fazer? — ele disse, rebelde. — Parece que vocês todos tomaram conta do meu destino.

— Você é o Filho de Cem Reis! — ela gritou, por fim, perdendo a paciência. — Azan é apenas o começo. Nos tempos que virão, um Defensor será necessário para liderar todas as tribos. Os deuses me atormentaram com visões até que fui a Azan-Ylir para salvá-lo. Foram eles que lhe deram o destino de herói. Tudo o que fiz desde então foi me certificar de que você viva o suficiente para exigi-lo!

Ela o viu se encolher e respirou fundo, lutando por calma. Ele não podia saber como ela sofrera naquela viagem. Deveria ser difícil o suficiente para ele assimilar os fatos – era muito cedo para esperar que ele demonstrasse gratidão.

— Você está confuso com o que ouviu — ela disse —, e tem motivo. Vou deixá-lo aqui para pensar nisso. Está liberado das aulas pelo resto do dia.

\*\*\*

Pica-Pau abriu os olhos para ver um crepúsculo nebuloso. Estava encostado em alguma coisa dura. A uns doze passos, viu uma pedra erguida com mais ou menos a metade de seu tamanho, que parecia brilhar de dentro. Outras estavam ao lado. Era o círculo de pedras no topo do Tor.

Ele se recordava de ter subido a colina e de ter falado com a Senhora Anderle, e então ela havia ido embora, e ele tinha sentado porque suas pernas não o aguentavam mais. Imagens daquele encontro emergiram, baças e confusas como lembranças de um sonho. Mais uma vez, ele ouviu a Senhora de Avalon o chamando de "Filho de Cem Reis...". Certamente *essa* lembrança viera de um sonho. Talvez ainda estivesse sonhando. O cume do Tor era sempre um pouco sobrenatural, mas aquilo não se parecia com o mundo que conhecia.

Ele ficou de pé. O Vale de Avalon se estendia diante dele, uma maravilhosa tapeçaria variada de pântanos, campos e florestas que, como as pedras, pareciam acesos por dentro. Ele via claramente as sete ilhas sagradas, embora ali não parecessem mais do que colinas verdes radiantes em uma paisagem cujas proporções de terra para água pareciam muito maiores do que se lembrava.

Por quanto tempo havia dormido? Não conseguia ver o sol, mas talvez ele tivesse acabado de se pôr, pois o céu tinha aquele brilho suave que mantinha a memória da luz. Mas, ao se virar, sua pele gelou, pois a luz a leste e a oeste era a mesma. Onde estava? *Quando* estava? Ouvira histórias de pessoas que entraram na Terra Oculta e quando voltaram encontraram todos os que amavam mortos havia muito tempo, eles mesmos nada mais que uma lembrança distante.

Sabia que não deveria ter adormecido no círculo. Ele deveria... virou-se de novo e suspirou de alívio, pois a senhora brilhante estava ali de pé. Segurou uma risada, percebendo como fazia tempo desde que pensara em Anderle com aquele nome. E então a senhora sorriu, e ele percebeu que, embora ela também fosse pequena, morena e bonita, não se parecia nem um pouco com a Senhora de Avalon.

— Bem-vindo ao meu país, criança da linhagem ancestral — a voz dela tinha as ondas da água e o ritmo da canção de um pássaro.

Sem intenção, viu que tinha ficado de joelhos. Agora via que, em vez do azul das sacerdotisas, ela usava uma veste de pele de corça clara, e que os cabelos ondulados dela estavam coroados por flores de verão.

— Vai me dizer seu nome? — Ela sorriu de novo.

Ele piscou, ciente de que, como comer comida no Além-Mundo, dar aquela informação poderia significar mais do que parecia. Mas por ora ele não se importava.

— A Senhora de Avalon me chamou de Mikantor.

— E como você se chama?

— Não sei.

— Então vou chamá-lo de Osinarmen, pois esse era seu nome verdadeiro quando o conheci há muito tempo.

Ele percebeu que estava de boca aberta e a fechou. Se não conseguia dizer nada sensato, ao menos podia evitar que parecesse um tolo.

— Você era mais velho então, de luto porque pensava que seu único filho estava morto, e sua linhagem iria fracassar. — Ela balançou a cabeça. — Vocês filhos da terra têm medos tão estranhos. No meu reino nunca morremos, mas você pode nunca mais voltar. Não se recorda?

— Não sou Osinarmen — ele gaguejou.

— O sangue dele corre em suas veias. Você carrega a alma dele.

*E a Palavra que trouxe o trovão...*, ele pensou, com um tremor interno.

— Anderle não quer que eu seja sacerdote — ele respondeu, embora outra parte de sua mente lhe dissesse que toda aquela conversa pertencia a um sonho febril. — Ela quer que eu seja um rei guerreiro.

— E o que você quer fazer?

— Nesta vida? — ele perguntou.

Aquilo estava ficando mais fácil, desde que não achasse que era real. Ele até se permitia responder às questões dela.

— Manter meu povo em segurança... — ele disse, recordando algumas histórias que tinha escutado. — E imagino que seja meu dever me vingar de Galid pelo que ele fez aos meus... pais.

— Essa me parece uma ambição apropriada para um rei guerreiro.

Pelo tom da voz, ele não sabia se ela aprovava.

— Eu tenho escolha?

— Sempre há uma escolha — ela disse gentilmente. — Agir como sua natureza impele ou recusar o desafio. Ficar aqui comigo ou voltar para baixo da colina para abraçar seu destino. Esteja avisado de que o caminho que vejo diante de você pode levá-lo a lugares que não pode imaginar, mas, se for verdadeiro a você mesmo, vai conseguir seu objetivo...

Agora ela *soava* como a Senhora Anderle. E, com essa percepção, despertou nele um anseio pelo calor honesto de uma lareira e a visão de rostos familiares. Se ela tivesse oferecido comida, ele poderia ter ficado tentado, mesmo sabendo dos perigos, mas ela ficou em silêncio, observando-o com aquele mesmo sorriso terno.

Ele deu de ombros. Comparado com todas as outras revelações, perceber que era um ano mais jovem do que havia pensado era um ajuste menor. Por mais que fosse difícil aceitar que era o filho do rei Uldan dos ai-zir, pensar em si mesmo como o sacerdote Micail que havia cantado para colocar as pedras do grande Henge em posição era ainda mais estranho.

— Vou voltar — ele por fim respondeu. — Não creio em metade do que me disse, mas não vou abandonar as pessoas que amo.

— Então tem minha bênção — ela disse com gentileza, indo para perto dele.

Ela mal precisou se curvar para beijar a testa dele.

— E minha despedida.

E então ela desapareceu. Também havia desaparecido a luz estranha que os cercava. Pica-Pau que era Mikantor ficou de pé sozinho no cume do Tor. Estava ficando escuro, mas o beijo dela ainda queimava em sua testa.

## ∞ SETE ∞

— Olhe! uma águia-pesqueira!

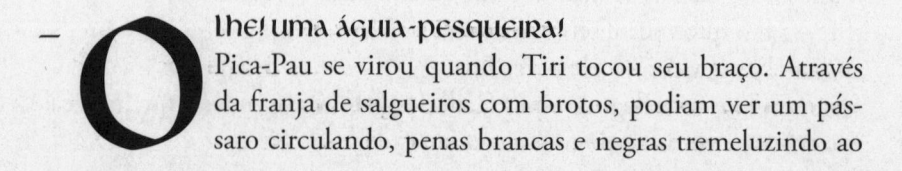

Pica-Pau se virou quando Tiri tocou seu braço. Através da franja de salgueiros com brotos, podiam ver um pássaro circulando, penas brancas e negras tremeluzindo ao refletir o sol. Eles se abaixaram entre os troncos retorcidos, mais para se esconder de quaisquer olhos observantes no Tor do que da águia-pesqueira, cuja atenção estava no trecho de lago que brilhava sob o sol chuvoso da primavera. Enquanto observavam, aquele olhar atento se fixou em uma agitação na água, e então as asas abertas se inclinaram e o longo deslizar se tornou uma guinada que atingiu a água em uma nuvem de respingos. Alguns golpes fortes de asas levaram a águia-pesqueira para cima de novo, apertando um esgana-gata que se retorcia nas garras, e saiu pelos brejos na direção da Ilha do Carvalho.

— Vamos perder o *nosso* desjejum se não voltarmos logo — murmurou o menino.

A barriga dele estava começando a recordá-lo de quanto tempo fazia desde o jantar da noite anterior.

— Não entendo por que sua mãe não nos deixa nenhum tempo livre juntos. Ficamos labutando com todas aquelas lições a mais que ela incluiu no verão, e estamos todos indo bem.

— Ainda acho que deveria contar para ela sobre a rainha do Reino Oculto — disse Tirilan.

Quando ela virou a cabeça, um ventinho agitou os galhos e deixou um raio de sol brincar em seu cabelo cor de âmbar. Depois de seu encontro com a Senhora Sobrenatural, os padrões de Pica-Pau para "brilhante" haviam aumentado consideravelmente, mas ele via um pouco daquela luz em Anderle quando ela colocava suas vestes para conduzir um ritual, e às vezes sentia o mesmo brilho em torno de Tirilan.

— Ela governa todas as outras partes da minha vida — ele disse, rebelde, enfiando um pedaço de galho quebrado no chão lamacento. — Ela disse aos sacerdotes que teve uma visão de que eu deveria receber treinamento especial. Ouvi quando eles agradeceram a ela pelo meu progresso. Se contar o que a rainha disse, ela vai tentar me transformar em sacerdote ou me fazer aprender as genealogias dos Reis do Mar e as dos ai-zir também. Não conte...

— Fiz um juramento solene de guardar seu segredo, Mikantor... — ela reprovou.

— Não me chame disso.

— É seu nome.

— Um nome perigoso até que eu tenha idade para defendê-lo — ele respondeu.

— Eu sei, mas se nunca pensar nele nunca vai se acostumar. O outro nome que ela disse... isso foi outra vida, outro homem. Você precisa encontrar seu próprio caminho. Minha mãe está decidida a me tornar sacerdotisa, mas eu acho que sua tarefa é mais importante, e vou ajudá-lo de qualquer maneira que puder.

Ele soltou o graveto e mirou o olhar firme, inquiridor dela. Nada que tinha sido dito a ele pela Senhora Anderle, ou pela rainha do Reino Oculto, o abalou como aquela simples declaração.

— Se você acredita em mim... tanto assim, juro fazer o meu melhor para ser... um rei.

Constrangido de repente, ele desviou os olhos.

— Mas não consigo fazer nada morrendo de fome — ele completou, com alegria. — Vamos voltar antes que o mingau acabe!

\*\*\*

Anderle respirou fundo enquanto Texugo enfiava a vara comprida no leito do lago e empurrava a longa ubá pela água. Era um daqueles dias que nos anos recentes vinham até no verão, quando a névoa matinal ficava nos juncos até depois do meio-dia, velando as distinções entre ar, água e chão sólido até que cruzar o lago fosse como uma jornada visionária pelo Além-Mundo. Havia se esquecido do quanto gostava do ritmo majestoso daquele progresso. Atrás dela, a velha Kiri, que não gostava de estar na água, apertava as beiradas do barco. Seria agradável passar uma tarde inteira simplesmente deslizando pela água lisa, mas só tinha a oportunidade quando estava a caminho de algum lugar, normalmente preocupada com o que precisaria fazer quando chegasse lá.

O rosto de Texugo não lhe dava nenhuma confirmação de que essa viagem seria diferente. Ele fora ao Tor naquela manhã com a notícia de que Mulher Salgueiro estava com uma doença que nunca tinham visto antes. Kiri concordara que *ela* era a curandeira mais experiente da comunidade, e que não havia necessidade de que a Senhora de Avalon deixasse suas obrigações na ilha. Mas Anderle, recordando-se de quantas vezes Mulher Salgueiro a ajudara, sabia que precisava ir, especialmente se essa doença mostrasse estar além das habilidades de Kiri.

— Há quanto tempo sua mãe está doente?

— Três dias agora — veio a resposta de Texugo. — Quando a lua estava nova, um homem veio da costa com panos para trocar, diz que pessoas doentes lá desde que mercadores vieram do Mar do Meio. Ele estava bem quando vem, com um pouco de febre quando vai embora. Mulher Salgueiro diz a ele para ficar até estar melhor... é provável que esteja morto em algum lugar nos brejos a essa altura. Acho que ele não foi embora rápido o suficiente... uns dias depois, minha mãe começa a sentir cansaço, tem febre, não consegue engolir comida.

— Alguém mais ficou doente? — perguntou Kiri.

— Castor, filho de Salgueiro... ele estava sempre perto do estrangeiro, fazendo perguntas. Ele vomita muito, e agora o pescoço está inchado como o de um touro.

*Era contagioso, então*, pensou Anderle, com um aperto no coração, *não alguma doença sem nome que atacava os velhos*. As plataformas suspensas que sustentavam as casas da vila assomavam sobre a névoa. Logo saberiam. A ubá balançou e ela segurou as laterais conforme Texugo a levava ao lado da escada com rapidez.

O olhar no rosto de Texugo enquanto se reuniram em torno da cama da mulher doente disse à sacerdotisa que Mulher Salgueiro devia ter piorado mesmo naquele espaço de tempo em que ele estivera fora. O som da respiração dela era alto no cômodo silencioso.

— Ela dorme e acorda — disse a mulher de Texugo. — Diz que é difícil se mexer.

O chefe assentiu.

— Mãe... a Senhora de Avalon está aqui. Não vai cumprimentar?

Mulher Salgueiro sempre fora ativa, ao ar livre em todos os tempos e marrom como uma noz exposta ao vento e ao sol. Agora estava mortalmente pálida. Anderle ajoelhou-se ao lado da cama e pegou a mão magra, a apreensão aumentando ao sentir o pulso da mulher disparado como o coração de um pássaro assustado.

— Que a bênção da Deusa esteja contigo, minha querida — ela disse em voz baixa.

As pálpebras de Mulher Salgueiro se abriram e os lábios no que poderia ser um sorriso.

— Senhora da Noite... me leva... logo... — ela soltou entre respirações difíceis. — Cuide... do... menino...

— Kiri, ela está sentindo dor! Há algo que possa fazer?

A sacerdotisa mais velha apertou os ombros de Anderle e a moveu para o lado.

— Deixe-me vê-la agora. Saia e purifique-se. Há espíritos malignos aqui.

— Já viu isso antes?

Anderle ficou de pé, piscando para afastar as lágrimas.

— Já vi.

O rosto de Kiri estava sombrio. Ela sempre tinha sido uma mulher grande. Agora, ao se colocar entre a grã-sacerdotisa e a mulher moribunda, parecia ter a solidez duradoura de uma das grandes pedras erguidas.

— A garganta incha e se torna como couro até que o doente não consegue respirar. A não ser que tenha grande força para resistir, não vai sobreviver, e não vai ser a única.

\*\*\*

Pica-Pau estava com os outros estudantes no Salão do Sol, tentando ignorar a apreensão nas suas entranhas. A praga que atingira a Vila do Lago era como um terror em um pesadelo, do tipo sem rosto, sem voz, contra o qual não se podia resistir nem por força nem por magia. Mulher Salgueiro morrera com ela, e seu antigo amigo, Castor, e depois Samambaia Vermelha, em quem Pica-Pau pensava como mãe até um ano antes. Até mesmo a força lendária da velha Kiri havia fracassado. Ela havia ficado doente e morrido, e Rato-do-Mato, que era estudante de cura dela, também havia sucumbido.

Ele tentou se confortar com o conhecimento do fato de que Tirilan estava saudável, e de que a Senhora Anderle deveria estar bem, pois tinha mandado que a encontrassem ali, e não teria feito isso se estivesse adoecendo. Mas o sol da manhãzinha que passava pela abertura entre a parte mais baixa do telhado e a cobertura superior que deixava sair a fumaça da fogueira central tinha pouco poder para dissipar o medo que gelava sua alma.

Alguém mais tinha morrido? Desde que Rato-do-Mato ficara doente, os estudantes haviam sido mantidos separados do resto da comunidade. *Esperando para ver se alguém mais ia ficar doente*, o menino pensou, de modo sombrio. A cada manhã, comida era deixada para eles nas portas do dormitório. *Talvez o perigo tenha terminado e ela vá nos dar papéis em alguma grande cerimônia para lamentar os que se foram.*

Mas ele sabia que não era assim que uma notícia dessas seria dada. E o rosto de Anderle, quando ela apareceu na porta, era magro e sombrio. Pica-Pau viu com choque os primeiros fios prateados brilhando no cabelo escuro dela.

— Fico feliz por estarem todos em boa saúde — ela disse ao tomar seu lugar na cadeira entalhada, e, conforme Pica-Pau e os outros faziam a reverência solene, sabiam que o sentimento não era mera formalidade. — A doença parece atacar primeiro os jovens e os velhos. Belkacem morreu, e Damarr está doente.

Sem dar a eles a chance de responder à perda de um professor que, se não era amado, tinha parecido eterno como as colinas distantes, ela continuou.

— Mas perdemos apenas uma de nossas crianças, e queremos manter isso assim. Avalon não é mais um refúgio seguro. Continuar expondo vocês a esse perigo seria trair a confiança dos que os enviaram para cá. Estou mandando vocês todos de volta para suas tribos.

— A pé? — perguntou Rouikhed.

— Sozinhos? — ecoou Analina. — E se a praga estiver em Belerion também?

— Até agora a doença parece restrita à costa sul — a Senhora Anderle respondeu primeiro à última pergunta. — Saí pelas estradas espirituais e falei com as Ti-sahharin. Vão seguir os velhos caminhos pelos brejos para o leste até chegarem à colina da fonte do Sinuoso. Alguns de vocês, ao menos, sabem seguir o fluxo de poder que segue para aquela direção mesmo se perderem o caminho. Suas tribos vão mandar homens para encontrá-los lá e levá-los para casa.

Pica-Pau estendeu o braço para apertar o ombro de Mergulhão enquanto os outros começavam a fazer perguntas. A Vila do Lago era o único lar que tinham conhecido.

— Tirilan, você vai ficar com Nuya em Carn Ava — a grã-sacerdotisa então disse. — Pica-Pau e Mergulhão, serão levados para o oeste para morar com os pastores das charnecas altas.

Pica-Pau soltou o irmão de criação e deu um passo na direção de Tirilan. Por que Anderle não podia mandá-los para longe juntos? Mas um olhar para o rosto da Senhora disse a ele que seria inútil protestar. Achava que nunca havia visto alguém parecer tão desesperadamente cansado. Ela provavelmente não estava tentando separá-lo da filha, mas só encontrar ninhos seguros para todos os filhotes que havia reunido ali.

*Vou ver você de novo?*, o olhar dele perguntou a Tirilan.

*Não vou me esquecer de você*, respondeu o dela.

***

O verão se tornou outono, e a praga seguiu seu curso. Um mensageiro foi enviado para levar Mergulhão de volta para a Vila do Lago, mas Pica-Pau recebeu outro nome e ordens para passar o inverno com a Senhora Leka em Dales em vez de retornar a Avalon. Conforme a primavera se aproximava, ele viu cisnes voando para o leste e desejou vê-los de novo nos brejos, descendo em tantos que suas costas brancas cobriam as lagoas. Mas, quando o sacerdote Larel veio para as terras dos ai-akhsi, foi para acompanhá-lo para passar um tempo com a família de Analina, na vila costeira em Belerion.

— Não entendo — o menino disse enquanto iam para o sul. — A Senhora falou tanto sobre todo o treinamento que preciso ter, mas a praga acabou, e estou sendo levado de um lado para outro feito um bode chifrudo que ninguém quer no rebanho. Tirilan voltou para Avalon?

*Ela mudou?* Ele engoliu a pergunta. *Eu mudei?* Soube que estava crescendo quando as mangas de sua túnica ficaram curtas e apertadas demais nos ombros e ele, que sempre fora gracioso, se vira tropeçando em pés subitamente muito grandes e pernas muito compridas. Imaginava que era esperado, agora que tinha quinze anos. Um vislumbre de seu rosto em uma lagoa na floresta mostrou olhos castanhos sérios, um nariz em bico debaixo de uma cabeleira de fios ruivos escuros.

Estavam atravessando um vale comprido entre duas linhas de colinas. No cume ao sul, alguém havia entalhado a figura estilizada de um cavalo no calcário. Todos os anos o povo do vale procurava os contornos no gramado invasor como parte de um grande festival. Conforme seguiam a terra sombreada do vale, a imagem do cavalo aparecia e desaparecia através das árvores.

Larel riu.

— A Senhora disse que você iria perguntar. Tiri voltou para casa no Solstício de Inverno, e todos queríamos que você pudesse estar lá também. Devo dizer que há dois motivos para mantê-lo longe. O primeiro é que um líder precisa entender as vidas de seu povo. Vivendo em regiões diferentes, vai aprender coisas que não podem ser ensinadas em Avalon.

Pica-Pau suspirou. Era verdade que as charnecas rochosas e assoladas pelo vento do norte da terra dos ai-utu estavam a um mundo de distância dos pântanos fechados que protegiam o Tor. Nas primeiras luas, sentiu uma saudade terrível de casa, mas com o tempo aprendeu a amar a vastidão do céu aberto e o modo como a relva verde se agarrava aos ossos da terra.

— E o segundo motivo? — ele então perguntou.

— Aparentemente seu segredo não foi tão bem guardado quanto pensávamos. Um dos outros estudantes, sem dúvida inocentemente, deve ter falado alguma coisa do menino de cabelo cor de bronze que era tão bom nos jogos, e fez seus inimigos pensarem. Galid andou fazendo perguntas. Ele teme que, se você viver até se tornar adulto, um dia irá atrás dele.

*E, se eu viver, vou. Ele tem razão de ter medo...*

— Está me mudando de lugar agora porque eles sabem que eu estava em Dales? — ele disse em voz alta.

— Foi o que soubemos — o sacerdote respondeu.

— Que história vai contar para explicar minha presença dessa vez?

Nas charnecas, ele tinha sido um primo órfão precisando de um lar. Quando foi levado para Dales, aprendera o suficiente sobre ovelhas para trabalhar como pastor. Mas julgava que não haveria muitas ovelhas no litoral.

— O pai de Analina precisa de mais um atendente. O porto onde os mercadores de estanho entram é um lugar cheio, aonde pessoas do mundo inteiro vêm fazer comércio. Seu sotaque do sul não vai parecer muito estranho. Vai ser conhecido como Kanto aqui.

Pica-Pau suspirou. Esse era o terceiro nome que lhe davam, e nenhum era o dele. Até que permitissem que ficasse em algum lugar, nunca aprenderia quem *Mikantor* deveria ser.

— Não será o meu sotaque, mas minhas contas que vão me afundar — ele disse quando o silêncio durou demais. — Se quer suas ovelhas contadas, sou seu homem, mas não sei nada mais complicado que isso.

— Quando acamparmos para a noite, vamos praticar. — O sacerdote sorriu. — Eu trouxe lousas para esse mesmo propósito. Você era rápido nas somas, pelo que me lembro. Vai calcular números maiores em um piscar de olhos.

Pica-Pau gemeu. Tinha ficado muito feliz por deixar as ovelhas para trás, mas de repente sentiu falta delas.

\*\*\*

A família de Analina morava em uma vila que margeava a curva de uma baía de frente para o sul. Quando Pica-Pau olhava pela porta aberta da cabana da loja, via telhados de colmos das casas, a água, hoje azul, com vincos de cristas espumosas levantadas por uma brisa suave, até a ilha pontuda que guardava a baía. Depois dos silêncios ventosos das charnecas e de Dales, participar da vida agitada de uma comunidade de novo tinha sido um choque. As casas amontoadas lembravam Pica-Pau da Vila do Lago. Erguidas em discussão ou riso, sempre se ouviam vozes humanas em Belerion. Embora no começo ele olhasse para cada som, as pessoas, por mais barulhentas que fossem, eram muito mais interessantes que as ovelhas. A brisa marinha fazia o sangue disparar em suas veias. Ele imaginava que, sob o odor salgado do oceano, podia sentir odores mais exóticos de terras cujos nomes estava apenas começando a aprender.

Ou talvez fossem as coisas no depósito da barraca de Mestre Anaterve que cheirava, pensou ao pegar seu pedaço de giz e lousa e se virar para a pilha de lã que estava registrando. Troncos de uma árvore chamada cedro estavam entre as vigas, e sacos de ervas aromáticas pendiam das paredes, trazidas por navios alados que todos diziam que voltariam assim que a estação de tempestades acabasse. Até agora, nunca havia lhe ocorrido imaginar onde os mercadores que traziam carroças cheias de produtos para os grandes festivais conseguiam suas mercadorias.

Mestre Anaterve era um negociante que colecionava tudo o que achasse que poderia vender, mas especialmente os lingotes de estanho em forma de pão que conseguia dos mineiros que extraíam minerais dos "veios de estanho" das charnecas e os fundiam em caldeiras rudimentares. No mundo dos grandes, bronze era mais valioso que ouro, e, já que os deuses em sua sabedoria haviam escolhido colocar as fontes de cobre e estanho em regiões tão divergentes, criar bronze exigia comércio.

Mas o valor relativo dos lingotes em comparação com centenas de outras mercadorias era um cálculo eternamente em mudança. Quanto valia uma lá, ou um brinco de ouro, ou um lingote de estanho, quando a unidade básica de valor era uma vaca? Em alguns dias, Pica-Pau percebeu por que os mercadores exigiam os serviços de um criado que podia contar uma pilha de lingotes mais de uma vez e chegar ao mesmo total em todas elas.

E, depois de metade de um ano com o mercador, ele achou que entendia por que a Senhora de Avalon o enviara para ali. Um pastor se preocupava em tomar conta da família. Um rei precisava cuidar da tribo inteira, e a chave para conseguir todas as coisas que uma família não conseguia fazer sozinha era o comércio. Para comprar essas coisas, e fazer as armas para defender seu povo, um rei precisava ter bronze. Se a Grande Terra precisava de estanho de Belerion, a Ilha dos Poderosos não precisava menos do cobre com o qual ele devia ser combinado, e o suprimento de minérios acessíveis nas minas das quais os ai-ushen tinham tirado sua fortuna estava chegando ao fim.

Ele lançou um olhar indulgente para Mestre Anaterve, que examinava a última carga de estanho a chegar das colinas. O mercador era um bom homem, que barganhava muito, mas honestamente, e acreditava que os homens sempre agiriam de maneira racional se entendessem onde estavam seus melhores interesses. Mas dois anos com as tribos haviam mostrado a Pica-Pau outro lado da humanidade. *Quando os tempos ficavam muito difíceis*, ele pensou, infeliz, *os homens se empanturravam como lobos famintos*. Isso não era de fato voracidade, mas o desespero daqueles que pegavam o que podiam porque não havia como prever do que poderiam precisar.

*Assim como não posso prever meu futuro*, ele pensou com uma volta da depressão que o impedira de formar laços próximos em todos os lugares em que havia ficado. Na mente dele, sabia que tinha sido movido porque Galid o procurava energicamente de novo, mas em seu coração suspeitava de que a Senhora Anderle tivesse um tipo de magia que dizia quando ele estava ficando confortável demais. *No dia em que admitir, mesmo para mim mesmo, o quanto gosto daqui, espero que Larel venha descendo a rua.* Mas não conseguia deixar de esperar que o deixassem ficar o suficiente para ver os navios mercantes chegarem.

— Tempo bom... — disse o mercador, saindo para ficar ao lado dele e fazendo sombra nos olhos com uma mão. — Os navios de Tartesso vão começar a chegar logo, com as velas brancas como as asas dos cisnes.

Pica-Pau se perguntou se havia sido contaminado pelo entusiasmo do velho enquanto Anaterve pegava a lista na qual estava trabalhando, ou era alguma coisa no ar? Os navios vinham na época em que os cisnes voavam para o leste nos céus limpos, e tinha passado o dia ouvindo-os de vez em quando. O nariz dele se retorceu com o cheiro de fumaça mesclado com o aroma de salmoura do mar.

— Alguém está queimando arbustos? — ele começou. — Olhe... está subindo fumaça da ilha. Deve ser um incêndio...

Ele parou quando Anaterve se virou, um sorriso iluminando o rosto como um novo alvorecer.

— Um fogo de sinalização! — exclamou o mercador. — Assim que o tempo clarear, vamos colocar um observador lá. É um navio, rapaz! — Ele bateu no ombro do menino com alegria. — Os pássaros alados de Tartesso estão chegando por fim! Corra e diga a minha mulher para começar a cozinhar. A notícia vai se espalhar feito um raio, você vai ver, e todo mundo vai vir ver o que trouxeram este ano.

Mas não era preciso um mensageiro, pensou Pica-Pau, enquanto corria colina abaixo para a casa. Ele não tinha sido o único a ver aquela coluna de fumaça, e o rebuliço de empolgação ecoava através da cidade.

\*\*\*

Mestre Anaterve falara a verdade. Quando os dois navios estavam ancorados no lugar protegido da ilha, no gramado diante da cidade brotavam tendas sobre as flores pisoteadas. Além delas, cercados grosseiros tinham sido erguidos para conter as ovelhas e o gado que iria alimentar todas aquelas pessoas. Os estrangeiros também comprariam animais e cereais para repor os estoques. A barraca da loja de Anaterve funcionava como uma câmara de compensação para muitas dessas trocas, e Pica-Pau ficava ocupado contando o crédito recebido e o gasto. O motivo principal para que os tartéssios fizessem uma viagem tão longa eram os lingotes de estanho que vinham se acumulando nos galpões do mercador, mas itens de luxo como pérolas de água doce e peles de lobos e ursos não ocupavam muito espaço, e alguns cativos e criminosos vendidos como escravos serviriam como trabalho extra na viagem para casa.

Foi só no dia anterior à data que os navios tartéssios haviam anunciado como partida que as coisas ficaram calmas o suficiente para que Pica-Pau tirasse uma tarde de folga para caminhar até o porto. Sob toldos listrados haviam colocado travessas com ornamentos de bronze e ouro. Um colar tinha contas douradas entremeadas a outras de um azul brilhante que disseram a ele que era *faiança*. Teria combinado com Tirilan. Com o que Anaterve devia a ele, poderia ter comprado uma conta, ele pensou, riu e seguiu em frente. Outra barraca exibia adagas de bronze do Mar do Meio com cabos de marfim enrolados com fios de ouro. Armas dignas de um rei, se algum dos reis deles ainda tivesse riquezas para comprar. Todos os que conhecia já a tinham gastado para manter o povo alimentado. Havia meadas de lã e linho tecidos em padrões que ninguém ali conhecia, e vasilhas de cerâmica lustradas até um liso brilhante por dentro e por fora.

*Não somos daqui...*, todos aqueles objetos brilhantes pareciam dizer. *Viemos de outro mundo onde o sol brilha quente sobre um mar azul.* Aquele sol tinha bronzeado as peles dos homens que os vendiam, homens magros de cabelos escuros e kilts de linho branco e mantos listrados que conversavam em uma estranha língua ligeira e usavam ouro nas orelhas. Argantonio era o nome, ou talvez o título, do rei deles. Anderle queria que ele aprendesse sobre o mundo – e se ele seguisse com esses homens para ver as terras para onde os gansos iam quando voavam para o sul no outono? Mas, no momento em que o pensamento lhe ocorreu, soube que jamais iria tão longe, não quando ainda acordava de sonhos do Vale de Avalon com o rosto molhado de lágrimas.

Conforme o dia minguava, um elemento mais bruto vinha para a vila, os peões que trouxeram os animais que agora em sua maioria haviam sido consumidos ou vendidos. Eles tinham marcadores de crédito nas bolsas, um apetite sadio por cerveja e aquela bebida estranha cor de sangue que chamavam de vinho, feita de alguma fruta que crescia nas terras ao sul. Pica-Pau havia experimentado na casa de Mestre Anaterve e não tinha gostado muito. Alguns dos homens já estavam bêbados, xingando, cantando e oferecendo aos passantes goles sociáveis em suas canecas de madeira cheias de cerveja.

Pica-Pau tirou um momento para olhar para os navios na água, as proas altas entalhadas douradas pelo sol poente. O comércio tinha ido bem, e a mãe de Analina estava cozinhando algo especial para celebrar. Mas estava na hora de ir para casa.

Quando ele se virou, um corpo pesado deu uma guinada contra ele, jogando-o contra um muro.

— Por que me empurrou?

— Desculpe — o rapaz começou, encolhendo-se do bafo de cerveja enquanto o homem cambaleava na direção dele. — Não quis...

— Beba cumigo — o camarada então disse.

Era um homem robusto usando uma túnica manchada, com o rosto na maior parte oculto por uma barba castanha. Havia algo familiar a respeito dele; Pica-Pau pensou que poderia ser um dos homens que acompanharam o mercador que viera de Azan com uma carga de peles. O homem tinha ficado pela barraca de mestre Anaterve, fazendo perguntas idiotas, até que o mestre dele e o mercador por fim chegaram a um acordo.

— Obrigado, mas estou atrasado para o jantar e...

— Não quer brigar? Tem que sê meu amigo. — O homem continuou, como se não tivesse escutado. — Vamos... bebe cumigo!

Uma mão dura se fechou sobre o ombro de Pica-Pau.

Se ele fizesse um escândalo, pareceria um menininho. Ele imaginou que poderia arranjar tempo para um gole de cerveja, e claramente o camarada não iria desistir até que ele cedesse. Balançando a cabeça, permitiu que o homem o empurrasse pela esquina na direção da barraca de bebida.

Mas no fim da viela não havia barraca de bebida, só mais três homens com porretes, e de repente aquele que o segurava não parecia mais bêbado. Pica-Pau começou a resistir, tentando se lembrar dos movimentos de luta que aprendera no Tor. Um chute de sorte enganchou a perna de um homem e o derrubou. Pica-Pau se retorceu, livrando os ombros, e se jogou para o espaço que havia esvaziado. Ele vislumbrou o porrete do outro homem girando na direção dele; então uma dor cegante explodiu em sua cabeça e ele não viu mais nada.

***

A consciência voltou com uma onda de náusea e uma dor latejante como se um forjador de bronze batesse uma ponta de lança em seu crânio. A terra parecia se mover para cima e para baixo e havia duas luas no céu. *Eu fiquei bêbado?* Ele não conseguia se lembrar, mas se recordava fracamente de que muitas vezes era o caso. Ele respirou com cuidado, e a náusea melhorou um pouco, mas a superfície debaixo dele ainda balançava, e o ar tinha o cheiro forte do mar.

Era o mar. Ele podia ouvi-lo, e sentir a pele esticada que cobria o bote abaixo dele, do tipo que os pescadores usavam para pescar na baía. Ele tentou se levantar para poder ver, e foi quando descobriu que os pés e as mãos estavam amarrados.

— Ei, Izri, o bezerro decidiu se juntar a nós de novo!

Alguém soltou um riso grosseiro.

Pica-Pau se virou de lado e viu o homem que o tinha abordado, desonroso como sempre, mas não mais inebriado, se é que de fato ficara bêbado.

— Quem é você? — ele conseguiu perguntar. — Por que me pegou?

— Quem somos não importa. O que somos, somos homens de Galid — disse um dos outros. — E você foi uma bela caçada. Achamos que fôssemos pegá-lo no pastor, mas alguém escutou que a gente estava farejando e tirou você de lá. Mas colocá-lo com um mercador, olha, é como esconder um novilho em uma feira. As pessoas sempre passando... um deles vai acabar falando para Galid do rapaz inteligente de cabelo ruivo.

O terceiro homem, que estava remando, deu um grunhido de concordância.

— O que vão fazer comigo? — A voz dele ainda tinha a tendência a esganiçar sob tensão, então tentou mantê-la baixa.

— Galid soube que estava em Belerion e nos mandou. Ele quer vê-lo.

— Assim pode terminar o que começou quinze anos atrás — disse o outro chamado Izri, e todos riram.

— A rainha Zamara não tem mais nenhum homem na família... você é o último daquela linhagem. Quando estiver morto, ela não tem escolha a não ser tornar Galid rei.

Pica-Pau engoliu em seco. Eles estavam virando para o leste através da baía. À direita deles, a ilha assomava escura contra as estrelas. Acima, um brilho de luz mostrava onde os navios tartéssios estavam ancorados, preparando-se para a viagem do dia seguinte.

— Espero que ele os recompense bem — ele disse com amargura. — É claro que a Senhora de Avalon pagaria melhor. — Então completou: — Muito ouro do Tor, dos tempos antigos.

É claro que a maioria estava presa a vestes e equipamentos de rituais, mas, embora ele às vezes se perguntasse se Anderle ao menos *gostava* dele, tinha a certeza infeliz de que, para pegá-lo de volta, ela depenaria Avalon.

— E quando ela descobrir que me entregaram para Galid, ela vai caçar vocês — ele completou, no silêncio. — Quando ela começar a cantar para os espíritos, acho que a sorte deles não vai cobrir vocês.

Ele estava imaginando que o homem nos remos começara a remar mais devagar?

— Garanto que sou mais valioso vivo.

Ele esperou, equilibrado entre a esperança e o pavor.

— Isso é verdade, ele é um rapaz sensato — Izri disse pensativamente. — Uma pena desperdiçar, especialmente se Galid for mesquinho com a recompensa.

— O que quer dizer? Ele vai cortar nossas cabeças se deixarmos o rapaz escapar.

— Venda-o — o primeiro homem respondeu. — Tem o navio tartéssio ali pronto para levantar âncora e partir. Nós damos o rapaz, eles nos dão ouro. Ele vai embora da ilha, então o propósito de Galid foi alcançado.

— Ele vai cortar nossas gargantas — o outro homem repetiu.

— Não se dissermos que o rapaz se jogou do barco tentando escapar e se afogou.

— Hunf. Bem, vamos descobrir o que eles dizem.

Pica-Pau sentiu o barco baixar enquanto o remo da mão esquerda batia profundamente e a embarcação começou a virar. Logo – cedo demais? – bateram contra o lado do grande navio. *Espere*, pensou o menino. De repente aquilo não parecia uma boa ideia. Poderia ter achado uma maneira de escapar de seus captores entre Belerion e Azan-Ylir, mas, a não ser que quisesse voltar nadando para casa, do mar não havia escapatória. Mas o homem que batera nele já subia a escada de cordas. Então os outros o arrastaram até o lado e o jogaram como uma rede aos pés do capitão.

— É isso — veio a voz estranha. — É um menino bem crescido. Feio, como todo o seu povo, mas parece forte. Eu dou, hummm, três adagas boas por ele, e um jarro de vinho.

Uma transação tão fácil? Seu destino seria decidido tão rápido? A cabeça de Pica-Pau latejava enquanto o puxavam para ficar de pé. Por um momento, apenas as mãos de seu captor o mantinham ereto.

— Obrigado por minha vida.

— Você acha que foi misericórdia? — veio a resposta em voz igualmente baixa. — Talvez chegue a desejar ter morrido antes de acabar. Mas faça o que puder de sua vida...

E então eles foram embora. Alguém cortou a corda que prendia seus pés e o empurrou pela passarela para a parte traseira do navio. Pelo cheiro, ele imaginou que deveria ser onde mantinham os desgraçados que já haviam comprado.

— Como chamam você, rapaz? — disse o homem. Um dos marinheiros, ele imaginou.

Por um momento, ele só conseguia olhar. Nos últimos dois anos, tinha tido tantos nomes.

— Pica-Pau — ele por fim disse.

Precisaria esperar um longo tempo para reivindicar o nome Mikantor agora.

***

Sob a luz das tochas, as águas da lagoa sagrada pareciam vermelhas como a mancha que deixavam nas pedras. Anderle sentou-se em sua cadeira entalhada, uma vasilha de prata que tinha sido enchida com água na mesinha diante dela. Seu cabelo comprido caía dos dois lados do rosto, bloqueando distrações e concentrando a visão dela. Os ornamentos de grã-sacerdotisa tremiam em sua testa.

As vestes e a cerimônia eram tradicionais, destinadas a impressionar os sacerdotes e as sacerdotisas que formavam o círculo em torno dela para que conseguissem levantar a energia e dirigi-la em sua direção, mas naquela noite Anderle sabia que precisava daqueles símbolos tanto quanto eles. Ela se sentia velha e vazia. Pica-Pau, não, *Mikantor* havia desaparecido.

Aquilo importava? Alguma coisa importava agora? Ela tinha se enfurecido quando chegara a notícia de que o rapaz havia desaparecido em

Belerion. Quando Larel chegara ali, Galid estava proclamando que o último herdeiro da linhagem real dos ai-zir tinha sido afogado, e, onde ele governava como ladrão, agora reivindicava o nome de rei.

E ela não sabia se o ritual pelo qual haviam se reunido era a resposta sábia para a necessidade de planejar um novo curso, ou uma negação desesperada de que a esperança pela qual ela tinha sofrido e sacrificado tanto tivesse por fim fracassado. Mas, fossem quais fossem os motivos, precisava tentar isso agora. Ela fez um breve aceno com a cabeça e os outros começaram a cantar, um canto menor, vacilante, cujas palavras eram antigas quando os sacerdotes das Terras Afundadas chegaram a essas costas.

*Afunde, afunde, solte a mente, fundo vá indo –*
*Além das portas do sonho e do sono siga,*
*Ao lado da árvore sagrada tome o caminho,*
*Contemple as águas sagradas e seja livre.*

A sacerdotisa respirou fundo e depois de novo, deixando o ar sair lentamente, contando, para dentro e para fora, para dentro e para fora de novo, aliviada por ver a disciplina de toda uma vida subjugando a loucura de uma só lua. Graças aos deuses pelos métodos ancestrais. Já sentia a batida do coração desacelerar, a consciência estreitando-se no foco familiar do transe. Ela se lembrava do que acontecia, se lembrava até mesmo de sua angústia, mas agora observava com uma curiosidade alheia. Passiva, ela esperou pela palavra de Larel.

— Senhora, procuramos saber o destino do menino Mikantor. Abra os olhos e mire a água. Diga-nos o que vê.

Por um momento, tudo o que Anderle viu foi o brilho das tochas na água. Então estava caindo no fogo. Ela arquejou, pensando que estivesse de volta a Azan-Ylir, mas dessa vez também tinha sido atingida pelas chamas. No entanto, não conseguia se soltar, e agora via que o lugar era muito maior, como se toda uma vila tivesse sido construída de pedras como o Henge. Não era uma vila; era uma fortificação com muralhas poderosas. Mas elas não tinham conseguido deter o exército que as cercava, e agora também estavam em chamas.

— *Onde está Mikantor?* — ela gritou, e o que ela havia pensado que eram pedras se resolveu em uma pilha de carvões em brasa em uma forja.

Dentro daquele brilho pulsante estava uma espada de luz. Uma sombra assomou atrás dela; ela viu a forma robusta do ferreiro enquanto ele a levantava nas tenazes e a colocava na bigorna de granito. Faíscas voavam enquanto ele a acertava repetidamente.

— Antes que o metal possa ser moldado, precisa ser aquecido — a resposta veio —, forjado e amolado antes que possa servir um rei. No fogo o velho mundo será destruído, e um novo nascerá.

O ferreiro levantou a espada, e fogo branco desceu pela lâmina. Ele a estendeu para um herói, coroado de chamas. Então havia apenas Luz. Anderle sentiu-se sendo levada para longe. Quando conseguiu se concentrar de novo, estava de volta em sua cadeira, e seu rosto estava úmido de lágrimas.

## ॐ OITO ॐ

Velantos estava na oficina de ferreiro, trabalhando em uma adaga com uma lâmina triangular estreita, quando o novo escravo veio chamá-lo para ir até o rei. Os músculos dos braços dele estremeceram enquanto sussurrou uma prece para Nossa Senhora da Forja e virou o cadinho para despejar o bronze derretido suavemente dentro do molde, mas não havia tremor em suas mãos.

A oficina ficava na Baixa Cidadela que fora adicionada à muralha norte do palácio em Tirinto, quando veio a reconstrução depois do grande terremoto que atingira a época do bisavô dele. A oficina tinha paredes em três lados, com portas que se abriam, de modo que as chamas podiam ser atiçadas pelo vento. Quando o vento não soprava, o calor podia ser sufocante, mas Velantos estava acostumado ao suor que rolava por seu peito largo e pingava fervilhando no fogo.

— Senhor, seu pai o rei deseja vê-lo.

O ferreiro lançou uma olhadela rápida debaixo das sobrancelhas grossas para ele, suspeitando de ironia, mas Pica-Pau era novo, um adolescente magricela com um nariz protuberante e um cabelo pouco mais escuro que o bronze, trazido ao Mar do Meio de uma terra nortenha impossivelmente distante. Sem dúvida tinham dito a ele que Velantos era filho do rei de Tirinto, mas não que a mãe dele fora uma tecelã, ela mesma pouco mais que escrava, que atraíra o olhar do rei Phorkaon enquanto servia no salão.

— Um momento. — Ele se virou de novo para o molde, observando com cuidado enquanto um brilho de chama sobre a nova moldagem desaparecia.

— Grande senhor, ele deseja vê-lo *agora*...

A voz do escravo vacilou, e Velantos percebeu que, apesar da altura, ele era apenas um menino, ainda aprendendo a língua do novo lar.

— Fique sossegado; se houver atraso, é a mim que ele vai culpar.

Com cuidado, o ferreiro colocou o cadinho de lado, então levantou o molde de pedra e o colocou na beirada larga da fogueira elevada. Conforme ele se endireitou, seu olhar pousou no nicho com a imagem de Potnia Athana em seu aspecto de Senhora da Habilidade, ereta em sua veste de um ombro só e chapéu pontudo. Epaitios de ombros largos matutava na outra parede. Velantos assentiu com um respeito que se tornara tão entranhado que era instintivo.

— Ele disse rápido — Pica-Pau respondeu, avermelhando-se até o cabelo cor de bronze. — Um mensageiro chegou.

*E por que isso faria diferença para mim?* Velantos esticou braços musculosos até os ossos das costas estralarem. Uma lufada de ar veio pela porta aberta, trazendo o cheiro de pão assando para se misturar à fumaça. Embora o brilho lhe dissesse que o dia estava quente, o ar parecia refrescante depois do calor da forja. Mas o menino parecia tão ansioso, e Velantos não teve coragem de preocupá-lo mais atrasando-se.

A adaga não esfriaria mais rápido por ser observada. Delegando o trabalho para a deusa, ele foi para o canto da cabana e pegou água do grande *phitos* de terracota com a concha, derramando-a sobre a cabeça e o torso, usando um pano de linho grosseiro para limpar o pior do suor e da fuligem do corpo. Outra concha cheia lavou para trás o cabelo escuro e encaracolado que escapava da tira de couro que o segurava enquanto ele estava na forja. O kilt de linho pendia em um gancho. Ele o envolveu sobre a tanga com que trabalhava e prendeu o cinto grosso em torno dos quadris finos. Uma década de trabalho como ferreiro enchera um corpo naturalmente robusto. Velantos nunca tinha ganhado nenhum prêmio das corridas a pé, mas nos Jogos de Festival era um campeão regular na luta, e quando o disco era arremessado.

Com alívio visível, Pica-Pau se virou para ir na frente.

— Você viu esse mensageiro? — Velantos apressou o passo para alcançar a passada larga do menino de pernas compridas.

— Ele vem de Mykenae, do rei supremo.

Bem, aquilo não era incomum. Os reis de Tirinto governavam de uma pequena colina na planície fértil bem acima do porto. A localização oferecia um bom acesso ao comércio e aos assaltos, que tinham sido uma constante em sua história. Embora Tirinto fosse mais antiga, Mykenae erguia-se nos joelhos das montanhas para o norte, uma fortaleza que jamais tinha sido tomada por um inimigo.

Mas Tisamenos, que reinava ali agora, era jovem tanto em idade quanto em poder, ávido para se provar digno dos ancestrais heroicos. Ele tinha, na verdade, a mesma idade que Velantos. O rei Phorkaon imaginava que aquela juventude falaria melhor com juventude? Era por isso que o pai o mandara chamar?

Cruzaram o espaço aberto no centro da Cidadela Baixa e subiram a rua pelo corredor até o grande portão que guardava o lado leste da cidadela. Entraram na sombra debaixo do telhado alto da passagem. Os dois conjuntos de portas no fundo, com faixas de bronze, estavam abertos, e algo dentro dele que estava tenso de apreensão começou a relaxar. Fosse qual fosse a notícia que viera com o mensageiro, não havia perigo iminente, ou o palácio estaria cheio de homens armados, e as grandes portas estariam fechadas com barras. Eles seguiram subindo através do pátio e do corredor, até que passaram pelas colunas pintadas do propileu e saíram ao ar livre no pátio externo.

A cidadela de Tirinto coroava a pequena colina. Velantos parou por um momento para saborear a brisa vinda da baía que brilhava abaixo. Além das muralhas espalhavam-se as casas cobertas de telhas da cidade, e depois a planície fértil, dividida em terrenos de terra arada ou pomares de oliveiras e campos cercados de videiras. A leste e a oeste, o círculo protetor das montanhas corria até o mar. Era uma terra boa, rica, que muitas pessoas desejaram. No cume do grande promontório, um posto de vigia guardava um farol, pronto para dar aviso dos ataques por mar, como um dia havia esperado para sinalizar o fim da guerra em Troia.

Com aquele pensamento, Velantos sentiu de novo uma centelha de inquietação. Sem guerreiros, qual a utilidade do aviso? A força de Akhaea não era a mesma que tinha antes que o rei supremo levasse seus melhores guerreiros para Troia. Aquele conflito não deixara pilhagens, mas lendas, como seu legado mais duradouro. Então muitos dos heróis que haviam sobrevivido à vitória não conseguiram sobreviver ao retorno. Certamente a Casa de Atreos estava diminuída. Em Mykenae, o neto de Agamemnon ainda governava, mas Velantos se perguntava se mesmo os deuses poderiam purificar a família da mancha daquele conflito familiar sangrento, mulher contra marido, mãe assassinada pelo filho. Com certeza o sangue deles ainda poluía o chão.

— Senhor, precisa *vir*!

O toque de Pica-Pau em seu ombro trouxe Velantos a si de novo. Ele percebeu que estivera olhando sem ver o brilho do mar além do muro.

Luz e sombra se sucediam enquanto ele seguia entre as colunas da entrada menor e através do pátio central na direção do *megaron*, pausando para honrar o altar sacrificial ao passar. Ele piscou ao entrar na sombra do *podromos*, levando um instante para permitir que seus olhos se ajustassem. Quando conseguiu ver as rosetas azuis no friso que corria pelas paredes, passou pela porta mais ao leste das três que levavam ao interior do *megaron*.

Um dos quatro pilares pintados de vermelho que sustentavam o telhado bloqueava sua vista do rei, mas conseguia ver o mensageiro, de pé entre o trono e o grande círculo do fogo. Um olhar reflexivo lhe disse que o assento da rainha ao lado do pilar estava vazio. Sem dúvida ela estava nos próprios aposentos além do salão. A diminuição da tensão vinha da evidência adicional de que não havia emergência ou do simples alívio de não precisar encontrar o olhar insosso dela? Talvez ele a enganasse – todos sabiam que a visão de Naxomene era ruim, e talvez ela não o enxergasse. Era assim, afinal, que se esperava que uma mulher da realeza visse o filho acidental do marido.

Mas a Senhora de Tirinto era uma sacerdotisa de E-ra além de rainha, e a esposa do Agregador de Nuvens tinha uma história de hostilidades com os frutos dos casos de amor do marido. O ódio dela havia perseguido Erakles e afastado todos os filhos dele da terra, de modo que fora o casamento de uma princesa da Casa de Persaios que transformara a linhagem de Pélops em senhores da cidade. Mas E-ra era ainda a Senhora do Palácio. Somente na forja a Senhora de olhos brilhantes de Velantos tinha domínio.

*Potnia, esteja comigo*, ele disse em silêncio. *Dá-me inteligência para entender e vontade para vencer seja qual for o teste que me espera aqui hoje.* Compondo os traços, ele cruzou o portal de pedras e entrou no cômodo.

Alto e agora abatido pela idade, o rei Phorkaon levantou os olhos, cumprimentando-o com o sorriso incipiente de costume, como se imaginando como poderia ter gerado um filho tão robusto, de ombros tão largos. Quando era pequeno, Velantos achava que talvez o rei estivesse certo em questionar. Ele sempre tivera um sentimento de camaradagem com o perseguido Erakles. O rei Phorkaon descendia de um irmão bastardo de Atreos, mas Erakles era herdeiro dos perseidas, e os descendentes dele eram os reis por direito de Tirinto. Em seus momentos mais exaltados, Velantos sonhara que o amante da mãe tinha sido o próprio Erakles, de volta ao reino que havia amado e perdido. Um dia ele iria em frente e proclamaria que era o filho de um grande herói, de volta para reivindicar o que era seu. Outras vezes, porém, quando os meios-irmãos andavam atormentando-o, Velantos tinha a certeza sombria de que devia ter sido gerado por algum escravo ou hóspede, e não pelo rei.

Ele cruzou os azulejos estampados e foi para o lado direito do fogo para ficar diante do trono. O mensageiro deveria ter alguma importância, pois Phorkaon havia colocado o chapéu de rei e a capa franjada que deixava um ombro ossudo nu, e usava a espada.

— O senhor mandou me chamar e aqui estou. Do que necessita?

— O rei supremo tem uma notícia estranha. Há uma guerra formando-se a oeste de nós e ao norte. Alguns dizem que são apenas alguns bandos misturados de bárbaros que estão atacando, mas outros sussurram que os Filhos de Erakles por fim voltaram para reivindicar sua terra.

Velantos piscou ouvindo aquele nome, mas suas fantasias mais selvagens nunca tinham incluído uma horda de bárbaros.

— Pode não ser mais que rumor — o rei continuou —, mas precisamos tomar precauções. Vá como minha voz ao rei supremo. Conhece nossos pontos fortes. Converse com ele sobre como podemos defender esta terra.

*Nossos pontos fortes… e nossas fraquezas…*, pensou Velantos. Fora ele quem supervisionara os trabalhadores que consertavam as muralhas, e para quem os guerreiros vinham para consertar um arreio ou afiar uma lança nova.

— Sozinho? — ele perguntou.

— Se Aiaison retornar de Argos antes de você voltar, vou enviá-lo atrás de você. Ele vai precisar conversar com os comandantes de Tisamenos. Mas, para o essencial, sim, é você quem sabe.

Velantos se curvou, tanto por gratidão pelo reconhecimento quanto para encobrir seu prazer inesperado em recebê-lo. Os braços do polvo pintados nos azulejos a seus pés pareciam flexionar, vistos através de lágrimas não derramadas. Por mais que seu nascimento tivesse sido acidental, ele era valorizado. Só agora percebia que nunca tivera tanta certeza disso antes.

— Estou a seu serviço, mas, se devemos ir agora, há algo que preciso terminar na forja.

— Não, não. O inimigo, se há um inimigo, não está em nossos portões. Termine seu trabalho e reúna seu séquito. Vou receber nosso hóspede como ele merece e os deuses exigem.

Um séquito? Velantos levantou uma sobrancelha. Aparentemente o rei queria que a posição dele ficasse clara.

— Meu servo está doente — ele respondeu. — Posso ficar com o garoto? Ele indicou Pica-Pau com a cabeça.

— Por que não? Eu o comprei para a rainha porque achei que a novidade iria diverti-la, mas ela não dá bola para ele. Se o quer, ele é seu.

Velantos olhou rapidamente para sua nova posse e ficou surpreso ao ver um ar de alívio nos olhos escuros do escravo. A mulher tinha sido tão cruel com ele?

— Venha, então — ele disse ao menino. — Se vai me servir, bem pode começar a aprender como me ajudar na forja.

*\*\*\**

Enquanto passavam pelo propileu, Velantos vislumbrou o brilho de um vestido na porta que dava para a área das mulheres e se virou. Era uma reação puramente física, pois sua mente estava cheia de cálculos, mas o movimento o trouxe de volta a si e ele sorriu ao ver Tanit esperando por ele ali. Usando uma túnica simples com cinto, com uma faixa de flores de bronze que ele havia feito para ela prendendo o cabelo escuro, ele a achou mais bela do que qualquer cortesã de corpete e saia de camadas costuradas com ouro.

— Bom dia, pequena — ele começou, o cenho fechado transformando-se em um sorriso. — Esperei que pudéssemos estar juntos esta noite, mas o rei...

— Não se importe com isso — ela o interrompeu. — A rainha deseja falar com você.

Por um momento, o conflito entre a excitação em suas carnes e o frio invocado pelo nome da rainha o deixou sem palavras.

A boca de Tanit se curvou na ponta, bem onde ele a beijava quando ela se demorava a se mostrar afetuosa com ele, mas ela manteve a dignidade que cabia à serva de uma rainha.

— Ela não vai devorar você, sabe disso.

Disso Velantos jamais tivera certeza. Mas ele era um homem agora, não uma criança. Endurecendo os traços, ele seguiu a moça para dentro do *megaron* da rainha. O desenho era o mesmo que aquele do rei, exceto por ser menor, e o espaço da fogueira era retangular em vez de redondo. Como o do marido, o trono da rainha Naxomene estava no canto leste do espaço. Sobre o vestido, ela havia colocado as vestes de grã-sacerdotisa, e o enfeite dourado de cabeça com pingentes de lírio sobre a testa.

Sem dúvida, o que ela queria dizer a ele não era pessoal. Se isso era mais ou menos perturbador, Velantos não conseguia decidir. Ele fez a reverência devida a uma sacerdotisa e ficou esperando, tentando ler algum significado nos planos esculpidos do rosto dela, macio como uma das máscaras de ouro que cobriam os rostos dos mortos.

— O que o mensageiro de Tisamenos tinha a dizer?

Por um momento, Velantos pensou em responder que, se o rei não julgara adequado dizer a ela, não cabia a ele dizer. Mas todos sabiam que era a rainha a parte forte da parceria deles, e, se ela não sabia ainda, certamente logo saberia. Deveria haver alguma razão pela qual ela questionava Velantos agora. Ele levantou os olhos, perturbado porque os ornamentos pendentes impediam que visse os olhos dela.

— Há histórias de invasores, mas essas pragas sempre rondaram nossas fronteiras. Não há motivo para supor.

— A deusa está inquieta — a rainha o interrompeu. — Os Filhos de Erakles perturbam a terra.

— Ela ainda o odeia? — Quase no mesmo instante Velantos se arrependeu da pergunta.

Os lírios de ouro balançaram quando um tremor passou pelo corpo da rainha, e Velantos sentiu um arrepio sem entender por quê.

Quando ela falou de novo, sua voz tinha mudado.

— Erakles agora é um deus, mas seus filhos são homens. O inimigo é muito antigo, mas a guerra será nova, um tipo de luta que jamais conheceram.

Tanit deu um passo rápido para a frente, então parou, mordendo o lábio. De repente, Velantos entendeu o que havia acontecido. Ele tinha visto Naxomene carregar a deusa antes, nos festivais, mas nunca houve nenhum motivo para que estivesse perto. A pele dele se arrepiou como fazia às vezes quando o vento estava forte, embora o ar ali estivesse parado e quente.

— Sim, senhora — ele respondeu a ela tanto como rainha quanto como deusa. — O que gostaria que eu fizesse?

— Uma nova guerra vai precisar de novas armas.

Novas armas? Como ele poderia fazer novas armas se nem sabia o que era o perigo?

— Farei o que puder — ele sussurrou.

— Vai... vou garantir isso. Isso é o que eu faço. — Havia algo aterrorizante no sorriso dela. — Vai receber conhecimento. Epaitios é meu filho. Ele vai saber o que fazer.

Ela afundou de novo no trono.

— Vá, vá logo — sussurrou Tanit enquanto Velantos olhava.

Jamais tinha ficado tão feliz por obedecer às ordens de uma mulher.

\*\*\*

— Isso, esse! coloque na arca. Dobre com cuidado, agora!

Pica-Pau olhou para Estaros, o serviçal superior magro e grisalho que supervisionava a arrumação, e pegou a túnica. O homem estava gritando com ele desde a manhã, como se ele de algum modo devesse saber não só do que o príncipe Velantos precisaria para sua viagem, mas onde encontrar. Mal havia se passado um dia desde que fora transferido para os serviços do príncipe. Estava começando a julgar que seu alívio inicial tinha sido um engano. Velantos bateria nele por causa de uma roupa amarrotada? Ele parecia forte o suficiente para fazer aquilo ele mesmo, não como o segundo mestre do menino, ou fora o terceiro, que gostava de ver os escravos sendo açoitados pelo guarda-costas musculoso.

Ele chacoalhou as dobras do linho, como se soubesse por instinto como elas deveriam cair, diretamente ao longo dos ombros, de modo que a veste formava um quadrado e então se dobrava para dentro, e assim o desenho das costas ficaria liso. Mas é claro que seria familiar. Havia ajudado Larel muitas vezes quando ele usava túnicas desse jeito em rituais. Ele expulsou aquela lembrança, então virou a túnica e ficou imóvel olhando para o emblema bordado ali. Era a cabeça de um touro com chifres curvos e um disco do sol na testa.

Por que ele deveria ficar surpreso? Essas pessoas valorizavam o gado – havia visto chifres estilizados colocados do lado de fora de seus santuários. Não significava nada que encontrasse uma imagem assim nas túnicas de um príncipe. Mas, por um instante, o que ele vira fora a cabeça de touro emblema dos ai-zir.

Ele agradecia aos deuses por tais momentos acontecerem raramente. Tudo ali – árvores e flores, o próprio formato das colinas, e o cheiro do ar – era tão diferente de sua terra natal que podia passar dias sem se lembrar. E então alguma visão ou um aroma ao acaso, como a fumaça da oficina de Velantos, o tomava, e por um momento ele estava perdido.

— Você! Paspalho! Está olhando para onde?

A voz do servo parecia vir de uma grande distância. Quando o homem o estapeou, a bochecha mal sentiu o ardor.

— Você acha...

— Estaros!

A voz profunda que atropelou as palavras seguintes do homem fez o rapaz voltar a si, vermelho com uma mistura de vergonha e apreensão. Velantos enchia a porta, as sobrancelhas grossas franzidas juntas em uma careta. A testa e os ossos do rosto dele tinham as linhas fortes de bronze fundido sobre a barba preta curta. Estaros se encolheu, e Pica-Pau se preparou para um golpe. Naquela manhã Velantos usava a túnica comprida de linho apropriada para sua posição, mas, quando Pica-Pau vira o príncipe despido e suado sobre a forja, tinha ficado espantado com a força que aqueles músculos sugeriam.

— Como o rapaz pode saber o que fazer se nunca viu meus pertences antes? Ainda vamos levar dois dias para partir. Dê tempo a ele.

Pica-Pau ficou vermelho de novo, ouvindo sob o timbre rouco uma afeição que achava estranhamente reconfortante. Ele levou o punho à testa em saudação, e então, com dedos ligeiros, terminou de dobrar a túnica.

\*\*\*

Além da curva da estrada, Anderle viu um brilho de água azul e o topo pontudo da ilha que guardava a baía. Era a época do festival que dava boas-vindas ao verão em Belerion, e por fim as nuvens haviam sumido. Prímulas cor de creme floresciam sob os carvalhos, e as sebes estavam estreladas por flores de pilriteiro. Mas o brilho alegre das águas azuis diante dela parecia um escárnio. Naquele mar todas as suas esperanças haviam se afogado. Ellet tentou consolá-la com a memória de uma profecia que saíra de seus próprios lábios, depois que ouviram que Mikantor estava perdido, mas as palavras que os outros haviam anotado não eram mais do que divagações desconexas, e ela mesma não tinha lembrança do que vira. Um grande forte de pedra? O que isso poderia ter a ver com eles aqui? E, quanto à Espada, se o herói que deveria empunhá-la está morto, que utilidade ela teria?

Mas nem para suas sacerdotisas ela conseguia admitir que sua fé havia fracassado tão completamente. E assim, quando o rei dos ai-utu mandou avisá-la de que Kaisa-Zan havia morrido e que precisavam de uma sacerdotisa para os rituais, Anderle concordara em ir ela mesma. Se a rainha fosse jovem, ela e seu consorte teriam feito o ritual que dava boas-vindas ao verão, mas ela estava débil. Kaisa deveria ter sido capaz de tomar o lugar dela até que fosse a vez da filha dela de governar. A febre súbita que levara a princesa era apenas o último desastre. O rei Sakanor não precisava saber que Anderle havia começado a duvidar até mesmo de que a magia de Avalon poderia parar as tempestades ou drenar os solos alagados. Ela faria o ritual e confiaria que os deuses tivessem esperança, ainda que ela não tivesse nenhuma.

Naquela noite havia hóspedes na casa da família que guardava o círculo de pedras conhecidas como Donzelas. Perto da casa, em um monte funerário, crescia um espinheiro. Debaixo dele havia sido escavada uma grande câmara. Nos velhos dias, fora um lugar de iniciação, afundado na terra onde o poder fluía do círculo de pedras ao norte e para o leste através da ilha. Naquela noite ela pegou uma lamparina e desceu a encosta além da pedra em que um guerreiro esculpido guardava a abertura, e começou a abrir a consciência para os espíritos da terra.

As pedras de Belerion eram velhas quando os sacerdotes das Terras Afundadas levantaram os trílitos do grande Henge. As energias da terra que elas canalizavam fluíam com força, e continuariam a fluir, não importava quanta chuva caísse. Anderle sentou-se mais ereta e deixou a respiração ficar mais funda, sentindo os amores e as vidas das pessoas cujos espíritos haviam se tornado parte dessa terra. *Ancestrais*, ela rezou, *zelai por seus descendentes. Dai-nos a inteligência para mudar o que podemos, e a força para suportar o que não podemos mudar.* E naquele espaço confinado ela tinha a impressão de que a pressão do ar ficou maior, como se uma multidão de companheiros invisíveis tivesse se juntado a ela ali. E, embora nenhuma mensagem clara tivesse vindo a ela, quando por fim deixou a câmara para buscar sua cama, descobriu que seu espírito tinha sido aliviado.

No dia seguinte era a noite do festival. Ela o passou em isolamento, e, quando o dia chegou ao fim, Ellet e as mulheres locais a banharam, colocaram uma coroa de pilriteiro sobre seu véu e a levaram pela estrada até o círculo de pedras. De cima ela ouviu os tambores, e soube que o rei a esperava lá. Comparadas com o grande Henge, aquelas pedras eram modestas – não eram mais altas que o peito ou a cintura. Mas eram muito mais velhas, e naquela noite Anderle sentia a energia que faiscava de uma para a outra. *Talvez*, ela pensou, *os deuses não tenham nos abandonado. Sagrada Caratra, abençoe o trabalho que fazemos.*

A parte da mente que ainda era dela notou que a barba do rei Sakanor estava ficando grisalha. Mas o corpo dela balançava com a batida do tambor. Sentia o brilho de poder começando a se reunir em torno dele, como deveria estar em torno dela. Rindo, ela liderou as donzelas serpenteando para dentro e fora das pedras do círculo, e, quando homens e mulheres se uniram por fim, o rei não era mais um homem de meia-idade com braços um pouco afinados e a barriga aumentada pelos anos, mas o protetor viril, e ela, não mais pequena e morena, mas a senhora da terra brilhante. Homem e donzela os cercavam, cantando, enquanto eles se deitavam juntos, e Anderle sentiu o poder que havia sentido na câmara subterrânea vindo para cima, para ser intensificado e canalizado em um rio de luz para abençoar a terra.

Foi só na manhã seguinte que ela foi capaz de falar com o rei, quando os Poderes que trabalharam através deles haviam partido e não eram mais que homem e mulher de novo.

— Senhora Anderle, eu agradeço. Kaisa-Zan era uma bela mulher e uma sacerdotisa forte. Ela foi levada de nós cedo demais. A menina que ela estava treinando ainda é jovem. Ficaríamos gratos se a levasse com a senhora para Avalon e terminasse a instrução dela lá.

— Vou levá-la — disse Anderle —, pois a terra precisa ser servida, ainda que, a cada vez que olhar para ela, vá me lembrar do que aconteceu com o menino que lhe enviei.

O rei Sakanor suspirou.

— Que Galid pudesse enviar seus desgraçados para levar um rapaz do meio das minhas terras foi uma grande vergonha para todos nós, e no entanto não estou totalmente satisfeito com a história dele. Perdemos barcos de pesca às vezes, e o mar por fim envia aqueles que se afogam na baía para a costa. Mas o corpo de seu rapaz nunca foi encontrado, e eu lhe asseguro, minha senhora, o povo pescador buscou bem, por muito tempo.

— Acredito que Galid seja capaz de qualquer mentira — a sacerdotisa disse, amarga. — Mas, se o mar não o levou, onde está o menino?

— Os navios para Tartesso saíram na maré da manhã. E ouvi falar que aquela criatura de Galid, Izri, foi vista com uma adaga do sul nova no cinto no dia seguinte. Os mercadores compram escravos, minha senhora, embora eu proíba. É possível que os homens de Galid o tenham vendido a eles.

Anderle percebeu que havia agarrado o braço do rei e soltou, vendo as marcas brancas de seus dedos na pele dele. Ela tomou consciência de como seu coração batia forte quando ele esticou o braço para firmá-la por sua vez.

— Isso é verdade? — ela sussurrou.

— Até onde sei — ele respondeu. — É sempre duro perder um jovem, mas por que se importa tanto com esse rapaz?

— Mikantor era filho do rei Uldan, filho da minha própria prima... que isso seja motivo suficiente para que o destino dele importe para mim.

— O menino de Uldan! — O rei arregalou os olhos. — A criança da profecia?

— O senhor a ouviu?

— A terra inteira ouviu — ele respondeu. — Essa é uma notícia pesada, de fato, pois, se ele foi levado para Tartesso ou para a Terra dos Mortos, está igualmente perdido para nós...

— Talvez... — Anderle disse lentamente —, mas, se os deuses forem bons, de Tartesso ele pode voltar um dia.

***

No fim, o novo servo de Velantos passou mais tempo organizando os pertences do mestre do que aprendendo o ofício de ferreiro. Para isso, conforme o menino disse timidamente a ele, haveria tempo, enquanto o rei queria que fossem para Mykenae *agora*. Velantos ficou surpreso ao se ver respondendo com diversão à insistência do menino. Os outros servos dele, mais acostumados a grunhidos que sorrisos, decidiram tratar o recém-chegado como um aliado em vez de competidor por seu favor. Aquilo também surpreendeu o ferreiro. Acostumado a duvidar do próprio status em Tirinto, tinha sido um mestre tão desatento? Velantos ainda pensava na questão quando saíram da estrada principal através da planície e começaram a subir para a cidadela do rei supremo.

Enquanto ascendiam a última encosta e faziam a curva, ele voltou a si com o assovio de surpresa de Pica-Pau. O menino olhava para o forte que parecia ter crescido no cume da colina diante deles, uma eminência que teria sido chamada de montanha na maioria das terras. Ali, era apenas uma afloração, apequenado pelos picos escarpados que se erguiam atrás dele. Paredes de pedras maciças cor de mel o envolviam, fileira sobre fileira, coroadas pelos salões reais, as ameias castanho-avermelhadas brilhando no sol da tarde.

— Impressionantes, não são?

— Tirinto é poderosa — o rapaz respirou —, mas Mykenae é ainda mais grandiosa. Gigantes moveram essas pedras?

— É o que dizem — Velantos sorriu. — Foi construído pelos ciclopes para o rei Persaios, quando Tirinto não era mais suficiente para ele. É claro que isso foi antes de Odikeos tirar o olho de Polyfemos no caminho de casa vindo de Troia. Mesmo para um filho do Agregador de Nuvens, não acho que os ciclopes seriam muito úteis agora. Eles têm um trabalho de construção poderoso assim em sua terra?

— Não para os vivos — o menino disse, franzindo o cenho. — Eu... me lembro de uma coisa como uma grande mesa de pedra, onde uma enchente levou embora o monte funerário que a cobria. Há grandes pedras no Henge onde os sacerdotes fazem os rituais sagrados. Foram colocadas no lugar pelo canto de mestres da magia que vieram para minha terra do além-mar. Mas isso foi muitas vidas de homens atrás. Meu povo mora em casas com telhado de colmo e cercadas por muros de madeira... fáceis de queimar.

Ele parou, a emoção deixando seu rosto como um escultor alisa a argila de uma imagem. Velantos não o pressionou. Por toda a sua incerteza sobre seu status, o ferreiro jamais duvidara de sua segurança física. Não até agora.

\*\*\*

Subia poeira da planície em redemoinhos de nuvens, através dos quais as formas das carruagens que manobravam apareciam e desapareciam como imagens em um sonho. As muralhas de Mykenae, com três vezes o tamanho de um homem, encimavam uma encosta que já assomava sobre a planície inclinada. Dali era possível ver até as colinas que abrigavam Argos, o que sem dúvida era o motivo pelo qual Persaios escolhera o lugar para sua cidadela.

A área onde as carruagens treinavam ficava mais perto, bem do lado da estrada que levava o comércio através das montanhas de Korinthos até Tirinto ao lado do mar. De seu lugar perto do rei, Velantos apertou os olhos para ver o movimento delas, a memória dando imagem a chavetas e dobradiças, fivelas e freios e todas as ferragens que passavam por sua oficina. Quando os guerreiros se gabavam bebendo vinho no salão, ele sempre se divertia ao refletir que nenhuma quantidade de coragem poderia salvar um homem de ser jogado na poeira se ele perdesse uma roda.

— Veja como vão! — O rei Tisamenos se inclinou sobre a muralha. — Tivemos tanta chuva no inverno, os pastos ainda estão verdes, e os cavalos estão gordos e cheios de energia. Podem correr em círculos em torno de qualquer inimigo!

Ele se endireitou, rindo, um jovem alto de cabelo preto com cachos indomáveis.

— Como sabe? — Velantos suavizou o comentário com um riso. — Só consigo ver nuvens de poeira.

As pessoas às vezes se perguntavam como ele conseguia aguentar o calor e a fumaça da oficina, mas a poeira de um campo de batalha era mais grossa. E ele podia ficar apenas de tanga para fazer seu trabalho, enquanto os lutadores nas carruagens sufocavam em casacos de couro costurados com placas de bronze.

— Ah, mas há padrões naquela poeira — observou o mestre de carruagens — que o olho experiente consegue ver...

*Isso me coloca no meu lugar*, pensou o ferreiro com amargura. Na noite anterior, tinham se reunido em conselho até tarde, e o guerreiro claramente não entendera o que Velantos fazia ali, muito menos por que o rei prestava atenção nele. Tinha acabado com uma garantia branda de que Mykenae não podia ser tomada. Tisamenos prometeu reunir homens e suprimentos para aguentar um período de sítio, mas estava claro que não esperava precisar deles. *Cada homem com seu ofício*, pensou então Velantos. *Posso dizer quando colocar o bronze no fogo olhando a cor das brasas, quando você só saberia não colocar a mão.*

— Se enviarem carruagens, seus homens certamente vão vencer. Mas eles não vão. É o que estou tentando lhe dizer — murmurou o homem de Korinthos, como se não se importasse se alguém o ouvia.

O nome dele era Thersander. O rei certamente não parecia estar escutando até então.

— Conte para *mim* — disse Velantos, pegando o braço dele. — E, já que nenhum de nós parece ser desejado aqui, talvez pudéssemos ir para um lugar mais fresco para conversar.

Eles caminharam ao longo da muralha, em alguns lugares tão grossa quanto era alta. As carruagens poderiam fracassar, mas, quando Tisamenos disse que Mykenae não poderia ser tomada, Velantos acreditara nele. Nenhuma força humana poderia deslocar aquelas pedras poderosas. Pouco depois do círculo grave do qual os espíritos dos mortos poderosos continuavam a zelar por seus descendentes, uma escada descia para um armazém.

Os guardas no Portão do Leão saudaram quando Velantos passou e Thersander levantou uma sobrancelha.

— Minhas desculpas, príncipe... tinha entendido que era um ferreiro de bronze servindo a corte em Tirinto.

— Não posso ser os dois? — Velantos decidiu não entrar nos detalhes de sua ascendência. — Na minha terra, a criação do bronze é um dos Mistérios reais, e exige-se que os reis saibam alguma coisa de sua sabedoria. A tradição é que pelo menos um filho de cada geração se torne mestre, e eu fui quem Potnia Athana chamou.

— E o senhor é mestre do ofício? — o outro homem perguntou enquanto subiam a rua, tomando o caminho da esquerda, que dava nas oficinas e demais construções do outro lado do palácio, onde acolhiam os hóspedes cuja posição não exigia que recebessem camas no *xenonas* perto do *megaron*.

— Eles me chamam assim — Velantos disse brevemente.

Ainda parecia arrogante reivindicar maestria quando sabia que tinha tanto a aprender.

— E qual sua habilidade, homem de Korinthos, além de trazer notícias que ninguém quer escutar?

Aquilo fez o homem rir.

— Meu pai é mercador de vinho e com frequência me manda para o exterior. Sou medíocre com uma lança, mas já vi muita coisa. Meus reis acham que posso ser capaz de explicar o que está acontecendo em palavras que o rei Tisamenos entenderia. Não esperam que nos ajudem, mas, se formos derrotados por esses bárbaros, nosso povo não vai ficar totalmente sem liderança se o herdeiro de Agamemnon sobreviver.

Aquilo fez Velantos olhar. Os dânaos não conseguiram entrar em acordo sobre o preço do azeite, muito menos sobre obediência a um rei supremo, já que Agamemnon liderara hostes para Troia.

— Eles são realmente bárbaros? — ele perguntou enquanto entravam na sombra da colunata que cercava o pátio. — Ouvi que se chamam de eraklidae, os Filhos de Erakles, e falam um dialeto nortenho de nossa língua.

Thersander deu de ombros.

— Quem sabe? — Ele sentou-se em um dos bancos com um suspiro. — Por todos os relatos, Erakles era um touro que gerou tantos filhos como o próprio Diwaz. Foram apenas seus filhos legítimos com Deianeira que se refugiaram em Athina. Erakles pode ser um deus agora, mas fez muitos inimigos quando era homem.

Velantos se retorceu, ouvindo um eco das palavras da rainha Naxomene.

— Imagino que a descendência tenha puxado a ele. Tirinto não era a única cidade em que os filhos dele não eram bem-vindos. Então foram para o norte – alguns deles, de qualquer modo –, para as terras onde os homens são tão sem lei quanto eles — continuou Thersander.

— Mesmo se forem todos tão potentes quanto o próprio Erakles, não poderiam ter gerado as hordas das quais está falando.

Velantos tomou a outra ponta do banco e fez sinal para um servo que passava pedindo vinho.

— Diga a *eles*! Não percebe? Esse homem, Aletes, que está atacando Korinthos, diz que é neto de Thestalos, filho de Erakles. Outras cidades foram atacadas pelos shardana de alguma outra ilha a oeste daqui, ou homens do norte além do Olimpo. Não importa quem eles são de verdade – eles se convenceram de que são algo mais do que bárbaros gananciosos por nossa pilhagem. Esses flibusteiros têm uma *história*! Eles são os Filhos de Erakles, e retornaram!

— Como nossos avós quando foram para Troia... — disse Velantos, devagar. — Eles juraram que foram vingar a honra de Menelaos e recuperar Helena.

Thersander assentiu.

— Mas eles pilharam e queimaram a cidade do mesmo jeito.

*Mas eram dânaos*, pensou Velantos. *Se nossos guerreiros conseguiram tomar Troia, tão longe de casa, serão muito mais fortes quando estivermos defendendo nossa própria terra!*

— Eles não queimaram Korinthos — ele disse em voz alta.

— Ainda não. Saí pouco antes que eles sitiassem a cidadela. A cidade abaixo não podia ser defendida, e a maior parte do povo fugiu. Mas a acrópole tem uma boa fonte, e muito cereal estocado. O rei Doridas acha que a doença e o tédio farão Aletes desistir antes que a fome nos force a ceder. O rei Hyanthidas está menos esperançoso, mas ele sempre foi menos ousado que o irmão. — Ele suspirou. — O que seu rei não parece entender é que, quando eles vieram marchando para a cidade, mandamos nossas carruagens para destruí-los, e eles nos derrotaram.

— Eles vieram marchando... Estavam a pé, então. — Velantos franziu o cenho. — Todo exército tem alguns soldados a pé para combate em terrenos acidentados e para recolher as coisas após as carruagens, mas como poderiam chegar perto o suficiente para causar danos a carruagens aos montes?

— Eles aprenderam uma nova forma de lutar — Thersander disse solenemente. — Mesmo se sobrevivermos, nunca mais lutaremos uma guerra do mesmo jeito agora.

— O que quer dizer? Nenhum guerreiro a pé pode enfrentar uma carruagem...

— Separadamente é assim. Os corredores que saem com nossas carruagens como apoio, para terminar inimigos feridos ou ajudar a levar nossos feridos para a segurança. Pegos no campo aberto, eles podem ser atropelados. Mas os homens de Aletes lutam em unidades. Os escudos redondos deles são grandes o bastante para desviar as flechas, e uma das zagaias pesadas deles pode derrubar um cavalo. Então eles podem atacar e tolhem os outros com um golpe de espada.

— Não entendo.

Os irmãos dele carregavam longas espadas quando estavam nas carruagens, mas elas eram feitas para perfurar, e raramente usadas. Um corpo de carruagens disciplinado destruía os inimigos com flechas, e apenas o escaramuçador ocasional chegava perto o bastante para exigir defesa com a lança comprida.

Thersander ficou de pé como se tivesse chegado a alguma decisão.

— Vou lhe mostrar. Acho que o *senhor* pode ser capaz de entender. — O homem de Korinthos desceu para a colunata e desapareceu.

Quando voltou, carregava um embrulho comprido.

— É isso o que eles usam.

Colocando-o no banco, ele virou o embrulho de couro para revelar uma espada. Mas não era como nenhuma espada que Velantos já tivesse visto. Longa como rapieira, a lâmina engrossava gentilmente na ponta antes de se curvar de novo, e os gumes dos dois lados eram imensamente afiados. O ferreiro estendeu uma mão hesitante, deixou um dedo passar pela superfície lisa. O cabo era de osso, preso por uma rede de arames dourados.

— O trabalho é bom... — ele disse lentamente.

Thersander assentiu.

— Consegue fazer uma dessas?

Velantos apertou o cabo e ficou de pé, testando o peso da arma, o modo como balançava na mão. Em uma rapieira, ele teria achado pesada na ponta, mas a lâmina balançava com facilidade, como a cabeça de uma serpente balança buscando a presa. *Está faminta pelo sangue dos homens...*, ele pensou, mas certamente era um bom sinal em uma lâmina.

— Tendo esta como modelo, creio que sim. Com tempo.

Thersander respondeu com uma gargalhada abrupta.

— A espada eu posso lhe dar. Só os deuses podem lhe dar tempo.

## ~ NOVE ~

Por um tempo, parecia que os deuses haviam ouvido a prece de Velantos. Os dias limpos e claros do verão do sul se transformaram em outono, as azeitonas maduras deram seu azeite, e os lagares estavam vermelhos com o vinho novo. O trigo do inverno tinha sido semeado, e logo as chuvas, mais abundantes que nunca naquele ano, trouxeram os primeiros brotos nos campos e o verde vivo cobria as colinas. Apesar dos rumores de guerra, os homens esperavam um bom ano.

Conforme os cereais cresciam nos campos, a pilha de armas crescia na forja de Velantos. Copiando sua amostra, o ferreiro havia esculpido uma lâmina de madeira para fazer o primeiro molde. Mas não bem o suficiente, porque, embora a lâmina se parecesse com o modelo, o equilíbrio era difícil. Velantos demorou várias semanas de tentativa e erro para criar uma arma que parecesse certa em sua mão. Àquela altura, ficava claro que levaria muito tempo para fazer espadas suficientes para todos os guerreiros de Tirinto, e os suprimentos de bronze estavam baixos.

Veio a notícia de que Korinthos havia caído, mas o inimigo parecia ter se acomodado para desfrutar de sua conquista. Com Mykenae no caminho de qualquer outra investida, poucos em Tirinto perdiam muito sono por causa do perigo. De todos os irmãos de Velantos, apenas Aiaison parecia prestar muita atenção a seus avisos. Às vezes Velantos achava que o líder de guerra estava apenas brincando com ele, mas Aiaison pegou a primeira espada em forma de folha que chegou perto das especificações de Velantos e começou a treinar seus homens em lutas de proximidade com espada e o novo escudo redondo.

E assim foi enquanto as tempestades açoitavam a cidadela dia após dia lúgubre. No verão, a terra era tomada por luz, mas, quando as nuvens de inverno se fechavam, sentiam-se cortados do mundo. Importava menos na oficina de ferreiro, mas nem mesmo o calor da fogueira poderia alegrar o ferreiro quando ele quebrou a argila da última tentativa e descobriu que vários ciscos de carvão haviam entrado no molde.

Ele mirou o bronze de modo funesto, então pegou a lâmina estragada e a quebrou no joelho. Nos últimos meses, Pica-Pau, agora esperando na porta, havia aprendido bastante sobre o ofício de ferreiro, incluindo quando sair da frente do mestre. Mas dessa vez a raiva que o rapaz claramente esperava não veio. Estava muito escuro, muito frio, a tarefa era muito impossível. O metal soou quando Velantos jogou os pedaços na pilha de sucata e afundou em um banco, a cabeça nas mãos.

*Senhora, por que não consigo dominar esse ofício? Não trabalho por riqueza ou glória, mas para servir meu povo! Se queres que eu tenha sucesso, por que não me mostras o que preciso saber?*

Uma rajada fria de vento entrou pela madeira grossa da porta, avivando as brasas de repente e caçando sombras pelas formas familiares da oficina. Os lábios pintados da imagem de argila pareciam se curvar em um sorriso enigmático. O olhar de Velantos foi do fogo ao fole, passou sem ver pelo granito liso da bigorna e a vassourinha que usavam para varrer as partículas presas pelos martelos graduados de pedra e bronze. Tenazes de fogo, pedras de afiar, encalcadeiras de bronze, o vaso pesado de água para o dia, cada um em seu lugar, e todos inúteis, agora ele tinha a impressão.

Depois de alguns momentos, Pica-Pau pegou a jarra que estava aquecendo ao lado do fogo, colocou vinho em um *kylix* e levou até ele.

Velantos olhou para a superfície escura, aninhando a vasilha rasa, mas viu apenas o próprio reflexo distorcido. Ele suspirou, levantou-o pelas asas arqueadas e deixou o vinho deslizar pela garganta. O calor tinha intensificado o sabor, de modo que ele não sabia dizer se o vinho recebera água. O cheiro e o gosto foram avassaladores por um instante. Ele bebeu profundamente. Pouco importava se ficasse bêbado como um bárbaro nortenho. Não trabalharia mais naquele dia.

— Achou que fosse bater em você porque a espada deu errado? — ele perguntou ao rapaz depois de um tempo. — A culpa não foi sua.

— Alguns mestres bateriam — Pica-Pau respondeu.

O domínio do rapaz da língua aqueia estava melhorando.

— O primeiro homem que me comprou tratava os escravos pior que os cães, e um cachorro que latiu na hora errada ele chutou pelo salão. Quando ele morreu e os herdeiros venderam os escravos dele, fiquei feliz.

— Quantos mestres você teve?

Velantos se endireitou com o cenho franzido, um pouco surpreso por perceber que não havia pensado em fazer essa pergunta antes.

— Não tenho certeza... — o menino disse depois de uma pausa. — Há tempos que não quero relembrar. Não agora, porém — ele completou rapidamente. — Esse é o melhor lugar onde já estive.

— O melhor? Com um urso intratável como mestre que na metade do tempo se esquece de alimentar você, em uma cidade que logo pode ser atacada por um inimigo misterioso?

Pica-Pau balançou a cabeça.

— Eu como quando o senhor come, e o senhor trabalha mais duro que eu!

Velantos notou que o menino não havia mencionado o inimigo. Bem, ele também preferia não pensar nele. Talvez fosse por isso que trabalhava tanto. Trabalho suficiente o deixaria cansado demais para se preocupar, ou até sonhar. Naqueles dias ele temia sonhos, pois sonhara com a verdade muitas vezes.

Claramente o passado do escravo era um assunto doloroso, e Velantos se conteve para não fazer mais perguntas, mas naquele dia ele teve um sono leve, e, quando ouviu um soluço da esteira ao pé da cama onde Pica-Pau dormia, viu-se totalmente acordado. Por um momento ele ficou deitado onde estava, sem querer envergonhar o menino deixando-o perceber que havia ouvido, mas, quando o gemido se tornou um grito, ele rolou para fora da cama.

Com um suspiro, Velantos se dobrou por cima do lugar onde o menino dormia. Ele disse a si mesmo que metade do palácio acordaria se aquilo virasse um pesadelo total, que ele mesmo não iria dormir se aquilo continuasse – uma razão mais aceitável do que a percepção de que por algum motivo ele estava tocado pela dor de Pica-Pau. Ele pegou o menino pelos ombros e o balançou gentilmente.

— Pica-Pau... acorde, menino. Você está aqui, está em segurança. Acorde e olhe para mim!

Os músculos sob as mãos dele se retesaram, e o menino se levantou com um grito.

— Fogo! — A palavra saiu meio abafada pela mão de Velantos. — Queimando... não consigo respirar!

O rapaz estremeceu e pareceu relaxar, e, conforme Velantos começou a soltá-lo, esticou-se com um golpe que o deixou arquejando. Mas músculos treinados na forja apertaram os longos membros do garoto com força até que por fim o estremecimento passou.

— Está tudo bem... está a salvo comigo — ele murmurou, sabendo, enquanto falava, que era uma mentira.

A vida era incerta. Mil desastres poderiam sobrepujá-los mesmo se os Filhos de Erakles nunca chegassem. E assim, ele se recordou, era para todos os homens em todos os lugares. Mas, naquele tempo e lugar, naquele momento em que sentia os músculos rijos do rapaz relaxando gradualmente sob as mãos, ele poderia proteger esse – ele nem sabia bem como defini-lo, pois tinha deixado de pensar em Pica-Pau como escravo fazia algum tempo – companheiro humano deitado em seus braços.

Pica-Pau não era mais criança, então por que essa onda de sentimentos protetivos? Ele sentia apenas que as Parcas de algum modo haviam tecido os fios deles juntos. Fosse qual fosse o motivo, o escravo de cabelo castanho-avermelhado tinha entrado no pequeno círculo daqueles com quem Velantos permitia-se importar.

\*\*\*

No promontório acima do porto, chamas alaranjadas brilhavam contra o céu fresco da noite. Klytemnaestra havia colocado o farol lá durante os anos em que as flores dos dânaos, liderados por seu marido Agamemnon, o grande rei, sangraram em Troia. Pelo comando da rainha, homens construíram os faróis que iriam declarar, de pico a pico, que os navios de cascos negros haviam por fim voltado para casa. Os aqueus louvaram a devoção dela, sem saber que o ódio alimentava aquelas fogueiras.

Nos anos desde aquela recepção sangrenta, os faróis mais distantes haviam sido abandonados, mas, como os piratas se tornavam cada vez mais ativos no Egeu, os postos ao longo da costa foram reconstruídos.

Naqueles dias, os homens que cuidavam deles não observavam com esperança, mas com medo.

E agora os faróis ardiam mais uma vez. Velantos ficou sobre a muralha que se curvava para fora na face oeste da pedra de Tirinto, notando com uma apreciação estética desconectada o contraste vívido do fogo contra o azul que se aprofundava. A fumaça velava e revelava alternadamente as primeiras estrelas. A planície abaixo fervilhava de atividade enquanto pessoas levavam embrulhos e puxavam carroças rangentes carregando suas possessões para a cidadela. Velantos tentou dizer a si mesmo que aqueles suprimentos poderiam não ser necessários. O farol havia sinalizado apenas que navios de guerra tinham sido avistados. Era sempre possível que alguns piratas estivessem perto da costa, esperando que um mercador cheio pudesse sair do porto. Em um dia ou três o alarme poderia passar e o pior do trabalho deles seria a confusão de colocar tudo no lugar de novo.

Mas o aperto frio nas entranhas de Velantos dizia outra coisa. As colinas verdes e o tempo que esquentava proclamavam que a estação em que os homens poderiam sair no mar com segurança havia chegado. O rei tinha esperado que eles viessem do sul, de Korinthos, e embotassem os dentes primeiro em Mykenae. Mas sempre existira a possibilidade de que Aletes enviaria um de seus primos para lidar com Tirinto, e esmagar Mykenae entre Tirinto e Korinthos, uma vez que estivessem com as duas em mãos.

— Meu senhor Velantos. — Pica-Pau estava de pé na escada. — Meu senhor, precisam do senhor nos portões. Uma carroça perdeu uma roda... já disse a eles para pegarem suas ferramentas.

O ferreiro assentiu. Assim, começou.

\*\*\*

As donzelas de Tirinto dançavam diante do rei, uma linha sinuosa que se enlaçava e se endireitava enquanto serpenteavam em torno da grande fogueira. No *megaron* as mesas de banquete tinham sido limpas, e os comandantes dos esquadrões de carruagens relaxavam em seus bancos, assistindo à dança. Rostos tranquilos de concentração, as garotas se curvaram para a frente, apenas para arquear as costas de novo, virando-se umas para as outras e depois para o outro lado, corpos elásticos obedecendo ao chamado doce da flauta e ao padrão do tambor. Naquele momento, não importava que as tendas lustradas e remendadas das hordas inimigas estivessem espalhadas pela curva da baía. Havia apenas o próximo passo, a próxima queda e o próximo giro, a disciplina da dança.

Talvez, pensou Velantos, fosse assim para os homens em batalha também, quando a existência se contraía em uma confusão de rostos que rosnavam na qual tudo o que importava era o ritmo inconsciente de ataque e defesa treinados em músculos e força. Às vezes era assim para ele na oficina, quando se endireitava, de repente consciente da dor no braço ao levantar uma lâmina terminada, e percebia que a luz do sol da janela da parede oeste inclinava-se através do chão de terra batida.

As brasas na grande fogueira pulsavam como se para marcar o tempo, aprofundando o vermelho dos pilares pintados, fazendo as sombras das dançarinas saltarem na própria dança delas no chão azulejado. O rei observava com o rosto suavizado pela atenção, mas seu olhar havia se virado para dentro. Desde a chegada do inimigo, os acontecimentos progrediram com a ordem deliberada de um ritual. Não havia questão de surpresa ou estratégia – a cidade não podia sair correndo. Amanhã as carruagens de Tirinto sairiam para a batalha, e Velantos descobriria se Thersander de Korinthos havia falado a verdade sobre as novas espadas e o poder delas. De certo modo, pensou sombriamente, os escravos que sobreviveram à destruição da cidadela tinham menos a temer, embora, pelo que Pica-Pau dissera a ele, duvidava de que os novos mestres fossem oferecer a eles uma cativeiro tão civilizada. Esperava que o menino tivesse uma sorte melhor. Ele mesmo não esperava sobreviver.

Ele levantou os olhos para ver que a dança estava terminando, o círculo das donzelas desenrolando-se enquanto elas se moviam em direção à porta. Tanit era a última da fila. Ela o olhou nos olhos com um sorriso, e o espírito dele disparou em resposta. O que ele estava pensando, responder à apresentação delas com tanta tristeza? As muralhas de Tirinto eram poderosas, seu povo tinha o coração decidido, e os guerreiros eram fortes. Nem mesmo os deuses podiam negar o destino, mas, até que o povo de Tirinto tivesse feito tudo o que pudesse para defender a cidadela, desistir seria o ato de um covarde.

\*\*\*

Os céus brilhavam com o azul limpo da primavera, cortados pelas andorinhas que haviam se reunido para colher os insetos perturbados por todos aqueles pés e cascos. *Não há desastre que não beneficie alguém*, Velantos disse a si mesmo com alegria determinada. Seus dedos apertaram o elmo do irmão, testando a força das fileiras de presas de javali e do couro endurecido, da amarração e da cobertura de lã debaixo, imaginando como enfrentariam uma das espadas novas. De algum modo, não era muito consolo perceber que, não importava quem governava Tirinto, as andorinhas continuariam a esquadrinhar o céu.

— Meu senhor, está na hora.

A voz do condutor de carruagem o chamou de volta à terra, onde as forças do rei Phorkaon formavam três fileiras, espalhadas pela planície. Os pôneis batiam as patas e balançavam as cabeças, plumas ondulando conforme os condutores puxavam as rédeas. Guerreiros colocavam as lanças nos descansos e jogavam os escudos pequenos, desamarravam as flechas nas aljavas que pendiam das beiradas das carruagens, e começaram a cordoar os arcos compostos, atenuando as tensões com riso.

Velantos entregou o elmo. Como seu irmão estava bonito, com o sol brilhando nas curvas polidas do protetor de pescoço e nas placas de ombro de bronze da armadura, faiscando com as faixas de metal rebitadas no colete de couro e grevas de bronze. O cabelo escuro dele estava preso em um coque de guerreiro. Melandros, o condutor dele, compartilhava o esplendor, sua armadura menos elaborada, mas igualmente bem conservada. Até a virada de cabeça dele ecoava a do príncipe, mas até aí eles eram amantes desde meninos. Era algum consolo saber que na batalha lutariam com uma só mente.

Conforme o príncipe mais velho ajeitava o elmo, seus dentes brancos brilharam na barba.

— Que os deuses sigam contigo — disse Velantos, em voz rouca.

Dos cinco filhos legítimos do rei Phorkaon, Aiaison, o mais velho, tinha sido o mais bondoso com ele quando era pequeno. O olhar do ferreiro verificou as grevas e protetores de braços uma última vez. Tinham sido fabricados por ele, e ele os abençoara a cada vez que o martelo acertava o bronze.

— Os deuses, e sua boa lâmina — Aiaison bateu no cabo da espada que pendia ao seu lado. — Só sinto por não termos mais delas.

Velantos balançou a cabeça.

— Não tínhamos o metal para fazer tantas, e faz sentido dá-las aos corredores, que estão acostumados a lutar com espadas. Minha esperança é que matem os inimigos com suas flechas antes que tenham tempo de testar a força dessa armadura brilhante que está usando!

Agora não era a hora de reclamar que a maioria dos guerreiros de carruagem orgulhosos que enfrentava a massa de soldados a pé espalhados pela planície havia se recusado a trocar as espadas afuniladas de furar do pai pelas novas lâminas. E por que deveriam acreditar em Velantos, um homem que empunhava um martelo, não uma espada, que tinha apenas a palavra do filho de um mercador encontrado ao acaso sobre o que uma daquelas novas espadas podia fazer?

— Espero que tenha guardado uma daquelas lâminas para você!

Com um de seus inexplicáveis saltos de intuição, Aiaison respondeu às palavras que o irmão não disse.

— A última lâmina que fiz ainda está no molde, mas você não vai fracassar! — Velantos respondeu com entusiasmo. — Nossos ancestrais levaram a orgulhosa Troia à ruína. Com certeza o sangue deles se prova!

— Agora somos nós quem defendemos a cidadela — Aiaison respondeu com seriedade —, e eles são os helenos, por mais que sejam bárbaros, que buscam a conquista.

Por um momento a sombra de Erakles caiu entre eles.

Velantos respirou fundo, cheirando cavalos, couro, poeira e o almíscar masculino de homens lutadores. O flanco de um cavalo e o músculo duro no braço de um guerreiro brilhavam com a mesma beleza, movendo-se com a graça de uma coisa cuja forma era combinada com sua função, como uma das espadas novas. As curvas emparelhadas quando um arqueiro flexionava o arco e o soltava de novo eram como os movimentos das dançarinas que tinha visto na noite anterior, e por um momento ele os entendeu todos como parte de uma só unidade. Então os cantos ásperos do inimigo se ergueram sobre as batidas dos cascos e o murmúrio de conversa em torno dele. Estavam batendo o ritmo em seus escudos redondos com a parte larga das espadas.

Aiaison levantou um braço encouraçado em saudação, mas seu olhar, e sua atenção, já se voltavam para o inimigo. O corredor que iria com eles pulou sobre a carruagem, escudo batendo nas costas, apertando o ferro curvado com uma mão. Velantos saudou em resposta, sabendo que o irmão não iria vê-lo. Nos corações deles, já tinham partido.

*Que Athana o proteja, irmão*, ele rezou, *e que Arei fortaleça seu braço!*

Então veio o chamado nítido da corneta do comandante, e a terra tremeu quando as carruagens começaram a se mover. Velantos andou entre elas na direção da cidadela. Ele tinha feito sua parte naquela batalha. Esperar com os escravos e as mulheres era tudo o que podia fazer agora.

*\*\*\**

A maioria das pessoas da cidadela já estava reunida na muralha. Mas não o rei. Coração tangível de seu reino, Phorkaon estaria em seu trono ao lado do grande fogo no *megaron* com a rainha ao seu lado, esperando para saber do destino de sua cidade e de seus filhos. Velantos imaginou se ele tinha saído para dormir na cama na noite anterior. Ele podia entender. Chegando à escada do bastião a oeste, sentiu o impulso momentâneo de continuar até a oficina. Mas aquele refúgio era para quando toda a esperança tivesse morrido. Se seus irmãos podiam lutar aquela batalha, ele podia ser testemunha.

Ele abriu caminho em meio à multidão no bastião que se curvava para fora da cidadela e usou sua posição para conseguir entrar na torre, aonde os homens da guarda pessoal do rei haviam ido. Dali podia ver a curva da baía e os navios negros ancorados na praia, o amontoado de tendas e a horda inimiga, reunida em grupos irregulares que poderiam representar clãs. Os esquadrões de carruagens mantinham seu espaçamento, as que estavam à direita e à esquerda apressando o ritmo para circundar o inimigo.

Naquela estação, a terra a oeste de Tirinto estava dividida em pastos e campos recém-plantados, uns já indistinguíveis dos outros conforme os exércitos avançavam. Embora o chão não estivesse tão seco como ficaria depois, a poeira começava a levantar. Com o cair da noite, sangue vermelho estaria empapando o chão.

Velantos ficou tenso quando as carruagens se aproximaram da zona de alcance das flechas. Por toda a sua coragem e habilidade, os guerreiros de carruagens de Tirinto jamais haviam lutado. Houve um breve conflito com Argos quando o pai era jovem, mas, até começarem a treinar para essa invasão, o único combate que a geração atual de guerreiros tinha visto eram os jogos de guerra anuais, quando os campos permaneciam inativos durante o verão.

A primeira onda de flechas voou como fumaça através do espaço que diminuía entre os exércitos, mas o inimigo já havia encontrado esse tipo de ataque antes. No meio de cada grupo de guerreiros, os escudos redondos foram para cima, sobrepondo-se para cobrir aqueles abaixo. Algumas atravessaram; mas as aberturas momentâneas foram cobertas conforme os escudos se juntaram novamente.

Ele ouviu a corneta tocar fraco de baixo enquanto os condutores balançavam as rédeas nas costas dos pôneis e os encorajavam a uma corrida uniforme. Certamente nenhum homem a pé poderia aguentar a avalanche de carne de cavalo que descia sobre eles agora. Um tremor nas fileiras deles – estavam quebrando –, não, grupos se retiravam em uma sequência escalonada por toda a fileira para deixar que as primeiras carruagens passassem, então se fechando em torno delas. Outro toque de corneta, e ainda disparando, a segunda fileira de carruagens saiu com a unidade doce de um bando de pássaros. Mas a primeira fileira tinha sido capturada, mantida a distância como touros cercados por lobos.

— Diwaz Trovejador esteja com eles! — sussurrou Velantos, sabendo que Aiaison estava na dianteira daquele primeiro ataque.

Agora os grupos inimigos que não estavam ocupados fluíam em torno deles e se moviam para a frente, abrindo a fila solta deles de novo enquanto as carruagens atacavam outra vez. Aquelas manobras os tornavam um pouco mais vulneráveis para as flechas que choviam, e a segunda fileira de carruagens tinha aprendido com o destino da primeira, mas algumas, sem saberem do risco ou incapazes de controlar seus cavalos, foram para a frente e engolfadas por sua vez.

A cena diante dele se desintegrava em uma massa caótica de cavalos que caíam e homens em luta, mas Velantos havia imaginado as possibilidades com muita frequência para não ter uma imagem muito vívida do que deveria estar acontecendo lá. O arqueiro móvel estava em segurança enquanto se movesse, mas, quando sua carruagem era parada, ele precisava tentar enfrentar agressores com a lança. Em combate, Thersander dissera, a espada de cortar em forma de folha derrotaria o estilo antigo de lâmina.

— Athana os proteja — ele murmurava de novo e de novo, sem perceber que o punho fechado afundara as unhas na palma até ver as marcas depois.

Perto de trezentas e cinquenta carruagens haviam corrido naquele primeiro ataque pela planície. Velantos via menos da metade delas ainda em movimento agora. Algumas poucas fugiam. Ocorreu a Velantos que era melhor se prepararem para fechar os portões se o inimigo buscasse seguir sua vitória com um ataque à cidadela.

Mas certamente ainda não tinham sido derrotados – as carruagens sobreviventes poderiam continuar em movimento, pegando os soldados a pé de uma distância... até que ficassem sem flechas...

Quantos dos homens de Tirinto voltariam para casa? O coração de Velantos lamentou com a certeza de que Aiaison não poderia ter sobrevivido àquele tumulto. *Quantos de seus irmãos ainda estavam vivos?*, uma parte mais profunda de sua consciência ousou perguntar. Seria possível que ele fosse o único filho que restaria ao rei Phorkaon ao fim da tarde? Houve um tempo em que teria recebido bem esse conhecimento. Agora isso o fazia gaguejar em pânico.

Outra carruagem se afastou da batalha e se dirigiu para casa, depois outras. Estavam fugindo, e, embora mesmo cavalos cansados pudessem galopar mais rápido que homens carregados com escudos e armadura, o inimigo estaria em seus calcanhares.

— Xanthos! — Ele apertou o capitão da guarda pelo braço. — Pegue metade de seus homens e tire aquelas pessoas da muralha. Dê os outros para mim... precisamos estar prontos para fechar o portão e segurá-lo quando o último de nossos homens tiver entrado!

***

Tuc... Tuc... Tuc...

Com cuidado primoroso, Velantos puxou a lâmina da espada entre as bigornas de bronze, endurecendo e moldando a beirada curva. Aquela última lâmina havia saído inteira do molde, a melhor que já tinha feito. O cabo estava pronto na mesa de trabalho, esperando para ser fixado. Fazia sentido que sua habilidade melhorasse com a prática. Em mais uma década ou duas, poderia até se transformar em um mestre. Uma pena, ele pensou amargamente, que provavelmente não teria esses anos.

A noite caíra sobre Tirinto, mas havia pouco sono para qualquer um na cidadela. Estava claro para todos que pela manhã viria o ataque final. No começo, quando os eraklidaes cercaram o forte, Tirinto havia esperado um sítio, uma perspectiva que o povo da cidadela, com o armazém cheio de trigo do verão, poderia enfrentar com esperança. Doença em um acampamento muitas vezes fazia de um estado de sítio algo tão mortal para o inimigo quanto para os defensores. E, quanto mais aguentassem, mais tempo haveria para os homens de Mykenae virem ao resgate deles.

Mas Kresfontes e Temenos, os irmãos que lideravam o exército, queriam o cereal para eles, e não tinham a intenção de sentarem esperando enquanto o povo da cidade o consumia. As muralhas da cidadela eram poderosas, mas homens determinados com escadas poderiam passar por elas. As muralhas de Tirinto eram fortes, mas o rei delas não tinha mais homens suficientes para proteger cada milha. Se o filho de Aristomakhos jogasse toda a sua força contra a cidadela, ela cairia.

Ao menos o príncipe Aiaison havia recebido as honras devidas, ainda que para o resto deles a cidadela precisasse servir de pira. Velantos se perguntou se a rainha tinha precisado de coragem para liderar as mulheres da cidade ao campo de batalha para vasculhar ou se ela estava muito entorpecida pelo luto. Ainda estava assombrado pela imagem daquela procissão dolorosa de mulheres de preto com cinzas nos cabelos soltos sob a luz de tochas. Elas tinham saído para procurar seus filhos e maridos quando a escuridão pôs fiz à batalha, e os eraklidae, temendo ver as Bondosas se transformarem em Fúrias, não ousaram impedi-las.

Aiaison e Melandros tinham sido encontrados como todos esperavam, juntos, os membros misturados na morte como haviam feito com tanta frequência no amor. Melandros deve ter morrido primeiro, atingido por uma lança nas costas, pois quase não tinha marcas, a não ser pela grande ferida. Aiaison havia montado no corpo dele, defendendo-o até que o derrubaram. A rainha o identificara pelos fragmentos de bordado que barravam a túnica que ele usava sob a armadura. Se ela não conseguia mais reconhecer o filho de seu útero, ainda conhecia o trabalho feito pelas próprias mãos.

Quando por um momento Velantos parava de bater, ouvia o bater dos tambores e o som de riso bêbado. Mais perto, o gemido de prazer de uma mulher lhe dizia como os outros estavam passando o tempo. Isso era melhor que o choro baixo que ouvira quando descera para a cidadela baixa. Em tais momentos, ele pensou, as pessoas mostravam com o que realmente se importavam. Poderia ter tentado encontrar Tanit, mas a rainha e suas mulheres mantinham a própria vigília. Talvez fosse inevitável que buscasse refúgio em seu trabalho. Se aquela lâmina era a última peça que faria, estava determinado a fazer dela um memorial digno.

E tinha feito um voto privado de que ela beberia muito sangue do inimigo antes que caísse de suas mãos.

Ele tirou os blocos que seguravam as bigornas e levantou a espada, esticando o braço para pegar a pedra de afiar ao mesmo tempo. Isso, ao menos, poderia ser feito sentado. Com golpes uniformes, ele passou a pedra pelo comprimento da lâmina. Nesse momento, ele percebeu que Pica-Pau cantarolava no ritmo das raspagens da pedra no bronze. Era uma melodia estranha, vagante, em uma chave menor, diferente de qualquer música que já ouvira.

— O que está cantando?

Assustado, o menino levantou os olhos.

— Uma velha canção do meu país — ele gaguejou. — Não sei bem por que me veio agora.

— Quais são as palavras?

Pica-Pau deu de ombros, frustrado.

— É difícil colocar as palavras em sua língua. Não sei dizer de modo poético.

Velantos esperou pacientemente que o menino pensasse, pois estava polindo o bronze para brilhar. Da passagem lá fora veio uma onda de risos bêbados. As vozes sumiram conforme os homens seguiram.

— São os gansos selvagens... — Pica-Pau por fim disse. — Que voam no outono. Chegam em grandes multidões, grasnando, grasnando. Enchem o lago. O céu ecoa com o barulho. Então um dia sabem que é hora. Primeiro alguns, então todos, se levantam no ar, asas mais alto, mais alto. O lago está escuro, solitário. Só algumas penas flutuam na água. Todos foram embora...

— Pelos deuses, seu povo deve ser de almas alegres! — Velantos brincou gentilmente.

Mas o que estava pensando era que nunca tinha ouvido Pica-Pau falar tanto sobre seu lar.

O menino balançou a cabeça.

— Não sei por que penso nisso — ele repetiu.

Mas, para Velantos, estava muito claro. Os olhos dele arderam com uma visão súbita de sua cidade transformada em uma devastação de pedras viradas onde corujas faziam ninhos e as ovelhas se amontoavam para proteção contra o vento. Quando a primavera que esquentava sua própria terra chegasse ao norte, os gansos selvagens retornariam. Mesmo agora era possível ouvi-los acima, voando na direção de seu lar de verão distante. Mas o que o povo de Tirinto deixaria para trás para dizer aos homens de algum ano futuro que um dia viveram ali?

Suspirando, ele pegou o martelo de novo e começou a prender o cabo da espada nova na lâmina.

## ꕥ dez ꕥ

Velantos se virou quando Pica-Pau subiu as escadas do posto de vigia do pátio externo, uma jarra de cerâmica suada de água em cada mão. Quando o menino alcançou a plataforma, o vento mudou e ele se curvou, tossindo. A cidade abaixo estava queimando desde manházinha, e fumaça preta acre subia em uma coluna mutante para manchar o céu. Velantos baixou o arco, levantou o pano que havia prendido sobre o nariz e a boca e pegou uma das jarras. A água fresca deslizou por sua garganta como uma bênção.

Eles haviam se perguntado se os poços na cidadela baixa poderiam durar um estado de sítio. Isso já não era uma preocupação. O ataque começara bem de manhã, e agora se tornava claro para amigos e inimigos que Tirinto já não tinha guerreiros o suficiente para lutar em suas muralhas. Os eraklidae haviam começado com tentativas no portão principal e na passagem que levava ao bastião a oeste, mas os dois estavam bem fortificados. Agora começavam a enviar grupos para atacar pontos selecionados em outros lugares. Era questão de tempo.

— Acha que querem queimar a cidade? — perguntou Pica-Pau, protegendo o nariz com a mão.

Velantos viu um novo nó de homens trotando rampa acima, passou a jarra de volta para Pica-Pau e pegou o arco. Ele não tinha a precisão do irmão, mas seu trabalho na forja lhe dera um alcance que eles não esperavam, e, juntos como estavam, qualquer flecha que soltasse deveria atingir alguém.

— Duvido — respondeu Velantos, enquanto o inimigo recuou e levantou os escudos. — Foi abandonada desde que chegaram, então tiveram tempo para pegar qualquer coisa de valor que tenha sido deixada para trás. As fogueiras que fizeram para acender as flechas de fogo devem ter saído do controle. A fumaça deve estar tornando as coisas difíceis para os homens que estão tentando subir as muralhas. Única vantagem de ser um defensor — ele continuou, com um humor amargo. — Exige menos energia.

— Meu senhor — um dos escravos de Aiaison apareceu na escada. — Estão ficando sem flechas em cima do portão.

Velantos se virou, tentando avaliar a atividade nas outras muralhas.

— Vá ao bastião oeste e veja se eles têm alguma para dar. Aquela muralha vai dar trabalho para a escória, não importa o que fizermos.

Ainda parecia estranho que os homens viessem até ele para receber ordens, mas ele não era apenas o único filho do rei, era um dos únicos homens em idade de lutar que não estava ferido.

— Espere — ele completou quando o homem se virou. — Se eles entrarem, quero que vocês dois se refugiem no santuário da Senhora. Isso pode impedir que matem vocês por descontrole, e, quando souberem que são escravos, serão poupados.

A deusa que zelava por ele desde o primeiro dia em que pegara um martelo parecia muito distante agora, mas talvez a imagem dela ainda tivesse poder.

— Eu amava o príncipe Aiaison — o escravo disse com reprovação. — E eu ainda sou um homem. Não pode me impedir de fazer o que puder para vingá-lo.

Velantos fechou os olhos contra a dor daquela recordação. As pedras do grande pátio ainda estavam negras da pira em que Aiaison e seus irmãos tinham sido queimados. *Que os ancestrais o recebam com bondade*, ele pensou sombriamente. *Que eles nos recebam todos.*

— E eu vou ficar com o senhor! — Pica-Pau deu a ele um sorriso imprudente quando o outro homem tinha saído.

Velantos olhou. Como poderia esperar comandar guerreiros quando não conseguia fazer um jovem escravo obedecer? Mas um corpo morto não era escravo nem livre, e todos eles eram homens mortos agora. Sua raiva deu lugar a uma onda de tristeza. Deveria ter libertado o garoto antes disso e o enviado para seguir os gansos selvagens para sua casa nortenha.

Outro grupo se aglomerava pela abertura na muralha e subia o corredor na direção do portão, sobrepondo escudos como as escamas de uma grande serpente. Ele se endireitou com uma imprecação ao perceber que estavam trazendo um aríete. O portão principal de Tirinto era tão poderoso quanto o de Mykenae, mas a fraqueza de qualquer portão era sua madeira. O deles era feito de carvalhos poderosos que cresciam na montanha, mas madeira não resistia como pedra.

Um barulho lancinante vindo de baixo o fez ficar de pé, olhando. Pica-Pau pulou no parapeito.

— O portão! A madeira em pedaços. Usam machados agora.

Velantos assentiu.

— Vão atravessar em um instante.

Ele se surpreendeu ao ouvir a própria voz tão calma. Escutava um barulho abafado enquanto os atacantes empurravam pelo corredor coberto além do portão. Os defensores haviam feito buracos no teto pelos quais atiravam, mas no telhado não tinham cobertura, e os inimigos também contavam com arqueiros.

A vida que ele conhecera se despedaçava. Era estranho como sentia pouco, agora que a hora havia chegado. Começara a entender por que os irmãos ansiavam por batalha. Tudo tinha se tornado subitamente muito simples. Ele encaixou outra flecha e a mandou na direção dos homens que ainda se aglomeravam na rampa. Seguiria disparando até ficar sem flechas. Então empunharia a lâmina em forma de folha cuja forma havia aprendido com os inimigos e atacaria – não até que não houvesse mais inimigos, mas até que o despedaçassem.

Mais barulhos disseram a ele que o inimigo havia atravessado as portas duplas no fim do corredor coberto.

— Pica-Pau — ele limpou a garganta —, você fez mais que o suficiente. Está na hora de buscar refúgio onde puder.

O menino balançou a cabeça.

— Já disse. Fico com o senhor.

Inesperadamente, Velantos sorriu.

— Você ganhou músculo nesses braços magros, ajudando-me na forja, mas mesmo seus braços fortes não vão adiantar agora que eles chegaram tão longe. Há muitos deles, rapaz. Vá para a oficina. Seu cabelo e sua pele dirão a eles que não é um homem destas terras. Diga a eles que conhece o trabalho na forja e vão poupá-lo.

Por reflexo, ele tocou o martelo que havia enfiado no cinto naquela manhã quando dissera adeus à oficina. Não era a arma de um guerreiro, mas, se – *quando* – chegassem perto o suficiente para que ele o usasse, não sobraria mais ninguém para se importar.

— Senhor, não quero outro mestre. Eu os conheço, ou homens como eles. Melhor morrer com o senhor.

Eram lágrimas que brilhavam nos olhos escuros do rapaz? *Deve ser a fumaça*, ele disse a si mesmo. Seus próprios olhos também ardiam.

— Preciso transformar isso em ordem? Ou amarrá-lo e carregá-lo para baixo? — Velantos mirou. — Vou fazer isso se não obedecer! Você me serviu bem, mas essa luta não é sua. Você não é do nosso povo. Vá!

Por um momento ele pensou que o menino continuaria a discutir, mas Pica-Pau engoliu em seco, curvou-se de repente para pegar e beijar a mão do mestre e desceu as escadas.

Velantos soltou o ar em um longo suspiro. Tudo que ele tinha dito era verdade. Disse a si mesmo que ao menos havia salvado uma das pessoas com quem se importava, mas sua posição parecia muito solitária. Não fazia diferença, ele pensou sombriamente, conforme os sons das matanças ficavam mais altos. Ele logo teria bastante companhia.

O som de combate ecoava dos andares mais baixos, mas um grande silêncio parecia cercá-lo.

— Deusa, tive pouco tempo para falar contigo, e nada a oferecer — ele sussurrou —, e agora o tempo acabou. Eu te agradeço pela ajuda que me destes. Adeus...

Ele fechou os olhos, vendo na memória a imagem lá embaixo que sem dúvida Pica-Pau guardava agora. E, naquele momento, sentiu um movimento em sua percepção e uma voz no silêncio de sua alma.

— *Não perca a esperança. Ainda temos trabalho para você...*

Antes que pudesse imaginar o que havia ouvido, ou se de fato tinha sido alguma coisa, o primeiro ataque chegou ao pátio abaixo. Ele colocou outra flecha no arco, sentindo os músculos rangerem ao puxar a corda até a orelha. Ouviu novamente golpes de machado quando o inimigo chegou à barricada que haviam feito na passagem para o Grande Propileu. Mas a entrada monumental, com seus pilares vermelhos e pinturas de cenas processionais, tinha sido feita para impressionar pela beleza, não pela força. Não os seguraria por muito tempo. Enquanto cada vez mais homens entravam, ele continuou a atirar na multidão, desviando de zagaias que faziam arcos para cima, batiam no parapeito e chocalhavam no chão.

Um grito do lado sul da cidadela o fez voltar a si, olhando. Velantos sabia que o ataque ao bastião oeste era algo para desviar a atenção – era a defesa mais forte deles. Mas havia pensado que o lado sul da acrópole era íngreme demais para dar margem a um ataque. O lapso mal fazia diferença, pois, mesmo que tivesse suspeitado da vulnerabilidade dela, não tinham homens para defendê-la. Via os primeiros inimigos que pularam andando pelas passagens entre as construções agora.

Ele tentou se lembrar de quem havia encarregado de defender o propileu.

— Andaros... cuidado atrás de você! — gritou enquanto eles entraram no espaço aberto antes da entrada para a corte.

Ele encaixou uma flecha no arco e disparou, viu um homem perto do líder jogar os braços para cima e cair com as penas negras enfiadas no peito, esticou a mão para pegar outra flecha e roçou os dedos na pedra. Não restava mais nenhuma de suas flechas.

Com um palavrão, jogou o arco inútil e buscou a espada, pulou da plataforma para o telhado, e dali para outro, e correu para a Sala do

Acervo, rezando para que a escada que era usada em outros tempos pelas mulheres para ver o nascer da lua ainda estivesse ali. Ao chegar ao chão, viu os defensores recuando da porta interna do propileu para a corte externa, girando para enfrentar a nova ameaça atrás deles. Não era preciso adivinhar qual tinha sido a intenção do inimigo – as cidadelas eram todas construídas com a mesma planta. Só era preciso ir para cima e atingir o pátio central e o *megaron* atrás dela. E lá encontrariam o rei.

Velantos empunhou a espada quando os primeiros inimigos o alcançaram, firmando os pés conforme o choque jogava os homens na frente contra ele. Arquejou quando a ponta de uma lança explodiu das costas de um homem, balançou a lâmina conforme o homem morto caiu e cortou quando o assassino lutava para puxar a lança. A espada se prendeu na clavícula do homem, e ele quase a perdeu quando o inimigo, por sua vez, começou a cair, arrancou-a com um arquejo e a girou para golpear o próximo rosto contorcido debaixo de um elmo de bronze, ao mesmo tempo consciente de um leve espanto que fosse tão parecido com acertar a carcaça de cabra na qual havia testado a lâmina. E por que não, disse a si mesmo, enquanto o homem cambaleava para trás com seu golpe. Eles eram carne, homens e cabras, compactados de ossos, músculos e sangue vermelho que jorrava quando a espada cortava. Ele girou e golpeou novamente, entendendo por fim o significado das danças de batalha que os sacerdotes dos curetes ensinavam aos rapazes quando eles eram iniciados como homens.

— Recuem para a entrada! Vamos segurá-los lá — ele resfolegou, desviando de uma lança e correndo entre os pilares da guarita menor adiante com os outros atrás dele.

Não tinham feito barricadas ali, pois a melhor defesa naquele espaço estreito era um cerco com lanças. A luz laranja do sol caía sobre o pátio central do outro lado. Ele correu para o pátio. Um olhar rápido lhe mostrou os guerreiros da guarda do rei colocando-se em posição do outro lado, diante da entrada do *megaron*.

— Estejam prontos — ele gritou.

Ele se virou com um som que mais sentiu que ouviu e cambaleou para o lado quando uma zagaia rasgou seu braço. Havia um homem no telhado do propileu menor. No momento seguinte outro apareceu ao lado dele, e então mais outros. A escada! Ele deveria tê-la trazido consigo. Mas isso não importava agora. Ele correu de volta para a sombra do propileu.

— Andaros, eles estão atrás de nós! Todos, para o *megaron*!

Homens rolavam das sombras do propileu menor enquanto cada vez mais inimigos chegavam ao telhado. Eram os únicos que poderiam jogar mísseis agora. Mas estavam ansiosos demais para se engajar em combate físico. Isso deu início a uma briga de correria entre os defensores que recuavam e os inimigos que vinham atrás deles.

Ofegando, eles tentaram entrar em formação na frente da guarda do rei. Com um grito, os eraklidae atacaram. Os primeiros homens agarraram as lanças que os espetavam, arrancando-as das mãos dos defensores. Então era trabalho para a espada. Acostumado a usar ambas as mãos na forja, Velantos atacava com a espada na mão direita e girava o martelo com a esquerda. Em um lugar tão fechado, uma era tão efetiva quanto o outro. A espada entrava fundo na carne, mas o martelo estilhaçava ossos. Numa correria daquelas ninguém saía ileso, mas Velantos não sentiu a dor de nenhuma lâmina. Nenhuma decisão permanecia, ou cuidado, nem mesmo pela própria vida, apenas a necessidade de golpear e golpear de novo até que não conseguisse mais.

Ele piscou ao se ver forçado a ir para a sombra do pórtico, só então percebendo que vinha recuando através do pátio. Quatro dos guardas do rei estavam com ele, tudo o que restava para proteger as três portas que levavam para dentro. Um giro do martelo errou o alvo e quebrou a roseta de alabastro na parede, pedaços pintados de azul voaram nos olhos do oponente e o homem cambaleou para trás. Velantos foi para os fundos pela porta do meio e deu um olhar rápido para trás, vislumbrando o rei no trono com a rainha de pé ao lado dele, tentou voltar enquanto os inimigos tomavam a entrada e foi jogado para longe quando a derrubaram, espada e martelo deslizando pelo chão.

Ele esperava que aquele fosse seu último momento, mas uma ordem breve parou o ataque que o seguira para o cômodo. Velantos começou a se levantar e parou conforme a ponta de uma lança foi para baixo para espetar sua garganta, o instinto de se encolher lutando com o desejo de se inclinar sobre a lâmina e mostrar ao pai que ele também poderia morrer como um príncipe de Tirinto. A distância ele ouvia o barulho da batalha, e, de algum lugar mais próximo, o grito de uma mulher, mas dentro do *megaron* tudo estava quieto.

Coração disparado, Velantos tirou o olhar da ponta da lança para olhar em torno de si. Uma dúzia de guerreiros estava entre ele e o trono, homens grandes em kilts vermelhos com cicatrizes nos peitos nus, carregando lanças e espadas. Através das pernas deles, conseguia ver o rei e a rainha.

Não adiantava tentar provar sua coragem ao pai, ele pensou atordoado, vendo o velho amontoado como se tivesse adormecido na grande cadeira. O rei já estava morto, tinha estado morto, talvez, desde a notícia de que o portão havia sido derrubado. Ele bebera veneno ou seu coração desistira misericordiosamente? A rainha parecia uma estátua de pé ao lado dele, a mesma expressão de leve desaprovação de sempre nos lábios e nas sobrancelhas. Seus olhos se encontraram por um instante, e ele viu nos olhos dela um brilho de algo que poderia ser pena, embora achasse difícil de acreditar.

Houve uma agitação na porta e os homens foram para o lado para deixar entrar outro grupo de guerreiros, mais bem armados, e tão ilesos quanto os homens da guarda real estavam pouco antes. Atrás deles veio um homem mais velho usando manto vermelho, com o cabelo grisalho amarrado em um coque de guerreiro, as cicatrizes no rosto mais profundas com os vincos de paixão e poder.

— Rainha Naxomene... Sou Kresfontes, filho de Aristomakhos, e meu irmão e eu reivindicamos esta cidadela.

A rainha assentiu.

— Vejo que assim é — ela disse, rígida. — Não lhe darei as boas-vindas.

Ele deu de ombros.

— Seu marido escapou de nós, mas é a senhora quem leva a soberania.

— Acha que vai reivindicá-la por me levar para sua cama? — Ela riu. — Faz muito tempo que a Senhora do Amor não divide seus presentes comigo. Meus filhos estão todos mortos, e minhas filhas todas casadas em outras terras.

— Então vai ser ama dos filhos que eu tiver com outras mulheres.

— Que bondade! Devo lhe dar um presente para retribuir? Você tomou Tirinto, mas em tempos como estes as mulheres da minha linhagem recebem o dom da profecia, e, embora não tenha feito nenhuma pergunta, serei seu oráculo. A linha de Pélops está acabada, e com ela a Era dos Heróis. De hoje em diante, a Planície de Argos será governada pelos Filhos de Erakles, mas são nossas histórias que seus filhos vão contar. E, embora possa ter conquistado a cidadela, não vai mantê-la por muito tempo.

Agora era Kresfontes quem ria, embora, através do zunido em seus ouvidos, Velantos parecesse captar um tom de tensão.

— Acha que Tisamenos vai descer trovejando de Mykenae para vingá-la? Quando terminarmos aqui, a cidadela dele será a próxima a cair.

— Pode conquistar homens, mas pode enfrentar os deuses? — perguntou a rainha.

— Somos os Filhos de Erakles — Kresfontes disse com orgulho — e viemos reivindicar o que é nosso. Os deuses não vão apoiar nosso direito?

— Esta cidade foi negada a Erakles pela vontade de E-ra, e ela ainda se opõe ao sangue dele — a rainha respondeu. — Posedaon Enesidaone vai derrubar essas muralhas antes de deixá-las em suas mãos. — Alguns guerreiros fizeram um sinal contra o mal e ela sorriu. — Não é uma maldição; é uma profecia.

— É isso o que dou para sua profecia. — Kresfontes fez um gesto grosseiro, e seus guerreiros riram. — Você não é mais uma rainha. É minha escrava, e vai moer os grãos para fazer meu pão. Amarrem-na.

Velantos percebeu que todos os guerreiros olhavam para o líder e para a rainha. Ele se levantou em um cotovelo. O cabo da espada em forma de folha estava bem atrás de sua mão. Se pudesse alcançá-lo... o que poderia fazer? Pular entre Naxomene e os homens que começavam a ir na direção dela, para atrasar em mais alguns momentos a morte do orgulho dela? *Posso morrer como um ferreiro*, um conhecimento mais profundo respondeu, *com meu último trabalho em mãos...*

Conforme o primeiro guerreiro se esticou para pegar o braço da rainha, Velantos agarrou a espada, mas, antes que pudesse alcançar seu objetivo, outra lâmina brilhou. Um giro de punho virou o punhal que a rainha estava segurando contra a parte interna do braço e o enfiou no coração. Sangue vivo desabrochava no tecido fino das vestes dela enquanto ela se curvava em torno da lâmina, caía de joelhos e então de lado no chão de azulejos.

— É meu sangue que os amaldiçoa... — ela arquejou, e então um último espasmo a levou, e ela ficou imóvel.

Velantos ficou de pé, movendo a espada para pegar o guerreiro mais próximo no flanco. Adiante, viu Kresfontes e investiu na direção dele. Mas o inimigo já se recuperava. Rápidos como cães de caça, eles se voltaram contra ele. Sua perna esquerda cedeu quando uma lança atravessou a panturrilha. Espadas que o teriam perfurado soavam acima de sua cabeça. Quando ele caiu no chão, uma sandália pesada pisou em seu braço e a espada foi arrancada.

*Ao menos*, ele pensou com um último lampejo de triunfo, *o menino vai viver...* Ele viu lâminas brilharem sobre ele e se virou para recebê-las.

\*\*\*

Os sons nos andares superiores haviam mudado. Pica-Pau levantou a cabeça, ouvindo. Os gritos de garganta cheia e o barulho de armas haviam sido substituídos por passos e vozes. A não ser pelos gritos quando alguma mulher era tomada, poderia ser o barulho de uma multidão em dia de festival. Mas o alarido era todo de cima.

Ali nada se movia além de grãos de poeira que giravam no raio de sol entrando pela janela alta. Mas Pica-Pau sabia que a segurança da oficina era uma ilusão. Quando o palácio fosse tomado, os inimigos começariam a vasculhar o resto da cidadela, e o encontrariam, e ele seria novamente um escravo. Tentou dizer a si mesmo que nada havia mudado, que ele era escravo desde... sua mente se esquivou da imagem de um rosto barbado sorrindo. O fedor pesado de fumaça se misturava com lembranças de brumas que enevoavam uma costa rochosa.

Para Velantos, ele tinha sido um companheiro.

E ele o abandonara.

*Velantos me rejeitou!*, ele respondeu àquela acusação interior. Pica-Pau julgara ter encontrado um lar em Tirinto. Ouvir que não tinha o direito de morrer em sua defesa tinha doído. Era por isso que obedecera a Velantos? Ou estava com medo? Ele prendeu os braços compridos em torno dos joelhos e balançou para a frente e para trás. O medo era um velho companheiro. Sempre havia uma tendência de ansiedade mesmo quando era criança, nos dias em que pensava em si como alguém livre.

Por três anos estivera à mercê dos mestres. Havia aprendido cada gesto de submissão, cada maneira pela qual um escravo poderia aplacar a raiva ou escapar de um golpe. Por três anos, só havia se lembrado de que precisava sobreviver. Aquilo foi o que Velantos o mandara fazer. Ele fez uma careta ao perceber que ainda obedecia a um mestre. Na oficina, tudo, das ferramentas nas prateleiras ao avental de couro riscado pendendo de seu gancho na parede, ecoava a identidade do ferreiro. Velantos ainda estava ali, resmungando, ensinando, e muito raramente soltando aquele riso do fundo da garganta que parecia vir dos dedos dos pés – Pica-Pau não o tinha deixado na torre de vigia, por fim.

*Não...* Ele estremeceu. *Ele está morto. Ele me mandou embora porque queria morrer.* O olhar buscou a estátua de argila da deusa que sempre o recordava da imagem sobre a forja da Ilha da Donzela em casa. *Por que não pudeste salvá-lo? Ele Te amava!*

Houve uma mudança na luz, como se um pássaro tivesse voado pela janela, embora ele não visse nada passar. Uma frase se repetia na consciência dele: *O deus dá o poder, mas somos as ferramentas...* Não conseguia, não iria, recordar quem havia dito isso a ele. Talvez tivesse sido a própria deusa, Potnia Athana, que na sua terra tinha outro nome.

Velantos esperava morrer, mas Pica-Pau sabia pela própria experiência que às vezes aqueles que deveriam morrer viviam. E se o ferreiro não tivesse encontrado a morte em batalha? O que fariam com ele? Sem querer, o rapaz saiu da posição fetal, as pernas formigando enquanto forçava os músculos dormentes a se moverem.

*Vão matá-lo sem honra*, ele pensou sombriamente, *escravizá-lo e vendê-lo para algum trabalho desgraçado que vai transformá-lo em pó.* Pica-Pau sabia tudo sobre o tipo de trabalho que sufocava o espírito e embotava os sentidos. Mas esse tratamento apenas provocaria Velantos a uma rebelião que terminaria em uma morte ainda mais desgraçada.

Agora que estava de pé, acovardar-se até ser arrastado para um novo cativeiro não era mais uma opção. Ele olhou para a deusa novamente.

— Queres que eu faça alguma coisa, não queres? — disse em voz alta.

Franzindo a testa, ele pegou o avental de couro. Daria duas voltas nele, mas poderia identificá-lo como um trabalhador qualificado. E deveria pegar algo para demonstrar a habilidade de Velantos – não uma arma. Seu olhar pousou em um brinco com pingente em forma de lírio que Tanit trouxera ao ferreiro para reparo. Ele tentou não pensar em qual seria o destino dela agora. Ouvira histórias de mulheres cativas nas casas em que servira. Primeiro estupro, então, se fossem bonitas, trabalho como prostituta para os guerreiros até serem vendidas. Saber que isso acontecera com uma garota que tinha amado deveria ser um tormento tão grande quanto a própria derrota. Pica-Pau entendeu por que Velantos preferira morrer.

Mas talvez o príncipe não estivesse morto.

Ele se retorceu com o som de vozes na rua lá fora. Já estavam vindo. Um passo rápido o levou para a entrada de trás que dava nas cabanas onde estocavam carvão, e dali para uma viela. Depois de um ano cumprindo tarefas para Velantos, ele conhecia todos os becos e atalhos, e a escada, se ainda estivesse ali, o levaria para a Alta Cidadela.

\*\*\*

— Leve-o para fora e mate-o... já tem sangue demais nesse chão...

A voz parecia vir de uma grande distância. A espada cuja ponta já cortava o peito de Velantos girou, e ele se forçou a não se encolher com a dor. Corda raspou em seu punho esquerdo enquanto o amarravam; ele grunhiu em agonia quando pegaram o direito. Mas só precisava aguentar mais alguns momentos e estaria acabado.

— Amarre-o, mas não o mate!

Uma nova voz cortou os gemidos dos moribundos e o escárnio de seus captores. A cabeça de Velantos sacudiu em torno, arregalando os olhos ao ver Pica-Pau, o avental de couro farfalhando em torno dele, de pé ao lado do fogo.

— Ele é um mestre ferreiro, valioso. Olhe, é o martelo dele no chão. Vai querê-lo vivo.

— E quem seria você para dar ordens aqui?

O alívio de Velantos porque a voz de Kresfontes carregava diversão lutava com sua própria raiva por o menino ter desobedecido.

— Sou ajudante dele; aprendi com ele! Também tenho alguma habilidade. Mas olhe. — O ouro brilhou na mão de Pica-Pau. — Ele fez este brinco... é lindo, não é?

— Nossas mulheres já estão carregadas com as bugigangas de ouro que conquistamos — disse um dos guerreiros. — Já temos todo o ouro de vocês, e o ouro de Mykenae quando ela for tomada. Não precisamos de um ferreiro para fazer mais.

— Ainda precisam de espadas! — veio a réplica rápida. — Ele viu seu tipo de espada ano passado e aprendeu. Aquela. — Pica-Pau apontou para a lâmina em forma de folha que tinha pousado no limite do espaço para o fogo. — Ele fez. Deem uma olhada. Fiquem com ele e vai fazer mais.

Alguém havia pegado a espada e a colocado na mão de Kresfontes.

— Um ano? — O líder dos inimigos estendeu a lâmina, a girou em círculo e a baixou de novo.

Havia algumas marcas no gume, e precisaria ser afiada antes de ser uma arma realmente eficaz de novo, mas Velantos estava satisfeito de um jeito distante por ela ter aguentado tão bem. *E matou tantos...* Seus lábios se curvaram um pouco enquanto fechou os olhos.

— Muito bem — as palavras vieram de um lugar longe. — Amarre aquela perna e leve-o embora. Você falou por ele, menino... você cuida dele. Se ele viver, vamos ver o que pode fazer.

Velantos arquejou quando um enfaixamento bruto acordou a ferida em sua perna em uma agonia vívida. Mas os dedos que desamarraram a corda de seu punho machucado eram precisos e certos.

— Logo vou trazer água — veio o sussurro de Pica-Pau.

A voz era uma linha que o prendia à consciência entre ondas de dor, as mãos de dedos longos frias enquanto tiravam o cabelo endurecido de sua testa.

— Não morra, Velantos. O senhor me deu minha alma de volta. Não me deixe sozinho...

\*\*\*

— Como os pássaros e os animais encontram parceiros e acasalam, assim acontece com os homens, pois ninguém prospera sozinho... — Anderle levantou as mãos em bênção, e Cimara enrubesceu, dando um olhar breve para o moço de pé ao seu lado. — Que os deuses permitam que suas vidas sejam longas e felizes, e que seus filhos prosperem na terra!

A rainha de Azan estava velha para um primeiro casamento, mas a mãe dela não havia permitido que tomasse um marido por medo da raiva de Galid. A rainha Zamara tinha morrido pouco depois do Solstício de Inverno, embora Anderle tivesse a impressão de que o espírito dela sucumbira muitos anos antes. Foram necessários alguns meses de negociações secretas para encontrar um noivo adequado para produzir a próxima geração de soberanos azani. Agraw era da beira oeste de Azan, onde não tinham sofrido muito com as depredações de Galid. Era um segundo filho, e sem dúvida a mãe ficara feliz em arranjá-lo tão bem.

Agraw não era um rapaz feio. Sob a coroa de casamento, o cabelo castanho era grosso e encaracolado, e os ombros cingidos pela capa de couro pareciam fortes. Os traços cansados de Cimara tinham uma radiância juvenil por baixo de um chapéu de feltro ornado com contas de âmbar ao qual um retângulo de peças tubulares de azeviche tinha sido adicionado de cada lado. Dobras caíam sobre suas costas, e seus cabelos castanhos haviam sido trançados intrincadamente na parte de trás. O colar e os braceletes eram de ouro, e a capa em seus ombros era presa ao vestido por longos alfinetes de bronze. Nem mesmo Galid ousara roubar as insígnias da rainha.

O grupo para testemunhar os votos era pequeno, mas Anderle havia persuadido representantes das famílias nobres de Azan suficientes a ir ao bosque sagrado validar a cerimônia. E estavam quase terminando. O casal havia trocado pão e sal, e, no altar de pedra, o fogo que testemunhara o enlaçamento das mãos ainda ardia. Assim que tivessem feito suas oferendas aos deuses, poderiam ser colocados na cama, e, se os deuses fossem bons, Cimara iria conceber.

*E o que faremos se ela tiver um filho?*, Anderle então se perguntou. Precisarei tentar escondê-lo como fiz com Mikantor? O coração dela apertou com a velha dor. As palavras do rei Sakanor haviam aliviado sua dor, mas trazido pouca esperança. Fazia quase três anos que Mikantor fora capturado. Ainda que o menino estivesse vivo, estava perdido para eles.

— Venham, e vamos oferecer nossos presentes aos deuses em troca de suas bênçãos.

Ela fez um gesto, e dois dos homens pegaram a arca que continha as oferendas. De mãos dadas, Cimara e Agraw guiavam o caminho do bosque até o lugar onde o rio havia se espalhado para formar um brejo. Tábuas tinham sido colocadas para permitir que o casal chegasse mais perto da água. Conforme eles se aproximavam, um par de patos-reais voou, grasnando. A cabeça dissecada e a pele de um touro pendiam de um poste entre os juncos, deixadas no último ritual conduzido pela velha rainha. Hoje precisariam oferecer outro, mas isso deixaria evidências que Galid questionaria. Em vez disso, Cimara oferecia os tesouros que lhe restavam – uma vasilha de bronze com o lado amassado; um alfinete de ouro, dobrado; e então uma lâmina boa de bronze que Agraw quebrou sobre o joelho.

O metal brilhou pálido na luz do sol enquanto os itens eram jogados no pântano. Anderle fechou os olhos e estendeu os outros sentidos, e teve a impressão de que sentia uma mudança de pressão no ar. Os espíritos escutavam.

Fazer oferendas para as águas era uma coisa nova. A mãe dela havia dado início a elas, em um dos primeiros anos em que a chuva ameaçava engolir a terra. As pedras sagradas ainda recebiam um pouco de leite e pão, mas a visão de águas escuras se fechando sobre algo tão valioso era uma evidência clara de que o sacrifício fora recebido. Ela esperava que os deuses estivessem satisfeitos. Tinha sido perturbador sentir a terra tão inquieta quando cruzara Azan.

Cimara e o novo marido ofereceram o último alfinete de ouro e se viraram. Ela sorria de alívio e prazer, ele estava sério, como se só entendesse agora que, embora não fosse governar, o poder dele era o que tornava a rainha fértil para abençoar a terra. As testemunhas celebraram quando eles chegaram à grama. Assustada pelo barulho, Anderle precisou de um momento para perceber que ouvia outro som. Ela se curvou e sentiu uma vibração na terra, e a reconheceu com o chacoalhar de rodas de carruagem.

Alguns reis em outras terras tinham carruagens, mas só um homem iria dirigir tão furiosamente ali.

Os outros tinham escutado e se viravam. Anderle correu para perto do noivo e da noiva.

— Galid está vindo! Agraw, tire a coroa e o manto e esconda-se entre os outros homens!

O rosto de Cimara havia ficado branco. Ela manteve a posição enquanto Anderle enfiava a roupa do noivo na caixa que tinha abrigado as oferendas, mas, conforme as carruagens surgiram sobre a elevação, ela esticou o braço para pegar a mão da sacerdotisa.

O condutor de Galid puxou as rédeas dos pôneis, um par de animais castanhos cujas pelagens brilhavam na mesma cor que o manto dele, preso com um grande broche muito mais fino que qualquer coisa que Cimara fora capaz de oferecer ao brejo. Atrás dele vinham outras cinco carruagens, cada uma trazendo vários homens. As pontas de lança de bronze brilhavam ao sol.

— Que belo par de pombinhos — ele observou com um sorriso maligno. — E que belas penas. Por que a celebração? Eu me esqueci de algum feriado?

— É preciso um feriado para fazer uma oferenda aos espíritos da terra? — Anderle respondeu.

— É preciso um motivo — ele disse lentamente, observando os rostos dos outros.

Corados ou pálidos, evitavam o olhar dele como se fossem culpados de algum crime.

*Você é o desastre, Galid*, pensou Anderle, mas engoliu as palavras enquanto ele continuava.

— Se queria fazer um sacrifício, por que não fui convidado? Não vejo nenhum animal, nenhuma fogueira, nenhum sangue no chão. Certamente não iria ofender os deuses com uma oferenda irrisória.

— Traga-nos um touro, se conseguir encontrar um entre seus rebanhos que não seja propriedade de outra pessoa, e ficarei feliz em oferecê-lo — ela disse, calmamente. — Deixou essas pessoas com pouca coisa com que celebrar, ou por que celebrar.

— É mesmo? Mas me disseram que estava planejando uma cerimônia muito especial. — Os lábios dele sorriam, embora houvesse veneno em seu olhar. — O casamento de uma rainha — ele sussurrou. — E sem ser testemunhado pelo protetor desta terra?

— Você não é meu protetor — Cimara disse friamente, embora Anderle sentisse o tremor na mão dela. — Nem meu rei de guerra, nem meu marido. Você não tem autoridade sobre mim ou sobre esta terra!

— Apenas isto! — ele sibilou, tirando uma lança do suporte e balançando-a na direção dos seios dela. — Aqui está um arado para seu sulco, se está tão quente para procriar!

— Até você, Galid, o Ganancioso, sabe que não pode matar uma rainha — Anderle interrompeu.

— Não preciso matá-la, apenas seus herdeiros... — A lança subiu e foi jogada na direção dos outros, que agora estavam cercados pelos homens dele. — Se ela está casada, garanto que não foi para a cama, nem irá.

Ele fez um sinal para o condutor, e um toque das rédeas trouxe o carro para mais perto das testemunhas.

— Sete homens estão aqui, tremendo nas sandálias como tantas garotas. E nenhum teve os colhões de me enfrentar, muito menos de gerar um governante. Ainda assim, para ter certeza, imagino que seja melhor matar todos.

Ele riu, deixando a lança ir para a frente e para trás ao longo da fila. Alguns dos homens tinham facas, e um deles, uma espada, mas, contra aqueles números, ninguém ousava sacar a arma. Conforme a ponta da lança se movia, primeiro um, depois outro se afastou de Agraw, que estava de olhos bem fechados como um homem tentando negar um pesadelo.

— É esse? — perguntou Galid em voz baixa.

Ele derrubou a lança de repente para furar o peito do velho Orlai.

— Aquele cordeiro tremendo é o noivo, ou devo matar você no lugar?

— É ele... — a resposta de Orlai mal podia ser ouvida.

Um dos outros homens olhou, mas nenhum deles havia achado que pagaria tão caro por testemunhar um casamento. Agraw então abriu os olhos, mirando Galid com a expressão zonza, como se não tivesse entendido. Talvez aquilo fosse misericórdia, pensou Anderle.

Ela respirou fundo, reunindo seu poder.

— Galid! — ela gritou, mas o braço dele já girava. — Ni-Terat amaldiçoa...

As palavras dela se perderam no grito de Agraw quando a lança entrou. Por um momento o moço se debateu, mas a mira de Galid tinha sido boa. Enquanto ele amontoava, a lança caiu livre. Sangue se espalhou na frente da túnica da vítima enquanto ela caía de joelhos, e por fim no chão.

— A comida que você come, o chão em que pisa... — vociferou Anderle — Ni-Terat amaldiçoa tudo. Não terá vida longa, nem sorte, nem filhos, nem esposa, amaldiçoado por todos os deuses.

— Vaca, cale a boca! — Galid girou a lança ensanguentada, e Cimara apertou o braço de Anderle. — Não entende? Os deuses nos abandonaram! Acha que poderia tê-lo matado se os deuses se importassem com o que os homens fazem? Mas, só para o caso de estar errado, jogue o corpo daquele tolo no rio e deixe que eles recebam seu sacrifício!

— Seu fim pode ser atrasado — sussurrou Anderle —, mas um dia ele vai chegar.

Suas palavras soaram ocas até para os próprios ouvidos dela. Enquanto a corrente levava o corpo de Agraw, ela colocou o braço em torno da chorosa rainha de Azan, que naquela noite dormiria sozinha.

## ONZE

No calor da tarde, cigarras vibravam das encostas sobre a estrada como liras que perderam o tom. Pica-Pau puxou sobre o nariz e a boca o tecido de lã marrom que era uma de suas últimas possessões para barrar a poeira. Durante a noite, era seu cobertor, e durante o dia, um pano para proteger sua pele clara do sol. Fazia seis dias que marchavam de Tirinto para o norte, na estrada nivelada de cascalhos para Mykenae, e depois virando quando chegaram à acrópole, seguindo na direção de Nemeia. Houve um momento em que o rapaz esperou ser resgatado, mas seus captores fizeram uma marcha noturna, e o rei Tisamenos ficou atrás de suas muralhas poderosas, esperando que os eraklidae pensassem que eram inexpugnáveis. E agora o vale alto que abrigava Nemeia também estava atrás deles. O caminho adiante fazia uma curva para baixo ao longo de um cume inclinado. Além das curvas nuas das colinas, ele via o verde de terras cultivadas e o brilho azul do mar.

*Korinthos, onde Aletes agora é rei*, pensou de modo sinistro, tentando não imaginar o que aconteceria quando chegassem lá. Primeiro – olhou ansiosamente para a carroça onde ele e Velantos tinham sido jogados sem cerimônia –, precisavam chegar vivos à cidade. Ele entendia por que Kresfontes, ao saber quem era Velantos, não quisera mantê-lo em Tirinto, onde ele poderia liderar a população sobrevivente em uma revolta. Mas o príncipe não deveria ter sido movido tão cedo. Pica-Pau protestara, mas escravos, como ele entendia muito bem, não tinham escolha. E Kresfontes e Temenos haviam decidido deixar os deuses escolher se preservavam o último filho do rei Phorkaon ou aliviavam os eraklidae de um problema.

O oficial a quem os reis tinham encarregado de recolher pilhagens usava uma liteira, fora da poeira na cabeça da coluna, na sombra de um tecido oleado estendido sobre aros. Uma dúzia de guerreiros marchava atrás, embora o rapaz não imaginasse de que perigos o homem achava que precisava ser protegido. Todas as pessoas assustadoras estavam de guarda em torno *dele*.

Talvez, se Pica-Pau pudesse encontrar um graveto, poderia usá-lo para prender seu pedaço de lã sobre os olhos, assim poderia conseguir um pouco de sombra sem ficar tão abafado. *Sou um escravo*, disse a si mesmo. *O que não posso mudar, preciso aguentar*. Com Velantos, quase se esquecera disso, por um tempo.

Pensou ter ouvido um grunhido dentro da carroça e chegou mais perto para olhar. Velantos estava deitado encolhido sobre um dos sacos, a cabeça pousada em outro, aparentemente adormecido. Mas ele sabia que o príncipe fingia dormir até quando a dor não o exauria, como se, fechando os olhos, pudesse afastar a nova realidade.

*Não funcionou para mim*, pensou o menino, *e os deuses sabem que eu tentei*. Na viagem de Belerion a Tartesso, tinha ficado enjoado demais para se importar com onde estava. Quando chegaram, conseguia contar as próprias costelas. Não sabia por que simplesmente não o haviam jogado no mar.

Ele se inclinou sobre a carroça. Velantos tinha ficado mais magro na última semana. Sobre a barba preta, o contorno forte da mandíbula e dos ossos do rosto aparecia com clareza. Mesmo fatigadas, as linhas poderosas do corpo do ferreiro ainda eram aparentes, mas as tensões que permitiam que ele manifestasse aquele poder não estavam ali, ou na verdade tinham sido interrompidas, enquanto membro se prendia a membro para resistir à dor. Os traços de Velantos se retesaram quando a carroça passou por um buraco mais fundo, jogando-o para o lado, e Pica-Pau ouviu um gemido que o homem mais velho não poderia negar.

— Meu senhor! Sei que não está dormindo... Esse chacoalhar acordaria um morto — ele balbuciou. — Gostaria de água? Talvez eu possa arranjar alguma coisa para bloquear o sol.

— Não morto... — Velantos ecoou.

Pica-Pau não tinha certeza se havia sido uma confirmação ou uma reclamação.

— Água seria... bom.

Pica-Pau imaginou se tinham lhe dado o odre de água para testar sua devoção ou seu autocontrole. Mas, depois de três anos naquela terra seca, conseguia passar sem água caso precisasse. Puxou a tampa e o segurou contra os lábios de Velantos, firmando a cabeça do homem com a outra mão.

Conforme desciam, começaram a passar por casas de fazenda espalhadas. Homens e mulheres trabalhavam nas videiras, carpindo mato e cortando brotos para concentrar o crescimento nas uvas verdes duras que começavam a multiplicar-se nas vinhas. Eles levantaram os olhos quando os soldados surgiram à vista, então voltaram para seus trabalhos, satisfeitos por ser o inimigo que já conheciam, que provavelmente não iria destruir os campos onde podiam plantar comida.

— Imagino que o pior já tenha acontecido a eles — Pica-Pau disse em voz alta. — Fazendeiros são assim, mesmo quando o mundo está caindo. Eu me lembro.

Ele vacilou, e então, vendo o interesse substituir a dor nos olhos de Velantos, se forçou a continuar.

— No meu país, depois que vinham as enchentes, ou os lobos humanos, eles voltavam aos campos.

— A terra precisa ser trabalhada — disse o homem mais velho.

O olhar dele se voltou para dentro.

— Digo a mim mesmo que não importa quem governa. Os reinos dos homens se levantam e caem, mas os camponeses permanecem. Desde que as plantações ainda cresçam, a vida vai continuar. O sangue da matança fertiliza os campos.

*Mas, se o sol não brilhar, as plantações não podem crescer*, pensou Pica-Pau, recordando-se de alguns dos anos ruins em casa. *Homens e animais predam uns aos outros.* Pela primeira vez lhe ocorreu imaginar se os desastres que afligiam a Ilha dos Poderosos tinham perturbado outras terras nortenhas. Tais perturbações poderiam ter incitado um povo contra outro até que a pressão colocasse os Filhos de Erakles em movimento? Se o mundo inteiro estava doente, não deveria invejar aqueles fazendeiros. Estavam muito condenados. Só não sabiam ainda.

— Tem algo errado?

Quando Velantos falou, Pica-Pau percebeu que tinha ficado em silêncio por tempo demais. Mas suas reflexões seriam um remédio ruim para um homem ferido. Ele balançou a cabeça com um sorriso alegre.

— Pensando sobre os fazendeiros. Esta terra é tão diferente da minha casa.

Em outras circunstâncias, poderia ter gostado dessa oportunidade para ver o interior da Akhaea. A maioria de suas viagens anteriores tinha sido feita por mar. No começo do verão, a grama já ficara dourada. Embora trechos de arbustos salpicassem as encostas e árvores altas se juntassem nas ravinas, a forma da terra ainda estava clara. Os pilares verde-escuros dos ciprestes sagrados se espalhavam entre eles como as colunas de um templo para os deuses da natureza.

— Dizem que muito tempo atrás havia mais árvores aqui — murmurou Velantos. — Nós as cortamos para construir casas e para fazer fogo e carvão para derreter metal de cobre. Havia leões também, mas nenhum é visto em Akhaea desde aquele que Erakles matou.

— Se pudesse, invocaria um leão para mandar os filhos dele de volta para casa — disse Pica-Pau, e foi recompensado por um esgar de sorriso.

A colina que vinham descendo começou a se nivelar. Na base havia uma aglomeração de carvalhos e alguns arbustos com folhas pontudas parecidas com couro e flores cor-de-rosa, cercando uma bacia de pedra que recolhia o fluxo de água de uma fonte do lado do monte. Quando foi encher o odre de água, pegou um ramalhete de flores. Elas tinham cinco pétalas com pontas quadradas e um vago aroma doce.

— É tão seco aqui, sempre fico surpreso ao encontrar flores. — Ele as estendeu para o homem mais velho. — Essas são bonitas. Como se chamam?

— Oleandro... muito venenosa. — O sorriso irônico de Velantos se transformou em um riso latido quando Pica-Pau tirou as flores dele. — Mas só se comê-las. Um homem adulto só ficaria doente, mas um pouco pode matar uma criança.

Pica-Pau relaxou, mas não devolveu as flores.

— Não precisa ter medo de que eu vá me envenenar — Velantos completou, com amargura. — Não tenho desejo de colocar uma barriga ruim no topo das dores que suporto. Embora não saiba por que deveria se dar ao trabalho de me manter vivo, ou, nessa questão, o que lhe dá o direito de fazer isso.

Pica-Pau lançou um olhar de esguelha para ele, tentando decidir se era a petulância de um convalescente ou uma raiva justificada. Subitamente o rapaz se perguntou se se afligia tanto por causa de Velantos nos dias desde a queda de Tirinto para evitar se fazer a mesma pergunta.

— Meus motivos são egoístas, é claro — ele disse em tom monocórdio. — Cuidar do senhor me dá um propósito... de novo. Quando estava crescendo, me disseram que havia nascido para coisas grandiosas. Mas agora acho que os que disseram isso lutavam com seu próprio desespero. Se os deuses tinham um plano, deveriam ter me dado mais proteção! Se não posso servir a mim, ao menos posso servir o senhor.

Ele parou de repente, respirando um tanto rápido. Fazia muito tempo que não se permitia sentir aquela dor particular. Deu uma olhada rápida em Velantos, que parecia pensativo.

— Então imagino que precise tentar merecer sua devoção, embora pareça muito ingrato quando também sou escravo.

— Talvez seja por isso — Pica-Pau respondeu brevemente. — Sirvo o senhor porque isso é o que *eu* escolho. E o que escolho agora é dar uma olhada nessa sua perna — ele completou, e Velantos, interpretando corretamente o olhar no rosto dele, esticou a perna com uma careta e um suspiro.

Os eraklidae os tinham despertado cedo, sem deixar tempo para que Pica-Pau trocasse o curativo da ferida. Ele apertou os lábios enquanto desenrolava o curativo. A ponta da lança entrara fundo, e, embora a ferida tivesse sangrado profusamente, não se podia saber que sujeira ainda havia lá dentro. A pele em torno da ferida estava vermelha e irritada, quente e dura ao toque. Velantos se encolheu quando o rapaz a banhou e aplicou sálvia em pó para renovar o cataplasma. Por qualquer bem que pudesse fazer, o rapaz pensou sombriamente. Deveria ser aberta, assim o remédio poderia entrar. Velantos precisava de um curandeiro, não de um bárbaro que só poderia tentar aplicar o que se lembrava do jeito que a velha Kiri cuidava de seus arranhões em Avalon.

Ele sentia Velantos tremendo, embora o homem não fizesse nenhum som. Enrolou um novo curativo em torno da perna e levou o velho para a nascente para lavar. Quando voltou, os olhos do príncipe estavam fechados. Pica-Pau olhou mais de perto e viu que ele havia parado de suar. Aquilo não era um bom sinal.

\*\*\*

Velantos se contorcia em ondas de calor. Ele via a beirada do cadinho ao seu redor; era metal bruto, o metal essencial liquidificando-se enquanto o refugo subia à superfície. Gemeu quando um toque grosseiro raspou sua pele, levando-a. Esperava que o ferreiro soubesse o que estava fazendo; se deixassem o fogo ficar muito quente, até o cobre iria queimar. Talvez isso fosse melhor – a pira iria consumir sua dor.

— *Velantos... Abra a boca. Beba isso!*

A ordem veio de algum outro mundo, mas seu corpo deve ter respondido; sentiu um gosto amargo e fresco, e de repente o calor deu lugar a calafrios que o perpassavam. A pele sensibilizada gritou com o toque de um cobertor de lã, e então estava de volta ao cadinho, e o ciclo começava mais uma vez.

A cada vez que acontecia as sensações eram mais intensas, mais separadas de qualquer realidade humana. O cadinho se transformou no corpo de uma mulher feita de chamas, esguia e flexível, com olhos brilhantes. Ele se entregou a Ela mais completamente do que tinha feito com qualquer amante mortal, derramando sua essência no abraço Dela.

— *Agora você é fogo...* — disse a deusa. — *Ao dar tudo, você se torna tudo.*

— *Mas não pode fazer nada* — veio uma voz como um trovão. — *Se ele for servi-La, precisa ser modelado e endurecido, martelado e amolado.*

— *Então eu o dou a Você!*

*Eu não quero...* a centelha que era Velantos protestou, mas o aperto da deusa já ficava mais forte; sentiu-se mudar nos braços dela. Ainda brilhando, foi levantado e colocado sobre uma bigorna. Convulsionou depois do primeiro golpe, e de novo e de novo enquanto cada partícula de seu corpo era realinhada.

Gritou ao ser afundado na água. Sentiu uma nova forma solidificando-se para contê-lo, para restringi-lo, e abriu os olhos para ver o olhar assustado de Pica-Pau. Ele os fechou de novo, lutando para recapturar a visão, chorando com a dor daquela perda, e lentamente se tornou consciente de que seu corpo todo estava molhado, e que estava deitado em uma lagoa fria.

— Levante-o agora — disse uma voz grave —, antes que ele se resfrie.

Ele não podia fazer nada, nem resistir, enquanto muitas mãos manobravam seu corpo. Sentia-se como se não tivesse ossos. Eles o colocaram em algo flexível, coberto com alguma coisa macia.

— Velantos, consegue me escutar? — veio a voz de Pica-Pau, e então: — Nós o salvamos? A febre queimou a mente dele?

— Dê tempo a ele, rapaz — a voz grave respondeu. — Ele foi ao portão de Hades. Voltar vai levar algum tempo.

Velantos respirou fundo, um pouco surpreso ao ver o corpo responder a sua vontade, e abriu os olhos de novo. Pica-Pau estava ajoelhado ao seu lado. Na luz bruxuleante da lamparina, viu que perto do rapaz estava um homem mais velho com a túnica branca de um sacerdote de Apollon Paion. O sacerdote se curvou mais perto, olhando-o nos olhos, e pareceu ler algo ali que o deixou satisfeito.

— Acho que ele vai dormir agora. Se o deus for misericordioso, quando ele tiver descansado vai conseguir falar com você. Fique ao lado dele, e me chame quando ele acordar.

Como se aquilo tivesse sido uma ordem, Velantos sentiu-se deslizar em uma escuridão que não era quente nem fria, mas infinitamente reconfortante.

\*\*\*

Anderle acordou de sonhos com fogo. Aquilo não era incomum, mas pela primeira vez não era um pesadelo sobre o incêndio de Azan-Ylir. Na verdade, tivera uma sensação pouco costumeira de bem-estar, como se de algum exercício agradável. Ficou deitada piscando por alguns momentos, tentando se recordar do que fora. Ao menos a mantivera aquecida. Não tinha apenas chutado todas as cobertas, mas de algum modo a camisola também havia saído.

O *que* ela andara fazendo? Houve fogo, não, ela *era* o fogo, e então houve um homem a quem ela abraçou e outro com quem discutiu – não, era um deus, com um martelo de ferreiro na mão. E então de algum modo eles tinham se tornado um homem, de cabelo e barba escuros e muito forte. O frêmito de excitação ao pensar nele a fez corar de novo. Mas agora sentia no ar o frio que anuncia o nascer do sol. Puxou as cobertas de volta até o queixo.

O homem não era ninguém que Anderle já tivesse visto, mas ela certamente o reconheceria. Estava tão desesperada pelo toque de um homem que andava inventando amantes de sonho? De algum modo achava que não poderia pedir interpretações aos sacerdotes, mas talvez pudesse encontrar alguma iluminação na forja da Ilha da Donzela.

*Senhora, se esse sonho traz alguma mensagem, mostra-me o significado!*, ela rezou, e ao voltar a dormir teve a impressão de que havia escutado a Deusa rir.

\*\*\*

No santuário de Paion, o Curandeiro, sempre se podia ouvir o som de água. As nascentes de Lerna espirravam da pedra como as nove cabeças da hidra que dava o nome ao local, alimentadas pelo degelo das montanhas além da cidade. Pica-Pau gostava de sentar ali pela manhã, quando a luz do sol atravessava os galhos dos pinheiros. O aroma deles e o som da água o lembravam de casa. Sentado no banco ao lado da lagoa de banho, era possível esquecer que a cidade agora era uma ruína escorchada e despovoada. Mas os eraklidae haviam poupado os locais sagrados, ou talvez o deus tivesse cuidado do seu. De qualquer modo, estava grato porque o oficial de Kresfontes, temendo a perda de um escravo de valor, permitira que levasse Velantos ao santuário.

Ele se virou com o som de um passo e viu um dos sacerdotes mais jovens ali de pé. O gesto de cumprimento do sacerdote não tinha deferência nem superioridade. Pica-Pau imaginou que todos – conquistados e conquistadores, escravos e libertos – eram igualmente suplicantes ali.

— Seu mestre está acordado e chama por você.

Pica-Pau lançou um olhar cortante para ele. Havia uma sugestão de alívio no tom do homem?

— Ele está de mau humor? — perguntou em voz alta.

— A convalescência pode ser muito difícil, especialmente para um homem forte e ativo.

Pica-Pau interpretou aquilo como "sim". Não estava surpreso. Quando o banho gelado baixou a febre de Velantos, tinham esperado uma recuperação rápida, mas fazia quase uma semana agora, e, embora a carne não se deteriorasse mais, o buraco na panturrilha do ferreiro permanecia em carne viva e não se curava.

— Ele não quer mais morrer — o sacerdote continuou —, mas não quer viver. Discutimos o caso. Acreditamos que vai melhorar o humor dele se sair da cama, talvez sentar ao sol. Mas, para se curar, ele precisa estar disposto a pedir a ajuda do deus.

Pica-Pau também podia traduzir aquilo. Já tinham tentado fazer o paciente se levantar e se mover, e agora esperavam que o menino escravo tivesse sucesso onde haviam fracassado.

Velantos estava deitado de lado com a perna ruim apoiada em almofadas, o rosto virado para a parede. Uma vasilha de mingau não comido estava em uma mesa baixa próxima.

— É uma bela manhã, mestre — Pica-Pau disse alegremente. — Um dia bonito demais para passar enfiado dentro de casa. O terreno aqui é muito pacífico. Deixe-me ajudar o senhor a colocar uma túnica e podemos ver como essa muleta que fizemos vai permitir que ande por aí.

Ele viu o ombro do homem estremecer, então sabia que Velantos estava acordado, e continuou.

— O senhor pode ter assustado os sacerdotes, mas não vou embora nem vou parar de falar até que se sente e me responda. Vi um falcão circulando sobre as árvores. Pegou um rato. Paion não gosta de ratos? Eu pensaria.

A cama gemeu conforme Velantos sentou-se ereto.

— Vai ficar quieto? Um homem não consegue dormir com sua falação estúpida.

— O senhor não deveria estar dormindo. É de manhã. Aqui, pegue as muletas e saia dessa cama. Vai querer se aliviar, e então...

Pica-Pau foi para trás quando Velantos pegou a muleta mais próxima pela ponta comprida e deu um golpe, fazendo o outro entrar em guarda como havia aprendido praticando com o cajado em Avalon. O ferreiro xingou quando o movimento sacudiu sua perna e golpeou de novo. Madeira bateu contra madeira e o rapaz riu.

— Venha aqui, bárbaro suíno! Deveria ter batido em você antes. Venha aqui levar a surra que merece!

— Primeiro vai precisar se levantar — o rapaz provocou.

Ele ia para a frente e para trás, sentindo o próprio coração disparar, enquanto evitava os golpes do homem. Velantos podia estar enfraquecido, mas a fúria podia dar a força de um herói a um homem. O rapaz tinha certeza de que de cabeça fria o príncipe não o machucaria, mas aquele rosto corado e os olhos ardentes não pareciam muito sãos.

— Ingrato! Merdinha estúpido! — Velantos esbravejou. — Vou vender você para os eraklidae como puta! Se é que vão aceitá-lo, feio como é!

*Ele está bravo...*, pensou Pica-Pau. *Homens bravos dizem qualquer coisa.* Mas aquilo, surpreendentemente, havia doído.

— Eu papariquei você. Veja o que você parece...

— Venha me pegar! — o menino gritou, jogou a outra muleta no mestre e saiu correndo pela porta.

\*\*\*

*Fiquei fraco como um filhote*, pensou Velantos, levantando as muletas para a frente, balançando enquanto elas enroscavam em sua túnica solta, e dando outro passo. *Não é de espantar que o menino tenha rido de mim.*

Ele se lembrava de ter gritado. Imaginava que precisava pedir desculpas. Apoiou o peso nas muletas e jogou a perna boa para a frente, encolhendo-se conforme o movimento sacudiu a outra. Doía ferozmente, se bem que doía na maior parte do tempo.

Pulando e balançando, pulando e balançando, ele foi até o jardim de ervas. Pica-Pau estava sentado em um banco, comendo figos secos. Ele levantou os olhos com o barulho das muletas raspando e se encolheu. Velantos fechou os olhos contra uma dor que não tinha nada a ver com a perna. *O que eu disse a ele?* Sua mente parecia curiosamente vazia, com o silêncio que vem depois da tempestade.

— Sente-se antes que caia — disse Pica-Pau, quando o silêncio ficou longo demais.

Velantos assentiu, manobrou até o outro banco e sentou-se. Ele respirou fundo. O ar estava pesado com o cheiro de louro, sálvia, tomilho, estragão e outras plantas cujos óleos voláteis eram liberados pelo calor do sol. Era um alívio esticar a perna, mas o suor brotava em suas têmporas e o coração batia como um tambor.

— Disseram que eu... falo coisas... quando a raiva toma conta de mim — ele falou, rígido. — Seja o que for que tenha dito, espero que me perdoe.

— O senhor ameaçou me vender.

— Não posso vendê-lo. Também sou escravo.

— Pensei nisso — disse Pica-Pau —, mas não quis deprimi-lo.

Por um momento, Velantos só pôde olhar. Então, surpreendendo a si mesmo tanto quanto ao menino, começou a rir. O primeiro latido de som arranhou sua garganta. Ele não se lembrava quanto tempo fazia desde que havia permitido que o simples paradoxo doloroso da vida o sobrepujasse. Talvez tivesse se esquecido de como fazer isso. Então a convulsão seguinte o tomou, um riso soluçante que se repetiu de novo e de novo. Pica-Pau bateu em suas costas, enfiando um copo de argila cheio de água na mão dele. Ele bebeu, engasgou, bebeu de novo, e então ficou abençoadamente imóvel.

— Desculpe por tentar acertá-lo.

Pica-Pau deu de ombros.

— O senhor não conseguiria acertar uma ovelha presa agora. Mas entendo por que os sacerdotes não queriam perturbá-lo. Fique bem, e talvez eu tenha medo do senhor de novo.

Velantos balançou a cabeça em negação. Perdera a confiança do rapaz para sempre? Mas a mão de Pica-Pau ainda apertava seu ombro. Ele se inclinou naquela força, confuso por uma dor para a qual não tinha palavras, e se forçou a se concentrar no que Pica-Pau dizia agora.

— Não pode continuar assim, o senhor sabe. Os sacerdotes precisam de sua cama para outros pacientes, e o rei Aletes já mandou perguntar mais de uma vez se o mestre ferreiro que o primo lhe deu tinha decidido viver ou morrer. Os sacerdotes fizeram tudo o que sabem. Querem que durma no templo e peça a ajuda do deus.

\*\*\*

Na última luz da tarde, a procissão de doentes e feridos seguia voltando do mar, onde foram purificados. Velantos havia descido em uma carroça, mas tinha jurado que faria a viagem de volta sozinho. A determinação o levara pela distância de uma pista de corrida antes que a perna, com a carne viva ainda ardendo do mar, se dobrasse debaixo dele, então estava na carroça de novo.

Ao menos agora podia sentar-se ereto, segurando-se contra o balanço da carroça com braços que o uso constante de muletas havia fortalecido. Mas tinha um longo caminho à frente para reconstruir seu porte poderoso. Agora não era o momento de perguntar a si mesmo *para que* tentava curar o corpo.

Pica-Pau caminhava ao lado da carroça. O rosto queimado de sol tinha seu meio sorriso costumeiro, como se ele se divertisse em segredo. Por um ano Velantos havia subestimado o rapaz, ocupado demais com suas próprias preocupações para imaginar quem fora Pica-Pau antes que a sorte o traísse. Ele tinha uma desculpa para isso – estivera preocupado com o destino de um reino, mas não era mais seu próprio dono, muito menos do rapaz. Agora que não ousava pensar no próprio futuro, tudo o que lhe restava era Pica-Pau. Ao menos quando o rapaz olhava para ele agora, aquele toque de apreensão não brilhava mais em seus olhos.

Velantos mudou de posição no banco, a pele coçando com o sal. Havia areia em sua túnica. Eles todos cheiravam como a bênção salgada de Posedaon – o guerreiro dório que tinha perdido uma perna e o fabricante de arreios de Korinthos cujas habilidades eram preciosas demais para serem perdidas. Eles disseram que o Estremecedor de Terra era dono de todas as costas, enquanto as alturas nuas lavadas pelo sol pertenciam a Helios. Korinthos tinha honrado os outros deuses entre os dois na cidade que se amontoava ao pé da acrópole, em uma elevação que dava para a planície costeira. A maior parte das construções fora queimada. Os guerreiros dórios agora acampavam em tendas no campo onde destruíram as carruagens de Korinthos enquanto o rei Aletes mantinha os ex-governantes cativos na cidadela.

A estrada se curvava em torno do lado oeste da cidade. Velantos via os pinheiros de bordas escuras que sombreavam o santuário, e o brilho dourado do pôr do sol nas construções além. Quando a carroça parou diante do santuário, ele tinha se recuperado o suficiente para tomar seu lugar na fila de suplicantes que iam um por um ao altar para oferecer um bolo de mel às chamas. Dentro das paredes, o santuário não tinha telhado, quatro pilares sustentando a cobertura que protegia a imagem do deus. Lâminas de ouro foram colocadas para simular cabelos e ornamentos, mas o corpo do deus havia sido talhado em madeira de carvalho, escura pela idade. Dos pilares pendiam imagens de partes de corpos colocadas ali por pacientes gratos curados pelo deus. *Cura-me, Senhor, e farei uma perna de bronze para ser meu testemunho*, pensou Velantos. Ele olhou para os traços impassíveis, mas não podia ler nenhuma promessa ali.

Quando todos tinham sido acomodados nas esteiras em que dormiriam, estava totalmente escuro. Resignado a uma noite sem sono, Velantos deitou-se ouvindo os roncos e assovios de seus companheiros, mas não tinha contado com os efeitos do esforço e do ar marinho. Ainda estava tentando descobrir qual sofredor soava como se cada respiração fosse ser a última quando de repente se viu em outro lugar totalmente diferente e soube que estava no país do deus. Era, percebeu imediatamente, uma terra feita de luz, luz que enchia cada pedra de significado e brilhava com uma radiância sem fonte da cúpula azul do céu. E ele não estava sozinho. A luz tinha tomado a forma de um homem, de vestes brancas, brilhando de dentro como o bronze brilhava no molde.

— Velantos, filho de Phorkaon, o que pede de mim?

Ele tremeu, sabendo que, mesmo que tivesse oferecido seu presente, não tinha acreditado que alguém fosse recebê-lo. Participara da cerimônia para agradar a Pica-Pau e aos sacerdotes. Mas a Presença ao lado dele era mais real que qualquer coisa no mundo desperto. Não era uma deidade com quem se pudesse fazer acordos. Tinha se submetido ao julgamento de Paion quando fizera sua oferenda.

— Cura... — era a resposta óbvia, mas Velantos sabia enquanto falava que não era verdade. — A destruição dos inimigos do meu povo — ele então disse.

— Como o povo desse lugar foi expulso de seus lares, os filhos dos Filhos de Erakles serão expulsos dessa cidade por sua vez — disse o deus. — Mas esse dia é mil anos em seu futuro. Então pergunto de novo. O que você quer?

Nessa luz, pensou Velantos, tudo era visível, até seu próprio coração. Não podia voltar para sua velha vida – tudo o que havia amado desaparecera. Até a liberdade tinha pouco significado agora.

— Propósito... — ele disse em voz alta. — Repara meu corpo bem o suficiente para servir minha vontade, e dá-me um feito digno para fazer antes de morrer.

Aquilo tinha o som da verdade. Podia ouvir seu eco ressoando por uma distância inimaginável e soube que as próprias Moiras testemunhavam suas palavras.

Seus olhos estavam se acostumando. No rosto de Paion, vislumbrou um sorriso enigmático e olhos que miravam com calma implacável através de sua aparência diretamente para sua alma.

— Sua Senhora escolheu bem — o deus então disse. — Um propósito você já tem destinado. Sem saber, colocou seus pés nesse caminho. Aonde está indo vai Me encontrar de novo, embora o dia vá se tornar escuridão, e o calor, frio. Onde os lobos humanos uivam, Meus lobos vão caçá-los, e Meu arco de prata vai matar seus inimigos.

— E o que devo fazer em troca?

O sorriso sereno brilhou.

— O que mais deseja. Deve forjar uma Espada das Estrelas para a mão de um rei...

— Onde? E como? — Velantos gritou, mas a figura brilhante apenas se curvou e tocou sua perna.

A dor ardeu por ele, com tanta intensidade que nem conseguia gritar. Quando foi capaz de pensar de novo, viu que a cena mudava, a luz dourada indo embora em brumas de prata nas quais a figura do deus desapareceu.

Quando Velantos recuperou a consciência, um galo cantava, e a luz cinza fria do alvorecer enchia o cômodo. Ficou deitado sem se mover, saboreando a sensação de estar confortável em seu corpo que não sentia desde criança. A luz aumentou, e os sacerdotes vestidos de branco entraram no cômodo, indo de um paciente para o próximo.

— Não preciso perguntar como *você* está — disse o velho sacerdote, curvando-se sobre Velantos. — A glória do deus ainda brilha em seus olhos.

Ele levantou o cobertor leve de lã e, com um toque delicado, desfez o curativo.

— Olhem — ele chamou os outros. — Paion realmente o tocou.

Com isso, Velantos se levantou sobre os cotovelos para ver. Ainda havia uma depressão na panturrilha da perna onde a carne morta tinha saído, mas a carne viva agora estava coberta por uma pele macia rosada.

*\*\**

Pica-Pau conduziu os homens para colocar a arca pesada no chão de pedra e fez um gesto para enviá-los de volta, observando Velantos com cautela. O ferreiro estava ao lado da área vazia da fogueira na oficina que o rei Aletes dera a ele, esperando com o mesmo sorriso sereno que exibia desde sua noite no santuário de Paion. O espaço de trabalho era pouco mais que uma cabana construída de um lado do *megaron*. O espaço estreito em cima da acrópole deixava pouco espaço para um palácio. Mas precisaria servir.

— Está tudo aqui. — O rapaz indicou a caixa. — Todas as suas coisas da oficina em Tirinto. Kresfontes as enviou conosco. Disse que não adiantava ter um ferreiro sem as ferramentas de seu ofício...

A voz dele vacilou.

O que Velantos tinha sonhado? Ele devia ter contado aos sacerdotes, pois eles pareciam satisfeitos. E o rei fora decerto informado de que a ferida de seu cativo havia sido curada, pois dois dias depois vieram homens para levar os dois escravos à cidadela. Não disseram nada a Pica-Pau.

Ele franziu o cenho com ressentimento. *Por que não conversa comigo? Por que olha em torno de si com esse sorriso exaltado?* Ele queria o velho Velantos de volta, gênio ruim e tudo.

— Isso foi atencioso — disse o ferreiro. — Talvez devêssemos abri-la. Meus músculos estão como argila.

Ele riu baixo.

— Vou precisar recuperar minha força antes de poder trabalhar de novo.

Aquilo soou como uma ordem, e Pica-Pau se curvou para lutar com o fecho e o pino. O sol brilhou quente no metal dentro.

— Aqui tem um martelo pequeno para o senhor começar. — Ele estendeu a ferramenta.

Conforme Velantos o pegou, sua postura mudou, as rugas em seu rosto firmando-se, o martelo tornando-se uma extensão de sua mão. Pica-Pau suspirou de alívio. Aquilo era mais parecido com o homem que conhecia.

— Uma boa escolha — o ferreiro disse em voz baixa. — Meu primeiro professor me deu quando eu era tão jovem que essa era a ferramenta mais pesada que conseguia empunhar. É um martelo para trabalho fino, não para armas. Mas está bom. Antes de fazer qualquer coisa para o rei, prometi uma oferenda votiva ao deus.

## doze

O terceiro inverno depois que Mikantor desapareceu trouxe um frio que a comunidade de Avalon nunca conhecera. A água nos pântanos congelara, e as Montanhas de Estanho estavam cobertas de neve. As casas onde os sacerdotes e as sacerdotisas dormiam não tinham sido feitas para um tempo tão duro. Conforme o frio aumentava nos meses que se seguiram ao Solstício de Inverno, Anderle reuniu todos no salão de pilares onde tomavam as refeições, construído de pedra sólida, com uma lareira no centro. Tecidos esticados entre varas davam a eles um pouco de privacidade, mas o ar no cômodo era pesado com os cheiros e sons da humanidade reunida.

Para Anderle, envolta em sua túnica de lã mais pesada, dois xales e um manto, a pressão de tantas outras almas e tantos outros corpos era quase insuportável. Ela sabia como proteger o espírito nos grandes festivais, mas isso era Avalon, e essas as pessoas com quem tinha passado a vida aprendendo a abrir o coração e a alma. Agora, o que recebia deles era desconforto físico e uma subcorrente de medo.

O medo, ela decidira ao pegar a caneca de cerâmica de chá de menta quente que Ellet lhe dera, era tão debilitante quanto o frio, solapando o coração e a vontade. Aninhou a caneca entre as mãos, deleitando-se enquanto o calor penetrava os dedos frios, e sentiu o aperto no peito relaxar ao aspirar a fumaça aromática. Ela se perguntou como estariam passando na Vila do Lago. Podiam isolar as paredes com junco, mas as estacas que sustentavam as plataformas que eram as bases de suas casas sobre as águas também as colocavam no vento. Ao menos, naquele tempo, ninguém estava viajando, e a única doença que precisavam temer eram as tosses e febres comuns que vinham com o frio. Talvez devesse mandar alguém perguntar se precisavam de mais matricária ou salgueiro-branco. Com o lago congelado, não havia necessidade de chamar um barco. Era possível andar sobre ele, com cuidado.

Não – pensou subitamente –, ela mesma iria. Naquele frio, até o próprio Galid deveria ficar perto de casa, e por ora os céus cinzentos não pareciam carregar mais neve. Depois do confronto deles no ano passado, ela mal tinha saído de Avalon, e só quando estava bem protegida. Depois de assassinar Agraw, o guerreiro mantivera Cimara prisioneira por um tempo, depois de mandá-la para o exílio em uma pequena fazenda. As ameaças dele para Anderle foram pouco menos medonhas, e houve momentos em que ela se perguntara se ele permitiria que voltasse a Avalon. Mas, por medo da Deusa ou alguma superstição própria, ele não havia estuprado ou assassinado nem a rainha nem a sacerdotisa.

Ela olhou ao redor. Larel contava uma história sobre espíritos da neve para as crianças. Envolto em peles de ovelha, ele próprio parecia um monstro de neve enquanto encenava a história. Ellet tinha se juntado a Tiri e às sacerdotisas mais jovens ao lado do fogo, o único lugar aquecido o suficiente para fiar. O peso girante do fuso puxava o fio, induzindo seu próprio transe enquanto a fiandeira encontrava o ritmo que lhe permitiria puxá-lo para a haste, colocar mais lã e deixar o fuso girar para baixo de novo. A conversa era apenas uma distração superficial para aquele movimento perpétuo, no qual uma tarde poderia se perder com facilidade. Os outros haviam encontrado ocupações para suas mãos ou mentes da mesma maneira, ou estavam enrolados em seus cobertores para dormir mais um pouco.

Ela engoliu o resto do chá e foi em silêncio para a porta, abafando sua energia para que ninguém a notasse ou questionasse. Colocou mais ervas em sacos, trabalhando rápido enquanto o frio do cômodo em silêncio adormecia suas mãos, então colocou a própria capa de pele de ovelha, com a lã para dentro. Meias-luvas de pele de ovelha protegiam suas mãos. Na porta, virou-se para trás e escolheu um dos cajados cujas pontas Larel havia afiado para prender na neve ou no gelo.

Anderle quase virou para trás ao sair no ar frio, mas havia paz naquele gelo silencioso, e o ar não tinha nenhum cheiro. Saiu caminhando com vigor, desejando que o coração batesse, que os músculos avivassem seu calor interior. Quando chegou ao centro do lago, estava quase quente.

Fez uma pausa, respirando com cuidado, permitindo-se pela primeira vez abrir a consciência para aquela paisagem branca estranha que havia substituído o mundo que ela conhecia.

O céu estava coberto de nuvens altas, atravessadas por uma luz pálida difusa para iluminar o mundo branco abaixo. A extensão do lago era uma mistura mosqueada onde tempestades haviam quebrado o gelo e jogado as placas umas contra as outras em leiras viradas, branco com tons de azul e cinza. Aqui e ali a superfície brilhava onde o vento tinha arrancado a cobertura de neve. Adiante, o gelo brilhava em juncos e arbustos, e, ainda mais além, as colinas brancas estavam salpicadas pelas flechas negras das árvores. Somente o Tor, mantido sem árvores por séculos, erguia-se como uma pirâmide ancestral de um branco pristino, coroado pelo círculo de pedras.

Ela tinha se encolhido, tremendo, sob a fúria uivante das tempestades de inverno, mas naquele dia o que sentia era uma paz profunda. Essa não era a imobilidade da morte, mas uma quietude concentrada, como se o mundo tivesse contraído todas as suas forças nesse âmago frio para esperar o momento certo de liberar essas energias represadas.

A sacerdotisa respirou com cuidado, enchendo gradualmente os pulmões para embotar o choque do ar gelado, então o soltou lentamente. Seguiu respirando no padrão em que tinha sido treinada desde a infância. Sob o gelo, sentia a profundeza gélida da água; acima, o brilho dos cristais de gelo suspensos no ar. Estendeu sua consciência para os dois lados, então para a frente e para trás, até se equilibrar na interseção de três eixos de poder. Ela deu um passo, mantendo aquele equilíbrio de forças, e então outro. Dali poderia ir para qualquer lugar, fazer qualquer coisa. Ela se equilibrava no ponto imóvel da possibilidade.

Isso não era a liberdade inconsciente de uma criança, mas uma liberdade criada e sustentada por uma vida de disciplina. *Encontrei o Centro...*, Anderle percebeu, admirada. *O que eu posso, deveria, preciso fazer?*

De um lugar interior mais profundo veio a resposta. *Mudar...*

Desde a infância tinha a impressão de que o mundo não estava mudando, e sim decaindo, tornando-se mais frio, mais molhado, menos organizado, e, quanto mais as pessoas se apegavam aos velhos costumes, mais pareciam perder. Mesmo a violência de Galid era um sintoma daquela decadência da ordem, as convulsões espasmódicas de um animal moribundo que não entende sua ruína.

Ou talvez o guerreiro entendesse bem demais o que estava acontecendo. Sentia-se livre para desprezar os costumes ancestrais deles porque acreditava que as enchentes que devastaram as terras estavam levando embora as fundações de toda a lei. Com um gelo interior que não devia nada ao frio, ela se recordou do olhar dele quando matava Agraw com a lança. Ele tinha *gostado* daquilo. Para os que eram como ele, até mesmo o estupro seria uma afirmação de vida muito forte. Duvidava que, mesmo se o tornasse rei de Azan, ele encontraria sossego. Os únicos sentimentos intensos o suficiente para alcançar Galid agora eram dor e medo.

*Deusa!*, o espírito dela gritou. *Se não há esperança, por que Tu me mandaste tantos sonhos e visões? Se nos abandonaste, por que ainda sou forçada a lutar por Avalon?*

*Mudança...* A palavra ressoou novamente em sua consciência.

Equilibrada entre terra, ar e água, Anderle sentiu dentro de si o elemento que faltava, o calor vivo do fogo, e reconheceu o momento em que o amor e a vontade poderiam colocar o mundo em movimento de novo.

— Senhora da Luz... Fogo da Vida... — ela disse em voz alta, e o fogo interior começou a pulsar e crescer. — Eu Te invoco! Consuma-me, transforma-me! Eu me ofereço como um canal para Teu poder. Muda-me, e muda o mundo!

Por um momento ela ficou ali, a onda de calor interior sendo contida pelo frio de fora. Então girou, abrindo os braços, soltando o poder interior para a frente e para trás de si, para os dois lados, acima e abaixo. A luz explodiu em torno dela. Quando conseguiu enxergar de novo, estava em um mundo de arco-íris e cristais. As nuvens tinham se afastado, e a luz do sol refletia e cintilava no gelo e na neve. Ela riu de puro deleite com a beleza repentina daquilo, e de novo quando seu rosto foi beijado por uma rajada de ar na qual um toque de calor molhado havia substituído o frio.

Enfiou o cajado no gelo para apoio enquanto ele tremia debaixo dela, e, olhando para baixo, viu uma rachadura no ângulo da margem mais distante. *Deusa! Não me deixe escapar de congelar só para me afogar!* Ainda sorrindo, ela se apressou de volta ao Tor. Quando chegou lá, olhou para trás e viu as seis rachaduras que se cruzavam radiando do lugar onde estivera. No centro delas, um brilho de água aberta espelhava a luz do sol. Mas o que conseguia ver era apenas uma expressão das energias que sentia vibrando em todas as direções. A transformação que invocara estava começando, embora pudesse jamais saber o que havia mudado, ou como.

Alguns dias depois, quando a neve ainda derretia, Texugo mandou para ela um buquê de pequenos lírios brancos pendendo em hastes finas que haviam encontrado florindo no limite das colinas. "Fura-neve", os caçadores o chamaram. Anderle jamais os vira antes. Encontrou um vaso para eles e os colocou no altar no Salão do Sol, ao lado do fogo eterno.

\*\*\*

Quando o inverno chegou em Korinthos, a montanha ficou branca com neve, mais pesada, diziam os homens, do que tinham visto nos anos recentes. Sem dúvida os homens que reconstruíam a cidade apreciaram a vista, mas Velantos e Pica-Pau logo aprenderam a odiar os ventos gelados que rodopiavam pela cidadela. Até no fim do inverno, quando a estação das crias de ovelhas tinha começado abaixo, eles se envolviam em lã. As muralhas do forte não eram impressionantes, mas mal precisavam ser, com declives tão escarpados abaixo. O *megaron* também era pequeno em comparação com os de Tirinto e Mykenae, mas tinha bancos o suficiente para refeições comunais. Quando o calor corporal dos membros da casa de Aletes era adicionado ao do fogo central, era quase quente o suficiente para tirar uma ou duas camadas.

Pica-Pau esticou a mão para outra costela de boi e começou a roer o osso. Logo após o início do jantar, havia tirado não apenas a pele de ovelha comida por traças que usava sobre os ombros, mas a veste disforme de lã abaixo dela. Achava que o frio seco das montanhas o afetava menos que o frio úmido dos pântanos em casa. Era Velantos, que passara a vida toda no clima mais ameno de Argolid, quem aquecia as mãos nos sovacos, murmurava e xingava. A serenidade que o ferreiro trouxera de seu sono no templo o tinha levado a criar uma imagem de sua perna curada em bronze. Desde então, o trabalho deles fora uma sucessão de reparos de utensílios, joias e armas, com nada que fosse desafiador e pouco que fosse algo mais interessante.

Os antigos donos da cidade não levaram o gado consigo, então, apesar de todos os desconfortos, havia muita carne, até mesmo para os escravos. Velantos ganhara corpo de novo, e Pica-Pau tinha crescido um pouco. Ele era mais alto que seu mestre agora, mais alto que a maioria dos homens de Alete, embora alguns dos guardas reais fossem de alguma terra do norte onde tinham membros compridos e cabelos claros.

O próprio rei Aletes era um homem um tanto alto que usava um adorno de cabeça alto de rei com tanta frequência que havia rumores de que dormia com ele. A rainha dele, que era filha de Doridas, sentava-se em um banco ao seu lado. Ele tinha largado sua mulher do norte e se casado com uma princesa de Korinthos para legitimar seu governo. Pica-Pau sentia pena da moça, que era ainda mais jovem que ele, mas pelo menos ela não tinha precisado assistir ao pai e ao tio sendo exibidos naquela refeição informal. O primeiro casamento de Aletes havia produzido uma filha chamada Leta, uma adolescente pálida, de cabelos castanhos, com o nariz grande do pai, sentada ao lado da jovem madrasta. Pica-Pau imaginou como as duas se davam. Por tudo que ouvira, a maior parte da vida de Aletes tinha sido passada em uma série de acampamentos de exército. Talvez a moça estivesse tão feliz por morar em uma casa que não se importasse com quem a governava.

Ele jogou o osso para um dos cães de caça que Aletes mantinha no salão e limpou cuidadosamente o bigode. Ainda era um pouco ralo, e a barba não era mais que uma franja. Nascia em um vermelho muito mais vivo que o resto de seu cabelo. O modo elaborado de arrancar e raspar com que os nobres cuidavam dos pelos do rosto não era para ele, mas ao menos um ferreiro podia fazer a própria lâmina, e ele e Velantos mantinham um ao outro aparados.

Ao passar a jarra de vinho para Velantos, a lira vibrante parou e o *megaron* ficou em silêncio. Aletes tinha se levantado, balançando um pouco. Ele não misturava água ao seu vinho.

— Frio o suficiente para vocês?

O rei riu. Pica-Pau estremeceu por reflexo. Havia caído neve fresca no chão naquela manhã, e a noite provavelmente traria mais. O banco deles ficava bem na beirada do cômodo, perto da porta. Uma corrente gelada balançou o cabelo dele.

— Vocês, homens do sul, não sabem nada do frio! Em Thessalia a neve cobria os campos, mas nem isso tem a ver com o que temos no norte. Na minha juventude, fui um grande viajante.

Caía vinho da taça de ouro enquanto ele gesticulava. Pica-Pau deu um gole na própria caneca e se recostou, imaginando qual das histórias iam ouvir de novo.

— Eu cruzei as grandes montanhas que sustentam o céu, tão altas que ficam cobertas de neve o ano inteiro, procurando minas de cobre na região além. E então fui ainda mais longe, para uma terra de árvores poderosas. Naquele inverno fui hóspede do rei dos Tuathadhoni em Bhagodheunon. Aquilo era neve! Empilhadas em montes até o colmo! Durou até o Solstício da Primavera!

"Ele me transformou em hóspede amigo. Deu-me presentes quando o tempo por fim ficou mais quente e me mandou em meu caminho. E, quando chegou a hora do retorno dos Filhos de Erakles, mandei avisá-lo, e ele me presenteou com bons lutadores. — Ele fez um aceno com a cabeça para os bancos onde seu guarda-costas se demorava sobre o vinho. — Agora chegou a hora de retribuir a generosidade dele. Chegou um novo mensageiro com acordos do rei.

"Minha filha, Leta, vai cruzar as grandes montanhas para se casar com o filho do rei Maglocunos, e com ela irá um dote do tesouro de Korinthos: ouro e bronze, uma carruagem e cavalos de Thessalia, e um mestre ferreiro do Mar do Meio!"

Pica-Pau sentiu Velantos enrijecer e deu uma olhada rápida para ele – claramente era uma surpresa para ele também.

— O comércio do norte virá para Korinthos — o rei proclamou —, e o comércio das terras ricas ao sul que nossos aliados agora governam.

Virão navios para o istmo do leste e do oeste. Estamos na encruzilhada do mundo, e vamos deixar Korinthos muito mais rica do que já sonhamos!

Os guerreiros ficaram de pé com um grito poderoso, levantando bem os copos, e então, ainda conversando, começaram a sair do *megaron*. A pequena rainha e a princesa também se levantaram. Pica-Pau imaginou se *Leta* tinha sido informada da honra que a esperava antes que aquele anúncio fosse feito. O rosto dela não mostrava nenhuma reação, mas ela tinha claramente aprendido a esconder seus pensamentos bem jovem. Ele sentia empatia.

Velantos se levantou e pegou o cobertor listrado que lhe servia de manto durante o dia.

— Você... faça fogo no braseiro. Vou falar com o rei.

— Tenha cuidado.

Franzindo o cenho, Pica-Pau observou o homem mais velho mancar pelo chão de azulejos e se curvar diante do trono. Então ele se envolveu nos próprios mantos e atravessou o *prodomos* até o pátio além. Enquanto virou para a escadaria que levava ao pequeno cômodo que ocupava com Velantos, vislumbrou uma mulher – não, duas mulheres, uma carregando uma lanterna, atravessando o portão inferior.

Aonde poderiam estar indo com aquele tempo e àquela hora? Silenciosamente, ele as seguiu. A pequena centelha de luz descia o caminho que levava ao santuário da Senhora das Pombas. Ele o visitara uma vez para fazer uma oferenda de agradecimento depois que uma das serviçais o iniciara nos Mistérios da Senhora. Tinha sido em uma manhã ensolarada de verão. Estaria congelando lá agora, sem abrigo além da muralha do perímetro e os poucos ciprestes do lado da colina. Teriam sorte se o vinho ficasse líquido tempo suficiente para uma libação.

A estátua era uma pedra castigada pelo tempo cujos contornos sugeriam vagamente seios e a fenda entre coxas em curva. Mas a cada ano davam a ela uma nova lança e um novo escudo. Ali na acrópole até mesmo a Senhora que presidia o amor tinha armas, mas talvez fosse bom. No casamento para o qual Leta seguia, ela poderia precisar estar armada.

\*\*\*

— Meu senhor, imploro o favor de umas poucas palavras — Velantos disse em voz baixa, e imaginou por que Aletes parecia tão apreensivo.

*Talvez ele sinta culpa por dispor de meu futuro tão despreocupadamente*, ele pensou, com uma satisfação amarga. *Embora eu vista trapos, ele se lembra de que não nasci escravo.*

— Acha que deveria tê-lo consultado sobre a viagem aos bárbaros? — explodiu o rei.

Ele foi para o lado, de modo que Velantos, que estava de pé com as costas para o fogo, precisou se virar. Ele imaginava que, com o cobertor volumoso aumentando seus ombros e o rosto na sombra, poderia ter parecido um tanto ameaçador.

— O senhor é o rei. Faz o que deseja — trovejou o ferreiro. — Mas eu gostaria de perguntar... — ele completou com cuidado — se está descontente com meu trabalho.

— Descontente?

O rei parecia genuinamente surpreso. Um dos guardas começou a vir até eles, e Aletes fez um gesto para que ele se afastasse.

— Não, nem um pouco. Na verdade, seus talentos são desperdiçados aqui. O que precisamos agora, qualquer homem que consegue bater em uma lâmina pode fazer.

— O senhor acha que vão me apreciar mais nos ermos do norte? — Velantos disse duvidosamente.

— Não tão ermo como pode pensar. — Aletes sorriu, acariciando a barba grisalha. — Grandes senhores lá, vai ver. Pensam muito neles mesmos. Antes de buscarem nosso comércio, precisam ser impressionados por nossas habilidades.

O ferreiro lutou para manter a expressão branda, mas a batida de seu coração disparou com algo que não era medo.

— Não ficarão impressionados com as habilidades de um escravo — ele disse, em tom monocórdio.

O rei corou e franziu o cenho.

— Vai para onde eu mando, mesmo se precisar mandá-lo acorrentado.

O rei se mexeu de volta no trono. Ele fez um gesto, e Velantos se ajoelhou diante dele, sentindo as juntas do joelho estalarem ao descer.

— Pode forçar meu corpo — o ferreiro concordou —, mas não meu ofício. O senhor pode me matar, mas eu trabalho para a Senhora da Forja, não para o senhor.

Aletes piscou, esforçando-se para assimilar a ideia de que não era dono da vontade de seu cativo.

— O que você quer?

— Liberte a mim e a meu menino da forja.

— Dá valor a ele? — Um brilho de esperteza brilhou no olhar do rei. — Talvez deva mantê-lo aqui como refém para sua cooperação.

*Ele acha que o medo vai me acorrentar*, pensou Velantos, e percebeu com uma dor surpreendente que era quase verdade.

Se bem que Korinthos não poderia ter sido conquistada por um homem estúpido. O ferreiro poderia jogar pela própria vida, mas ousaria arriscar o rapaz? Vida ou o que fazia a vida valer a pena ser vivida? O que Pica-Pau escolheria?

— Preciso dele — ele disse baixo, esperando que a voz não delatasse de quantas maneiras aquela frase era verdadeira. — Envie-nos juntos, equipados como homens de valor, e farei maravilhas.

— Ele é seu *eromenos*? — o rei perguntou com curiosidade.

Velantos ficou grato por ele não ter usado uma palavra mais grosseira. Se Aletes julgava entender o relacionamento deles, era mais do que o próprio Velantos. Mas não importava no que o rei acreditava, desde que concordasse.

Velantos conseguiu dar de ombros.

— Separar-nos é a mesma coisa que nos colocar pastoreando cabras nas montanhas, pela utilidade que teremos.

— Não vão voltar correndo para Tirinto?

Velantos sentiu o rosto ficando sombrio.

— Tirinto, minha cidade, está morta. Mykenae caiu. Não há nada para mim aqui, nada para mim em nenhuma das terras do Mar do Meio.

Aletes se recostou, esfregando o lábio superior.

— Não cheguei aonde estou recusando-me a correr um risco — ele por fim disse. — Imagino que precisemos encontrar roupas apropriadas para você...

O rei suspirou.

*\*\*\**

Pica-Pau acordou em um salto quando a porta bateu.

— Está bêbado? — ele perguntou enquanto Velantos tropeçou na armação da cama. — Está ferido? O que ele *disse* para o senhor?

As tiras de couro gemeram quando o ferreiro se sentou na beirada da cama e começou a desenrolar as perneiras de lã.

— Vamos fazer uma viagem. — Velantos soltou um riso resfolegante pouco característico.

O nariz de Pica-Pau se retorceu com o cheiro de vinho.

— Chapéu, capa e espada. Vamos para o fim do mundo, mas seremos *livres*...

Ele colocou as pernas na cama, soltou um soluço e caiu de lado.

— Velantos! — Pica-Pau exclamou, mas a única resposta foi um ronco.

Ele tinha visto homens beberem para afogar as tristezas, mas por que alguém embotaria a mente de alegria? Se houvesse algum vinho no quarto, ele mesmo teria dado um gole para afogar a frustração que sentia agora. A dor de cabeça que ele provavelmente teria na manhã seguinte não melhoraria seu humor, mas ao menos ele estaria consciente. Então ele precisaria entregar a história inteira.

Pica-Pau puxou as cobertas sobre si e curvou o corpo no do outro homem para formar um casulo de calor contra o frio. A mente dele disparava em especulações. *Norte...*, ele pensou, com um aperto curioso no coração. Em Tirinto o horizonte norte era murado por montanhas. Tinha sido fácil fingir que o mundo acabava ali. Mas a cidadela de Korinthos ficava virada para o norte, e agora viajariam para o coração da Grande Terra.

Mas ainda era um longo caminho de casa...

\*\*\*

Pica-Pau tinha ouvido falar das montanhas poderosas nas terras dos ai-ushen, mas, a não ser pelos picos muito mais altos, os homens diziam que a cobertura de neve derretia quando o verão chegava. As montanhas que os viajantes de Korinthos enfrentavam agora certamente eram pilastras do céu. Subiam nível sobre nível, neve e pedra nua franzindo o cenho sobre encostas com florestas escuras e trechos de campina.

Ele aspirou o ar com dureza, sentindo o frio queimar os pulmões. Os montanheses que contrataram para guiá-los pelas passagens riam quando viam os moradores das terras baixas ofegando e diziam que eles tinham sido mal-acostumados com ar demais. Ele com certeza nunca conhecera um ar tão limpo. Um cume como o chapéu de um deus parecia perto o suficiente para tocar, embora soubesse que estava a muitas léguas dali. Apenas as águias viajavam livremente lá em cima.

*Esta é a terra de Diwaz Pitar*, disse a si mesmo, ou ao menos não pertencia a Posedaon. Tinham estado na Ístria, esperando que as passagens ficassem abertas, quando sentiram a terra tremer. Ainda estava se recuperando da viagem ao norte pela costa, e por um momento achou que estivesse de novo no mar. Muitos dias depois, um navio surrado trouxe notícias de um terremoto que havia derrubado o que sobrara das cidadelas de Tirinto e Mykenae. A rainha Naxomene tinha sido um verdadeiro oráculo. Korinthos não estava muito melhor, mas mesmo antes de partirem o rei Aletes estava planejando construir uma grande casa na cidade velha abaixo. Os dórios não precisavam da cidadela. *Eles* eram o inimigo que ela fora construída para repelir.

Ele ouviu pedras sendo amassadas atrás de si enquanto a fila de comboios tirou o atraso e começou a se mexer finalmente. Tinham abandonado as carroças vários dias antes. Nenhum veículo de rodas poderia andar por esses caminhos. A princesa era a única sendo levada, em uma liteira coberta carregada pelos escravos mais fortes que o pai dela tinha conseguido encontrar, e, quando o caminho ficava muito íngreme, até mesmo ela precisava sair e escalar.

Ao menos a trilha era bem marcada. Em intervalos regulares, encontravam um moledro de pedras empilhado em oferenda aos espíritos da montanha, ou talvez para honrar homens que morreram ali. Havia um bem adiante – ele se curvou para pegar uma pedra de granito para adicionar à pilha. Com todos os seus perigos, aquela era uma rota de comércio importante. A riqueza das terras nortenhas – peles, âmbar e cobre das minas das montanhas – fluía por essas passagens, e em retorno vinham ânforas de vinho, rolos de panos finos, armas e ornamentos de bronze e ouro trabalhados.

— Vamos, rapaz — grunhiu Velantos, e Pica-Pau balançou a cabeça e continuou a subir.

***

Naquela noite acamparam no limite de uma campina da montanha, em um abrigo de três lados de pedras grosseiramente empilhadas que cobriram com um pano de lã oleada. Velantos, que no fim do dia mancava bastante, sentou-se ao lado do fogo com um odre de vinho, cansado demais para fazer algo além de olhar quando Pica-Pau perguntou se ele queria subir um pouco a encosta para ver o pôr do sol.

Ainda sorrindo com aquela resposta, o rapaz encontrou um lugar debaixo de um beiral de pedras que lhe dava um pouco de proteção do vento e se acomodou em uma pedra chata. Abaixo dele, uma dobra de montanhas ondulava para o norte, sua profundidade perdida em sombra enquanto os lados a oeste dos picos flamejavam em rosa e dourado. Mais cedo, tinha visto uma criatura marrom parecida com uma cabra pulando de pedra em pedra, mas agora as montanhas estavam quietas, o silêncio tão profundo que ecoava no ouvido como um som. *Paz...*, ele pensou, envolvido no momento atemporal, no qual ele era um só com o pinheiro que se prendia à rocha e as flores brancas estreladas que balançavam onde havia um pouco de terra entre as pedras.

Ele pulou com o som de vozes e se virou para ver Leta subindo a pedra, seguida por uma criada arquejante. Ele se levantou educadamente, imaginando por que ela havia arrastado a pobre mulher atrás de si. Desde seus esponsais a princesa tinha sido protegida com rigidez, mas a virgindade dela mal estava em perigo ali, onde ninguém certo da cabeça iria tirar as roupas. Todos usavam as calças e protetores de pernas nortenhos, assim como túnicas de mangas compridas, coletes de pele de carneiro e mantos de tecidos de lã bem fechados.

— Minha senhora. — Ele fez um gesto para a pedra chata. — Gostaria de se sentar em seu trono?

Ela tinha um riso bonito, o que fora o motivo para ele ter dito aquilo. Ele sorriu e permaneceu de pé, encostado no penhasco.

— E aproveite essa bela tarde. — Ele fez um gesto para os picos distantes, onde faixas com o mesmo rosa profundo das flores que nasciam em outro monte de terra bem abaixo dele voavam agora em um céu dourado.

— É lindo — ela ecoou em voz baixa. — Não vou me esquecer disso. Ver isso quase compensa... — Ela engoliu suas próximas palavras.

*Ser enviada para algum lugar esquecido para se casar com um estranho?* Ele sabia que não podia falar isso em voz alta. A luz quente dava uma cor rara à pele dela. Ela poderia ser quase bonita se estivesse feliz. Ele esperava que o príncipe bárbaro fosse bondoso com ela.

— Você nasceu escravo? — Leta disse de repente.

*Eu era filho de um rei, assim disseram* — pensou Pica-Pau. Mas, se todos os escravos que diziam que tinham sido nobres antes de terem sido capturados por piratas e vendidos estivessem dizendo a verdade, não sobraria ninguém para herdar a terra. De qualquer modo, imaginava que ela acharia sua terra natal ainda mais bárbara que o lugar para o qual seguiam. *Não devo pensar nisso...* Ele fixou o olhar nas montanhas mais uma vez.

— Não quero insultá-lo — ela continuou. — Eu pensava que nada poderia ser pior, mas eu também não tenho escolhas, só um cativeiro mais confortável.

Pica-Pau lançou um olhar rápido para a criada, que estava fazendo seu melhor para fingir surdez. Mas, se ela era a confidente de sua senhora, teria ouvido aquilo tudo antes.

— Sempre temos escolhas — ele disse lentamente.

Antes de irem embora, o rei havia dado a ele formalmente a liberdade, mas os guardas deles ainda o tratavam como escravo.

— Eu escolho não pensar no que era antes, apenas no que vou ser.

Ela assentiu sem falar. A luz estava desaparecendo, as encostas sombreadas escurecendo até o roxo enquanto o céu ficava rosa. Os cumes do outro lado do vale estavam gravados em negro contra o céu brilhante. O calor, assim como a luz, minguava no fim do dia.

Ele estava a ponto de sugerir que voltassem quando um vislumbre de movimento o fez virar. A princesa gritou quando a pequena forma se levantou do penhasco, mas Pica-Pau já estava em movimento. O salto dele o fez pousar em algo com músculos como serpentes coleando revestidos de pele grossa. Um guincho felino atacou seus ouvidos enquanto ele apertava com pernas e braços, buscando dar uma gravata. Uma pata com garras passou, fazendo a coxa dele arder. Ele gritou e apertou com mais força convulsivamente, sentindo o impacto de cada pedra enquanto rolavam colina abaixo.

Ele ouviu gritos, uma zagaia passou chocalhando. Uma pedra raspou o ombro dele, outra assomou diante deles, e a queda os fez parar. Ele sentia os músculos debaixo dele contraindo; gritou, torceu e ouviu o barulho de ossos quebrados. O animal convulsionou e ficou mole. Caiu em cima dele e ficou arquejando como se cada parte de seu corpo começasse a reclamar.

— Pica-Pau!

Alguém trouxe uma tocha. A luz bruxuleou no rosto angustiado de Velantos, a princesa atrás dele, as figuras altas dos guardas.

— Estou bem... — Ele se esforçou para sentar, piscando.

— É um leão? — perguntou Leta, inclinando-se sobre ele para ver.

Pica-Pau se virou e olhou. Esticado, o corpo do felino chegava a seu ombro; era mais comprido se você contasse a cauda, coberta em uma pelagem baixa acinzentada mosqueada com pintas pretas. Na morte, a criatura ainda rosnava. Havia tufos negros nas orelhas achatadas.

— Um lince — disse o guia. — Ele caça camurças no penhasco. É bom que não haja corte. A pele vai dar uma bela capa para testemunhar sua glória.

— Minha glória?

Pensando no que acontecera, Pica-Pau não tinha tanta certeza de que o felino não fraturara a cabeça na pedra antes que ele quebrasse o pescoço dele, mas os homens que tinham sido enviados como escolta de Leta estavam sorrindo. Um deles levantou o braço em uma saudação que Pica-Pau nunca recebera antes.

— Vamos, herói — disse Velantos, colocando um braço musculoso debaixo dos ombros dele e levantando-o. — É melhor darmos uma olhada nos seus ferimentos.

## ~ TREZE ~

O REI ALETES TINHA SE GABADO DAS FLORESTAS ALÉM DAS grandes montanhas, mas foi só quando os viajantes as deixaram para trás e cruzaram as planícies que se estendiam diante de seus sopés que Velantos começou a entender. Do outro lado do rio Danu, o campo pertencia às árvores. A não ser onde humanos as tinham derrubado para abrir pastos e campinas, elas prosperavam, uma floresta mista de carvalhos, faias e freixos, de castanheiras e olmos, e o vislumbre ocasional do branco onde cresciam bétulas graciosas. Ele achava que as colinas de sua terra natal não poderiam ter florestas tão densas. Um crescimento daqueles precisava de solo profundo e chuva abundante.

No começo tinha gostado da exuberância, mas logo começou a considerar a floresta densa claustrofóbica, ou talvez fosse a atmosfera em Bhagodheunon, onde o ferreiro e o filho do rei viam rivais nele e em Pica-Pau. Ele fizera seu melhor para manter a promessa ao rei Aletes, mas sentira uma gratidão oculta pelas acusações, por mais injustificáveis, que apenas duas luas no forte fizeram ele e Pica-Pau voltarem à estrada outra vez.

Ouviu o rapaz xingar e viu que o pônei empacara de repente no caminho. Isso não era incomum – o animal desgraçado tinha se assustado com a perspectiva de cruzar riachos, parava de repente para abocanhar qualquer tufo de grama tentador e se assustava cada vez que o vento agitava as árvores.

— O que foi dessa vez? — Velantos perguntou, com cansaço.

Estavam na estrada desde antes do amanhecer, se era possível chamar assim a trilha que seguiam.

— Acho que a correia está raspando no flanco dele — veio a resposta.

— Afrouxá-la ajudaria?

Velantos foi ver com passos pesados. Nem ele nem Pica-Pau tinham muita experiência com cavalos, um fato do qual o pônei, um animal castanho robusto com uma mancha branca no focinho, parecia determinado a tirar vantagem.

— Só se quiser suas ferramentas espalhadas por toda a estrada — resmungou o rapaz. — Imagino que precisamos estar gratos ao ferreiro do rei por juntá-las, mas elas desequilibram a carga.

— Sim, deveríamos agradecer a Katuerix — Velantos disse, em tom de censura. — Seja lá onde formos terminar, precisamos ganhar a vida. Aquelas ferramentas são mais valiosas que ouro.

— Desculpe! — Pica-Pau explodiu, parando de repente na estrada. — Mas não é minha culpa! A princesa Leta foi bondosa comigo porque eu a lembrava de casa. Eu nunca a toquei, nem falei com ela sozinho! Isso teria sido loucura. O que eu fiz para o rei Maglocunos duvidar da minha sanidade?

— Eu sei, eu sei.

Velantos tirou um pouco de couro de seu saco e começou a fazer um acolchoamento. Na verdade, suspeitava de que a princesa tivesse ficado atraída pelos ombros que alargavam e o sorriso doce de Pica-Pau. Agora que ele estava alcançando a altura final, prometia se tornar um homem impressionante.

— Não é sua culpa, rapaz. Ele não o conhece como eu conheço, e parece ser um daqueles que acreditam em atacar primeiro e examinar o que é certo na questão depois.

— E eu não tenho parentes para exigir compensação se ele tivesse conseguido me matar — completou Pica-Pau, amargo.

Velantos terminou de ajustar o acolchoamento e puxou a rédea. Eles tinham saído do forte com pressa quando Katuerix veio com o aviso de que o rei ia enviar homens para matar o rapaz ao amanhecer. *Vá para o norte*, o ferreiro havia dito a eles. *Vão ter saído do território de Maglocunos quando chegarem à planície costeira. Vá para a Cidade dos Círculos. Há rumores de que tiveram enchentes sérias, mas devem estar ainda mais dispostos a receber outro bom ferreiro lá.*

— Tem certeza de que ele estava dizendo a verdade? — perguntou o rapaz. — Talvez fosse um jeito inteligente de se livrar da competição.

— Imagino que sim, nunca consegui convencê-lo de que não tinha ambição de roubar o lugar dele junto ao rei. Mas achei que ele quisesse minha ajuda para experimentar aqueles pedaços de ferro do pântano que encontrou.

— Achei que o bando de guerra *gostasse* de mim! — ecoou Pica-Pau, subitamente soando muito jovem.

— Os homens que vieram de Korinthos conosco gostam de você — Velantos corrigiu. — Os outros, aqueles com quem nunca viajou além do rio, muito menos pelas grandes montanhas, suspeitam de tudo o que não entendem. Fique feliz porque o rei dos cães não está atrás de nós com seus cães de caça. Seus motivos não têm nada a ver com seus sentimentos. Se ele decidiu removê-lo, é porque achou que era a maneira mais prática de lidar com uma ameaça. Se não está atrás de nós, é porque resolvemos o problema dele de outro jeito.

— Imagino que o senhor saberia... Posso ser filho de um rei, mas não cresci em um salão real.

— Filho de um rei? — Velantos olhou para ele espantado, então se perguntou por que não havia reconhecido a criação subentendida nas maneiras do rapaz. — Você nunca falou de sua história, e estou envergonhado em dizer que nunca pensei em perguntar.

— Por que perguntaria? — Pica-Pau olhou para trás com seu sorriso rápido. — Estava fazendo o possível para esquecer. Ele não governava nenhuma grande cidade como o seu, e morreu quando eu tinha só alguns meses de idade. Cresci escondido, não que isso importe agora. Escravos não têm história.

Velantos assentiu.

— Estava começando a aprender isso. Mas no ano passado também aprendi que há um mundo além da minha forja.

Ele parou quando um galo silvestre voou em um bater de asas e o pônei empinou. Quando conseguiram acalmar o animal, já era quase meio-dia.

Estavam passando por um bosque de carvalhos e freixos; as samambaias formavam uma camada grossa no solo da floresta. Além dele, a luz do sol brilhava dourada através das folhas. No momento seguinte, chegaram a uma clareira onde as samambaias davam lugar a grama e flores de verão. No centro crescia um grupo de três vidoeiros-brancos, belos como donzelas curvadas na dança.

— Potnia! — ele murmurou, fazendo um gesto de reverência, pois certamente eram dignas da deusa.

Claramente ele não era o único a pensar assim. Uma imagem feita de palha trançada e ornada com tiras de pano tinha sido presa ao tronco da árvore do meio, as fitas flutuando na brisa leve.

— Deveríamos estar aqui? — sussurrou Pica-Pau, arregalando os olhos.

Velantos assentiu.

— Precisamos comer e deixar os pôneis pastarem. Se tivermos respeito, acho que a Senhora não vai se importar. Ajude-me a descarregar o animal. Enquanto descansamos, talvez seja possível fazer um arreio melhor também.

Katuerix trouxera para eles pães duros e uma mistura de carne e frutas secas para a viagem. Velantos tinha colocado um pouco de cada ao pé da árvore e derramou um pouco de água.

— Potnia Theron, eu te saúdo. Receba este presente, que é tudo o que tenho, e guarda nossa viagem; se chegarmos em segurança a um lugar onde eu possa trabalhar, te farei uma oferenda melhor.

Se o pônei continuasse a se comportar mal, ela poderia receber um cavalo. Ele deu um passo para trás, imaginando se aquele era um santuário como os que tinham em sua terra natal, onde os deuses falavam através de folhas sussurrantes, mas o ar estava imóvel.

Quando voltou, Pica-Pau ainda parecia ansioso, mas tinha começado a comer com o apetite dos jovens saudáveis assim que a oferenda acabou.

— Já pensou em voltar para casa? — Velantos perguntou, depois de aplacar o pior da própria fome.

— Não! — Pica-Pau respondeu, talvez rápido demais. — Faz muito tempo. Todos vão ter me esquecido!

Velantos olhou para ele por baixo das sobrancelhas grossas. O rapaz parecera muito certo... e, no entanto, desde que Pica-Pau admitira sua linhagem, o ferreiro vinha pensando no que Apollon Paion dissera a ele.

*Onde* estava destinado a forjar a Espada das Estrelas? E para a mão de qual rei?

Ele não tinha respostas, mas, quando continuaram depois da refeição, começou a suspeitar de que algum deus ouvira suas preces, pois o pônei sossegou e fazia um bom tempo. Dormiram naquela noite dentro da proteção de um bosque de azevinhos, e na seguinte no celeiro de um fazendeiro que trocara uma boa refeição pelo conserto de um caldeirão e a afiação de sua espada.

Desse jeito, seguiam para o norte, cruzando uma cadeia de montanhas baixas e então descendo através da floresta. Passavam de uma casa de fazenda a outra, dormindo em cabanas ou debaixo das estrelas, enquanto a lua crescia de uma lasca para quase cheia. A paisagem mudava conforme a terra descia na direção do mar, as árvores tornando-se mais escassas, então dando lugar a pântanos e urzedos, exceto onde escavações e fossos protegiam campos férteis.

***

Pica-Pau parou de repente, abrindo as narinas conforme o vento que mudava levantou seus cabelos. *Fogo...* Sempre tivera medo dele, mas só quando Anderle havia lhe contado como o tinha resgatado da casa em chamas entendera o motivo. O cheiro ficou mais leve com o vento, então voltou, mais forte. Com o tempo ele se acostumara à fumaça da forja, mas isso não era fogo de carvão no braseiro. O fedor de colmo queimado era inconfundível agora... o cheiro de uma casa em chamas.

Ele se virou e viu que Velantos, que puxava o pônei, também havia sentido o cheiro.

— Uma casa está queimando.

Ele apontou através do urzedo, onde urzes roxas cobriam o chão áspero entre grupos de teixos e pinheiros. Agora viam uma coluna de fumaça negra atrás das árvores. Estava a léguas de distância – o que estivesse acontecendo teria acabado quando chegassem lá. Mesmo com uma trilha a ser seguida, atravessar aquela terra levava tempo.

Naqueles dias Velantos teve alguns pesadelos sobre fogo também, e nos últimos dias tinham visto a madeira queimada de mais de um casario. Apesar do aparente estado de paz, aquela era uma terra conturbada. Ambos mantinham as espadas soltas nas bainhas e as lanças ao alcance enquanto continuavam seu caminho.

No momento o urzedo começava a dar espaço para uma mistura de pântano, pastos e canais sinuosos que beiravam ilhas de árvores. Aquilo fez Pica-Pau se recordar fortemente do Vale de Avalon, e ele se viu entretendo

Velantos com histórias de sua infância lá. Não era tudo de que se recordava. Passar tanto tempo ao ar livre havia despertado habilidades que ele aprendera caçando nos pântanos. E conforme o sol afundava no oeste, ele começou a ter o sentimento desconfortável de que não estavam sozinhos.

Ele parou o pônei e se inclinou para mexer no arreio, olhando para a urze debaixo da barriga do animal. Uma touceira de espinheiros tremeu – era o vento?

— O que foi? — Velantos gritou.

— O fecho aqui parece estar solto — Pica-Pau disse em voz alta. — Pode dar uma olhada?

Conforme o homem mais velho se curvou ao lado dele, ele murmurou.

— Acho que estamos sendo perseguidos. Consegue alcançar seu arco?

Os olhos do ferreiro se arregalaram.

— Você pode estar certo... Preciso desdobrar um pouco para ver...

Felizmente tinham colocado as armas onde o acesso era fácil. Cuidadosamente, ele tirou o arco do lugar, segurando-o entre o corpo e o cavalo para se curvar e passar a corda. Ele colocou a aljava casualmente sobre o ombro.

Pica-Pau afrouxou as amarras que prendiam sua lança e olhou ao redor. O caminho serpenteava entre grupos espalhados de espinheiros e amieiros; qualquer um deles poderia esconder um inimigo. Além deles, vislumbrou juncos. Não via nada que pudesse dar uma boa cobertura perto da estrada. Se estivesse sozinho, teria ido pela água, mas isso significaria abandonar o pônei, e era provavelmente o equipamento que o animal carregava que o criminoso queria, de qualquer modo. O pônei levantou a cabeça, alargando as narinas. *Ele os fareja...*

Enquanto se endireitou, Pica-Pau sentiu outro cheiro, o aroma de pão assando.

— Eles estão por aí, mas acho que há uma fazenda por perto. Vá o mais rápido que puder e esteja pronto.

Velantos levantou uma sobrancelha com o tom decidido, mas assentiu e foi em frente, segurando o arco casualmente sob um braço. Pica-Pau bateu as rédeas do pônei e se apressou atrás dele. Passaram por um emaranhado de árvores e viram adiante uma casa bem construída com sua própria ilha, com um muro novo de troncos em torno dela e pontes e passagens de madeira para conectá-la a pastos e campos. No momento seguinte uma flecha passou ao lado de seu ouvido e se enfiou tremendo na caixa que continha as ferramentas do ferreiro.

— Corra! — ele gritou, puxando as amarras que prendiam as lanças, mas Velantos se abaixou atrás do outro lado do pônei, encaixando uma flecha no arco posicionado.

*Certo*, pensou o jovem. *Ele não vai largar o equipamento.* Mas era verdade que o cavalo era a coisa mais próxima para cobertura que tinham. O pônei castanho, sentindo o perigo, jogou a cabeça e pulou diagonalmente pela estrada. Pica-Pau seguiu, esperando que os movimentos do animal estivessem confundindo o inimigo também, e sorriu quando mais flechas se espalharam sem perigo pelo caminho.

— Ó, a casa! — a voz profunda de Velantos soou. — Ajuda! Ajuda!

Se a fazenda o ouviu ou não, o chamado fez os bandidos pularem de seus esconderijos. Outra flecha partiu o cabelo de Pica-Pau, então aquilo se transformou em uma corrida, com o pônei resfolegando na frente. Conforme o animal, graças aos deuses, seguia na direção do portão no fim do caminho, ele se viu de frente com um camarada esfarrapado com uma lança.

Ele girou a haste da lança para bloquear um golpe enquanto seu treinamento com o cajado em Avalon voltava, e mudou para a horizontal para golpear, engolindo em seco ao sentir a ponta entrar. Não fundo o suficiente – instintivamente, tinha puxado o golpe. O homem gritou, mas ainda lutava. Ele ouviu o barulho abafado do bronze e soube que Velantos havia tirado a espada, mas não podia se virar para ver. Pica-Pau girou a lança ao redor para bloquear outro golpe, a ponta envolta em ferro acertando com a força do desespero. O homem cambaleou para trás e Pica-Pau golpeou o primeiro de novo, mas só conseguiu fazer um corte. Então um terceiro arrancou a lança de sua mão e estavam todos em torno dele.

Ele soltou a própria espada e começou a girar, com tantos alvos, acertando mais ao acaso que intencionalmente. Sentiu uma pontada afiada quando uma lâmina cortou seu braço. Que jeito *estúpido* de morrer! Então choviam flechas em torno dele. O homem que o cortara caiu para trás, gritando, uma flecha saindo do peito como alguma flor estranha. Um borrão de figuras aos berros atravessou a estrada, liderado por uma figura monstruosa envolta em pele escura.

— Corram para a casa, tolos!

Conforme Pica-Pau forçou o movimento dos membros, viu seu salvador avançar sobre os inimigos, um machado de guerra de bronze girando em cada mão.

***

Velantos esticou o braço, mordendo o lábio enquanto a esposa da fazenda derramou água quente sobre ele e começou a limpar a ferida. Ele disse a si mesmo que deveria estar grato por não ter sofrido nada pior. Precisava ao menos aguentar estoicamente como Pica-Pau, que não tinha dado um pio enquanto a mulher costurava o rasgo longo em sua coxa.

A casa não era tão grandiosa quanto Bhagodheunon, mas fora construída seguindo a mesma planta, com uma lareira central longa na seção do meio, onde a maioria dos habitantes dormia em camas construídas contra a parede, e aposentos privados em uma ponta para a família do patrão. Na outra ponta havia um espaço que, no inverno, poderia abrigar as vacas mais valiosas da família. O fogo tinha sido preparado, e a chama alegre abençoava o cômodo com uma luz dourada quente que o recordava curiosamente do pôr do sol nas muralhas de Tirinto. Em ambos os casos, dava uma sensação enganosa de segurança.

Ele forçou a atenção de volta ao salvador deles, não o mestre da fazenda, como tinha imaginado no começo, mas o tio dele, um guerreiro da Cidade dos Círculos que usava o nome Bodovos, o Urso.

— A cidade nunca mais foi a mesma desde a grande tempestade que nos atingiu há vinte e cinco invernos — disse Bodovos. — Mas agora acho que o problema começou antes, quando os príncipes que deveriam consertar os portões e diques gastaram o ouro em suas casas finas. Ou talvez tivesse acontecido de qualquer jeito. Quando os deuses se alinham no céu e mandam uma tempestade contra você, não há muito que os homens possam fazer.

Ele levantou o copo de madeira de teixo do qual bebia e o esticou para ser enchido com mais cerveja. Um rapaz louro chamado Aelfrix trabalhava como copeiro. Ele era o herdeiro da fazenda, se conseguisse mantê-la. Parecia menos provável, já que aquilo que o tempo não destruía os homens sem mestre que agora erravam pelo urzedo tentavam levar embora.

— Ouvimos que havia trabalho para ferreiros na cidade — ressoou Velantos.

— Ah, sim, pára reparos — disse o homem mais velho. — Não tanto para coisas novas.

— E para guerreiros? — perguntou Pica-Pau.

Bodovos o encarou com um sorriso sardônico.

— Você já não lutou o suficiente?

— Eu estava lutando? — o jovem disse amargamente. — Tive a impressão de ser tão efetivo como uma moça servindo leite lá fora.

Velantos reprimiu o próprio sorriso. Depois de matar o lince e vencer a corrida, Pica-Pau vinha pensando em si mesmo como herói. Era melhor aprender mais cedo do que tarde que não era invulnerável, desde que a lição não fosse fatal. Crescendo na sombra dos irmãos, o ferreiro jamais tivera nenhuma ilusão sobre as próprias habilidades.

— Não foi tão ruim — o guerreiro disse com bondade. — Você deu umas boas batidas com a lança.

— Boas batidas... e foi tudo. Treinei um pouco com o cajado há muito tempo, mas não sei o que fazer com a ponta.

— Você entende isso, não entende? — O olhar de Bodovos de repente ficou atento. — Então pode dar um guerreiro. É isso que quer ser?

Pica-Pau corou.

— Se for carregar uma espada, deveria aprender a usá-la. Estava esperando encontrar alguém para me ajudar, só isso.

Bodovos começou a rir.

— Talvez tenha encontrado. Por meus pecados, tenho a tarefa de comandar a guarda da cidade. Um recruta que não se julga grande coisa seria uma mudança bem-vinda.

— Vai nos deixar, então? — A mulher terminou de prender o curativo no braço de Velantos e se levantou.

— Buda, sabe que preciso, e se for sábia você e o rapaz virão comigo. O exercício de hoje deveria deixar isso mais claro. Não posso ficar com você, e sem seu bando de guerra não vai sobreviver.

A mulher lançou um olhar angustiado na direção do filho, que tinha ficado alegre com a menção à cidade.

— Pode voltar quando os tempos forem mais seguros e Aelfrix for um homem. A terra ainda estará aqui — Bodovos falou sinceramente, mas Velantos não tinha tanta certeza.

Do que ele tinha visto naquele país, se não fizessem manutenção nos fossos constantemente, os campos bem poderiam virar brejos quando voltassem. Pelo desespero nos olhos de Buda, achou que ela também sabia disso. Com o rosto rígido, ela se virou e foi para a porta na ponta do cômodo.

— Vamos com você — disse Pica-Pau, com um olhar rápido para certificar-se de que Velantos aprova.

O ferreiro assentiu. Não podia ajudar a mulher, e apesar das palavras sombrias de Bodovos, a Cidade dos Círculos parecia um lugar civilizado, onde poderia quase pensar estar em casa.

***

Pica-Pau sonhou que estava lutando. Aquilo não era incomum; desde que chegara à Cidade dos Círculos, vinha treinando com Bodovos quase todos os dias. Mas não era o campo de exercícios, com seu pedregulho rastelado e assentos cortados nos barrancos gramados ao redor, de onde observadores podiam ver o jogo. Ele estava em uma encosta com grama cortada pelas ovelhas, onde os cheiros de tojo e urze se mesclavam com uma brisa salina do mar próximo. Os guerreiros que lutavam ao seu lado eram os meninos com quem tinha estudado em Avalon, agora adultos.

Em vez de bastões, empunhavam lanças, mas com ainda menos eficiência que tivera na briga do lado de fora da fazenda de Aelfrix na primavera anterior. Desajeitados, eles caíam diante do grupo de bandoleiros que os atacava, e um a um foram derrubados. A cada morte ele redobrava seus esforços, mas, por mais que matasse, sempre havia mais.

— Ajudem-me! — ele gritou, girando a lança em um círculo rápido que repeliu seus inimigos, e, como um eco, ouviu outra voz que sabia ser a de Anderle.

— Ajude-*nos* — ela gritou. — Você é o único que pode! Mikantor, volte para casa!

Ele se virou, procurando-a, mas a mulher que viu tinha os traços de Samambaia Vermelha, e então, por um instante, os olhos brilhantes e cabelos vermelhos da mãe cuja face ele só recordava em sonhos.

— Eu não tenho casa! — ele respondeu. — Você me abandonou!

Com isso, os inimigos se aproximaram. Alguém agarrou seu braço e ele deu um golpe, ouvindo um ganido. Então o frio caiu sobre ele, *água fria!* Enquanto as sensações entravam em conflito nele, a consciência mudou com um salto e ele abriu os olhos.

Aelfrix estava de pé ao lado da cama, esfregando seu braço. Ao lado dele, Velantos segurava um balde vazio, a careta sombria relaxando ao ver que a sanidade voltara aos olhos de Pica-Pau.

— Teve um sonho ruim, foi? — perguntou o ferreiro.

*Mais um...* Tremendo, Pica-Pau assentiu. Velantos se virou para o menino.

— Ele machucou você?

— Não muito — Aelfrix disse corajosamente.

Desde que tinham chegado à Cidade dos Círculos, ele seguia Pica-Pau como um cachorrinho.

— Na próxima vez, tente a água primeiro — o ferreiro disse, sardônico. — Muito mais seguro.

— Para você... — murmurou Pica-Pau. — Alguém me jogue um cobertor seco antes que eu pegue uma sezão ficando aqui.

— Vai se aquecer rápido no campo de treinamento — Velantos disse com alegria —, ou se esqueceu de que tem treino de lança com o guarda bem cedo?

— O *senhor* não tem mais trabalho a fazer nos machados?

Pica-Pau amarrou a tanga e esticou a mão para pegar a túnica. Aelfrix já tentava separar as roupas de cama ensopadas. Bodovos tinha achado que os mesmos músculos que giravam um martelo de modo tão eficiente iriam girar um machado de guerra também, e se divertia ensinando o ferreiro a fazer do seu jeito favorito. Velantos disse que era como a dança de guerra de seu país.

— Amanhã — disse Velantos, estendendo a ele um cinto largo com a fivela de bronze redonda marcada em relevo com os círculos concêntricos que eram o emblema da cidade. — Hoje é a conferência com lorde Loutronix sobre um novo mecanismo de funcionamento para o acesso ao mar.

A cidade tinha sido construída em uma série de aterros mais ou menos concêntricos que lhe davam o nome, sobre ilhas com canais de drenagem, levantadas com a lama retirada dos canais entre elas. Assim como o sistema de aterro e fosso da sede de um clã, proporcionavam anéis sucessivos de proteção para a ilha central, que abrigava as casas da nobreza, os templos e o palácio de Tuistos e Mannos, monarcas gêmeos da cidade, e Sowela, irmã e rainha deles. Os canais eram ligados por aberturas escalonadas, mas o círculo exterior era fechado por um arranjo imenso de correntes e madeira, que podia ser levantado ou baixado para manter as embarcações inimigas para fora ou amainar a fúria do maior inimigo deles, o mar.

— Boa sorte — ele respondeu.

Lorde Loutronix era notoriamente resistente a qualquer mudança. Mas, na verdade, havia momentos em que Pica-Pau se perguntava se algum engenho humano poderia enfrentar a raiva dos deuses. Não que fosse dizer isso a Velantos. O ferreiro encontrara patronos poderosos ali, e, a não ser por suas reclamações sobre o frio, parecia mais feliz nesse lugar do que tinha sido desde que Pica-Pau o conhecera.

Ele pegou o manto, pois mesmo no fim do verão as manhãs eram frias, e seguiu para as escadas.

— Desculpe por ter batido em você — ele disse para Aelfrix, bagunçando o cabelo louro do menino.

— E o desjejum? — perguntou Velantos. — Não vai ajudar seu trabalho com a lança se desmaiar de fome no campo.

— Sem tempo — Pica-Pau disse alegremente. — Além do mais, os homens precisam se acostumar a lutar com pouca comida na guerra!

Ele franziu o cenho quando os olhos passaram pela água no chão, mas os detalhes do sonho já estavam desaparecendo. Deixando aquilo para trás, ele desceu as escadas.

*\*\**

— Avancem juntos — berrou Bodovos. — Cuno, levante esse escudo! Não podem cobrir uns aos outros se estiverem todos andando pelo campo.

Pica-Pau sentiu seus movimentos sendo espelhados pelo homem ao lado dele, o deslizar de músculos sob a pele do outro tão familiar quanto o dos seus. Em exercício de ordem-unida, tudo se tornava muito simples. O movimento deles era ordenado como uma dança. É claro que a fileira de postes para a qual avançavam não ia fazer nada para perturbar aquele ritmo. O teste real da disciplina deles seria na primeira vez que encontrassem um inimigo vivo.

— Escudo para *cima*! Espada para *fora*! Ataque para a esquerda, ataque para a direita, é assim o jeito. Fiquem juntos e nenhum dos malparidos da escória consegue atravessar sua guarda!

A voz de Bodovos já era rachada pelos anos de gritos em praças de armas. Ele parecia nunca se cansar. Prometera liderá-los contra os bandoleiros que andavam pela costa assim que o verão tivesse secado as estradas. Então descobririam se tinham aprendido o treino.

Depois das cabeças de seus companheiros, ele vislumbrou as túnicas vivas dos nobres que tinham vindo assisti-los. Pica-Pau não se importava em dar um espetáculo para eles – estavam pagando pela comida que comia e a armadura que usava. Percebeu que se endireitava, a cabeça inclinada em um ângulo mais marcial, e sorriu.

Os postes pareciam empinar de repente diante deles. Ele atacou, sentiu a vibração do impacto até o braço enquanto a lâmina cortou a madeira, balançou para soltá-la e foi para a frente, dois passos, e então a virada em uníssono com os camaradas, prontos para encarar o inimigo de novo.

— Já basta!

O grito de Bodovos se elevou sobre os poucos aplausos dos barrancos onde os observadores estavam sentados. Do campo ao lado ele ouvia o som de tambores onde os dançarinos acrobáticos que serviam o templo praticavam.

— Sentem-se. Filas vermelhas e azuis, isso é tudo por esta manhã. Verdes e amarelos, levem suas zagaias para as áreas de arremesso e vejam se conseguem acertá-las dessa vez!

Houve alguns grunhidos e protestos bem-humorados, mas os homens sabiam que o comandante não era apenas duro, mas justo.

— Pica-Pau, hoje é seu dia de treino de espada? — Quando o jovem assentiu, Bodovos sorriu. — Isso é bom... vai fazer uma boa apresentação para nossa audiência. O próprio Tuistos veio nos assistir hoje.

Pica-Pau suprimiu um tremor de nervoso ao se colocar no círculo. O hematoma da última vez que Bodovos acertara um golpe sólido em suas costelas com a espada de madeira tinha quase desaparecido. Não importava o que um rei pensava dele. Como seu comandante lhe dizia com alguma frequência, a única pessoa cuja opinião tinha importância era a que o atacava com uma arma nas mãos.

— Vamos começar com o treino-padrão, acho. Você conhece os movimentos, mas eles não sabem disso... podemos ir um pouco mais rápido e vai parecer bom.

Pica-Pau engoliu em seco, mas assentiu. Conhecer a sequência nem sempre ajudava quando Bodovos aumentava o ritmo, e o velho conseguia girar aquela espada realmente muito rápido. Ele se colocou em posição, levemente dobrado, com o pé esquerdo à frente, escudo levantado, espada pronta.

Bodovos pegou o próprio equipamento e foi para a frente dele, movendo-se em posição, embora Pica-Pau não soubesse se era para soltar os músculos ou confundir o inimigo. Ele respirou fundo e começou lentamente como havia aprendido em Avalon, concentrando-se, centrando-se, relaxando os músculos rígidos.

— Muito bom — murmurou o professor, aproximando-se. — Espada no alto, agora para baixo, escudo no alto, para o lado, de novo...

O som das espadas de madeira e a batida oca nos escudos criavam um contraponto para o som dos tambores dos dançarinos; ele se permitiu relaxar no ritmo, como se seus movimentos também fizessem parte da dança.

O comandante foi para trás, convidando Pica-Pau a iniciar seu próprio ataque, a mesma sequência de movimentos, mas dessa vez o jovem acelerou o ritmo, uma decisão da qual começou a se arrepender quando o oponente sorriu. A resposta de Bodovos foi um grau mais rápida. Pica-Pau estreitou a concentração e atacou, então se viu de repente na defensiva quando o comandante começou a forçá-lo para trás. Um passo e depois outro, agora era tudo o que podia fazer para evitar a espada que se movia veloz.

Sua concentração vacilou quando o calcanhar acertou alguma coisa atrás dele. Ele levantou o escudo conforme o golpe seguinte veio, mas estava perdendo o equilíbrio. A espada de Bodovos era um borrão marrom que mal podia ver, muito menos rebater. Sua própria arma caiu da mão quando a espada acertou; um golpe nas costelas o deixou sem ar e ele estava caindo, a visão um rodamoinho de estrelas.

Quando conseguiu enxergar novamente, percebeu que estava deitado de costas sobre a grama e que Bodovos segurava sua mão. Soltou o braço esquerdo da tira do escudo – o direito no momento latejava ferozmente, e sabia que não o usaria muito naquele dia –, apertou a mão calosa do homem e ficou de pé.

— Desculpe — ele disse, olhando em volta e percebendo que seu oponente o levara para a beira do campo.

— Certo — assentiu Bodovos. — É tão importante ver para onde está indo quanto o que seu inimigo está fazendo. Não vai lutar suas batalhas em um campo recém-aparado e limpo. Mas vou admitir que foi um truque baixo. É que eu queria um final dramático, e você estava indo bem o suficiente para que eu não tivesse certeza de que iria vencê-lo de outra forma.

O assombro suplantou a dor de Pica-Pau quando ele percebeu que o brilho nos olhos do comandante era orgulho.

— Estou melhorando?

— Realmente está... seu treino anterior trouxe bons fundamentos. Agora venha, vou apresentá-lo ao rei.

## ཨོཾ CATORZE ཨོཾ

Na cidade dos Círculos, a colheita era celebrada na Virada do Outono. Era o festival mais importante da cidade. Por semanas as pessoas fabricavam feixes de trigo e farro com palha e madeira, pois cada grão que os campos tinham gerado era necessário para comida. A tempestade antecipada que levara embora parte do anel exterior da cidade derrubara boa parte da colheita. As sombras criadas pelo arranjo de bastões para calcular as estações ainda marcava o solstício e o equinócio, mas os movimentos dos céus e a virada do ano já não pareciam ser correspondentes.

Velantos apertou os olhos para cima, esperando ver um pouco de azul, mas nuvens ainda cobriam o céu. No festival do ano anterior, o primeiro ano em que estavam ali, tinha sido igual – mais abençoado pela chuva do que pelo sol. Ainda assim, como ato de fé, se não de afirmação, as pessoas penduravam suas faixas e enfeitavam as sacadas com galhos verdes e frutos esculpidos na madeira quando os pomares estavam nus.

E quem era ele para dizer que estavam errados, pensou Velantos, virando os ombros para abrir espaço para que Buda e Aelfrix ficassem de pé ao seu lado. Se tinha aprendido alguma coisa nos três anos desde que os Filhos de Erakles haviam destruído seu lar, era que as pessoas precisavam de esperança, fosse justificada ou não. A rua se enchia de pessoas que começara a reconhecer como amigos além de vizinhos. Aquilo ainda lhe parecia estranho. Quando sua própria cidade morrera, tinha tido certeza de que jamais pertenceria a nenhum lugar de novo.

— Consigo ouvi-los — exclamou Aelfrix.

De algum lugar além das casas vinha o clangor de címbalos de metal e a vibração regular dos tambores graves. O menino pulou nas pontas dos pés tentando ver. Ele tinha crescido no último ano até quase alcançar Velantos, pernas compridas como um potrinho. Sem dúvida quando adulto seria tão grande quanto Pica-Pau, que parecia ter alcançado a altura total, meia cabeça mais alto que o próprio Velantos.

— Claro que pode ouvi-los — respondeu Buda. — Eles devem estar bem ali.

Ela apontou para um vão entre as construções do outro lado da rua, onde só se via o brilho da água cinza.

— Mas vão precisar fazer todo o caminho entre o terceiro e o quarto círculos antes de cruzar a ponte para começar em torno do nosso.

E seria um circuito deprimente, pensou então Velantos. As tempestades do inverno anterior tinham levado as casas perto do mar no Quinto Círculo e as docas onde as embarcações grandes aportavam. Agora eles ancoravam em um abrigo improvisado entre a cidade e o continente. Velantos havia consertado uma corrente de âncora de um dos capitães, um homem chamado Stavros, que comerciava com as cidades do Mar do Meio. Tinha sido agradável conversar e dividir uma taça de vinho com alguém que conhecia as terras quentes do sul, mas Velantos aprendera a não fazer isso com muita frequência. Pois uma taça poderia facilmente se transformar em várias palavras, e uma cabeça dolorida só aumentava sua dor.

Em mais de um lugar a água havia atravessado completamente, e precisaram erguer pontes improvisadas antes do festival. As aberturas dos círculos eram deslocadas, assim os barcos podiam alcançar as docas abaixo do palácio somente ao fazer uma série de voltas. Barcos a remo faziam isso com o próprio poder, mas os que dependiam de velas atracavam fora ou eram puxados por um sistema de cordas e polias de um círculo ao outro. Os círculos eram ligados por pontes em arco, mas muitas casas nas beiradas de cada um deles mantinham pequenos botes a remo amarrados atrás de suas portas traseiras.

Um rapaz desceu a rua trazendo uma bandeja de pequenas linguiças fritas em uma trança de massa que era uma iguaria local, a bandeja suspensa em uma correia em torno do pescoço dele. Velantos pegou o suficiente para Aelfrix e a mãe dele. A casa que dividia com Pica-Pau ficava em uma das vielas sinuosas que corriam entre o Caminho Processional e a costa. Os que tinham dinheiro para morar na via assistiam de suas sacadas, mas a largura dos ombros do ferreiro havia conseguido lugar para ele e os seus na beira da estrada pavimentada.

Ele achava que o palácio e os círculos da cidade tinham mais ou menos a mesma população que a cidadela de Tirinto e a vila que se espalhava abaixo. Muitas das tradições aqui o faziam lembrar de casa. Aqui, também, as famílias tinham se reunido para o festival de primavera, enquanto observâncias mais formais aconteciam na cidadela. No primeiro ano deles ali, os servos que herdaram com a casa insistiram que precisavam participar do festival. De algum modo, Buda e Aelfrix, e mesmo Bodovos, haviam se tornado parte da família deles.

Um agito de expectativa passou pela multidão conforme o som da procissão ficou mais alto. Agora ele ouvia os passos das sandálias de tachas. Duas daquelas sandálias pertenciam a Pica-Pau, recentemente promovido a líder da Fileira Vermelha. Velantos se viu sorrindo.

— Eles estão vindo! — a voz de Aelfrix esganiçou com a empolgação.

Sobre as cabeças das pessoas, as imagens esculpidas dos Poderes que protegiam a cidade oscilavam em suas varas, como se também marchassem. A multidão recuou em uma onda de movimento conforme os portadores dos estandartes apareceram seguidos pelos homens com os tambores.

Primeiro marchava a Fileira Azul, usando mantos da cor do mar em um dia de sol, ladeados com uma estampa em espiral. Eram seguidos pela guilda dos pescadores, usando as redes como vestes cerimoniais e levando a imagem do Kraken, parte deus, parte monstro, que governava as águas. Se os poderes dele não eram exatamente os mesmos de Posedaon, certamente não eram menores, ali naquele lugar que os homens haviam arrancado do mar. Os principais mercadores vinham atrás deles, levando modelos dos navios que enviavam para terras ao norte e ao sul em busca de negócios. Aquele feriado assinalava o fim da estação de navegação segura, embora naqueles dias vissem poucas embarcações do Mar do Meio em qualquer época. A seguir marchava a Fileira Verde, com mantos bordados com uma estampa estilizada de feixes. Carregavam a imagem velada da deusa que dava fertilidade aos campos, e eram seguidos por fazendeiros e cozinheiros e todos cuja profissão dizia respeito a alimentar a cidade.

Então houve uma pausa, durante a qual algumas das crianças da vizinhança correram para a rua para marchar imitando os soldados. Então ouviram mais tambores e címbalos, de repente muito mais alto, e as crianças correram de volta para suas famílias.

— Lá está ele! — exclamou Buda quando a Fileira Vermelha entrou em vista. — E como ele está bonito!

Pica-Pau liderava seus homens, marchando bem atrás do camarada que carregava a imagem de um deus cujo chapéu pontudo tinha os chifres de um touro. Pica-Pau havia rido de modo estranho quando o avisara da promoção, e só depois Velantos se recordou de que o rapaz um dia mencionara que o povo do pai dele era chamado de Tribo do Touro.

Do bronze que ladeava o capacete até as fivelas de suas sandálias, ele estava polido e brilhante, marchando com uma passada fácil como se o corselete de couro pesado costurado com placas de bronze não pesasse mais que linho egípcio, e seu escudo de madeira, pintado de vermelho com a imagem de um touro, não fosse mais que uma bandeja. Velantos tinha feito a espada que pendia ao seu lado, quase o único trabalho em bronze que fizera ali, pois, com o comércio tão conturbado, bronze se tornara quase tão valioso quanto ouro. O manto vermelho de Pica-Pau tinha uma barra com animais.

Conforme a fileira passou marchando, o motivo para o atraso se tornou aparente. Fazendeiros das terras que apoiavam a cidade tinham trazido seus melhores animais, entre eles os destinados para sacrifício, e um dos touros havia empacado. O povo ria enquanto os boiadeiros lutavam para fazer a criatura andar de novo, mas Velantos franziu o cenho. Se aquele animal fosse destinado a um sacrifício, sua recalcitrância não era bom sinal.

Quando os animais por fim tinham passado, Velantos suspirou de alívio. Depois deles vinha a Fileira Amarela, o estandarte uma deusa que o recordava de Potnia Athana, o emblema dele o pássaro que por ali chamavam de ostraceiro. Ela era a padroeira dos artistas e artesãos da cidade, aqueles que trabalhavam com madeira e pedra, com tecelagem, argila e vidro. Os ferreiros também caminhavam ali, martelos nas mãos. Velantos acenou com a cabeça respeitosamente quando passaram. Poucos na cidade se equiparavam a ele em habilidade, mas não tinha protestado quando insistiram que ele fizesse um período de testes antes de ser admitido em suas fileiras. Talvez no ano seguinte também fosse gastar um par de sandálias nessa procissão.

Os músicos do palácio marcharam na direção deles, os que tocavam flauta e cornetas andando, enquanto as harpas e as liras eram levadas em uma carroça da qual ouviam a vibração ocasional sobre os apupos da multidão. As pessoas se calavam ao lado deles, o estandarte da casa real apareceu – dois cisnes flanqueando o sol em um campo de azul. Dois trompetistas fizeram uma pausa para tocar uma nota de comando nas cornetas lur curvadas de bronze. Uma carruagem vinha a seguir, puxada por dois cavalos brancos. A caixa era entalhada e pintada com espirais e asnas, com dourado nas grades e raios das rodas. Na caixa estavam os dois reis. Usavam kilts franjados e mantos brancos costurados com ouro, uma escolha sábia, já que se dizia que o rico tecido cobria um par de torsos um tanto flácidos. Nas cabeças levavam capacetes de couro pintados de dourado com chifres curvados com pequenos passarinhos dourados nas pontas. E cada rei levava um machado de lâmina dupla ancestral, o Tuistos na mão esquerda e o Mannos na esquerda. Velantos se inclinou, desejando poder olhar mais de perto. Nas terras em torno do Mar do Meio, os reis usavam machados assim nos rituais mais sagrados – um modelo que já era ancestral quando Tirinto era nova.

Houve outro espaço, e então vieram mais flautistas, seguidos por moças balançando sistros que enchiam o ar com um som reverberante. Os dançarinos do templo vinham com elas, desnudos em panos e saias curtas de cordas de lã torcidas, entremeando piruetas e saltos para trás com os movimentos sinuosos da dança.

Velantos vislumbrou um brilho dourado e se virou. Todos se viraram para um lado da rua, como flores virando na direção do sol. Uma carruagem leve vinha, puxada com uma égua castanha. Laterais, raios, tudo era coberto de ouro. Na carruagem vinha a rainha, vestida com um manto cor de açafrão com uma cobertura tão grossa de ornamentos dourados que parecia uma imagem feita de ouro, firme e forte. Pelo que tinha escutado, a imagem dela refletia a realidade. Não havia necessidade de uma carruagem para levar a imagem do sol. Ela *era* o sol para seu povo, o enfeite na cabeça com raios espalhando luz a cada vez que a orbe no céu aparecia entre as nuvens.

— Sowela! Sowela! — o povo gritava, jogando as flores que restavam na estrada diante dela. — Traz calor e vida de novo!

O rosto dela estava pintado para que ninguém pudesse saber sua idade, pois o Sol não tinha idade, diferentemente da Lua, sempre em mudança. No sul, os homens achavam que um deus, brilhante e inclemente, governava a orbe solar. Mas Velantos entendia por que o povo poderia buscar luz de uma deusa aqui. Ele levantou as mãos em adoração quando ela passou. Seria um longo inverno. *Traz-nos vida*, ele rezou ao sentir as primeiras gotas de chuva...

\*\*\*

Pica-Pau se debatia no colchão de palha, com espasmos de exaustão demais para dormir. A guarda recebera ordens para ajudar as pessoas do Quinto Círculo, e os músculos que considerava endurecidos pelos treinos de Bodovos pulsavam de dor. Ao menos por fim estava seco e aquecido. A chuva batia monotonamente no colmo acima de sua cabeça, levada por um vento do oeste que gemia em torno das beiras. O inverno tinha sido frio e relativamente calmo, mas, conforme a roda do ano seguia na direção da Virada da Primavera, os elementos pareciam determinados a atrasar a vinda do sol com uma defesa mais violenta do que a cidade já tinha visto. Fazia três dias que tempestades castigavam a costa, com a promessa de que o pior estava por vir.

Naquela noite teria ficado feliz por um de seus sonhos. Ele não lutava mais com visões, frustrando-se e assustando os amigos. Andar nos campos verdes da Ilha dos Poderosos – a terra nativa que seu ser consciente tentara tanto negar – teria sido um alívio depois de um dia daqueles. Por mais que fosse molhada, a ilha ao menos era chão sólido. Esperava que Velantos acreditasse que os pesadelos tinham terminado. Ao menos fazia algum tempo que não usavam um balde de água para acordá-lo.

Dizia a eles que não se lembrava do que sonhara, mas não era verdade. Cada vez mais, as lembranças vazavam para a consciência acordada, de modo que às vezes era a Cidade dos Círculos que parecia irreal. E ele carregava seu conhecimento da cidade com ele quando andava em Avalon. Ainda assim, se parecia ter olhos fundos de cansaço, não era o único cujo rosto testemunhava suas ansiedades. Naquela noite provavelmente poderia gritar sem perturbar Velantos, que estava deitado roncando do outro lado da cama. O ferreiro tinha passado todas as horas acordado com os construtores. Quando caiu na cama, estava cansado demais para se preocupar com o rapaz.

Quando Velantos voltou naquele dia, tinha uma aparência cansada que Pica-Pau não via desde a queda de Tirinto. Todos os esforços deles estavam fracassando. Os que viviam no círculo externo foram aconselhados a procurar refúgio nos anéis internos. Encontrar lugar para eles não seria um problema – muitas pessoas da cidade já tinham fugido para o continente, preferindo lutar com inimigos humanos a ir contra os Poderes do Mar.

E, no entanto, um de seus sonhos teria sido alguma melhora? Suas visões mostraram Belerion saqueada por invasores do mar, e a fazenda onde tinha pastoreado ovelhas destruída por um deslizamento de pedras. Viu os homens de Galid atormentando um cativo enquanto o líder deles ria. Houve outras cenas em locais que reconhecera como sendo de outras tribos. A essa altura, deveria ter uma ideia melhor do que estava acontecendo na Ilha dos Poderosos do que qualquer um a não ser a Senhora de Avalon. O estado de coisas não era muito melhor na Cidade – suspeitava de que as coisas não estavam muito melhores em lugar nenhum. Mas, naquele estado liminar entre o sono e a vigília, podia admitir para si mesmo que a ilha era o *lar*.

Ele se perguntou se poderia invocar uma visão da ilha sagrada. Certamente encontraria paz lá. Inspirou e soltou o ar lentamente, e então de novo, fechando os olhos. Iria imaginar que estava olhando para o Tor sob o luar. Ele sorriu um pouco, vendo a linha pura da encosta, o brilho fraco das pedras em pé que coroavam o monte. Mas a imagem não era bem o que esperava – no círculo, vislumbrou um brilho mais quente. Conforme a luz ficou mais forte, percebeu que alguém havia acendido uma fogueira na pedra do altar. Ao menos, em Avalon naquela noite não chovia.

Enquanto seguia na direção daquela luz, sentiu uma vibração no ar. Os sacerdotes e sacerdotisas de Avalon estavam de pé no centro do círculo de pedras. Eles enchiam a noite com uma reverberação mutante de sons de garganta cheia. Aquele não era um ritual de lua cheia, mas um de grandes magias, proibido para olhos não iniciados. Os sacerdotes mais velhos tinham sido um tanto explícitos sobre o que poderia acontecer com qualquer criança que ousasse espiar. Desejou se virar, e percebeu com uma sensação de medo que ainda se movia na direção da colina.

*Uma defesa de Cantores...* eles chamavam, quando sete notas eram tecidas em uma tapeçaria de harmonias. Como uma folha levada pela corrente, ele flutuou na direção do som. Uma única voz treinada se levantou acima dos outros.

— Invoco aquele que nos trará esperança! — Anderle espalhou incenso sobre a fogueira que ardia na pedra do altar, e uma fumaça aromática rodopiou para cima. — Invoco aquele que vai confortar os destituídos e reconstruir o que está quebrado, aquele que vai defender os fracos e comandar os fortes!

A cada palavra, Pica-Pau se recordava das visões de desastre que tinha visto, e sentia mais uma vez a frustração por não conseguir fazer nada para mudá-las. A cada tom o zumbido em seus nervos se intensificava, como se tivesse nervos lá. Lutou para escapar, mas aquilo não era uma corrente; era um vórtex que o puxava inexoravelmente para dentro.

— Invoco o herói que vai salvar nosso povo! Invoco o Defensor!

A fumaça do incenso se espalhava em uma nuvem luminosa sobre o altar, enrolando-se em torno dele. Sempre tinha sido uma testemunha invisível antes.

— Deusa Sagrada, mostra-nos aquele que vai nos salvar! Ouça e apareça! Ouça e apareça! Ouça e apareça!

Os olhos de Anderle se arregalaram e ele percebeu que ela podia vê-lo. O som vacilou quando uma das sacerdotisas desmaiou, e então se firmou conforme os outros reuniram forças e continuaram cantando.

— Mikantor — a sacerdotisa sussurrou, esticando a mão para ele. — Disseram que tinha morrido, mas eu sabia que os deuses não seriam tão cruéis! Volte para nós! Volte para casa!

Os dedos dela passaram através do braço dele.

Ele estremeceu, dividido entre o desejo de salvar seu povo, cujo sofrimento tinha visto, e as lembranças de todos os seus fracassos.

— Não sou nenhum herói. — Ele balançou a cabeça, sem saber se ela conseguia ouvi-lo. — Não posso ajudar vocês!

— Você é o Filho de Cem Reis! — ela exclamou. — Para isso você nasceu! Para isso você foi salvo!

Ele ainda balançava a cabeça. Conseguiria persuadi-la de que aquilo era seu fantasma, retornando do Além-Mundo? Mirando o olhar fixo e brilhante de Anderle, de repente duvidou de que mesmo a morte poderia livrá-lo das demandas dela. Por um tempo, entre os doze e os catorze anos, acreditara que era destinado a ser rei. Em vez disso, tornou-se escravo. O corpo dele tinha sido libertado, mas grilhões invisíveis ainda o prendiam.

*Não sou... Não posso... Não sou digno...*

— Deusa! — Anderle jogou as mãos para o alto. — Mostra-nos Tua vontade!

Com as palavras, o fogo no altar ardeu. Brilhando dentro da fumaça ele viu a forma de uma mulher com olhos sorridentes e cabelos de fogo. Então ela se afinou e ficou afiada, até que o que pairava diante deles era uma espada. Pelo espanto nos olhos dos sacerdotes, não era como nenhuma que conhecessem. Mas ele a tinha visto, ou uma que era similar, na mão de Velantos. E porém não totalmente igual, pois essa lâmina era um ferro de fogo prateado.

— Uma Espada das Estrelas vai convencê-lo? — veio a voz dela, doce e baixa. — A sacerdotisa invoca o Defensor, e o Defensor trará o ferreiro à Minha forja!

*Velantos!*, pensou Pica-Pau. Aquele caminho tinha sido posto para ambos pelos deuses?

A Espada flamejou ferozmente, e ele foi girado para trás, para fora, em uma explosão de luz e som, até que se viu sentado na cama, o coração disparado como se tivesse corrido uma légua, suando como se estivesse ao lado de uma fogueira. A chuva batucava no telhado – não, havia um som mais nítido naquele batuque. Alguém batia na porta.

Ouviu vozes vindo de baixo. Aelfrix ou Buda, que dormiam perto da lareira, deviam ter atendido. Não conseguia distinguir as palavras, mas o tom incisivo foi o suficiente para tirá-lo da cama. Já estava vestindo a túnica quando Aelfrix abriu a porta.

— Pica-Pau! — o menino gritou. — A água entrou no Quinto Anel, e o Quarto está em perigo. Querem todos os homens que conseguem levantar um saco de areia para construir as barreiras e levar as pessoas para um lugar seguro.

Ele terminou de amarrar as sandálias e apontou com a cabeça para Velantos, que não tinha se mexido.

— Acorde-o se conseguir... vão precisar dele. Estou a caminho da casa da guarda. Que Ni-Terat preserve todos nós.

Só quando fechou a porta atrás de si percebeu que tinha invocado a proteção de uma deusa de Avalon.

***

Velantos se levantou do sono exausto como um homem que luta para subir na água profunda. Isso não era tão distante da verdade, pelo som da chuva. Esfregou os olhos e reconheceu o bruxuleio frágil de uma lamparina a óleo em vez da luz cinzenta do amanhecer que esperava. Aelfrix estava de pé ao lado dele com a lamparina na mão, a boca aberta para chamá-lo de volta. O lado de Pica-Pau na cama estava vazio, as cobertas jogadas no chão. Ele respirou fundo e tentou se concentrar no que o menino lhe dizia.

Ondas... a tempestade... Ele achou muito fácil interpretar a tentativa gaguejante de Aelfrix de repetir o que tinha escutado. Xingando, levantou-se da cama. Cada músculo ainda doía dos trabalhos do dia anterior, mas a tempestade não iria esperar que melhorasse. Quando terminou de se vestir e engoliu o pão de aveia que Buda enfiara em sua mão, chovia ainda mais forte, o vento uivando como as Bondosas perseguindo uma alma pecadora.

As ruas estavam entupidas de refugiados ensopados curvados debaixo de embrulhos ou puxando carroças cheias do que tinham conseguido salvar. Velantos abriu caminho entre eles, suprimindo um desejo de pedir desculpas. Sua cabeça lhe dizia que tinha feito tudo o que podia; seu coração gritava que poderia ter sido mais. *Essa não é minha cidade!*, disse a si mesmo, mas a culpa aumentou em uma maré tão escura e devastadora quanto o mar.

Conforme se aproximou da ponte do Terceiro Anel para o Quarto, viu casas caídas, e então uma seção em que o chão fora levado por todo o caminho até a estrada. Alguém correu na direção dele, gritando que a ponte do lado oeste tinha sumido. Velantos gemeu. Seu primeiro lar perecera no fogo, esse parecia se dissolver em torno dele.

Ele forçou o caminho de volta através da multidão na direção da ponte sul. Certamente ainda estaria inteira. Conseguia ver melhor agora – o céu estava ficando mais claro. Além dos telhados, os mastros dos navios que tinham buscado refúgio no abrigo eram jogados na maré alta. Ele desejou que o capitão Stavros estivesse aguentando a tempestade.

A ponte sul estava bloqueada por uma carroça quebrada. Quando Velantos ajudou a arrastá-la, havia amanhecido. Assim que alcançou o Quarto Anel, encontrou homens derrubando casas para fazer diques improvisados com a madeira. A chuva tinha ficado mais fraca, mas o mar ainda subia, já que um vento forte do mar empurrava a água. Houve alguma conversa sobre um alinhamento maligno do sol e da lua que dera força às ondas.

Enquanto Velantos trabalhava, crescia a convicção de que a Cidade dos Círculos tinha sido abandonada pelos deuses. O trabalho o deixara sem energia para amaldiçoá-los, mas jurou em silêncio que, enquanto tivesse força para defender seu novo lar, ele não seria abandonado pelos homens. Tinha fracassado antes; não desistiria de novo. Uma consciência distante lhe disse que isso não era totalmente lógico. Nenhum homem podia lutar contra o destino. Mas estava preso demais ao trabalho diante dele – o próximo muro, o próximo pedaço de madeira, o próximo aterro que se dissolvia – para se importar. O braço direito ficou cansado de girar o martelo de granito e ele mudou para o esquerdo. Não era preciso ter precisão ou habilidade para derrubar muros. Com o sol invisível atrás das nuvens, o dia parecia interminável. Diziam que no Hades os perversos eram condenados a repetir as mesmas tarefas sem fim. Talvez ele *tivesse* morrido em Tirinto, e só agora recebia sua punição.

E, no entanto, chegou um momento em que ele percebeu que a luz estava diminuindo. A tempestade os levara de volta à ponte, e alguém gritava que precisavam abandonar o Anel. Tremendo, Velantos colocou o martelo no cinto. Água batia em seus pés, mas por um momento o vento havia parado. Sob seus pés, o chão tremia. Conforme a estrada desmoronava, ele correu.

O Terceiro Anel estava em caos, até o fingimento de organização mantida por aqueles que lutaram para salvar os anéis externos havia sumido. Velantos viu o Tuistos tentando descer a rua com sua guarda, a túnica elegante enlameada e um hematoma na testa. Ele não dava ordens. O ferreiro duvidava de que alguém o teria ouvido, ou obedecido, se tivesse tentado.

Conforme ele se aproximava da ponte na direção do centro do Terceiro Anel, a nota de bronze da corneta lur cortou o gemido do vento e o clamor da multidão. Ele vislumbrou túnicas brancas e um brilho de ouro. A Sowela atravessava o caminho elevado, saindo do palácio. Rumores diziam que ela era o poder real na família, mas o que, em nome da deusa, ela achava que poderia fazer ali?

Os atendentes dela compartilhavam de sua opinião. Um dos sacerdotes se ajoelhou na rua, implorando que ela voltasse ao palácio. Era feito de pedra, à prova do mar.

— E todos aqueles cujos lares não são feitos de pedra? — ela disse claramente.

Agora ela não usava pintura no rosto, e aparentava a idade que tinha. Ele reconheceu a expressão que vira quando o irmão enfrentara o inimigo.

— Meu lugar é aqui.

Ela seguiu na direção da cabeça de ponte. Na frente dela agora havia uma faixa aberta de água revolta que seguia por todo o caminho até o mar. Os sacerdotes foram para trás quando ela subiu na beirada das pedras espatifadas, levantou as mãos e se dirigiu às ondas.

— Mestre das Profundezas, eu, a Sowela da Cidade dos Círculos, estou aqui diante de ti. — A voz dela pareceu subitamente mais alta, e ele percebeu que o vento havia ficado mais fraco, como se os deuses do mar e da tempestade esperassem para ouvir. — Tu já nos tiraste tanto, que tua fome seja aplacada. Poupa minha cidade! Nós te daremos muitos belos touros e garanhões, e, se nenhum outro sacrifício te contentar, estou pronta para fazer a oferenda...

Um grito de horror subiu dos que estavam perto o suficiente para escutar. Um dos sacerdotes começou a ir na direção dela, mas algo na postura dela o fez parar. O estômago de Velantos se apertou quando ele percebeu que não era com Aiaison que ela se parecia agora, mas com Naxomene. Ele tinha se divertido com as pretensões dessa realeza nortenha, mas agora se via fazer a reverência formal total que teria oferecido a sua própria rainha.

Por um momento parecia que a prece dela fora ouvida. Então alguém gritou. Velantos levantou os olhos. Uma onda maior do que qualquer uma que tinham visto vinha rolando do mar. A água bateu contra os restos dos anéis externos, demolindo o que havia sobrado deles em uma explosão de espuma. Mas a onda original, concentrada e forçada para dentro, foi diretamente na direção da rainha.

Gritando, ele tentou alcançá-la, escorregou em um trecho de lama e caiu. Conforme a onda acertou, ele viu a Sowela sendo arrancada de seu lugar; então a espuma girou em torno dela, e ela desapareceu. No momento seguinte, a mesma força poderosa o tomara. Ele teve um momento para imaginar que sua morte viria pela água em vez do fogo; então foi jogado com força contra alguma superfície rígida e caiu.

***

Velantos veio à tona em um rodamoinho de dor, uma pressão agonizante no peito que ia e vinha até que ele se curvou, tossindo furiosamente, e quase desmaiou de novo.

— Fique comigo, maldito seja! Não vou perdê-lo agora!

Ele olhou e viu um rosto agonizado sobre ele – o menino, não, o homem, espírito brilhante ardendo por dentro. Pica-Pau segurou o rosto dele entre as duas mãos, forçando o homem mais velho a olhá-lo nos olhos, e Velantos sentiu o coração saltar com o que viu naqueles olhos.

— Você *vai* viver!

— Você insiste em... me... salvar — Velantos sussurrou.

— Você *me* salvou, mais vezes do que sabe — murmurou Pica-Pau. — Consegue andar? Não se preocupe — ele completou, quando Velantos se encolheu. — Posso carregá-lo.

Ele quase desmaiou mais uma vez quando Pica-Pau o levantou e colocou o braço direito em torno do ombro dele.

— Onde — ele disse em voz rouca enquanto seguiam cambaleando.

O vento parecia ter parado. Na rua, as pessoas buscavam coisas no emaranhado ensopado de detritos e pertences que a tempestade tinha deixado para trás.

— O navio de Stavros está esperando. Bodovos arranjou nossas passagens.

Velantos tentou parar.

— A cidade... a rainha... não posso desertar... de novo!

— A rainha está perdida, e os deuses sabem o que aconteceu com os reis — Pica-Pau disse, direto. — O sacrifício dela parece ter parado a tempestade, mas a cidade está destruída. O voto de Bodovos o prende aqui. Ele me desobrigou do meu em troca de minha promessa de salvar a irmã dele e o filho dela. Os homens já estão saqueando. Stavros quer levantar âncora antes que mais alguém perceba que o navio é um caminho para fora daqui.

Velantos gemeu quando Pica-Pau tropeçou em uma tábua solta e continuou mais lentamente.

— Deixe-me e vá... enquanto pode.

Ele sentiu o jovem balançar a cabeça.

— Suas ferramentas já foram levadas, e você vem conosco se eu precisar derrubá-lo de novo!

— Onde? — Velantos tossiu.

— Para a Ilha dos Poderosos... — A voz do rapaz vacilou de um jeito estranho. — Não há outro lugar para ir.

\*\*\*

Pica-Pau acordou com o som da água e o cheiro salgado do mar. A lembrança fraca que conseguiu juntar lhe dizia que isso era esperado. Mas parecia estranho que estivesse envolto em algo macio e quente com o cheiro rançoso de couro curado, ouvindo vozes que precisava conhecer acima das batidas das ondas contra um casco de madeira. Suas lembranças da semana anterior eram uma mistura caótica de mares ondulantes e ventos fustigantes que jogavam o navio como um brinquedo. Havia um gosto ruim em sua boca, a garganta estava irritada, e os músculos da barriga doíam.

*Estou em um barco*, ele pensou, respirando com cuidado. *O mar quase me matou a caminho de Tartesso também.* Ainda assim, a superfície abaixo dele não se movia mais. Parecia estar deitado em ângulo, e seu estômago, embora dolorido pelo vazio, estava em paz. Acima dele, um pedaço de pano de trama fechada se esticava sobre arcos, providenciando abrigo. Uma nova percepção lhe ocorreu. *O barco está atracado.*

Os últimos dias eram uma série de imagens distorcidas, incluindo algumas que deviam ter sido sonhos. Esperava que fossem sonhos. Estava em uma cidade sendo afogada pelas ondas, mas as imagens mais vívidas eram de uma ilha ainda maior, coroada com templos e palácios e uma grande montanha que explodiu em uma coluna de cinzas e chamas. Havia alguém que ele perdera – a dor daquela separação trouxe lágrimas a seus olhos, mas agora tudo estava escapando e nem conseguia se lembrar do nome dela.

Tentou sentar e percebeu que estava fraco como um bebê, mas seu grunhido tinha sido ouvido. Aelfrix se abaixou sob o abrigo e se ajoelhou ao lado dele, sorrindo de modo triunfante.

— Você está acordado! Velantos disse que chegar ao chão firme o ajudaria. Ele vai ficar tão feliz!

— Ele está bem?

— Ainda sente dor nas costelas, mas está se saindo bem — disse o menino. — Quando levantamos a âncora, com ele delirando de febre e você vomitando as tripas, nós nos perguntamos se algum de vocês iria sobreviver.

Aelfrix o ajudou a sentar e lhe deu um pouco de água, e ele começou a sentir um pouco de força voltar.

— Onde estamos?

— Em algum lugar de sua grande ilha. Stavros diz que é um lugar onde muitos navios entram para fazer negócio. Se estiver disposto, venha ver.

Ele assentiu e conseguiu, embora sua cabeça flutuasse e precisasse sentar várias vezes, sair da cama e ir até o lado do navio. Estavam ancorados em uma costa lamacenta, onde um rio largo cortava um canal em direção ao mar. Grama alta ondulava na brisa marinha, e além dela a terra era uma mistura de pântano e campina subindo em colinas baixas. Ele olhou para o céu azul adiante e percebeu que era lindo. Havia cabanas na costa, e de uma delas subia fumaça, mas no momento nenhum outro navio era visto na areia. Com o grito de Aelfrix, Stavros e outros da equipe desceram a praia, com Velantos mancando atrás deles.

Eles o levantaram sobre o lado do navio e o colocaram no chão. Ele deu um passo, respirando fundo o ar doce.

— Pica-Pau, graças aos deuses — Velantos esticou o braço para apertar a mão dele.

Ele balançou a cabeça, uma fonte de alegria interior que ficara congelada por cinco anos começando por fim a derreter.

— Não... precisa me chamar de Mikantor agora, pois voltei para casa, e nunca mais vou negar meu nome.

## QUINZE

— Tirilan, filha de Anderle, por que veio aqui?

Ela respirou fundo, sentindo o vento que entrava pela porta aberta agitar seu cabelo claro, ainda úmido do banho com o qual o ritual havia começado. A névoa era densa sobre os pântanos ao redor, mas a Virada da Primavera chegara, e o sol brilhava sobre Avalon.

— Busco saber para que possa servir...

Era a resposta esperada, e Larel e Ellet, que presidiam a cerimônia, sorriram.

Tirilan estava de pé no Salão do Sol diante dos sacerdotes e sacerdotisas de Avalon reunidos. A luz entrava pelas janelas superiores para iluminar as cabeças cobertas por véus ou capuzes e os afrescos que contavam a história do Povo da Sabedoria que tinha atravessado o mar para chegar aqui. Ela já demonstrara o domínio das habilidades exigidas de uma sacerdotisa e fora purificada. Durante qualquer momento desse processo, poderia ter desistido. Mas não havia volta depois que os votos tinham sido feitos.

*E se eu tivesse respondido que estou aqui porque minha mãe desejou, e, já que Mikantor está perdido para mim, o chamado de uma sacerdotisa serve como qualquer outro?*, Tirilan então se perguntou, mas não disse. Aqueles que lamentavam a perda da criança risonha que ela fora cinco anos antes atribuíam a mudança nela à maturidade, sem saber do luto que lhe era permitido demonstrar. No começo, tinha sido porque Anderle se recusava a acreditar que Mikantor estivesse morto, depois porque lamentar a perda dele poderia fazer as pessoas imaginarem por que se importavam tanto com uma criança da Vila do Lago. Apesar de que, se ele estivesse morto, que importância tinha se todos soubessem que a Senhora de Avalon salvara o filho de Uldan do incêndio? A confirmação das suspeitas de Galid mal poderia fazê-lo odiar mais sua mãe. Ela olhou para Anderle, que presidia de uma grande cadeira abaixo do altar no qual ardia a chama eterna.

As sacerdotisas elogiavam a gravidade de Tirilan e sussurraram que ela seria uma boa grã-sacerdotisa quando achavam que ela não podia ouvir. *Eu teria sido uma mulher melhor para Mikantor,* ela pensou com rebeldia. Fechou os olhos, tentando invocar os traços dele. Mas agora ele seria diferente, de qualquer jeito. Se estivesse vivo... Sempre pensara que saberia se ele tivesse morrido, mas, se ainda estava vivo, por que não tinha mandado nenhum aviso?

— Saiba que os votos que faz aqui a prendem a um chamado sagrado — o sacerdote então disse. — Se não cumpri-los nesta vida, será chamada a fazê-lo em outra. Essa não é uma obrigação da qual podemos libertá-la. Na verdade, alguns de nós cumprem essa obrigação servindo os deuses nesta vida, e alguns prometeram servir de vida em vida até que todos os outros também caminhem na Luz.

*Na Luz, e na Escuridão Divina,* Tirilan completou em silêncio, recordando-se do que tinham lhe dito nos Mistérios das mulheres.

— Quando foi iniciada na vida adulta da mulher, foi ensinada que seu corpo é o Templo da Deusa — Ellet então disse — e que é seu direito escolher quando e com quem dividi-lo. Mas agora colocamos sobre você um compromisso maior, pois, quando a vontade de uma sacerdotisa treinada é concentrada no ato do amor, pode levantar um grande poder. Pode jurar que vai se entregar apenas nos momentos e estações sagrados nos festivais, ou como for exigido para o bem do povo e da terra?

*Deitar-me com Mikantor teria sido um ritual sagrado...,* pensou Tirilan, mas seus lábios se moveram na resposta exigida. Castidade não era um problema – não tinha desejo de se deitar com ninguém, e, se isso fosse exigido dela, poderia esperar que a Deusa usasse seu corpo e não se lembrasse.

— Jura que não vai falar dos Mistérios para aqueles que não fizeram votos? — perguntou Larel, e Tirilan concordou novamente.

Ela mal *via* qualquer um que não fosse um iniciado, morando ali em Avalon. Olhou para os rostos daqueles que estavam de pé no círculo, velhos e jovens. Eles a amaram e a ensinaram. Tentaria não desapontá-los.

— Jura que sempre buscará servir ao Espírito Divino que vemos nas deusas e nos deuses? Pois todos os deuses são um Deus, e todas as deusas uma Deusa, e há um Iniciador. Vai procurar esse Espírito na alma de cada mulher e cada homem? Vai oferecer a ajuda que puder àqueles que a procuram?

Aquele era o voto que fora mais discutido entre os estudantes. Era, se pensasse nisso, um compromisso aterrorizante. No entanto, era a promessa que menos perturbava Tirilan. *Talvez eu* tenha *sido uma sacerdotisa em outro tempo*, ela então pensou, pois julgava difícil entender por que qualquer um que jurava servir à Deusa não buscaria compartilhar o amor Dela.

— Jura obedecer a todos os comandos legítimos dados em nome da Senhora?

Tirilan reprimiu um tremor, sabendo que a mãe a observava sob o véu, pois certamente qualquer "comando legítimo" que recebesse viria da Senhora de Avalon. *Não tenho escolha agora, tendo concordado com todo o resto*, pensou, anestesiada, e jurou.

E agora Anderle se levantava de seu trono, indo para a frente para tomar o lugar do hierofante entre o sacerdote e a sacerdotisa.

— Filha da Deusa, provou sua aptidão para ser uma sacerdotisa diante de nós, e fez seus votos, mas saiba que a consagração não vem de nós, mas dos deuses. Se a Deusa não aceitá-la, nenhum poder humano pode aceitar. Siga em frente, então, e enfrente seu suplício, e volte para nós como sacerdotisa de Avalon.

Tirilan fez sua reverência. *É uma dança. Nós nos dobramos e balançamos e fazemos nossos papéis, e então vou fazer o meu...* Às vezes as pessoas se perdiam durante o teste. Talvez fosse morrer, e não importaria, no fim das contas, a não ser, é claro, que tinha acabado de prometer que cumpriria o voto do iniciado em outra vida se fracassasse nesta. Mas na próxima vez não estaria lamentando a falta de Mikantor.

***

O Tor tinha a aparência de sempre, uma colina pontuda coberta de grama verde, a encosta comprida dentada onde o caminho espiral fora esculpido gerações antes. Subi-lo não parecia um grande desafio, pensou Tirilan ao olhar para cima. Subira e descera aquela montanha desde que começara a andar. Esperara um dia de sol como ontem, mas o que tinha eram nuvens em torvelinho, como se as brumas dos brejos tivessem decidido completar sua conquista do vale sobrepujando o Tor. *Assim como as ondas subiram para cobrir os reinos do mar*, ela então pensou. Sem dúvida a imagem era uma lembrança dos afrescos no Salão do Sol. Ela fechou o portão atrás de si e começou o caminho.

Uma vez, quando tinha uns dez anos, havia jurado contar os degraus no caminho espiral, e ficara insultada quando as sacerdotisas riram dela. Mais tarde ouvira que isso fora tentado muitas vezes antes. Fazia sentido que o número variasse com passos de tamanhos diferentes, mas dizia-se que até para a mesma pessoa, andando com cuidado, a distância nunca era a mesma duas vezes.

— *Em nome da Deusa eu subirei a montanha sagrada* — ela começou a reza ancestral. — *Em nome da Senhora da Sabedoria, em nome da Senhora da Escuridão. Em nome da Senhora da Soberania andarei, e em nome da Senhora dos Corvos...*

Os nomes daquelas que governavam luz e amor, mente e emoção, e o sólido, a força de apoio da própria terra, todos esses ela chamou, e, se um iniciado homem subindo aquela colina tivesse chamado os mesmos poderes em nome do Deus, seriam apenas as imagens, e não a essência, que teriam mudado. Ou era possível escolher, ou chamar ambos juntos. Outro lema do Tempo lhe veio à mente: "O símbolo não é nada, a realidade é tudo...".

*Agora entendo*, pensou Tirilan, entretida. *O propósito dessa subida é me fazer rever tudo que tentaram tanto enfiar no meu crânio!*

A reza a levou para a primeira curva do caminho, e ela fez uma pausa e se curvou para enfiar os dedos no solo. O cheiro de terra molhada e grama verde se levantou em torno dela, mais inebriante que incenso. *Isso!*, pensou. *Isso, não uma abstração sacerdotal, é o que sirvo. Enquanto estamos em corpos, é nisso que começa. Os sacerdotes às vezes se esquecem disso, com suas meditações e austeridades. A terra é sagrada. Nossos corpos são sagrados. Precisamos aprender a viver nessa harmonia.*

Por um momento, então, ajoelhando-se na grama verde, ela vislumbrou uma verdade que, se tivesse feito parte de seu treinamento, jamais teria reconhecido. Se precisava ser uma sacerdotisa, não ficaria em segurança em Avalon. Anderle tinha bastante gente para dizer as rezas e fazer as cerimônias. Tirilan iria para onde estava a necessidade, para ensinar e curar se pudesse, e, onde não pudesse, para testemunhar e oferecer conforto. A decisão liberou uma onda de calor – ou talvez o sol estivesse aparecendo. Ela levantou os olhos e viu nuvens mais grossas que nunca, mas até mesmo elas tinham um brilho dourado, e estava mais quente, como se o sol estivesse tentando atravessar. Isso era um bom auspício, ela pensou, começando a andar de novo.

O exercício melhorou seu humor, além de aquecer seu corpo. Conforme continuava a subir, se viu cantarolando a reza. Tinha trazido o poder para baixo; era simplesmente sensato seguir o caminho dele para cima, mesmo se precisasse primeiro perdoar a mãe para receber a bênção da Senhora da Lua. Por que, perguntou-se, elas se desentendiam com tanta frequência? Tinha ouvido que mães e filhas eram assim muitas vezes, e imaginava que deveria ser mais difícil quando a mãe era responsável por ela como sacerdotisa também.

*Mas o resultado é que ela tenta governar meu corpo e minha alma*, pensou, com ressentimento. Ela virou a próxima curva, e um vento brincalhão agitou seu cabelo e passou pela grama comprida. Sentia que tinha entrado na presença da Senhora da Arte e da Música, e certamente seria onde encontraria as palavras para fazer a mãe entender sua necessidade.

Ela riu, o humor melhorando inesperadamente. *Anderle precisou me deixar fazer essa jornada sozinha. Ninguém mais pode viver minha vida. Ninguém mais pode dar significado a ela, nem minha mãe, e nem* – o pensamento ocorreu a ela subitamente –, *se ele tivesse vivido, nem Mikantor.*

Tirilan andou com mais força enquanto o caminho se curvava para a direita e passava através do longo eixo do Tor. O vento girava a névoa em torno dela, trazendo o aroma de flores. O perfume tinha sido levado de alguma campina protegida nos pântanos? Certamente não havia tal jardim no Tor. Sentiu grama macia sob os pés e baixou os olhos. Poderia ter saído do caminho? Naquela névoa, tudo era possível, mas não tinha nem subido nem descido. Ela continuou mais devagar, esforçando-se para enxergar.

E então, entre uma respiração e outra, a névoa desapareceu.

Ela estava em um mundo verde – grama com uma cor tão intensa que parecia brilhar por dentro, sebes verdejantes, uma sorveira com folhas que ardiam com fogo verde, e debaixo dela uma mulher com vestes esvoaçantes da cor do sol através das folhas novas, coroada com flores brancas. Por um momento Tirilan pensou que fosse sua mãe, pois essa Senhora tinha os mesmos olhos e cabelos escuros. Mas Anderle jamais permitia que seu cabelo voasse com tanta liberdade, nunca a mirara com um olhar tão luminoso. Essa era a Senhora que Mikantor havia visto.

— E, no entanto, vou chamá-la de filha — disse a Senhora, como se Tirilan tivesse falado em voz alta —, pois vocês todos são como crianças para mim. Seja bem-vinda, Eliantha, ao meu reino.

— Por que me chama por esse nome?

— Era seu nome quando nos encontramos pela primeira vez sobre este monte. — A Senhora sorriu. — Você não se lembra, mas eu me lembro de cada rosto que usou quando encontrou seu caminho entre os mundos. Eu lhe ofereço agora a escolha que ofereci antes: fique comigo, e não precisa temer mais nenhuma perda de novo.

Tirilan piscou ao perceber que rostos apareciam e desapareciam entre as folhas. Além das árvores, cervos pastavam na campina. Ela sorriu, recordando-se de que tinha dançado com eles na Ilha do Deus Selvagem. Sentira a vida na terra antes, mas ali aquele espírito podia ser *visto*. A sebe circulava um vale gramado, e ali um pano havia sido estendido, coberto com todo tipo de coisa boa. E em algum lugar uma lira era tocada e pessoas de rostos bonitos a convidavam para se juntar a elas enquanto dançavam. O Mikantor de quem ela se lembrava não era mais que um menino desajeitado. Qualquer homem daquele reino era muito mais bonito.

A Senhora soubera como tentá-la, então pensou. Mas, embora ali pudesse ser a alma da terra, não era a realidade nua e crua que havia acabado de jurar que serviria.

— Não posso — ela gaguejou, e a Senhora suspirou.

— Cada vez espero que um dia vá se decidir ficar aqui, mas esse seu juramento sempre a puxa de volta de novo.

Bem, isso respondia à questão de se tinha sido sacerdotisa antes, pensou Tirilan. Ela fez a reverência que teria oferecido à Senhora de Avalon.

— Tem alguma sabedoria para mim?

Tirilan estremeceu enquanto a Senhora riu. Aquela alegria não era cruel, mas rasgou seu coração e fez o sangue correr em suas veias. Não sabia se queria gritar ou cantar, mas de repente percebeu que a existência medida que tinha sido a dela já não era suficiente.

— Fogo do coração ou fogo da lareira... vai buscar ambos, minha criança. Vai arder de paixão, embora agora pense ser tão fria. Sua mãe quis torná-la sacerdotisa, e assim será, embora não do modo que ela prevê. Você fez votos para a terra, e será uma sacerdotisa desta terra. Fez votos para o povo, e vai consagrar o Senhor que vai liderá-los.

Tirilan respirou fundo. Aquelas palavras traziam sua própria intoxicação, mas sentia que ali deveria ter muito cuidado para evitar a ilusão, ou autoilusão...

— O que quer dizer?

— Olhe, e lembre-se... e um dia vai entender...

A Senhora fez um gesto, e o ar entre elas começou a brilhar. Dentro daquela esfera radiante imagens mexiam e mudavam – uma mulher que também era um cervo, uma mulher de pé banhada de luar sobre uma colina nevada, uma mulher diante do grande Henge, segurando uma espada embainhada. Havia outras imagens além delas, mas não conseguiu vê-las. Sua visão se concentrou nas três. E, conforme olhava, palavras vibravam em sua consciência:

*Sem Mim... nenhuma vida virá à luz.*
*Sem Mim... nenhuma noite verá a manhã,*
*Sem Mim... nenhum senhor salva a terra,*
*Sem Mim... nenhuma esperança renasce.*

* * *

Mikantor virou a caneca e deu outro longo gole de cerveja. O formato das casas, a língua, até o vento soprando dos pântanos provocavam sua memória. Mas não podia criticar a hospitalidade deles. Quando o grupo do navio subiu a estrada, a família da fazenda o recebera e abrira espaço nas cabanas de depósito para quem não cabia sob o teto redondo deles.

Viajando com Velantos, tinha se acostumado com novos lugares, mas ali os estrangeiros eram ele e o ferreiro. Buda começara a ajudar a mulher, e Aelfrix, com sua natureza alegre de costume, já começara a fazer amizade com as crianças. Aelfrix, suspeitava, era o tipo de jovem que teria sucesso em qualquer lugar. Velantos, por outro lado, brilhava em seu lugar ao lado da lareira. Nem um inverno no norte havia desbotado uma pele claramente bronzeada por um sol mais quente, e arranhões e hematomas apenas enfatizavam a força dos músculos inchados no peito e nos braços dele. Com várias costelas quebradas, ele tinha achado a subida desde a praia um tanto difícil, e, mesmo se o pessoal da fazenda ousasse falar com ele, não podia dizer muita coisa, pois o fazendeiro era o único que sabia um pouco a língua dos mercadores.

*Ele vai precisar aprender*, pensou Mikantor, com uma diversão ansiosa, *como eu precisei quando fui para a terra dele*.

O próprio Mikantor, por outro lado, parecia fasciná-los. A mulher do fazendeiro estava ao redor dele agora, uma jarra nas mãos. As palavras dela faziam sentido para ele, embora o dialeto fosse estranho, mas não tinha muita certeza de que língua sairia se ele tentasse responder. Ele estendeu a caneca com um sorriso. Conseguira se lembrar o suficiente para contar a eles sua linhagem, com a esperança de conseguir ajuda para seu bando de refugiados, manchados de sal e exaustos de três dias balançando no mar, mas não muito mais.

*Eles acham que vim para ajudá-los? Eu acho?*, então pensou, recordando-se de suas visões do Tor. Ele começava a ter a suspeita desconfortável de que os deuses haviam arranjado aquela recepção inesperada ao lar. E, nesse caso, os deuses também tinham arranjado para que fosse escravizado? Se os deuses estivessem dispostos a fazer isso com um menino, não pensava muita coisa deles.

Anderle provavelmente teria dito que os deuses não trabalhavam nem para o prazer dos humanos nem para o deles próprios, mas para o bem maior de todos. *Ela quer que eu seja rei...*, ele pensou sombriamente. *E, se me lembro corretamente da visão, há uma deusa que quer que eu seja herói*. Ele não se sentia muito como nenhum dos dois, embora a boa carne da ovelha que o povo ali tinha abatido para alimentá-los já o tornasse mais forte. Velantos prometera consertar a lâmina de arado do fazendeiro, o que parecia uma troca justa pela hospitalidade.

O som de uma nova chegada fez Mikantor se endireitar. Estava com a mão no poste onde tinha pendurado a espada quando um jovem com cabelo castanho-claro empurrou para o lado a pele de vaca que fechava a porta. Aqueles traços de nariz arrebitado pareceram familiares. Ele vestia a túnica clara de um sacerdote local, com um cinto verde de corda trançada de um curandeiro. Ele parou, olhos cinza indo de um estranho para outro, arregalando-se quando viu Mikantor.

— Pica-Pau? É mesmo você? Ouvi que tinha sido levado, mas não pode haver dois homens com uma cicatriz na canela onde cortei você quando meu bastão rachou um dia. Mas a mensagem da fazenda deu outro nome — ele disse com um olhar estranho, observante, metade esperança e metade suspeita.

— Mikantor — ele limpou a garganta e sentiu a fala de Avalon voltando —, filho de Uldan. É realmente meu nome verdadeiro. O outro era um disfarce. Você é Ganath, não é? Você cresceu.

— Você também, meu amigo — disse Ganath, olhando-o de cima até embaixo. — E você é filho de Uldan, é? Muita coisa se esclarece.

— Então isso é mais que posso dizer — respondeu Mikantor. — Sente-se e conte-me como o pessoal aqui vai. Vi a marca do fogo em uma das cabanas, mas a fazenda parece próspera. Não consigo falar o dialeto local bem o suficiente para perguntar mais.

— Ah, tivemos muitos problemas com saqueadores — disse Ganath, aceitando uma caneca da esposa do fazendeiro com um sorriso.

— Como lidam com eles? — perguntou Mikantor, recordando-se das campanhas no país nas quais Bodovos havia liderado a guarda. — Não conseguem ajuda do rei?

— O rei Iftiken tenta, mas quando a notícia chega até ele os saqueadores foram embora, e quando ele está no litoral os bandidos de Galid atacam o interior.

— Galid! — Mikantor exclamou, consciente, ao som do nome, de uma irritação nauseante que pensara ter superado.

Por que estava se preocupando com Anderle, então pensou. Galid queria matá-lo; Anderle só queria sua alma.

— Quando navios inimigos são avistados, as pessoas levam os animais para pastos ocultos nos pântanos e os escondem. Eles o observaram por um dia antes de mandarem o menino para guiá-lo até aqui, e mandaram me avisar, embora não saiba o que esperavam que eu fizesse. Sou um curandeiro, não um guerreiro, mas eles sabem que estudei em Avalon.

— E realmente deveríamos parecer um bando bem patético — Mikantor disse com tristeza. — Bom saber que foi útil. Desde que fizemos contato, eles nos trataram como parte da família perdida há muito tempo.

— É o que fariam, é claro — disse Ganath, pensativo —, por causa da profecia.

Mikantor o encarou.

— Que profecia é essa? — ele por fim perguntou.

— O príncipe perdido... A criança que renasceu das chamas e vai retornar para curar todos os nossos males e nos proteger de todos os nossos inimigos. O filho perdido de Uldan — Ganath respondeu com um sorriso estranho. — Achei que *você* fosse saber disso.

— Anderle disse uma coisa uma vez... mas eu não entendi — Mikantor falou de modo anestesiado, lutando contra o impulso de sair correndo para a praia e implorar ao capitão Stavros para sair para o mar.

— Preciso chegar a Avalon — ele disse em vez disso. — Estou feliz por estar aqui. Duvido que esse pessoal tenha viajado mais do que algumas léguas na vida, e preciso de informação sobre as estradas.

— Não é tão ruim... eles vão para festivais na propriedade do rei ao norte daqui, o que me lembra de que preciso enviar uma mensagem para a Senhora Linne. Quanto às estradas, fique tranquilo. Vou com você para Avalon.

***

Ao lado da casa da grã-sacerdotisa havia um pequeno jardim onde Anderle gostava de sentar-se nos dias de sol. Isso não interferia muito em suas outras obrigações, já que o tempo raramente o tornava uma tentação, mas ficava abrigado do vento, e hoje alguns botões de sangue do sol floresciam, pontos vermelhos translúcidos nas folhas brilhando enquanto as flores douradas de cinco pétalas abriam para a luz. Era incomum o suficiente ver algo florescer antes da estação para que tomasse como um presságio. Talvez pegasse um talo para amarrar sobre a porta como bênção, embora poucos espíritos hostis conseguissem penetrar as proteções de Avalon.

Ela relaxou no banco de pedra e respirou fundo, saboreando a paz. A paz... e um alívio que não teria admitido a nenhuma outra alma. Sua filha havia feito os votos e voltado do suplício. Tirilan agora era uma sacerdotisa, presa ao caminho que Anderle sonhara para a filha...

O jardim era também um bom lugar para meditação. Em seus encontros no outono anterior, as Ti-sahharin tinham concordado em sair todos os dias ao meio-dia e buscar comunicação com os caminhos espirituais. E, se nenhuma tivesse nada de novo, naqueles tempos um período em que Anderle poderia sentar-se e relaxar era sempre bem-vindo, especialmente se seu povo pensasse que estava trabalhando.

Ela se acomodou mais confortavelmente, as costas eretas, mãos abertas sobre os joelhos, e fechou os olhos. Talvez, pensou, fosse cochilar, ninada pela cantoria das abelhas. Os estudantes sempre julgavam que eram os primeiros a descobrir que era possível dormir sentado enquanto parecia meditar, mas Anderle havia aprendido esse truque muito tempo antes. Se precisasse tanto de descanso, achava que a Deusa não fosse se importar. Mas primeiro precisava ver se alguma das outras sacerdotisas tinha novidades.

A sacerdotisa aspirou profundamente e soltou o ar devagar, puxou ar de novo, saboreando os aromas da vida e do crescimento enquanto o jardim se aquecia no sol. Aquela fora uma das primeiras habilidades que aprendera, mais de trinta anos antes, e deixar de lado as lembranças que clamavam ainda exigia um esforço de vontade. Para dentro... e para fora... as velhas disciplinas tomaram conta. A consciência das abelhas, do jardim e da própria Avalon desvaneceu, não esquecidos, mas não mais na frente de sua atenção. Ela esperou, abrindo a alma.

Apesar de suas preparações, o contato, quando vinha, quase a sacudia para fora do transe. Ou talvez fosse a exultação, tão intensa que mal reconheceu a fonte como Linne. *Não estou acostumada a receber* boas *notícias*, pensou, enviando um pedido mental para a outra mulher se acalmar.

*Ganath mandou uma mensagem...*, veio o pensamento de Linne. *Você se lembra, ele é um dos rapazes que estudaram com vocês em Avalon. Eu o tinha colocado na costa, perto do rio Stour, onde os mercadores da Grande Terra chegam.*

*Quando os saqueadores deixam*, pensou Anderle.

*Veio um navio da Cidade dos Círculos. Dizem que a cidade está afundando, mas o navio escapou. Pica-Pau, velho amigo de Ganath, estava nele! Acredita que ele apareceu vivo depois de todos esses anos? Mas agora chama a si mesmo de Mikantor!*

Mais uma vez o contato vacilou conforme o sangue saiu da cabeça de Anderle e voltou. Ela estremeceu, entre o choque e a alegria.

*Onde ele está?*, ela mandou um grito mental.

*Ganath pegou suprimentos para eles. Estão a caminho de Avalon!*

*Belas notícias! A melhor das notícias, minha irmã. Você tem meus agradecimentos eternos!*

*Então preciso ir. Você tem coisas a fazer, e eu também.*

Enquanto o contato terminava, Anderle afundou de novo no corpo, sem saber se chorava ou ria. Isso era a confirmação das visões deles no Tor. *Isso* era a recompensa por todos os seus trabalhos. Ele estava vivo!

Ela ficou de pé, esticando os membros endurecidos por ficar muito tempo sentada, e fez um pequeno passo de dança de deleite. Viu uma figura de azul das sacerdotisas na porta e sorriu radiante conforme ela se moveu para a luz e o sol brilhou no cabelo claro da filha.

— Tirilan! Escute. — *Agora* ela podia dividir sua alegria.

— Mãe, por que não me *disse*?

A acusação de Tirilan cortou suas palavras.

— Como eu poderia... acabei de saber... do que está falando?

— Ellet disse que viu Mikantor em seu ritual! — Tirilan exclamou. — Por que não me contou que ele estava vivo?

A alegria de Anderle congelou quando viu o rosto da filha, contorcido na imagem da deusa da ira. Mas *por quê*?

— *Tirilan!*

Ela colocou toda a sua autoridade no comando ríspido. A moça arquejou, parou na metade da palavra e ficou abençoadamente quieta.

— O que quer dizer?

— Ellet me disse — Tirilan respondeu. — Agora que fiz meus votos em segurança, como uma companheira iniciada, ela achou que eu deveria saber sobre o pequeno ritual de vocês no Tor.

— Sim, é claro — Anderle começou —, mas...

— Você viu Mikantor — a moça repetiu. — Não pensou no que isso significaria para mim?

— Era uma visão... — Anderle gaguejou, imaginando como a filha tinha conseguido colocá-la na defensiva. — Tínhamos esperança, mas não *sabíamos*...

— *Esperança!* Isso é exatamente o que teria sido! Acha que teria me acorrentado a Avalon se soubesse que o homem que amo ainda andava pelo mundo?

Então era *isso*.

— Ainda acha que está apaixonada por ele? Vocês eram crianças. Você mudou. *Ele* vai ter mudado. O que a faz pensar que o que existia entre vocês também não terá se modificado?

— A questão não é essa — Tirilan retrucou com amargura. — Quando me enganou para fazer os votos, me negou o direito de descobrir se eu ainda o amo. Você me negou o direito de *escolher*...

Anderle sentiu a própria raiva se avivar. Como a filha ousava acusá-la quando tinha dado a ela o maior presente em seu poder?

— Até que Mikantor volte, como posso saber?

— Não vai precisar esperar muito, então — Anderle disse com frieza. — Ele estará aqui antes que outra lua envelheça. Chore agora se precisar, mas quando ele chegar esteja pronta para cumprimentá-lo com um sorriso. Se Ellet contou o que vimos, sabe que os deuses não deram a ele um destino fácil.

# dezesseis

A colina das donzelas consistia em várias casas redondas aglomeradas abaixo de um pico nas colinas onde uma fila rugosa de montes tumulares coroava um morro. Um grupo esperava para cumprimentá-los. Mikantor suspirou. Tinha esperado passar despercebido, mais um bando anônimo de refugiados andando pela terra, mas Ganath parecia determinado a transformar aquela recepção de volta em uma parada. Em todo aquele campo castigado pelo inverno e pela guerra era provável ter alguém que reportaria sua presença a Galid e seus lobos. Só podia esperar ir mais rápido que os rumores, que pareciam crescer a cada légua.

Mikantor preparou-se contra a necessidade nua que via nos olhos deles. Havia sete homens e três mulheres, um bando de crianças espiando de trás das saias delas e um indivíduo que ficara sem gênero com a idade. Mas as construções estavam mais bem reparadas do que muitas que tinha visto; na verdade duas delas pareciam novas. Um olho educado pelas viagens recentes notou o tamanho dos currais — vazios naquela estação, quando os animais eram levados para pastar nas colinas. Atrás das casas, longos campos estavam velados com o verde esperançoso do trigo farro, e das hortas brotavam postes para apoiar os primeiros talos espiralados das vagens.

Quando olhou de novo para as pessoas, outra figura havia se juntado a elas, um jovem alto com uma túnica como a de Ganath que ele certamente precisaria reconhecer.

— Ah, *ali* está ele! — Ganath abriu um sorriso largo. — Você se lembra? Ele sempre foi um rapaz comprido, embora nunca tivéssemos pensado que se transformaria em uma jovem árvore...

— Beni... Beniharen... — o nome emergiu.

O olhar de Mikantor foi cada vez mais para cima enquanto o recém-chegado se apressava na direção dele. *Meus antigos companheiros todos cresceram*, pensou Mikantor, *mas isso é excessivo...*

— Então você voltou — disse Beniharen. — Já estava na hora. Disseram que tinha sido morto, mas nunca acreditei.

— Por que não? Certamente houve momentos em que eu achei que fosse morrer... ou desejei ter morrido!

— Você tem sorte — Beniharen disse simplesmente. — Notei quando estávamos em Avalon e você sempre parecia ficar com o último pedaço de bolo de aveia. E você normalmente tem um plano.

Mikantor ficou vermelho. *Mas talvez seja bom. Acho que vamos precisar muito de sorte e de um plano muito em breve.*

— Essa é sua vila? — ele disse em voz alta.

— Aqui é onde a Senhora Shizuret me colocou quando fomos todos espalhados depois da praga. Não me saí tão mal. Pensei que as pessoas poderiam ficar mais seguras se morássemos perto. Há mais para tentar um bando de ladrões, mas eles precisam ser maiores e mais bem armados para nos enfrentar. Funcionou até agora.

Ele deu de ombros, o não dito *"E, se um grupo de guerra de verdade atacar, estamos condenados de qualquer jeito"* pairando entre eles.

— Poderia construir um muro de arbustos e espinheiros — Mikantor disse em voz alta. — Não vai impedir um ataque determinado, mas vai atrasá-los.

Ele tinha visto defesas assim no campo além do Mar do Norte.

— Até um arqueiro ruim consegue acertar um homem preso nos espinhos.

Beniharen assentiu.

— Um plano... não falei? Vamos tentar isso quando o verão chegar. Agora deixe-me apresentá-lo — ele continuou.

Um aceno trouxe os dois casais e o homem extra e por fim o ancião, que se mostrou ser uma mulher idosa, a avó de uma das mulheres.

Mikantor tomou a mão dela com cuidado. Achava que nunca conhecera alguém tão velho.

— Uma bênção sobre a senhora, boa mãe. Espero que esteja bem.

A mulher fixou nele olhos ainda brilhantes e soltou uma bufada de riso.

— Na minha idade, jovem, estar de pé e em movimento é o suficiente para ter esperança. Quando está úmido, minhas juntas doem, e nesses tempos parece que só temos dias molhados. Essas mãos não vão mais servir para fiar. — Ela estendeu os dedos retorcidos em garras. — Mas ainda estou animada o suficiente para mexer a panela e aborrecer minha neta com histórias de como as coisas eram melhores quando eu tinha a idade dela.

Ela deu um sorriso desdentado para a mulher mais nova.

— Ainda assim, sessenta e sete invernos deveriam ganhar um pouco de respeito.

Mikantor assentiu, recordando-se de que Kiri tinha aquela idade quando morrera com a praga. Ele julgara que ela era velha, mas ela parecia muito mais jovem do que essa mulher. Nunca tinha apreciado antes as vantagens de viver em Avalon. A comida deles era simples, mas não precisavam cultivá-la ou colhê-la. Ganath e Beniharen, também, eram maiores e mais fortes que outros homens da idade deles. Talvez fosse uma virtude do próprio ar de Avalon.

Mas por que não podiam todos viver tanto e tão bem? Mesmo quando as estações eram duras, se cultivada do modo certo, a terra podia alimentar o povo. Ao menos poderia se trabalhassem juntos.

A neta era a próxima, uma jovem robusta com um bebê contra o seio que se recusava a olhá-lo nos olhos. A avó dela tinha sido mais ousada, mas talvez os velhos tivessem menos a perder. Ainda assim, não entendia por que ela deveria sentir medo.

— Vai abençoar meu bebê? — ela sussurrou.

Mikantor piscou.

— Irmã, você e sua família têm toda a minha boa vontade, mas não sou sacerdote para dar bênçãos!

— O senhor é algo mais. — Agora ela levantou o olhar, e ele se encolheu diante da esperança nos olhos dela. — O senhor é a criança da profecia que vai nos liderar contra os maus!

*Sou apenas um homem... Sou apenas um homem...* gritava uma voz interior balbuciante, mas de algum lugar mais profundo veio a resposta: *Só um homem pode ajudá-los, e, se você não se apresentar, quem vai?* O pior que poderia acontecer era que pudesse fracassar. *Ao menos*, pensou, *se morrer ajudando meu povo, haverá um motivo!*

— Se acredita nisso — ele se viu dizendo —, então vou tentar.

Ele tocou a mão do bebê e pulou quando os dedinhos apertaram os dele.

— Se for forte quando adulto como é na infância, vai dar um guerreiro poderoso! — ele disse para a criança. — Qualquer bênção que eu tenha para dar é sua com minha boa vontade!

A jovem mãe se virou para se juntar às outras mulheres, que já estavam recebendo Buda. Velantos e Aelfrix, que puxava o pônei de carga, estavam com Ganath, olhando em torno deles com interesse.

— Bem falado! — Beniharen riu. — Agora venha e fale com os homens sobre aquela cerca de espinheiros.

— É uma ideia simples — ele disse quando estavam todos reunidos em torno do fogo na casa redonda maior. — Você faz uma estrutura com varas de salgueiro e passa o espinheiro por ela, ou pode usar galhos de pilriteiro, plantas assim. Faça alta o suficiente para que qualquer um tentando pular seja um bom alvo, e tenha umas barreiras de vime à mão para ficar atrás quando atirar. Vocês têm arcos, certo?

Os homens assentiram, mas não pareciam confiantes. Mikantor tentou se lembrar do que Bodovos enfiava na cabeça dos guardas.

— Bem, então pratiquem! Todo dia, com alvos e distâncias diferentes, até que consigam acertar algo do tamanho de um homem todas as vezes. Se os seus arcos não são fortes, podemos encontrar alguém para ensinar a fazer arcos melhores. Lanças são boas, mas é melhor nunca precisar chegar ao alcance do braço de seu inimigo.

— Sílex faz um buraco tão bom quanto o bronze — rosnou um dos homens —, e há mais dele.

— Os ancestrais que jazem nos montes funerários ali usavam sílex — disse outro.

— Então peçam a bênção deles — concordou Mikantor — e a maldição deles para seus inimigos.

Aquilo conseguiu alguns sorrisos, e ele aceitou, grato, uma caneca de cerveja enquanto as discussões mudaram para a saúde do gado e o estado dos campos.

— Há outras aldeias que podem fazer a mesma coisa — Ganath disse, pensativo, sentando-se ao lado dele. — Se alguém mostrasse a eles como.

— Não posso estar em todos os lugares — Mikantor começou, com a mesma sensação de ser carregado por forças desconhecidas que sentira no mar.

— Claro que não, e além disso imagino que vá treinar lutadores. Mas podemos levar pessoas para Avalon, ensiná-los todos de uma vez só, e enviá-los de volta de novo.

— Enquanto eu treino lutadores... — Mikantor suspirou. — Você, ou Alguém, parece ter meu futuro todo planejado para mim.

— Não finja que não pensou nisso. — Ganath levantou uma sobrancelha.

— Nos meus pesadelos — murmurou Mikantor. — Precisa entender... vi o saque de uma grande cidade, e lutei com bandoleiros tão ruins quanto qualquer um dos homens de Galid ou esses outros chefes de bandidos que vocês dizem que o exemplo dele gerou. Realmente acha que, se nos levantarmos em armas contra eles, será uma moleza feliz até a vitória? As pessoas aqui não estão vivendo bem, mas estão vivendo. Há sete homens adultos nessa aldeia. Deixe três para trabalhar na terra e envie os outros quatro para lutar, e quantos vão voltar para casa? Os homens morrem em batalhas, Ganath. Eu me acostumei com a ideia de lutar, mas liderar outros homens para a morte ainda me assusta.

— Mikantor... homens *morrem*. Nenhuma preocupação sua pode impedir isso. Não vai permitir a eles a mesma escolha que fez, morrer *por* alguma coisa, em vez de sem significado?

Mikantor o encarou. Era exatamente o que tinha dito a si mesmo pouco tempo antes.

— Onde aprendeu a atacar de maneira tão sagaz? — ele por fim disse. — Você não era assim quando estudávamos juntos em Avalon.

— Você não andava como um guerreiro — Ganath respondeu. — Nós crescemos, Pica-Pau. Se os deuses forem bons, vamos viver até a velhice.

Mikantor olhou através do fogo para Velantos, que estava sentado com os homens, tentando se comunicar com o conhecimento fragmentário que tinha da língua das tribos. *Eu cresci graças a você*, ele pensou, sério. Como se ele tivesse falado, Velantos levantou os olhos e sorriu. *Vamos sobreviver* – Mikantor tentou enviar o pensamento. *De algum jeito vou encontrar uma maneira.*

\*\*\*

A névoa girava baixa sobre as colinas, velando e revelando alternadamente a extensão vasta do vale. Poderia ter sido tão impressionante quanto a vista da Argólida de Mykenae, pensou Velantos, se de fato pudessem *enxergá-la*. Mikantor havia assegurado que sua terra natal tinha montanhas tão nobres quanto qualquer uma da Akhaea, mas, desde que o caminho ancestral que seguiam subira para a crista das colinas, a vista consistira em uma encosta verde desaparecendo em nuvens.

O ferreiro se encolheu mais dentro da roupa de pele de carneiro que conseguira com um dos fazendeiros em troca de uma ponta de flecha de bronze. Tinha esperado que o vento úmido que soprava na grama levasse a névoa embora, mas em vez disso ela girava mais grossa. Seu próprio povo contava histórias de brumas mágicas enviadas pelos deuses para tirar seus escolhidos do perigo. Ele poderia desejar uma bruma dessas agora, se ela o levasse para algum lugar *quente*.

*O que preciso*, pensou Velantos morosamente, *é de uma forja. Fazer um fogo quente o suficiente e o tempo lá fora não vai importar.* Uma forja e sua imagem da Senhora para zelar por ela. E metal para trabalhar. Então, para onde sua *moira* o levasse, estaria em casa. Em seu país ele sabia nomear os espíritos da colina e da árvore. Sem dúvida existiam poderes nessa terra, mas não falavam com ele.

Ele observou Mikantor andando na dianteira da coluna deles com uma nova apreciação pela alegria com que o rapaz suportara o exílio. Tentou se convencer de que seu próprio destino não importava – não havia vida para ele em sua própria terra –, enquanto, ao voltar para casa, Mikantor tinha entrado no seu. Era estranho como o rapaz crescera desde que chegara ali, talvez não em estatura de fato, mas em *presença*. Conforme ele se comprometia mais completamente com seu povo, a cada dia se tornava o líder que desejava.

*Todo esse tempo achei que Pica-Pau tivesse sido enviado pelos deuses para me ajudar*, pensou o ferreiro. *E agora parece que eu fui enviado para trazer Mikantor, treinado e pronto, ao lugar em que os deuses querem que ele esteja.*

Ele levantou os olhos enquanto os outros pararam. Mikantor dizia algo sobre virar para baixo da colina para procurar abrigo em uma das fazendas do vale. O rapaz alto, Beniharen, achava que não conseguiriam chegar até escurecer. Velantos tremeu de novo. Ganath apontou para a frente e Velantos captou a palavra para uma tumba ancestral.

— Dormir perto dos mortos é dormir *com* eles — murmurou Buda em sua língua.

— Quando era bebê, a Senhora Anderle me escondeu em um monte tumular para escapar dos homens de Galid. — Mikantor sorriu. — Eles não me fizeram nenhum mal!

— Esses Antigos, eles são amigáveis? — perguntou Velantos.

— Se demonstrarmos honra — disse Beniharen, falando devagar. — Aqui é onde nosso povo deixa oferendas para o deus do trovão. O Povo das Colinas vem aqui às vezes – o primeiro povo da terra, que estava aqui antes das tribos. Eles são aparentados com o Povo do Lago, que criou Mikantor.

— Vamos acampar — disse Mikantor.

Velantos imaginou quanto dessa decisão tinha sido motivado por um desejo de escapar das pessoas que o encaravam com tanta fome. O ferreiro sentira isso durante os últimos dias de Tirinto, quando era o único filho sobrevivente de Phorkaon. Ter pessoas olhando para ele como se pudesse fazer algum milagre o curara de qualquer desejo que pudesse ter de ser rei.

O lugar da parada ficava meia légua adiante, logo após uma encosta em que a grama tinha sido retirada para revelar o calcário abaixo. Mikantor disse que era a cabeça da figura de um cavalo gigantesco esculpida no lado da colina, mas estava ficando escuro demais para ver muita coisa dela agora.

Enquanto Aelfrix amarrava o pônei onde poderia pastar, Buda e Beniharen começaram uma refeição. Velantos saiu andando por entre as árvores. Ele sentia a dor do dia de marcha nas pernas, mas uma inquietude que não conseguia definir o afastou da companhia dos outros homens. Entre os troncos de árvores, vislumbrou o cinza sólido de duas grandes pedras e parou, arregalando os olhos enquanto a memória as recobria com uma imagem dos pilares que flanqueavam o grande portão de Tirinto.

Ele se moveu para a frente mais devagar. Até agora, só tinha visto estruturas de madeira nessa terra, e imaginara que era o melhor que essas pessoas conseguiam construir. Mas os blocos de arenito de pé que viu emergir das árvores eram equivalentes às pedras ciclópicas em Tirinto. E essas, ele sentia ao se aproximar, eram mais antigas. Uma fila de pedras chatas com quase o dobro da altura de um homem defrontava um monte comprido ladeado por pedras menores, com uma vala de cada lado. Perto da entrada, um pouco da terra tinha sido gasto para revelar as poderosas pedras erguidas e cimalhas de uma passagem para a escuridão. Nessa terra os homens não construíam para defender os vivos, mas para honrar os mortos.

Ele seguiu o caminho inteiro em torno do monte e chegou à entrada. Sobre uma pedra chata alguém havia deixado a carcaça de um tetraz e um buquê de prímulas cor de creme. Ambos estavam frescos. Velantos se endireitou, olhando em torno de si com a sensação desconfortável de que olhos não vistos observavam. Apertou a bolsa no cinto procurando algo que pudesse deixar como oferenda, e tirou o suporte de bronze que se soltara de um baú durante a travessia. A caixa se mostrara sem possibilidade de conserto, mas o bronze era uma peça que ele mesmo tinha forjado, então a guardara. O metal fez um som fraco quando ele a colocou na pedra, e, como um eco, ouviu um estrondo distante.

*Trovão...*, pensou Velantos, com infelicidade. As coberturas de lã oleada que haviam esticado entre as árvores de repente pareciam um abrigo muito menos desejável. Estremecendo de novo, ele se virou, tropeçou e caiu. Ao tentar se segurar, machucou a mão em algo duro e liso. Sentou-se nos calcanhares, sufocando uma imprecação quando o pulso que havia torcido quando fora feito cativo deu uma pontada de aviso. A pedra na qual tinha caído ainda estava sob a outra mão. Era uma pedra de grão fino, mais ou menos do comprimento de seu antebraço, arredondada em uma ponta e mais larga e achatada formando uma lâmina sem corte na outra, na verdade a mesma forma do monte. Nenhuma pedra natural tinha uma forma tão uniforme – era uma ferramenta, percebeu, algo como as cuias de pedra que os construtores usavam para rachar madeira. Também bateria no bronze, pensou, pesando-a. Parecia curiosamente certa em sua mão.

Ele a colocou na bolsa e ficou de pé, o coração aliviado, ainda que o vento soprasse mais forte agora, sussurrando feitiços às árvores. Sentia o cheiro do jantar cozinhando – um cozido de grãos e verduras e a carne de uma lebre que Aelfrix tinha derrubado com o estilingue. Seria quente e substancial, e Velantos deixara de esperar qualquer coisa mais saborosa nessa terra úmida nortenha.

Quando comeram, enterraram a fogueira e desenrolaram as camas debaixo dos abrigos. Todos estavam cansados da marcha do dia, e logo Velantos ouvia as respirações variadas enquanto os outros adormeciam. Só ele permaneceu acordado, escutando enquanto o vento aumentava, fustigando os galhos e balançando o pano, ouvindo o trovão ainda mais alto. Esperou com um misto de apreensão e resignação pelas primeiras gotas sibilantes de chuva.

Aelfrix, que dormia perto da beirada de uma das coberturas, deve ter sentido respingos, pois se mexeu, reclamando. Então um relâmpago brilhou, jogando um relevo de galhos negros contra o pano. Velantos esperou, contando até que o trovão martelou os céus, abrindo-os para soltar uma torrente de chuva. O vento enfunou todos os panos; cordas se partiram; primeiro uma, depois outra cobertura voejou como uma vela rasgada. De repente todos saíam das cobertas, buscando abrigo sob as árvores. Em instantes, estavam todos encharcados.

Velantos se curvou no abrigo de uma faia, encolhendo-se quando um relâmpago brilhou de novo. O trovão veio mais rapidamente agora.

— Não podemos ficar aqui — veio a voz de Mikantor em meio ao caos. — Vamos pedir abrigo aos ancestrais!

— Quer dizer buscar refúgio no monte? — A voz de Ganath estremeceu.

— Não! Fantasmas comem nossas almas! — gritou Buda.

— Melhor ficar aqui — veio a voz profunda de Beniharen. — A tempestade se move rápido e logo vai passar.

Outro clarão de relâmpago brilhou em galhos agitados; o trovão estrondeou como se o ferreiro divino desse outro golpe. De novo veio um relâmpago, e um grande carvalho na beira do bosque de repente pegou fogo. Som rolava em torno deles. Conforme passou, ouviu Mikantor ordenando que todos fossem para o monte.

— Vou primeiro.

O jovem meio que carregava Buda. Aelfrix corria para acompanhar. Ganath e Beniharen eram formas pálidas atrás deles. Ainda enrolado no manto em que tinha se envolvido para dormir, Velantos ficou de pé e tropeçou atrás deles. A pedra na bolsa batia contra sua coxa. Tinha roubado inadvertidamente uma oferenda?

— Antigos, pedimos sua misericórdia — a voz de Mikantor ecoou na pedra. — Protegei meu povo, e, se ficardes enraivecidos, que vossa ira caia sobre mim.

Sobre o uivo do vento, Velantos ouviu o murmúrio de súplicas enquanto os outros seguiam. Outro golpe de luz mostrou a ele a abertura da tumba em relevo nu, e a forma de Beniharen curvando-se para entrar na passagem.

Os ancestrais poderiam estar bravos, mas a ira do deus do trovão era uma certeza. Velantos hesitou por um momento no limiar; então escorregou entre as duas grandes pedras e subiu o monte para ficar acima da entrada da tumba. Cabelo escorrendo, manto ensopado voejando dos ombros, ele tirou o machado de pedra da bolsa e o segurou no alto.

— Diwaz Keraunos — ele gritou —, pelo nome que te chamam aqui, se eu errei, que seja eu a sofrer. Poupa as pessoas que não causaram nenhum dano!

Relâmpagos sempre acertavam o ponto mais alto. Ele seria...

O pensamento se extinguiu conforme som e luz explodiam em torno dele. Cada pelo em seu corpo ficou de pé enquanto o poder passava sobre pele e pano molhados e seguia para a terra abaixo. E então ele estava caindo. Ainda cego e surdo, sentiu as mãos dos amigos puxando-o para baixo, ainda formigando e se retorcendo, para deitar na pedra fria e dura.

\*\*\*

— Velantos... está de manhã... consegue me ouvir? Acorde, por *favor*!

Era a voz de Pica-Pau. Velantos grunhiu, sentindo cada músculo reclamar enquanto a consciência voltava. Tinha estado mal, se lembrava, então deveria estar no templo de Apollon, mas por que os sacerdotes o deixaram no chão duro?

— Frio... — ele murmurou.

O ar cheirava a fumaça de madeira e ao aroma de terra depois da chuva.

— E deveria estar — ralhou o rapaz. — Mas Buda fez fogo e está esquentando água para o chá. Consegue sentar-se agora?

Velantos sentiu um braço forte levantá-lo e abriu os olhos. Uma luz dourada clara entrava pela passagem formada por pedras poderosas. O menino o segurava, não, o homem, *Mikantor*... Com o nome veio a lembrança.

— Diwaz Keraunos nos salva... — ele sussurrou.

Sentia-se fraco e nauseado, mas estava vivo.

— *Alguém* certamente salvou — respondeu Mikantor —, e é mais do que merece. O que achou que estava fazendo, pulando aqui em cima?

— Achei... que poderia haver a necessidade de... um sacrifício...

Com um esforço, Velantos se levantou, e Mikantor o ajudou a ficar de pé.

— Onde está a pedra?

— Aquela que estava segurando? Foi tudo o que pudemos fazer para arrancá-la de seus dedos. Está ali, no chão.

— Dê a pedra para mim... por favor. — Velantos se endireitou, espiando pela passagem. — Ajude-me a colocá-la lá dentro — ele disse enquanto Mikantor colocava a pedra em sua mão. — Ela pertence a este lugar.

— Eu... entendo — disse o jovem, enquanto ajudava. — Não posso fingir que não entendo, tendo feito uma oferenda parecida. Fico feliz que meus ancestrais tenham sido mais bondosos que o seu deus.

*O meu deus...* Velantos sempre tinha adorado a Senhora do Ofício, com um aceno a Epaitios. Mas ali no norte os poderes de Diwaz e Epaitios eram combinados em um só ser poderoso que o ferreiro não podia mais ignorar.

A passagem terminava em três pequenas câmaras, como um martelo em um cabo longo. Com um olhar rápido para os conteúdos derrubados, Velantos se curvou para colocar o machado de pedra no chão.

— Fique aqui em paz — ele murmurou —, com meus agradecimentos por sua bênção.

Ele deixou Mikantor virá-lo de volta para a passagem. Estava andando quase normalmente quando emergiram na luz do novo dia.

\*\*\*

— Como está se sentindo? — perguntou Mikantor, usando a língua de Akhaea.

Três dias haviam passado desde a tempestade na tumba ancestral, mas Velantos ainda o preocupava.

— Muito bem — Velantos respondeu distraidamente, sorrindo um pouco quando dois cisnes saíram dos juncos que ladeavam o rio e foram flutuando como nuvens de penas.

Os viajantes haviam descido da trilha e seguiam o Aman na direção das fontes de Sulis, pois Mikantor decidira se aproximar de Avalon do norte, evitando as terras de Galid. O ferreiro parecia ter se recuperado fisicamente, mas havia um brilho nele que recordava Mikantor do jeito que ele ficara depois de sua noite no templo de Apollon. Imaginava que isso deveria ser esperado quando alguém era tocado por um deus.

— Por que está sorrindo? — perguntou Velantos.

— Estava apenas pensando que não sou o único sobre quem as pessoas vão contar histórias agora.

As sobrancelhas pesadas do ferreiro desceram em uma careta familiar.

— Eu disse a todos para não falar do que aconteceu na tumba!

O sorriso de Mikantor se alargou.

— E nós dois sabemos o quanto isso adianta quando os homens estão procurando heróis. Quando Ganath e eu fomos para Carn Ava na noite passada, a Senhora Nuya e a rainha ouviram falar que você tinha sido abençoado pelo Senhor do Trovão, e me censuraram por não tê-lo levado junto. Foi alguém do Povo das Colinas que contou a elas. Dizem que eles têm o dom de não serem vistos.

— Quando olhei para o monte, senti que alguém estava me observando — respondeu Velantos. — Talvez devesse ter ido com você. Uma sacerdotisa pode ser capaz de me dizer por que ainda estou vivo.

— Pergunte à Senhora Anderle — disse Mikantor. — Ela sempre tem respostas.

Velantos levantou uma sobrancelha com a amargura que Mikantor não conseguia tirar de seu tom.

— Como foi? — ele continuou para distrair o homem mais velho.

Quando chegassem a Avalon, Velantos poderia formar suas próprias opiniões sobre Anderle. E por três dias Mikantor vinha imaginando. Essa era a primeira vez que Velantos parecia concentrado o suficiente para que ele perguntasse.

— Como um pedaço de bronze deve se sentir quando o martelo desce... — o ferreiro disse devagar. — Eu fui mudado, moldado, mas, para que propósito, não sei.

— Eu conheço *bem* esse sentimento! — Mikantor exclamou com um riso curto. — Venha, fico grato por você e eu estarmos andando no mesmo caminho. E por falar em caminhos... É melhor eu descobrir o que o nosso guia está achando tão interessante ali.

O terreno se inclinava. O caminho coleava entre colinas cobertas por uma floresta densa de faia e azevinho, enquanto o rio corria mais depressa abaixo. O menino que tinham trazido de Carn Ava olhava para a lama onde uma trilha estreita saía da estrada. Ele era sobrinho da Senhora Nuya e deveria ser de confiança, mas falava pouco, como se estivesse impressionado com sua companhia.

— O que é? — Ele se agachou ao lado do menino.

— Muitos homens passaram por esse lado. — O menino apontou para a cobertura de pegadas. — Desceram o caminho e entraram na trilha que estamos seguindo, não faz muito tempo. Homem grandes e fortes, levando cargas, mas nada muito pesado... olhe como as marcas estão impressas mas distantes, como se o homem tivesse um passo largo, rápido.

— Você tem um bom olho — disse Mikantor.

— Aprendi a rastrear saqueadores. Acho que esses homens levam armas.

— Eu também acho...

*E acho que eles sabiam que estávamos chegando, e vão estar esperando no fim da estrada,* pensou Mikantor. Não adiantaria muito voltar, pois, se os viajantes não aparecessem, seus inimigos iriam *rastreá-los* e cair em cima deles por trás.

— Fique de olho enquanto falo com os outros — ele disse em voz alta, embora não soubesse o que poderiam fazer.

Ele e Velantos eram os únicos guerreiros, e suspeitava de que o ferreiro ainda estivesse fraco de sua provação. Alguém deveria tê-lo visto com Ganath em Carn Ava e contado a Galid, a não ser que fosse algum grupo fortuito de bandoleiros. Ninguém que encontraram antes sabia a rota que estavam tomando, e achava que o povo mais velho não levaria histórias para Galid. Então não sabiam quantos formavam o grupo, ou quem eram.

— Todos, escutem — ele gritou. — Precisamos decidir o que fazer.

*\*\*\**

Mikantor mexeu no acolchoamento sob a caixa em seu ombro e se curvou de novo quando os guerreiros apareceram no topo da colina.

— Diwaz Keraunos, esteja conosco agora — murmurou Velantos, que andava na frente dele.

Ele deveria estar rezando para Ereias, padroeiro dos viajantes e ladrões, pensou Mikantor. Certamente, para aquele engano funcionar, algum deus precisaria conceder um milagre a eles. Velantos mexeu nervosamente no véu que Buda havia dobrado com arte em torno da cabeça dele. Galid não saberia que aquele estilo de cobertura de cabeça nunca tinha sido visto nas terras do Mar do Meio. Desde que Velantos parecesse estrangeiro, não importava que parecesse um tolo. Mikantor, o cabelo escurecido com fuligem e a pele coberta com uma aplicação artística de sujeira, usava uma coleção descombinada de vestes emprestadas dos outros membros do grupo e carregava parte da carga do pônei.

Se eles acreditassem, pensou Mikantor, com um misto de exasperação e diversão, seria por causa das habilidades de disfarce de Buda. E, se os inimigos percebessem a pantomima e atacassem, presa dentro do feixe de gravetos que Mikantor carregava estava sua espada.

Velantos levantou a mão e seus seguidores fizeram uma parada irregular, menos o pônei, que seguiu por mais vários passos, arrastando Aelfrix. As cobertas tinham sido tiradas da caixa de ferramentas que o animal carregava, de modo que os entalhes e peças de bronze brilhavam no sol. O lábio de Mikantor se torceu enquanto o ferreiro se endireitou, batendo no peito em uma pose que um dos criados de Phorkaon tinha adotado quando estava a ponto de fazer alguma proclamação especialmente pomposa.

— Parem e abram caminho para um mestre ferreiro de Tirinto — disse Velantos na língua da Akhaea, e então: — Parem, espadachins... o que querer? — falando errado de propósito a língua das tribos.

— Forasteiro, o que você tem? — zombou um dos recém-chegados.

Uma explosão de risos veio dos outros.

Olhando debaixo das sombras dos embrulhos, Mikantor contou ao menos doze homens robustos, sérios, com escudos presos nas costas, armados com espadas e lanças. Muitos para enfrentar em luta. Ele estava feliz por ter enviado Ganath e Beniharen para se esconderem na floresta, pois certamente teriam sido reconhecidos. Dois podiam ser escondidos, mas não todos. Tinham implorado para que fosse com eles, mas não podia deixar Velantos enfrentar os inimigos sozinho.

Mãos foram para as espadas quando Velantos tirou o martelo do cinto e o levantou, a cabeça de bronze brilhando na luz do sol.

— Bronze — gritou o ferreiro. — Eu faço. Precisam?

Quando brincavam de esconde-esconde em Avalon, tinham aprendido a gerar uma esfera de proteção que poderia desviar um olho que procurava. Mikantor esperava que seus amigos se lembrassem de como fazer. Tirilan era a melhor naquilo. Podia ficar no meio do campo de brincadeiras e não ser vista. Ele forçou de volta a imagem de Tiri manifestando-se em um brilho de sol quando retirava a proteção. Ele logo a veria – o pensamento fazia seu coração disparar com uma tensão que não devia nada ao perigo presente. Ele a veria, mas primeiro precisaria sobreviver ao dia.

Os guerreiros se espalharam para bloquear a estrada, sorrindo com o espetáculo daquele homem de barba preta girando um martelo com aquela coisa ridícula na cabeça. Mikantor se agachou na terra, um joelho dobrado para poder sair correndo de novo se fosse necessário. *Não sou uma ameaça...*, ele projetou o pensamento, *ninguém a temer... ninguém em quem pensar*. Durante sua escravidão, tinha ficado bom em ser ninguém. Sentiu um aperto no estômago com o esforço que isso exigia agora, em sua própria terra.

Um homem abriu caminho, mais baixo que alguns, mas de constituição forte, com espirais de fio de ouro prendendo as muitas tranças em seu cabelo grisalho. Sobre uma camisa de pele pesada ele usava um manto castanho-avermelhado, preso com ouro. Mikantor olhou para aquelas tranças e sentiu um calafrio, lembrando a história de Anderle da destruição de Azan-Ylir.

— Pego o que preciso, e paro quem quiser. Sou a lei nesta terra.

*Eu poderia pegar minha espada e alcançá-lo em seis passadas*, pensou Mikantor, estremecendo. Depois disso, os guerreiros o cortariam, mas, se aquele fosse Galid, poderia valer a pena. Ou valeria, se a tirania de Galid fosse a única coisa que perturbava essa terra. Lentamente, ele se controlou de novo.

Velantos abriu as mãos em confusão.

— Não fala, não fala. Quer bronze?

Os lábios de Mikantor se retorceram, pois, embora o ferreiro falasse pouco, àquela altura ele já entendia a fala das tribos muito bem.

Galid fez um gesto impaciente para um de seus homens, que foi para a frente.

— Tem conversa de comércio? — ele perguntou em um dialeto parecido com o da Cidade dos Círculos.

— Sim, sim! — Velantos abriu um sorriso largo. — Foi por isso que vim. Quero comprar cobre e estanho. Ouvi dizer que vocês têm minas ricas a oeste. — Ele acenou na direção das terras dos ai-ushen.

— Um dia — veio a resposta —, mas não hoje.

— Verdade? Bem, então vou para o sul, onde há estanho.

Galid murmurou algo para o intérprete.

— Meu mestre pergunta quem são esses com você.

Ele fez um gesto com a cabeça na direção de Buda, que escureceu o próprio rosto e se curvara desajeitado para esconder o corpo de seios fartos, e de Aelfrix, que havia abaixado a cabeça.

— Meus servos — disse Velantos, como se surpreso por ele precisar perguntar. — A mulher cozinha, o menino cuida do pônei.

— E o grande?

— Ah, ele é meu Erakles — Velantos sorriu com amargura. — Ele levanta as coisas pesadas e trabalha no fole para a forja. Ele é forte, mas não é muito inteligente.

Mikantor sentiu o olhar de Galid sobre ele e ficou ainda mais imóvel.

— Veja o que ele tem naqueles baús.

— Meu mestre diz para abrir as caixas — ecoou o intérprete.

Velantos assentiu.

— Erakles — ele disse na língua de Akhaea —, coloque os pacotes no chão e descarregue o pônei. E *tenha cuidado*, em nome de todos os deuses.

Mikantor sabia como interpretar aquele aviso. Tirou a carga das costas e ficou de pé. Se Velantos podia bancar o tolo, ele também podia. Deixou os braços penderem soltos ao seguir até o pônei e começar a mexer nas amarras. Seus músculos rangeram quando colocou a caixa de carvalho, tilintando de leve, no chão. Velantos ajoelhou-se à esquerda dele para abrir o fecho e pegou uma das pontas de lança que estavam em cima, ficando entre Galid e Mikantor.

— Esse é meu trabalho... quer comprar?

O metal brilhou quando ele a levantou.

— Quantas ele tem? — Galid murmurou para o outro homem.

— Seis, senhor.

— Pegue todas. Diga que é para comprar a passagem deles pelas minhas terras.

Velantos enrijeceu quando o intérprete passou o recado.

— Mas isso é roubo! Sou um ferreiro, abençoado pelos deuses. Eles não vão gostar que me tratem assim!

— Então deixe os deuses o recompensarem! — retrucou o intérprete.

Conforme os homens começaram a pegar as pontas de lança, a mão de Velantos desceu, apertando forte o ombro de Mikantor. Ele ficou onde estava, mas seu sangue fervilhava – certamente devia haver vapor saindo de seus ouvidos.

— Fique calmo... Eu posso fazer mais... — Velantos misturou as palavras com explosões na língua da Akhaea sobre a provável linhagem e destino certo dos ladrões enquanto os homens riam.

Mikantor manteve a cabeça baixa, sussurrando as próprias pragas enquanto ouvia Galid e seus valentões se afastarem.

— Psss... psss, fique calmo agora — murmurou o ferreiro. — Eles foram embora. Levante-se agora e coloque a carga no pônei de novo, mas tenha cuidado, pois podem ter deixado um batedor para espionar. Vamos continuar nosso caminho sem causar problemas, e à noite será mais seguro para seus amigos se juntarem a nós de novo...

Ele falou de um modo cantado e suave, pensou Mikantor, como um homem acalmando uma égua rebelde.

— E eu, como bom escravo, vou obedecer... — ele murmurou com amargura.

— Mas não mais o meu — Velantos disse. — Agora você serve esta terra.

Mikantor levantou os olhos e sentiu o aperto no peito começar a se aliviar ao ver o sorriso sombrio do homem mais velho.

— Isso é verdade... — ele sussurrou. — Mas eu lhe prometo uma coisa. Na próxima vez que encontrar aquele homem, terei uma espada na mão!

## ~ dezessete ~

Mikantor se levantou assim que havia luz suficiente para carregar o pônei e acordou os outros, que protestaram e grunhiram, para tirar quaisquer roupas que não tivessem usado para dormir e pegar a estrada. Ele mesmo pegou a rédea para puxar o animal.

— Pelo menos poderia nos deixar comer alguma coisa de desjejum — murmurou Ganath, que marchava ao lado dele. — Por que a pressa?

Se o Tor não se moveu em todo o tempo que passou longe, não vai desaparecer hoje.

*Como a terra da rainha do Povo Oculto?* Mikantor deu de ombros. Ele mesmo não entendia sua urgência. Fazia quase sete anos que deixara o Tor. Parecia uma eternidade. Parecia que tinha sido um dia só. *Vou acordar e descobrir que é tudo um sonho e tenho catorze anos de novo?* Mesmo se pudesse passá-los em Avalon, não queria atravessar aqueles anos outra vez.

— Se chegarmos cedo o suficiente, talvez *eles* nos deem o desjejum, e um muito melhor do que o que teríamos na trilha — ele disse, consolador. — Não pode estar a mais de duas léguas de distância.

Tinham passado a noite no último terreno elevado ao leste do Vale de Avalon. A trilha que seguiam agora passava por um misto de pastos e florestas. Conforme o sol subia, o céu diante deles se aqueceu gradualmente de cinza-brumoso para dourado-claro, aprofundando-se em rosa com um brilho nacarado como o interior de uma concha.

O pônei se assustou quando alguma coisa se agitou em meio às árvores. Dois cisnes brancos se levantaram de repente no ar, o alvoroço inicial transformando-se em uma batida suave que os levava para o céu. No momento seguinte, os viajantes saíram de debaixo dos galhos e viram o Tor. Mikantor parou no lugar, olhando para o cone perfeito que se erguia sobre a névoa, uma silhueta contra o céu.

Depois do que pareceu um longo tempo, percebeu que Velantos estava de pé ao lado dele.

— É seu lar?

— Foi um dia... — Mikantor respondeu, e não sabia se estava falando da infância ou daquela outra vida da qual a rainha do Reino Oculto lhe falara.

— É muito bonito — disse o homem mais velho em voz baixa.

Mikantor assentiu.

— É onde mora meu coração, embora não acredite que meu destino seja viver ali por muito tempo.

Velantos apertou o braço dele com uma força súbita, falando rapidamente no idioma da Akhaea, como ainda fazia quando se emocionava.

— Então não vá para lá! Os deuses deram a Akhilleos uma escolha de destino, morrer jovem e gloriosamente ou velho e contente. Eles lhe deram essa escolha? Podemos ir embora desta terra e descer para o sul de novo.

Mikantor balançou a cabeça e cobriu a mão do outro homem com a sua.

— Fique calmo... os deuses não me deram nenhum aviso. Mas Avalon é para sacerdotes, e nesta vida, pelo menos, meu destino é ser guerreiro. Não sei se meu tempo será longo ou curto, mas é nas terras dos ai-zir e nas que ficam além que preciso lutar minhas batalhas, e, se for o vencedor, é onde farei meu lar.

— Essa é a escolha de um rei — disse Velantos.

— Ou de um Defensor. Esta terra não é como a sua... aqui são as rainhas que reinam, e os reis as protegem, então o que Galid está fazendo é duplamente um pecado. Mas Avalon está acima de todas as tribos. A Senhora Anderle é a líder da Irmandade de Grã-Sacerdotisas, uma adepta de grandes poderes. Sem o apoio dela não posso nem começar.

— Ela parece aquela bruxa Medeia, sobre quem ouvimos tantas histórias.

Os lábios de Velantos se curvaram no que poderia ser um sorriso.

— Nada tão sinistro! Mas é uma mulher forte, com certeza.

— Estou ansioso para conhecê-la...

Mikantor riu. Enfiado em suas preocupações, não tinha lhe ocorrido antes imaginar o que o ferreiro ia pensar da Senhora de Avalon, e ela dele.

— Quanto mais cedo chegarmos lá, mais cedo vai encontrá-la — ele disse, começando a descer a colina.

O lado mais íngreme do Tor dava para o leste, erguendo-se de um emaranhado de árvores e campinas. O caminho que ia até lá seguia uma crista de terreno levemente elevado que ia das colinas até a ilha. Onde o pântano o tinha tomado, havia um caminho de troncos rachados, mas a maior parte era de chão sólido.

Agora conseguia ver as pedras erguidas que coroavam o cume. Abaixo da encosta suave, um grupo de árvores o separava de uma campina onde pastavam ovelhas. À esquerda deles, o pântano adentrava. Cisnes deslizavam na água aberta além da franja de juncos, talvez os dois que tinham visto antes. Os viajantes ficaram em silêncio. Até os pássaros pararam de tagarelar. As ovelhas se moviam lentamente pela grama verde cravejada de flores douradas.

Onde o terreno se levantava, o caminho se dividia. Um deles os levaria em torno da ilha até o Salão do Sol e as outras construções. O outro levava ao Tor. Havia um banco na virada. Mikantor passou o olhar por ele, então olhou de novo. Alguém estava sentado ali – uma das sacerdotisas; por que não notara aquela túnica azul antes?

Anderle os tinha visto a caminho por meio de suas artes e viera encontrá-los? Conforme a mulher se levantou, o véu foi para trás, e ele viu o sol brilhar dourado no cabelo dela. Mikantor sentiu o coração parar e então recomeçar com uma batida rápida que balançava seu peito.

A mulher veio na direção deles, os pés deixando pegadas escuras na grama perolada pelo orvalho. Ela era humana, então, mas por que duvidara? Conhecia aqueles olhos brilhantes e cabelos ondulados.

Conhecia aquele sorriso. Mas a criança da qual se recordava tinha sumido. Aquela era uma mulher, seios e quadris bem definidos pela corda que servia de cinto para sua túnica azul. Por que não havia lhe ocorrido imaginar como os anos deveriam ter mudado *Tirilan*?

— Que a bênção da Deusa esteja sobre ti, Senhora, e sobre esta ilha — disse Ganath quando se tornou aparente que Mikantor era incapaz de produzir palavras.

Ela se aproximou, o olhar indo de um para o outro, arregalando um pouco os olhos ao fitar Mikantor de cima a baixo. O que ela pensaria dele, com poeira de metade da ilha na pele e nas roupas?

Ela pegou cada um deles pelas mãos enquanto Ganath os apresentava, chegando por último a Mikantor. Por um momento ela simplesmente o encarou, então colocou as mãos dos lados do rosto dele, puxando-o para beijar sua testa.

— Filho de Cem Reis — ela sussurrou, soltando-o. — Sonhei com sua chegada. Seja bem-vindo a Avalon.

Os olhos dele ardiam. O lugar onde ela o beijara ardia como fogo. Mikantor percebeu que seus joelhos já não lhe davam apoio. Ele ajoelhou e, movido por um instinto que não conseguia explicar, beijou o chão.

— Senhora, eu te saúdo. — Por fim encontrou as palavras. — Saúdo a Deusa de quem tu és a imagem. Saúdo a terra sagrada de Avalon...

\*\*\*

*Ele cresceu...*, pensou Anderle enquanto os viajantes se aproximavam do Salão do Sol, onde a Senhora de Avalon e seus sacerdotes os esperavam. Ela retorceu os lábios ao se recordar de quantas vezes tinha pensado isso antes. Dessa vez, porém, era fácil pensar nele com seu nome verdadeiro. *Ele cresceu no nome – é realmente Mikantor agora.*

Mas ele era o Filho de Cem Reis, o Defensor destinado que iria restaurar a lei e a vida na terra? As pessoas pareciam pensar que sim. A notícia da chegada dele tinha corrido na velocidade da luz do sol pela terra.

Precisava admitir que ele tinha a aparência certa – mais alto que o pai, que na juventude fora um homem grande, com ombros em proporção. As pernas nuas sob a túnica também exibiam músculos rijos. Na sombra, o cabelo parecia escuro, mas surgiam pequenos brilhos de fogo quando ele passava pelo sol, e havia um brilho acobreado em seu queixo barbeado. Sóis mais fortes que esse deram à pele dele um tom de bronze-avermelhado. Das sacerdotisas atrás dela veio um suspiro de apreciação – sim, era um homem que as mulheres favoreceriam. Com esse pensamento, ela se virou para ver como a filha estava reagindo à volta do jovem sobre quem tanto se importara não fazia tanto tempo.

O rosto de Tirilan estava sereno. *Não acredito nesse olhar de inocência, minha menina*, Anderle pensou rispidamente, imaginando se a filha já tinha conseguido ver Mikantor de algum jeito.

Se tinha, *ele* não parecia ter sido muito afetado. O olhar dele passou pela fileira de sacerdotisas sem pausa e voltou para Anderle. Deixando seus companheiros, ele subiu os três degraus do pórtico e fez a mesura apropriada à posição e ao nível dela com perfeita graça, e, se ela se via sentindo falta do entusiasmo com que ele a abraçava na infância, não poderia reclamar de seu autocontrole.

— Meu dever e meu amor à Senhora de Avalon. — A voz grave e agradável era outra surpresa.

— Mikantor, filho de Irnana, Avalon lhe dá boas-vindas.

Não fazia mal recordá-lo de que, ali, sua posição era derivada da linhagem de Avalon. Anderle estendeu os braços e ofereceu uma bochecha, depois a outra, em um abraço formal.

— Você passou muito tempo perdido para nós. É com alegria que o recebemos de volta ao lar.

Mikantor baixou a cabeça em reconhecimento, e ah, aquele *era* um sorriso de parar o coração, com um dente lascado apenas para deixá-lo mais atraente. Quando ele se endireitou, havia uma luz nos olhos dele que elevou o espírito de Anderle. Com orientação adequada, ele bem poderia demonstrar aptidão para ser rei.

— Meu querido, é uma coisa boa que a notícia de sua chegada tenha vindo antes de vocês. Mal conseguiríamos reconhecê-lo — ela então disse.

— A *senhora* não mudou — ele respondeu, com um daqueles sorrisos —, nem Avalon. Mas a ilha sagrada é eterna.

Anderle balançou a cabeça, olhando para ele.

— Não tente me bajular, meu rapaz.

E, no entanto, ao saber que ele chegara, vestira sua melhor túnica e tomara cuidado especial com as dobras de seu véu, e achava que não tinha sido a única. *Todos temos nossa vaidade*, ela pensou com tristeza, sabendo que ele provavelmente notaria.

— E quem são esses que trouxe com você? As mensagens diziam que tinha companhia, mas não quem eram.

— Ganath e Beniharen a senhora conhece — ele inclinou a cabeça para os dois moços, que fizeram a mesura apropriada, por sua vez —, embora possa haver bem mais de Beni do que se recorde. E esses são Buda e seu filho Aelfrix, da Cidade dos Círculos.

Ele fez um gesto para que o menino e a mulher se aproximassem.

— Eles nos abrigaram quando chegamos à costa norte da Grande Terra. O irmão dela, Bodovos, me treinou no uso de armas.

*E graças aos deuses por isso*, pensou Anderle. Ela vinha imaginando como um homem que nunca tivera a chance de usar armas poderia se tornar um líder de guerra. Estava ansiosa para saber das histórias das andanças dele.

— E esse é Velantos.

Alguma mudança no timbre de Mikantor concentrou a atenção dela enquanto o homem de barba preta e constituição poderosa que estava atrás dos outros se aproximava. As sobrancelhas franzidas a impediam de ver os olhos dele, mas ele parecia estar com trinta e muitos anos, quase a idade dela.

Sóis mais fortes realmente haviam bronzeado a pele dele. Tudo sobre ele, do modo como se portava até os brincos de ouro nas orelhas, proclamava que tinha vindo de um lugar sobre o qual não sabia nada. Mas, fosse lá o que fosse, ela pensou enquanto ele se curvava em uma mesura que, se não era a que estava acostumada, claramente se destinava a alguém de alto nível, não era nenhum bárbaro. Levantando-se, ele entoou uma frase ressonante em uma língua estrangeira.

— Ele não fala nossa língua?

— Não muito, grande rainha, mas aprendo. — A voz dele era bastante grave.

— Ficaremos felizes em ensinar.

Ela sorriu. Com aprovação, notou o volume rígido dos músculos sob a túnica. Ele deveria ser um guerreiro de alguma notoriedade. Com aqueles braços e ombros, qualquer coisa que acertasse não iria se mexer de novo.

— Velantos e eu resgatamos um ao outro de várias enrascadas — Mikantor continuou. — Ele se tornou meu irmão e meu amigo. Mas, quando fui dado a ele como escravo, ele era um príncipe da grande cidade de Tirinto, e um mestre ferreiro da Akhaea.

*Um ferreiro!* Aquelas palavras a deixaram sem fôlego. Naquele momento, Velantos levantou os olhos e encontrou o olhar examinador dela. Sem aviso, os outros sentidos dela se abriram, e ela viu tanto o corpo quanto a luz da alma que pulsava em torno dele como o calor de uma lareira. Conhecia aquele homem! Ela o tinha visto – o rosto dela ardeu quando se recordou do sonho no qual o abraçara no fogo da forja.

E, pelo choque nos olhos castanhos dele, parecia que ele também se recordava...

O coração de Anderle bateu, lento e pesado como um tambor ritual. *Deusa*, a alma dela gritou, *o que forjaste?*

— Um mestre ferreiro — ela conseguiu dizer em voz alta, pois o que a chegada dele poderia significar para eles não era um assunto a ser discutido diante do mundo inteiro. — Então é duplamente bem-vindo. Nosso ferreiro faleceu recentemente e a oficina está vazia. Use-a como quiser.

Mikantor perguntava a respeito do desjejum. Anderle mal tinha escutado. Ela sorriu e assentiu enquanto o grupo era apresentado ao resto dos sacerdotes e sacerdotisas e levado para o salão de jantar, sua visão interior ainda cega pela imagem de uma espada flamejante.

\*\*\*

Velantos estava na oficina de ferreiro na Ilha da Donzela, incapaz de acreditar que sua jornada por fim tinha terminado. A oficina era construída em um padrão conhecido, com três paredes e uma quarta que podia ser bloqueada por tabiques. Em um nicho feito em uma parede, viu a imagem de chumbo da deusa da forja, as vestes feitas de modo grosseiro recordando-o das usadas em ritual pelas mulheres de sua terra. Levantou a tampa do baú que o acompanhara por tantas milhas e soltou das amarras a imagem de cerâmica que estava em cima de suas ferramentas. Ele estava certo – havia espaço para sua própria imagem da deusa ao lado da nortenha.

Conforme foi para trás, ouviu um farfalhar de pano na porta. Ele se virou para ver a Senhora de Avalon ali, o sol brilhando através do véu de um jeito que parecia que ela estava cercada por uma névoa de luz.

— É permitido? — Ele apontou para as imagens.

— Ah, sim. — Sorrindo, ela colocou o véu de novo e entrou. — Agora teremos duas Donzelas para proteger a ilha.

Ele se curvou para esconder a consciência desconfortável que ela produzia nele desde o primeiro encontro no dia anterior. Ela o lembrava de Naxomene, mas ele entendia a fonte da magia da rainha. Ele não sabia nada sobre a de Anderle. *Medeia...*, pensou de novo. *Ela* também tinha sido útil... e perigosa. Achava que Anderle não faria mal a Mikantor – ela era a Mãe Sombria do rapaz e o protegeria, ao menos enquanto ele fizesse a vontade dela.

*Sou eu quem precisa ter cautela*, ele então pensou. *Ela quer alguma coisa de mim*. Tendo crescido em um salão real, aprendera a ter cuidado com pessoas poderosas que queriam coisas.

— Vejo que tem as próprias ferramentas — ela disse, agradável, quando ele começou a colocá-las na mesa de trabalho. — Há mais alguma coisa de que vai precisar?

A voz dela o fazia pensar em mel aquecido pelo sol, mas a bela linha dos lábios não demonstrava nada.

Ele dirigiu o olhar de volta para a oficina. Tudo parecia ser de boa qualidade, e tinha sido bem conservado. O cadinho repousava em uma lareira de pedra. Também era feito de pedra. Um cano de argila queimada passava de lado pela parede da lareira e para fora para conectar o canal de vento com os sacos do fole.

— Pele de veado no fole está velha. — Ele apontou para o couro duro. — Precisa fazer novo.

— Vou providenciar que receba as peles adequadas. Os caçadores da Vila do Lago podem matar uma corça, e as mulheres deles costuram bem couro.

Ele assentiu, deliberadamente evitando os olhos dela. Medeia teria tido essa aparência, ele se perguntou, pequena e pálida, com uma massa de cabelo escuro cujos cachos escapavam das tranças enroladas em torno da cabeça como se o poder delas fosse grande demais para tais amarras? Como seria a aparência daquele cabelo fora do confinamento?

Ele jogou a imagem longe e contou as ferramentas de fogo, cuidadosamente presas em uma estante de madeira. O espaço no baú dele mal tinha sido suficiente para seus martelos e outras ferramentas. E ali também havia um balde forte de carvalho para água, um tanque de têmpera e um cesto de trançado fino para as cinzas, coberto de argila. O carvão seria mantido no galpão do lado de fora. Esperava que o galpão também tivesse argila para fazer moldes.

Entre a lareira e a bancada de trabalho ficava a bigorna, um bloco de granito encaixado em uma parte cortada do tronco de um carvalho poderoso. Ele tinha trazido uma seleção de bigornas menores feitas de bronze que usava para trabalhos refinados, mas para peças grandes o granito serviria bem.

— O que vai fazer primeiro? — perguntou Anderle.

— Pontas de lança — grunhiu o ferreiro. — Galid roubou as minhas.

Aquela lembrança queimava em seu estômago, embora não tanto quanto a breve volta à escravidão deveria perturbar Mikantor.

Velantos estremeceu quando se recordou de que o jovem estivera perto de explodir. Se Mikantor tivesse lutado, os lacaios de Galid o teriam derrubado. *E eu também*, ele pensou sombriamente, *pois nenhum bom senso me impediria de tentar defendê-lo.* O que ao menos teria resolvido o problema de como poderia sobreviver sem Mikantor nessa terra estranha. *Se é que quisesse...*, pensou com melancolia. A ameaça de Galid já os separava, ele na oficina de ferreiro e Mikantor nos campos de treinamento, mas pelo menos ali ele teria trabalho a fazer.

— Galid... — ecoou a sacerdotisa.

A voz dela afinou, e Velantos experimentou novamente a sensação de perigo. Ele fez uma careta. Ela tinha metade do tamanho e do peso dele – poderia *quebrá-la* –, então por que a tensão enrijecia seus membros?

*Todos* os membros, ele percebeu, virando de repente para que ela não visse como o corpo dele respondera. Colocou um pedaço de bronze na bigorna e pegou o martelo de cabeça redonda, canalizando sua excitação em um golpe que fez o metal ressoar.

*Se isso é o que a presença da mulher faz comigo*, pensou com tristeza, *prevejo que vou trabalhar duro por muito tempo...* E isso também era bom, pois os homens de Mikantor precisariam de armas.

— Galid precisa de morte — ele rosnou. — A senhora me encontre bronze e eu faço lanças.

— Vai fazer espadas... — ela corrigiu em voz baixa.

Ela tinha chegado tão perto que sentia seu cheiro como terra morna e flores.

— Vai fazer *a* Espada, para Mikantor.

Ele pulou quando a mão pequena de Anderle apertou o músculo rijo de seu antebraço, e se virou apesar de sua resolução, caindo na escuridão dos olhos dela.

— Uma espada para um rei... — ela sussurrou —, e você está destinado a fazê-la. Eu *vi* a Espada, Velantos, forjada em fogo!

Ele sentia aquele fogo ardendo entre eles. Praguejando, ele se afastou, respirando com força.

— Vá! — ele disse rispidamente. — Envie trabalhadores; eu digo do que preciso. Mas vá agora... esse não é seu Mistério!

Ele se retorceu com o sopro de ar quando ela passou.

— Não é?

A luz bruxuleou quando ela passou pela porta. Enquanto o som dos passos ficava mais fraco, ele ouviu o riso dela.

\*\*\*

*Ora, aquilo é um homem!* Anderle riu de novo ao se apressar pelo caminho. Ela havia se esquecido de como era responder ao poder de um homem. Quando Tirilan sonhava com Mikantor, deveria ter demonstrado mais empatia, mas como poderia saber? Mesmo quando estava apaixonada pelo pai de Tiri, Anderle nunca sentira um fogo como esse nas veias.

Estava claro que Velantos também o sentia. Os lábios dela se torceram quando se lembrou da reação dele. Sabia que ele trabalharia duro por Mikantor, mas agora, pensou, deveria trabalhar com toda a sua paixão para se provar igual a ela em poder.

Atração sexual era uma força poderosa. As tradições de Avalon tinham muito a dizer sobre as maneiras como ela poderia ser usada para levantar e canalizar energia. Nos ensinamentos mais esotéricos era a mulher quem despertava, cuja energia excitava o poder do homem para propósito e poder. E o poder era maior quando canalizado no trabalho de corpo ou espírito, em vez ficar preso ao ato do amor.

O que era uma pena, refletiu, lembrando dos músculos duros sob a pele rija. Se o resto do corpo dele fosse tão poderoso...

*Não importa*, disse a si mesma com firmeza ao cruzar a ponte que cobria o terreno baixo entre as ilhas. O corpo dele precisava ser capaz do trabalho que ele precisava fazer. Ele poderia ser feio como o filho da Ralhadora e ainda teria apresentado seu poder para atraí-lo. Seu negócio era a alma dele. Que ela pudesse julgar a negação dos pedidos do corpo tão dolorosa quanto ele não era relevante. Ela era a Senhora de Avalon e sua vida pertencia à terra. Para levar o Filho de Cem Reis ao poder, todos os sacrifícios eram justificados.

Quando Anderle chegou ao pátio em que a comunidade se reunia em dias de sol, estava confiante de que suas bochechas vermelhas poderiam ser creditadas ao exercício. Mikantor esperava por ela lá. Um jovem animal saudável, ela pensou, apreciando a figura que ele fazia com o sol brilhando nos cabelos. Velantos era muito rústico, muito sombrio, para ser belo. Por que o homem mais jovem não agitava seu sangue? Mas é claro, Mikantor era como um filho para ela. Certamente era motivo suficiente – ela afastou todos os outros pensamentos.

— Acomodou Velantos na oficina? — perguntou Mikantor quando ela se sentou ao lado dele. — Ele tem tudo de que precisa?

*Em oposição a tudo que ele pode querer?* Anderle sorriu.

— Ele vai precisar de suprimentos — ela disse em voz alta. — Quando for para a Vila do Lago, pode fazer os arranjos.

— Eu vou para a vila. É claro que quero ver todos eles, mas achei que existissem coisas.

— Essa é uma delas — disse Anderle. — Não pode conseguir a tarefa para a qual é chamado sozinho. Vai precisar de Companheiros. Ganath e Beniharen já o seguem, mas não são guerreiros. O povo do lago tem bons batedores e caçadores. Seu irmão Mergulhão está na idade de ser útil. Fale com ele, veja se o quer em seu grupo.

— Sim, é claro — disse Mikantor, atencioso. — Agora que Velantos tem sua forja, preciso começar com o resto. Mas precisa entender, é muito importante que ele fique feliz aqui.

*Não*, pensou a sacerdotisa, *é muito importante que ele seja produtivo. Um pouco de infelicidade muitas vezes é um estímulo, quando contentamento apenas sugaria a vontade de realizar.*

— Foi preciso irmos embora de Bhagodheunon por minha causa, e aí o arrastei comigo através do mar — Mikantor continuou. — Ainda me lembro de como o país dele me parecia estranho, e tenho certeza de que ele está se sentindo transtornado da mesma maneira no meu.

— Deixe-o comigo... embora caso precise ser mais... prestativa... talvez fosse melhor me falar um pouco mais sobre ele — respondeu Anderle. — Suspeito de que ele não é muito acessível nas melhores circunstâncias... não é assim?

Se as coisas corressem como esperava entre eles, ela poderia ser a *última* pessoa a quem o ferreiro iria querer abrir o coração. Mas fazia sentido reunir o máximo de informações possível sobre alguém que era tão importante para a causa deles.

Mikantor começou a rir.

— Ele mesmo diz que pode ser como um urso com dor de cabeça, mas nunca virou o temperamento contra mim – bem, quase nunca, e foi porque sentia dor...

Anderle lançou um olhar rápido para ele.

— Se foi escravo dele, teria pensado que ficaria feliz em se livrar dele.

Mikantor franziu o cenho.

— Pela lei deles ele era meu dono, mas sempre me tratou como um ser humano desde o primeiro dia. Não um igual, pois eu era só um menino ignorante, não era melhor com a língua dele do que ele é com a nossa agora, mas outra criatura. Nunca exigiu mais de mim do que exigiu dele mesmo. Para Velantos, é o trabalho que importa acima de tudo.

— Isso eu consigo entender... — Anderle se viu sorrindo.

*E eu lhe darei seu trabalho, homem do sul, e, até que esteja feito, não poupe nem a mim nem a si mesmo, não importa a dor!*

\*\*\*

Tirilan estava deitada na cama, ainda acordada, embora a meia-noite tivesse chegado e passado. Pela janela estreita via a lua crescente. Será que Mikantor, que dormia no dormitório dos sacerdotes com Ganath e Beniharen, também olhava a lua, ou desfrutava do sono que era a recompensa normal de exercício saudável? Ele tinha passado a tarde no campo de jogos, testando seu tiro com arco contra o de Mergulhão. Eles não sabiam que ela os tinha visto, banqueteando os olhos na flexão e soltura graciosas do corpo dele enquanto ele curvava o arco.

Desde aquela manhã em que ele chegara, não tinham conversado. A lembrança dela daqueles momentos parecia parte de um sonho que a enviara para encontrá-lo na costa de Avalon.

*Eu dei a ele a bênção de uma sacerdotisa*, ela pensou com tristeza, *quando o que queria era beijá-lo como um amante*. E ele olhou *para mim como um homem que vê a Deusa, não alguém que recebe a mulher que deseja.*

Ela havia pensado que quando se encontrassem novamente aquilo iria mudar, que ele perceberia que ela era uma mulher humana, e poderiam começar a recuperar a amizade que tiveram tanto tempo antes. Quando se separaram, ele era um menino, e ela uma menina sonhadora, e nenhum dos dois tinha nenhum conceito das necessidades do corpo.

*Se ele tivesse ficado, poderíamos ter feito essas descobertas juntos.* Pela apreciação com que ele olhara para as sacerdotisas, achava que não lhe faltava experiência. Mas ela fora ensinada em teoria e proibida da prática.

Quando Mikantor a encontrava nas refeições, ou em um dos caminhos, o olhar dele ia para o rosto dela e depois desviava. Ele ainda a via como a Deusa, ou tinha descoberto que ela fizera seus votos e não era para nenhum homem? Não podia nem culpar a mãe dessa vez. Fora a própria Deusa, ou seja lá quem tivesse mandado aquele sonho em que era ela quem precisava tornar Mikantor rei, que a tinha enviado para dar essa bênção a ele.

Mas a mãe parecia ter tomado conta de torná-lo rei também, pensou com ressentimento, mandando avisar as outras sacerdotisas da irmandade, convocando os homens a uma conferência no Tor.

*É minha culpa...*, ela admitiu, *por pensar que a Deusa me deu um destino.* Mas, a não ser despir-se e surpreender Mikantor quando ele estivesse se banhando no lago, não via como poderia fazê-lo pensar nela como uma mulher agora.

*Senhora, me ajuda*, ela rezou. *Pois sete anos o transformaram em um homem, e lindo, e não sei se o menino que amei ainda está lá.*

Mas a lua não respondeu.

## ᚼᚾ dezoito ᚼᚾ

O verão tinha chegado a Avalon, com mais dias de sol, ou ao menos de nuvens, do que de chuva. Apenas poucas seções do campo de jogos esguichavam água sob os pés, pelo que os jovens que tinham vindo se juntar ao grupo de Mikantor estavam gratos. Ele os observava agora enquanto usavam espadas de treino para repassar os movimentos de espada estilizados.

— Queria que meu tio tivesse vindo conosco — disse Aelfrix, que estava de pé ao lado dele com um odre cheio de chá de rosa-mosqueta.

Anderle havia mandado o chá para refrescá-los.

— Bodovos teria feito você trabalhar mais — observou Mikantor.

— Eu sei, mas ao menos não passaríamos tanto tempo sem fazer nada...

Mikantor só podia concordar. Desejava ter prestado mais atenção durante os treinos intermináveis que Bodovos impunha à Guarda da Cidade dos Círculos. Mas nunca havia lhe ocorrido que pudesse precisar passar o conhecimento gravado em seus músculos e nervos pela prática constante. Sabia como *fazer* essas coisas, mas não as explicar. Com muita frequência a prática era parada enquanto o instrutor tentava se lembrar do próximo passo em um exercício.

A única vantagem era que ele próprio havia recuperado toda a sua antiga forma. Poderia até ter melhorado, embora, sem um espadachim habilidoso com quem treinar, não houvesse como saber. Possivelmente a falta de uma estalagem conveniente para beber com seus companheiros tinha algo a ver com isso. Com duas fontes puras, bebidas fermentadas eram apenas para uso em rituais em Avalon.

*Crac! Crac!*

Os homens trabalhavam para lá e para cá, girando espadas de madeira que Velantos esculpira para terem o peso e o formato gerais das espadas que iria forjar quando chegasse mais metal. Enquanto isso, o bronze armazenado na velha oficina já tinha sido transformado em pontas de lança, então os homens não estavam totalmente desarmados. Talvez naquela tarde devessem trocar para treino com lanças.

O que Mikantor ia *fazer* com aqueles jovens guerreiros depois que estivessem treinados ainda era uma questão. Alguns deles, suspeitava, simplesmente desejavam a empolgação da batalha, mas a maioria vinha de lugares que tinham sofrido com as depredações de Galid. Eles supunham que iriam atrás dos usurpadores para vingar os pais. Mas se ele tivesse sucesso, e então? Sua tia, a rainha correta dos ai-zir, tinha morrido enquanto estava fora. Anderle dissera que sua prima Cimara levava uma vida triste e limitada em sua fazenda, com o título de rainha, mas sem poder. Galid havia matado cada homem que tentava cortejá-la, então também não teve filhos. Ele achava que a tinha visto uma vez em um festival, mas ela não o conhecia. Se ele se livrasse de Galid, ela iria querê-lo?

E era rei dos ai-zir o que ele queria ser? Tinha nascido em Azan, mas Galid o impedira de crescer lá. Pensava na Vila do Lago e em Avalon como lar. Concordava que Galid precisava de morte, mas como ele poderia ajudar as outras tribos se pensassem nele como um homem de Azan?

Tinha feito uma pausa para dividir o chá quando Aelfrix voltou correndo com a notícia de que mais dois recrutas haviam chegado à ilha. Mikantor olhou em volta para os jovens que relaxavam ou deitavam exaustos na grama. Tinha tentado ser honesto com eles, sem fazer nenhuma promessa a não ser o treinamento em si. Um dia ele iria querer um exército, mas por ora o número de seus Companheiros deveria ser limitado a um grupo que pudesse se mover com rapidez e que ele pudesse alimentar.

Seu irmão de criação Mergulhão tinha sido o primeiro a se juntar a ele ali. Sempre fora um bom arqueiro de campo, mas não sabia nada sobre espadas. Acaimor e Romen eram quase tão esguios e morenos quanto o Povo do Lago, fortes e rápidos. Tinham vindo das terras dos ai-utu, porque Romen se recordava de Mikantor de seu tempo em Belerion. Pelicar, tão alto quanto Beniharen, mas louro, como ele, era do Povo do Javali. Era filho da rainha deles, acostumado a governar, e se mostrava um comandante capaz. Tegues, de cabelos pardos, tinha sido um amigo de infância de Ganath e o seguira. Adjonar era o primeiro ai-zir a encontrar coragem para se juntar ao homem que esperavam que os livraria de Galid.

*Se pudermos tomar conta uns dos outros, não vamos nos sair tão mal,* pensou Mikantor.

Conforme os recém-chegados se aproximavam, aqueles que estavam relaxando se ergueram, ainda não hostis, mas vigilantes como cães pastores. O jovem na frente tinha altura média e uma barba tão preta quanto a de Velantos. Na verdade, ele era bem parecido com o ferreiro. Enquanto ele se aproximava, Mikantor levantou uma mão em cumprimento.

— Seja bem-vindo, homem do sul — ele disse na língua da Akhaea.

O camarada parou de repente, um sorriso branco aparecendo em meio à barba curta.

— É verdade, então, você morou no Mar do Meio!

O sotaque era estranho, mas o homem claramente o entendera.

— Ah, não conheço a velha língua bem o suficiente — ele completou, na língua das tribos. — Eu me chamo Lysandros, filho de Ardanos. Meu avô veio para cá com Brutus depois da queda de Troia. Pegamos terras no sudeste, onde ficam os penhascos brancos.

Aliviado por ter adivinhado corretamente, Mikantor apertou a mão de Lysandros.

— Você precisa falar com Velantos de Tirinto, nosso ferreiro.

— Um homem da Akhaea? — Lysandros fez uma careta, e Mikantor imaginou que ele tinha sido criado com histórias sobre o estupro de Troia.

— Troia foi vingada — disse Mikantor. — Tirinto caiu para os Filhos de Erakles, e Mykenae e Korinthos também. Seu povo e Velantos são igualmente exilados agora.

Lysandros deu de ombros e então sorriu.

— Muito bem, mas não conte ao meu avô que me sentei em paz com alguém da Akhaea!

— E quem é seu companheiro?

Mikantor apontou com a cabeça para o outro homem, um camarada magro com cabelo avermelhado que ficara para trás como se incerto da recepção.

— O nome dele é Ulansi — começou Lysandros.

— E ele é um traidor sujo, veio nos espionar para Galid — Adjonar o interrompeu.

Mikantor levantou uma sobrancelha.

— Então devemos ao menos dar a ele o crédito pela coragem. Você, Ulansi, venha cá se quiser. O que Adji diz é verdade?

— Se servi no bando de Galid, sim, é verdade — disse o recém-chegado devagar. — Ele foi para nossa fazenda, procurando homens. Se meu pai se recusasse a me deixar ir, teriam queimado tudo. Mas, sobre as outras acusações, nunca! Até antes do ano seguinte, quando os ai-ushen mataram minha família – e Galid não fez nada para vingá-los –, eu teria feito tudo que pudesse para derrubá-lo.

— Entendo... — Mikantor disse devagar.

Era uma história plausível, mas assim seria se Galid tivesse enviado um espião. Porém, havia pouco dano que o homem poderia fazer ali em Avalon. Anderle olharia dentro do coração dele e saberia se era verdade.

— Por ter servido Galid, você saberia como ele gosta de lutar, e como ele treina seus homens...

— Sim, senhor! — Os olhos de Ulansi se iluminaram. — Foi por isso que vim. Se preciso levar o nome de traidor — ele olhou para Adjonar —, não será por trair o *senhor*!

Mikantor assentiu.

— Será testado, é claro, mas estou inclinado a confiar em você. Meu próprio professor sempre dizia que um homem sábio conhece seus inimigos, e estive fora do país por muito tempo. Para a maioria de nós, Galid é tão perverso quanto Guayota, odiado pelo que faz, mas não sabemos *por quê*. Preciso saber o que ele pensa, o que ele quer...

Ulansi pareceu impressionado com a intensidade de Mikantor, mas respondeu com uma reverência.

— Senhor, eu não fazia parte dos conselhos dele, mas ele se tornou orgulhoso, e nem sempre segura a língua diante dos homens. Vou tentar me recordar do que ouvi, e ajudá-lo de todos os modos que puder.

\*\*\*

A lâmina de bronze flexionou conforme Velantos a colocou na bigorna, pegou um de seus martelos redondos de pedra e começou a bater na ponta.

— Pela força e pela habilidade esse trabalho é feito: martelo bate e endurece lâmina! — ele sussurrou, combinando os golpes ao feitiço até que tivesse estabelecido e internalizado o ritmo, indo para a frente e para trás ao longo da lâmina.

Ser martelado deixava o bronze mais duro – como os problemas que ele enfrentara fizeram com Mikantor. Ele olhou de volta para o jovem, encostado na porta aberta da oficina observando-o.

— O metal que conseguimos de Belerion era bom, então?

— Muito bom. Seu amigo mercador escolheu bem — respondeu Velantos.

Era a segunda espada em forma de folha que tinha forjado desde sua chegada a Avalon, mas a primeira com o novo bronze.

Mikantor riu.

— Acho que o Mestre Anaterve ainda sente culpa por ter deixado que eu fosse levado pelos homens de Galid bem debaixo do nariz dele. Ele parece bem feliz por apoiar a causa.

— Você deu a primeira espada para Pelicar? — Velantos perguntou.

— Ele é filho de uma rainha e já passou por algum treinamento. Os outros estão dando seu melhor para conseguir a segunda espada! Começaram a praticar os feitos dos heróis também. Vai levar muito tempo até conseguirmos fazer qualquer coisa com as carruagens, mas o campo de jogos é grande o suficiente para corridas e o salto longo, e a grama é macia o suficiente para rolar e lutar.

Velantos virou a espada e começou a trabalhar na outra beirada. Um dia tinha feito ornamentos de ouro para rainhas. Se Mikantor fosse vitorioso, poderia haver tempo para algo assim de novo. Enquanto isso, a lâmina tinha sua própria beleza mortal. Assim como Mikantor, ele pensou ao olhar para o jovem de novo.

Havia uma clareza nos traços dele que não estava lá antes, como se a responsabilidade que agora carregava tivesse eliminado o resto de sua meninez. Mikantor poderia ainda duvidar de sua habilidade de carregar esse peso, mas, apesar da ambivalência dele, voltar tinha sido claramente a coisa certa a fazer para ele. Se era a coisa certa para Velantos seguia uma coisa a ser verificada.

Era inevitável que se afastassem agora que Mikantor era um homem. Seria errado para ele tentar segurar o rapaz em sua velha amizade. Mas agora sentia falta dos dias em que dividiam tudo. Momentos quando podiam falar com calma se tornavam cada vez mais raros, e, se – quando – a luta acabasse, seriam ainda mais raros. Quando Mikantor estivesse seguro em seu lugar de direito, o ferreiro iria embora, apesar de não saber onde nesse mundo iria encontrar um lar.

— Os homens estão em boa forma — Mikantor disse, pensativo —, mas ainda pensam em si como Javalis, Carneiros ou Rás e Lebres em vez de membros do meu bando. A não ser por Adjonar — ele completou —, que parece indisposto a respirar o mesmo ar que Ulansi, muito menos declarar afinidade. Era diferente na guarda, onde todos eram nascidos na Cidade ou tinham vindo do campo.

— Isso vai mudar quando enfrentarem o inimigo — disse Velantos. — Quando eu era jovem, havia um velho em Tirinto que estivera com Agamemnon em Troia e sempre tinha uma história pronta. Ele disse que quando os aqueus estavam presos em Aulis, esperando um vento, os homens das cidades diferentes estavam prontos para cortar as gargantas uns dos outros, mas eram todos um só povo quando estavam diante das muralhas de Troia.

— Deusa, não diga isso a Lysandros! — exclamou Mikantor. — Ele aprendeu a odiar os aqueus no joelho do avô, embora para eles tanto Troia quanto Tirinto sejam lendárias como as Ilhas Abençoadas.

— Eu sei. — O ferreiro sorriu. — Ele me olha como se eu estivesse a ponto de me transformar em uma górgona. É uma pena. Eu gostaria de falar com outra pessoa além de você sem soar como uma criança.

— Vai acontecer... já está muito mais fluente — Mikantor disse com honestidade. — Ajudaria se eu enviasse alguns dos homens para cá todo dia para ajudá-lo?

A resposta de Velantos morreu em seus lábios quando um som, aroma ou algum sentido além o fez virar na direção da porta. Anderle estava ali. Como sempre, ela parecia pintada de luz, e, como sempre, a presença dela fez uma onda de calor percorrer o corpo dele.

— Um homem cuja filha serve no salão de Galid chegou com notícias. O usurpador sabe que estamos aqui.

A sacerdotisa tinha claramente corrido, usando uma túnica velha e sem véu. Velantos notou as gotas de suor na testa e o pulso na garganta dela e desviou rapidamente os olhos.

— Ele está vindo? — Mikantor se endireitou.

— É uma suposição razoável — Anderle disse secamente.

— Precisamos ir embora. Não podemos arriscar um ataque a Avalon. Isso não é inesperado. Mergulhão e eu discutimos o que fazer. Há lugares nesses brejos que só o povo do lago conhece. Podemos desaparecer como a névoa nos juncos e viver da terra.

— Isso ajuda a vincular seus homens — disse Velantos com um sorriso irônico. — Eu guardo as ferramentas...

— Mas não pode ir com eles! — exclamou a sacerdotisa. — Precisa ficar na oficina para forjar a Espada!

— *Espadas* — corrigiu Velantos, olhando.

Aquela se tornava uma discussão antiga entre eles. A espada que Mikantor já usava era a melhor que tinha conseguido fazer quando estavam na Cidade dos Círculos. Ele não via motivos para tentar aprimorá-la quando o necessário eram mais espadas para os homens de Mikantor.

— E ser tomada por Galid? — protestou Mikantor.

— Posso esconder um — respondeu Anderle —, mas não um bando inteiro.

Ela se virou para Velantos, e seu olhar era como o calor da forja.

— Espadas, então. Quantas vai conseguir fazer quando estiverem escondidos nos brejos?

— Mas você não pode. — Ele olhou para Mikantor e sua voz falhou. *Não pode ir sem mim... não pode me deixar sozinho com* ela... Ele não sabia o que temia mais. Mas não podia dizer isso, não podia se pendurar, não podia sequer olhar para Mikantor para que o rapaz não visse a desolação em seus olhos.

— Certo — ele disse, mantendo a voz firme com esforço. — É verdade que preciso da forja. Vou ficar aqui.

\*\*\*

A lua nova deslizava na direção do mar distante. Logo ela dormiria debaixo das ondas, mas em Avalon não havia descanso. Alguns estavam ocupados com seus fornos, fazendo pão de viagem e enfiando em meadas de tripas curadas a mistura de carne-seca picada e bagas que ficaria boa por luas se fosse mantida seca. Outros davam os últimos pontos nas roupas para os homens de Mikantor. Tirilan tinha separado várias meadas de lã feltrada e oleada e as cordas e fechos de madeira que as transformariam em capas de chuva e as levou para seu cubículo, com medo de que, se trabalhasse ao lado dos outros, começaria a chorar e perguntariam a ela o motivo.

Ela enfiou a agulha de osso através do pano para prender a beira cortada da lã e sentiu uma lágrima cair quente sobre a mão. Suas lágrimas adicionariam proteção? Em caso positivo, que caíssem. Que cada lágrima fosse uma bênção para manter quem usaria a capa longe de perigo. E, se as lágrimas não fossem suficientes, um sigilo de proteção bordado seria um lembrete mais visível. Ao terminar a última das capas, ela pegou outra agulha e colocou lã amarela nela.

Em outra parte do complexo de construções que abrigava a comunidade, alguém cantava uma música tola sobre as aventuras de um cuco. Tirilan sorriu entre as lágrimas. Mikantor tinha sido o cuco colocado no ninho da Vila do Lago, mas crescera belo, poderoso e feroz como um cisne.

Ela baixou os olhos e percebeu que os pontos que tinha acabado de dar faziam o começo da forma do pássaro. *Que essa seja para Mikantor, então.* Se não podia estar lá para protegê-lo com magia, que seu amor fosse preso ao tecido. Fazendo pontos mais rapidamente agora, terminou a figura e começou outras – um relâmpago, uma árvore, um touro, todos os símbolos de força e poder em que conseguiu pensar, entrelaçando-se pelos ombros da capa em um friso de proteção. Por fim, colocou o sol alado que seus ancestrais trouxeram das Terras Afundadas e a lua tripla de Avalon.

A lua nova já havia se posto, e o ar tomava o cheiro fresco e molhado que precedia o amanhecer. Naquela estação o sol iria nascer cedo, e Mikantor queria partir ao romper do dia. Tirilan reuniu as capas e foi até a passagem que lhe permitiria pegar um atalho através do jardim. Ela parou de repente ao perceber que alguém estava sentado no banco ao lado do relógio de sol, e no momento seguinte viu que era Mikantor.

*Deusa, obrigada por essa bênção!* Ela deu outro passo.

— Tirilan, é você?

Ela assentiu. Seu coração batia tão forte que não sabia se conseguia formar palavras.

— Tem um momento para conversar comigo?

A incerteza no tom dele apertou seu coração. Ela foi lentamente na direção dele.

— Você se lembra da discussão que tivemos aqui sobre nossas idades? Quando descobri que eu não era quem pensava? Agora que sei, ainda parece irreal. Aprendi a enfrentar meus próprios perigos, mas o que me dá o direito de arriscar a vida de outros? — Ele olhou para ela no escuro quando ela não respondeu, foi para o lado e bateu no banco. — Pode se sentar comigo ou não é permitido por seus votos?

Com as palavras dele, uma onda de calor a libertou e ela deu os passos que a levariam para o lado dele. *É desencorajado*, ela pensou, *para não cairmos em tentação*. Tentações como o calor sólido dele, que a fazia querer prendê-lo nos braços. Todos os homens haviam se esfregado totalmente naquela tarde – poderia ser a última chance que teriam de ficar realmente limpos por um tempo –, e ela sentia o cheiro de ervas de banho no cabelo dele.

— O que está carregando? — ele perguntou.

— Capas de chuva para você e seus homens. — Ela por fim encontrou a voz. — Esta é para você.

Ela levantou a que estava no topo da pilha.

— Se sentir na parte de cima, vai encontrar os sigilos de proteção que bordei ali. E as imagens dos poderes. Coloquei um cisne como emblema de seu bando.

— Ah, Deusa, sim. — Ele riu. — Lembra de quando aquele menino ai-akhsi, não me lembro do nome dele, tentou roubar o ninho de um cisne e o macho quebrou o braço dele com um golpe da asa?

— Ele foi para casa bem depois — Tirilan se recordou.

Se continuasse falando, poderia ser capaz de resistir ao impulso de pegar a mão dele. O que estava errado com ela? Nas histórias, era sempre o homem que fazia os avanços. Mas Mikantor claramente tinha colocado na cabeça que ela era tão sacrossanta quanto a própria Anderle.

— Este lugar parece tão pacífico e seguro — ele disse devagar —, mas tem seus próprios perigos para os que não deveriam estar aqui. Ou ao menos é o que fico dizendo para mim mesmo — ele completou — quando penso em Galid vindo para Avalon.

— Minha mãe já o enfrentou antes — disse Tirilan. — Acredito na magia dela.

— Se ele nos encontrar aqui vamos lutar, e sangue não pode ser derramado em Avalon. Assim, estou certo em ir, embora a sensação seja de fugir diante do inimigo.

— Você está certo em ir — ela ecoou enquanto o silêncio se aprofundou.

— E eles vão procurar por mim assim que estivermos nos brejos. Aqui ao menos posso me voltar a Velantos ou Anderle, mas o que farei se fizerem perguntas que não posso responder?

— O que você já faz — ela respondeu, sabendo que ele não percebia quantas vezes o tinha observado sem ser vista. — Chame os outros em conselho. Está começando a conhecer os pontos fortes de cada homem. Viver na mata vai confirmar esse conhecimento.

— É claro, fiz isso, e saber que dou valor às opiniões deles parece agradar aos homens... — Ele suspirou. — Obrigado. Conversar com você é como dar uma voz à minha própria alma para me responder, Tirilan.

Ela reprimiu o próprio suspiro, percebendo que era verdade. Ele *estava* falando consigo mesmo, não com um humano vivo, respirando, com necessidades como as dele. E, no entanto, se isso era tudo o que podia fazer por ele, deveria se considerar abençoada.

— Meu espírito irá com você, Mikantor — ela disse suavemente. — Todos os dias, todas as noites, minhas preces vão abrigá-lo. Fale comigo sempre que precisar, e no silêncio de seu coração vou responder.

— E assim terei minha própria deusa protetora? Você é que será o cisne, Tirilan, abrigando-nos sob suas asas...

— Assim seja — ela murmurou, embora seu coração gritasse para que ele a levasse junto.

Mas que utilidade ela teria na mata? Muito melhor deixar que a crença dele nela lhe desse força do que enfraquecê-lo com sua realidade falível.

— Mikantor — veio um grito de dentro. — Mikantor, onde você está, homem? O sol logo vai nascer e precisamos ir! — Soava como Ganath.

Olhando para cima, Tirilan viu que o céu estava ficando cinza. Podia ver o rosto de Mikantor. Era melhor que fosse embora agora, antes que ele desse uma boa olhada nela e percebesse que seu rosto estava molhado de lágrimas. Ela se levantou rapidamente e foi para trás dele, estendendo a capa sobre seus ombros como se de fato o estivesse protegendo com asas. Ele suspirou de novo, e pousou a cabeça sobre o peito dela. Por um momento ela se permitiu abraçá-lo, sentindo o cheiro de seus cabelos. Então beijou o topo da cabeça dele e o soltou.

— Que Manoah ilumine seu caminho — ela sussurrou —, e que Ni-Terat lhe dê apoio, e que todos os deuses e deusas desta terra lhe deem orientação e ajuda até nosso próximo encontro.

Antes que ele pudesse se virar, ela juntou as outras capas e voltou correndo pelo jardim. Ganath o chamou de novo, e o céu ficou claro com a chegada do dia.

\*\*\*

*Terra e água se espalham abaixo,*
*Luz e ar acima no céu,*
*Comida, um lugar para dormir,*
*E o amor de uma boa mulher!*

De algum lugar atrás na fila, Romen, como sempre, cantava.

*É tudo de que preciso para vagar,*
*É tudo de que preciso para ir,*
*É tudo de que preciso para seguir,*
*É tudo de que preciso saber!*

— Quieto aqui, homem, quer que Galid nos escute? — gritou Pelicar.

— Temos muita água, e comida, se esse saco que carrego não mente, mas lugares para dormir parecem menos numerosos, e, quanto a mulheres, para onde vamos, as esposas do brejo são tudo o que devem ver, e as camas delas são úmidas demais para mim — Adjonar completou alegremente.

Todos pareciam alegres, pensou Mikantor. Eles soavam como um grupo de meninos saindo para uma aventura, joviais como ele, Castor e Mergulhão tinham sido quando exploravam os brejos tantos anos antes.

— Por falar em amor, é uma bela capa a que está usando — completou Adjonar. — Toda enfeitada com bordados.

Mikantor enrubesceu. Ainda que não estivesse chovendo, estava usando a capa quando partiram. Não tinha visto Tirilan entre os que acenavam em despedida, mas esperava que ela estivesse observando em algum lugar. Sentira a presença dela, e se perguntou se era a imaginação que fazia com que ainda a sentisse perto dele.

— A senhora Tirilan a fez — ele disse em tom de repreensão —, e vou agradecê-lo por respeitar o nome dela.

— Ah, sim — respondeu Adji, ficando sério —, e somos todos gratos pelas capas, mesmo sem o bordado requintado. Aquela é uma senhora bela e boa, e estamos felizes pela bênção dela.

— Nós a temos — disse Mikantor por uma garganta que tinha se apertado de repente.

Aquela conversa antes do amanhecer o deixara abalado. Por que nunca tinha encontrado tempo para conversar com ela? Agora lhe ocorria que ela falara muito pouco com ele durante o tempo em que estivera em Avalon, embora sempre o cumprimentasse com um sorriso. Talvez os votos dela proibissem, pensou, com um lampejo inexplicável de ressentimento. Mas, absorto no trabalho com seus homens, não tinha nem tentado encontrá-la, e agora a oportunidade havia acabado.

— Mas imagino que os lugares para dormir sejam dignos de discussão — Adji então disse. — Tem um plano para a noite de hoje ou vamos andar na água por aí até tropeçar em chão sólido?

— Isso não é justo — discordou Mergulhão, apontando para a via de madeira que subia para o terreno mais elevado ao sul e ao oeste e o caminho em torno da margem do lago. — Não está com os sapatos ainda secos?

— Ah, bem, isso não vai durar muito... — lamentou Adji, mas ele estava sorrindo.

— É melhor que os barcos estejam onde seu povo os escondeu — completou Pelicar. — Nunca aprendi a nadar.

— *Você* não precisa de um barco, comprido — grunhiu Mergulhão. — Você vai como a garça, andando em meio aos juncos!

Mikantor soltou a respiração que não percebera que estava segurando enquanto os outros se juntaram às brincadeiras e eles continuaram.

\*\*\*

Três corvos haviam pousado no carvalho no canto do jardim. De vez em quando um deles crocitava em um tom exigente, ameaçador.

— Galid está vindo — murmurou Velantos. — Sim. Obrigado. Nós sabemos.

Os batedores da Vila do Lago que estiveram observando as estradas pela última lua mandaram a notícia de que os ai-zir estavam a caminho, e o povo de Avalon esperava, Velantos amarrou a túnica de lã sem tingimento com que o vestiram ali e imaginou se Galid iria reconhecê-lo. Quando olhara nas águas da lagoa de reflexo, mal tinha se reconhecido. Com a barba raspada e o cabelo cortado curto o suficiente para soltar o cacho, o rosto que olhara de volta era um que não via desde que sua barba começara a crescer. Só as mechas prateadas que Anderle havia pintado em seu cabelo contradiziam aquela juventude. Os lábios dele se curvaram em diversão ao se recordar de que os sacerdotes no santuário de cura em Korinthos usavam o cabelo assim.

O único sacerdócio ao qual já tinha aspirado era o da Senhora da Forja. Mas, se os homens de Galid procurassem, iriam ver a oficina na Ilha da Donzela, e encontrá-lo lá o identificaria como o ferreiro de quem o usurpador tinha roubado aquelas pontas de lança. Galid não o deixaria livre para fazer mais para seus inimigos. E então ali estava de joelhos no jardim, esperando que não tivesse arrancado um broto de alface em vez de ervas daninhas. Anderle havia escolhido fingir que não ouviram nenhum aviso, assim como nada a esconder, e todos tinham uma tarefa. Com alguma sorte, os inimigos não prestariam nenhuma atenção nele.

Da passagem entre o dormitório das sacerdotisas e o Salão do Sol veio o som de vozes e depois de passos. Velantos enfiou os dedos na terra, esperando. As nuvens que restavam da chuva do dia anterior passavam acima, criando padrões de luz e sombra entre as folhas.

— Como pode ver, não temos nenhum exército escondido aqui. — Aquele era o tom mais severo de Anderle.

Velantos sentiu uma satisfação amarga por ouvi-lo direcionado a outra pessoa por uma vez.

— Isso está bem aparente. Mas por que essa hospitalidade modesta? Esperava ao menos névoas ocultantes ou relâmpagos! Desconfio dessa face de inocência, minha senhora, ainda mais que o desafio com que normalmente me recebe.

Era a voz rouca do homem que Velantos havia encontrado na estrada. Certamente não seria fora do normal virar e olhar enquanto a sacerdotisa e seu hóspede indesejado seguiam pelo caminho até o jardim. Aquele certamente era o mesmo homem, mas parecia mais velho. Embora sua túnica fosse tingida de um vermelho rico, trazia manchas antigas, e ele tinha um tique nervoso que Velantos não notara antes. Ou talvez fosse simplesmente uma resposta a Anderle. Galid sentou-se no banco, e, depois de um momento de hesitação, a sacerdotisa se juntou a ele.

— Quanto mais rápido olhar tudo, mas rápido você e seus valentões vão embora — a sacerdotisa disse, ácida.

— Quem é aquele camarada? — Galid então perguntou. — Não me lembro de vê-lo aqui antes.

— Não lembra? — O tom de Anderle era casual, e Velantos se forçou a virar de novo para a alface. — Ele é um sacerdote menor, ficou com a fala e a mente prejudicadas por uma febre, mas é muito forte de corpo, como pode ver.

— Ele é? Talvez eu devesse tirá-lo de suas mãos — Galid disse, afável.

— Isso seria cruel, já que, como viu, somos na maioria uma comunidade de mulheres e velhos, e precisamos de alguém que consiga carregar fardos pesados. Além disso, a doença dele o deixou sujeito a ataques, quando nenhuma força de homem consegue segurá-lo. Outras vezes balbucia bobagens, e só se acalma quando falo uma Palavra de Poder.

*Isso foi uma inspiração súbita, minha senhora?*, pensou Velantos, indo das alfaces para as vagens, por cujos suportes poderia observar o banco, *ou tinha planejado essa explicação? Balbuciando como um bárbaro, de fato!*

— Basta do tolo. — A bainha da espada de Galid raspou na pedra quando ele se virou. — Vejo que seu jovem primo não está aqui, mas também é óbvio que deu abrigo a ele. Isso não vai acontecer de novo.

— Não *vai*? — perguntou Anderle. — O senhor se esquece de que *eu* sou a senhora aqui.

— Só enquanto eu permitir. Fique grata por não queimar seu templo e levar suas sacerdotisas para moer meu milho! E quanto à senhora — a voz dele ficou mais profunda —, ainda é nova o suficiente para me servir em minha cama…

Os dedos de Velantos se fecharam convulsivamente sobre alguma planta e a arrancaram do solo. Ele disse a si mesmo que a sacerdotisa não estava em perigo. Seja lá o que acontecesse aos outros, certamente ela poderia invocar uma carruagem de dragões como Medeia e voar para longe.

— Ou sua bela filha poderia. — Anderle soltou um silvo cortante, e Galid riu. — Embora ela seja doce demais para meu gosto.

— Galid — a voz de Anderle tremia de raiva, não de medo. — O que, em nome de tudo o que é sagrado, você *quer*? Vem se dedicando ao mal por diversão ou vingança? O que pode tê-lo machucado tanto que quer fazer o resto do mundo sofrer? Não teme os deuses?

O cabelo na nuca de Velantos se ergueu com o riso do usurpador, e os corvos começaram a crocitar de novo. Ele abriu as folhas. Galid olhava para Anderle. Ainda rindo, ele esticou a mão e pegou um cacho do cabelo dela.

— Senhora — Galid disse com um conforto sombrio —, acha que o mundo estaria morrendo em torno de nós se existissem deuses? Há apenas esta vida, e as sensações que podemos forçá-la a produzir. Sua calma é morte em vida. Eu poderia romper essa indiferença... — A mão dele apertou o cabelo com mais força. — Dizem que sua cama está vazia desde que matei aquele tonto Durrin tanto tempo atrás. Não encontrou um homem para ser seu par, ou mestre?

A voz dele ficou severa, e Velantos viu que ele olhava para Anderle como uma mulher, não uma oponente. Agora, pensou o ferreiro, era uma boa hora para invocar aqueles dragões. Os olhos de Anderle ardiam. Velantos sentiu uma comoção familiar na própria carne, sabendo exatamente o que o outro homem deveria sentir. E Galid não tinha inibições, nenhuma honra, nenhum medo.

Um dos corvos voou para a treliça onde as vagens se enrolavam, cabeça inclinada como se para perguntar o que Velantos estava esperando. Uma investida alcançaria Galid antes que ele pudesse sacar aquela espada.

— Solte-me! — explodiu Anderle, e Galid esticou a outra mão para ela. *Ajudem-me, deuses sagrados!* Velantos começou a se levantar.

— Paion! — crocitou o corvo.

Velantos abriu a boca para gritar, mas o que saiu de seus lábios foi:

— Paion! Paion!

Mais palavras se seguiram conforme ele caiu de joelhos de novo, mas, embora soassem como balbucios para os outros, ele reconheceu o hino a Apollon que tinha ouvido todos os dias no templo em Korinthos, as palavras já antigas quando os Filhos de Erakles foram exilados de seu lar no sul. Ele mal as entendia, mas, conforme seus lábios se moviam, o significado florescia internamente.

— *Paean, Senhor da Luz! Vento e fogo e o fim da escuridão! Paean, luz que expulsa todas as sombras, luz na qual nenhum mal perdura! Paean, Apollon, forte para salvar!*

As folhas em formato de coração dos pés de vagem jovens farfalharam com uma rajada de vento súbita. As nuvens se abriram e subitamente o jardim estava cheio de luz, conforme os corvos giravam para cima em uma cacofonia de asas negras.

— Ora, veja o que fez! — Anderle ficou de pé enquanto Galid, parecendo zonzo, soltou o cabelo dela. — E ele estava indo tão bem!

Balançando a cabeça, ela correu na direção de Velantos, murmurando algo que soava como um feitiço.

— Meu pobre menino, fique calmo... ele não vai me machucar... está tudo bem...

Velantos olhou para ela, vendo por uma vez além do corpo feminino que o encantava, até o espírito corajoso dentro.

— Potnia... — ele sussurrou, o fogo na alma dele saltando para tocar a dela, e viu nos olhos dela um brilho de riso.

Galid grunhiu.

— O idiota é seu amante? Desejo-lhe alegria com ele. Mas isto eu prometo: quando tiver dado conta de seu bezerro, vou retornar, e nenhum poder vai mantê-la longe de mim, nem homem nem deus!

Ele ficou de pé. Enquanto andava pela passagem, as nuvens escureceram a luz novamente.

— Não vai? — Anderle sibilou.

A mão dela apertou o ombro de Velantos com mais força.

— Não consegue perceber que um deus esteve aqui agora mesmo?

Velantos piscou, tentando entender o que acabara de acontecer. Como um eco, ele ouviu dentro da alma a Voz que tinha falado em seu sonho do templo. *"De fato... não disse que me encontraria no norte também? Seja forte. Seu trabalho aqui ainda não está feito..."*

## dezenove

Os gansos-bravos se reuniam no lago, colhendo os últimos alimentos de verão. Por semanas os céus ecoaram com os gritos de aves migratórias. Os gansos eram os últimos a partir. Ainda havia folhas em algumas das árvores, mas Anderle não precisava que os pássaros lhe dissessem que o outono estava passando. O vento que soprava pela água era frio. Quando o barco chegou à vila, Texugo esperava para ajudá-la a subir a escada. Tremendo, ela o seguiu para dentro da cabana e colocou, grata, as mãos em torno da jarra de argila com chá de ervas quente.

— Estamos com saúde aqui, como vocês em Avalon — disse o chefe, olhando para ela através do fogo.

— Agradeço aos deuses por isso — disse Anderle. — É com os homens nos brejos que me preocupo. Não me atrevo a levá-los de volta a Avalon, e eles não podem passar o inverno na mata.

— Verdade. Umidade é pior quando está frio. Muitas ilhotas logo estarão debaixo d'água.

Texugo colocou outro galho no fogo da lareira. O cabelo dele estava totalmente manchado agora. Era quase impossível identificar as mechas brancas que tinham lhe dado o nome.

— Não pode enviá-los para as tribos?

— Em um assentamento não poderiam ser escondidos. Nas montanhas há outros povos como os seus, descendentes dos que estavam aqui antes das tribos. Consegue entrar em contato com eles?

— Ah... — O chefe se recostou, franzindo o cenho. — É verdade. Eles conhecem lugares que não seriam alcançados pelos espiões de Galid, mas os homens das tribos não foram bons com eles. Não vão acolher o bando de Mikantor.

— Não há como convencê-los? — perguntou Anderle. — Mikantor se importa com outros além dos ai-zir. Se tiver chance, vai fazer o que puder para trazer paz a toda a terra.

Texugo se inclinou para a frente para atiçar o fogo.

— Há uma maneira — ele por fim disse. — Muito tempo atrás, nós que vivemos nas beiradas fazíamos um teste com nossos chefes. Se ele conseguir, se sobreviver, todo o povo com sangue antigo vai segui-lo.

A pele de Anderle se arrepiou de apreensão, mas o destino para o qual Mikantor havia nascido era perigoso. Seria tolo julgar que conseguiria protegê-lo agora.

— Diga-me.

— Vocês são sacerdotes da Luz na ilha sagrada, e há um rito de sangue, um mistério dos tempos em que nossos povos não pastoreavam ou plantavam, mas viviam do seio da Terra nossa Mãe. Digo isso porque a senhora também é do sangue antigo, e porque Pica-Pau foi nosso filho de criação. — A voz dele ficou mais baixa, e ela se inclinou na direção dele sobre o fogo. — O cervo-vermelho é um animal sagrado. O veado morre para que possamos viver. Mas às vezes a Mãe quer sangue por sangue, e o caçador é a oferenda. Quando tiramos a vida, sabemos que devemos nossas vidas.

Anderle assentiu. Aquela dívida de sangue era um dos motivos pelos quais raramente comiam carne em Avalon.

— Mas é diferente para um rei? — ela então perguntou.

Texugo assentiu.

— Caçadores matam de uma distância, com lança e arco, mas o rei precisa ser corajoso para lutar como fazem os animais, face a face. A Caçadora Virgem o chama, chama o Senhor Galhudo dentro dele, o envia para correr com os cervos. — A voz dele agora era um sussurro. — Ele pega o Gamo-Rei, usa os dentes ou pedras para arrancar o sangue dele... ou os chifres do gamo encontram seu coração. De qualquer maneira, a Terra é alimentada.

— E se o caçador viver?

— Ele é dado à sacerdotisa que leva os poderes da Senhora dos Animais — o chefe respondeu. — Ela dá sangue virgem. Ele a torna a Mãe. Ela o torna Rei. Eles renovam a terra.

Ele se endireitou, com gotas de suor na testa. Ele nunca tinha visto esse ritual ser feito? Claramente acreditava em seu poder. E se Texugo, cujo povo vivia tão perto de Avalon que havia absorvido muitos de seus costumes, acreditava, então os outros, o povo moreno secreto das montanhas, certamente também acreditariam.

— Vocês têm uma sacerdotisa apropriada? — ela então perguntou. — Se não, há uma donzela em Avalon que pode levar o poder.

Ela achava que Tirilan não recusaria a oportunidade. E, quando ela tivesse conhecido o êxtase do Grande Ritual, Deusa unida ao Deus, iria se esquecer de suas fantasias infantis.

***

A pele de Mikantor se retorceu enquanto Texugo passou o couro ensopado de ísatis nela, deixando uma mancha larga azul. Estava misturada com outras ervas e exalava um cheiro estranho, acre. Seja lá o que o cervo fosse cheirar, não seria homem. Depois de três dias de preparação, Mikantor não tinha mais certeza de que ainda *era* um homem.

A chama da tocha bruxuleou quando o vento do amanhecer soprou mais forte, alternadamente brilhante e escuro. O povo do lago o tinha levado para uma clareira natural nas colinas ao norte dos brejos, embora ele não tivesse tido a chance de olhar em volta. Fora mantido em uma cabana pelos últimos três dias. A parte de sua mente que ainda se mantinha separada atribuía sua sensação de dissociação aos efeitos de uma dieta vegetariana e do isolamento. Mas sua mente profunda era cada vez mais ascendente, cada vez mais sensível ao cheiro de mofo da floresta debaixo dos pés e ao som que os galhos nus dos carvalhos faziam ao se esfregarem no vento. Ele usava apenas um cinto com uma faca de sílex, mas não sentia frio. Disseram que às vezes o caçador perdia a vida nesse ritual. Ele se perguntou se o caçador algum dia perdera a humanidade.

— Mas por que precisam pintá-lo de *azul*? — perguntou Pelicar, ainda esfregando o sono nos olhos.

Ele tinha sido o mais protetor, mas também o mais compreensivo. Na terra dele, disse, havia rituais especiais de teste e consagração quando um líder de guerra era escolhido pela rainha. Embora não, Mikantor entendera, exatamente como esse.

— Imagino que seja porque não têm uma tinta para deixá-lo verde — Ganath respondeu. — Acho que para o cervo é muito parecido.

— Bem, espero que a sacerdotisa goste de azul, porque essa coisa *mancha*!

— Talvez ela também seja azul — riu Tegues, que sempre se juntava a qualquer conversa sobre mulher. — Tetas azuis, traseiro azul e...

— Segure a língua — rosnou Romen, pois o velho sangue corria forte no povo de Belerion. — Isso é uma coisa sagrada. Por direito, nem deveríamos estar aqui.

— Acha que daríamos nosso senhor aos poderes de pessoas mágicas sem guarda? — retrucou Pelicar.

Os lábios de Mikantor se moveram em um misto de exasperação e orgulho. Imaginava que a atitude deles era um tributo ao laço que os últimos meses haviam criado entre os membros de seu grupo, mas insultar seus aliados não era bom.

De algum lugar atrás do matagal vinha o pulsar de tambores e um murmúrio de muitas vozes. O povo antigo também estava acordado, reunido para vê-lo triunfar ou morrer. De qualquer modo, o sangue de um rei alimentaria o solo. Seu coração batia disparado enquanto se retorcia em apreensão, o homem nele respondendo, o animal querendo fugir.

— Meu senhor, o que tem? — A voz de Ganath era baixa.

A cabeça de Mikantor sacudiu para os lados, vendo o amigo com visão dupla – um jovem robusto, de cabelos castanhos, em uma túnica de lã esfarrapada, e um urso marrom forte. Agora que olhava, via as formas de animais que seguiam todos eles.

— Cabeça está... zonza... — Com um esforço ele formou as palavras humanas, embora elas não descrevessem bem a sensação, não exatamente uma dor de cabeça, mas uma pressão por dentro do crânio.

Vinha aumentando desde o dia anterior.

— É assim mesmo — murmurou Texugo, passando cor nos braços dele. — Vai passar.

Mikantor esperava que sim. Se não caísse assim que começasse a correr, talvez a ação fosse queimar aquilo. Ele se retorceu de novo, virando a cabeça nervosamente, e abrandou ao ver o olhar calmo de Texugo. Disse a si mesmo que não havia razão para temer. Tinha sido uma dessas pessoas até os sete anos. Não fariam mal a ele intencionalmente.

Gansos selvagens gritaram acima e ele deu um passo involuntário para a frente. Uma névoa havia subido do chão úmido, permanecendo entre as árvores. Mas, quando sua visão se concentrou, viu a fileira deles desdobrando-se no céu que clareava.

— Quer segui-los? — Texugo riu baixo. — O senhor tem outra corrida para disputar, meu rei. O cervo espera para seu desafio. Guarde seu fogo para ele.

O chefe deu lugar a uma velha que usava uma pele de lobo sobre as vestes de pele de cervo. O cabelo branco dela fora puxado através de um diadema de osso, e na mão ela trazia uma pequena vasilha de madeira cheia de um líquido escuro. Ela o recordava de Anderle. O colar de âmbar e azeviche que a marcava como sacerdotisa bateu em seu peito chato quando ela se curvou, enfiou o dedo na substância negra e desenhou a marca de um relâmpago no músculo da panturrilha dele. Aquilo enviou um pulso de sensação pela perna, e ele bateu a pata no chão. Quando ela pintou a outra perna, apenas a mão de Texugo no ombro dele o mantinha imóvel. Trabalhando rapidamente, ela pintou símbolos no peito, nos braços e nas costas, os sigilos de todos os clãs. Tremores finos percorriam todos os membros.

— Quando? — ele sussurrou, lutando contra o êxtase.

— Logo — respondeu Texugo —, bem logo.

A sacerdotisa se endireitou e foi para trás, olhando-o nos olhos pela primeira vez.

— Logo — ela ecoou. — Você corre por todos nós!

Os Companheiros dele ficaram para trás enquanto Texugo o levava por entre as árvores. Ele se encolheu de novo ao ver pessoas esperando, mas o aperto do chefe enquanto o levava para dentro do círculo era firme.

Um grupo de mulheres estava do outro lado de uma fogueira cujas chamas ficavam mais claras com a chegada do dia. A mais alta usava uma máscara feita com a cabeça de uma corça. Estava envolta em pele de cervo; uma guirlanda de bagas balançava sobre a testa. Pela maneira como ela se portava, imaginou que deveria ser jovem. Suas narinas se abriram procurando o cheiro dela, mas ele só conseguia captar o fedor de ervas e fumaça de madeira.

Ele sentiu alguém atrás dele, começou a virar e estremeceu com o peso súbito dos chifres. Era *daquilo* que sua cabeça sentia falta! Ele ficou imóvel para permitir que prendessem o elmo de couro que segurava os chifres com firmeza sob seu queixo, então balançou a cabeça para a frente e para trás, aprendendo a mexer os ombros para equilibrar o peso.

Texugo estava falando:

— Águia-Pesqueira achou a trilha do Gamo-Rei e as esposas dele. Quando avistá-los, corra e o derrube.

Ele mal ouviu. A sacerdotisa se aproximava, uma voz como música entoou uma bênção. O olhar dele se moveu dela para a floresta e de volta, esforçando-se para atravessar as brumas que velavam as árvores. Além das árvores estava o Além-Mundo.

A sacerdotisa o ungiu com almíscar de cervo, e aquele último aroma afastou a consciência da identidade humana. Um dos velhos humanos fez um sinal, e a mão forte que o segurava por fim o soltou. Músculos poderosos o lançaram em uma harmonia de movimento. A floresta esperava. O Gamo-Rei esperava, seu rival por destino.

\*\*\*

O Caçador Galhudo corre, pés velozes, certo do passo, tocando a terra apenas para pular para a frente de novo. Flexível e forte, ele ziguezagueia entre as árvores, a cabeça abaixada para não enganchar a coroa de chifres. Indistintos na escuridão, os outros caçadores uivam como lobos. Só dois do povo antigo mantêm o passo com ele agora, e todos correm silenciosamente, mas o cervo que assustaram até sair em movimento bate entre as árvores.

A trilha se abre diante dele. A luz do sol crescente brilha em gotas de névoa acumulada nos galhos, cobrindo folhas caídas e grama murcha. Tudo brilha com uma radiância além daquela do mundo humano. Ele respira luz, é um só com os alados que voejam entre os galhos, os escavadores aninhados sob o solo, os animais que andam de quatro, batendo os pés sobre o chão cheio de folhas. Ele corre com os cervos.

Ele não sabe o quanto corre. O mundo é brilhante agora, embora um vislumbre de névoas ainda paire no ar. E gradualmente o ar se torna dourado, carregado de expectativas. Um rugido súbito quebra o silêncio. O Gamo-Rei está ali.

Os lábios do Caçador se abrem e seu próprio grito ecoa entre as árvores.

— *Eu venho... Eu venho...*

Os cervos estão reunidos em uma clareira. Umas vinte corças, ainda gordas do pasto do verão, andam pela beira das árvores. No centro está o mestre delas, o rufo do pescoço eriçado, a pelagem de inverno da cor da casca de carvalho. O corpo, mais longo do que a altura do caçador, cascos afiados riscando linhas nas folhas caídas.

O Caçador Galhudo vai para a frente, braços estendidos, a cabeça um pouco curvada. É uma posição de luta, embora não se recorde mais quando a usou antes.

— *Eu sou o Rei...* — ruge o Gamo. — *Quem vem Me desafiar?*

— *Sou o Filho de Cem Reis!* — vem a resposta.

— *Já o vi antes...*

Na mente do Caçador vem a imagem de uma clareira no topo da Ilha do Deus Selvagem. Ele se recorda de corças com as pelagens castanho-avermelhadas de verão, e o Gamo com seus chifres em veludo, e uma criança de cabelo dourado que dançava com os raios de sol.

— *Eu cresci...*

— *Agora, você é digno de meus chifres!*

O Gamo bufa de novo, com um som que parece muito com riso.

— *Você é o mesmo que vi?*

— *Somos sempre o mesmo* — vem a resposta. — *Sempre em nosso auge, sempre o Rei.*

— Então o desafio.

O Caçador dispara, dança de lado enquanto a galhada balança, corre de novo. O Gamo empina, golpeando com cascos dianteiros afiados e afastando o Caçador para um lado. Eles ziguezagueiam para lá e para cá, atacando e defendendo em uma dança mortal. Uma virada inesperada da cabeça galhada deixa uma marca funda na coxa do Caçador. Sangue mancha as folhas caídas.

Mais uma volta, o Caçador salta, agarra e é jogado longe. Seu sangue continua a correr; ele está ficando um pouco zonzo agora.

— *Geração segue geração, e, a cada vez que lutamos, o mais fraco deve cair. O sangue do velho rei alimenta o chão, e o jovem rei dá sua semente, para que a Mãe possa gerar novamente.*

O tempo do Caçador está se esgotando. Ele se agacha, a respiração soluçando no peito, esperando enquanto o Gamo guina para a frente e para trás, esperando. A coroa de facas mergulha na direção dele, no último momento ele gira nos quadris, desenrolando-se enquanto os chifres passam. Mãos poderosas agarram a base da galhada e forçam a grande cabeça para baixo; ele engancha um pé em torno de uma perna da frente, de modo que o Gamo não possa atacar, e segura. Por um longo momento eles forçam, nenhum cede, até que por fim o Caçador sente a força que se opõe a ele fraquejar.

— *Vai em consentimento?* — ele faz a pergunta agora.

O Gamo oscila, perde o equilíbrio e cai sobre um joelho.

— *Eu sou a Oferenda...*

— *Como eu mesmo serei um dia.* — O aperto do Caçador fica mais forte.

Músculos se flexionam e rasgam enquanto ele puxa de lado. Ossos quebram. Ele segura enquanto o corpo poderoso do Gamo convulsiona, segura até que os últimos estertores tenham terminado, e a luz se apaga dos olhos escuros, e o tempo começa novamente.

\*\*\*

— Corte a garganta dele, meu rei. O sangue dele precisa alimentar o chão.

Ele piscou, virando-se, e viu atrás dele um homem de olhos escuros e cabelo grisalho. No momento a memória lhe forneceu o nome, *Texugo*. Ele percebeu que a faca de sílex ainda pendia em seu flanco, e a pegou. O cabo de madeira e as amarras eram novos, mas a pedra estava escurecida pelo uso e pela idade. Ele imaginou quantas vezes aquela faca tinha bebido o sangue de um rei.

Estava muito silencioso. Ele puxou a cabeça pesada do gamo para trás para esticar a garganta e enfiou a lâmina bem abaixo do ângulo da mandíbula. Outra torção puxou a faca por pele, veias, a traqueia e o canal de alimentação borrachudos. O ar se encheu de um odor metálico quente enquanto o sangue fluía em uma maré vermelha. Sentidos ainda afinados com o Além-Mundo notaram o brilho de energia sobre ele, dissipando-se gradualmente na floresta conforme o sangue encharcava o chão, e da própria floresta um suspiro grato. A luz dourada do fim de tarde atravessava as árvores. A névoa tinha desaparecido.

— Vá em paz, meu senhor — ele sussurrou —, e deixe sua bênção nessa terra.

Texugo enfiou um dedo no sangue e desenhou uma linha vermelha entre as sobrancelhas de Mikantor, mais nas bochechas e outra no peito. Quando o fluxo do sangue tinha quase parado, os outros homens vieram para perto, virando o gamo sobre as costas e fazendo um corte cuidadoso na barriga. Ele tinha visto um cervo ser eviscerado cem vezes antes, mas nunca cada movimento tivera tanta solenidade.

Um homem puxou a pele para que outro pudesse enfiar as mãos e tirar as vísceras para deixar para os necrófagos da natureza. Enquanto os caçadores prendiam as pernas do gamo e passavam lanças entre elas para transporte, Texugo lavou e enfaixou o corte na coxa de Mikantor. Ele sentia a dor, mas como uma coisa distante. Parte do poder que o levara pela caça permanecia. Um dos caçadores tirou um chifre de vaca e soprou três toques longos. Em um momento o chamado de outro chifre ecoou a distância. De colina a colina seu triunfo era proclamado: *O rei está morto... O rei retorna...*

Aquela mesma serenidade levou Mikantor de volta por caminhos que não se recordava de ter visto antes, de volta para a clareira onde as pessoas esperavam para saudar o novo rei. Ali as mulheres colocaram a cabeça do Gamo-Rei sobre um poste e retiraram rapidamente a pele. O coração e outras porções de escolha eram assados sobre brasas enquanto o resto era desmembrado e jogado em caldeirões para cozinhar.

*O rei alimenta seu povo*, pensou Mikantor enquanto envolviam a pele úmida em seus ombros e o levavam para um assento diante do fogo. A sacerdotisa esperava para coroar seus chifres com uma guirlanda de bagos vermelhos como a dela. Trouxeram uma bandeja com carne assada e ela cortou pedaços para alimentá-lo, começando com o coração. Com ele veio uma caneca de hidromel.

Mikantor sentia-se zonzo e não sabia se era a bebida, o choque de comer carne depois de tanto tempo, ou a presença da mulher ao lado dele que fazia sua cabeça nadar. A maior parte do corpo dela estava coberta pelo próprio robe de pele de veado. Ele conseguia ver uma perna nua e um braço redondo. O cabelo dela estava arrumado em uma multiplicidade de pequenas tranças. Sua carne se excitou com o pensamento de que ela deveria estar tão nua quanto ele sob a pele de veado. Pelos buracos dos olhos ele viu um brilho. A mão dela roçou a dele ao passar outro pedaço de carne, e ele sentiu o pulso do poder entre eles.

Isso não era bem como a dissociação da manhã, quando o espírito do veado sobrepujara sua humanidade. Mais uma vez sua consciência era empurrada para trás, mas dessa vez o que a substituía era um poder ao mesmo tempo feroz e benigno, o poder de um deus. Conforme sua consciência mudava, sua percepção da mulher ao seu lado também mudava. Sobrepostas à máscara dela, ele viu uma multiplicidade de imagens, humanas e animais, donzela fresca e mãe opulenta. Ele desejava todas. Até mesmo a velha bruxa mortal o chamava para derramar sua vida no abraço dela.

Enquanto as pessoas terminavam de comer, os tambores recomeçaram a tocar, dando apoio a uma flauta de osso cujo silvo tocava os nervos com uma dor doce. Os caçadores circularam o fogo, os cascos do cervo presos em torno dos tornozelos, batendo no ritmo enquanto dançavam a história da corrida do veado. Mais tambores se juntaram ao trovejar enquanto outros se juntavam à dança. Mulheres se curvavam e balançavam diante dele, soltando as vestes para revelar um seio redondo ou um vislumbre de coxa nua. Naquela noite poderia ter qualquer mulher que pedisse. Ele era o rei.

Mas Mikantor só tinha olhos para aquela sentada ao seu lado. A necessidade de possuí-la tornava-se um tormento. Ele pegou o pulso dela e ficou de pé, puxando-a contra o corpo.

Em volta dele as pessoas riam.

— Por aqui — disse alguém. — Uma cama foi preparada para vocês.

Ele encontrou o equilíbrio de novo ao seguir a sacerdotisa por um caminho no qual os ossos da terra se levantavam através do solo. Ao lado de um corte escuro na encosta brilhava uma tocha. A sacerdotisa escapou do aperto dele e desapareceu na abertura. Sua acompanhante desamarrou a coroa de chifres. Zonzo, ele deixou a pele de veado deslizar de seus ombros e a seguiu.

Sob a luz bruxuleante de uma lamparina a óleo colocada em uma saliência, ele teve a impressão de um espaço como um útero, com lugar apenas para dois. Uma cama de couros e peles cobria a maior parte do chão. A sacerdotisa tinha parado na beira, como se incerta pela primeira vez. Um passo o levou para o lado dela, apertando seus ombros, apertando o corpo contra o dela. A túnica de pele de veado dela estava no caminho; ele esticou o braço para puxar o alfinete e arrastá-lo para o lado, as mãos se fechando sobre os seios antes que ela pudesse se mover. Ele se apertou contra a sacerdotisa, sentiu os mamilos dela endurecerem sob os dedos, ouviu o suspiro dela.

Ela se virou nos braços dele e se soltou para encará-lo, a respiração rápida um eco da dele. Ela havia tirado a máscara, mas a lamparina estava atrás, e seu rosto estava nas sombras. Os olhos dele caíram em uma paisagem de seios brancos redondos e quadris volumosos, pintados como ele tinha sido, com signos sagrados. Vendo a beleza dela, a luxúria frenética que o consumira um minuto antes desapareceu, embora seu corpo todo fosse uma dor de desejo, e ele se recordou de que tinha sido treinado em Avalon.

— Benditos sejam seus lábios, que falam as palavras sagradas Dela — ele sussurrou e, inclinando-se para a frente, pousou gentilmente os lábios nos dela.

Eram suaves e doces, com gosto de mel. Ele poderia passar uma hora venerando apenas os lábios dela. Mas o ritual o levou adiante.

— Benditas sejam suas mãos, que fazem o trabalho Dela...

Ele pegou primeiro uma, depois a outra, e deu um beijo em cada palma.

— Benditos sejam seus seios, que alimentam as crianças Dela...

Ele os aninhou nas mãos, sentiu o tremor dela com o toque de seus lábios.

Ele manteve as mãos sobre ela, deslizando-as pelos lados acetinados e pernas ao se ajoelhar para abençoar os pés dela que andavam pelos caminhos da Senhora. Ele permaneceu ajoelhado, esticando as mãos de novo para apertar os quadris dela.

— Bendito seja seu útero, a fonte da Vida... — ele sussurrou, puxando-a contra o corpo. — Você é a Deusa — ele disse com voz rouca —, deixe-me servi-la.

As mãos dela se fecharam com força nos ombros dele. Ele sentiu um tremor passar pela carne quente entre as mãos.

— Você é meu Amado... — A voz dela carregava mais do que a doçura mortal. — Seja bem-vindo aos meus braços!

***

Tirilan acordou de um sonho em que havia adormecido com Mikantor, aninhada em seu peito. Por um momento pensou que ainda estivesse sonhando, pois as peles em que estava deitada nunca cobriram nenhuma cama em Avalon. De algum lugar perto veio uma bufada e um suspiro. Ela sentou na cama, esticou a mão para alcançar cabelos bagunçados e então o ombro musculoso e macio de um homem, ficou imóvel enquanto ele murmurou e então voltou ao sono.

Uma enxurrada de imagens sobrepujava a memória. Um conhecimento mais profundo que pensamento lhe dizia que aquele era de fato Mikantor.

Ela o abraçara e mais, a julgar pela dor incomum entre as coxas. E, no entanto, não tinha sido ela, e sim a Deusa, quem se entregara ao Deus. Como sacerdotisa, ela se alegrava com o sucesso do ritual. Como mulher, poderia chorar por se lembrar tão pouco de sua alegria. O quanto, ela se perguntou, Mikantor se recordaria da união deles? Anderle lhe dissera quais rituais ela abençoaria, mas ele não saberia que ela seria a sacerdotisa dele.

Logo alguém viria para acompanhá-la de volta até a mãe, que esperava para voltar com ela para Avalon. Ela lutou contra a tentação de se jogar sobre Mikantor e apertar, de modo que ele não pudesse arrancá-la — não profanaria o ritual assim. E, no entanto, recusava-se a deixar que isso se tornasse apenas uma lembrança brilhante. A Deusa tivera Seu quinhão, mas o que havia para Tirilan?

*Isso foi um presente, e grande... mas não é suficiente*, ela pensou, curvando-se para cheirar o aroma do homem, misturado ao cheiro das ervas. *Não posso esperar mais ajuda de ninguém. A própria Tirilan vai precisar agir para conseguir seu desejo.*

Do lado de fora veio o som de passos na pedra. Ela começou a procurar sua pele de veado. Sua mão bateu em pele dura, e então algo mais duro, uma faca em uma bainha de couro. Aquilo era tudo que Mikantor usava quando entrara na caverna.

— Minha senhora — veio um sussurro suave —, minha senhora, precisa acordar... Está na hora de partir...

Tirilan puxou a pele de veado em torno do corpo e a prendeu com o fecho de osso, então baixou de novo para tirar a faca de sílex e pegar a bainha. Segurando o manto fechado com a outra mão, ficou de pé e saiu pela passagem.

\*\*\*

Anderle esperava junto ao fogo do lado de fora da cabana em que Tirilan havia se preparado. A menina ainda tremia da esfregação que tinha lavado a maior parte da pintura ritual, assim como o cheiro que Mikantor deixara em seu corpo, pois naquela estação a água da fonte sagrada era gelada. Tinham retirado a capa de pele de veado e colocado de volta o manto pesado de lã natural cinza e a túnica azul de sacerdotisa. Mas ela conseguira ficar com a bainha da faca, presa em uma tira entre os seios, debaixo da túnica.

— Você está brilhando, minha criança... entendo que teve uma noite agradável.

O olhar de Tirilan foi para o rosto da mãe e voltou para o fogo, mostrando, ela esperava, uma confusão que ao menos era modesta, se não mais virginal.

— Tenho razões para acreditar que a Deusa ficou contente — Tirilan disse em voz baixa. — Quanto a mim, eu me sinto como o escravo que leva a carne fumegante ao mestre. Ele pode cheirar o sabor, mas a barriga ainda está vazia.

— Não tente me dizer que seu corpo ainda anseia pelo homem — Anderle disse, ácida. — Conhece os efeitos desses rituais. O poder corre pela mente e pelo corpo e deixa uma grande paz.

— E meu coração? — perguntou Tirilan. — Quero ouvir a voz de Mikantor e ver o rosto dele. Quero me certificar de que ele tenha o que comer e roupas limpas para vestir. E quero que ele me tome nos braços e saiba que sou eu quem abraça.

As duas mantinham as vozes baixas, mas uma das mulheres do clã, voltando à fogueira, recebeu um olhar de Anderle que a fez escapulir. A sacerdotisa se voltou para a filha.

— Ele tem um bando de homens para cuidar dele! Quanto a seu coração... a Deusa tem prerrogativa sobre ele. Em Avalon somos poupadas dos fardos que deixam as mulheres das tribos velhas antes do tempo. Em retorno, desistimos da companhia diária pela qual suspira. O que a faz pensar que ele iria querê-la? Não me lembro de vê-lo atrás de você em Avalon. Vai voltar comigo para casa e ficar grata pelo que teve.

Tirilan sentiu que corava e empalidecia de novo quando as palavras da mãe a atingiram.

— A senhora pode estar certa — ela disse em voz baixa.

Ela sempre acreditara que a mãe sabia de tudo. Anderle tinha governado Avalon por mais de vinte anos, afinal.

— Normalmente está. Mas não acho que saiba qualquer coisa sobre o amor.

Anderle balançou a cabeça em exasperação.

— Eu preparei isso para Mikantor, mas também para você, sabendo que estava atraída por ele como uma corça no cio. Eu lhe dei essa oportunidade de tirar isso de seu sistema e acabar de vez.

— Isso é tudo que o ato do amor significa para a senhora? — Tirilan exclamou. — Você coça a comichão, e então cada um vai para seu lado até o ano que vem? Meu pai não foi mais que uma maneira de conseguir um filho?

— Claro que não — Anderle disse, mas não tinha convicção em sua réplica.

— Não acredito na senhora — Tirilan disse diretamente. — Não vou voltar para Avalon.

*E, se estiver cometendo um erro, ao menos será meu...*

— E seus votos?

— Não direi a ele nenhum segredo do templo — ela garantiu com doçura. — Quanto aos meus outros votos, eu me entreguei ao rei como a Deusa exige. Se ele me desejar, vou me deitar com ele de novo. Se não, ainda vou servi-lo, e, a não ser que esteja mentindo sobre o destino de Mikantor por todos esses anos, assim servirei aos deuses.

— Vai servir como burro de carga, em um acampamento com todos aqueles homens — Anderle começou, mas Tirilan a interrompeu.

— Se tentar me impedir, vou colocar a validade do ritual em questão, e acho que a senhora quer assegurar o futuro de Mikantor ainda mais do que impor sua vontade a mim. Houve muitas que foram chamadas de Senhora de Avalon, afinal, mas apenas um Filho de Cem Reis.

Outros se reuniam agora. Tirilan enfrentou a mãe em desafio e viu a outra mulher fechar a boca com um estalo, olhos brilhantes.

— Não peça minha bênção. Você não é mais minha criança.

— Minha Senhora, não sou criança desde que me enviou da câmara de iniciação para subir o Tor — Tirilan disse suavemente.

Conforme a mãe se virou, ela se curvou na mesura completa devida à Senhora de Avalon, imaginando se algum dia faria isso de novo.

* * *

— Mikantor, precisa voltar para a cabana. Alguém o espera.

Ouvindo um tom estranho na voz de Ganath, Mikantor se virou. A expressão do amigo também estava estranha, um misto de preocupação e diversão. Mas ao menos não era o espanto supersticioso com que todos, até mesmo seus Companheiros, tinham olhado para ele no dia anterior.

Em torno deles, o povo do sangue antigo que havia se reunido para o ritual reunia seus pertences para voltar para casa. O espaço ao lado da área da fogueira estava cheio de presentes que deixaram para ele. Mikantor ainda tentava entender o que a lealdade deles significaria. Três homens dos clãs arrumavam os presentes nos pôneis robustos que andavam pelas charnecas. Tinham prometido guias, suprimentos e um lugar seco como abrigo pelo inverno para ele e seu bando.

Ele começou a dizer que não tinha tempo, mas o olhar nos olhos do amigo o deteve. Ontem estivera mole de exaustão da caçada e da noite que se seguiu. Mas não podia se dar ao luxo de mais autoindulgência, especialmente não mais tempo tentando se recordar do que realmente acontecera na caverna. Poucos homens recebiam tal bênção uma vez, muito menos se recordavam ou repetiam. A cura era permanecer ocupado até que o anseio desaparecesse.

— Tudo bem, mas vai precisar aprontar os homens. Nossos guias não podem ficar esperando.

Mancando um pouco da ferida na coxa, ele cruzou a clareira e entrou pela porta da cabana que haviam construído para ele. Uma mulher estava sentada ao lado do fogo, envolta em um manto, com um xale de lã sobre os cabelos. Ele parou de repente, arregalando os olhos, quando ela se levantou e o xale caiu para revelar um rosto pálido e cachos de cabelo dourado.

— Tirilan? O que está fazendo aqui? Veio para ver a cerimônia?

Seu balbucio parou quando ela desembrulhou o que segurava nas mãos e estendeu para ele.

— Vim para lhe devolver algo...

Uma bainha de couro. *A* bainha de couro da faca de sílex que não tinham conseguido encontrar quando os mais velhos foram buscá-lo na caverna. Ele deu um passo para a frente e então cambaleou quando a perna endurecida não acompanhou.

— A ferida o incomoda? — ela perguntou brevemente. — Cuidaram dela como se deve? Deixe-me ver...

— Não, não. Está bem, só dura... *Tirilan!* — Ele pegou as mãos dela e as segurou, tentando sentir a verdade pelo contato de pele com pele enquanto tentava ouvir na voz dela a doçura que recordava de certa forma. — Anderle sabe que está aqui?

— Ela sabe...

— Ela *mandou* você?

— Ela não me mandou para *cá* — disse Tirilan.

— Era você na caverna? — ele sussurrou, começando a entender, embora ainda não estivesse exatamente pronto para acreditar.

— Na caverna era a Deusa e Seu Escolhido — Tirilan disse suavemente. — Acredito que seja vontade Dela que eu fique com você. Disse que posso rezar por sua proteção. Faço isso melhor onde posso vê-lo.

Mikantor balançou a cabeça, exasperação, pena e uma empolgação estranha lutando pela dominância.

— Você não entende... sou apenas um homem.

Ela deu de ombros.

— Sei disso... eu me lembro de quando era um moleque com o nariz sujo. Mas também me lembro de como chamou o trovão. Quando não acreditar em você, vou acreditar por você. Quando olho para você, vejo o deus.

Um pensamento indesejado ocorreu a ele.

— Sua mãe a expulsou?

Tiri fez uma careta.

— Ela não ficou feliz. Não precisa me acolher — ela continuou —, mas prometo que posso andar e dormir ao ar livre tanto quanto qualquer um de seus homens. E fui treinada como curandeira.

Ele olhou para ela e não sabia o que sentia, a não ser que, apesar de suas palavras corajosas, ela precisava da proteção dele.

— Então... então... — Ele passou um braço em torno dela e a puxou contra o corpo, ao mesmo tempo desapontado e aliviado por sua resposta principal naquele momento ter sido uma afeição pesarosa. — Você virá comigo, então, e que os deuses ajudem qualquer um que fique contra nós!

## VINTE

Tirilan tinha virado as costas para Avalon, mas o abrigo de outro tor se tornara seu novo lar. Ela ainda achava isso estranho. As charnecas a noroeste de Belerion eram salpicadas por rochas de granito arredondadas que afloravam do solo. Melhor de tudo, eram chão sólido, diferentemente de boa parte das charnecas, um misto de turfeiras e atoleiros que poderiam engolir uma ovelha, ou um homem. Hoje a terra estava coberta com o branco da neve da noite anterior. Tirilan apertou os olhos contra o brilho do sol naquele cobertor branco cintilante, e puxou o manto cinza de confiança em torno de si para barrar o vento.

Mikantor tinha ido a algum lugar, no caminho de volta da vila próxima, para onde levara um pouco da comida extra deles. O inverno atingira as charnecas, e, enquanto alguns dos homens murmuravam que os suprimentos que haviam trazido eram para a própria sobrevivência, Mikantor ficou firme. Os clãs das charnecas os tinham acolhido e ajudado a reconstruir suas moradas. O único meio de todos prosperarem era dividir.

Tirilan não tinha se importado com a comida, mas as charnecas eram duplamente perigosas quando estavam cobertas de neve. Ela respirou fundo e fechou os olhos, tomando a forma de um cisne para enviar seu espírito em proteção. Isso, ao menos, era algo que poderia fazer para ele. Seus cobertores estavam estendidos na plataforma levantada ao lado da lareira, mas eles não os compartilhavam. Ela não tinha esperado fazer isso enquanto viajavam, mas quando chegaram aos pântanos o hábito da separação havia se tornado uma barreira que ele aparentemente não queria quebrar. Ele nunca a tocava. Ele sabia como ela ansiava por um pequeno sinal de afeição? Ela jamais teria acreditado que duas pessoas pudessem viver lado a lado em tamanho silêncio. Se nada tivesse mudado até a primavera, ela bem poderia admitir que a mãe estava certa e voltar para Avalon.

O vento havia aumentado, girando a neve suave como se para dar forma aos espíritos que ela sentia dançarem pela terra. Um dia, essas terras altas tinham sido uma colcha de retalhos de pastos e campos, com muitas vilas construídas com a abundante pedra nativa. Mas o lugar em que o povo da charneca colocara Mikantor e seus Companheiros fora abandonado havia muito. Eles tinham reconstruído algumas das casas redondas e o chamaram de Campo de Tojo, pela quantidade de arbustos espinhosos que precisaram tirar. Do tor ela via o bruxuleio da fumaça que saía pelos tetos de colmo. Quando o clima piorou, a maioria das pessoas tinha sido levada para a costa. Agora, apenas poucos clãs do povo antigo ficavam ali, pastoreando as ovelhas pelas colinas.

— Deusa — ela sussurrou. — Desfruta da tua bela veste branca, mas manda nossos homens em segurança para casa.

Era uma verdade amarga que do perigo deles vinha a segurança também, pois, se viajar pelas charnecas era arriscado mesmo com Maçarico, homem das tribos, como guia, era certo que nenhum inimigo os atacaria. E aquele canto do país era rico em espíritos ancestrais, que assombravam as pedras erguidas que tinham deixado para trás, cada uma delas agora com seu próprio elmo de neve. A uma légua ao norte ficava a mamoa das Três Rainhas – as Mães ancestrais que ainda zelavam pela terra. Era um lugar em que o poder da Deusa era forte. E estava ao lado da corrente de poder que corria da ponta de Belerion por todo o caminho até Avalon e cruzando o país.

Outra rajada de vento jogou ar frio em suas costas. Era hora de ir embora.

\*\*\*

Mikantor se despediu de Pelicar e abaixou-se passando pela entrada em ângulo da casa que dividia com Tirilan, louvando silenciosamente o engenho dos construtores originais, que haviam feito todas as entradas de frente para a encosta para ajudar a drenagem, longe do vento predominante. Atrás dele, ouviu os gritos enquanto os que ficaram saudavam os outros. Ele fez uma pausa, reunindo sua resolução para enfrentá-la. Viver com ela pelos últimos meses o tornara muito consciente dela como ser físico, e seu corpo respondia de acordo, porém não podia jamais se esquecer de que ela era uma sacerdotisa, presa por seus votos. Ele bateu a neve dos pés e pendurou a capa ao lado da entrada antes de empurrar a pele que fechava a porta.

— O encontro correu bem? — Tirilan levantou os olhos quando ele entrou.

Ela estava remendando uma de suas túnicas. Ele ficou sem fôlego quando viu como a luz do fogo brunia os planos suaves do rosto e os cabelos brilhantes dela.

Ele tirou o casaco de pele de carneiro e o pendurou. Dedos e pés começavam a latejar no calor do quarto.

— Lycoren parece ser confiável e odeia Galid. Quando descermos das charnecas na primavera, ele prometeu se juntar a nós com seu bando.

O líder ai-akhsi era o terceiro chefe que havia atravessado a mata para prometer apoio. As rainhas e seus líderes de guerra ainda preservavam uma neutralidade oficial, mas a notícia da Corrida do Cervo havia se espalhado entre as pessoas. Na primavera, Mikantor poderia se encontrar liderando um pequeno exército.

— Imagino que gostaria de alguma coisa quente agora. Tenho um saco de chá de mil-folhas infundindo no buraco de cozinhar... vou apenas colocar outra pedra para fazê-lo ferver.

Ela colocou a túnica de lado e, com um movimento habilidoso, deslizou as pontas de uma galhada de veado debaixo do pedaço redondo de granito que esquentava entre as brasas. Outro giro com prática o jogou sibilando na água que enchia o buraco recoberto por pedras ao lado da lareira, uma das amenidades que os construtores havia muito mortos daquele lugar deixaram para trás.

— Fui ao topo do tor pela manhã — ela observou, pegando chá e enchendo uma das canecas de cerâmica que tinham trazido com eles. — A vista era maravilhosa. Esta terra é dura, mas há beleza aqui.

— Beleza e medo — ele concordou. — No caminho de volta, Mergulhão nos falou sobre os espíritos das charnecas. Não sei se ele queria nos assustar ou nos avisar. Ele diz que há um cão negro monstruoso que consegue derrubar um homem.

— Isso parece o demônio Guayota, sobre quem há histórias assim nas tribos — ela respondeu. — A velha Kiri nos contava umas histórias muito assustadoras...

Enquanto Tirilan seguiu falando, ele pegou a caneca e sentou-se na elevação de dormir, lançando um olhar supersticioso para trás. Os pelegos e peles nos quais dormiam estavam arrumados, como sempre, em duas pilhas bem-feitas. Ele suspirou e esticou os pés na direção do fogo. Os homens imaginavam que ele dormia com ela, e o melhor jeito de protegê-la parecia ser deixá-los pensar assim. Mas ela tomava tantas precauções para evitar mostrar qualquer parte da pele que pudesse excitá-lo, não tinha motivos para imaginar que ela aceitaria seus avanços. Morando com ela diariamente, ele finalmente entendera que a amava tanto quanto a Velantos. Mas ele entendia o ferreiro. Tirilan ainda era um mistério. Tinham deixado Anderle para trás, ele pensou com amargura, mas a filha dela ainda estava presa pelas regras de Avalon.

***

Tirilan estremeceu quando as vigas do telhado se flexionaram com outra rajada de vento. As casas eram robustas, com um preenchimento de cascalho entre duas estruturas de pedra e uma cobertura de tábuas ou peles de carneiro para isolá-las por dentro. As paredes tinham sido fáceis de consertar. Só os telhados eram um problema, pois varas compridas o suficiente para conseguir a inclinação certa eram difíceis de encontrar nas charnecas. Havia espíritos naquele vento, ela pensou sombriamente, que enfiavam os dedos gelados nas amarras para levar o colmo embora.

A lua que se seguiu ao Solstício de Inverno trouxe uma tempestade atrás da outra, gerando acúmulos de detritos da altura de um homem em um lugar, enquanto outros eram desnudados, escondendo a forma da terra até mesmo daqueles que a conheciam bem. Os estoques de comida e combustível estavam ficando baixos. Alguns dos homens murmuravam que deveriam ter permanecido nos pântanos, onde poderiam ficar molhados, mas ao menos não congelariam. Ela quebrou um canto da placa de turfa e a colocou no fogo, então pegou o fuso novamente. Seus dedos estavam quase frios demais para apertar a lã, embora já estivesse vestindo quase todas as roupas que tinha, mas não usaria mais combustível enquanto estivesse ali sozinha.

Mikantor e a maioria dos outros homens estavam procurando Pelicar e Romen, que haviam saído de manhã para caçar e não tinham retornado. Era de esperar que o tempo gelado tivesse endurecido a superfície dos brejos, mas havia cem outros jeitos pelos quais um homem poderia morrer naquela terra. Estavam fora havia tanto tempo! Ela puxou mais lã do cesto e a juntou frouxamente ao fim da fibra que já pendia de seu fuso.

Sentiu os dedos esquentarem ao girar o fio em torno da haste e prender o resto na ponta, puxar a lã com uma mão e a girar com a outra, deixando o peso do fuso puxar a massa solta de fibras entre seus dedos em um fio que girava até que quase chegasse ao chão, e repetir o processo mais uma vez.

Enquanto trabalhava, começou a cantarolar, bloqueando tudo menos o giro hipnótico do fuso, o bruxuleio do fogo. Girando e enrolando, colocando lã nova e começando de novo, a visão borrada até parecer que ela fiava chamas. As Três Rainhas às vezes eram chamadas de fiandeiras. O que elas fiavam? A imagem do monte tumular se formou entre as brasas, e ela vislumbrou três formas curvadas cantarolando, fiando fios brilhantes dos fluxos de luz que giravam pela terra.

— *Fio todos os fatos que já passaram...* — cantou uma.

— *Fio o que está acontecendo...* — cantou a seguinte —, *minha linha não tem fim...*

— *De seus fios eu torço o que será* — veio a voz da terceira rainha.

— *E eu o parto e o enrosco no passado de novo* — a primeira respondeu.

— *Cada vida um fio, pela terra, eu levo na mão...* — elas cantaram juntas. — *Se quiser ver, me escute...*

*Vidas...*, pensou Tirilan, observando aqueles dedos ágeis. *As vidas de quem estão fiando agora?*, gritou seu espírito.

— *Quer se juntar a nós?* — chamou a terceira rainha. — *Consegue ver as linhas das vidas daqueles que sofrem na tempestade?*

Enquanto observava, Tirilan percebeu que aquelas linhas de luz rodopiavam pela paisagem brilhante diante dela. Algumas eram luminosas, outras se apagavam. Algumas sumiam tremeluzindo quando as tocava, enquanto outras vinham com facilidade para sua mão. Ela as recolheu uma a uma, alisando-as, endireitando-as, puxando-as.

— Venham — ela sussurrou. — Esse é o caminho de casa.

Ela nunca soube quanto tempo tinha passado quando o som de gritos atravessou o uivo do vento. Uma rajada fez as cinzas voarem quando a cobertura da porta foi aberta e colocada para o lado. Ela se levantou, trazida de volta ao presente em um choque com uma rapidez que fez doer suas têmporas. Mikantor estava na porta, olhos arregalados como os dela. Ela baixou os olhos e viu o fuso abandonado no chão. Mas seus dedos ainda se moviam, ainda girando as linhas de luz que brilhavam para suas mãos do resto do fogo.

Somente a disciplina de um longo treinamento a impediu de cair. Ela respirou fundo.

— Todos voltaram?

Mikantor assentiu.

Tirilan soltou o fôlego em um longo suspiro, então se curvou e com muito cuidado soltou o fogo.

— Nós os encontramos — Mikantor disse com a voz rouca. — Romen tinha pisado em um buraco e quebrado a perna, e Pelicar tentava carregá-lo. Ficava caindo. Quando Beniharen topou com eles, ele não conseguia mais se levantar... Ele é comprido demais para ser carregado, Pelicar, mas demos um jeito. Pelos ossos de Banur, estava frio!

— Tire todas essas roupas. Está todo molhado — Tirilan o interrompeu.

A não ser por dois pedaços vermelhos no rosto, a pele dele estava pálida como a de um cadáver. Ela tirou a capa e o casaco de ovelha dele, o envolveu com um cobertor e o empurrou para a beira da elevação para dormir, lutando contra o impulso de abraçá-lo e forçar seu calor nele. Precisava continuar em movimento ou desmaiaria com o alívio de tê-lo de volta e não conseguiria ajudar ninguém.

— Fizemos uma liteira com as lanças, mas a neve... — Ele balançou a cabeça. — Ela soprava de todas as direções. Não havia estrelas, caminhos, abrigo... E ouvimos um uivo que não era do vento. Maçarico disse que o Cão estava na nossa trilha... juro que Guayota estava naquela tempestade.

Ele estremeceu e se encolheu quando pegou a caneca de cerveja que tinha esquentado no fogo.

— Ah, deuses, consigo sentir meus pés de novo — ele exclamou ao tirar as botas de couro recheadas de palha e as perneiras de lã que as mantinham no lugar.

Eles pareciam gelo. Ela puxou uma pele de ovelha com pelos da cama e os colocou debaixo deles. Só agora se permitia admitir como sentira medo. Era essa fraqueza o que vinha do amor? Era por isso que a mãe tinha negado os próprios sentimentos tão bem por tanto tempo?

— Nós nos perdemos. Achei que nunca mais a veria de novo. — Ele deu outro gole na cerveja e seus tremores começaram a passar. — E então senti um calor no peito... Senti você me chamar...

Os olhos dele se moveram do fogo para o rosto dela em uma questão desesperada.

— Psss... psss... Precisa agradecer às Três Rainhas, não a mim... — Recusando-se a olhar nos olhos dele, ela se virou para aumentar o fogo. — Onde estão Pelicar e Romen agora?

— Na cabana de Ganath.

Ele moveu os pés na pele, estremecendo quando a circulação que voltava começava a transformar o branco da pele em vermelho.

— Vou até eles. — Ela esticou o braço para pegar o manto, lutando contra um riso histérico.

*Sim, eu encontrei você. Acho que o salvei. Sim, eu te amo...*, o coração dela gritava, mas, se cedesse uma só vez, estaria arruinada.

— Tire o resto das roupas e vá para a cama. Volto logo.

Ela ousou pousar um beijo no topo da cabeça dele, então saiu pela porta.

A cabana de Ganath estava mais quente, rançosa com os cheiros de corpos masculinos e lã molhada. A maioria dos homens tinha se agrupado ali, mas foram para trás para dar espaço a ela. Os dois homens resgatados estavam na elevação de dormir, envoltos em cobertores. Ganath havia endireitado e colocado uma tala na perna de Romen. Ela não precisava ter se preocupado — ele recebera o mesmo treinamento que ela. Ela assentiu enquanto ele descreveu o que tinha feito por eles, passando as mãos sobre os homens para sentir a energia dele.

— Romen está indo bem — ela murmurou depois que acabou. — Ele está fraco da dor, mas Pelicar parece mais esgotado.

— Isso faz sentido. Ele estava usando mais energia — disse Ganath.

— Ainda restou algum caldo? Enfie um pouco dentro dele — ela respondeu.

Ela se virou para Pelicar, botou as mãos sobre a cabeça e o peito dele, mentalizando o poder passando pelas palmas. Em alguns momentos ele pareceu respirar com mais facilidade, e ela foi para trás, corando ao perceber que o resto deles a encarava.

— Suas preces nos salvaram, Senhora? — perguntou Acaimor.

— Agradeça aos deuses — ela disse rapidamente — e aos espíritos desta terra. — Ela colocou o manto de novo. — Ganath agiu bem. Vão para a cama, todos vocês, e fiquem aquecidos. Preciso voltar agora. Deixei Mikantor ao lado do fogo... melhor me certificar de que ele não caiu dentro dele.

Ela então escapou, mas não conseguiu ignorar os gestos de reverência que fizeram quando passou. Ela os tinha salvado? Se tinha, o modo não fora como nada que aprendera em Avalon. O que mais poderia aprender dos espíritos dessa terra?

Quando voltou à casa que dividia com Mikantor, descobriu que ele se arrastara até os cobertores ainda meio vestido, e o fogo tinha apagado. Colocou mais duas placas de turfa, posicionando-as para queimar de modo mais eficiente, e colocou cinzas em torno. Ela se ajoelhou ao lado da elevação para dormir e balançou os ombros de Mikantor.

— Acorde... Precisamos tirar essas coisas molhadas de você... Só por um momento, meu amor... Por favor!

Ele murmurou algo e sentou-se parcialmente sem acordar de fato. Era suficiente para que ela puxasse a túnica pela cabeça dele e o envolvesse no cobertor conforme ele baixava de novo, meio curvado para o lado. A carne dele estava muito branca, e ainda fria, apesar dos cobertores e do calor da cabana. Fria demais, ela pensou, friccionando os membros longos dele. Poderia chamar alguns dos outros homens para deitar ao lado dele, ou poderia dividir o próprio calor, pele contra pele.

Só até ele ficar mais quente... Tirilan balançou a cabeça ao perceber que mesmo agora tentava negar o desejo de tomá-lo nos braços. Mas, seja lá o que acontecesse depois, tinha ficado assustada demais com esse perigo para deixar a oportunidade passar. Colocou rapidamente suas peles de carneiro ao lado das dele, então despiu as vestes e se deitou na cama ao lado dele, puxando e ajeitando os cobertores sobre os dois.

*Eu fio fogo...*, pensou, sentindo como a pele dele era fria contra a sua, *certamente posso invocar fogo para aquecê-lo agora...* Ela apertou os braços em torno dele e se voltou para dentro buscando o âmago de luz, mentalizando a cada respiração o fogo levantando-se dentro dela, através dela, envolvendo ambos em um casulo de calor. E estava funcionando... O frio mortal estava indo embora da pele dele, os tremores ficando menores. Os músculos fortes das costas dele se moveram de novo contra os seios dela enquanto ele respirava. Os braços dele jaziam soltos debaixo dos dela. Ele estava aquecido agora, aquecido e por fim em segurança. Com um suspiro, ela virou o rosto contra o ombro dele e adormeceu.

***

Tirilan sabia que sonhava com a noite na caverna, pois seu corpo estava corado e pulsava. Ela suspirou, esforçando-se para lembrar além do momento em que a Deusa tomara sua consciência, e ouvir Mikantor sussurrar seu nome. *Aquilo* nunca acontecera em seus sonhos. Ela abriu os olhos e viu os traços dele meio iluminados pelo brilho do fogo. Ele tinha se virado de frente para ela, e ela sentia o corpo dele tremendo contra o dela.

— Tirilan — ele disse de novo —, eu te amo. Eu sempre te amei, acho, desde quando você era uma moleca abusada me provocando. Vai me deixar amar você? Jurei que jamais a perturbaria, mas...

— Eu não sou a Deusa... — ela sussurrou.

— Você é uma deusa para mim. Você carrega luz. Sempre a vi dessa forma. E você é uma sacerdotisa, o que é quase a mesma coisa.

Ele balançou a cabeça com um gemido.

— Sacerdotisas são mulheres...

— Eu sinto isso — ele disse sarcasticamente, tentando rir. — É por isso que ousei... Tirilan, encontrá-la nos meus braços, achei que tivesse morrido lá na neve e ido para as Ilhas Abençoadas. Mas é real, não é? — Ele a apertou mais. — Você não poderia estar ainda deitada aqui se não quisesse ser misericordiosa...

A voz dele falhou.

— Misericordiosa! — Ela inclinou a cabeça para trás, tentando ver os traços dele. — É o que acha que é? Por que, em nome de todos os deuses, eu o teria seguido para esta área selvagem senão porque te amo?

As palavras dela foram interrompidas por um beijo. Ela passou o braço pelo pescoço dele, a perna sobre a dele, e lhe deu as boas-vindas a seu fogo.

***

O carvão na caixa de fogo pulsava com uma luz espasmódica que bruxuleava pela oficina e pelo tabique de vime que Velantos tinha colocado na parte aberta. Com pedaços de couro cobrindo as aberturas nas beiradas, segurava o calor bem o suficiente para que usasse apenas duas túnicas de lã sob o avental largo de couro de vaca, em vez de um manto sobre os três. Anderle usava um xale sobre a túnica de mangas compridas de fina lã azul.

Com o inverno, a tensão entre eles tinha baixado, talvez porque, com o tempo frio, a mulher se mantivesse coberta. Uma massa disforme de embrulhos era menos perturbadora que o vislumbre de um braço ou seio revelados pelas vestes de verão presas com alfinetes. Desde que Mikantor levara Tirilan com ele para as charnecas, a sacerdotisa visitava Velantos com mais frequência. No começo ele tinha pensado que era para atormentá-lo, mas ultimamente estava começando a suspeitar de que ela estivesse solitária.

Velantos apertou as tiras que prendiam o cano da caixa de fogo às mangueiras do fole, franzindo o cenho quando Anderle passou por ele, e sentou-se para bombeá-lo mais uma vez.

— Se não consegue ficar parada, mulher, seja útil e maneje o fole! — ele explodiu.

Anderle parou, como se surpresa por descobrir que estava se mexendo.

— Está certo, o menino Aelfrix normalmente o ajuda. Ellet me disse que ela o confinou na casa dos curandeiros até que se recupere da tosse. O que devo fazer?

Velantos se levantou, por sua vez surpreso ao ouvi-la concordar.

— Sente-se aqui e pegue os cabos de cada saco. Alterne puxando para cima e para baixo, deixando os bastões se separarem um pouco ao levantá-los de novo. Já me viu fazer isso muitas vezes. Force o ar pelo tubo. O ar faz as brasas ficarem mais quentes e derrete o bronze.

O cadinho aninhado entre os carvões da caixa de fogo estava cheio de pedaços de metal do cesto. Já tinham começado a perder a definição quando Anderle chegara. Agora pareciam pedaços borrados em um cozido derretido. Ele sorriu quando ela tentou apertar os cabos e o fole resfolegou, asmático.

— Mikantor fazia isso para você? — ela perguntou, arquejando.

— Como acha que ele conseguiu aqueles ombros? — Velantos sorriu. — Ele aprende rápido, aquele rapaz. Acho que é bom em qualquer ofício que tente, mas o metal não canta para ele...

— Ele nasceu para ser rei... Sente falta dele? — ela então perguntou. *Você sente falta de sua filha?* Ele não disse as palavras em voz alta.

Ela fez uma pausa, limpou a testa, então desenrolou o xale. Enquanto ela se adequava ao ritmo, ele viu como o movimento prendia e soltava o pano em torno dos seios dela e sentiu a carne se ouriçar.

A solução era trabalho, tanto para ele quanto para ela. Ele fixou o olhar nas brasas cujo brilho pulsava a cada sopro do fole. Era carvão de carvalho bom, bem capaz de atingir uma temperatura que iria derreter o metal, embora isso também dependesse da proporção de cobre para estanho.

— Sinto falta dele... — ele por fim disse, ainda olhando para o fogo. — Eu era filho do rei de Tirinto, mas não da rainha. Eles me ensinaram logo. Jamais seria um dos guerreiros, e a maior parte do povo considera os ferreiros misteriosos, de qualquer modo.

Ele fez uma pausa para empilhar as brasas com mais segurança em torno do cadinho. O bronze estava no fogo desde o meio-dia, e agora o sol descia. Estaria pronto logo.

— Eu não tinha companhia até o menino...

— Mas ele era um escravo.

— Talvez no começo, mas então... — Ele balançou a cabeça, incapaz de explicar a ligação entre eles. — Quando me escravizaram, quando minha cidade caiu, eu achava que a morte era melhor do que ser propriedade de outro homem. Pica-Pau me fez viver, me tratou do mesmo modo de sempre, até que eu soubesse quem era de novo. Quando o rei de Korinthos nos libertou, não senti diferença. Alguns homens são escravos do medo, ou do amor, alguns, da vontade dos deuses. Escolhemos nossos grilhões.

— Sou uma escrava da deusa, então? — Ela balançou a cabeça. — Deve fazer diferença o fato de eu ter feito um voto por escolha de servi-la. É por isso que não consegui entender quando Tirilan...

Ela parou de falar, olhando como se ele a tivesse forçado a fazer aquela revelação.

— A senhora foi criada para isso. Acho que não poderia fazer outra escolha mais do que eu poderia escolher não defender minha cidade. Mas Tirilan e Mikantor fazem o próprio caminho, e pode ter certeza de que ela também não está fazendo a vontade dos deuses?

Anderle franziu o cenho e começou a trabalhar furiosamente no fole, mandando fontes de faíscas na direção do teto manchado de fuligem. Conforme o bronze derretia, o suor corria pelo rosto dela e criava manchas de umidade no vestido.

— Deixe-me fazer isso por um tempo — ele disse quando achou que ela havia liberado um pouco da raiva.

Ela tremeu um pouco ao se endireitar, e foi até o banco para sentar-se. Ele tomou o lugar dela no banco, trabalhando o fole com movimentos fortes, eficientes. Sentia o olhar dela sobre si, mais quente que o fogo, e ficou feliz que a luz escondesse que havia corado em resposta.

— Você está livre agora? — ela perguntou em voz baixa.

— *A senhora* está?

— Por vinte anos venho servindo minha visão — ela falou devagar. — Vi Azan-Ylir em chamas, e isso aconteceu, então preciso acreditar que era uma previsão verdadeira do que poderia ser.

— Conte-me — ele pediu em voz baixa.

Todo o bronze parecia estar derretido agora, a cor ficando mais clara gradualmente até que fosse difícil olhar. Melhor dar um pouco mais de tempo, ele pensou, amarrando de novo a tira que prendia seu cabelo para trás e pegando os pedaços de couro que protegeriam suas mãos e antebraços.

— Vi inimigos atracando aqui, homens de outra língua que vão destruir tudo o que somos, porque nossas tribos em guerra não vão se unir. Mas vi a criança morta, também, contudo o salvei, então acredito que aquele futuro também pode ser mudado.

— Então Galid é só o começo — Velantos disse pensativamente — para Mikantor. Para mim, apagar o sorrisinho daquela cara mentirosa dele é o bastante. Encontrar o homem duas vezes é suficiente para odiá-lo. Uma terceira vez, se o menino não o matar, eu mato.

— Com a espada que está fazendo agora?

— Não é uma espada; mandei uma dúzia delas para as charnecas, para os homens de Mikantor. Isso vai ser o primeiro de um par de machados, como os que eu tinha na Cidade dos Círculos. Machado ou martelo — ele abriu um sorriso branco —, qualquer um cabe bem na mão de um ferreiro. Faço o original em cera e o cubro com argila; a cera sai quando coloco fogo. O bronze entra pela ponta aberta.

Ele levantou o molde rústico de argila em forma de machado da lareira, onde tinha ficado quente perto da caixa de fogo, e sorriu com o *tinc* claro que ouviu quando deu uma batida experimental com o martelinho de bronze. Ele o posicionou com cuidado, a ponta aberta para cima, contra a beirada de pedras da lareira.

Velantos olhou de novo para o cadinho.

— O bronze está pronto para ser derramado. Precisa ficar quieta agora.

Ele respirou fundo, apagando a consciência de tudo a não ser a tarefa que lhe cabia. Virou-se, levantando as mãos para as duas deusas sobre a lareira.

— Potnia — ele murmurou na própria língua —, Espírito que jorra, Senhora de Todos os Ofícios. Pelo fogo e pela água, abençoa esse trabalho!

Enfiando as mãos em luvas de couro grosseiras, ele tirou as brasas de perto do cadinho de pedra, o prendeu com tenazes e levantou. Tinha apenas o tamanho de uma jarra grande, mas era pesado pelo tamanho. No topo da vasilha, uma camada cinzenta cobria um brilho vermelho, mas a parte mais baixa brilhava tanto quanto as brasas. O braço dele tremeu só um pouco quando usou um disco de bronze para retirar as impurezas, então, agora segurando as tenazes com as duas mãos, virou de modo firme e lento o cadinho sobre a parte aberta do molde.

Bronze com o brilho do sol escorreu em um fluxo brilhante, erguendo-se em um jorro de chamas ao atingir a argila. Quando o molde vazou, Velantos derramou o resto em um canto da lareira e baixou o cadinho.

— O que acontece agora? — Anderle perguntou quando ele começou a tirar as proteções de couro.

— Agora esperamos — ele disse, achando graça. — Como uma mulher grávida. O molde é um útero. Precisa esperar para descobrir o que tem. Mas isso não leva tanto tempo.

Depois de alguns momentos ele pegou as tenazes de novo, levantou o molde e o jogou sibilando na cuba de têmpera. A água borbulhou como em um caldeirão, soltando gotas de vapor de cheiro ruim. Quando parou, ele tirou o molde e o colocou na laje de pedra na bancada de trabalho.

Ele assentiu para Anderle.

— Se quiser, venha ver.

Ela se inclinou sobre a mesa enquanto ele firmava o molde com as tenazes, pois ainda estava muito quente apesar do banho, e pegava o martelinho de bronze, o cabo de chifre curvado como se para se encaixar na mão dele. Então, com um sorriso repentino, ele o ofereceu a Anderle, a empolgação mascarando todas as outras reações.

— Não vou estragá-lo? — ela perguntou.

— Se a moldagem tiver sido boa, não vai conseguir — ele respondeu —, e, se não tiver, não importa o que fizer.

Ela pareceu subitamente muito mais jovem quando, mordendo o lábio em concentração, deu uma batida no molde.

— É a Senhora de Avalon. — Ele se viu sorrindo. — Bata com força!

Sem pensar, ele colocou a mão sobre a dela, e juntos bateram na cerâmica.

Com o contato, a energia passou por ele em um choque. *Como o relâmpago*, ele pensou em confusão, soltando a mão dela e dando um passo rápido para trás. Ela balançou, segurando-se na mesa, então virou para ele com um grito de deleite.

— Certamente fizemos uma grande magia... Olhe!

A cabeça ainda latejando, ele deu um passo para a frente e sorriu com o arco brilhante de metal cor de palha visível onde a argila havia quebrado. Mais alguns golpes soltaram a cabeça do machado, reta no topo e curvada abaixo, com um nó furado no meio para receber o cabo e uma cabeça de martelo além.

— Como algo feito para matar pode ser tão bonito? — ela murmurou enquanto ele o virava nas mãos.

— O falcão que ataca é lindo, e o lince que Mikantor matou nas grandes montanhas — ele respondeu. — Qualquer coisa em que forma e ação se combinam...

*Como eu e você nos combinaríamos*, ele pensou, *se um dia nos uníssemos em amor.*

Ele se virou bastante rápido, encontrou um pedaço de couro macio para embrulhar a cabeça de machado e o colocou na arca.

— Precisa ser preparado e polido — ele murmurou, ainda de costas. — Não está pronto.

Ele permaneceu onde estava enquanto o silêncio se alongava.

— Obrigada por uma tarde educativa — ela por fim disse, o tom tão frio quanto a água na cuba de têmpera.

Ele ouviu o farfalhar de pano e soube que ela estava colocando o xale e o manto que havia pendurado ao lado da porta.

— Mas você nunca respondeu minha pergunta — ela então disse. — Que grilhões *você* escolheu, mestre ferreiro?

— Meu ofício... — ele respondeu devagar. — Eu sempre posso confiar que o metal vai seguir sua própria lei. Se eu fracassar, é porque não entendo.

— E entende como forjar a espada de que Mikantor vai precisar, a Espada das Estrelas?

Com isso, ele se virou para encará-la.

— O que o homem puder fazer para ele, eu farei. O que deseja, minha Senhora, precisa vir dos deuses!

## ৵ VINTE E UM ৵

— Minha senhora é mais brilhante que o sol... onde ela anda, deixa uma trilha de flores. Minha senhora é a luz da primavera e a doce alegria do mundo... — Mikantor viu o sorriso de Ganath e parou de cantar, consciente de que corava como uma donzela, se bem que nenhum virgem de nenhum gênero poderia compreender a mistura de sensações e lembranças que havia instigado aquela canção.

A primavera enfim chegara às charnecas, e, embora um vento leve ainda perseguisse as nuvens da chuva da noite anterior pelo céu, o povo antigo havia se reunido com o bando de Mikantor no monte funerário das Três Rainhas para fazer suas oferendas. As tendas de couro deles se juntavam na base da colina. O cheiro rico de ovelha assando já perfumava a brisa.

— Nunca se envergonhe por amá-la, meu amigo — disse o sacerdote. — A alegria que você e ela encontraram abençoa a nós todos.

Por um momento uma garganta que se apertara de repente impediu Mikantor de responder. Ele respirou fundo o ar doce. Com a Virada da Primavera, as tempestades implacáveis haviam passado, e as campinas das charnecas tinham um verde vivo.

— Os homens não estão com inveja? — ele disse quando conseguiu falar de novo.

— De você e Tirilan? — Ganath balançou a cabeça. — Eles sabem que se deitou com ela quando ela *era* a Deusa, em ritual. Isso é tão diferente? Você é o rei. Sua união contínua com uma sacerdotisa da Senhora da Vida traz cura à terra.

No primeiro êxtase de seu amor, Mikantor não havia pensado nele bem dessa maneira. Fazer amor com Tirilan era glorioso, mas achava que, mesmo se fosse proibido de tocá-la, o laço entre eles tinha se tornado tão forte que o relacionamento permaneceria o mesmo. Um dia, ele a amara como companheiro de brincadeiras e amiga. Agora ela era sua amante. Quando estava com ela, sentia um tipo diferente de conexão, ainda mais forte que sua ligação com Velantos. Onde havia morado, sentira-se um estrangeiro. Mesmo quando pensava que era parte do povo do lago, nunca pertencera realmente a eles. No coração de Tirilan, havia encontrado um lar.

— É isso o que é? — ele perguntou. — Fico imaginando como poderia liderar homens de tribos tão diferentes, mas Avalon serve a todas elas, e eu também, por meio de minha união com Tirilan.

— Não se subestime como líder. — Ganath abriu um sorriso de repente. — Mas é verdade que Tirilan dá a eles um símbolo vivo pelo qual lutar, e acho que isso é algo que nem mesmo a Senhora de Avalon tinha incluído no plano dela. Ninguém que vê sua senhora pode duvidar de que ela traz a graça da Deusa para nós aqui.

Os dois homens olharam para cima da encosta, onde o tojo abria uma florada dourada. Era o movimento das nuvens ou algum brilho interior fazia parecer que Tirilan andava em uma poça de luz, que seus cabelos brilhavam mais que as flores? Ela estava liderando as mulheres dos clãs para o lado oeste da coluna, com jarras de leite das ovelhas e pães de aveia para a oferenda no monte tumular. Tinha desafiado as brisas da primavera em um manto azul-claro, preso nos ombros com alfinetes de bronze, que deixava nus os braços brancos.

Ela alcançou o cume, fez uma pausa para falar com uma das mulheres, então se virou e gesticulou. Mikantor ficou imóvel, ouvindo com o coração.

— Acho que ela está me chamando...

— Vou com você. — Ganath sorriu. — Para isso, o homem de que precisa ao seu lado é um sacerdote, não um guerreiro.

\*\*\*

— Seu homem é um gamo na encosta. — Conforme a velha falou, Tirilan percebeu que seu olhar estava fixo em Mikantor desde que enviara o chamado mental. — Um chefe de guerra para os clãs também, não apenas para as tribos.

Não um cervo, pensou Tirilan enquanto ele subia a encosta, mas algo mais feroz, pois para honrar a ocasião ele havia jogado sobre os ombros largos a pele do lince que vencera nas grandes montanhas. Ele andava com a graça feroz de um grande felino, pronto para pular sobre a presa... O corpo dela respondeu enquanto o imaginava derrubando-a de costas sobre a grama nova. Com um esforço, recompôs as feições.

— Minhas senhoras — ele se dirigiu às mulheres com uma mesura cautelosa. — Necessitam de mim?

— As Mães precisam de você — a mulher respondeu.

Ela era uma mulher sábia entre seu povo, mas não era mais alta que uma criança de dez anos das tribos, desgastada como uma das pedras que cravejavam as charnecas.

Ele olhou nervosamente para o monte funerário atrás dela, um morro comprido coberto de grama verde um pouco mais alto que um homem, mostrando apenas um anel de pedras onde a terra havia sido levada e, debaixo dele, uma abertura escura.

— O que preciso fazer?

— Nada muito difícil para um grande guerreiro. — A velha soltou um arquejo de riso.

Da bolsa que pendia em seu ombro ela tirou uma vasilha preta e fez um gesto na direção da água que brilhava além de um grupo de carvalhos. Os olhos de Tirilan se arregalaram quando percebeu que era feita de azeviche, gravada com um padrão serpenteante em torno da beirada. Só os deuses sabiam o quanto era velha.

— Leve essa vasilha até a fonte sagrada, encha de água e volte.

— Muito bem. — Os olhos dele se voltaram para Tirilan, e ela sorriu de modo encorajador, embora não soubesse mais que ele o que a mulher queria.

— E você — disse a sábia quando ele saiu — precisa sentar sobre o monte.

Tirilan já tinha tocado os poderes aos quais aquele lugar pertencia. Conseguia senti-los agora acordando em resposta à invocação de seus descendentes.

— Não precisa ter medo. — A mulher riu de novo. — Que perigo, em um belo dia de primavera?

Tirilan a examinou franzindo o cenho, então se virou de frente para o monte funerário. *Mães*, ela rezou, *já me ajudastes antes. Esse é vosso desejo?* A resposta não veio em palavras, mas no grito de um esmerilhão que circulou três vezes sobre o monte antes de deslizar pelo céu.

— Ajoelhe-se aqui, bem em cima da pedra.

Uma das mulheres mais jovens estendeu a mão e ela subiu e se ajoelhou. Depois de um momento percebeu que era uma das poses nas quais a Deusa era retratada e começou a entender. Soltou os alfinetes que prendiam seu manto nos ombros, de modo que ficasse preso somente pelo cinto e desnudasse seus seios. Outra garota subiu com uma guirlanda de pilriteiro da sebe abaixo da colina e a colocou em seus cabelos.

Bem a tempo, pois Mikantor voltava, andando com passos cuidadosos como se todas as águas do mundo transbordassem daquela vasilha negra. Atento a sua tarefa, só levantou os olhos quando chegou ao monte funerário. Os olhos dele se arregalaram ao vê-la sentada ali, e ele se endireitou, estendendo a vasilha em oferenda.

— Vida vem do útero... — A voz da sábia parecia muito distante. — A vida volta para a tumba. A Mãe dá, recebe, dá de volta. O que vai dar, Gamo-Rei?

Tirilan olhou nos olhos dele, as mãos subindo para segurar os seios enquanto ele dava mais um passo para a frente.

— Meu sangue e minha semente — ele respondeu —, para Ti, Senhora, por esta terra.

— Então faça sua oferenda — ela sussurrou, indicando a abertura escura entre as coxas.

As mãos dela tocaram a cabeça dele em bênção enquanto ele levantava a vasilha e derramava a água. Com o toque, o poder irrompeu entre eles, através dele e para a terra do monte.

— Agora as Mães o conhecem! — a sábia gritou em triunfo. — Você luta com a bênção delas. E logo...

Acima das batidas do próprio coração, Tirilan ouviu gritos. Arrancando os olhos do olhar de Mikantor, ela levantou o rosto e viu um grupo dos homens dele vindo para a colina. Quando ele se virou, ela começou a prender as roupas, estremecendo em reação enquanto o momento de união era substituído por um tipo de excitação diferente. Pelicar estava na dianteira.

— Meu senhor... Meu senhor... Um mensageiro chegou... Os deuses sabem como nos encontraram... Um homem do bando de Galid. Ele trouxe um desafio, meu senhor, um convite para uma batalha no vale abaixo da planície do Cavalo Branco!

— Imagino que tenha cansado de nos caçar pelos brejos — Tegues disse no silêncio.

Tirilan ficou de pé e começou a descer do monte. Mikantor ficou de frente para os homens que se aglomeraram em torno dele. Agora os doze Companheiros originais tinham aumentado para um bando de quase cem.

— Alguns de nós podemos esconder, mas não todos — disse Mergulhão —, ou podem ir para seus irmãos no sul...

— Já nos escondemos o suficiente! — exclamou Pelicar. — Se mandar avisar minha mãe, mais homens da minha tribo virão. Galid roubou muitas de nossas ovelhas!

— E das minhas — disse Romen, enquanto outros homens começavam a ecoá-lo.

— Vai aceitar o desafio? Estamos prontos? — murmurou Tirilan, pegando o braço de Mikantor.

— Os homens vão perder o interesse se esperarmos demais. — Ele olhou para o monte e depois para ela. — Mas você...

— Vou com você, é claro — ela disse com firmeza. — Ganath não pode cuidar dos arranhões de vocês sozinho.

Por um momento Mikantor olhou dentro dos olhos dela, o desejo de mantê-la em segurança claramente lutando com a percepção de que, se a deixasse ali, ela o seguiria sozinha. Então ele assentiu e subiu no topo do monte.

— Homens das charnecas, e homens dos vales, das colinas e das planícies, eu os convoco! — ele gritou. — Galid me desafiou! A própria terra grita contra ele... Vão me seguir para botar um fim na maldade dele?

A aclamação dos homens em torno deles parecia ecoar nos céus.

— Então vamos nos banquetear esta noite, e amanhã estaremos a caminho!

*\*\*\**

Sob céus cinzentos, as colinas brilhavam em um verde vivo. Em pouco tempo o vermelho do sangue adicionaria outra nota de cor à cena. Mas, de pé ali com os guerreiros a sua volta, homens de corpos rijos que haviam praticado contra ele e uns contra os outros por quase um ano, Mikantor achava que não seria o seu sangue. Quem poderia derrotá-los? Certamente não homens que tinham passado o inverno vadiando ao lado da fogueira de Galid.

*Clac, clac, clac!* O vale ressoava enquanto hastes de lanças inimigas atingiam escudos de madeira. As espadas deles ainda estavam embainhadas. Mikantor sabia que seus homens tinham armas melhores. Ele suprimiu o sussurro interior de que aquelas espadas não haviam sido testadas em batalha, enquanto os guerreiros de Galid eram veteranos grisalhos e cobertos de cicatrizes. Ele tivera um inverno para pensar em batalha, para demonstrar estratégias com pedras e gravetos aos homens. Mas só havia uma cura para experiência, e Galid tinha o remédio.

Ele ajustou as partes do capacete de couro endurecido sobre uma estrutura de bronze, desejando ter um dos elmos cobertos de bronze que vira em Tirinto. A maioria de seus homens usava apenas chapéus de couro. Haviam insistido para que ele vestisse um colete de couro fervido também, mas não tinham metal suficiente para reforçá-lo. A maioria de seus homens contava com algum tipo de proteção, e ele via que a força de Galid também, embora os homens dos clãs e das tribos não usassem nenhuma. Alguns tinham se despido para a ação e seguiriam nus em batalha.

Mikantor colocara seus homens em um pasto gramado onde as colinas se transformavam em dobras cobertas de árvores até o terreno ondulante do vale, seus Companheiros no meio e os aliados de cada lado. Acima deles, os contornos do Cavalo Branco surgiam nítidos contra o verde. Mikantor pensara nas florestas abaixo como um refúgio. Também poderiam ser uma armadilha, percebeu, mas era tarde demais para mudar suas disposições agora. Corvos gritavam das árvores. Outros respondiam do ar ou com seus confrades na mata.

*Digam a sua Senhora para ser paciente,* ele pensou, sombrio. *Ela vai receber a oferenda dela.*

Em meio ao clamor enquanto seus homens tomavam posição veio uma imprecação na língua do Mar do Meio. A voz era grave demais para ser de Lysandros. Coração disparado, Mikantor se virou e vislumbrou uma forma robusta familiar.

— Velantos! — ele gritou. — O que está fazendo aqui neste tempo?

Os céus soltavam um chuvisco úmido que não conseguia se decidir se era chuva ou nuvem.

— Os deuses sabem que quase voltei para a cama quando vi o céu — o ferreiro grunhiu, abrindo caminho entre os homens —, mas achei que poderia precisar de mais um par de braços.

Mikantor tirou o escudo do braço e apertou o ombro do homem mais velho, só então percebendo o quanto tinha sido profundo seu desejo de que o ferreiro estivesse ao seu lado na luta. Os músculos se mexeram como rochas sob as mãos dele.

— Agora somos invencíveis! — Ele sorriu.

*Clac, clac*, responderam as lanças dos inimigos.

— Eles parecem fortes — disse Velantos.

Eles parecem *experientes*, pensou Mikantor, enquanto se aproximavam, opondo uma confiança firme, ou talvez fosse desdém, ao entusiasmo de seus homens.

— Bem, nós também — ele disse alegremente. — Mas onde está seu escudo?

— Cástor e Pólux vão me recompensar — respondeu Velantos, soltando os dois machados que brilhavam intensamente dos laços em seu cinto.

— Esses são novos — Mikantor disse, apreciando.

O ferreiro deu de ombros.

— Cansei de fazer espadas e achei que estava na hora de usar os ensinamentos de Bodovos.

— Devemos muita coisa a ele. Gostaria que estivesse aqui. — Mikantor suspirou. — Falando nisso, o que fez com Aelfrix?

— Deixei-o em Avalon com ordens de amarrá-lo se ele tentasse me seguir.

— E quanto a Anderle?

Velantos pareceu desconfortável.

— Aquela não precisa viajar. Sabe cavalgar o vento.

— Isso pode não fazer diferença. Tirilan também sabe, mas está em cima daquela colina — Ele indicou com o queixo na direção de um agrupamento de árvores que escondia o velho túmulo. — Ela disse que poderia observar de longe, mas não enfaixar nossas feridas, a não ser que estivesse conosco. Todos os homens prometeram a ela que vão sobreviver ilesos à batalha, mas ela veio mesmo assim.

Ele e Velantos trocaram olhares.

— Precisamos dar o nosso melhor para não precisar das habilidades dela — disse o ferreiro. — Onde quer que eu fique?

— Coloquei os grupos tribais à direita e os homens do sangue antigo à esquerda, com meus Companheiros no centro. Treinamos para lutar em grupos de três, então Pelicar e Acaimor vão ficar um de cada lado meu. Mas pode cuidar das minhas costas, e enfrentar qualquer coisa que passe pela guarda deles.

— Imagino que haverá trabalho suficiente para todos nós — observou Velantos, o olhar no inimigo.

Mikantor mirou os mantos castanho-avermelhados da guarda pessoal de Galid e sentiu o ódio correr pelas veias como o incêndio no qual ele deixara sua mãe queimar. Acordado não se lembrava dela, mas ainda tinha pesadelos com fogo. Ao menos o senhor da guerra não tivera a audácia de tomar os chifres de touro reais. Os homens de Galid usavam peles de raposa nos ombros. Esperava que aquilo se tornasse uma previsão – raposas eram astuciosas como ladrões, tão prontas para fugir quanto para roubar. Talvez devesse ter usado sua pele de lince, então pensou. Iria precisar da força rija do grande felino hoje.

Ele se retesou com uma onda de movimento ao longo da fileira inimiga. Lanceiros se afastaram para ambos os lados para revelar a guarda de Galid no centro, de frente para a sua. O próprio Galid estava no meio deles, ao lado de um homem ainda mais alto que Pelicar, e mais pesado. Deveria ser Muddazakh, o guerreiro de alguma terra nortenha que Galid tornara seu campeão. O homem grande se apoiou na pequena árvore que usava como cabo de lança enquanto uma figura menor, mais esguia, emergia das fileiras inimigas para dançar na direção deles, as caudas de animais presas no manto de pele que voejava a cada movimento.

— Aquele é Hino, o bobo do usurpador — murmurou Ulansi atrás dele. — Prepare-se para os insultos; é o único tipo de humor que esse idiota conhece.

— Alô, lebres da colina... Prontas para as raposas? As lebres sabem correr. Estão prontos para correr?

— Sabem chutar também. Vamos chutar seus traseiros — murmurou um dos homens das charnecas.

— Nossos traseiros? Tem musgo para limpar o seu? Logo vão se sujar. Um bando de traseiros marrons, é tudo o que vamos ver de vocês. Um bando de traseiros de bebê, correndo para as mães.

— Galid matou minha mãe — respondeu Mikantor. — Não saio deste campo até que o sangue dele alimente a terra.

— Pobre menininho! — retrucou o bobo. — Vendido de um lugar a outro, pastoreando as ovelhas e varrendo a loja. Até aquelas vacas sagradas de Avalon o expulsaram. Não imaginam por que ninguém queria ficar com ele? Pobre mariquinhas. Quantos mestres você serviu?

— Firme! — gritou Mikantor conforme o grunhido de revolta aumentava até um rugido, o de Velantos o mais alto. — Melhor servir homens honestos do que tirar vantagem com um bando de ladrões assassinos!

Agora havia raiva no murmúrio atrás dele. Até os que não sofreram na pele tinham amigos ou familiares com motivos para odiar os homens de Galid.

*Clac! Clac! Clac!*

— Galid, adiante-se! — O grito de Mikantor se ergueu sobre as batidas das lanças. — Vai se esconder atrás desse bobo? Nós o convocamos para responder pelos homens que matou, pelas mulheres que estuprou, pelas fazendas que destruiu! A própria terra grita contra você! A Deusa o rejeita...

A voz dele esganiçou no grito final enquanto o barulho das lanças cessou e os lanceiros caíram sobre um joelho. Havia arqueiros atrás deles. Mikantor ainda estava levantando o escudo quando as flechas vieram.

Ele cambaleou quando três flechas atingiram a madeira. Acaimor gritou e se amontoou diante dele, uma haste com penas negras saindo de seu peito. Mikantor deu um passo rápido para ficar sobre o corpo de Acaimor enquanto Ulansi corria para a frente para tomar o lugar dele.

Os homens das charnecas e dos brejos sacaram seus arcos e começaram a responder, mas as flechas deles eram mais leves que as do inimigo, e não podiam se equiparar ao poder daquele primeiro voo inesperado. Alguns dos homens de Galid caíram, mas o resto preenchia o espaço diante da guarda do senhor da guerra e avançava, escudos levantados, lanças em posição. Para um bando de ladrões, eles demonstravam uma disciplina surpreendente.

Mikantor tinha uma posição vantajosa, mas isso não faria diferença se não a usassem.

— Companheiros, levantem as lanças! — ele gritou, erguendo a própria arma quando o inimigo entrou ao alcance. — Arremessar!

Esse era um movimento que seus homens tinham praticado. Uma dúzia de armas foi para trás, uma dúzia de corpos ágeis se flexionou, e as lanças voaram.

Agora era o inimigo que cambaleava e caía.

— Atacar! — gritou Mikantor, vendo buracos surgirem nas fileiras deles.

Sacando as espadas, os Companheiros aumentaram o avanço, usando a encosta para impulsioná-los na direção do inimigo, enquanto os aliados entravam de ambos os lados para formar as abas da ponta de lança.

— Escolham seu homem! — ele berrou, fincando o próprio olhar em um camarada maltrapilho com a barba manchada.

Então subitamente o homem estava diante dele; bateu o escudo contra o do inimigo, fazendo-o girar, braços girando para cortar o lado desprotegido dele.

A espada soltou um jato vermelho conforme ele se recuperava; por um instante era o Gamo-Rei que Mikantor via, o entendimento surgindo nos olhos que se arregalavam. Ele teve um momento para se surpreender que matar um homem não fosse diferente. Então girou, posicionando o escudo para jogar uma lança que vinha para o lado, a espada subindo para golpear outra, passando debaixo do cabo para furar couro, pano e carne. Ele soltou a espada, desviando, atacando. Não havia mais tempo para pensar, apenas reagir, segundo respostas treinadas por exercícios infinitos dirigindo espada e escudo. Pelicar e Ulansi moviam-se no ritmo ao lado dele. Atrás. Ouviu um barulho substancial e um grito enquanto o machado de Velantos fendia carne e osso.

Um caos de formas sangrentas em luta o cercava, no qual seus Companheiros formavam ilhas de violência disciplinada. Muito poucos, ele pensou, quando por um momento nenhum inimigo o confrontou. Um bruxuleio de luz o fez olhar para cima, e por um momento ele vislumbrou a forma brilhante de um cisne. Sentia o amor de Tirilan fortalecendo-o, mas seus aliados estavam sendo expulsos do campo. Ele precisava chegar a Galid. O usurpador estaria escondido atrás de seu campeão, cuja forma alta erguia-se acima do combate. Mesmo com a espada, o homem conseguiria alcançá-lo, mas ao menos o gigante havia perdido a lança. Mikantor começou a abrir caminho até ele.

— Ei, grandão! — ele gritou. — Isso na sua mão é uma espada ou um porrete? Sabe o que fazer com essa lâmina?

— Levante a bunda, mariquinhas — o gigante grunhiu, virando-se para ficar de frente para ele.

— Abram espaço! — Mikantor gritou para os outros, indo para a frente e abaixando-se diante do golpe de Muddazakh para cortar as panturrilhas dele. O inimigo era mais ágil do que havia esperado; a ponta afiada da espada mal riscou a carne antes que o homem se movesse, girando a lâmina em um golpe que teria decepado a cabeça de Mikantor se ele não tivesse levantado o escudo a tempo. A espada pesada bateu no topo de seu escudo, quebrando a borda de bronze e rachando a madeira um palmo para baixo.

Ele sentiu as ripas de madeira começarem a ceder com a própria pancada, mas segurou a lâmina do inimigo enquanto dava um golpe para cima com a espada, e sentiu a ponta entrar. Um jorro de sangue seguiu quando dançou para trás, mas Muddazakh não notou. O homem era feito de pedra? Ele abaixou para o lado quando a espada desceu, deslizou na grama molhada, rolou e ficou de pé de novo, mas o escudo havia trincado quando bateu no chão. Quando aparou o próximo golpe, ele rachou, e tudo o que pôde fazer foi jogar fora os pedaços.

A essa altura, no treino, um oponente honrado se afastaria e deixaria cair o próprio escudo. Isso não iria acontecer ali. Tudo que Mikantor podia fazer agora era driblar e desviar, sentindo o choque ondular pelo braço a cada batida das espadas. Mas ele imaginou que Muddazakh poderia por fim estar ficando mais lento... Ele se endireitou, respirando com força. O gigante foi para a frente com a espada levantada, sangue correndo do peito, sem nem tentar se proteger.

*Eu o peguei agora...*, pensou Mikantor. Quando a espada do inimigo desceu, ele passou por baixo do golpe, levantando a própria lâmina para bloquear a outra e furar aquele pescoço de touro com um golpe que o gigante não seria capaz de ignorar. A espada de Muddazakh foi na direção dele e bateu com um clangor. Um som que Mikantor jamais ouvira de uma espada cortou o ar quando a lâmina em forma de folha a cruzou e a ponta de cima saiu girando.

O que restava mal alcançava a barriga do gigante. Desequilibrado, Mikantor rolou quando a espada de Muddazakh cortou o chão onde estivera, pegou o cabo de uma lança quebrada e subiu golpeando. O círculo havia se desintegrado em um caos de homens lutando, metade dos quais pareciam correr na direção dele. Além deles, seus aliados começavam a fugir. Ele golpeou uma espada inimiga para longe e atacou com o cotoco da sua, ocupado demais tentando ficar vivo para pensar se deveria segui-los.

Algo o atingiu por trás; ele caiu mais uma vez, os membros respondendo até quando o pensamento havia desaparecido.

— Tirilan! — ele gritou quando o que restava de sua espada foi arrancado de sua mão.

\*\*\*

— Potniaaa! — Velantos berrou, os machados gêmeos ceifando um círculo de morte em torno dele.

Em tempos anteriores, os curetes ensinaram os homens a moldar o bronze em armas, e então a usá-las naquela dança mortal. Além da aglomeração de mantos castanho-avermelhados ele via o elmo dourado de Galid. Enquanto Mikantor mantinha o gigante ocupado, os membros da guarda faziam uma barreira ao redor dele. Mas, como todo mundo, eles tinham treinado com espadas, lanças e escudos. O ferreiro riu ao perceber que ninguém sabia como se defender contra a técnica de dois machados que Bodovos lhe ensinara. Músculos endurecidos pela forja se flexionavam e fluíam enquanto ele golpeava, as lâminas afiadas cortando couro, músculos e ossos.

*Essa é a terceira vez, desgraçado*, ele pensou ao lavrá-los, e por um momento, em vez de Galid, o rosto que viu era do rei Kresfontes dos eraklidae.

Como uma voz de outro mundo, ele ouviu o grito de Mikantor.

*Homens que estão vencendo não gritam o nome de uma mulher...*

O machado da mão direita de Velantos cortou um braço quando ele se virou e viu Mikantor no chão, inimigos juntando-se em torno dele como lobos em volta de um veado derrubado. Um salto para o lado o colocou no meio deles, Cástor e Pólux saltando nas mãos. Sangue jorrou quando um machado cortou a garganta de alguém. A ponta de martelo do outro esmagou uma cabeça, e de repente o chão estava limpo diante dele. Ele montou no corpo de Mikantor, girando os braços, e riu de novo ao ver que se acovardavam.

Ele ousou olhar para baixo. O menino estava morto? Mas não, ele tinha agarrado um pedaço de lança e tentava se levantar, embora estivesse sem elmo e o sangue de uma ferida na cabeça escorresse por seus olhos.

— Pica-Pau... Levante-se, rapaz — Velantos disse na língua de Akhaea, para o caso de o rapaz achar que era um inimigo. — Está na hora de ir. Levante-se, menino, e se segure em mim.

Gemendo, Mikantor ficou de joelhos, agarrou o cinto do ferreiro e se levantou, cambaleando quando Velantos acertou um inimigo que julgara que isso o deixaria vulnerável, mas sem cair. Mais por instinto do que por vontade, o rapaz golpeou a arma seguinte que chegou a eles.

Velantos sorriu.

— Para a frente agora! Somos um monstro de três mãos e ninguém vai se opor a nós!

Eles mancaram na direção da encosta. Os Companheiros sobreviventes lutavam na direção deles, os menos machucados protegendo os que tinham feridas mais sérias. Nem todos os aliados haviam entrado em pânico. Da floresta, uma saraivada de flechas desencorajava os inimigos deles.

— Vou pegá-lo, senhor — disse Ulansi quando chegaram às árvores. — Você é o melhor para nos proteger agora.

Velantos assentiu e se virou enquanto o rapaz ai-zir e Lysandros passavam os braços de Mikantor atrás dos pescoços e o carregaram. Galid gritava do outro lado do campo, mas os guerreiros inimigos recuavam com a visão do ferreiro ali de pé. Gesticulavam e gritavam como figuras em um sonho. Velantos olhou de novo e percebeu que nem perda de sangue nem escuridão afetavam sua visão. Uma névoa descia pela encosta, envolvendo os que ainda viviam em um véu fantasmal.

— Venham atrás de nós se ousarem! — ele gritou. — A terra luta por nós. Venham e eu pico vocês!

Ele deu um passo para trás, depois outro, até que estivesse escondido pelas árvores.

Velantos conseguia ouvir homens se movendo por perto, mas não via nada além de galhos. Ainda assim, era uma aposta segura que ir para cima era melhor do que ir para baixo. Colocando um dos machados no laço do cinto e segurando o outro em prontidão, começou a andar entre os troncos de árvores. A febre da batalha recuara o suficiente para que começasse a mancar da perna que tinha sido ferida em Tirinto quando uma voz o fez parar, o machado em posição.

— Senhor... não bata! Sou amigo!

Uma forma delgada apareceu diante dele, e ele expirou longamente ao reconhecer o recém-chegado como um dos homens morenos das charnecas.

— Venha, senhor... Vou levá-lo até os outros. Estamos reunidos no velho túmulo na colina.

*Ao menos*, pensou Velantos enquanto seguia o caminho sinuoso que o guia encontrara em meio à floresta, *nesse tempo não devo ser atingido por um relâmpago.*

Quando chegaram à estrada no topo das colinas, as tensões da luta começavam a atingi-lo. Ele não parecia ter nenhum ferimento sério, mas os cortes doíam e os músculos tinham endurecido o suficiente para fazê-lo se encolher a cada movimento. No entanto, quando entraram no acampamento no meio das árvores, qualquer tendência à autopiedade desapareceu.

O ar estava pesado com o cheiro de sangue, o chão apinhado de homens feridos. Tirilan se movia entre eles, com Ganath e Beniharen. Enquanto ela se curvou para dar água a um dos homens do povo do lago, Velantos reconheceu pela primeira vez nos traços finos dela a severidade disciplinada de Anderle. Ele olhou ao redor, procurando Mikantor, e sentiu algo soltar dentro de si ao ver o jovem sentado, um curativo ensanguentado em torno da testa.

Foi só então, quando o momento em que percebera que Mikantor caíra lhe voltou à memória, que Velantos se recordou de que no chão ao lado dele tinha visto a metade quebrada da espada em forma de folha. Ele cambaleou até onde Mikantor estava, sem conseguir reprimir um gemido.

— É o ferreiro! — alguém gritou.

— Senhor, está ferido? Deixe-me ajudá-lo.

Velantos balançou a cabeça, empurrando a mão de apoio de Ganath para o lado. Mikantor ouvira e olhava para ele, o rosto iluminando-se de alegria. O ferreiro fechou os olhos. A espada tinha quebrado. *Sua* espada.

— Venha e sente-se... Temos sopa quente. Venha agora...

Ele não conseguiu resistir às mãos que o levaram na direção do fogo, não conseguiu escapar das boas-vindas de Mikantor.

— Mais uma vez você me salvou! Achei que estivesse morto, e então ouvi você me chamar, e achei que estivesse de volta a Tirinto e tinha dormido demais depois de algum pesadelo!

— Salvei você! — Velantos se obrigou a olhar nos olhos do rapaz, o rosto contorcido de dor. — Depois que minha espada o traiu! A espada que eu *fiz*! A espada que Anderle jurou que não era boa o suficiente. Ela estava certa, por fim...

— Velantos — Mikantor pousou a mão no braço do ferreiro. — Era só bronze... e o gigante tinha um braço como uma árvore. Contra aquele golpe, nenhuma espada poderia resistir.

— Você não entende — Velantos sussurrou.

Aquela espada tinha sido o melhor que pudera fazer, confeccionada com todas as habilidades que aprendera na Cidade dos Círculos. Não deveria ter quebrado. Ele deveria ter sido capaz de moldar uma lâmina que aguentasse.

— Mas fico feliz por ter chegado a você a tempo...

— Está de luto por uma espada quebrada — disse Mikantor, a luz indo embora de seus olhos. — Estou de luto por meus homens. Acaimor está morto, e Rouikhed, e muitos dos ai-akhsi e dos homens das charnecas. Há outras espadas, mas nunca poderei substituir aqueles homens...

Ouvindo a dor na voz de Mikantor, Tirilan veio por trás dele e se curvou, as dobras do manto caindo em torno dele como as asas de um grande pássaro. Mikantor suspirou e se recostou nela, a angústia no rosto começando a diminuir.

Adjonar deu tapinhas no ombro dele.

— Sempre vamos honrá-los. O milagre é que tantos de nós sobrevivemos. Nossa disciplina valeu. Aprendemos.

Pelicar, que tinha se acomodado ao lado deles, assentiu.

— Se os homens das tribos permitirem que os ensinemos, vamos nos sair melhor outro dia. E fizemos um ataque feroz. Os batedores que voltaram para espionar os homens de Galid dizem que o gigante está cuspindo sangue, então aquela sua espada não falhou totalmente!

*Ela quebrou...* Velantos lançou um olhar sombrio para ele. Bebeu a sopa que lhe deram, embora o calor que se espalhava não fizesse nada para melhorar seu coração dolorido. *Eles não entendem. Eu lutei bem, mas Mikantor tem muitos guerreiros. Sou um ferreiro. Só eu posso fazer a espada que vai protegê-lo, e fracassei.*

Ele não protestou quando Ganath lavou suas feridas e enfaixou as piores, e era só isso, pois havia muitos que precisavam mais dos serviços dos curandeiros; deixaram-no em paz.

E assim foi Velantos, que não estava distraído nem pela dor do corpo ou pela necessidade de tratá-las, que notou primeiro quando os velhos chegaram. Ou, talvez, ele pensou mais tarde, tivesse sido algum outro sentido que o fizera levantar e olhar quando eles entraram no círculo da luz do fogo, vestidos com kilts e capas de pele de veado, e trazendo um fardo embrulhado em um pano amarelado.

No começo pensou que fossem batedores, pois claramente pertenciam ao povo da raça antiga que vinha ajudando Mikantor, mas nunca tinha visto ninguém daquele povo que fosse tão velho, os cabelos pretos agora prateados, a pele morena pendendo solta dos ossos finos. Eram velhos, ele pensou enquanto olhavam em torno, tanto em anos quanto em sabedoria, tão velhos que não restava muita coisa no mundo que temessem. Não pareciam muito impressionados pelos guerreiros altos, e, embora assentissem respeitosamente para Mikantor, continuaram a examinar o grupo.

Velantos sentiu a pele gelar enquanto, um a um, aqueles rostos escuros se voltaram para ele. Um deles disse algo a Mergulhão na língua antiga. O irmão de criação de Mikantor apontou, e eles foram para onde ele estava sentado ao lado do fogo.

— Ele pergunta se você é quem molda o metal — disse Mergulhão. — O que vem de uma terra distante.

Se Velantos se levantasse, iria ficar muito acima deles, embora não fosse o homem mais alto ali. Ainda sentado, assentiu. Mergulhão disse algo mais e eles se viraram para ele.

— Disse a eles que fez todas as espadas para os Companheiros de nosso rei.

*E a que mais importava*, pensou Velantos, *falhou*. Mas não disse isso em voz alta. Seu olhar ficava indo para o embrulho que o mais forte dos velhos segurava. O que era? Ele sentia o pulsar de poder. O velho fez um gesto e o homem com o fardo se aproximou. Ele falou de novo.

— Ele diz... isso é para você. — Mergulhão fez uma pausa, buscando palavras. — Há muito tempo, veio luz do céu. Atingiu a terra, a queimou. Os pais dos pais dele acharam essa pedra... Mas sabem que não é pedra. É metal das estrelas.

O velho falou de novo, e Velantos entendeu, não com os ouvidos, mas com a alma.

— Alguns do nosso povo viram quando aguentou o relâmpago. Nossos pais martelaram isso com pedra e fizeram um porrete, mas o deus vai lhe dar poder para moldá-lo. Pode pegá-lo agora, fazer uma espada como a que seu povo usa.

O velho abriu os embrulhos e estendeu um pilar bruto de metal escuro com pouco brilho, da metade do comprimento de seu braço. *Ferro...*, pensou Velantos, preparando-se pra o peso enquanto o velho o colocou em seus braços, uma massa de ferro como jamais vira.

— Uma Espada das Estrelas... — ele sussurrou, recordando-se do que o deus havia prometido.

Ele viu Mikantor o encarar, olhos arregalados e assombrados como os dele deveriam estar. Ele levantou o ferro.

— Vou forjar uma espada nova para você... Uma Espada das Estrelas para a mão de um rei...

# Vinte e dois

*Senhora da chama,*
*Bendito teu nome,*
*Infinita tua fama – esteja comigo...*

A cada verso Velantos apertava o fole, vendo a luz pulsar através do carvão conforme o fogo se alimentava do vento. A cada pressão o brilho quente fazia um clarão nas paredes da oficina de ferreiro, pois ele havia esperado escurecer para avaliar o calor pela cor das chamas. Lá fora, a chuva tinha começado de novo, as gotas caindo dos beirais e se mesclando com o sussurro do fogo, mas dentro da oficina, graças aos deuses, estava seco.

*Fogo na lareira,*
*Fogo seja minha arte,*
*Fogo cada parte de meu trabalho...*

Em meio às brasas, o cadinho começava a brilhar. A massa de ferro tinha sido colocada dentro, virada. Era grande demais, na verdade, mas ele havia quebrado dois martelos e estilhaçado a superfície tentando parti-la a seco. Talvez fosse derreter começando por baixo – isso funcionava às vezes com pedaços de bronze.

— Quer que eu cuide do fole, senhor?

Velantos levantou os olhos e viu Aelfrix, que estava polindo uma ponta de lança de bronze. Tinha se esquecido de que o menino estava ali. Ele balançou a cabeça.

— Siga com o bronze — ele disse.

Queria poder. Ele olhou para a bancada de trabalho, onde tinha deixado a vasilha de madeira cheia com os pedaços esmigalhados que haviam se desprendido quando ele tentara martelar o metal de estrelas a frio.

A euforia com que recebera o presente do povo antigo mal tinha durado um dia. Muito antes de trazer o ferro para a oficina da Ilha da Donzela, ele começara a perceber que ninguém que conhecia tinha trabalhado com um pedaço de ferro tão grande. Seus experimentos com Katuerix o ensinaram apenas que não se comportava como bronze. O ferreiro de Bhagodheunon não tinha conseguido derreter ferro de pântano, mas talvez essa coisa das estrelas fosse diferente.

*Senhora da habilidade,*
*Sabedoria e vontade,*
*Guia-me e encha-me de aprendizado.*

*Belas palavras*, ele pensou com amargura. Mas toda a prece dele poderia ter sido expressa em uma só frase: *Por favor, Deusa, não permita que eu fracasse...* Se falhasse com uma espada de bronze – e, quando estava aprendendo o contorno das lâminas em forma de folha, estragara várias –, poderia derreter o metal novamente. Se destruísse aquele pedaço de ferro, era improvável que os deuses lhe enviassem outro meteoro.

Ele se endireitou, suando nas ondas de calor que vinham da forja. As brasas brilhavam com a radiância do sol nascente em sua terra, não a orbe pálida, coberta de névoas, que via naquela ilha nortenha gelada. Aquilo era quente o suficiente para derreter bronze. Era o calor certo para amolecer o ferro? Não sabia, mas precisava tentar *alguma coisa*.

— Agora pode trabalhar no fole — ele disse ao menino. — Mantenha as brasas bem daquela cor.

Ele olhou para o cadinho como se o calor de seu olhar pudesse incendiá-lo. Alguns dos sacerdotes diziam que as estrelas eram bolas de fogo. Se fossem, o quanto deveriam ser quentes? Esse metal podia ser derretido por algum fogo feito por homens? O cadinho estava branco de tão quente agora. Ele olhou dentro e xingou – o formato do ferro não havia mudado até onde podia ver.

Uma rajada de ar levantou os cabelos em seu pescoço e provocou um jorro de chamas das brasas. Ele olhou sobre o ombro e enrijeceu, vendo Anderle na porta. Ela deixou a capa de chuva de couro deslizar dos ombros, balançando-a para tirar a água antes de pendurá-la em uma vara ao lado da porta.

O instinto dele era o de mandá-la embora, mas ela estivera certa sobre a necessidade de uma espada especial. Talvez devesse estar ali. Ela levantou uma sobrancelha quando seu olhar encontrou o dele, e tomou o lugar de Aelfrix no tronco.

— O trabalho está indo bem? — ela perguntou, simpática.

— O trabalho *não* vai bem. — Ele pegou uma ponta da barra com as tenazes e a levantou.

Brilhava em um vermelho suave, mas a superfície estava inalterada. Ele fez uma careta, melindrando-se com a compulsão de tentar explicar. Era duro o suficiente falar de seu trabalho quando sabia o que estava fazendo.

— As brasas estão mais quentes que o cadinho? Talvez, se colocasse o ferro diretamente sobre o fogo, não começaria? — ela perguntou.

Era ainda pior quando a pessoa com quem estava falando começava a oferecer sugestões, especialmente quando você não tinha ideias melhores.

— Talvez... — ele disse em voz alta. — Talvez eu consiga quebrá-lo se estiver mais quente. Pedaços menores vão derreter, acho...

Ele respirou fundo para concentrar suas energias, verificou a cor das brasas e esticou a mão para pegar as tenazes de novo.

— Senhora, abençoa o trabalho — ele sussurrou.

Pegando o ferro pelas duas pontas, ele o baixou cuidadosamente na forja. Então colocou o martelo de granito maior nas cinzas mornas nas beiradas. Sabia-se que martelos quebravam quando o metal quente atingia a pedra fria.

Ele cobriu as brasas em torno da barra e se virou para ela.

— Eu disse, nunca trabalhei com ferro como esse antes. Se tiver sucesso, é misericórdia dos deuses, não minha habilidade.

— Então vou rezar para Ela.

— Faça isso — ele rosnou. — A senhora é quem tem visões. Quer que seu rei tenha uma espada de ferro, pergunte aos seus deuses como eu a faço!

— São os deuses que querem isso, não eu — ela respondeu, corando por sua vez. — Nunca pedi uma visão. Custou a vida do homem que eu amava.

Velantos se encolheu. Qualquer um que olhasse para Tirilan poderia ver que o pai dela devia ter sido um homem bonito. É claro que Anderle não teria interesse em um ferreiro manchado de fuligem e musculoso que mal falava a língua dela... E graças aos deuses por isso. A mulher era uma megera matreira e controladora, ainda pior que a rainha Naxomene. Mas não podia dizer isso. Viu Aelfrix olhando para os dois de olhos arregalados enquanto seguia trabalhando no fole e respirou fundo.

— Então culpe os deuses, não a mim! Nunca pedi para ser trazido do meu lar para este país frio desgraçado por uma causa que não é nem minha!

— Nem por Mikantor? — ela perguntou suavemente.

— Se não fosse por Mikantor, eu estaria morto — ele respondeu.

*E talvez estivesse melhor assim.*

— E ele estaria morto se não fosse por você — ela retrucou. — Nisso, os deuses comandam todos nós.

Ele fechou os olhos, abalado pela simples lembrança do terror que sentira quando viu o rapaz derrubado.

— O ferro deveria estar fazendo isso? — perguntou Aelfrix.

Velantos se virou correndo. As brasas estavam brancas de tão quentes, e saíam faíscas do pedaço de metal na forja. Ele agarrou as tenazes, tentou pegar o ferro, errou, pegou e o puxou para a bigorna, com uma trilha de fogo como a que teve quando caiu das estrelas. O ferro em si estava queimando – precisava apagar aquelas faíscas, não ousava perder nada! Segurando as tenazes com a mão esquerda, pegou o martelo. Ele pareceu subir por si, impulsionado por seu medo.

Antes que pudesse planejar o golpe, o martelo desceu. Subiram faíscas quando ele golpeou, e o ferro pareceu explodir. Deveria haver um bolsão de ar dentro. Velantos gritou quando um fragmento voador queimou seu ombro. Outro veio para pousar sibilando na barra do vestido de Anderle. Aelfrix havia driblado o que agora soltava fumaça perto da parede. O menino se levantou para varrê-lo para trás com a vassoura.

Tremendo de medo e fúria, Velantos se virou para Anderle, o martelo ainda girando na mão.

— Fora! — O rugido dele tomou a oficina. — Isso não é sua magia!

— Eu sou a Senhora de Avalon e vou para onde quiser!

Ela se levantou, afastando as saias do fragmento fumegante.

O martelo girou. Com o resto de seu controle, ele mudou a direção e o fez atravessar a parede da oficina. Conforme o último pedaço de reboco caía, ficaram olhando, a respiração áspera deles o único som.

— Então eu saio! Antes que *eu* a mate. — A voz dele sibilou com o esforço necessário para formar as palavras. — Vou fazer outra forja. O povo antigo vai ajudar. Se os deuses quiserem, farei a Espada, mas não quero nenhuma ajuda sua!

O rosto dela ficou branco, depois vermelho, mas ele a silenciara. Farfalhando as saias, ela pegou a capa e saiu pela porta.

Ainda tremendo, Velantos começou a procurar os pedaços de ferro espalhados.

*** 

Ainda chovia. Mikantor limpou a água que tinha entrado sob o capuz e olhou para a trilha que seguiam. Além do contorno de árvores, os campos estavam alagados pelas águas barrentas do Sabren. Àquela altura esperava estar em segurança com a família de Pelicar em Ilifen, mas com aquelas estradas tão enlameadas ninguém conseguia viajar rápido. Tinha sido um risco pegar aquela rota, tão perto das sedes dos clãs ai-ushen do leste, mas, com o rio correndo com aquela força, certamente os homens do rei Eltan ficariam perto da lareira.

Ele se virou quando Pelicar veio respingando água pela fila.

— Há uma vila um pouco para cima da estrada. Acho que deveríamos ir para lá. É uma parada adiantada, mas será nossa melhor chance de dormirmos secos.

Mikantor assentiu.

— Mande alguém antes para pedir a hospitalidade deles. Todos precisamos de comida quente. Podemos dividir os suprimentos se eles dividirem o fogo.

No começo daquela viagem ele teria implorado abrigo para acomodar as mulheres, mas logo se tornara claro que, apesar de sua fragilidade aparente, Tirilan conseguia andar mais que *ele*. Agora ela estava no fim da fila, com os homens que carregavam Tegues, cuja perna ferida ia mal. Pelicar usava uma tipoia no braço, e o próprio Mikantor mancava. Não havia um homem entre eles que não estivesse marcado em algum lugar, e eles eram os que ainda conseguiam marchar. Fora forçado a deixar quatro Companheiros e quase um quarto daqueles que lutaram por ele no Vale do Cavalo Branco. E estavam melhor do que aqueles que tinham sido queimados na grande pira no campo de batalha.

Ele escorregou em um trecho de barro e forçou a atenção de volta para a estrada. Pelicar se aproximava de novo, seguido por um velho que deveria ser da vila. Ele começou a falar no dialeto local antes mesmo que eles chegassem à coluna.

— Ele diz que o lugar é pequeno — traduziu Pelicar. — Vão ajudar como podem, mas choveu tanto que o estoque de madeira deles está baixo.

— Então vamos entrar na floresta e pegar mais — disse Mikantor.

*Depois que eu tiver descansado um pouco*, ele admitiu enquanto passavam a vau um riacho cheio e se arrastavam pela trilha, os músculos das pernas tremendo com o esforço de andar na lama o dia inteiro. A chuva havia começado a cair de novo.

A vila era chamada Três Amieiros, um aglomerado de casas redondas e construções externas erguidas sobre a crista de um terreno elevado sobre a planície alagável onde outro rio se juntava ao Sabren. Era uma planície alagada agora. Para alguém que tinha crescido na Vila do Lago, a extensão de água brilhante quebrada por touceiras de árvores parecia quase como o lar. Mikantor se pegou sentindo falta de Mergulhão, enviado para casa para se recuperar de um corte no ombro.

Apesar do aviso do guia, os moradores da vila encontraram abrigo para todos, pois a junção dos rios trazia comércio, e eles tinham visitantes com frequência. Mikantor se viu sendo tratado com um misto de ansiedade e respeito que o teria preocupado se a comida quente e o calor da casa o tivessem deixado com energia para fazer qualquer coisa além de cochilar ao lado do fogo. Tirilan ainda estava de pé, falando com a esposa do chefe sobre ervas para tratar uma criança doente. Ele só percebeu que tinha adormecido quando foi acordado por gritos na porta.

— Não somos os únicos viajantes surpreendidos pela tempestade. — Pelicar se agachou ao lado dele. — Há homens presos entre os rios. O barco deles virou cruzando o Sabren. As águas estão subindo e o segundo rio tem muitas corredeiras para atravessarem. O chefe aqui está organizando os homens para tentar um resgate.

— Eles precisam de nossa ajuda? — Mikantor esfregou os olhos, momentaneamente zonzo enquanto o formigamento do perigo lutava com sua fadiga.

— Vão enviar homens para o rio. Acho que poderiam contar com todos que estão aptos.

— Tudo bem então... dê-me seu ombro. — Ele apertou o braço de Pelicar e se levantou.

— *Você* está bem, senhor? — Pelicar o firmou.

— Vou ficar — Mikantor grunhiu, evitando o olhar ansioso de Tirilan.

Enquanto Pelicar foi encontrar a capa de couro dele, Mikantor respirou fundo uma vez, depois outra, reunindo a disciplina que havia aprendido em Avalon. Quando o outro homem retornou, a mente dele estava limpa, e seus membros aquecidos pareciam dispostos a obedecer-lhe de novo.

A primeira rajada de chuva quando saíram da casa redonda quase o mandou de volta para dentro. Mas os outros caminhavam pela rua da vila e ele ficou com vergonha de não acompanhá-los. E então viu as águas que subiam brilhando sob a luz das tochas, e, na necessidade do momento, o resto da consciência ficou de lado. Uma fileira de árvores mostrava a ele a outra margem do rio, embora a maior parte já estivesse debaixo d'água. Vários homens seguravam-se nos galhos mais baixos. Eles acenaram ao ver a luz.

— Eles não podem tentar um barco porque o rio corre rápido demais, mas uma fileira de homens em uma corda pode conseguir cruzar sem ser levada — Pelicar gritou em seu ouvido.

Os moradores da vila já prendiam uma meada pesada de cânhamo trançado em torno de uma árvore um pouco acima do rio.

— Nossos guerreiros são mais pesados do que a maioria dessas pessoas — disse Mikantor. — É melhor ajudá-las.

Pelicar, Ulansi e os outros seguiram atrás dele quando começou a ir na direção da árvore. Uma voz interior questionava por que ele deveria correr esse risco por pessoas que nem conhecia, mas, se seu combate com o Gamo-Rei significara algo, era que, soubessem ou não, elas *eram* o seu povo.

Os homens da vila começaram a desenrolar a corda e os de Mikantor fizeram fila. Os viajantes presos os tinham visto e responderam ao grito do chefe. Com aquelas palavras, Ulansi sibilou de repente e apertou o braço de Pelicar.

— Pergunte a eles de onde são essas pessoas.

— Das colinas a oeste, diz o chefe. — A voz de Pelicar sumiu enquanto Ulansi soltou a corda e foi para trás.

— Ai-ushen! — exclamou o homem ai-zir. — Achei que tivesse reconhecido as línguas mentirosas.

Ele deveria saber, pensou Mikantor, afrouxando o próprio aperto. Se estavam vindo do outro lado do rio, o que mais poderiam ser? Ai-ushen, que, com Galid, o tornaram órfão e errante, pessoas selvagens das colinas, sempre em guerra com as outras tribos. A maior parte de seus homens tinha tantos motivos para odiar os ai-ushen quanto ele. Um a um, soltaram a corda. Os homens da vila pararam em confusão, olhando para Mikantor.

Ele olhou sobre as águas que ondulavam para as figuras desgraçadas prendendo-se às árvores. Não pareciam inimigos.

— São homens — ele por fim disse. — E a morte pela água é tão maligna quanto a morte pelo fogo. Se preciso matá-los, farei quando puderem me enfrentar com uma espada na mão. Vou pegar a corda, sigam-me os que desejarem.

Um a um, a não ser Ulansi, eles pegaram a corda de novo.

O choque da água gelada enviou um tremor por seus membros enquanto ele entrava, um braço preso à corda enquanto os outros a seguravam. Dois dos locais estavam adiante dele, seus próprios homens misturados aos moradores da vila atrás. Buscou onde pisar, oscilando enquanto a corrente batia. Foram inevitavelmente carregados pela corrente, mas isso era esperado, e mesmo esticada a corda era longa o bastante para chegar até as árvores. Ao alcançarem margem, o primeiro homem caiu de joelhos, segurando-se em uma raiz para fora, então ficou de pé e voltou novamente, esticou a corda, pegando a ponta e dando a volta em torno de um dos troncos mais fortes, e então fez um nó de marinheiro que aguentaria.

Mikantor começou a acreditar que realmente conseguiriam quando a árvore permitiu que pusessem um pouco do peso na corda em vez de a segurarem contra a corrente. Os viajantes presos começavam a descer pelos troncos emaranhados. Um a um, chegaram a seus salvadores, que resistiam contra a corrente e os passavam pelo lado de cima da corda para a outra margem. No total, oito homens foram salvos. Três tinham sido levados embora antes, e durante o resgate um quarto não conseguiu se segurar e foi arrastado.

Foi só pela manhã que Mikantor soube que um dos sobreviventes era Tanecar, filho da rainha ai-ushen e sobrinho e herdeiro do rei Eltan.

\*\*\*

— Se soubesse quem eu era, teria entrado no rio para me salvar?

Mikantor observou o jovem que se acocorou ao lado dele, segurando uma caneca de chá fumegante. Tanecar parecia poucos anos mais jovem que ele, mais baixo, mas de construção robusta, com uma cabeleira castanho-escura.

— Se soubesse que nesta manhã me sentiria como um pano que a lavadeira ficou batendo nas pedras contra a corrente, não teria saído dessa lareira — ele respondeu.

— Príncipe dos ai-zir, isso não responde minha pergunta... — Tanecar sorriu com cuidado.

Em algum ponto ele batera a cabeça contra uma árvore, e um lado de seu rosto estava ferido.

Mikantor suspirou.

— Eu sabia que eram ai-ushen, mas vocês pareciam muito dignos de pena presos naquelas árvores. Não deixaria nenhum homem se afogar.

— Meu tio era aliado de Galid... — O príncipe ai-ushen bebeu um pouco de chá e baixou a caneca. — Mas minha mãe diz que está na hora de acabar com isso. Ela diz que as outras tribos se voltaram contra nós por causa dele.

— Sua mãe é uma mulher sábia... — Com um esforço, Mikantor manteve o tom de voz firme.

— Estava a caminho para visitar a família de Pelicar com esperança de uma aliança de casamento — Tanecar continuou. — Isso ficou de lado por ora, é claro... Todos os presentes foram perdidos no rio. Preciso voltar para casa assim que a enchente baixar. Venha comigo, Mikantor. Acho que é hora de Lobo e Touro serem amigos.

— Eu não sou o Touro dos ai-zir — Mikantor disse sobriamente. — Esse título pertence a quem minha prima, se algum dia tiver seus direitos, escolher. Comécei para levar justiça a Galid, mas agora... Eu corri com o gamo, se isso significa alguma coisa para você...

— Ouvi um rumor sobre isso. — Tanecar bebeu de novo. — Talvez esteja destinado a ser um Defensor, como os das velhas histórias, que une as tribos em tempos de perigo. É uma questão para as rainhas decidirem.

— Ele estará seguro? — perguntou Pelicar, que se juntara a eles quando ouviu seu nome.

— Eu devo a ele uma vida — disse o filho da rainha. — A minha será a fiança dele.

\*\*\*

O aroma do javali, assado no espeto desde manhãzinha, misturava-se agradavelmente com a fumaça resinosa do fogo. Tirilan deu uma mordida no pedaço generoso em seu prato de madeira, abençoando a hospitalidade que a sentara ao lado da rainha ai-ushen. O animal ainda estava magro do inverno, mas o tinham enchido de ervas enquanto assava, e ela não provava nada tão gostoso fazia um bom tempo.

Ketaneket era uma mulher sólida na meia-idade, fios prateados misturados a um cabelo que um dia tinha sido do mesmo marrom de foca que o do filho. A filha dela, Tamar, que estava sentada do outro lado de Tirilan, era parecida com o irmão o suficiente para ser gêmea. Os moradores da casa da rainha estavam em torno deles. Entre eles Tirilan reconheceu Saarin, a Irmã Sagrada que servia os ai-ushen, mas ainda não tivera a chance de falar com ela.

Certamente Tirilan não poderia reclamar da acolhida. As tempestades que tinham causado o encontro deles com Tanecar por fim haviam passado, e o banquete fora espalhado em uma clareira cercada por pinheiros. Suas agulhas afiadas emolduravam um céu cujo brilho de fogo agora dava lugar a um azul luminoso. Talvez aquele ano fosse ter um verão, por fim.

Mikantor, a pele de lince envolvendo seus ombros largos, sentava-se com os homens do outro lado do fogo, com seus Companheiros atrás dele, a não ser por Ulansi, que fora deixado em Três Amieiros com a desculpa de que alguém precisava ficar com Tegues. A verdade, é claro, era que não dava para confiar que o guerreiro ai-zir fosse controlar seu desejo de vingança. Havia muitos como ele. Os Lobos de Ushan saquearam em larga escala, e, agora que queriam paz – se de fato queriam –, não poderiam esperar que as outras tribos os recebessem de braços abertos.

Um rufar de tambores fez todos se levantarem enquanto uma dúzia de guerreiros dançava no espaço entre os lados dos homens e das mulheres do fogo. Eles usavam apenas tangas e peles de lobos, as patas dianteiras cruzadas na frente dos peitos e cabeças rosnadoras puxadas sobre as deles. Das mãos veio o brilho marrom de facas. Em um giro de ataque e recuo fingidos, dançavam adicionando os próprios uivos à música.

Era a terra deles que os tornava tão ferozes? As charnecas de Utun eram altas e escarpadas, mas Ushan era uma terra onde as montanhas se empinavam sobre vales fundos. Florestas prendiam-se às encostas, e os homens escavavam propriedades onde houvesse um pouco de terreno nivelado. Os pastos das montanhas e os invernos frios a tornavam uma boa terra para ovelhas. Conforme a noite esfriava o ar, Tirilan ficou grata pelo manto de lã tingida de ísatis que a rainha lhe dera.

Mikantor observou os dançarinos como se os avaliasse para um lugar em seu bando. Isso até poderia ser verdade. Ele estava sentado ao lado de Tanecar, que ocupava o lugar de honra ao lado do rei. Eltan não era muito parecido com Ketaneket, sendo magro como um velho lobo, o cabelo prateado. Dizia-se que tinham pais diferentes. Mas o que o rei Eltan pudesse fazer na trilha de guerra aparentemente se submetia à irmã em casa.

— Você é prima de Mikantor, eles dizem — apontou Tamar quando os dançarinos foram embora.

Como os membros da família da rainha mais próximos em idade, ela parecia ter sido designada a questionar Tirilan. Ou talvez estivesse simplesmente curiosa.

— Minha mãe e a dele eram primas — respondeu Tirilan.

Não se sentia pronta para explicar o que mais era de Mikantor. Quando chegaram, não reclamou quando lhe deram uma cama na Casa das Mulheres, mas isso poderia ter acontecido mesmo se tivesse chegado como mulher dele.

— Crescemos juntos em Avalon.

— Então ele deve ser como seu irmão! — a moça disse com alegria.

Tirilan reprimiu um olhar. Tamar poderia realmente ser tão ingênua como parecia?

— Ele é muito bonito.

— Sim, ele é... — Tirilan concordou.

As mulheres reais tinham muita liberdade nas tribos, mas ela duvidava de que a moça tivesse permissão para dormir com um hóspede cujo status ainda era incerto. Se fizessem uma aliança formal, poderia ser uma história diferente.

Por ora, contudo, o interesse de Tamar não parecia ser maior do que o de qualquer jovem apresentada a um estranho bonito. Era o irmão dela que parecia ter se apaixonado por Mikantor, como faziam os rapazes por um homem um pouco mais velho. A cabeça dele estava perto da de Mikantor agora, olhos ardendo enquanto apontava para um dos guerreiros e sussurrava um comentário que despertou o sorriso ligeiro do outro.

— Ele ainda não tem uma esposa? — perguntou Tamar.

— Ele ainda não tem um *lar*! — ela explodiu. — Tempo suficiente para pensar em casamento quando tiver lidado com Galid — ela completou com um pouco mais de gentileza.

Até agora ninguém havia questionado sua presença com o bando de Mikantor. Sacerdotisas de Avalon, como as Irmãs Sagradas que serviam as tribos, viajavam livremente pela terra. Os homens dele, que tinha curado e alimentado, cujas roupas tinha remendado e cujos problemas havia ouvido, a honravam por seu próprio valor. Mas começava a sentir a necessidade de um reconhecimento mais formal do relacionamento dela com Mikantor, fosse o que fosse. O papel de esposa não parecia descrever bem o que ela se tornara.

— Imagino que deva ser assim. Talvez arranjem algo para ele no festival... no Solstício de Verão — completou Tamara em resposta ao olhar questionador de Tirilan —, quando as rainhas se reúnem em Carn Ava.

Tirilan assentiu. Com tanta chuva, havia se esquecido de que a estação avançava. A Senhora de Avalon comparecia todos os anos, e ela tinha ido com a mãe várias vezes quando era mais nova. Era uma época de trégua, uma época de fazer alianças.

— Vai estar lá este ano?

— Ah, sim... — respondeu Tirilan.

Mikantor precisava buscar apoio contra Galid, e ela precisava lutar pelo direito de ficar com ele.

***

— Ali! — Velantos apontou para a escavação que tinham feito no chão de terra entulhado de sua nova oficina. — Coloque a pedra ao lado da lareira.

Mergulhão assentiu e disse algo aos outros homens no velho dialeto. O irmão de criação de Mikantor estava ficando na Vila do Lago, recuperando-se de seus ferimentos, e o ferreiro enviara um pedido de ajuda com a mudança. Ele tinha organizado tudo, inclusive a construção para uma nova oficina. Somente uma lua havia passado, mas assim que a chuva parou o trabalho seguiu rapidamente, e o reboco de lama e a caiação secavam sobre o entrelaçamento de salgueiro que formava as paredes. Restava apenas o telhado para ser construído. Além das paredes, as faias sussurravam na brisa.

Velantos respirou fundo, sentindo o cheiro de pó e da grama que amadurecia na chapada abaixo do bosque. Pela porta aberta ele via as grandes pedras na frente do grande túmulo perto do Cavalo Branco. As colinas ficavam mais longe do que tinha esperado ir, mas, quando os antigos sugeriram que construíssem sua oficina ali, experimentara a sensação de correção que vem quando o martelo bate direito. Eles acreditavam que o relâmpago ao qual sobrevivera era uma marca do favorecimento dos deuses, e que o lugar onde isso havia acontecido claramente tinha poder. Talvez estivessem certos, pois os deuses sabiam que ele precisava de ajuda. O povo antigo lhe dera o metal, mas o que mais precisava – o conhecimento sobre como trabalhá-lo – eles não podiam lhe dar.

Ele se virou com o som de algo muito pesado sendo arrastado pelo chão. Com metade de sua altura, o bloco de granito que os homens prenderam com cordas poderia um dia ter sido parte do túmulo, mas com os séculos havia rolado para o lado, e tinha o tamanho certo para uma bigorna. Se os ancestrais o aprovavam, certamente não se importariam que usasse uma de suas pedras. Aelfrix e os outros meninos corriam na frente deles, colocando grama seca sobre a qual a pedra deslizava com facilidade, até que a puxaram para cima e a colocaram no buraco.

— Obrigado! — ele exclamou, curvando-se um pouco para passar as mãos no topo chato. — Isso serve realmente muito bem! Descansem agora, amigos, e bebam cerveja.

Seu estômago apertou com o conhecimento de que logo sua oficina estaria pronta e precisaria começar a trabalhar nos pedaços de metal. Antes que explodissem sob seu martelo, o fogo os mudara. As superfícies estavam mais macias agora, e via camadas nas beiradas quebradas. Sabia que precisava derretê-los juntos. Mas o quanto deveria aquecer o ferro? Que força deveria usar em cada golpe?

Franzindo o cenho, sentou-se na pedra, olhando sem ver para a lareira retangular, longa o suficiente para uma espada. Tinha construído a beirada com pedras e argila. O carvão para enchê-la chegaria logo.

— Amanhã vamos trazer o colmo e lhe dar um telhado contra a chuva, e colocaremos as peles abaixo, para que suas faíscas não toquem fogo nele — Mergulhão sorriu.

Os últimos dias tinham sido bonitos, quase quentes o suficiente para conforto, mas isso não iria durar.

Quando tivesse instalado a imagem da Senhora da Forja em seu nicho, faria uma oferenda e pediria inspiração. Tinha um pouco de bronze com ele. Talvez pudesse fazer placas de armadura para a camisa de couro de Mikantor enquanto esperava que a deusa lhe dissesse o que fazer.

## ⁂ VINTE E TRÊS ⁂

O cone com degraus da colina do útero levantava-se branco sobre a grama verde como se uma das grandes nuvens que ainda pendiam no horizonte tivesse se acomodado ali. Mas, além de alguns pingos pela manhã, não havia chovido nesse dia. Era um bom auspício, pensou Anderle. O trigo farro e a cevada sobreviventes formavam espigas. Se a Deusa fosse boa para eles, não haveria mais enchentes até depois da colheita, mesmo assim seria outro ano magro.

Ela lançou um olhar experiente sobre as mulheres que se reuniam no gramado. Entre elas e o Henge de Carn Ava brotara um aglomerado de tendas e barracas, seus habitantes barulhentos como as aves aquáticas que cobriam o lago todas as primaveras – mas não tão numerosos. Um dia essa tinha sido uma época de banquetes fartos, mas nos últimos anos o Festival do Solstício de Verão ficara menor. Ninguém conseguia alimentar uma reunião grande. Mais alguns anos disso e o sistema se quebraria totalmente. Alguma coisa precisava ser feita.

Ainda assim, todas as rainhas e mães dos clãs que esperavam tinham chegado, incluindo Ketaneket dos ai-ushen e a filha Tamar. Deviam ter chegado na noite anterior. Anderle assentiu para as outras sacerdotisas enquanto elas tomavam seus lugares na frente da procissão. Elas começaram a se mover com a batida suave dos tambores e do ruído dos chocalhos. Em pouco tempo a Colina do Útero se erguia diante deles, a superfície de calcário brilhando branca sob o luar. Os tambores ficaram em silêncio enquanto elas circulavam o monte no sentido da esquerda para a direita. Anderle levantou as mãos.

— Nós te saudamos, ó Grande Mãe, e pedimos Tuas bênçãos. Renova tua promessa de que a vida vai seguir. Dá-nos luz do sol para amadurecer o grão. Mantenha nossos animais e bebês com saúde. E permita que nossas brigas não sejam mais que rusgas de crianças. — A voz dela ficou mais forte com o murmúrio de concordância atrás.

Ela foi para o lado e, uma a uma, as sete sacerdotisas subiram os degraus que faziam um caminho sinuoso monte acima para depositar suas oferendas no cume. Quando a última das Irmãs Sagradas havia completado a tarefa e voltado, elas se viraram para falar com o povo reunido.

— Filhos da Deusa, escutem a promessa Dela — ela gritou.

Enquanto as sacerdotisas davam as mãos, ela sentia a energia do monte atrás como uma criança sente a presença protetora da mãe. Ela respirou fundo, deixando a consciência da Senhora de Avalon voar pela terra e a da Senhora da Vida entrar, dividindo-a com as outras pelas mãos dadas, pois ali no monte o poder era grande demais para ser carregado por uma só alma.

— Escutem, crianças, a promessa que lhes faço; ouçam, amados, as palavras que digo. — Oito vozes soaram como uma só. — Eu os vejo com mais clareza do que vocês mesmos se veem, e reprendo seus males apenas para que seu bem cresça. Saibam que não há nada além de sua própria vontade que pode separá-los do Meu amor, e mesmo quando Me abandonam ainda os sustento.

*Ni-Terat, Mãe abundante, escuta-nos*, gritou a parte da consciência que ainda pertencia a Anderle. Uma multidão de rostos cintilou diante dela como brilho na água; seus ouvidos cantavam com uma miríade de nomes. Cada um era diferente e, no entanto, eram todos Um, como ela, as Irmãs Sagradas e as mulheres que abençoavam eram de uma só vez indivíduos e componentes de uma identidade maior. Suas mãos ligadas se levantaram no ar enquanto as palavras de promessa mais uma vez saíam.

— Venham para Mim todos os que sentem fome, e os alimentarei com Minha própria carne, pois Meu corpo é eterno. Venham para Mim todos os que sentem sede, e vou amamentá-los com Meus próprios seios, pois eles nunca secam. Como trouxeram essas oferendas para Mim, entrego-Me a vocês. Vocês se voltaram para Mim por fim, e olhem, eu os recebo em Meus braços.

O poder pulsou por suas mãos juntas, libertou-se e foi para cima para abençoar aqueles que esperavam, e através deles, para a terra.

E então estava feito.

Anderle cambaleou conforme o poder foi embora e era novamente apenas ela mesma. *Espero que se lembrem.* Se as rainhas e mães dos clãs chegassem a um acordo, os homens que passaram aquele dia testando a força uns contra os outros nos jogos de guerra precisariam escutar. E Velantos teria tempo para forjar a espada de ferro. Sua tarefa agora era certificar-se de que, quando Mikantor tivesse uma arma que teria o respeito dos guerreiros, os homens o seguiriam.

E, como se o pensamento tivesse evocado a própria resposta, Ellet emparelhou com ela.

— Minha Senhora, Mikantor está aqui! Ele e seu bando vieram com os ai-ushen!

Anderle parou de repente, olhando. A última coisa que soubera era que o rapaz estava a caminho de Ilifen. Como, pelo doce nome da Deusa, ele tinha conseguido aquele milagre? E se Mikantor estava ali... Ela se virou procurando o grupo dos ai-ushen em meio à multidão, e viu entre as cabeças morenas o cabelo brilhante da filha, Tirilan.

\*\*\*

O pôr do sol avivara os fogos de festival entre as nuvens, superando o brilho das fogueiras na terra abaixo. A luz avermelhada deixava o cabelo de Mikantor mais ruivo e aquecia os rostos de seus homens, agachados ao lado da fogueira dos ai-zir em um relaxamento consciente. Enquanto Tirilan o seguia para a tenda da rainha, ela os agraciou com seu melhor sorriso. O festival ocorria sob um compromisso de trégua, então deveriam estar seguros mesmo que os homens de Galid estivessem ali. Mas Galid nunca comparecia ao festival. Sob o estandarte do Touro, a rainha Cimara oferecia uma hospitalidade frugal às mães dos clãs que se reuniam ali com ela, enquanto a maioria de seus filhos e maridos tinha ficado prudentemente em casa.

Enquanto Mikantor passava os olhos pelas mulheres que o esperavam, Tirilan percebeu que nunca tinha visto a rainha antes. Ela passou na frente dele e se ajoelhou diante de uma mulher apagada que parecia ter a mesma idade de Anderle, usando um adorno de cabeça de contas de âmbar com ínfulas dos dois lados.

— Mãe de Azan, nós a saudamos. Que seu caminho seja abençoado.

— Essa é uma esperança que perdi anos atrás — disse Cimara —, mas é bondoso da sua parte dizer isso. Eu a recebo na minha fogueira...

— Esperança é o que vim discutir com a senhora — veio a voz profunda de Mikantor quando ele se acomodou ao lado de Tirilan.

Por um momento a rainha olhou para ele com olhos cansados.

— Esperança é um luxo. Estou contente por sobreviver.

— E seu povo? — Tirilan se viu falando de modo mais incisivo do que tinha desejado.

— Eles também. O tempo vai passar e um dia vamos todos morrer, não importa o que façamos.

— Então vai morrer sem ter vivido de verdade, e sem deixar nada para trás!

— Essa é uma escolha que pode fazer para si mesma, mas a senhora é uma rainha — Tirilan o ecoou. — Não tem o direito de condenar seu povo.

Cimara sorriu para ela com pena.

— Quando tinha sua idade, pensava a mesma coisa. Mas vi a vida da minha mãe ir embora por longos anos de cativeiro. Vi homens sendo mortos por me amarem. Faço as cerimônias, mas sou infértil. Minha casa tem uma fazenda pequena para sustento. Galid não ousa me matar, e me recusei a dar a ele o título de rei. Isso é o melhor que posso fazer. Não me peça para torná-lo meu rei. Ele vai matá-lo.

— Ele já tentou — Mikantor disse, secamente. — Mas isso é entre mim e ele. Eu nasci com o sangue dos ai-zir. Por sangue, a senhora é minha parente e minha rainha. Mas não fui criado em Azan, não fui alimentado por esta terra, não conheço seus costumes. Vou liderar seus guerreiros, mas não sou o homem certo para ser seu rei.

Aquilo, ao menos, havia atravessado o desespero de Cimara. As contas do adorno dela bateram quando ela balançou a cabeça.

— Mas então o que você quer?

— Ser seu protetor, senhora.

Tirilan esticou o braço para pegar a mão dele. Eles tinham conversado sobre isso nas horas de escuridão deitados depois de fazer amor, tentando encontrar um caminho através das demandas e perigos que os cercavam.

— Eles me dizem que nasci para ser um rei, mas não para ser rei de Azan. Algo mais... ou menos... — Ele deu de ombros. — A forma ainda não está clara. Mas o chamado que sinto é o de servir a todos nesta ilha.

— Viemos falar com a senhora primeiro por ser a rainha de direito dele — completou Tirilan.

— Querem minha bênção? — Cimara parecia se divertir. — É mais provável que se torne uma maldição.

— E, no entanto, é o que peço.

— Então é sua, e, embora aquele desgraçado me permita pouco apoio, ao menos posso oferecer uma caneca de cerveja...

\*\*\*

Anderle se acomodou em seu assento entre o lado das mulheres e o lado dos homens na fogueira do conselho. Examinou a gama de rostos sarapintados pela luz do sol onde havia buracos na cobertura de lã oleada, rainhas e mães de clãs de frente para chefes de guerra e reis. Um círculo de pessoas menos importantes os cercava. Em todos os anos que fora seu privilégio, e às vezes penitência, mediar as negociações das tribos do Festival do Solstício de Verão, nunca, pensou com uma palpitação de apreensão, ela os olhara com tanta esperança e tanto medo.

Como sempre, começaram com a premiação dos jogos de guerra, um evento ostensivamente neutro, embora fosse possível perceber muito sobre as afiliações tribais e a força dos aplausos. Um bom número daqueles prêmios, ficou feliz em notar, tinha sido vencido pelos homens de Mikantor. Eles eram identificados pelas tribos das quais vinham, mas o burburinho enquanto vinham um depois do outro para ficar com ele era encorajador. Ao menos as tribos podiam ver que ele sabia como treinar seus guerreiros.

O próprio Mikantor foi chamado para receber um prêmio por sua habilidade na espada. Houve um clamor de aprovação gratificante enquanto os homens batiam nas coxas e as mulheres ululavam atrás das mãos. *E quando ele tiver a Espada das Estrelas saberão que domina seu uso...* Os deuses haviam ordenado que Mikantor deveria ter aquela espada. *Mas nem mesmo os deuses*, veio o pensamento traidor, *podem sempre compensar a fraqueza dos homens...*

As mulheres continuaram a celebrar quando Mikantor se curvou para receber sua coroa de folhas de carvalho da rainha Cimara. O encontro fervilhava de comentários. A rainha estava dando a ele o cargo de rei dos ai-zir? Certamente ele era uma visão para agradar o coração de qualquer mulher, alto e forte como um jovem carvalho, com um passo gracioso e aquele sorriso doce repentino. O burburinho de especulação ficou ainda mais alto quando Mikantor voltou para seu lugar com os espectadores em vez de sentar-se entre os reis.

Em suas visitas à rainha, Anderle tinha ficado entretida ao saber da frequência com que Mikantor estivera na frente dela. Ficou grata pelo quanto ele havia seduzido as mulheres, embora a presença de Tirilan dificultasse abordar a possibilidade de uma aliança de casamento. O que a garota pensava estar fazendo? Os votos dela a proibiam de se casar com Mikantor, então por que ficava no caminho de uma aliança que poderia trazer guerreiros a ele? Elas precisavam conversar, mas Tirilan vinha sendo singularmente esquiva durante o festival.

A boa vontade gerada pela premiação estava um tanto desgastada quando terminaram de ouvir a lista de reclamações sobre roubos de animais e violações de fronteiras. Algumas poderiam ser resolvidas com compensação, mas não todas. As feridas eram fundas demais, as necessidades, muito grandes. Eram como gado faminto brigando pelos últimos fiapos de grama. Ela pegou a vara com discos de prata pendurados e começou a balançar, afogando as vozes dissonantes com um cintilar do som doce.

— Mães do povo, isso não pode continuar! — O olhar severo dela varreu a assembleia. — Não podemos mais nos dar ao luxo de brigar uns com os outros. Vento e chuva são inimigos o suficiente.

— E vai se escolher para nos julgar, Senhora de Avalon? — veio uma voz do lado dos homens.

— Um juiz deve ser capaz de impor seus julgamentos. Meus poderes são do espírito. Posso abençoar ou amaldiçoar, mas já tivemos o bastante desse último. Gostaria que eu amaldiçoasse suas sementes? — Quando o riso desconfortável cessou, Anderle balançou a cabeça. — Precisamos de um juiz que seja também o Defensor, que pode impor suas decisões com um golpe preciso da espada, que sirva a todas as tribos sem pertencer a nenhuma.

— E onde, ó grande sacerdotisa, vai encontrar esse paradigma?

— Seus filhos já o encontraram — ela respondeu. — Ele é o Filho dos Cem Reis, descendente de reis do além-mar, mas nascido e criado nesta terra. Ele viveu nas charnecas, nos brejos e nas planícies. Correu com o gamo e ganhou a bênção do povo antigo que estava aqui antes de todos. Ele é Mikantor, sobrinho de Zamara dos ai-zir e filho de Irnana de Avalon.

Não era difícil encontrá-lo. As cabeças se viravam para ele como flores para o sol. Do outro lado do círculo, o olhar de Mikantor se virou para ela e depois se desviou. Os lábios de Anderle se retorceram. Se ele não queria ser surpreendido, deveria ter ido falar com ela quando estava visitando as rainhas.

— Queremos vê-lo! — veio o grito. — Venha aqui, assim podemos vê-lo!

Com olhos ardendo de apreensão, empolgação e algo suspeitosamente parecido com diversão, Mikantor foi para a frente, Tirilan ao seu lado.

Seja lá o que ele esperava, havia se vestido para a ocasião, Anderle observou com amargura, com uma túnica branca curta com trança colorida no pescoço e na barra. Tirilan também vestia branco. A mãe não sabia se ficava aliviada ou brava por ela não usar o azul de Avalon.

— Os ai-giru falam por ele — disse a rainha deles.

— E os ai-utu — ecoou Urtaya, uma mulher morena e magra que era a senhora deles.

— Ah, ele é um jovem bonito. — O rei dos ai-ilf ficou de pé. — Mas há uma diferença entre emprestar um touro de reprodução e permitir que sejamos subjugados como bois enquanto ele toma o rebanho. Sirvo minha rainha, mas não vou me ajoelhar para nenhum homem!

Um rebuliço de aprovação do lado dos homens o ecoou. Mikantor abriu os lábios como se fosse falar, mas Tirilan apertou o braço dele e ele ficou em silêncio.

— Mas um líder assim já foi escolhido antes, em tempos de grande necessidade. — A voz da rainha Ketaneket se ergueu facilmente sobre o barulho. — Foi nomeado um Defensor, que protegia todas as tribos.

Outro murmúrio varreu a assembleia quando perceberam que a rainha dos ushan apoiava Mikantor. Os olhos se voltaram para o rei grisalho deles, que respondeu com uma careta. Quem, pensou Anderle, poderia convencer os homens?

— Isso tudo está muito bem — disse Menguellet dos ai-akhsi —, mas a autoridade do rei vem da rainha, e a da rainha, da Deusa para sua terra.

— Ele tem a bênção da Deusa — observou uma mulher velha da raça antiga sentada entre as mães dos clãs. — Quando mata o Gamo-Rei, ele se entrega à Senhora. A sacerdotisa dela está aqui... a que carregou o poder.

Ela apontou para Tirilan.

— Que ela vá a cada um de vocês, conheça suas terras, seja sua voz para ele.

Anderle olhou para a filha quando as rainhas começaram a discutir. Aquilo não era parte de seu plano! Certamente Tirilan no começo pareceu tão surpresa quanto ela, mas sua expressão estava mudando.

— A moça vai fazer isso? — perguntou alguém. — Ela é uma sacerdotisa de Avalon.

— E presa por votos — Anderle começou, mas ninguém escutava.

Tirilan seguira para a frente, de modo que a luz de um dos buracos no toldo fazia o cabelo dela brilhar. Mesmo para os que não tinham a Visão interior, ela *brilhava*. Um truque barato, pensou a mãe dela, se a menina estivesse consciente daquilo, mas Tirilan parecia inconsciente do efeito ao se virar de frente para as rainhas.

— Jurei servir a deusa... — a voz suave de Tirilan, na altura que tinha sido treinada em Avalon, propagava-se com facilidade. — Ela é Uma e muitas, a fonte e os riachos. Em Avalon estudei as verdades eternas, mas na ilha sagrada a gente se esquece das necessidades daqueles que lutam para viver dia após dia.

Ela olhou na direção da mãe no que poderia ser um pedido de desculpas; então continuou.

— Aprendi que, enquanto vivemos em corpos, precisamos honrar o Espírito enquanto ele se manifesta em cada coisa: cada fonte, cada campo, cada árvore. Para servir a Ela nas coisas grandes, preciso prestar atenção nas pequenas.

Anderle começou a falar, mas sentia o humor da assembleia mudar. Fazer uma objeção poderia enfraquecer Mikantor. Ela sibilou em silêncio, reconhecendo que era forçada a escolher entre seus planos para Mikantor e para Tirilan.

— Que ela venha primeiro até mim — a rainha Cimara falou em voz baixa, mas um burburinho de repetições espalhou suas palavras pela multidão. — Vou ensinar meus Mistérios a ela.

— E vai dar a Mikantor o nome de rei? — perguntou o rei Eltan.

— E torná-lo seu igual? — respondeu Cimara, com um lampejo de humor que fez Anderle se recordar da moça que um dia ela fora. — Não. Vou escolher meu rei quando governar minha terra novamente.

Ela se virou para Mikantor.

— Ontem, quando conversamos, eu não tinha esperança, mas na noite passada sonhei com um dragão e um cisne que voavam sobre Azan. Você estava certo, primo. Fiquei viva, mas não vivi. Está na hora de mudar isso. Aceito seu serviço e lhe dou uma ordem. Destrua Galid. Ele é o veneno que está matando minha terra.

Mikantor se ajoelhou diante dela.

— Mãe de Azan, farei isso...

Ele se levantou e se virou para os homens.

— Nos jogos, viram que sou abençoado por minha confraria de heróis. Não somos muitos, mas podemos desgraçar a vida de Galid. No entanto, não vou destruí-lo. Se me quiserem como seu líder, precisam lutar ao meu lado. Enfrentar as forças de Galid vai exigir um exército com recrutas de todas as tribos.

— Você é um guerreiro forte — o rei Eltan concordou. — Mas precisa provar que tem o favor não apena das rainhas, mas dos deuses. Que eles nos deem um Sinal de que você é o Escolhido.

— Em nossa terra, nós nos lembramos de que um Defensor assim tinha um dragão em cada antebraço — disse a rainha Urtaya —, furados na carne com espinhos, para que ele nunca se esquecesse. Se Mikantor suportar esse suplício, Utun aceitará seu serviço.

— Ele terá algo mais. — Anderle por fim recuperou a voz. — Ele terá uma Espada das Estrelas contra a qual nenhuma arma terrena aguentará!

*Se Velantos for capaz de forjar a arma...* Seu olhar encontrou o de Mikantor, e ela viu a mesma pergunta nos olhos dele.

***

A noite mais curta tinha chegado. Havia certa libertação em ter feito um compromisso público, pensou Mikantor enquanto seguia a rainha dos ai--utu até a fogueira dela. Ao menos o aliviava de precisar tomar qualquer outra decisão. Faíscas giravam para se misturar às estrelas enquanto colocavam mais madeira. Aquilo o lembrou do fogo da forja, e de repente desejou que Velantos pudesse estar com ele agora. Talvez sua decisão de salvar o ferreiro tivesse sido a escolha que o levara até o dia de hoje. Se não o tivesse salvado, poderia ainda ser um escravo nas terras do Mar do Meio.

Mas, se não tinha Velantos, ao menos tinha Tirilan. Esticou o braço instintivamente e encontrou a mão dela pronta para deslizar na dele. Notícias do que havia acontecido no conclave se espalharam pelo acampamento, e as pessoas já se reuniam. Imaginava que seria demais pedir que pudesse sofrer seu suplício reservadamente. Essa era outra escolha da qual tinha se privado ao se comprometer a servir a todos.

Imaginara que levaria tempo até que encontrassem alguém que sabia como fazer o desenho, mas, depois do encontro, um velho do povo antigo aparecera com um cesto cheio de sacolas com cores em pó e um pedaço de couro enrolado cheio de espinhos. Mikantor disse a si mesmo que deveria ficar grato por todos os símbolos com que fora coberto para correr com o gamo terem sido apenas pintados. Ir para uma batalha era diferente. Você sabia que poderia ser ferido, mas nunca acreditava de verdade. Pensou em ser furado por espinhos, como as picadas de mil abelhas, e percebeu com uma diversão amarga que não tinha certeza de que aguentaria a dor.

— Tudo vai correr bem — disse Tirilan. — Disseram que pode deitar com a cabeça no meu colo enquanto o velho trabalha.

— Isso certamente vai me distrair — ele disse com um sorriso.

— Achei que poderia. — Ela apertou a mão dele.

— Melhor colocar um pano grosso sobre a virilha, para não envergonhar todos nós — ele completou, viu que ela corou e riu.

Haviam estendido uma esteira de palha perto da fogueira. O velho já estava lá, misturando um líquido azul-escuro em uma tigela feita com a parte de baixo de uma cabaça. As Irmãs Sagradas também estavam lá, com Anderle. Ele deveria ter esperado que elas viriam testemunhar para suas tribos, refletiu Mikantor ao se curvar.

— O rapaz tem bons modos — disse uma delas.

Ele achou que fora Linne, dos ai-giru.

— A senhora o ensinou bem...

— Eu tentei... — O tom de Anderle era uniforme, mas Mikantor sentiu os dedos de Tirilan apertarem os seus.

A sacerdotisa ficou de pé, os drapejados tão azuis quanto a coisa no pote girando em torno dela.

— Mikantor, filho de Irnana, foi convocado aqui para confirmar seu compromisso com todas as tribos. Saiba que nas terras ancestrais além-mar esses dragões marcavam aqueles da linha real que se dedicavam a servir. É essa sua vontade verdadeira?

*Minha vontade verdadeira...* A cabeça dele girava. Como era possível saber? Só sabia que havia colocado os pés em um caminho em que não poderia voltar agora.

— Sirvo minha Senhora. Estou pronto para fazer a vontade Dela... — ele disse em voz alta, sem completar que desde que voltara a Avalon tinha visto a Deusa com o rosto de Tirilan.

A túnica dele tinha mangas curtas, então não precisava tirá-la. Ele puxou as amarras dos protetores de braços de couro, os tirou e os passou para Ganath, que havia entrado com o resto dos Companheiros atrás dele. Com os olhos deles sobre si, não ousaria gemer. A pele que os protetores cobriam era pálida, a pele rija sobre músculos duros, entremeados por veias azuis. A tatuagem apareceria bem.

Tirilan tomou seu lugar na cabeça da esteira, e Mikantor abaixou-se diante dela, reprimindo sua resposta. A menção ao pano não tinha sido totalmente brincadeira. *Quando não me levantar mais ao seu toque, minha amada*, ele pensou amargamente, *vai saber que estou morto*. Ele recebeu um pedaço de madeira para apertar com a outra mão.

— Sou Raposa — disse o velho na língua antiga. — Por favor, deite-se bem quieto.

— Eu lhe agradeço, honrado — Mikantor respondeu na mesma língua, estendendo o braço.

Ele se contraiu com o primeiro toque, mas era apenas um pincel fino com o qual Raposa desenhava a forma sinuosa em torno do braço dele.

— Respire lentamente — veio a voz de Anderle do outro lado do fogo quando o desenho tinha sido feito em ambos os braços. — Cavalgue o som dos tambores. Cavalgue a canção...

Ele fechou os olhos, e Tirilan colocou as mãos dos dois lados de sua cabeça, acariciando seus cabelos. *Isso não é tão ruim*, ele pensou com o primeiro furo do espinho. Respirou com o som dos tambores e expirou de novo. Bate, bate, bate, o martelinho enfiava o espinho na pele dele com um ritmo como a batida quando Velantos martelava algum ornamento de ouro na forja. *Se bater em mim o ajudasse a dominar aquele pedaço de metal*, pensou distraidamente, *eu colocaria o braço na bigorna.* Começava a doer mais agora, uma dor pulsante que radiava das feridas de fato. Ele tentou fazer da dor uma oferenda, mas estava ficando difícil pensar em qualquer coisa além de seu braço.

— Respire devagar — sussurrou Tirilan quando ele arquejou. — Estou aqui...

Mikantor soltou a respiração, forçando-se a relaxar contra ela.

— Não resista à dor, deixe que ela corra através de você...

— *Você flutua no rio, você sopra pela grama, você brilha no fogo, você está aqui e vai passar...* — As mulheres cantaram.

Mikantor fixou a mente nas imagens, e por um momento ele cavalgou a agonia. Uma mulher no leito de parto sentia-se assim, lutando para trazer vida nova ao mundo? Ele respirou de novo, então soltou, prendendo-se ao bater dos tambores.

— *Você está aqui e vai passar...* — elas cantaram novamente.

Quem eram os homens que haviam usado esses dragões antes? A mente dele girou e por um momento estava de pé em um terraço de pedra avermelhada, olhando para um mar de um azul mais vivo do que qualquer um que tivesse passado pela costa de sua própria ilha.

— *De vida a vida ainda aprendendo, transmute sua dor em alegria. Voltando do sono escuro da morte para andar na luz novamente* — veio o canto.

Era um dos cantos sagrados de Avalon. Se conseguisse afundar naquele sono, onde acordaria? Sua consciência tremulava com memórias que não eram suas.

E então o canto parou. Ele estava deitado, respirando com cuidado, parte da mente questionando a dor pulsante no braço enquanto o resto entendia as imagens que vieram com aquela dor. Houve um movimento em torno dele. O velho estava indo para o outro lado.

*Não,* pensou vagamente com o primeiro furo do espinho. *Não consigo fazer isso de novo. Não já. Não agora!* Mas a vontade dele não chegou aos membros. O toque de tambores capturou a respiração dele, e, conforme a angústia no braço direito começou a se equiparar à do esquerdo, permitiu que ela o levasse. O fluxo de imagens começou a se concentrar nas memórias de uma vida, na que ele precisava se recordar agora.

Ele balançava em um barco enquanto o mundo explodia em fogo e trovões, buscando algo inimaginavelmente precioso que havia perdido... Estava de pé na beira de um grande Henge, cantando para as pedras... Estava de pé no cume do Tor, uma mulher de cabelos claros nos braços...

Abriu os olhos e a viu olhando-o.

— Eilantha... — ele sussurrou.

A expressão dela mudou conforme a confusão dava lugar a uma alegria de percepção.

— Osinarmen... — ela respondeu. — Por fim voltamos.

Ele sentia os dragões em seus braços delineados em fogo. Ele olhou nos olhos do velho, que vacilou por um momento, então se curvou de volta ao seu trabalho. Olhou pelo círculo de rostos ao redor, sentindo que se olhasse por tempo suficiente para alguns deles saberia seus nomes. Seu olhar encontrou o da mulher magra e morena do outro lado do fogo, e ele se recordou de que ela tinha sido uma mãe para ele, embora nunca a mulher que o dera à luz. Nem aquela terra o parira, embora tivesse aninhado seus ossos.

— Quando fui Micail, tentei governar esta terra com magia, e me arrependi — ele sussurrou. — Dessa vez é preciso um guerreiro com uma espada.

— Você terá a Espada — disse a mulher morena, levantando-se e indo até o fogo para olhá-lo, especulação e assombro lutando em seus olhos.

— Está pronto — disse Raposa.

As feridas arderam quando o velho derramou água limpa sobre elas e limpou o sangue.

A sensação dividia suas lembranças e o enviou de volta à consciência do corpo. Ele piscou e sabia que era Mikantor, mas aquele outro ainda estava acordado dentro dele, assim como via a mulher que tinha amado como Tiriki olhando através dos olhos de Tirilan. Levantou os braços e viu os dragões traçados em pingos de sangue escurecidos pela tinta.

— Vou lhe dar ervas para colocar neles. Vão ajudar a cicatrizar e tiram a dor.

O velho jogou o resto da tinta na fogueira e começou a guardar suas coisas.

— Consegue se sentar? — perguntou Tirilan.

— Acho que sim — ele respondeu, flexionando músculos duros e alegrando-se com a força do corpo de um jovem ao se levantar.

Micail, ele se recordou, morrera velho.

Seus homens começaram a celebrar quando ficou de pé, mas o som cessou quando viram os olhos dele, sentindo que o homem que agora levava os dragões não era totalmente o mesmo que havia se deitado ao lado do fogo. Ele os reassegurou com o sorriso torto de Mikantor. As rainhas devolveram o sorriso dele com apreciação, seus reis, de modo mais cauteloso.

*Eles também sabem que algo mudou*, pensou Mikantor. Era por isso que Anderle jamais havia sugerido dar a ele os dragões? Sabia que o suplício acordaria um conhecimento que o transformaria do menino que ela criara em um homem?

A única coisa que não havia mudado, percebeu, era seu amor por Tirilan. Com o acompanhamento de mais celebração, ele se virou, embora seus braços ardessem e latejassem a cada movimento, apertou os ombros dela e a beijou com força, por muito tempo.

\*\*\*

Anderle olhou sobre o ombro para o círculo de pedras ao sul dentro do Henge de Carn Ava, onde a sombra comprida da grande pedra erguida central caía sobre a grama verde. Quando o sol nasceu pela manhã, aquela sombra apontava para Mikantor. Ele ainda brilhava em sua memória, de pé como um deus jovem na primeira luz do dia mais longo, os dragões reais enrolados em torno dos braços. O povo vira aquilo como um presságio e o aclamara como Defensor da terra. Os deuses deram a ela o que trabalhara para conseguir, e, se as coisas não tinham funcionado exatamente do jeito que imaginara, seria uma tola por reclamar. Mas achava difícil ter prazer com sua vitória.

— Mãe...

Ela se permitiu um sorriso amargo ao ver Tirilan ali de pé.

— Mãe, achei que teríamos tempo de conversar no festival, mas soube que está planejando ir embora nesta manhã... — A voz dela parou, incerta.

— Não sabia que havia algo a ser dito — Anderle respondeu enquanto continuavam a cruzar o gramado na direção do caminho elevado. — Você tem o que queria. Conseguiu ficar com Mikantor e ser uma espécie de sacerdotisa, embora não esteja claro se vai terminar como grande rainha ou serva de todos.

— Não ficarei com Mikantor enquanto estou descobrindo o que será, e ele vai lutar uma guerra de saques e tocaias até que possa comandar os reis com a espada de ferro — Tirilan disse, infeliz. — Soube que Velantos construiu uma oficina perto do velho túmulo no Vale do Cavalo Branco. Achei que iria ajudá-lo.

Anderle olhou, mas Tirilan não parecia perceber que golpe astuto havia dado naquele momento. Estavam se aproximando da vala que cercava o Henge, com o calcário branco brilhando sob o sol além.

— Ele não é um homem para ser dirigido — ela por fim disse —, e não entendo o ofício dele. A melhor coisa que posso fazer agora é deixá-lo em paz, e rezar para que a Senhora da Forja o inspire.

— Vou rezar também — disse Tirilan. — Mikantor impressionou os reis, mas sem a Espada será difícil reunir forças quando precisarmos derrubar Galid. E nem podemos começar a cuidar das outras coisas que precisamos fazer antes que ele se vá.

Anderle olhou para a filha, jovem, forte e esperançosa, e sua raiva saiu em um grande suspiro. Ela tinha sido ávida assim, muito tempo antes, e pelo que se esforçara se não pelo dia em que seus filhos voassem livres?

Elas cruzaram a vala e começaram a voltar para o acampamento.

— Adeus, Tirilan. Que a Deusa a abrigue em Suas asas poderosas.

Anderle levantou as mãos em bênção. Ao descer o caminho, ela olhou para trás mais uma vez e viu Tirilan ainda ali, brilhante como uma prímula no sol da manhã. Mas continuou andando.

## ෴ VINTE E QUATRO ෴

— Esse é o coração de Azan — disse Cimara, fazendo uma pausa quando chegaram no topo de uma pequena elevação.

Tirilan assentiu, arregalando os olhos ao mirar a extensão verde ondulante. Tinham saído de Carn Ava no dia anterior, indo no ritmo do velho pônei que puxava a carroça com as coisas deles, e pegaram a trilha que seguia ao lado do rio Aman. Ali ele virava para o sul, atravessando a planície.

— É lindo — ela respondeu. — O céu parece imenso sobre toda essa terra aberta.

Tinha ouvido que aquela era a maior extensão de gramados na Ilha dos Poderosos. Certamente era a maior que já vira. Fitas sinuosas de verde mais escuro e o ocasional brilho prateado da água mostravam onde os rios haviam cortado o calcário até a argila. Aqui e ali se distinguia uma lagoa, ou uma massa escura de folhagem, ou uma espiral de fumaça que marcava um casario de fazenda entre os campos. Mas a maior parte da planície era de pasto para o gado vermelho que tinha dado nome à tribo. Festucas e balanquinhos tremiam no vento que soprava pela planície, com um trecho de flores roxas ou douradas aqui e ali. E, diferentemente da maioria dos lugares na ilha, era um bom lugar para veículos de roda, o que era o motivo para Cimara ter uma carroça de pônei, que Tirilan mal tinha visto em uso antes.

— Já esteve aqui?

Tirilan balançou a cabeça.

— Só fui a Carn Ava algumas vezes, e pegamos a estrada do oeste.

— É mais curto, e, nesses dias, mais seguro para você também. — Cimara suspirou. — Quando era menina, o povo de Avalon normalmente viajava para o festival passando por Azan-Ylir. Eles descansavam e dividiam a viagem, e terminávamos a jornada juntos. Nossas famílias eram próximas naqueles dias. Houve muitos casamentos entre nossas linhagens, e mandamos muitos para serem treinados no Tor.

— Quando Mikantor tiver dado um jeito em Galid, aqueles dias voltarão — disse Tirilan, com resolução.

— Que os deuses nos concedam isso. — Cimara começou a andar de novo, e sua criada puxou a rédea do pônei para fazer a carroça começar a gemer para a frente outra vez, com o resto dos acompanhantes da rainha vindo atrás.

Tirilan seguiu, ainda pensando em Mikantor. O movimento esticou alguns músculos doloridos, e ela sentiu o rosto esquentar ao se recordar do vigor da despedida deles. Carn Ava em época de festival não oferecia muita privacidade, mas ele havia encontrado uma clareira dentro de um arbusto de pilriteiros que podia ser alcançada com poucos arranhões, e certificou-se de que ela não o esquecesse com uma tarde de amor intensificada por várias semanas de privação e a expectativa de várias mais.

*Como se algum dia pudesse esquecê-lo...*, ela pensou com afeto. *Se a lembrança do sorriso de um menino foi suficiente para prender meu coração por todos aqueles anos em que ele esteve fora, não vou me esquecer agora, quando o toque dele queima minha carne de um jeito tão vivo, se não visível, quanto os dragões marcam a dele.*

Sorriu recordando-se de como ele se deitara, terso e tremendo, enquanto ela beijava cada parte de seu corpo, como se assim pudesse blindá-lo contra todo o mal. E então ele fez amor com ela com uma paixão concentrada que não tinha visto nele antes. Tinha a impressão de que tudo que ele fazia desde que recebera as tatuagens mostrava uma medida extra de autoridade, como se, ao recordar aquela outra vida, tivesse reavido uma parte de si que estivera faltando até agora. Quando o visse de novo, que outras qualidades poderiam ser reveladas por esse novo conhecimento?

E ela conseguiria recapturar as lembranças da mulher que ele então amara, e se equiparar a ele?

Passava um pouco do meio-dia quando ouviram o tamborilar de cascos sobre a planície. Tirilan imaginou se pôneis selvagens corriam pelas pradarias como faziam nas charnecas e se virou para perguntar para a rainha, mas as palavras morreram em seus lábios quando viu a outra mulher parar de repente na estrada, o rosto subitamente envelhecido por desespero.

— O que foi? Tem alguma coisa errada?

— Carruagens — disse Cimara. — Vá ficar entre meus criados e puxe o xale sobre o cabelo. Talvez ele não perceba... Ah, Deus, nunca pensei. Vá, Tirilan! Vá!

Nada disso fazia sentido, mas a urgência da rainha era clara. Conforme o barulho dos cascos ficava mais alto, Tirilan se apressou para tomar seu lugar entre as duas mulheres que serviam a rainha.

— Qual o problema? — ela sussurrou. — Por que carruagens a deixaram com tanto medo?

— Você é estúpida, menina? — a mulher respondeu. — Só um homem em Azan tem carruagens. É Galid quem vem tão rápido pela estrada, e é melhor rezar para que ele não saiba que está aqui.

Tirilan sentiu náuseas de repente. Eles não tinham apressado a partida. Teria havido tempo para que um corredor contasse a Galid o que as rainhas planejavam. Mas ele sabia que ela estava ficando com Cimara? O usurpador a vira em Avalon, mas agora ela usava uma túnica de linho e uma saia de listras marrons presa para caminhar, não as vestes azuis de sacerdotisa. Ela puxou o véu para esconder a crescente azul tatuada na testa. Se fosse um encontro ao acaso, ele poderia não reconhecer a filha da Senhora de Avalon.

*Deusa, esteja comigo!* Ela puxou a força da terra e forçou a respiração a desacelerar, imaginando se era assim que Mikantor se sentia antes do começo de uma batalha. *Não importa o que acontecer, não posso deixar que ele perceba que estou com medo.*

Agora conseguia ver os cavalos, com os homens de pé em carruagens atrás deles, balançando com facilidade conforme as carroças chacoalhavam pela estrada. Um par de cavalos saiu de cada lado, enquanto o terceiro par galopava diretamente na direção deles. Mikantor contara a ela sobre o ataque apavorante das carruagens em Tirinto, e agora começava a entender. Ficar diante delas deveria ser como enfrentar uma avalanche.

Bem quando achou que o líder ia passar por cima do grupo da rainha, o condutor puxou o par de cavalos para um lado e os fez parar com a carruagem bloqueando a estrada. Um olhar rápido identificou o guerreiro atrás do condutor como Galid.

— Cumprimentos de solstício de verão, Senhora de Azan. — O sorriso de Galid não chegava a seus olhos. — Dizem que teve um festival cheio, a senhora e as rainhas. Mas não deveria ter tomado tantas decisões sem meu conselho, minha cara.

— O que você tem a ver com isso? Não é meu rei. — A voz de Cimara tinha um leve tremor, mas ela não se mexera.

— Sou algo mais importante — Galid disse em voz baixa. — Sou seu mestre. Cada bocado que come, cada vez que respira, é por minha misericórdia.

— Não ousaria me matar! A própria terra se voltaria contra você!

— Eu não preciso. Claramente venho sendo muito generoso. Um cavalo e uma carroça, e todos esses criados... que necessidade disso tem uma rainha mendiga? Soumer, Keddam — ele fez um gesto para os guerreiros na outra carruagem —, soltem o pônei e o tragam conosco. E os homens...

Ele apontou para os dois criados homens.

— Preciso de mais trabalho para a fazenda Pequena Colina. Leve-os também.

— O que está fazendo? — exclamou a rainha. — Minhas mulheres não podem fazer o trabalho pesado da fazenda! Se levar o cavalo, como vamos transportar nossas coisas para casa?

— Deveria ter pensado nisso antes de começar a tramar contra mim — Galid escarneceu. — Se sua Deusa é tão poderosa, que Ela a ajude!

Bem, aquilo respondia à questão de se Galid tinha enviado um espião ao festival. A mais velha das criadas de Cimara havia se abaixado chorando na estrada. Tirilan se curvou para colocar os braços em torno dela.

— Fique grata por eu deixar suas mulheres...

Tirilan ouviu o ranger de madeira e então passos enquanto Galid descia da carruagem e vinha na direção delas. Ela tentou gerar uma névoa em torno de si, mas havia esperado tempo demais.

— As velhas, de qualquer modo. Não tenho uso para elas... mas essa aqui tem boas pernas; ela pode alegrar as coisas em casa. O que dizem, rapazes? Devemos levá-la?

Tirilan soltou um guincho quando uma mão dura se fechou em torno do braço dela e a puxou para cima.

— Para que você é boa, hein, menina?

Ele a puxou para perto, olhos brilhando de diversão. O hálito dele era fétido.

— Sabe moer grão? Sabe fiar? Serve para alguma coisa além de abrir as pernas pra o moleque de Uldan? — ele completou, em voz mais baixa. — Jamais deveria ter deixado a vaca da sua mãe, menininha.

Tirilan o encarou, apertando o xale.

— Sou uma sacerdotisa de Avalon, e se me machucar vai sentir a ira Dela.

— Mas você abriu mão de tudo isso quando fugiu, não foi? Mesmo assim, não tenho intenção de machucá-la. Na verdade, acho que pode ser de fato muito valiosa...

A cor desapareceu de seu rosto quando ela pensou no que Mikantor arriscaria para exigi-la de volta. Ela tentou se afastar, e gritou quando os dedos de Galid afundaram em seu braço. Os guerreiros estavam sorrindo, apoiados nas lanças.

— Venha junto então, cadelinha.

Enquanto ele arrastava Tirilan na direção da carruagem, Cimara entrou no caminho dele, e pela primeira vez desde que tinham se encontrado ela parecia uma rainha.

— A moça está sob minha proteção. Solte-a.

— E sua proteção vale o quê? Deveria ter aceitado meu serviço quando ofereci tantos anos atrás. — Com um golpe da mão livre, Galid jogou a mulher mais velha no chão. — Mas não vou deixá-la totalmente sem assistência. Keddam, fique com elas. Acompanhe a rainha até a fazenda dela. E certifique-se de que eles todos *permaneçam lá*... não quero que contem histórias sobre esse dia de trabalho até que eu escolha!

Então ele apertou a cintura de Tirilan e a jogou na carruagem. A guinada quando o condutor fez os cavalos andarem a jogou de joelhos. Tudo o que ela podia fazer era se agarrar no apoio enquanto as maldições de Cimara desapareciam e Galid ria.

\*\*\*

A casa redonda central em Azan-Ylir era um lugar de meia-luz e sombras bruxuleantes. O fogo minguado no centro da grande lareira fazia pouco para dissipar o frio ou a escuridão. Tirilan estava de costas para o fogo, o xale enrolado apertado em torno de si, pernas cruzadas como se, ao se recusar a deixar o corpo sucumbir, pudesse blindar a alma.

— Você puxou seu pai. — Ela se retorceu enquanto Galid andou em torno dela e levantou seu queixo. — Só o encontrei brevemente, mas pode-se dizer que tivemos uma conexão poderosa.

Tirilan olhou para além dele, abrindo as narinas. Era esse o cheiro do mal ou simplesmente o odor do lixo que via debaixo dos bancos? Enquanto entravam, ela tinha visto um cão mordendo o que parecia uma mão humana. Duvidava que as desmazeladas que vira espiando pela porta tivessem muita motivação para manter o lugar limpo.

Um dia, se pudesse acreditar na mãe, esse tinha sido um belo salão. Galid o reconstruíra depois do incêndio, e o enchera com os espólios de mil saques. Mas vinte anos de fuligem haviam apagado os entalhes coloridos nos pilares e os tapetes comidos de traça que barravam as correntes de ar das paredes. Bem poderia haver vinte anos de sujeira no chão.

— Não vai me perguntar? — Os dentes de Galid também eram ruins. — Não quer saber como seu pai morreu?

— Ele se sacrificou para que minha mãe pudesse escapar de você. Isso é tudo que preciso saber sobre ele, ou sobre você.

Todos diziam que Durrin tinha sido belo, e que a mãe dela deveria tê-lo amado, pois nunca escolhera outro homem, embora Tirilan às vezes se perguntasse se Anderle tinha sacrificado sua capacidade de amar pela necessidade da força que deveria ter para liderar Avalon.

— Tão fria! — Galid disse com a voz rouca. — Tão fria e bela. Derrubei seu pai com uma espada de bronze. Deveria encontrar uma arma mais quente para você?

Dessa vez o tom do riso dele não deixou dúvidas do que ele queria dizer. O pensamento das mãos dele sobre ela em uma paródia obscena do amor de Mikantor a deixou arrepiada. Ela fechou os olhos, puxando poder da terra para proteção.

— Sou uma sacerdotisa de Avalon. Eu me entrego conforme a vontade da Deusa.

— Foi a Deusa que mandou você feito uma cadela no cio para a cama de Mikantor? — Galid sorriu. — Acho que não, putinha. Se você gemeu para ele, vou fazer você gritar.

— Imagino que não se importe com o que os homens diriam se estuprasse uma sacerdotisa — ela disse em desafio —, mas pode temer o que a Deusa vai fazer... Seus homens ainda vão seguir um líder com um pau que se transformou em um junco podre?

— Por que eu me importaria com uma moça igual a uma lesma branca? — ele respondeu depois de uma pausa. — Sua mãe, agora... ali está uma mulher com fogo no ventre. Se eu a derrubasse, ela iria arranhar e gritar!

— É disso que você precisa, não é? — Tirilan franziu o cenho pensativamente. — Não consegue levantar a não ser que uma mulher lute com você. Então estou segura! Faça o que quiser, não vou me opor, não vou responder, a não ser vomitar por causa do seu fedor. Falando nisso, gosta de viver feito um porco em um lamaçal ou seus criados não sabem como limpar um salão?

— Talvez — a voz dele se sobrepôs à dela — eu dê você aos meus homens.

Tirilan forçou-se a dar de ombros.

— Eles vão obedecer-lhe? Podem ainda dar valor para a virilidade deles, especialmente quando eu disser que não está me tomando porque já fiz a sua murchar...

Vivendo com Mikantor e seus Companheiros, tinha começado a entender que isso, para alguns homens, era um medo muito real.

— Limpeza, é? — Ele tirou o olhar dela para observar o cômodo. — Se é isso que a preocupa, vá em frente e limpe. Se conseguir fazer aquelas putas da cozinha ajudarem, pode usá-las com minha boa vontade. Se ganhar seu sustento, posso até alimentá-la. Quando suas costas estiverem doendo e seus dedos estiverem em carne viva, pode preferir ganhar seu jantar de costas em vez disso.

— Não tenho medo de trabalho honesto — ela disse em voz baixa, suspeitando de que sua aparência frágil o enganara.

Ela ficou surpresa ao perceber que, embora tivesse muitos medos, naquele momento, ansiedade por si mesma não estava entre eles.

À noite chegou um mensageiro, e Galid saiu com seus guerreiros pela manhã. Ele tinha deixado três homens carrancudos para guardá-la, e, quando ela descobriu que eles não poderiam ser subornados para deixá-la ir, se voltou para a limpeza do salão. Tinha se acostumado ao cheiro, mas o miasma espiritual de Galid só poderia ser suportado com o fortalecimento de sua proteção mental. Não se atrevia a baixar a guarda o suficiente para sair pela estrada do espírito até a mãe ou Mikantor.

Quando os guardas comentaram sobre a melhoria, ela começou a atazaná-los por ajuda. Quando Galid retornou, quinze dias haviam se passado. Àquela altura, eles estavam prontos para implorar que ele a levasse embora. Isso, aparentemente, sempre tinha sido a intenção dele. Vários dos homens dele retornaram com feridas, então deveriam estar lutando em algum lugar. Tinham encontrado Mikantor? Ninguém diria. Mas Azan-Ylir claramente não era mais um lugar seguro. Na segunda manhã depois de sua volta, Galid enfiou Tirilan na carruagem de novo e a levou através da planície. Dessa vez ela conseguiu ficar de pé, embora, quando chegaram a uma cabana de pedra de pescador ao lado de uma lagoa, suas pernas tremessem pelo esforço.

Conforme a carruagem parou, ela pulou, tropeçando ao tentar forçar as pernas a correr. Tola esperança, pois ele a pegou em três passos. Ela viu o punho dele em um borrão na direção dela; então a dor explodiu em sua cabeça. Semiconsciente, foi jogada no interior escuro. Um saco com pão e odre com água vieram depois dela.

— Entendo que vocês tolos às vezes sentem necessidade de um refúgio do mundo — disse Galid, batendo a porta. — Aproveite sua solidão!

Ela ouviu o som de uma barra sendo puxada através da porta, deixando-a no escuro.

\*\*\*

A primeira noite pareceu infinita; Tirilan tentou enviar o espírito em busca de Mikantor, mas o golpe de Galid a deixara abalada demais para concentrar sua vontade. Levantava de repente a cada rangido ou rumor, a cabeça latejando tanto que, quando o amanhecer trouxe uma luz leve, não conseguia mais distinguir pesadelo de realidade. O chão parecia sacudir abaixo dela... o estômago revirava, mas não havia nada nele para lançar fora. O frio e a umidade a faziam tremer, mas pior do que qualquer dor física era a consciência de que havia perdido Mikantor... não, era Micail. O homem que ele então fora tinha sido mais alto, o cabelo como uma chama recém-avivada.

*Mas eu o encontrei de novo*, ela pensou, lutando para voltar à consciência. *Estou me lembrando do Afundamento*. Ela tremeu enquanto sua mente era tomada pela imagem de uma grande montanha explodindo em chamas. *Perdemos nosso mundo na época, também, e no entanto sobrevivemos!* Era por isso que Eilantha e Osinarmen tinham nascido juntos de novo?

Ela por fim adormeceu, e quando acordou de novo a claridade que atravessava o telhado de colmo tinha o brilho dourado da tarde. O ar cheirava a terra molhada e palha mofada, e um farfalhar de movimento no canto indicava que ela não estava totalmente sozinha. A cabeça ainda doía, mas estava começando a conseguir pensar de novo. De quatro, foi descobrir os limites de sua prisão. Uma iluminação fraca passava através do telhado de colmo, mas as paredes de pedra eram altas demais para que abrisse caminho pela palha. Forçou-se a comer o pão que os ratos haviam deixado para ela, e beber do odre de água, imaginando quanto tempo passaria até que alguém lhe trouxesse comida de novo.

Conforme a luz diminuía, Tirilan se viu chorando, temendo aguentar outra noite como a anterior. Para sua surpresa, foi a lembrança de uma das reprimendas da mãe que permitiu que recuperasse o controle. Não havia experiência humana, Anderle dissera a ela uma vez, quando fizera um raspão no joelho, que não possa servir como lição ou como oportunidade. Não tinha apreciado o conselho na época, e estava certa de que, ao chamar aquela prisão de refúgio, Galid quisera zombar dela, mas talvez pudesse tornar isso verdade. Então não ficaria envergonhada ao encarar a mãe e Mikantor quando os visse novamente.

Depois de fazer um círculo para desencorajar qualquer animal daninho que pudesse interpretar mal sua imobilidade, Tirilan sentou-se de pernas cruzadas no chão úmido e começou a respiração contada que a levaria ao transe. De algum lugar perto veio um farfalhar intermitente. Provavelmente um camundongo, pensou, e deixou a consciência se apagar. O vento que sempre parecia soprar naquela terra aberta sussurrava e gemia contra o telhado de colmo. Também notou isso antes de deixar a consciência ir embora.

Cimara tinha prometido ensinar a ela os segredos dessa terra, e de um jeito ou de outro estava determinada a aprender. Enquanto a escuridão caía lá fora, fechou a consciência a seu redor para abrir e estender as percepções da realidade interior dele. Sentiu a vida entre os sistemas de raízes densos das gramas que cobriam o chão seco bem drenado. No chão, uma camada porosa de calcário que permitia que a água se infiltrasse até a argila abaixo. Água carregava energia, mas o poder na terra também seguia outros caminhos, emergindo nos montes funerários e pedras em pé. Estendeu-se para os espíritos dos ancestrais, recordando-se de como a mãe os invocara quando fugia com Ellet da destruição de Azan-Ylir.

Quando as necessidades do corpo por fim a chamaram de volta à consciência, um pouco de luz atravessava a palha. Ela então cochilou, e acordou apenas quando ouviu a aproximação barulhenta de uma carruagem. Percebeu que ficou quase desapontada quando não foi Galid, e sim Keddam, quem abriu a porta de sua prisão e jogou outro saco de provisões para dentro.

Os dias que se seguiram foram passados basicamente da mesma maneira. Entre as visitas de seus captores, o espírito de Tirilan buscava refúgio no transe. Em uma daquelas jornadas, teve a impressão de que estava em Avalon, no jardim da mãe. *"Onde você está? Está em perigo?"*, perguntou Anderle, mas Tirilan não sabia mais onde estava, e não conseguiu responder. Tentou tomar a forma de cisne para voar para Mikantor, mas ele estava lutando, e não ousava distraí-lo. Nas horas de vigília, percebia que estava ficando mais fraca e tentava forçar o corpo a se exercitar, porém cada vez mais era mais fácil caminhar em seus sonhos.

***

*Tinc, tinc, tinc, tac...* Velantos trabalhava com o martelo em um pedaço de bronze, alongando-o para formar um meio círculo chato, colocando-o então na bancada de trabalho para começar uma nova fileira de escamas. Era um trabalho simples, mas aliviava sua mente. *Tinc, tinc, tinc,* e então uma batida na pequena bigorna de bronze para manter o ritmo enquanto mudava a posição do bronze no qual trabalhava. Já tinha completado um bom número. Sob a luz do fogo, brilhavam como o sol no mar. As mulheres do povo antigo estavam preparando a túnica de pele de javali na qual aquelas escamas seriam presas. Quando Mikantor a colocasse, iria parecer que usava a pele de um dragão.

*E que arma esse grande guerreiro terá em mãos?* O pensamento indesejado se intrometeu mais uma vez, quebrando o ritmo do martelo. Velantos reprimiu o impulso de jogá-lo pelo cômodo. Imaginou se Anderle havia reparado a parede da oficina em Avalon.

Os homens do povo antigo tinham trabalhado bem, e a oficina na crista estava completa, com espaço para todas as suas ferramentas e colchões de palha de cada lado para ele e para o menino, onde Aelfrix roncava agora. Havia brotado um acampamento do povo antigo atrás do bosque de faias. As mulheres traziam comida para a oficina todos os dias. O peso das expectativas deles havia se somado à visão de Anderle e à esperança de Mikantor. Velantos tinha tudo de que precisava, exceto, pensou sombriamente, coragem para começar novamente o trabalho na espada.

O cabo, ao menos, poderia ser feito de bronze. Ele já tinha feito aquilo, uma afirmação de que um dia existiria uma lâmina para que ele segurasse. Ele o tirou do saco de pele de corça e o levantou, passando os dedos na superfície estriada envolta em arames dourados.

Colocando o bronze de lado, puxou o couro no qual embrulhara os pedaços de ferro e pegou um deles, esfregando o dedão no lugar onde o metal havia começado a ceder e escorrer. Claramente era *possível* amolecê-lo, e assim poderia ser trabalhado. Mas, e se seu martelo atingisse outra falha escondida? Ele pegou as tenazes e colocou o pedaço no fogo, então se curvou no fole para avivar as chamas.

Elas subiram enquanto o laranja profundo das brasas começou a brilhar, e no momento um brilho de lavanda prateado girava acima. Elas brilhavam cada vez mais forte; ele tirou o ferro quando as primeiras faíscas brilhantes saíram de sua superfície, colocou-o na bigorna e bateu, xingando quando escamas de metal começaram a se desprender. Mesmo poucos golpes começaram a moldar o ferro, mas, naquele ritmo, quando o tivesse achatado, metade da substância teria saído em lascas.

Balançando a cabeça em frustração, enfiou a ponta brilhante do pedaço na salmoura da têmpera. O único jeito de aprender era tentar e fracassar e tentar de novo, mas não ousava arriscar o ferro.

— Senhora! — Ele se virou para a imagem da deusa. — Esse trabalho não é para minha própria glória, mas pela Tua, só Tu podes me ensinar como deve ser feito!

Com cuidado, colocou o pedaço de ferro aos pés dela. Era a única coisa que conseguia pensar em fazer. Se os deuses queriam que essa espada fosse feita, precisariam dar uma mão.

Ele mexeu os ombros para a frente e para trás, só agora percebendo como tinham ficado tensos, então enfiou um pedaço de madeira de carvalho no centro da lareira, empilhando as brasas vivas em torno dele para arderem ao longo da noite.

— Dormir... — ele sussurrou. — Como devo dormir. Envie-me bons conselhos...

Ele tirou a túnica e se enfiou debaixo dos cobertores. Para alguma surpresa sua, pegou no sono quase imediatamente.

\*\*\*

Velantos sonhou e sabia que estava sonhando.

Ele caminhava por uma paisagem como uma das montanhas de fogo nas terras do Mar do Meio, e com outra parte da mente entendeu que aquilo era uma forja. Em torno dele brilhavam rochedos de todos os tamanhos e formatos, indo até a beirada da caldeira, ou talvez fosse a parede da lareira. Na lógica do sonho, não parecia estranho que vagasse por ali. Aquele era seu elemento.

O caminho o levou na direção do centro, onde o fogo era o mais quente; a cada rajada de vento as formas vermelhas e alaranjadas ao redor dele pulsavam com um brilho de fogo branco. Mas cada passo era mais difícil, as ondas de calor uma pressão palpável contra a qual precisava forçar seu caminho.

O que procurava? Um formigamento relampejante de poder passou através dele ao perceber que estava diante de uma Presença, e no momento seguinte sua visão mudou, e percebeu a forma de uma mulher dentro da coluna de chamas. Ao vê-La, reconheceu a Senhora a quem servira por tanto tempo. A carne Dela era moldada de fogo branco; o cabelo Dela fluía com chamas levadas pela rajada. Ele não podia olhar nos olhos Dela.

— Então, amado, você veio... Por que Me procura aqui? — A voz Dela aquecia e queimava ao mesmo tempo.

— Busco Tua ajuda para moldar uma espada — ele respondeu.

— Uma espada de ferro — ela ecoou —, como você é ferro. Está pronto para se submeter ao Meu fogo?

— O que preciso fazer?

Em resposta, ela abriu os braços.

Aquilo era morte, ele pensou, mas, para um ferreiro, que morte melhor poderia haver? Ele foi na direção Dela e o fogo o engoliu.

A consciência se dividiu. Ele estava de pé na oficina, olhando para a forma humana brilhante sobre a bigorna, e soube que era a dele.

— Você é o ferreiro e é o ferro... — veio a Voz do Fogo. — Vai se forjar em uma arma para quem ama!

— Mas como vou me lembrar? — ele gritou.

— Olhe para Mim... — ela sussurrou. — Olhe para Mim...

A Senhora ainda estava em meio às chamas. A cor Dela ficara mais profunda. Seu corpo brilhava com o laranja rico do pôr do sol, mas o cabelo e os olhos agora eram da cor das brasas antes de encontrar o fogo. Esguia, intensa, era para o rosto e a forma de Anderle que olhava agora, a voz de Anderle que havia dito aquelas últimas palavras.

Velantos acordou, os ouvidos ainda zunindo com o "Lembre-se..." final Dela, em seus lábios o nome *Anderle*. Ele se desembaraçou das roupas de cama e se ajoelhou ao lado do fogo, com um pouco de medo do que poderia ver. As brasas estavam cobertas por uma fina camada de cinzas, mas o brilho de calor acima delas dizia que esperavam apenas por um sopro para despertarem para a vida brilhante de novo.

Seus músculos doíam com a memória do trabalho. O conhecimento do qual precisava estava dentro dele, esperando pela palavra que os colocaria para trabalhar mais uma vez. Mas quem diria aquela palavra? Ele apenas se recordava de que deveria se render ao fogo.

Ou a Anderle — ele pensou sombriamente. Tinha visto a Deusa falar através dela nos rituais de Avalon. Se ela podia submeter a própria vontade à Senhora da Forja, ele enfrentaria o fogo Dela. Ele ouviu Aelfrix assoviando lá fora e ficou de pé.

— Chame Mergulhão — ele disse quando o menino entrou pela porta. — Preciso enviar uma mensagem para Avalon.

*\*\**

Quando Galid voltou, Tirilan não sabia havia quanto tempo era prisioneira. Ela tropeçou quando ele a levou piscando para a luz do sol, pasma com a vividez sólida do mundo.

— Gostou de seu retiro?

— Gostei... — disse devagar. — Obrigada. Aprendi muitas coisas...

Pela expressão de Galid, não era o que ele esperava ouvir. A pele sob os olhos dele estava escura e estufada, como se não andasse dormindo bem. Ela respirou fundo e sentiu seu foco retornar.

— O que quer fazer comigo? Não sou útil para ninguém apodrecendo aqui...

— É verdade que seria mais simples cortar sua garganta e acabar com isso. Mas isso é tão definitivo.

Havia um banco ao lado do velho cercado de ovelhas. Conforme ela tropeçou de novo, Galid a empurrou na direção dele e ela se sentou.

— Por mais que eu fosse gostar de ver a cara de Mikantor quando dissesse que você morreu, será muito mais divertido dizer a ele como planejo matá-la. Para salvá-la, imagino que ele vá desistir de tudo. Talvez eu amarre você onde possa ver o que eu faço com *ele*...

Tirilan baixou os olhos para esconder o horror que aquela ameaça havia despertado. Foi mais difícil manter a voz firme dessa vez.

— Que bem isso faria? Você controla a planície, mas não é o rei. Faz com que nada nasça, nada prospere. Os poderes na terra não falam com você. O que buscava quando traiu Uldan todos esses anos atrás?

Galid franziu o cenho ao perceber que ela realmente queria saber. E ela percebeu que ele não tinha respostas.

— Acho que você é um homem oco — ela disse em voz baixa. — O vento sopra através de você, e logo vai levá-lo embora. Os ancestrais não vão lhe dar boas-vindas... Será como se jamais tivesse vivido.

— E se sou — ele disse por entre os dentes —, como sou diferente de todo o resto de vocês, agarrando-se à vida em uma terra moribunda? De que adianta ser um ancestral se não há ninguém para seguir?

Depois de tantos dias de silêncio, cada som tinha camadas de significado. Ele quis que sua voz fosse ameaçadora, mas o que ela ouviu nela foi dor. Ela mordeu o lábio para evitar um grito quando ele a pegou pelo pulso.

— Só há *agora*, minha querida, e enquanto estiver vivo vou arrancar da vida tudo o que puder. Se não posso sentir prazer vou sentir dor, e se não posso *dar* prazer certamente posso fazê-la sentir agonia! — De repente ele estava com a adaga na mão. — Devo começar cortando esses belos dedos fora para Mikantor?

Ele bateu a mão dela contra a madeira do banco e colocou a lâmina da adaga contra a dobra onde o dedinho encontra a palma.

— Só mais um pouco de pressão e vai sair — ele sussurrou.

Ele apertou e ela se encolheu conforme o gume afiado abria sua pele.

— Mas vou esperar até encontrar seu amado... O dedo precisa estar fresco o suficiente para que Mikantor o reconheça como seu. — Rindo, ele levantou a lâmina e a soltou. — Isso a emociona, não é?

Ela respirou estremecendo e ele sorriu.

— Isso abre todo tipo de possibilidade. Seu lindo nariz, por exemplo... e se deixá-la com vida, mas estragar sua beleza? Seu belo guerreiro ainda iria querê-la então?

— *Você* iria? — ela sussurrou.

A visão dela havia se ajustado e ela o via claramente – as rugas feitas por crueldade e raiva, a carne que murchava por muita comida e bebida, e, no fundo daqueles olhos claros brilhantes, desolação. *Ele sabe que dessa vez acabou*, ela pensou, *e teme... o quê?* Mais afiada que sua faca era sua necessidade, e o coração dela, aberto por aquelas noites intermináveis, respondeu.

— Meu sangue vai aliviar sua sede? Então beba. — Ela estendeu a mão, onde gotas vermelhas surgiam na linha que a faca dele fizera.

Enquanto ele recuou, ela suspirou e então abriu os braços.

— Se eu o amar, livremente e sem força, vai deixar Azan em paz?

Por um momento Galid simplesmente olhou, sem qualquer expressão; então girou o punho e a jogou no chão.

— Puta! — ele sibilou. — Todas vocês, putas imundas, enganadoras!

Ele cambaleou na direção da carruagem.

— Siga!
— E ela? — perguntou o condutor.
— Jogue-a de volta no buraco. Ela pode apodrecer lá...

## ༺ VINTE E CINCO ༻

O sol poente que banhava as colinas em um brilho incandescente lançou a sombra de Anderle dentro da oficina antes dela. Ela fez uma pausa na porta para permitir que sua vista se ajustasse, esperando conseguir enxergar o homem ao lado da lareira. Velantos havia se vestido cuidadosamente para encontrá-la. Sua túnica sem mangas de lã cor de açafrão tinha listras estampadas no pescoço e na barra, mas ele parecia mais magro, como se andasse jejuando. Ela se lembrava dele usando aquelas roupas no Festival do Solstício de Inverno. Ele não havia se preparado para *ela*, então percebeu, mas para a deusa a quem servia. A oficina fora varrida, a lareira estava vazia e limpa, mas a prateleira na qual ele colocara sua imagem da deusa de argila tinha um buquê das primeiras flores de verão.

— A senhora veio... — ele sussurrou.
— Você chamou.

Depois do modo como haviam se separado, que ele mandasse chamá-la indicava grande necessidade. Em Avalon ela não tinha propósito, mas lutava para entender seus sonhos. Ali ao menos poderia haver algo que pudesse *fazer*.

— Senhora... seja bem-vinda aqui. Agora vejo que sonhei a verdade — ele completou. — Quando fica no sol, sua pele é da cor das brasas, da cor da pele *Dela*. Foi por isso que mandei chamá-la. Peço agora, vai permitir que Ela fale através da senhora para me dizer como forjar a Espada? Vai confiar em mim? Vai confiar *Nela*?

— *Você* vai? — ela respondeu.
— Eu preciso. Sinto muito pelo que aconteceu na oficina em Avalon. — Ele tossiu, e ela percebeu o quanto aquela admissão havia custado. — Fugi da senhora... Não posso fugir de mim mesmo. Estava orgulhoso da minha habilidade. Eu me enfureço porque não sei nada. Mas em meu sonho a Senhora da Forja falou. Ela disse que preciso me render ao Fogo... Se der uma voz ao fogo, então saberei o que fazer.

Anderle acreditou nele. Tinha visto aquele olhar antes, quando um iniciado se preparava para tomar as ervas que quebrariam a barreira entre os mundos. Às vezes a morte vinha com a iluminação. Era preciso estar disposto a aceitar qualquer um dos dois resultados. Pela primeira vez entendeu que ser ferreiro também era um sacerdócio.

O coração dela batia lenta e pesadamente.

— De sacerdotisa para sacerdote, vou trabalhar com você, e, se sua Senhora quiser, como deusa para ferreiro também.

\*\*\*

— Por que a lareira está vazia? — perguntou Anderle.

A noite havia caído. Uma dúzia de velas de junco tornavam a oficina um templo dos Mistérios.

— Essa é sempre a primeira tarefa, fazer o fogo... — A voz dele estava rouca de emoção reprimida. — O fogo é a deusa em nós, o poder de transformação que endurece o que é mole, e que amolece as coisas duras. Fogo é *mudança*. Senhora, pode abençoar a lareira?

Um tremor de memória passou por ela enquanto se recordava do lago congelado onde invocara o Fogo. Tinha sido aquele o momento em que a balança virou e as mudanças que haviam trazido ambos até ali começaram? Ela respirou fundo e esticou as mãos sobre a forma oval com beiradas de pedra no chão.

— Seja o útero, queima com desejo, transmuta e transforma, Senhora do Fogo!

Ele levantou o cesto e derrubou os pedaços pretos brilhantes de carvão dentro da lareira, cascateando com um som curiosamente musical. Ele os espalhou e os arrumou com cuidado, com uma depressão no meio oposta ao ponto onde o cano do fole entrava pela parede da lareira.

— Sente-se enquanto faço uma chama — ele disse a ela, pegando broca e arco para fogo e o pedaço macio de madeira apodrecida que estava separado. Ela sentiu que a energia que ele colocava naquela ação também era parte do ritual. Enquanto ele enlaçava a corda do arco em torno do cabo da broca e colocava a cabeça dela no entalhe na madeira, ela se sentou no banco na frente da lareira.

Certamente fazer fogo com arco e broca era um tipo de magia, ela pensou enquanto ele firmou a madeira nos joelhos e começou a girar o cabo com batidas regulares no arco. Manter a broca no ângulo correto e o giro necessário exigia uma habilidade considerável. Fascinada, ela observava enquanto ele balançava com o movimento.

— Gire o cabo e cante o feitiço... — ela sussurrou. — Gire o arco, faça um bom serviço. Eixo duro e giro voador, calor solta a chama interior...

Ele levantou os olhos, algo acendendo em seu olhar que despertou um calor em resposta entre as coxas dela. Assustada, ela ficou de pé e viu as mãos se levantarem na mesma pose que a deusa de argila que observava sobre a lareira. Ele tinha tido aquela intenção? *"O símbolo não é nada, a realidade é tudo"* era um dos lemas dos Mistérios. A curva e o balanço do corpo do homem, a penetração firme da broca, a fricção que agora começava a acender um fio fraco de fumaça da madeira, eram tanto símbolo quanto realidade.

Não tinham discutido como ele iria chamar a deusa dentro dela, mas Anderle percebeu que ela mesma havia pronunciado o feitiço. O corpo dela se movia em resposta instintiva ao movimento dele, a respiração alterada para combinar com a dele. A fumaça era uma espiral azul; o aroma de pinheiro tomava a oficina.

— Senhora do Fogo, ouça-me... — Velantos sussurrou. — Senhora da Forja, esteja comigo! Eu te ofereço minha força, avivo tua chama, em minha necessidade te invoco! Senhora, venha até mim agora!

Anderle poderia ter invocado fogo, mas em vez disso ele havia avivado um fogo dentro dela. Ela lutava por conclusão, mas era seu espírito que se abria para receber o Poder. O fogo subiu de repente enquanto Velantos colocou junco seco e depois serragem fina no sulco fumegante, e o fogo explodiu do sexo de Anderle para encher todo o corpo dela, deixando para sua consciência apenas um canto para dividir o êxtase. Em um movimento ligeiro ele colocou o material em chamas no ninho de carvões e soprou.

— Faça-Me uma cama de carvão — ela disse a ele, e o vestígio de Anderle que permanecia no interior notou que ela falava na língua do Mar do Meio.

O olhar pasmo dele se virou em espanto. O carvão pegava fogo rapidamente. Conforme a temperatura na oficina subiu, ela soltou os alfinetes que prendiam suas roupas e as jogou de lado. Com a luxúria nua nos olhos do ferreiro, o fogo dentro dela cresceu. Sorrindo, a Senhora fez um gesto na direção da bancada de trabalho onde ele havia colocado os pedaços de ferro.

— Venha, amado, temos trabalho a fazer.

\*\*\*

Velantos se curvou sobre o fole, empurrando com golpes fortes e firmes para forçar o ar através das brasas. A cada sopro, chamas subiam, e a cada vez que baixavam as brasas retinham um brilho mais forte. Ele tinha a impressão de que o mesmo brilho pulsava do corpo da mulher do outro lado da lareira. A luz do fogo brunia seios ainda redondos e firmes, brilhava na curva da cintura e na doce junção das coxas dela. A própria carne dele doía de desejo, mas havia esperado isso. Agora tinha outro uso para aquela energia.

Como as brasas aqueciam rápido! Suando, tirou a própria túnica e a jogou sobre um banco, então apertou o fole mais uma vez. O fogo avivou os pedaços de carvão até um brilho de amanhecer que aumentava.

— Pegue o primeiro pedaço e coloque entre as brasas — a Senhora disse. — Aperte o fole até que brilhe como o sol.

Ele lançou um olhar de dúvida para ela, pois calor branco era muita coisa para trabalhar bronze, mas o rosto dela permaneceu calmo. De qualquer modo, o tempo para cálculos havia passado. Só podia seguir adiante e confiar que a deusa a quem servia entendia de ferro tão bem quanto conhecia o bronze. As brasas pulsavam brancas de calor, e, muito mais rapidamente do que teria acreditado, o pedaço de ferro também brilhava branco.

— Agora precisa tirá-lo do fogo — disse a Senhora. — Coloque-o na sua bigorna e pegue seu martelo de tamanho médio. Bata de uma ponta à outra para comprimir e martelar o ferro, com gentileza, mas com firmeza, como se fosse acariciar uma amante...

Com a mão esquerda, Velantos pegou as tenazes e as usou para pegar a ponta opaca do pedaço, colocou-o sobre a bigorna em uma chuva de faíscas e ensaiou uma batida hesitante. Mais faíscas subiram, mas não houve explosões. Não tinha aquecido o ferro o *suficiente* antes?

O metal maleável cedeu ao martelo, esticando, estendendo. Conforme esfriava, a cor ficava mais profunda. Sentiu o momento em que o ferro começou a resistir a ele, o enfiou de novo nas brasas e começou a trabalhar no fole.

— Você é o martelo — ela disse em voz baixa — e eu sou a forja. A Espada é a criança que estamos fazendo juntos, por sua vontade, de meu útero.

Ele levantou os olhos do fole e não soube dizer se os olhos dela brilhavam ou apenas refletiam as chamas.

Mais uma vez o metal brilhava. Mais uma vez ele o colocou na bigorna e começou a moldá-lo, sempre batendo no comprimento na mesma direção, removendo bolsas de ar, tirando impurezas. Repetidamente o ferro fez a viagem do fogo para a bigorna, até ter forjado o material grosseiro em uma barra sólida.

E quando isso estava feito Velantos olhou para o metal que esfriava, observando o brilho se apagar até que se tornasse preto opaco. Não era mais o meteoro informe, agora tinha a forma que ele lhe dera. Ele ouviu um passo e levantou os olhos. A Senhora estava de pé diante dele, um jarro de água limpa nas mãos.

— Beba e seja restaurado, e então pegue o próximo pedaço e comece.

Três vezes mais Velantos pegou com as tenazes um pedaço rústico de meteoro e o colocou naquele útero de chamas. Três vezes mais golpeou e moldou o metal brilhante. E, quando tinha acabado, a Senhora o dirigiu para o primeiro pedaço, e ele começou de novo. Três vezes mais cada peça foi aquecida e martelada, até que tinha quatro tiras negras um pouco menores que o comprimento de uma espada. Ele as colocou na bancada de trabalho, passando os dedos pelas superfícies negro-acinzentadas com um assombro embotado. Todas as lamparinas haviam se apagado, a única luz era o brilho da forja. Pelo silêncio e pela sensação de umidade no ar, deveria estar perto do amanhecer. O pescoço dele estava duro, os músculos dos ombros e da parte superior das costas doíam, e o braço direito tremia pelo esforço. Ele balançou a mão direita para soltar os dedos contraídos na forma do cabo do martelo.

Ele ouviu um suspiro e se virou. A Senhora havia sentado no banco – não, era Anderle, piscando em confusão e enrolando as roupas em torno de si.

— Está feito? — ela perguntou.

— Pela graça da Senhora, está começado — ele respondeu. — Agora precisamos de descanso... e de comida.

Em uma arca ao lado da porta ele viu um prato de madeira com carne e queijo, e se perguntou quem tinha colocado isso ali, e quando.

Velantos o levou para a sacerdotisa, mas ela não comera mais que uns bocados quando seus olhos se fecharam e ela afundou contra o ombro dele. Ele ainda tinha forças para levantá-la, um pouco surpreso por descobrir que ternura era sua única resposta ao corpo flexível em seus braços. Todo o desejo dele havia sido consumido, como se tivesse feito amor com ela por todo aquele tempo, e de certo modo imaginava que fosse verdade.

Ele a colocou na cama e puxou a coberta sobre a sacerdotisa, e com isso a exaustão tomou conta, e ele se deitou ao lado dela e não soube de mais nada.

***

Velantos estava aninhado no calor, como se tivesse sido colocado na forja. Então tentou se mexer. Subitamente todos os músculos das costas e dos ombros gritavam. Achava que estava acostumado com o trabalho da forja, mas forjar era uma pequena parte do trabalho em bronze, e na última lua ele não fizera nem isso.

*Preciso me levantar...* disse a si mesmo. *O ferro está esperando... e a deusa...* Ele abriu os olhos e se retesou em alarme ao perceber que o outro lado da cama estava vazio. Então alguém tocou seu ombro e ele se virou para ver Anderle ajoelhada ao seu lado, uma caneca de sopa fumegante na outra mão. Ou era a deusa, pois estava nua de novo, e a carne que o tocava queimava por dentro. Ele bebeu obedientemente, sentindo o calor espalhando-se pelo seu âmago. Quando baixou a cabeça, ela começou a massagear seu pescoço, e o mesmo calor espalhou-se pelos músculos, expulsando a dor. Ele fechou os olhos. *É assim que o ferro se sente quando o martelo, quente da forja.*

Ela pegou o rosto dele entre as mãos e o beijou, e dos lábios à virilha ele ardia com o fogo dela. Quando conseguiu pensar de novo, ela estava de pé ao lado da forja. Tinham dormido durante o dia. Na bancada de trabalho uma lamparina bruxuleava brilhante. Mais carvão tinha sido colocado na lareira, e as novas brasas já começavam a brilhar.

— Levante-se, ó meu martelo — ela disse a ele —, e jogue o ferro no fogo!

Quando ele trabalhara com Katuerix, tinham aquecido pedaços de ferro do pântano e o martelado juntos. Conseguiria fundir as barras que forjara no dia anterior? Deveria ser possível, pois a deusa as tinha empilhado e as apertava contra o seio. Quando ela as estendeu para ele, já estavam quentes, como se tivessem estado no fogo.

Com reverência, como se tocasse o corpo de uma mulher, Velantos puxou o atiçador na direção dele para abrir um caminho entre os carvões. Pegou a pilha de barras de ferro com as tenazes e as colocou gentilmente no vale brilhante, então foi para o fole.

O fogo subiu e desceu repetidamente. O ferro começava a brilhar. Velantos olhou para a Senhora e a viu sorrindo, observando o fogo. Só quando o metal brilhava como o sol ela fez um gesto para que ele pegasse as tenazes. Pegou a ponta opaca da pilha com força e a jogou sobre a grande bigorna de pedra, agarrou o martelo maior de pedra e girou. Voaram faíscas, mas ele sentia o ferro ceder.

— Bata com força e tenha compromisso... O peso do martelo tira o feitiço. Muita mistura, quatro para um, martele até terminar tudo!

Ele não sabia se o canto vinha de seus lábios ou dos dela. Agora deveria usar toda a sua força, esquentando e batendo, tirando escamas soltas e batendo novamente. As tiras de ferro cederam sob seus golpes, amoleceram e ficaram maiores, fluindo, grudando, misturando-se até que uma só forma brilhante estava no fogo. Obediente às sugestões suaves dela, Velantos a levou a um fogo branco mais uma vez, deixando-a larga e chata com o martelo, virando e dobrando e martelando novamente.

Enquanto as estrelas andavam através do céu da noite e as faíscas voavam em torno da forja, a Senhora ficou ao lado dele, murmurando feitiços, e ele batia as imagens deles no ferro. Coragem e comando estavam naquele canto, resistência e honra, certeza e habilidade. Ele martelou a virtude de atacar com certeza e cortar limpo, encontrar o alvo certo a cada golpe.

Quando a manhã chegou, o ferreiro tirou do fogo um ferro que brilhava baço. Os padrões que todas aquelas dobras e torções haviam combinado dentro dele eram sentidos, mais que vistos, mas ele sentia o poder dentro dele. Ele colocou o ferro na bancada de trabalho e descobriu que comida e bebida tinham sido providenciadas, e que a sacerdotisa era ela mesma de novo. Eles comeram e beberam e se deitaram juntos, dividindo o calor, esvaziados de desejo.

\*\*\*

Anderle acordou quando o restinho de luz do poente entrava pela porta, banhando tudo em um brilho quente, como se a oficina tivesse se tornado parte da lareira. Velantos ainda dormia ao seu lado, curvado de lado, com um braço estendido de modo protetor sobre a coxa dela. Dormindo, o rosto dele tinha uma inocência curiosa, sem as rugas entalhadas pelo propósito e a paixão que às vezes lhe davam um aspecto tão feroz. Ela agora entendia que esse era um homem que sacrificaria tudo, até ele mesmo, por um objetivo digno. Não era surpresa que tivessem soltado faíscas – eram muito parecidos, ela pensou com um sorriso interior. Ele estava mais magro do que quando ela chegara. Ela também, imaginava. Carregar um deus exigia energia, mas ela só precisara permitir que o poder da Senhora fluísse através de si. Ele queimava por dentro, consumido pelo poder que colocava no trabalho enquanto o fogo consumia os carvões.

Contemplando aqueles traços rústicos, ela sentiu o coração tomado por uma onda inesperada de ternura. Levantou uma mão para tocá-lo e então parou, tremendo. *Um dia*, prometeu a si mesma, *vamos nos deitar assim e fazer amor, mas se tocá-lo agora vamos gastar na cama o poder que deveria ser gasto na forja...* Até mesmo pensar em abraçá-lo era suficiente para fazer sua carne sentir um pulso de sensações. Com gentileza, moveu a mão dele e saiu das cobertas, enrolou um manto no corpo e foi para fora.

Quando voltou, descobriu que uma vasilha de madeira cheia de cozido fumegante tinha sido colocada ao lado da oficina. Embora não as visse, era claro que as pessoas do povo antigo observavam e antecipavam as necessidades deles, assim como haviam colocado Aelfrix sob seus cuidados quando ela chegara. Ela levou a comida para dentro e a colocou na bancada de trabalho. O aroma rico despertou sua fome, e ela comeu com avidez.

A barra de ferro estava onde Velantos a deixara. O metal estava frio, mas, para olhos treinados para ver o espírito interior, havia um brilho sutil. A energia pura que sentira dentro dos fragmentos tinha se alterado para uma chama contida de poder. Mas ainda não estava concentrada. Isso, ela pensou, viria quando recebesse a forma de uma espada.

Agora estava escuro. Ela acendeu mais lamparinas de junco e as prendeu em seus suportes de pedra, e colocou mais carvão na lareira. Na cama, Velantos suspirou e se mexeu. Estava na hora de trabalhar mais uma vez.

Anderle pendurou o manto no gancho e penteou os cabelos. Sentia a presença da deusa como uma pressão atrás dela, paciente e um pouco divertida.

— Senhora do Fogo — ela sussurrou —, nua me coloco diante de ti. Que a preocupação e a paixão saiam de mim. Pela causa da Vida e pelo bem desta terra, eu me ofereço como receptáculo de tua vontade... — Ela soltou a respiração em um longo suspiro.

Por um momento ela pairou na beira da consciência, e então, gentil, suave como o metal absorve o calor das brasas, a deusa entrou.

\*\*\*

— Agora! Tire o ferro do fogo.

Velantos olhou surpreso para a Senhora, pois as brasas e o ferro brilhavam com o laranja rico do poente de um dia enevoado.

— Está quente o suficiente. A caldeação está feita... agora precisa dar forma à lâmina.

Ele assentiu, e, com eficiência ligeira, levantou a barra de ferro da forja, mentalizando a imagem da arma finalizada. Agora precisaria não apenas de sua grande força, mas de toda a sua habilidade, tudo o que aprendera quando se esforçara para criar espadas assim de bronze. Na ocasião, o molde fazia metade do trabalho. Agora precisaria forjar o metal na forma desejada. Seria um trabalho difícil e exigente, mas tinha passado tempo suficiente batendo nas extremidades para endireitar e endurecer lâminas de bronze para ter marcado aquela forma nos ossos e músculos.

Ele colocou a ponta brilhante sobre a forja e começou a achatar e moldar a base e o espigão que iria prender no cabo. Era uma forma simples, e daria a ele um lugar para pegar no ferro enquanto trabalhava no resto da lâmina. O metal esfriou e ele o colocou de novo na forja, apertando o fole até que ele começasse a brilhar.

O ferro voltou à bigorna. O martelo bateu. *Tac, tac, tac, tinc* – ele encontrou o ritmo, puxando o metal maleável e trabalhando do centro para as extremidades. Os músculos se afrouxavam, flexionando e soltando ao bater. Fundir o ferro em uma barra exigira uma concentração singular da vontade. Essa parte do trabalho era diferente, exigindo uma coordenação flexível de mão e olho, coração e vontade. Virando e batendo, persuadiu cada parte brilhante do metal a tomar sua nova forma. A cada golpe do martelo, sentia a substância do metal mudar, como a carne de uma mulher muda sob os dedos estimulantes de seu amante. E, como fazer amor também muda o amante, sua alma fluía para o metal quente.

E no momento, conforme levava a lâmina em desenvolvimento da forja para a bigorna e de volta, ele percebeu que o som do martelo de bronze no ferro se tornara a base para uma canção. Dos lábios da Senhora vinha um descante doce ao ritmo do martelo, uma resposta para o respirar do fole e o assovio das chamas nos carvões.

Às vezes era música pura, e às vezes emergiam palavras da canção. Ela cantava sobre os espaços escuros nos céus por onde o ferro havia flutuado, frio e sozinho, o voo causticante que terminara quando ele se enterrou no solo. O povo antigo contara a ele que seus pais haviam cavado para retirá-lo, ainda fumegante, e tentado moldá-lo com martelos em uma forma útil, e isso também estava na canção. Ela cantava sobre as árvores que capturavam a luz do sol na floresta e sobre o fogo lento e longo em um útero de turfas que as transformava em carvão. Cantava sobre o deleite deles quando por fim podiam florescer em chamas. Cantava uma canção da forja, uma canção de fogo e ferro, uma canção da espada, retorcendo-se sob o martelo enquanto buscava seu destino.

Quando ele levantou os olhos, viu a Senhora, brilhando e cantando na luz do fogo, e se viu lutando para incorporar a curva longa e elegante da cintura e da coxa dela na forma da espada. Afinando-a do centro para um lado, depois para o outro, puxando o ferro do pescoço fino na direção do volume da lâmina e depois para dentro novamente, ele persuadiu o metal a tomar a forma que visualizava de modo tão vívido. Acreditava que, quando moldava bronze, colocava parte de seu espírito no molde, mas essa forjadura intensa, estendida, era ao mesmo tempo uma criação mais ativa e mais íntima, como o corpo a corpo do amor quando um homem luta para dar sua semente. Mas o que forjava naquela espada era sua alma.

A oficina soou ao longo daquela noite. No acampamento do povo antigo, ouviam a música da forja, e batiam tambores e rezavam. E, quando o alvorecer surgiu no céu com faixas brilhantes, Velantos levantou a espada negra que tinha feito e a levou para fora para saudar o dia que chegava.

Então se virou de volta para a oficina, piscando conforme as sombras da forja tomavam o lugar da luz. Agora que o trabalho da noite havia acabado, ele sentia dor em cada membro. A espada não estava terminada

– sob seus dedos que acariciavam, o metal era liso, mas as marcas do martelo precisavam ser lixadas, e as beiras, afiadas. Conforme cruzou a porta, a perna que tinha sido ferida em Tirinto o pegou e ele tropeçou, instintivamente colocando a lâmina para aparar sua queda.

Ele a sentiu ceder sob seu corpo. Quando se endireitou, a visão que voltava lhe mostrou que a bela lâmina tinha se curvado como um arco. Ele se virou para olhar a Senhora.

— O que é isso? — ele gritou, a fúria tomando o lugar da fadiga. — Dobra como um pinto de velho! Melhor uma espada de bronze que quebra... ao menos você pode ferir o inimigo com a ponta irregular. O que eu fiz de errado?

O ferro havia passado a um palmo do rosto da Senhora quando ele o girou, mas ela não se mexeu.

— Você não fez nada de errado... mas ainda não acabou... — Ela parecia achar graça. — Coloque-a na bigorna e endireite-a de novo. Não tenha medo de estragá-la. O metal é bem duro e não será danificado.

Velantos percebeu que tremia. Não se ressentia do trabalho, mas, depois de tanto esforço, e esperança, fracassar agora o destruiria, assim como à espada. Ele a colocou na bigorna e pegou o martelo de pedra menor. Alguns poucos golpes bem posicionados endireitaram a lâmina. Ele se virou para a Senhora.

— Muito bem... parece quase a mesma. Mas não vou dormir fácil, imaginando como essa fraqueza pode ser curada...

— Neste dia não vamos dormir — disse a Senhora —, embora possamos descansar. A espada está formada, mas ainda não está terminada. Para isso, precisa ser aninhada no calor de meu útero.

Com o olhar de confusão dele, Ela sorriu mais uma vez.

— Coloque mais carvão na lareira e faça uma pilha grande. Aperte o fole até que brilhe como o sol que nasce. Vamos colocar a espada e empilhar as brasas em torno dela. Ali vai conseguir uma camada brilhante como a pele de um dragão. Mas precisamos ficar vigilantes para manter as brasas com o mesmo calor até que o sol lá fora brilhe vermelho de novo. Por três noites você usou toda a sua força. O que é necessário agora é paciência para aguentar.

— Paciência nunca foi uma de minhas virtudes, Senhora — ele murmurou, e ela riu.

— Acha que não sabia?

Enquanto Velantos trazia mais carvão da barraca, sentiu que a batida de seu coração começava a desacelerar. Nunca ouvira sobre a técnica que a Senhora descrevia, e não imaginava que utilidade poderia ter. Mas, até agora, as instruções tinham sido boas. Toda a sua esperança estava em confiar que ela soubesse como completar a tarefa.

Quando tudo estava pronto, o sol subia no céu. Mais uma vez, Velantos usou o atiçador para abrir um caminho. Lentamente, de modo reverente, colocou a lâmina nas profundezas quentes da forja, então ajustou a pilha de carvões até que não se visse nenhuma parte dela.

— Devo apertar a forja? — ele perguntou.

— Ainda não. Pode estimar os intervalos, pois sabe como esse carvão se comporta. De tempos em tempos vai precisar conferir a cor e dar mais ar ao fogo, mas o ferro vai derreter se ficar quente demais, assim como vai enfraquecer se estiver muito frio.

Ele assentiu, oscilando. Por três dias o desejo de completar o trabalho o dirigira. Agora não sabia o que fazer. Ele olhou para as mãos fortes, piscando. Estavam escurecidas pelo trabalho e tinham alguns arranhões que não notara no tempo.

— Primeiro, deveríamos comer...

Velantos levantou os olhos ao ouvir a voz dela se alterar. A deusa havia partido, e ela era somente Anderle mais uma vez, tremendo na brisa da manhã que entrava pela porta aberta. Ele forçou o movimento dos membros, pegou o manto dela e a envolveu, então a guiou para o banco e a fez sentar-se. Agora ele também sentia frio, e colocou a túnica que havia jogado de lado três dias antes.

— Dessa vez nos trouxeram sopa — ele disse, pegando as tigelas colocadas na porta. — Com tutano — completou, aspirando os aromas ricos —, e algum tipo de raiz, e cevada.

Ele passou uma das tigelas para Anderle, então pegou a própria e sentou-se ao lado dela. Ela a aconchegou entre as mãos, agradecida.

— Tínhamos um prato parecido com esse quando estava crescendo — ele disse quando a sopa rica começou a recuperá-lo —, embora cozinhassem com mais ervas.

— Em Avalon, isso é comida de festival — Anderle respondeu. — Nossa comida é saudável e farta, a não ser quando estamos em jejum, mas raramente comemos carne, e sabores fortes nos fazem pensar muito sobre o corpo quando estamos tentando nos concentrar nas coisas espirituais.

Isso explicava muita coisa, pensou Velantos.

— Como nossos corpos precisam de alimento — ele disse em vez disso. Ela assentiu, e ele ouviu a colher dela raspar no fundo da tigela.

— Como foi crescer no Mar do Meio? — ela perguntou.

O risinho dele roncou no peito.

— O que mais me recordo agora — ele respondeu — é que no verão era *quente*.

Ele se levantou e atiçou o fogo, viu que as brasas ainda estavam laranja e sentou-se de novo.

— A deusa vai lhe dizer quando estiver na hora de tirar a espada? — ele perguntou.

— Acredito que sim — a sacerdotisa respondeu. — Posso sentir a presença Dela como uma pressão dentro do meu crânio, talvez no mesmo lugar em que eu estava à espreita quando Ela estava aqui. Acho que quando precisar de mais instruções Ela vai voltar.

— Então se recorda do que fizemos?

— Retenho imagens, embora nem sempre entenda.

Ela suspirou e baixou a tigela. Um silêncio camarada caiu entre eles. Ele podia ouvir a música doce de um passarinho das árvores lá fora. Era um pássaro de inverno nas terras de onde ele vinha.

Era a primeira vez, pensou, que estava na presença de Anderle e sentia-se relaxado. Mas na verdade estava cansado demais para sentir desejo ou irritação, assim como, imaginava, ela estava. Pela primeira vez podiam ver um ao outro como eram verdadeiramente. Sem pensar, tinha colocado o braço em torno dela, e ela se recostou contra ele agradecida.

Continuaram assim, compartilhando histórias ou sentados em silêncio, enquanto o sol passava por seu zênite e viajava para o oeste, levantando de vez em quando para colocar mais ar ou combustível no fogo. Em algum ponto durante o dia, Velantos deslizou do banco para sentar-se com as pernas estiradas e as costas contra ele. Só percebeu que havia dormido quando ouviu o resfolegar do fole e acordou para ver Anderle ajoelhada para trabalhar nele do outro lado da lareira.

— Desculpe — ele começou, mas ela balançou a cabeça.

— Você fez seu trabalho. É a parte do homem trabalhar pra plantar a semente no útero, mas depois disso tudo o que ele pode fazer é cuidar da mãe e esperar enquanto ela cresce.

— Está dizendo que essa espada é nosso filho? — Os lábios dele se torceram em uma diversão inesperada.

— Depois de três noites de forjamento, precisa perguntar? Descanse. Quando a lâmina sair da forja, vai precisar polir, afiar e colocar um cabo nela, como o pai cria seu filho. Mas acho que cuidar dela é meu trabalho agora.

\*\*\*

Quando Velantos abriu os olhos, viu-se cercado por uma luz flamejante. Por um momento aquilo pareceu um tanto natural, como se fosse ele, e não a espada, que estivesse na lareira. Então sua visão clareou e ele percebeu que a luz vinha da porta. Através das árvores ele via uma centelha alaranjada que deveria ser o sol poente.

O pânico o fez saltar, jogando de lado o cobertor que tinha sido puxado sobre ele. Seu pulso desacelerou ao ver Anderle – não, era a Senhora da Forja – de pé ao lado da lareira.

— Minha Senhora, está na hora?

O coração dele disparou de novo.

— Essa é a hora em que a Espada das Estrelas deve sair do útero de fogo. — A voz dela era medida e lenta. — Pegue as tenazes e a retire. Coloque-a na bigorna para certificar-se de que está reta, mas apenas por um minuto. Antes que esfrie, deve colocá-la no tanque de salmoura.

— Mas isso vai amolecê-la de novo — o ferreiro exclamou.

— Tolo! Isso não é bronze! Um banho rápido vai amolecer cobre, mas, como o tapa que acorda a criança para a vida, o choque da água endurece ferro. Mexa-se, homem! A hora de dar à luz chegou!

Ela esticou a mão, e o fogo queimou as veias dele. Com um só movimento ligeiro, Velantos pegou as tenazes em uma mão, e na outra uma pá com a qual levantou o carvão. Partes da espada tinham brilhado enquanto ele a forjava, mas o que via agora nas profundezas da forja era uma espada feita de fogo. Ele a pegou rapidamente, levou-a para a bigorna em um giro de fumaça. Um olho experimentado viu que ainda estava reta e firme. Ele a levantou de novo, colocou-a sobre o tanque de salmoura e, com um último olhar frenético para a deusa, baixou a lâmina dentro dele.

Sibilou como uma serpente, e ele começou a achar que poderia ter brotado uma pele de dragão. A água borbulhava em torno e soltou uma nuvem de vapor fedido. Velantos a segurou firme até que a água se aquietasse, e então, mal ousando respirar, levantou-a livre.

— Do fogo e da água nasce... — disse a Senhora. — Depois da paixão, paz...

A lâmina já estava fria o suficiente para segurá-la com as mãos nuas. A superfície escura parecia opaca, mas ao longo das beiradas finas corria uma borda ondulada de um cinza mais claro.

— Dobre-a — a Senhora então disse.

Ele olhou para ela alarmada.

— Dobre-a, pois se não testá-la agora sempre vai temer.

Ela estava certa, ele pensou sombriamente. E se a espada falhasse poderia enfiar o que restasse dela no próprio coração. Ele baixou a espada, enfiou a ponta na terra e se apoiou nela. Seu coração parou ao sentir que cedia. Ele pulou, o grito de angústia interrompido quando a espada tremeu em sua mão como uma coisa viva, e voltou ao formato original de novo.

Velantos caiu de joelhos, segurando a espada nas duas mãos, examinando-a com a atenção com que um pai examinava o filho recém-nascido.

Mas não havia pequenas rachaduras ao longo das bordas, nenhuma distorção na lâmina. A espada não tinha falhas.

Chorando, ele aninhou a espada no peito. Quando conseguiu enxergar de novo, viu Anderle ao lado dele. Os olhos dela brilhavam com a mesma luz exultante que ele sabia que deveria estar brilhando nos dele. De algum lugar lá fora, ouviu celebração.

— Nós conseguimos — ela disse em voz baixa. — Beba ao seu triunfo, meu caro.

Ela levantou um copo de argila.

— O povo antigo nos trouxe hidromel.

Ele precisou do apoio do braço dela para ficar de pé de novo. Ele pegou o copo, se virou e o derramou sibilando sobre as brasas.

— Para Ti, minha Senhora, com todo o meu coração — ele sussurrou. — Esse é Teu milagre... E *seu* — ele completou, virando-se para Anderle.

Ela colocou mais hidromel no copo dele, e ele bebeu tudo.

Então, com muito cuidado, ele colocou a espada na bancada de trabalho e o copo ao lado, pegou Anderle pela mão e a puxou para perto de si. Ela endureceu em surpresa, mas não, ele sentia, em rejeição. Beijando-a, sentiu o calor crescer entre eles. Ele acariciou as costas dela, esperando pela entrega que era como o momento em que o metal deixa de resistir ao martelo. Veio rapidamente – tinham tido três noites de preliminares, por fim. A cama estava diante deles. Todo o pensamento cessou quando ele a levantou em seus braços poderosos.

## ❧ VINTE E SEIS ❧

— **M**inha Senhora...

Anderle se mexeu com relutância quando a voz suave atravessou seus sonhos. E eram belos sonhos também...

— Senhora, precisa acordar! Veio um mensageiro!

Ela começou a virar, percebeu que o braço de Velantos estava sobre seus seios e sorriu, entendendo que não tinha sido sonho, afinal. Com cuidado, moveu a mão dele e sentou-se, esfregando os olhos e piscando com a luz pálida do amanhecer. Parecia estranho ter dormido pela noite, mas via a espada sobre a bancada de trabalho. Todos os seus sonhos, pensou com uma onda de júbilo, haviam se tornado realidade.

Velantos murmurou o nome dela e esticou o braço enquanto ela saía do lado dele. Até dormindo ele parecia feliz. Ela imaginava que o sorriso no próprio rosto fosse o mesmo. Sua pele ainda estava sensibilizada pelo toque das mãos endurecidas pelo trabalho dele. Pousou um beijo na palma dele e a colocou sob o cobertor enquanto o puxava sobre ele, então se levantou, encontrou o manto e o colocou em torno de si e foi para a porta.

— O que não pode esperar até estarmos acordados de verdade? — ela perguntou à mulher que esperava na porta.

— Um homem vem de Avalon. Ele diz que precisa ver a senhora agora!

Anderle olhou além dela. O mensageiro podia ter vindo do Tor, mas não era nenhum homem de Avalon. A garganta dela se apertou ao reconhecer o manto cinza com uma pena de cisne enfiada no alfinete que o marcava como um dos homens de Mikantor. Ela passou pela mulher e se juntou a ele sob as árvores.

— Você é Ulansi, não é? O que aconteceu?

— Sinto muito, minha Senhora — ele balbuciou. — Achei que a encontraria em Avalon, mas me disseram que estava aqui. Vim o mais rápido que pude, mas passei quase meia lua na trilha.

— Deixe isso para lá! — ela exclamou. — Mikantor sofreu algum mal?

— Meu senhor está bem de corpo, até onde sei. — Ele engoliu em seco. — É sua filha, Sagrada. Galid a aprisionou...

Ela cambaleou, e ele estendeu um braço para apoiá-la. O músculo era como carvalho sob uma pele retesada. O corpo todo de Velantos era assim, duro contra o corpo dela.

*Galid!* O coração dela disparou quando se recordou das ameaças dele. O que ele iria fazer com sua filha? Se ela se oferecesse para tomar o lugar de Tirilan, ele deixaria a menina partir? Poderia fazer um sacrifício desses sem abandonar o próprio dever?

— Meu senhor marchou com a maioria dos Companheiros para ajudar o rei ai-akhsi a lidar com alguns salteadores que andam causando problemas. A senhora Tirilan partiu com a rainha Cimara para aprender os costumes da terra. Eu ainda estava em Carn Ava – um dos meus primos estava lá –, não sabia que ele ainda estava vivo, e Mikantor me disse que podia ficar. Então estava lá quando Soumer, que agora é o braço direito de Galid, veio conduzindo a carruagem e exigiu ver a senhora Nuya. Quando a sacerdotisa saiu, ele derrubou o xale de Tirilan na lama na frente dela, e disse que tinha aprisionado Tirilan, e que, se Mikantor quisesse sua puta de volta, deveria ir para Azan-Ylir.

"Mas temos espiões na casa dele... Ela não está lá, e ninguém sabe onde ele a escondeu agora. Enviamos nosso melhor corredor para o norte para trazer Mikantor, e me enviaram para cá para ver a Senhora porque eu conheço o caminho para Avalon. As Irmãs Sagradas pediram que todas as tribos se reúnam na Planície de Azan."

Ao menos, a sacerdotisa pensou com um alívio amargo, a notícia não tinha chegado enquanto ainda forjavam a espada. Agora o conflito não era entre dever e dever, mas apenas entre dever e desejo. Pelo que Velantos lhe dissera, os passos que restavam para completar o trabalho na espada eram coisas de que ele entendia. Ele não precisava mais que a deusa guiasse sua mão. O coração dela doeu com a dor que ele sentiria quando descobrisse que tinha ido embora, porque era a dor dela. Mas era melhor que ele achasse que ela o abandonara do que se a seguisse e não conseguisse completar o trabalho. Ela agradeceu à deusa pelo milagre que Ela havia urdido na forja — não tinha o direito de esperar felicidade também.

Ela fez um gesto para a mulher.

— Preciso ir com esse mensageiro. Quando o ferreiro acordar, dê comida a ele, e diga que quando tiver terminado a espada deve levá-la para Mikantor na Planície de Azan.

Por que, quando a arma estivesse completa, era onde ele certamente estaria.

— Preciso retornar para o bando de guerra — disse Ulansi quando a mulher se afastara — o mais rápido que puder.

Anderle soltou um riso curto.

— Vá em frente se acha que pode ir mais rápido, e não tema por mim. Tenho maneiras de passar sem ser vista, e conheço Azan. Vou procurar minha filha. Diga a Mikantor para reunir um exército para destruir Galid de uma vez por todas.

\*\*\*

Velantos sentou-se na soleira da porta da oficina, passando a pedra de arenito ao longo da espada. O povo antigo ainda o alimentava, mas, quando antes temiam distraí-lo, agora temiam sua raiva. O ferreiro mal notou que não havia falado com outro ser humano por três dias. Até mesmo Aelfrix tinha sumido. Primeiro de um lado, depois do outro, mas sempre na mesma direção, ele empurrava a pedra para fora para polir a superfície do centro mais grosso até a beira afiada. Já brilhava como a asa do ganso-bravo no sol.

O trabalho exigia coordenação e discernimento, para não polir muito do metal e desequilibrar a lâmina, mas, comparado a forjar, era uma tarefa simples, repetitiva. Um dia, havia apreciado aquela parte da preparação, um tempo para sentar, pensar e colocar sua própria magia na lâmina.

Por que Anderle o deixara?

Imaginara que levariam a espada para Mikantor juntos. Ele estava certo de que ela dissera que tinha com ela os materiais para fazer a bainha quando a espada estivesse pronta. E, no entanto, ela havia saído correndo sem uma palavra para apagar qual fosse o incêndio no mato que ardia em Avalon. Ela tinha estado no comando ali por tempo demais, ele pensou com raiva. Deixara uma dúzia de sacerdotes e sacerdotisas formados na ilha sagrada — por que achava que era a única que podia consertar o mundo? Fazendo uma careta, ele moeu sua raiva e sua frustração na espada.

A luz do sol refletiu quando ele a levantou. A forma que forjara era firme, mas havia escondido o contorno bem desenhado que revelava agora como a membrana fetal esconde um recém-nascido. Ao menos, pensou sombriamente, ainda podia confiar em seu ofício.

Ele baixou a pedra de arenito de afiar e pegou a nefrita de grão fino, trabalhando cuidadosamente pela lâmina para retirar as linhas leves que eram como as barbas das penas nas asas de um pássaro. Até o bronze mais polido não brilhava mais que o reflexo do sol poente em um lago. Mas a espada de meteoro começava a brilhar mais que o sol ao meio-dia.

— Brilhe como as brasas brancas de calor das quais nasceu! Que sua luz cegue os perversos, que seu fogo queime todo o mal!

Aquela radiância iluminava seu espírito, mas seu coração ainda doía com a angústia sem compreensão pela perda do que havia conhecido por tão pouco tempo.

\*\*\*

As narinas de Anderle torceram quando levou a caneca de cerveja para dentro do salão central de Azan-Ylir. A pele que cobria a cabeça de touro entalhada na parede central estava comida por traças, e nenhuma das belas tapeçarias e ornamentos dourados com os quais Galid tentara disfarçar a pobreza de seu espírito poderia dissipar o cheiro pungente de urina e cerveja derramada. Tinha sido pior, as outras mulheres lhe asseguraram, antes da meia lua em que Tirilan fora prisioneira ali.

Ao menos Galid mantinha seus outros prisioneiros fora. Entre o portão e a casa redonda havia uma fileira de jaulas. Quando Anderle chegou, temeu encontrar Tirilan em uma delas, mas os prisioneiros eram todos homens, criaturas famintas confinadas por sabem os deuses quais crimes, que às vezes eram soltos para correr enquanto os guerreiros jogavam lanças.

Ela andou com a cabeça curvada e a coluna dobrada, trapos escondendo seu corpo e um pano sujo cobrindo a cabeça. Isso e a aura que havia jogado em torno de si a mantinham longe de atenção indesejada.

Sempre soubera como lançar a magia que a fazia parecer mais bela. Isso era simplesmente uma reversão do feitiço.

Não era algo que Tirilan tivesse precisado aprender, mas, pelo que as mulheres disseram, os homens a tinham respeitado. A mãe ficou ao mesmo tempo divertida e pasma que a menina tivesse enchido seu tempo ali com trabalho doméstico. Em Avalon, os estudantes eram todos treinados para ajudar, é claro, mas não era o tipo de trabalho esperado de uma sacerdotisa. Contudo, se a filha podia fazê-lo, Anderle também podia, então pelos últimos quatro dias tinha sido criada de Galid. Não houve dificuldade para fazer com que a aceitassem. O usurpador estava chamando todos os seus homens, e a ajuda que podia conseguir para mantê-los abrigados e alimentados. O único problema era que Tirilan não estava mais ali, e nenhum dos criados sabia o que tinha acontecido com ela depois que ele a levara embora.

Anderle se aproximou com cuidado, pois o próprio Galid estava sentado em um banco coberto com uma pele de urso na cabeça da lareira. Dois homens de seu bando de guerra estavam com ele, um renegado de Belerion e um jovem do próprio clã dele chamado Keddam, que ela não tinha visto ali antes. Os homens esticaram as canecas para serem enchidas sem realmente olhar para ela, não mais do que teriam notado um dos cães.

— A vaca ainda está viva, então? — A fala de Galid estava arrastada, e Anderle imaginou o quanto ele havia bebido antes que trouxesse a jarra. — E louca... ela não está louca a essa altura?

Ela fez uma pausa, percebendo que não estavam falando de um animal, então deslizou para trás de um dos grandes pilares que sustentavam o telhado do salão.

— Ela come a comida que levo... — disse Keddam, dando de ombros. — Quando chego, às vezes a ouço cantar. Ela canta muito bem. E me agradece.

— Não, é o amante dela que precisa estar louco — o homem de Belerion respondeu com um riso maligno. — Ele vai tentar matá-lo com uma faca de pedra como disseram que fez com o gamo? Imagino que não... Quando ele chegar aqui, vai estar cansado demais.

O coração de Anderle se retorceu de pena ao pensar no que Mikantor deveria sentir. Mesmo se Nuya não tivesse conseguido enviar a mensagem para a Senhora Leka no vento, o corredor deveria ter chegado lá àquela altura.

*E Velantos está preocupado comigo?*, ela então imaginou. Esperava que ele achasse que estava em Avalon, pois jamais acreditaria que ela poderia passar por Azan com muito mais segurança que ele. Tentou não pensar nele. Essas lembranças apenas a distrairiam agora.

— Mas se lembre de que, se quiser forçar o filhote de Uldan a seguir logo para a batalha, deve manter a moça viva — observou Keddam. — Se ela morrer, ele pode tomar seu tempo para reunir todas as tribos. Eles fecharam os olhos para o que o senhor faz com o povo aqui, mas acho que não vão ficar felizes se matar uma sacerdotisa de fome.

Anderle apertou tanto a jarra que mais tarde se perguntou como não a quebrara. *Eles vão arrancar cada membro seu*, o coração dela gritou, *e se não arrancarem eu arranco!* Com um esforço, conseguiu ficar imóvel enquanto Keddam continuava.

— Por que não me deixa trazer a senhora de volta para cá?

— Nunca... — murmurou Galid. — Ela é uma bruxa e uma puta. Não escute a cantoria dela... Vai oferecer o amor dela e roubar sua alma. Amor é a última armadilha... e a pior.

Ele deu outro gole na cerveja.

— *Isto* — uma faca com um cabo dourado apareceu de repente na mão dele — é a única coisa real!

Os dois guerreiros se encolheram quando Galid enfiou a lâmina no banco e a deixou ali tremendo.

O que, imaginou Anderle, a gentil Tirilan fizera a esse homem? Ele parecia doente, velho e mais que um pouco furioso. Infelizmente, o que havia de errado com ele era contagioso. Nos anos recentes, seu exemplo tinha sido seguido por chefes de bandidos pela terra.

Os cães começaram a latir quando mais guerreiros entraram no salão. Ela saiu de trás do pilar e voltou correndo para a cozinha, sabendo que não iria ouvir mais nenhuma conversa útil naquele dia. Mas claramente Keddam era o homem a ser observado. E ao menos ele parecia querer manter Tirilan viva, seja lá onde ela estivesse.

***

Velantos bateu o último rebite no lugar na base do cabo e baixou o martelo. O bronze claro e o dourado brilhavam sob a luz da lamparina, mas o brilho deles era mais suave e amigável comparado à radiância da Espada. No pomo havia colocado um pedaço de cristal redondo do tamanho de um ovo de pomba que refletia a luz como se o luar ardesse lá dentro. Ele apertou o punho e levantou a espada, saboreando a maneira como cabo e lâmina se equilibravam de modo que a espada parecia girar pela própria vontade. O cabo brilhava com a luz do sol e da lua, mas a lâmina cintilava como uma estrela.

Ao virá-la, contemplou as profundezas dentro daquela lâmina. O contorno brilhava com uma linha pálida e ondulante onde as afiara até que pudessem cortar um fio de cabelo ao vento. Quando esfregara a lâmina com um pouco de vinagre para remover quaisquer óleos que suas mãos pudessem ter deixado, um padrão de luz e sombra brilhou internamente, sutil e belo, como a memória das muitas dobras com que forjara a espada. Ele a baixou subitamente quando a imagem se transmutou em uma lembrança de seu corpo e o de Anderle dobrados juntos em amor.

Ela o deixara.

Velantos disse a si mesmo que deveria colocar o coração no fogo até que criasse uma pele dura como a espada. O trabalho estava feito, e, já que Anderle não estava ali para compartilhar seu triunfo, podia apenas saudar a Senhora da Forja. E talvez isso fosse bom. *Ela*, ao menos, jamais o traíra.

Naquela noite o sono foi perturbado, enquanto acordava, buscando Anderle, e se deitava de novo ao perceber que ela não estava ali. Mas, pouco antes do amanhecer, ele sonhou como tinha sonhado quando a deusa usava o rosto de Anderle, o tipo de sonho que se grava na memória enquanto está acontecendo.

Ele andava em um campo de terra vermelha, e carregava a Espada. A cada passo a lâmina tamborilava em suas mãos.

— Sou sozinha — ela cantava. — Sou mortal e bela, mas estou sozinha...

— Eu também estou — Velantos respondeu. — Não consigo ajudar a mim mesmo. Como espera que a ajude?

— Enfie-me na terra e vamos gerar rebentos — cantou a Espada, e, embora a parte de Velantos que sabia que sonhava se encolhesse com o pensamento de arranhões, o sonhador achou um tanto natural enfiar a lâmina na terra avermelhada.

Velantos sentiu a terra estremecer e olhou em horror quando do lugar onde havia enfiado a espada começou a fluir sangue. Ele recuou daquela maré vermelha, as narinas abrindo-se com o cheiro que era o mesmo do ferro, e então ficou mais claro, e percebeu que *era* ferro, fluindo com o brilho do sol como o metal que aquecera na forja.

A substância vermelha no chão deveria ser minério de ferro, pensou o observador neutro na mente de Velantos, assim como minério de cobre era verde. Com calor suficiente, talvez pudesse ser fundido, quem sabe até moldado como bronze. Ele tinha visto terras vermelhas assim em outros lugares... Cobre e estanho eram raros, mas ele percebeu que aqueles que conheciam o segredo da extração do minério poderiam fazer ferro em quase qualquer lugar.

O rio de ferro afundou de novo no solo, mas a visão não havia terminado. Mais uma vez a terra estremeceu. Pontos brilhantes apareceram na superfície, fazendo brotar um exército de espadas. A lâmina que ele segurava vibrou em um cumprimento enquanto elas ficavam mais altas, levantadas por figuras humanas cujas armaduras tinham o mesmo brilho. Velantos apontou a espada e o exército começou a marchar. Quando passaram, deixaram um faixa de destruição, mas estruturas maiores e dispositivos mais complexos brotavam atrás deles, todos feitos de ferro. Serras e machados de ferro cortavam florestas; carroças de ferro rasgavam campos. Criaturas de ferro vagavam pela terra, pelos oceanos e pelos céus, e a fumaça de suas fornalhas manchava o céu.

— Isso é feito seu! — gritou Velantos, chacoalhando a espada.

— Eu sou uma espada — veio a resposta direta. — Corto o que coloca diante de mim. Se sangrar, culpe a mente atrás da lâmina.

*Eu me intrometi em questões além do meu entendimento*, pensou o ferreiro, esforçando-se para acordar. Conhecimento não podia ser reprimido para sempre. O que um homem havia descoberto, outros aprenderiam. Mas ao menos poderia atrasar aquele dia. *Deixe que os homens pensem que essa espada é um milagre dos deuses. Se os deuses desejam que os homens usem ferro, podem ensinar o segredo para outros*, ele prometeu, *mas não irá de mim para eles!*

Com aquele pensamento, ele abriu os olhos.

Movendo-se como um velho, o ferreiro saiu da cama e mancou até a bancada de trabalho. Com cuidado, desembrulhou a Espada. Ela brilhava na luz da manhã.

*Não é nem boa nem má*, ele então pensou. Ou ao menos não houvera maldade no trabalho que ele e Anderle tinham feito para forjá-la, mas o que ele havia polido nela depois que ela fora embora? Ele se recordava do que ela dissera sobre o efeito dos pais na criança. Tinha colocado a própria angústia na lâmina? Ele levantou a espada e a virou para a imagem da Senhora da Forja.

— *Astra Chalybe*, Ferro de Estrela — ele murmurou. — Pelo sangue do meu próprio coração essa sina, que você seja a morte de qualquer um que tente usá-la para fins malignos, e será afundada no Lago de Avalon em vez de permanecer em qualquer mão indigna.

\*\*\*

A luz da manhã mostrava claramente os rastros da carruagem na grama molhada de orvalho. Anderle andava rápido, apesar do saco pesado de provisões surrupiadas que levava. Ela observara Keddam por três dias, temendo que Galid decidisse que ele tinha simpatia excessiva pela prisioneira e passasse a obrigação de alimentá-la a outro homem. Ele possuía várias carruagens, e elas podiam sair para qualquer direção a qualquer hora. Mas Keddam também estava carregando um saco quando saiu pela manhã, e os deuses deram a ela uma trilha fácil. De fato, parecia seguir na direção do grande Henge, não muito longe da rota que havia tomado quando fugira com Mikantor tantos anos atrás.

Anderle tentou não pensar no que poderia encontrar no fim daquela estrada. O medo minava a força, e ela iria precisar de toda a sua. Ao menos dessa vez não estava grávida, e ninguém a perseguia. Por outro lado, não tinha mais dezoito anos. E agora a criança que ela lutava para salvar era a sua.

Por que isso parecia tão estranho? Os trabalhos dela por Mikantor e Avalon haviam privado a filha do amor que ela merecia? Se Anderle tivesse sido melhor como mãe, sua filha estaria em perigo hoje?

Preocupada com seus pensamentos, não ouviu a carruagem voltando até que estivesse quase surgindo na subida. Ela congelou por um instante. Então tirou o pano da cabeça, balançou o cabelo escuro, endireitou-se e saiu andando nos ângulos certos com a estrada. Uma viajante inocente pararia para ver quem estava vindo? Ela achou que sim, virou-se e sentiu o medo chocá-la de novo quando o condutor puxou as rédeas e a carruagem foi mais devagar.

— E para onde uma mulher tão bonita estaria indo em uma manhã tão bela? — gritou Keddam, com o que ele claramente achava que era um sorriso convidativo.

Os lábios de Anderle se torceram. Aparentemente sua transformação de velha para jovem tinha sido efetiva.

— Eu vou... ver *Achimaiek*... avó... senhor — ela respondeu com o sotaque mais forte que conseguiu fazer. — Ela muito doente. Eu ajudo ela muito tempo agora.

— Ah. — O tom dele esfriou. — Bem, siga em frente, então. E não traga suas doenças para Azan-Ylir.

Ele sacudiu as rédeas e os pôneis balançaram as cabeças e começaram a trotar.

*Azan-Ylir já está doente*, pensou Anderle. *Você apenas não reconhece os sintomas.* Quando o som da carruagem havia sumido, ela se virou de novo para o oeste. O orvalho havia secado, mas Keddam havia passado por aquele caminho o suficiente para deixar sulcos na grama. Ela seguiu caminhando pela subida e para baixo de novo, e ao chegar ao topo da próxima viu à direita a forma nítida do grande Henge.

Mas foi a pilha de pedras a distância além dele que prendeu a atenção de Anderle. Conforme ela chegou mais perto, viu que era uma cabana de pastor com um telhado de colmo mofado. O rastro da carruagem seguia diretamente para lá. Ela apressou os passos apesar do peso do saco que carregava.

A cabana estava silenciosa. Anderle lutou para controlar as batidas de seu coração. Keddam parecera alegre o bastante. Certamente, se Tirilan estivesse morta, medo da raiva do mestre, se nada mais, teria causado alguma preocupação. Ela baixou a sacola e se aproximou da porta.

— Tirilan — ela chamou em voz baixa. — Tirilan, você está aí?

Ela ficou imóvel ao ouvir um soluço, rapidamente sufocado, lá dentro.

— Tirilan — ela chamou de novo, mas não houve resposta.

Anderle era uma mulher pequena, mas o desespero deu força aos seus braços enquanto ela puxava a barra pesada para o lado. A porta se abriu, soltando uma onda de ar fétido que a lembrou do salão de Galid. Ela recuou, então respirou fundo e entrou. Perto da porta aberta via um saco de pães e dois odres de água, uma pilha de terra cercada por moscas que zumbiam no canto mais distante e, entre eles, Tirilan escondendo os olhos da luz. Ela estava macilenta e imunda, mas viva.

— Doce Deusa, nos ajude — murmurou Anderle, curvando-se para pegar os ombros magros. — Consegue andar, minha querida? Sim, sou eu, não está sonhando... Sinto muito, minha querida, por ter demorado tanto para vir.

— Não pensei que estivesse sonhando — disse Tirilan enquanto a mãe a levantava e a ajudava a sair para a luz. — Pensei que estivesse ficando louca... Eu tinha ouvido sua voz dentro da minha cabeça tantas vezes, sabe? Pensei ter esquecido como saber o que era real.

— Bem, isso certamente se qualifica como pesadelo — disse Anderle.

Ela sentiu Tirilan recuar ao puxá-la na direção do banco e a deitou na grama limpa em vez disso.

— Você precisa se alimentar, e está fraca — ela disse brevemente, embora chorasse por dentro. — Há algum outro problema?

— Estou imunda... — sussurrou Tirilan. — A fome não foi tão ruim. Avalon me ensinou a jejuar. Não poder me limpar foi o pior de tudo... Você *é* real, não é?

Ela agarrou o braço de Anderle.

— Embora, se não for, ainda gosto desse sonho.

Ela se deitou de novo.

— Podemos cuidar disso imediatamente — disse Anderle.

Ela voltou à cabana e trouxe os odres de água e o saco de comida.

— Vou limpá-la com isso. Podemos pegar mais no lago que vi por perto.

Ela se retraiu de novo quando tirou as roupas de Tirilan e viu como os ossos sobressaíam sob a pele. Galid a mantivera viva, mas por um fio. As roupas dela não tinham jeito, mas Anderle havia trazido outras.

Depois de pensar um momento, levou as vestes sujas de volta para a cabana e esvaziou os odres e a sacola de comida também. Então recolocou cuidadosamente a barra de madeira. Que Keddam tentasse entender *aquilo* quando voltasse!

Velantos havia contado histórias de uma sacerdotisa da terra dele que invocava dragões para levá-la embora. Anderle desejou que os tivesse agora, ou até mesmo uma das carruagens de Galid, embora aquilo fosse ser difícil de explicar para Keddam quando o encontrasse na estrada. O encarregado de Tirilan não voltaria por dois ou três dias, mas as coisas sempre podiam mudar, e elas não deveriam ficar ali. Tirilan já parecia um pouco melhor, mas estava igualmente claro que não conseguiria andar muito. Precisariam viajar em estágios lentos, pensou Anderle, voltando-se para se ajoelhar ao lado da filha.

— Levante-se agora, minha querida... Tenho certeza de que quer estar longe daqui tanto quanto eu!

— Sim, mãe — Tirilan fez o melhor para ajudar, embora estivesse tremendo quando Anderle a fez levantar. — Para onde vamos? — ela perguntou quando começaram o progresso lento através da grama.

Anderle firmou o ombro sob o de Tirilan e mexeu na alça da bolsa. Acima do primeiro cume, podiam ver a fileira nítida de grandes pedras.

— Até que fique mais forte, podemos nos refugiar no Henge. Se alguém pensar em olhar lá, posso invocar seus poderes.

— Galid vai se arrepender de ter se metido com a Senhora de Avalon — Tirilan conseguiu sorrir.

— Quieta, criança, guarde sua força para andar — disse Anderle, mas tinha uma certeza amarga de que, quando Mikantor, Velantos e o povo das tribos descobrissem o que Galid fizera com Tirilan, ela não seria a única que faria aquela promessa.

E Tirilan não era a única que precisava ser vingada, ela pensou, com uma pontada de culpa, apenas a única que Anderle conseguira resgatar.

Estava na hora de botar um fim nisso.

* * *

Velantos olhou para as cabanas que o povo antigo no Vale do Cavalo Branco erguera para morar enquanto o servia e sentiu vergonha por jamais ter lhe ocorrido antes visitá-los. Eram moradias rústicas, bem diferentes da oficina que haviam construído para ele.

Ele limpou a garganta, olhando para os rostos apreensivos em torno dele – homens e mulheres idosos, na maioria, com poucos jovens e uma ou duas crianças agarradas aos velhos. Ele imaginou que Mergulhão e os outros homens jovens já tivessem partido para se juntar a Mikantor. Ele tinha de fato sido tão amedrontador? Talvez sim. Servi-lo na semana anterior deve ter sido como tentar cuidar de um urso ferido.

— Venho agradecer-lhes — ele disse devagar. — Terminei a Espada. Quero que vejam. Ela pertence a vocês também. Sem a ajuda de vocês, eu não conseguiria fazê-la.

Ele tirou o pacote e desatou o longo embrulho que continha a Espada, colocou-o no chão e afastou as dobras do linho. Houve um sussurro de aspirações quando a viram brilhando no sol.

— Não toquem — outra voz avisou quando eles se curvavam sobre ela. — É uma coisa de poder.

Velantos levantou os olhos para a velha que às vezes levava sua comida. Pelos ornamentos em torno do pescoço e as tatuagens na testa, percebeu que ela deveria ser uma das sábias deles. Ficou envergonhado por não ter notado antes. Mas seu sonho da Era do Ferro tinha lancetado algo que vinha supurando em sua alma, ou talvez simplesmente colocado seus problemas em perspectiva. De qualquer modo, sua mente estava clara de novo.

— Sim — ele respondeu. — O metal era poderoso quando o deram para mim, e a deusa dá mais.

— O que vai fazer com ela agora? — eles perguntaram.

— Vou levá-la para Mikantor, para o rei. Peço que alguém avise a Senhora em Avalon.

— Ah, ela não está lá — disse a velha. — Ela e o guerreiro estavam indo para Azan. Ele veio dizer que Galid estava com a filha dela. Mikantor traz um exército e os homens vão se juntar a ele, mas a Senhora disse que procura a garota.

Velantos piscou, perguntando-se por que sua visão havia escurecido tão de repente. Como Galid poderia ter colocado as mãos em Tirilan? Não fazia sentido – e não fazia diferença. Apesar das brigas delas, ou talvez por causa delas, Anderle faria qualquer coisa para salvar a filha. Mesmo, pensou angustiado, se isso significasse sacrificar-se. Ela era como uma rainha, e ele não queria ver uma terceira rainha morrer.

*Por que ela não me contou?*, o coração dele chorou, e sua cabeça deu a resposta. *Porque ela não queria que eu a seguisse...* Mas a Espada estava pronta agora. Ele se curvou rapidamente para embrulhar a arma e colocou a sacola nas costas de novo.

— Peço mais uma coisa — ele disse rispidamente. — Um guia para me mostrar o caminho mais rápido para Azan!

## VINTE E SETE

Uma garoa caía desde o começo da manhã, não forte o suficiente para atrasar a marcha, mas o bastante para deixá-la totalmente desconfortável. Mikantor teria seguido em frente em meio a uma tempestade uivante, e seus homens estavam tão ansiosos quanto ele. Desde que souberam da captura de Tirilan, tinham feito uma média de sete léguas por dia. Mas um exército, por mais que estivesse motivado, não conseguia se mover tão rápido quanto um único homem. A viagem parecia interminável, e a cada passo o coração dele gritava: *Tirilan*!

Por dois dias vinham seguindo a estrada ao longo da crista sobre o Vale do Cavalo Branco. Quando a névoa sendo levada revelou a terra abaixo, ele quase podia acreditar que era o mesmo rapaz que andara por aquele caminho dois anos antes, ainda temendo seu destino. Mas os dragões em seus antebraços pareciam se retorcer quando ele levantou a lança. Sua estrada por fim estava limpa. Ele mataria Galid e traria ordem à terra.

Ele conhecia seu povo agora. Poderia não ser capaz de impedir a chuva de afogar as plantações, mas, se as tribos o seguissem, poderia redistribuir os recursos que tinham. Os dragões eram um símbolo, mas, mesmo se não tivesse motivos pessoais para se opor a ele, destruir Galid demonstraria seu poder.

— Não se parece muito com a última vez.

Ganath ecoou seus pensamentos ao chegar ao lado dele. Mikantor olhou para a fileira de homens em marcha. A cabeça loira de Pelicar e a morena de Beniharen balançavam acima das outras. Ulansi, que os encontrara na estrada, estava bem atrás dele. De algum lugar mais atrás ele ouvia a voz de Romen elevada em uma canção. Sua única tristeza era que Velantos não estava ao seu lado. Seus Companheiros haviam se tornado queridos por ele, mas a ligação com o ferreiro era mais profunda. Velantos o moldara com a mesma certeza que moldara a Espada. Mas ele logo veria ambos.

Adjonar, Lysandros e Ulansi seguiam com os novos homens que desejavam se juntar aos Companheiros, incluindo o príncipe ai-ushen, Tanecar, liderando os homens de sua mãe. Mergulhão e Aelfrix os tinham alcançado três dias antes. Atrás deles vinham os homens que havia recrutado no norte. Lutar ao lado deles dera a seus próprios recrutas alguma experiência necessária e curaria a vergonha da derrota deles no vale três luas atrás. Seus homens agora eram uma força de luta mais apta, e aqueles que tinham estado com ele no inverno anterior estavam motivados por uma preocupação com Tirilan que quase se comparava à do próprio Mikantor. Ele suspeitava de que seus aliados estavam apenas ansiosos por uma boa luta no território de outra pessoa.

— Imagino como Velantos está indo agora.

— Vamos descobrir logo — disse Mikantor. — Acho que a oficina da qual Mergulhão falou fica perto da tumba, bem atrás daquelas árvores.

Ele apontou para um grupo de faias cujas copas apareciam sobre a próxima subida.

— Deve ser ali — disse Ganath quando um telhado de colmo apareceu entre as árvores. — A briga de Velantos com a Senhora Anderle deve ter sido como uma batalha de deuses. Eu gostaria de ter sido uma mosca na parede!

— Não vejo nenhuma fumaça — disse Mikantor.

Seu estômago apertou com um misto de apreensão e empolgação. Velantos havia terminado a espada?

— Aelfrix, corra na frente e diga ao ferreiro que estamos chegando!

O que estava esperando? A visão da Espada das Estrelas tinha vindo pra Anderle e Velantos, não para ele. Quando sua espada de bronze quebrou, sofrera com a dor do ferreiro, não a perda de uma arma. Uma espada era apenas uma espada, e apenas tão boa quanto a mão que a empunhava.

Exceto que, se pudessem acreditar nos velhos que tinham dado aquele pedaço de metal para Velantos, essa poderia ser algo mais. Mikantor daria valor a ela, mesmo se apenas porque significava tanto para aqueles que amava, mas, enquanto tentava manter seu distanciamento, o homem que fora quando se chamara Micail estava despertando dentro dele, um homem que soubera brandir o tipo de poder que uma espada como aquela poderia ter.

Conforme viraram no caminho para o velho túmulo, Aelfrix voltou correndo.

— Ele partiu! — exclamou o menino. — A maior parte do povo antigo também. O velho Esquilo diz que a Senhora de Avalon partiu quando Ulansi veio dizer a ela que a senhora Tirilan tinha sido levada, há sete dias. Faz três dias que Velantos partiu, depois que terminou a espada!

— Ele a terminou? — sussurrou Mikantor.

— Esquilo diz que era linda, brilhava como uma estrela — o menino respondeu.

— Mas para onde ele foi? — perguntou Ganath.

— Ele foi atrás da Senhora — disse o menino. — Ambos foram para Azan.

Mikantor trocou um olhar preocupado com o amigo. Ele ainda se ressentia dos conselheiros sensatos que o impediram de ir para o sul sozinho quando soube da notícia. Em que tipo de problema a sacerdotisa e o ferreiro podiam entrar, vagando sozinhos em território inimigo?

\*\*\*

Velantos afundou no abrigo do monte tumular, tirou a bolsa do ombro e o volume embrulhado da espada, e puxou o manto sobre a cabeça contra o vento. No ano anterior, ele refletiu, tinha se tornado um tanto familiar com túmulos. Os montes tumulares na Ilha dos Poderosos, se não eram tão elaborados quanto as grandes tumbas circulares de sua terra, eram muito mais numerosos, e mais velhos. Onde a terra havia caído para revelar uma entrada sombreada, as pedras que emolduravam a porta dessa eram tão grandes quanto qualquer uma nas muralhas ciclópicas de Mykenae. Ele imaginou se os ciclopes tinham vindo daquelas ilhas.

A Planície de Azan desaparecia em distâncias cinzentas enquanto o sol se punha. Era o começo da estação da colheita, e aqui e ali ele via um campo amadurecendo ou uma campina cortada onde já haviam ceifado o feno. O monte tumular onde se acomodara era um de uma fileira que seguia para o norte. O grande Henge deveria ficar em algum lugar naquela direção.

O céu estava escurecendo. Ele vislumbrou um brilho de luz do fogo quando uma porta foi aberta em uma das casas de fazenda espalhadas pela planície. Fumaça das fogueiras de cozinhar subia pelo ar. Mas não ousava pedir abrigo, não tão perto de Azan-Ylir. Na fazenda onde dormira na noite anterior disseram que as casas mais perto de Azan-Ylir pertenciam todas a homens de Galid. A chuva parecia estar parando, e ele não sentia frio. Estava finalmente se acostumando com o clima desse país? Aquilo era um pensamento perturbador, como se estivesse perdendo parte de sua identidade.

Um só estranho em uma fazenda seria óbvio, mas Azan-Ylir estava cheio de pessoas indo e vindo, aumentando o exército de Galid ou buscando migalhas que caíam da mesa dele como corvos em torno de uma carcaça trazida por lobos. Como se o pensamento tivesse sido uma invocação, um grande corvo pousou no túmulo.

— Não, não quis dizer você — Velantos disse cordialmente, recordando-se de Paion, cujo pássaro era aquele. — E, agora que penso nisso, estava provavelmente sendo injusto com os lobos, ao menos os que agora se alinharam com Mikantor. Deveria ter chamado os seguidores de Galid de vermes, devorando o corpo da terra.

Ele abriu a bolsa e jogou um pedaço de queijo para o pássaro.

— Pegue isso em honra de seu mestre. Ele me disse que às vezes visita estas terras. Peça a ele que zele por mim — ele completou, embora fizesse melhor em invocar Ereias, deus dos viajantes e ladrões – e dos mendigos.

Odikeos tinha passado despercebido quando entrou como mendigo no próprio salão. Quando Galid viu Velantos em Avalon, não o reconhecera como o mercador de bronze que encontrara na estrada dois anos antes. Depois de dormir debaixo de sebes por vários dias, ele parecia um vagabundo legítimo. Não havia motivos para que seu inimigo o reconhecesse agora.

Quanto à presente locação, Velantos não temia os mortos. Eram os vivos que haviam sucumbido ao contágio de Galid. Um dia fora um campo fértil e bem populado, mas a marcha daquele dia levara Velantos por mais de uma fazenda abandonada. Em outros lugares, os homens ainda lutavam para tirar o sustento da terra. Ali, muitos haviam desistido do esforço e predavam outros, tomando sem pensar naqueles que viriam depois. Esse era o mal que Mikantor nascera para combater. Era por isso que Velantos forjara a Espada.

O ferreiro comeu o resto do queijo e bebeu do odre de água. A abertura do monte tumular era pequena demais para que ele rastejasse para dentro, mas ao menos barrava o vento. Ele se envolveu no manto e, apesar do desconforto, caiu em um sono perturbado.

Surpreendentemente, seus sonhos foram belos. Ele se viu andando por uma análoga do Além-Mundo da Planície de Azan, pois todos os campos estavam bem arados, as espigas de cevada pendiam pesadas em seus talos, gado vermelho gordo pastava em campinas com a grama na altura do joelho. Nunca tinha visto esse país tão ricamente abundante, e começou a entender por que Mikantor o amava.

— É lindo, não é? — alguém falou atrás dele.

Conforme Velantos se virou, um corvo passou voando por ele, as penas em um brilho branco ao refletir a luz do sol, para pousar na mão estendida de um jovem usando uma túnica branca e um manto vermelho ornamentados no estilo da terra dele. Mas os cachos escuros e o olhar cintilante pertenciam ao deus que havia encontrado quando sonhava em Korinthos, no santuário de Paion.

— Eu disse que tinha outro lar aqui nas terras hiperbóreas — disse o deus —, e que me encontraria aqui.

— Já nos encontramos antes — respondeu Velantos —, quando Galid foi para Avalon. O senhor me ajudou então. Vai me esconder dele agora?

— Vai entrar na caverna do urso, e me pede para protegê-lo do urso? — Apollon riu. — Se quiser ficar seguro, está viajando para a direção errada. Vire, e vai encontrar seu amado com um exército atrás dele, louco por vingança. Aí vai estar bem guardado.

— Senhor, não é para mim que peço, mas por uma mulher que pode estar em perigo.

— E o que essa mulher é para você?

Velantos olhou para ele por um longo momento, buscando uma resposta.

— Minha senhora — ele por fim sussurrou.

— Ela não é a Senhora da Forja, embora a Senhora tenha falado por ela — avisou o deus.

— Eu sei. Ela é uma vaca cheia de opiniões, e uma bruxa também, e, no entanto, nela vejo a deusa que tenho servido. Sou um homem das minhas mãos — ele exclamou —, não de palavras. Não sei como explicar o que cresceu entre nós, só sei que está lá.

— Você é um herói, me pergunto, ou um tolo? — perguntou o deus.

— Eu mesmo me pergunto isso às vezes. — Velantos tentou sorrir. — Sou obrigado a me certificar de que ela está em segurança, assim como fui obrigado a fazer a Espada.

Apollon suspirou.

— Nem o senhor do Olympos pode lutar contra o destino.

— É isso que me impele? — perguntou Velantos.

— Se precisa seguir em frente, deixe a Espada no monte tumular — o deus então disse. — Os ancestrais vão guardá-la bem.

— Se eu o servi ao forjá-la, peço qualquer ajuda que o *senhor* possa dar.

— Não posso mudar seu destino, apenas lhe dar o poder de reconhecê-lo. Mas vou lhe dar um oráculo. Se for para Azan-Ylir, vai pagar com o sangue de seu coração pelo desejo de seu coração.

— Se é esse o preço, eu aceito — respondeu Velantos.

A figura do deus ficou mais brilhante, tão radiante que Velantos precisou proteger os olhos. Quando os abriu de novo, estava olhando para a luz dourada do novo dia.

***

— O que foi isso? — Tirilan se levantou de repente, olhando.

— Era o vento, minha querida — Anderle respondeu —, só o vento na planície.

— Não, ouvi som de cascos. — Ela passou as mãos pelo cabelo emaranhado, olhando desenfreadamente em torno.

— Respire, criança, é só a batida do seu coração — a mãe respondeu.

Ela tinha esperado ir embora dali hoje, mas Tirilan ainda não estava forte o suficiente para andar para longe. Ela precisava de comida quente.

Talvez pudessem ousar acender uma fogueira por pouco tempo. Da última vez que estivera ali, o Henge tinha sido um portal para os mortos, mas recuperaria a vida para Tirilan.

— Pode rir — a moça disse com amargura. — É por você que Galid sente desejo. A mim ele só manteve como uma arma contra Mikantor!

— Fique quieta! — Anderle sentiu a paciência ceder. — Tenho vontade...

*De deixar que ele a tenha se não consegue agir como uma sacerdotisa de Avalon*, o pensamento dela continuou.

— Você se lembra do que ensinei sobre essas pedras? — ela disse em vez disso, indicando os quatro trílitos altos ainda de pé dentro do Henge.

As pedras erguidas e o lintel do quinto haviam caído. Ela e Tirilan dormiram no abrigo delas na noite anterior. As superfícies lisas eram levemente côncavas, um cinza sólido na luz da manhã que brilhava oblíqua nas pedras caídas do lado leste. Dizia-se que tinham caído em uma batalha mágica entre duas facções dos sacerdotes que haviam fundado Avalon. Mas o poder ainda fluía pelas pedras.

— O Henge fica em um dos rios de força que correm pela terra. Se o poder se ergue aqui por causa do Henge, ou se construíram o Henge para marcar uma intersecção de forças, não sei. Mas os que foram treinados como nós fomos podem obter aquele poder das pedras. Tente agora... Expire e deixe sua consciência afundar no solo... Procure, sinta o poder... — Ela viu os olhos de Tirilan se arregalarem ao senti-lo e sorriu. — Agora, aspire e atraia a força para cima. É isso — ela completou ao sentir a energia começar a se mover.

Tirilan olhou ao redor, o rosto magro corando em espanto.

— Posso vê-las brilhar!

— Isso também é parte de nosso treinamento — disse Anderle. — Mas alguém fora do círculo veria apenas uma distorção no ar. É a mesma coisa com o som. Não conseguimos ouvir muita coisa do lado de fora, nem outros ouvem o que acontece dentro.

— Então estamos seguras... — Tirilan soltou a respiração em um longo suspiro e o brilho começou a desaparecer.

Anderle levantou os olhos quando uma sombra passou pelas pedras. Era um cisne, uma visão pouco comum na planície. Sem dúvida o pássaro havia parado na lagoa próxima. Ele a fez lembrar de Avalon. A filha dela também viu, e por um momento se pareceu de novo como era antes.

— Ela voa tão alto e tão livre — a moça murmurou. — Depois de tanto tempo no escuro, me esqueci da beleza do céu.

— Galid abusou de você? — Anderle ousou perguntar.

— Quer dizer, se ele me estuprou? Não. — Tirilan soltou um riso estranho. — Ele ameaçou, mas, da última vez que veio, a dor dele era tão grande, como um buraco no mundo. Eu teria me entregado a ele apenas para aliviá-lo. Mas ele fugiu correndo e me deixou no escuro...

Anderle apertou a filha contra si, cantando como não tinha feito desde que Tiri era pequena. Ela odiara Galid por causa do sangue que ele derramara e das casas que havia destruído, mas o homem que vira em Azan-Ylir sofria de uma doença da alma. Um desespero grande a ponto de nublar o espírito brilhante de Tiri era um perigo para o mundo.

— A essa altura Mikantor sabe que você foi levada. Ele vai queimar léguas para resgatá-la.

— Mas *você* me resgatou. — Tirilan a abraçou e riu. — Choro ao pensar em como ele deve estar sofrendo agora, mas imagino que saber que ele não é o único capaz de fatos heroicos será bom para ele.

— Nós todos somos heróis, minha querida, quando o perigo ameaça os que amamos... E eu te amo, apesar de nem sempre concordarmos — ela adicionou sem desejar ao soltar a moça.

Só poderia existir a verdade entre elas ali.

E como poderia se desculpar com Velantos por fugir sem uma palavra? Ela deveria ter confiado nele, mas por tanto tempo não prestava contas a ninguém além da Deusa. Como seria o relacionamento deles quando essa guerra com Galid acabasse? Ele e ela não tinham sido mais que ferramentas para o uso dos deuses, ou poderiam forjar uma vida juntos de algum modo?

— Se não amássemos, imagino que não nos importaríamos o suficiente para discutir — Tirilan disse em voz baixa, esticando os braços. — Ah, como eu fiquei magra! Preciso tentar comer mais. Mikantor não vai querer um monte de gravetos na cama dele!

Anderle reprimiu um sorriso. A moça definitivamente estava se recuperando. Mas ela precisava de alguma ocupação, ou começaria a se afligir novamente.

— Quando Velantos trouxer a Espada das Estrelas, ela vai precisar de uma bainha. — Ela tirou um pacote comprido da bolsa. — Isso foi feito para as espadas de bronze. Velantos forjou a espada de ferro no mesmo modelo. São duas ripas de madeira com um vão para receber a lâmina, cobertas com couro cru costurado e endurecido.

— Não é... muito bonita... — Tirilan disse, em dúvida.

— Não é — a mãe concordou. — E então temos isto. — Ela desenrolou um pedaço de pele de corça tingida de vermelho com garança. — Cubra o couro cru com isso, e pinte os símbolos que vão proteger o homem que empunha a espada.

Ela agora percebia que já dera sua contribuição com o forjamento da Espada. Era a companheira de Mikantor que deveria fazer a bainha para a espada dele.

E quando, Anderle pensou, ela tinha aceitado que Tirilan não voltaria a Avalon? *Quando temi que a tivesse perdido para sempre*, a resposta veio.

\*\*\*

Velantos ouviu um passo pesado ao lado dele e se esquivou do punho, lembrando-se bem a tempo de se agachar em vez de usar o poder do braço treinado pela forja para jogar o homem pelo pátio.

— Abra caminho para um guerreiro, escravo!

O homem passou por ele. Usava uma lâmina, embora chamar aquele pedaço de bronze esburacado de espada fosse tão questionável quanto chamar aquele pateta de guerreiro. Velantos pegou a pilha de madeira que havia derrubado, xingando a própria falta de atenção. Ele parecia um burro de carga, mas mesmo quando realmente *era* um escravo julgara difícil agir como um. Felizmente os homens mais dispostos a cumprimentar um recém-chegado com um golpe eram os que tinham sido vagabundos não muito tempo antes. Havia muitos deles. Mikantor não era o único recrutando homens. As casas redondas dentro da paliçada estavam cheias deles, e mais acampavam nos campos do lado de fora. A sujeira e o fedor se tornavam avassaladores. Se Mikantor não chegasse logo, a doença faria seu trabalho por ele.

Havia quase tantos rumores quanto homens. A melhor informação vinha das mulheres que trabalhavam para alimentar a horda crescente. Ficavam gratas pela força de Velantos e felizes por falar com um homem que não confundia um sorriso com um convite. Quando ele disse que procurava a prima e descreveu Anderle, disseram que ela estivera ali, mas havia partido três dias antes.

Ele estava cortando madeira do lado de fora da paliçada quando uma carruagem veio chocalhando com cavalos suados e um condutor de olhos arregalados.

— E o que é isso? — ele perguntou à cozinheira quando levou a próxima carga de madeira.

— Ah, é um grande segredo. — A mulher fungou. — Então, é lógico que o acampamento inteiro sabe. Keddam tinha a tarefa de levar comida para a moça loura que Galid capturou há uma lua, a que nos fez limpar o salão. Eles a colocaram em uma cabana de pastor depois do Henge. De qualquer jeito, hoje à tarde ele encontrou a porta da cabana fechada com uma barra como sempre, e as roupas da moça dentro, mas a moça em si tinha desaparecido. Todos dizem agora que ela era uma bruxa, embora quando esteve aqui parecesse uma moça doce, ainda que fosse obcecada por manter as coisas limpas.

Velantos se virou, o coração disparado ao perceber que aquela era a informação pela qual viera. Se havia uma bruxa envolvida, não era Tirilan. Anderle estava em segurança, mas onde ela e Tirilan estavam agora? Galid tinha batedores vasculhando a planície. Dois voltaram com a notícia de que uma grande força descia do norte. Os homens já reuniam suas armas. Comandantes andavam em meio à multidão com ordens para entrar em formação do lado de fora da paliçada. Era melhor ir embora antes que se visse no meio de uma batalha – do lado errado.

— Meu senhor!

Outro batedor abria caminho entre as pessoas agrupadas. Por um instante, a multidão se partiu e Velantos vislumbrou Galid saindo de uma das casas redondas. O senhor da guerra havia engordado desde sua última visita a Avalon, mas se movia com uma energia nervosa que fez o ferreiro se lembrar de um lobo hidrófobo que vira uma vez.

— Senhor Galid — gaguejou o batedor —, vi fumaça saindo do grande Henge. Não podia chegar muito perto sem ser visto, mas uma mulher com cabelo amarelo olhando entre as pedras...

— Estava agora? — Galid respondeu. — Keddam, sele os cavalos. Enquanto Dammen coloca os homens em movimento, vamos ver se a vaca foi encontrada...

— Ele viu um espírito, senhor — disse o guerreiro que seguira Galid pela porta. — Se for ela, é uma feiticeira, e é melhor deixá-la em paz.

— Vou matá-la diante dos olhos de Mikantor, ou ela vai me matar — Galid rosnou em resposta. — E não me importo muito com o que for agora. Está na hora de dar um fim.

*E hora da minha partida,* pensou Velantos.

\*\*\*

— Algo está se mexendo lá embaixo — disse Ulansi. — Os homens estão marchando. Acho que os desgraçados sabem que estamos chegando.

Haviam cruzado uma dobra na terra e encontrado um ponto levemente vantajoso quando subiram na elevação que vinha depois.

— Ótimo — murmurou Mikantor. — Vai dar a ele mais tempo de sentir medo.

Ele curvou a cabeça para que Aelfrix pudesse terminar de prender o casaco de escamas de bronze que haviam encontrado na oficina. O menino disse que Velantos o tinha feito enquanto esperava para forjar a Espada das Estrelas.

— Ah, com esse casaco vai cegar seus inimigos. — O menino foi para trás. — Na luz do sol, o senhor brilha como um deus.

— Um deus da vingança — disse Ulansi.

Nos últimos dias, contingentes dos ai-utu e dos ai-giru haviam se juntado a eles. As forças que marchavam atrás de Mikantor agora incluíam homens de todas as tribos.

Ele estendeu as mãos para o escudo e a lança. Sentiu uma quietude interior agora que a hora da ação havia chegado. Seu humor parecia ter se comunicado ao exército.

— Pela Senhora Tirilan! — ele gritou, balançando a lança, e cinco mil vozes o ecoaram.

\*\*\*

Velantos atravessou o Aman e subiu a margem, endireitando os ombros e se livrando da curvatura servil com a água. Quando deixou o monte tumular, havia notado as marcas do local com cuidado. Quando a fileira de corcovas apareceu no horizonte, virou para a direita, lançando um olhar rápido para o oeste, onde o Henge aparecia. Não via fumaça lá agora, mas poeira se levantava ao norte – aquilo só poderia ser Mikantor e seus homens. Ele retesou os lábios em um sorriso feroz e se apressou.

O sol batia em cheio na face do monte tumular, mas a abertura era tão secreta quando antes. Era imaginação que fazia Velantos sentir uma pulsação de poder na Espada, como se soubesse que seu mestre de destino estava perto? Ele tirou o embrulho e começou a ir para o norte.

Havia acabado de atravessar o caminho processional que levava ao Henge quando ouviu cascos de cavalos e o chocalhar de rodas atrás dele. Um olhar rápido mostrou cinco carruagens vindo na direção dele através da planície. Atrás delas vinha uma massa escura que deveria ser o exército. As carruagens se aproximavam rápido e não havia cobertura em lugar algum. Deveria ter ficado escondido perto do monte tumular, deveria... não havia tempo para pensar no que deveria ter feito. O que poderia fazer agora? Praguejando, ele puxou o manto esfarrapado sobre si e forçou os ombros a se curvarem novamente.

As batidas dos cascos estavam perto demais para fingir que não tinha escutado. Velantos não precisou fingir recuar quando o primeiro par de cavalos parou ao lado dele.

— O que temos aqui? — disse o senhor da guerra.

— Minha casa queimou, senhor — Velantos murmurou, cabeça baixa. — Agora eu vago...

— Você escolheu um péssimo momento e um péssimo lugar para sair vagando — Galid respondeu.

— Ele não é nenhum vadio, senhor — disse o condutor da carruagem. — Eu o vi carregando madeira em Azan-Ylir.

— Um desertor, então? Por que não está carregando uma lança no meu exército? Você parece forte — o tom dele ficou mais ríspido. — Levante a cabeça, estúpido, e olhe para mim!

Ele fez um gesto e um dos outros se aproximou com uma lança na horizontal. Velantos se preparou para correr, mas a ponta da lança já estava em sua garganta.

— Nenhum vadio de fato... — Galid disse, em tom diferente. — Eu conheço esse homem! É um mercador de bronze que encontrei na estrada dois anos atrás.

— Eu também o vi — Keddam disse de repente. — Ele lutou com machados na batalha do vale!

— Meu senhor... — disse o condutor —, o inimigo.

— ... está a pé — explodiu Galid —, e não vai conseguir nos alcançar até o meio-dia. Vamos tirar a bolsa e ver os produtos do mercador...

Velantos driblou a ponta de lança; o cabo o acertou no pescoço e ele caiu de joelhos, agarrando a perna do lanceiro para puxá-lo para baixo. Mas eles estavam muito perto, e eram muitos.

— Peguem-no vivo! — gritou Galid enquanto Velantos quebrou um cabo de lança com o golpe seguinte.

Então algo o atingiu de trás.

Ele continuou a lutar, embora a cabeça zumbisse e mal conseguisse enxergar. Mas, em momentos, suas mãos estavam amarradas e o conteúdo de sua bolsa estava espalhado pela grama. Sua visão estava voltando quando encontraram a Espada.

Por um momento infinito ninguém disse uma palavra.

— Os deuses existem, afinal? — Galid disse em um sussurro abalado quando a espada veio brilhando para sua mão.

*Os deuses existem, e eles me traíram*, pensou Velantos, por fim cessando de lutar.

\*\*\*

— Mãe, ouço carruagens. — Tirilan levantou os olhos, o graveto com a ponta esfiapada com que estava pintando símbolos na bainha de couro equilibrada na mão.

Os olhos dela estavam arregalados de medo.

O coração de Anderle afundou. Tirilan tinha melhorado tanto. Trabalhara na bainha regularmente desde o dia anterior, ganhando a mesma energia dos sigilos que pintava que estava infundindo no couro que segurava. Hoje poderia até estar forte o suficiente para que deixassem o Henge.

Então ela também ouviu barulho de cascos.

— Seus ouvidos são melhores que os meus. — Ela forçou calma na voz. — Você sabe o que fazer...

Ela ficou de pé e as duas mulheres deram as mãos.

— Busque abaixo, puxe o poder e o envie pelas pedras...

A pele dela se arrepiou quando a pressão do ar dentro do círculo mudou. Mesmo se os intrusos pudessem vê-las, achariam muito difícil entrar ali. Murmurando levemente para manter a energia, ela se colocou atrás de uma das pedras levantadas na beira do círculo, onde podia ver através da planície na direção oeste.

Eram cinco deles. Uma onda de ódio abalou sua concentração ao reconhecer a cabeça grisalha de Galid. Depois dele havia Soumer e Keddam e dois outros que vira em Azan-Ylir. Ela respirou fundo, forçando-se a ficar calma. Além das carruagens uma massa escura se movia no horizonte, como se, em vez de trigo, nos campos brotassem soldados. Mesmo quando as carruagens paravam, a terra tremia sob os pés de homens em marcha.

— Se Galid está enviando sua gentalha, Mikantor deve estar perto. Vamos ter uma boa vista da luta.

— Vai me perdoar, mãe, se estou menos ansiosa para ver. — Tirilan fez uma tentativa corajosa de alcançar o tom da mãe.

Galid tinha desmontado da carruagem. Ele parecia estar gritando, mas um murmúrio de som era tudo que podiam ouvir. Então ele fez um gesto, e os homens da segunda carruagem colocaram um corpo sobre a grama – um homem robusto de cabelos negros. As mãos e os pés dele estavam amarrados.

Era Velantos. Mas como estava mudado! Ele sempre tinha tido um certo requinte, mesmo quando despido para trabalhar, roupas remendadas e barba aparada, como se deve esperar de um homem criado na casa de um rei. Agora parecia ter dormido em valas. E, mesmo no auge da frustração dele com a Espada das Estrelas, cada movimento irradiava tensão. Agora ela o via esvaziado pelo desespero. Instintivamente ela afinou a barreira, para que pudesse ouvir além de ver.

— Tirilan! — Galid gritou. — O sangue deste homem estará em sua cabeça se não sair e vir até mim.

Mas foi Anderle quem saiu de trás das pedras.

— *Senhora Anderle!* — Desejo e ódio estavam contidos naquelas sílabas, medo e uma necessidade desesperada.

— Eu mesma — ela respondeu. — Achou que poderia aprisionar minha filha e eu não saberia?

Ela lançou um olhar rápido para Velantos, que se levantou em um cotovelo. Anderle se encolheu com a angústia no olhar dele.

— Isso é entre mim e você, Galid. Solte o homem.

— Não, Anderle! — Velantos gritou. — Volte para trás das pedras!

— Você o conhece? — Galid agraciou os dois com um sorriso maldoso. — Ele parece conhecê-la. A senhora se importa se ele continuar com a cabeça?

Ele soltou um risinho súbito e esticou o braço para a carruagem para pegar um embrulho comprido.

— Aquele pescoço duro pode precisar de uns cortes, mas olhe! Ele mesmo providenciou uma espada para mim!

A radiância correu pelas pedras quando ele tirou o que parecia ser uma barra de luz dos embrulhos e a girou no alto.

— Bonita, não é?

Os olhos de Velantos se fecharam quando Anderle sufocou um grito.

— O que você *quer*, Galid? — Anderle por fim disse.

— Isso importa? — ele falou com uma alegria frenética. — Seus deuses colocaram esta ilha na minha mão. Ninguém vai resistir ao homem que empunha essa espada.

*E isso*, pensou Anderle, entorpecida, *não era mais que a verdade*. Aquele era o poder que ela e Velantos haviam forjado na espada. Mas não para *ele*.

Ela se perguntou por que a Espada das Estrelas não pulava de nojo da mão dele.

— Imagino que deva testá-la — Galid continuou.

Ele foi para o lado de Velantos, girando a espada com um punho que claramente não havia perdido nada de sua habilidade, embora a barriga pendesse sobre o cinto do kilt.

— Um corte, ou uma perfuração? Qual seria o melhor jeito?

— Ah, isso seria um feito corajoso — Anderle disse com desdém. — Matar um homem amarrado!

Ela virou o olhar para os homens nas carruagens.

— Com certeza os bardos vão cantar com desdém sobre os homens que o seguem!

Galid olhou de lado para seus homens, que começavam a rir ao farejar uma briga.

— Nem vai ser muita disputa, se a espada é tão boa quanto pensa...

— Deixe o desgraçado levantar, meu senhor — gritou Soumer. — Não há diversão em enfiar a espada nele como um porco!

Os outros se inclinavam para a frente, ávidos como ela muitas vezes vira quando o pátio ecoava os rosnados dos cães de briga. Eles não tinham nenhuma honra para recorrer, mas, se pudesse desafiar a hombridade de Galid, ele precisaria responder.

— Prove, Galid! — ela gritou. — Seu gigante domado está morto. Prove que tem colhões para enfrentar um homem de arma na mão.

Enfrentar a Espada das Estrelas poderia ser algo sem esperança, mas poderia ao menos dar a Velantos uma chance.

A terra ainda estremecia, e outra fileira escura havia aparecido no horizonte ao norte. Mikantor estava chegando, e, pelo comprimento daquela fileira, metade da ilha devia ter se juntado a ele. Ela respirou fundo. Grandes poderes estavam convergindo, e, se ainda não ousava ter esperança, ela sentia que talvez eles não tivessem sido abandonados pelos deuses.

— Muito bem — Galid disse por fim. — Corte as amarras e dê uma lança para ele.

Conforme Velantos ficou de pé, esfregando os pulsos onde as cordas tinham ferido a pele, a determinação começou a endurecer as linhas do corpo dele de novo. Não havia esperança nos olhos escuros que encontraram os dela, mas aquela tensão liberta era algo que ela reconhecia da forja. Ainda olhando-a nos olhos, ele se curvou em saudação formal, como se ela fosse uma rainha.

A garganta dela doeu enquanto sufocava todas as coisas que nunca tivera a chance de dizer para ele, mas ela respondeu com um sorriso.

Ela sentiu os dedos de Tirilan se fecharem sobre seus ombros.

— Mikantor está vindo — ela disse. — Velantos pode ganhar tempo para nós.

— Mikantor lutaria tão duro por Velantos quanto por mim — a filha respondeu. — Se eu achasse que iria mudar qualquer coisa, me entregaria a Galid agora. Mas só podemos observar e rezar.

*E enviar energia para nosso campeão*, pensou Anderle. Ela se estendeu para Velantos com a mente.

*Lute duro, meu amado... lute bem...*

\*\*\*

Velantos se curvou para esticar os músculos das pernas, tentando se recordar de tudo o que havia escutado sobre lutar com uma lança. A perna esquerda doía um pouco na ferida antiga, mas estava acostumado com isso. Ele se endireitou, rolando os ombros para a frente e para trás para soltá-los, e flexionou os braços. Sem dúvida no dia seguinte reclamariam das torções que haviam recebido chacoalhando no chão da carruagem — se ele ainda estivesse vivo para sentir qualquer coisa. Mas seus músculos se moviam sem problemas por ora.

Ele se surpreendeu por estar tão calmo. Não era a primeira vez que enfrentava um inimigo que queria destruir tudo o que amava. Até poderia morrer contente, se não fosse pela Espada. *Senhora, por que me deste a habilidade de forjar aquela espada se não tinhas a intenção de colocá-la na mão de Mikantor?*

Um dos homens de Galid jogou a lança chocalhando sobre a grama. A cabeça de bronze brilhou no sol da manhã. Velantos fez uma careta quando a pegou, reconhecendo-a como uma das suas.

O cabo era de madeira forte de freixo, um pouco acima de sua altura, um tanto longa para manter o inimigo fora de alcance – até a primeira vez que fosse golpeado pela Espada. Velantos pegou a lança com força, plantou o pé na grama e respirou fundo, surpreso ao sentir energia fluindo da terra onde estava. A terra em si lutava por ele, ou era Anderle? Talvez naquele momento fossem a mesma coisa.

Apertou o cabo e deu um golpe, sentindo o peso da lança; Galid girou; Velantos avaliou o ângulo e bateu na espada. Ela zuniu, girando na mão de Galid, e uma lasca voou do cabo da lança. Velantos fintou e golpeou mais uma vez, sorrindo quando Galid cambaleou para trás. Se ele conseguisse incapacitar o inimigo... Deu um golpe na direção da cabeça de Galid. Quando a espada girou para impedi-lo, ele virou a ponta da lança em torno da lâmina e a puxou para baixo.

Mas Galid estava aprendendo. A Espada das Estrelas virou em um giro de luz. Velantos tentou soltar a lança, mas a lâmina a pegou na metade do cabo. Enquanto o choque reverberava pelos braços de Velantos, a lâmina o cortou. Ele se endireitou com o cabo quebrado da lança na mão, batendo selvagemente na Espada. A outra metade havia caído perto das pedras. Ele se esquivou do golpe seguinte de Galid e se jogou na direção dele.

Galid estava rindo, pérola sobre pérola de deleite amargo. Os dedos de Velantos se fecharam no outro pedaço da lança; ele rolou de novo, subiu com um pedaço em cada mão e dançou para um lado, girando os dois pedaços de pau para distrair seu inimigo. A Espada brilhou na direção dele e arrancou outro palmo da ponta do que estava na mão esquerda dele.

*Meu maior trabalho vai me matar... Eu o fiz muito bem.*

Ele não tinha defesa. A Espada das Estrelas poderia cortar bronze; iria reduzir a madeira a lascas. Aquele conhecimento trouxe uma paz inesperada. Se Velantos não precisasse mais se preocupar com a sobrevivência, poderia se concentrar em salvar a Espada.

Ele driblou outro corte, aquela claridade estranha permitindo que previsse os movimentos do oponente mesmo quando os dele pareciam desacelerar. Tinha todo o tempo de que precisava para se curvar, fingindo um golpe nos pés de Galid com a ponta da lança. Conforme Galid inverteu as mãos no cabo e golpeou para baixo, Velantos se levantou, a cabeça jogada para trás, braços abertos como se para abraçar o inimigo.

A ponta da Espada das Estrelas entrou no peito dele, bem acima da clavícula, descendo através do pulmão e raspando a parte de baixo das costelas, seu corpo uma bainha viva para dois terços da lâmina. Seu impulso o levou o resto do caminho para cima, arrancando o cabo da mão de Galid. Velantos sentiu o impacto, mas seu corpo ainda não entendera o que estava acontecendo, e não houve dor. Enquanto cambaleou na direção das pedras, viu Galid cair para trás, os olhos com beiras brancas, e os outros guerreiros de pé atrás dele, estupefatos demais para se mover.

— Anderle! — ele gritou com uma grande voz, como um dia gritara na cama deles na oficina. — Anderle, deixe-me entrar!

Ela entrou subitamente em foco, de pé ao lado da pedra, e ele soube que a barreira havia baixado. O mundo escureceu e clareou quando o choque começou a tomar conta, mas Velantos ainda estava de pé. Ele deu um passo e depois outro, estendeu uma mão para se apoiar e sentiu a superfície áspera da pedra. Então os braços de Anderle estavam em torno dele, e ela e Tirilan o puxavam para dentro do círculo. Tudo além estava perdido em um brilho distorcido quando Anderle colocou a proteção no lugar de novo.

A primeira onda de dor deixou Velantos de joelhos, mas agora não importava. Ele trouxera a Espada para Anderle. Ela a daria para Mikantor. O mundo era um rodamoinho de luzes em torno dele quando caiu.

## ~ VINTE E OITO ~

Os discos de bronze costurados à camisa de couro de Mikantor retiniam levemente enquanto ele ia para a frente, a lança pousada em um ombro e seus Companheiros correndo dos dois lados. Para começar o último estágio da corrida deles, tinham acordado antes do sol. A pele do lince que havia matado nas grandes montanhas estava enrolada em seus ombros, pois para essa batalha precisaria de todos os seus aliados. As forças de Galid estavam se posicionando na planície diante do grande Henge no momento. Mikantor corria com uma exultação sombria. Logo ele mataria Galid e encontraria Tirilan.

Várias carruagens estavam paradas diante do Henge. Conforme os Companheiros se aproximavam, os condutores chicoteavam os cavalos e partiam. O que estavam fazendo ali? Fosse o que fosse, homens a pé não poderiam pegá-los – Mikantor respirou fundo e desacelerou. Agora que haviam avistado o inimigo, era melhor poupar forças para lutar com eles.

À medida que se aproximavam, o Henge começou a brilhar como ele vira pedras brilharem no vapor do calor nas terras do sul. Mas era um dia fresco de verão típico da ilha. Ninguém mais pareceu notar nada de incomum, mas os sentidos de Mikantor formigaram, e depois de um momento as memórias de Micail identificaram a ondulação no ar como a aura de poder.

— Por aqui — ele apontou com a lança. — Galid vai esperar por nós. Primeiro precisamos ir ao Henge...

Ele respondeu à incerteza nos olhos dos Companheiros franzindo o cenho, e àquela altura eles já o seguiam por tempo suficiente para não questionar. No momento, outros começaram a ver o brilho também, mas conforme se aproximavam ele se dissipou.

O zumbido nos nervos de Mikantor também diminuiu. Enquanto as pedras entraram em um foco limpo, ele viu esperando ao lado da pedra da ponta uma mulher, magra como uma vareta, com cabelo brilhante como o sol. O coração dele parou, então começou a disparar quando reconheceu Tirilan. Seus Companheiros celebraram.

— Assuma o comando — ele disse a Pelicar. — Faça uma formação em crescente como planejamos, de frente para a fileira de Galid.

— Entendo, meu senhor — disse o homem alto —, mas não demore.

Mikantor derrubou a lança ao pé da pedra. Então Tirilan estava em seus braços, e ele beijava as lágrimas que se misturavam às suas. Foi só quando a sentiu estremecer que ele percebeu que ela chorava de tristeza, não de júbilo.

— O que foi, amor? Ele a machucou?

— Não a mim... não a mim... — sussurrou Tirilan. — É Velantos. Minha mãe está com ele. Precisa vir.

Mikantor não podia imaginar que acaso havia trazido os três ao campo de batalha, mas isso não importava agora. O coração dele parou mais uma vez ao ver Velantos deitado sobre uma das pedras caídas. Anderle estava ao lado dele. O sangue na boca do ferreiro era de um vermelho chocante contra a pele cor de soro de leite. Nem mesmo quando a perna dele ficara ruim no caminho até Korinthos ele parecera tão doente. Apenas quando Mikantor se ajoelhou ao lado dele viu o palmo de lâmina e o cabo da Espada.

— Velantos — Anderle falou no tom que Mikantor se recordava de seu treinamento em meditação, e ele entendeu que a sacerdotisa vinha mantendo o homem ferido em transe. — Saia de seu sono. Acorde agora, meu amado. Mikantor chegou...

— Velantos...

O homem mais velho não se mexeu, e não era de espantar, pois até para os próprios ouvidos a voz de Mikantor não soava como dele. Ele pegou a mão de Velantos, sentindo os calos duros contra a pele, esperando que a pele pudesse falar com a pele quando as palavras falharam, como fizera antes. A mão do ferreiro estava fria, embora Mikantor visse gotas de suor na testa dele. O aperto que respondeu ao dele não tinha força. Mas ao menos aquela pressão leve esteve ali.

— Velantos — ele tentou de novo. — É Pica-Pau. Por fim estou aqui. Meu senhor, o que aconteceu?

Velantos fez uma careta com a primeira respiração perceptível que Mikantor vira.

— Quer dizer, como virei uma bainha para meu próprio trabalho?

Os olhos escuros se abriram. Ele tentou sorrir, mas era claro que cada movimento causava dor.

Mikantor fez um pequeno gesto impotente quando Velantos respirou de novo cuidadosamente e continuou.

— Era o único jeito... de tirá-la da mão de Galid...

Enquanto os olhos dele se fecharam de novo, o murmúrio rápido de Tirilan informou Mikantor sobre a luta desigual.

— Essa é *sua* Espada — disse Anderle —, a Espada das Estrelas.

— Não fui tão inteligente... quanto pensei — o ferreiro murmurou. — Galid me pegou, achou a Espada. Quebrou a lança...

Ele parou, ficando um tom mais pálido.

Mikantor olhou para o ângulo em que o cabo saía e sentiu ânsia. Tinha estado em batalhas o suficiente agora para ter uma boa ideia dos arranjos internos do corpo humano. A lâmina claramente havia atravessado o pulmão do ferreiro.

— Por que o deixou assim? — Ele tocou o cabo, viu Velantos se contrair e tirou a mão rapidamente.

— Ele insistiu. — Anderle falou com um tom firme pouco natural. — Ele disse que *você* deve tirar a Espada.

Mikantor olhou dela para Tirilan.

— E o que vai acontecer se eu tirar?

— Ele vai morrer... Achamos que ele só está vivo ainda por causa da pressão da espada — Tirilan continuou enquanto Mikantor se encolheu. — Quando for retirada, ele vai sangrar... mais...

— E se deixarmos dentro?

— Vou morrer... — disse Velantos entre os dentes —, mas lentamente, e com mais dor... Tire a Espada, meu rapaz. Meu sangue... lavou a mancha de Galid.

— Você não pode morrer. — Mikantor balançou a cabeça, impotente. — Não pode me deixar.

— Você me salvou em Tirinto... Não pode me salvar agora... Minha morte só foi... atrasada... — Velantos fez uma pausa até que a onda de dor que retorcia seus traços passasse. — Que trabalho do meu ofício... poderia superar esse? É o que os deuses... me mandaram aqui para fazer.

A mão que Mikantor segurava tinha ficado tão fria – enquanto ele a aninhava no peito, encontrou os olhos de Anderle e viu neles uma agonia que se comparava à sua.

— O deus... disse que meu sangue seria o preço... — Velantos tentou sorrir. — Acho que não é muito alto... para você...

*É alto demais!*, pensou Mikantor, impotente.

— Nem mesmo Diwaz... pode mudar o que as Moiras teceram...

A pele de Velantos era como cera, as pausas ficando maiores entre as palavras. Ele estava sangrando até morrer por dentro.

— Pegue... meu presente. Reivindique... seu destino, e... me dê o meu...

A respiração seguinte trouxe uma nova onda de dor.

*Fique comigo!*, gritou o coração de Mikantor. Mas no olhar de Velantos ele lia um amor, uma resolução, que superava a sua.

*Preciso implorar?*, veio o apelo silencioso. Deixe-me ir!

— Antes que chegasse, ele me disse como precisa ser — Anderle disse no mesmo tom firme, como se a dor já tivesse extinguido toda emoção. — Ajoelhe-se ao lado dele e a tire devagar, suavemente.

*E então vai curá-lo?*, pensou Mikantor, mas não havia esperança nos olhos dela. O corpo dele parecia se mover sozinho enquanto ele obedecia à ordem dela. Tinha matado homens, conhecia a sensação de quando a espada entra, o choque quando um homem percebe sua morte. Dera golpes de misericórdia em camaradas feridos, e sentira a vida se esvair sob suas mãos. Mas nunca assim...

E, mesmo enquanto os pensamentos passavam por sua mente, ele apertou o cabo envolvido em dourado e começou a puxar, até que a Espada estivesse livre de sua bainha de carne, e saiu vermelha de sangue e brilhando ao dia. Com sangue borbulhando nos lábios, Velantos deu um longo suspiro e a última tensão em seus traços fortes desapareceu.

— Ele está morto?

— Ele ainda está sangrando — respondeu Tirilan, enquanto Anderle prendia um curativo de linho dobrado na ferida que escorria. — Mas acho que não vai falar conosco novamente.

Anderle se endireitou e falou como sacerdotisa de novo.

— Velantos e eu criamos a Espada, mas você é o mestre dela. Chegou a hora de usá-la. Destrua Galid e então cure esta terra.

Pela primeira vez Mikantor olhou de fato para a arma que segurava. Através do sangue de Velantos ele via o brilho prateado dela. Era leve e ávida em sua mão. Ele ficou de pé, oscilando em pernas que mal pareciam suas.

— Vá — ecoou Tirilan —, meu espírito vai protegê-lo...

Mikantor assentiu. Ele saiu do círculo para a planície onde dois exércitos esperavam pela decisão do destino, e a Espada das Estrelas brilhava vermelha sob o sol do meio-dia.

\*\*\*

Tirilan caiu com as costas contra uma das pedras que apoiava o trílito ao sul e começou a sequência de respirações que libertaria seu espírito. Conseguia ver a batalha por uma abertura no círculo externo. A mãe permanecera ao lado de Velantos, murmurando os feitiços que guiam o espírito ao Além-Mundo. Para a morte ou a vitória, nenhum dos homens que elas amavam faria a viagem sozinho.

A percepção superficial se dissipou. Tirilan puxou poder da terra e sentiu o calor correr pela espinha. A consciência correu com ele, pois sabia que estava forte o suficiente agora para lançar o espírito para fora e ainda voltar. Rapidamente tomou a forma de cisne que usara antes, voando para a frente em asas brilhantes, os últimos medos que a impediam de oferecer seu poder total indo embora. Velantos tinha dado tudo. Ela não podia fazer menos agora. A planície verde girava e descia abaixo, então se nivelou quando ela capturou o poder termal que fluía através do Henge e começou a planar, sem esforço como se flutuasse no rio.

A leste viu a serpente brilhante que era o rio e os tetos de colmo redondos de Azan-Ylir. Abaixo dela, os círculos precisos de pedras no Henge pulsavam com sua própria luz. Entre elas, as forças do desespero e da esperança se enfrentavam, preparando-se para batalhar pelo futuro dos humanos nessa terra.

A batalha não era, ela percebeu daquele ponto de vantagem, pela terra em si. As ondas de vida da terra fluíam com força, qualquer área de fraqueza local, e já se ajustando aos desafios que o clima que mudava traria. Era apenas a humanidade que acreditava que as coisas deveriam permanecer sempre as mesmas. Ela precisava se lembrar disso – era algo que Mikantor gostaria de saber.

Galid havia dividido suas forças em três grupos, com as carruagens em fileira na frente delas. Os Companheiros de Mikantor formaram o centro de uma crescente, cujas asas se curvavam para a frente. As escamas douradas da armadura dele brilhavam na luz do sol, mas aos olhos dela o espírito dele ardia com ainda mais brilho. Então percebeu que a luz em torno dele tinha duas fontes – a própria aura dourada de Mikantor e uma radiância branca que deveria ser a Espada.

Conforme o deslizar dela a levava através da fileira de homens em marcha, viu o brilho se expandindo, avivando as luzes de vida dos Companheiros de Mikantor para os bandos de aliados que haviam se juntado a eles. Ela tinha visto um grupo de almas em formação daquela maneira em ritual, quando adeptos treinados ligavam os espíritos para fazer magia, mas jamais imaginara que tantas mentes não treinadas poderiam ser ligadas. É claro que aquilo não era uma amarra, mas uma oferta feita voluntariamente, como Velantos havia derramado a alma na Espada.

A mesma coisa acontecia com o inimigo? Ela mandou a vontade para o leste, circulando e recuando do miasma que subia dos homens de Galid. A escuridão não era universal – algumas faíscas queimavam brilhantes mesmo entre aquela equipe de desapiedados, assim como nem todos os guerreiros de Mikantor brilhavam com a mesma luz. Mas a infecção de alma de Galid parecia ser contagiosa. Ao menos, pensou de modo soturno, seria fácil distinguir amigo de inimigo.

Ela se elevou em um longo deslizar de volta para os homens de Mikantor. Ganath olhou para cima quando ela passou e tocou o braço de Mikantor. Um ou dois dos homens que tinham a Visão viram e saudaram. Alguém gritou: "Um cisne, um cisne!". Mas foi a radiância que aliviou as rugas sombrias no rosto de Mikantor que aqueceu seu espírito, e a conexão que ardeu entre eles quando ela adicionou seu poder ao dele. Ele levantou a Espada.

— A Espada das Estrelas — gritou Beniharen.

— A Espada das Estrelas e a Senhora Tirilan — Ganath o ecoou, e a horda atrás deles adotou o grito.

Do outro lado, Tirilan sentiu um vento frio de poder em oposição. Levava uma nuvem de flechas. Ela foi para cima com asas fortes. Atrás das flechas, as carruagens de Galid entraram em movimento, um guerreiro com um balde cheio de flechas atrás de cada condutor. A linha de frente de Mikantor fechou os escudos contra elas enquanto atacava. Zagaias faziam arcos para fora como um voo de serpentes enquanto as carruagens passavam. A maioria batia no couro endurecido dos escudos, mas algumas encontravam alvos e homens caíram. Os amigos deles levantavam os escudos e montavam em seus corpos, esperando enquanto as carruagens viraram para outra passagem. Mikantor assoviou, e seus próprios arqueiros enviaram uma nuvem de flechas atrás delas. Dois dos homens de Galid caíram gritando, e um cavalo enlouquecido pisoteou a própria fileira.

Antes que o inimigo pudesse se recuperar, Mikantor assoviou mais duas vezes. Os homens no centro de seu bando começaram a correr para a frente, aumentando o ritmo até que a crescente tivesse se transformado em uma cunha. Os aliados foram para os dois lados para proteger seus flancos, enquanto os Companheiros, mais bem armados, treinados e encouraçados, foram para a frente. O inimigo cerrava as fileiras, fazendo uma cerca eriçada com as lanças.

Tirilan arremeteu mais baixo, seguindo o brilho de Mikantor. A luz estava em torno dela. Ela a puxou para dentro, enviou-a através da conexão deles e viu que ele ficou ainda mais brilhante. Um grande grito subiu dos homens que corriam. Escudos travados, eles bateram na fileira inimiga.

\*\*\*

Mikantor vislumbrou o borrão de uma lança vindo em sua direção, deu um golpe para cima através do cabo e viu o terço superior voar para longe. O mesmo golpe seguiu em uma volta para cortar a cabeça do homem que a empunhava. A Espada cortava ainda melhor carne e osso. Nos primeiros momentos da batalha, aquilo o perturbara, lembrando-se de Velantos. Mas os reflexos treinados o levaram em frente, golpeando à direita e à esquerda, enquanto buscava Galid entre os inimigos.

Outro guerreiro veio sobre ele com uma lâmina de bronze que quebrou assim que tentou aparar o primeiro golpe de Mikantor. A Espada foi para a frente através do corselete de couro endurecido, através de pulmão e coração, e saiu de novo. Ele a soltou em um jorro de vermelho, procurando um novo inimigo. O sangue inimigo havia lavado o de Velantos havia algum tempo.

— A Espada! — gritou um homem com uma camisa de couro costurada com placas de chifre, tentando correr para fora do caminho.

— A Espada das Estrelas! — O grito de guerra dos Companheiros se levantou acima do clangor de metal e dos gritos dos homens que morriam.

A cada vez que lutava, Mikantor ficava pasmo de novo pelo puro *barulho* do campo de batalha.

Estava chegando mais perto, pensou, pulando para a frente. Aquele deveria ser um dos guardas de Galid, que sabia o que a Espada podia fazer. O inimigo não estivera no centro de sua fileira, mas deveria estar em algum lugar da batalha. Mikantor só precisava continuar matando até que Galid não tivesse mais onde se esconder. Ele sentiu outra onda de poder de Tirilan e enfiou a lâmina nas costas de um inimigo em fuga, os lábios movendo-se na canção que a Espada cantava em sua alma:

*Sou a lâmina que em sangue lava,*
*O gume que come o inimigo,*
*Corto e talho, sou a Espada*
*Que entrega destruição e destino.*

O escudo dele tinha sido feito em pedaços, mas a Espada em si o ensinava a usá-la para se defender, assim como para matar. Mais leve, mais afiada, mais flexível que qualquer lâmina de bronze, acertava com a precisão jubilosa de uma ferramenta perfeita para sua tarefa. Se tivesse um espírito, era o de Velantos naqueles momentos em que vira o ferreiro perfeitamente centrado e concentrado no trabalho em mãos.

Dois lanceiros que não sabiam da Espada correram na direção dele e Mikantor quebrou o primeiro cabo, fintou para evitar o segundo e se jogou debaixo dele, girando a lâmina em um longo golpe que atravessou a garganta do homem.

— Galid! — ele gritou, endireitando-se. — Venha me enfrentar! Venha enfrentar a espada que usou para atravessar um homem desarmado!

Estavam pisoteando o campo de trigo de alguém. Os talos secos raspavam nos tornozelos de Mikantor. Quando ele se virou, a Espada brilhou vermelha na luz do sol poente. Os homens abriam caminho diante dele. Não havia tantos agora. Aqui e ali, novelos de homens lutavam, mas uma colheita sangrenta de mortos jazia no campo. Dos que ainda estavam de pé, a maioria parecia ser dos seus.

Eles tinham feito o inimigo recuar quase até a margem do rio. Na beira, viu uma concentração de inimigos. Em sua mente, a Espada sussurrava:

*Dividindo vidas, decidindo morte,*
*Sou a força para enfrentar o inimigo,*
*Sou a Espada, mas você é a alma*
*Definindo aonde a força deve ir.*

*Para Galid*, ele respondeu. *Encontre-o e vingue seu criador. Encontre-o e liberte esta terra!*

Seus Companheiros entravam atrás dele enquanto seguia em frente, e, vendo suas caras sombrias, o coração buscou o que restava da guarda de Galid, e eles sumiram de cada lado.

Galid estava ali de pé, uma espada de bronze nas mãos. Um corte ao acaso havia soltado parte de seu corselete, mas, a não ser por isso, parecia ileso. O próprio Mikantor sentia alguns arranhões, e a tensão de uma tarde de atividade furiosa doía em seus ombros e braços, mas ele também estava essencialmente ileso.

*Ótimo... ninguém vai poder dizer que matei um homem ferido.* Mikantor se perguntou por que deveria ter justiça com um homem que a negara a tantos outros. Galid viu com um sorriso amargo que ele se aproximava. Mas, embora soubesse melhor do que qualquer um o que a Espada das Estrelas podia fazer, ele não parecia ter medo.

— Galid, eu o convoco para um combate sozinho — Mikantor disse com voz firme. — Em nome do povo desta terra...

— Então, é o mariquinhas, por fim — o inimigo o interrompeu. — Atravessei seu mestre, mas agora você tem a arma maior, e imagino que queira *me* espetar. Acha que isso vai deixá-lo feliz? Pode matar e matar, mas isso não vai trazer de volta aqueles que perdeu. Eu sei.

Galid fez um gesto para os chefes aliados que trouxeram seus homens para circular o campo de matança.

— Acha que sua vitória vai fazer que eles o amem? Eles o celebram agora, mas, na primeira vez que tentar fazer com que partilhem a riqueza deles, vão se virar contra você. Os homens pensam com o pau e a barriga, eu sei...

Mikantor encarou aquele olhar sombrio sem estremecer. Certamente tinha visto o suficiente quando era escravo para perceber que – para alguns homens, pelo menos – isso era verdade. Mas também conhecera Velantos, seus Companheiros, Anderle e Tirilan.

— *Você sabe...* — ele ecoou. — E o que sabe de esperança, de amor, de sacrifício?

Galid balançou a cabeça com algo muito parecido com pena no olhar.

— Sei que são ilusões — ele disse em voz baixa — que somem quando confrontadas pela Necessidade... Para escapar dela, sua própria mulher se ofereceu para ser minha puta.

Mikantor não recriminaria Tirilan, pois tinha suas próprias memórias, mas os espíritos deles estavam ligados, e ela dividia imagens daquela tarde.

— Galid, ela se ofereceu para aliviar sua dor — ele respondeu com a mesma compaixão implacável que Tirilan demonstrara.

— Mentiras... tudo mentiras — Galid disse, rouco.

As pupilas dele tinham se expandido, como se estivesse olhando para alguma imensidão de escuridão.

— Só há vida... e morte. E vida é o que eu posso fazê-lo *sentir*! — Ele se colocou em posição de luta. — Venha, mariquinhas, venha sentir minha espada!

Mikantor centrou-se na terra que amava, equilibrado na postura de luta com espada que Bodovos havia martelado nele, ombro direito para a frente, segurar a espada com as duas mãos em ângulo para golpes altos e baixos. Por um longo momento, ficaram sem se mover. Galid foi primeiro, movendo-se de modo surpreendentemente rápido para um homem da circunferência dele. Mikantor moveu a espada apenas o suficiente para aparar a outra e viu um pedaço voar da beira da lâmina de bronze. Galid cambaleou para trás, o rosto avermelhado.

— É uma boa espada, não é? — Ele riu. — Entrou no peito do ferreiro gostoso como penetrar uma moça...

Mikantor foi para a frente, a fúria escurecendo sua visão como Galid tinha desejado. E a Espada das Estrelas cantou para ele novamente:

*Você segura o poder na mão –*
*Defende o fraco, dirige o forte,*
*Corta a doença do que está são,*
*Bem do mal, errado do certo.*

Ele parou, respirou fundo e sentiu o espírito de Tirilan firmar seu braço trêmulo.

— Não... — ele sussurrou. — Você vem para mim...

O grito de Galid poderia ter sido de exultação ou agonia. Ele atacou, girando desenfreadamente a espada. Mikantor deu um passo para o lado. Com um estrondo como trovão, a Espada estilhaçou a lâmina de Galid. Enquanto a parte cortada girava na direção do sol, Mikantor por fim atacou, e Galid se virou com um movimento que, se Mikantor soubesse, era muito parecido com aquele com que Velantos o enfrentara, e abriu os braços para ser libertado.

\*\*\*

Anderle e Velantos estavam na beirada do campo cheio de fogo. Para ela, a visão oscilava, de modo que às vezes via o vento correndo pela grama na planície, mas aquilo acontecia cada vez menos enquanto a tarde seguia. Quando ela viera ali para guiar os espíritos dos mortos para o Além-Mundo, tinha permanecido com os pés firmes neste, mas, enquanto o sangramento interno lentamente aliviava Velantos de seu corpo, a mente do ferreiro se mostrou mais forte, puxando-a para seu mundo. Aquele era um perigo que ela fora ensinada a temer, mas não se importava mais se iria voltar.

Ali, podiam falar de todas as coisas para as quais nunca houvera tempo, e admitir o que o orgulho jamais lhes permitiria dizer.

— Vai cuidar do menino? — Velantos disse, depois balançou a cabeça. — Não... preciso pedir a ele para cuidar de *você*... Ele é um homem agora, e um rei. Diga a ele que o amei, tão bem quanto soube.

— Meu querido, acho que ele sabe.

No silêncio que caiu entre eles o som de celebração vinha fraco do outro mundo.

— Mikantor! — ouviram. — A Espada das Estrelas e a Senhora Tirilan…

— Acabou? — Velantos perguntou.

— Ele está em segurança — ela respondeu enquanto a exultação aumentou. — Acho que vencemos…

— Então está na minha hora de ir. — Ele a tomou nos braços, cercando-a de um fogo gentil. — Estão esperando por mim… Você vê?

Ele apontou, e ela viu figuras brilhantes acenando.

— O deus que me trouxe para cá, e a Senhora da Forja. Ela tem o seu rosto…

Anderle desviou o olhar, incapaz de suportar a beleza que brilhava do semblante da Senhora. Sempre pensara que Velantos era louco, agora se lembrava. Mas, por um tempo curto, a fé dele permitira que ela carregasse uma pequena porção do poder da Senhora – aquilo era de fato o que poderia se tornar?

— *Sim…* — veio a resposta. — *Você pode…*

O fogo de Velantos ardeu em torno dela. Quando se dissipou, ela estava sentada no círculo de pedras. A luz do sol poente mandava suas sombras longas para os homens que vinham na direção dela, e tocava cada folha de grama com fogo.

O corpo de Velantos jazia ao lado dela. Já estava frio. Quanto tempo se passara desde que aquele grande coração deixara de bater? *Depois da paixão, paz*, ela se recordou, perguntando-se quanto tempo aquela serenidade duraria. Mas por ora havia coisas que precisavam ser feitas. Ela viu Mikantor vindo. Quando Tirilan acordou do próprio transe, ele começou a correr.

# EPÍLOGO

Conforme as primeiras estrelas iluminaram os céus, as piras funerárias foram acesas na Planície de Azan. Três dias haviam se passado desde a batalha, tempo suficiente para vasculhar o campo e identificar os mortos. Adjonar perecera, assim como Romen, e Beniharen, derrubado por uma flecha perdida quando tentava arrastar um homem ferido para fora do campo. Os que estavam feridos além da recuperação receberam a última misericórdia de amigo ou inimigo. Os prisioneiros foram colocados para trabalhar carregando corpos e conseguindo madeira para as piras.

Boa parte do trabalho de organizar os funerais coube a Tirilan. Anderle mal falara desde a morte de Velantos. Agora estava sentada sobre a grama ao lado da pira dele. A pilhagem de Azan-Ylir havia produzido uma meada de linho de tecelagem intrincada de alguma terra do sul para envolver o corpo. Ele parecia uma imagem esculpida, ali deitado.

A autoridade que as rainhas haviam dado a Tirilan incluía o dever de conduzir os ritos para os mortos. A função dela era, percebeu, o complemento ao poder do povo dado a Mikantor. Aquele era o último, e os chefes de todas as tribos se reuniram para testemunhar enquanto Mikantor se despedia do homem que forjara a Espada, sobre a qual tantas histórias já eram contadas.

Tirilan ouviu um murmúrio da multidão e se virou. Mikantor se aproximava com Ganath, Mergulhão, Lysandros, Pelicar e Ulansi atrás dele. Carregava a Espada. Não era apenas a faixa dourada na cabeça e o ouro que prendia seu manto que o fazia parecer um rei. Os olhos escuros pareciam mais profundos, a linha do queixo e as maçãs do rosto com uma definição mais clara. O coração dela parou por um instante, como sempre fazia quando o via depois de uma ausência, abrindo a alma dela para a dele. Ele levantou os olhos como se ela tivesse chamado seu nome, e relaxou a expressão fixa. Ela se inclinou ao lado da mãe e a ajudou a levantar. Os papéis dela, pensou ironicamente, haviam sido trocados em relação aos que tinham poucos dias atrás. Agora era ela, recém-vestida com uma túnica vermelha, quem era forte, e Anderle quem usava os trapos negros da dor. Ela parecia falar com eles de uma distância, como se parte dela tivesse ido com Velantos para o Além-Mundo.

Mikantor parou, olhando para a pira. Um músculo se retorceu em sua mandíbula. Então ele se virou, forçando os traços de volta à imobilidade ao ficar de frente para os guerreiros e chefes que se reuniam ali.

— Estamos reunidos aqui para honrar a passagem de Velantos, filho de Phorkaon, um príncipe de Tirinto, perto do Mar do Meio. Sabem que ele fabricou essa Espada. Também sabem que Velantos enfrentou Galid desarmado e sozinho, permitindo que o inimigo enfiasse a espada em seu corpo para arrancá-la das mãos dele.

Ele esperou enquanto um murmúrio de apreciação se levantou dos homens que se lembravam vividamente do terror da batalha mesmo quando haviam lutado com camaradas ao lado.

— Precisamos ser dignos do sacrifício dele — Mikantor seguiu. — Com a ajuda de vocês, um grande mal foi limpo desta terra. Mas há muita coisa a fazer. O tempo de nossos pais não vai voltar. Se pararmos de lutar uns com os outros, podemos aprender a viver em um mundo que será tão justo, mesmo se diferente, quanto era antes. Vamos poupar nossas espadas para aqueles que compartilham da doença de Galid, respondam ganância com generosidade, e tragam esperança para rebater o desespero.

— Fácil para o senhor dizer — veio uma voz da multidão —, armado com aquela espada enfeitiçada.

— A magia estava na fabricação, não no metal — Anderle falou de repente. — E a fabricação foi dirigida pelos deuses. Mas está certo em temer o poder da Espada das Estrelas. O próprio ferreiro colocou nela uma maldição, que a espada se voltará contra quem a empunhar se for usada para conquistar em vez de defender.

— Então coloque a coisa para lá — veio um murmúrio. — Queima os olhos.

Houve um burburinho desconfortável da multidão, e Mikantor estendeu a Espada como se pensasse se deveria colocá-la na pira. Tirilan foi para a frente. A mãe dela e Velantos não haviam trabalhado tão duro para forjar aquela coisa para uma só batalha. Agora era o momento pelo qual esperava.

— A Espada foi feita para defendê-los, e será necessária de novo — ela falou claramente. — Galid embainhou a Espada no corpo de Velantos, mas eu lhes darei algo melhor, uma bainha para manter a Espada em paz em vez de guerra.

Ela estendeu a bainha de couro vermelho que tinha escondido entre as dobras das vestes.

Mikantor arregalou os olhos.

— Fala pela terra, minha senhora.

Ele pegou a bainha e colocou a espada dentro com cuidado. Por um momento ele a segurou assim, o cabo e o cristal brilhando; então a passou de volta para Tirilan.

— Minha Senhora, eu a encarrego desse poder. Vai me dizer quando é certo empunhar a Espada.

Ela sentia a energia na espada, mas a bainha a continha. Mikantor estendeu a mão.

— Eu a defendo — ele completou, em voz baixa —, mas você me sustenta.

— Mikantor! — gritou Ganath, e centenas de vozes aderiram ao grito. — Mikantor e a Senhora Tirilan!

A terra tremeu com aquele grito, ou talvez fossem ela e Mikantor que ressoavam com as ondas de exultação vindas do povo que os cercava. Ela abriu a consciência para responder e percebeu que também sentia o fluxo de poder através da terra.

*Isso é o que a Senhora do Povo Oculto prometeu*, ela então percebeu, *a coisa que minha mãe não conseguia entender. Ainda sou uma sacerdotisa – mas, assim como Mikantor se transformou em Defensor, sou a Senhora desta terra.*

Ainda segurando a mão dela, Mikantor se virou de novo para a pira.

— Meu senhor Velantos — ele disse em voz baixa —, eu lhe devo mais do que um dia conseguiu entender. Eu havia me perdido, e você me deu minha alma de volta. Para mim, você transcendeu os limites de seu ofício. No fim, seu sacrifício me deu essa vitória. Tudo que posso lhe dar agora é essa fogueira. Quando estiver acabado, vamos construir um grande monte funerário entre os reis da planície.

— Não — Anderle falou de repente. — Deixe suas cinzas na velha tumba ao lado da oficina dele no Vale do Cavalo Branco.

— Ela está certa — disse Mergulhão. — O povo antigo pediria isso. Ele deve descansar lá.

— Muito bem.

Por um instante, a atenção de Mikantor se voltou para dentro. A postura dele mudou, e outro homem parecia olhar por seus olhos. Então ele falou uma *Palavra*. Não era em nenhuma língua humana, mas Tirilan sentiu os pelos do braço se arrepiarem com a passagem do poder. Embora não houvesse nuvens, trovões rugiam no céu, e um relâmpago brilhou para acender a pira de Velantos. Em pouco tempo ela pegou fogo com um rugido como o do fogo da forja, dourado e laranja, e um azul prateado nas beiradas.

— O ferreiro voltou de novo ao fogo... — disse Anderle enquanto as chamas abraçavam a forma imóvel. — Senhora, proteja-o bem até que ele seja retirado da forja, novo.

# POSFÁCIO

Enquanto termino este livro, ao lado do meu computador há uma mesinha com um martelo e uma bigorna, um pedaço de ferro de meteoro e um martelinho de Tor de ferro forjado. Há também uma reprodução de argila de uma deusa micênica, uma estátua de bronze pequena de Hefesto e uma vela vermelha. Apoiada nela está a reprodução de uma espada com lâmina em forma de folha. Juntos, eles representam as fontes e influências que moldaram *Espada de Avalon*. Houve momentos, durante a escrita, em que senti que era a própria bigorna, sendo martelada como a espada.

A história do rei Artur permanece uma das lendas mais duradouras dos povos falantes da língua inglesa. Um dos elementos de que todos se lembram é sua espada mágica, Excalibur. Mas os romances medievais se recusaram a especular sobre as origens dela. Marion Zimmer Bradley foi um pouco mais explícita em *As brumas de Avalon*:

> Caída na terra em uma estrela cadente, uma grande explosão de luz; arrastada, ainda fumegando, para ser forjada por ferreiros pequenos e escuros que viviam na greda antes que o círculo de pedra fosse levantado; poderosa, uma arma para um rei, quebrada e reforjada dessa vez em uma lâmina longa em forma de folha, trabalhada e temperada com sangue e fogo, endurecida...
> *Uma espada forjada três vezes, jamais arrancada do útero da terra, e assim duas vezes sagrada...*

O que era essa espada cuja posse deu a Artur tanto vitória quanto autoridade? De onde veio? Quantos anos poderia ter?

Essas são as perguntas a que tentei responder em *Espada de Avalon*.

Já que Marion estabelecera que a espada era muito antiga e que tinha sido refeita mais de uma vez, sabia que precisaria começar bem antes que os romanos chegassem às Ilhas Britânicas. Os aborígenes da Britânia poderiam ter martelado grosseiramente um pedaço de ferro de meteoro, mas o primeiro ponto em que tal peça poderia ter sido transformada em uma espada teria sido no final da Idade do Bronze.

Os estudiosos concordam que por volta de 1200 a.C. as grandes culturas do Mediterrâneo caíram. Esse é o único ponto no qual eles *concordam*. Foram sugeridas causas, desde epidemias e catástrofes ecológicas até incursões bárbaras com novas armas. Os que leram *The End of the Bronze Age*, de Robert Drews, vão reconhecer que usei a teoria dele sobre a efetividade da espada em forma de folha. Para informações sobre a Idade do Bronze em geral, veja *The Rise of Bronze Age Society*, de Kristian Kristiansen e Thomas B. Larsson, que inclui material sobre aquele período no norte da Europa, que muitas vezes é ignorado.

A arqueologia nos diz que, no sul, os palácios de Tirinto e Micenas queimaram, e no norte o clima estava ficando mais frio e chuvoso. Mas os problemas que temos hoje nos ensinam que os desastres raramente têm uma única causa, e que nada acontece em isolamento. Talvez uma mudança no clima tenha colocado populações em movimento e acabado por impactar nos mediterrâneos. Nas duas pontas da Europa, o século XII a.C. foi um tempo de transição, quando as pessoas precisaram mudar ou morrer. Consegui visitar a Grécia enquanto estava escrevendo, e achei que seria fascinante combinar a história de um mestre ferreiro micênico, deslocado pela destruição de seu mundo, com o nascimento de uma lenda em uma época em que a Britânia também sofria, uma história que terminou por ser desconfortavelmente relevante conforme se tornou claro o quanto precisamos mudar, e ter esperanças, hoje em dia.

Para contar esta história, eu precisava explorar o mundo do ferreiro. Que inspiração, divina ou não, levava os homens a descobrir os segredos de fazer bronze e trabalhar o ferro? Por algum tempo vem sendo popular considerar que as espadas mágicas da mitologia eram feitas de ferro de meteoro, que é mais duro do que ferro puro porque inclui níquel. As ferramentas da ferraria não mudaram tanto desde a Idade do Bronze. A tecnologia é histórica – mas, no conhecimento de como aplicá-la a ferro, aí está a fantasia.

Para entender a mística, usei muitas fontes. Materiais publicados que foram particularmente inspiradores ou úteis incluem *The Forge and the Crucible*, de Mircea Eliade, *Craft and the Kingly Ideal*, de Mary W. Helms, *Ukko*, de Unto Salo, e *The Divine Thunderbolt*, de Jane Sibley. Para métodos, usei *The Complete Bladesmith*, de Jim Hrisoulas, *Iron for the Eagles*, de David Sim e Isabel Ridge, e a maravilhosa riqueza da internet, de debates sobre as propriedades do ferro de meteoro até vídeos no YouTube sobre moldar bronze no museu experimental de arqueologia em Gammel Lejre, na Dinamarca (na verdade eu deveria incluir palavras de elogio aos recursos em desenvolvimento disponíveis on-line, que se somaram desmedidamente à precisão da minha pesquisa). Fiquei encantada ao descobrir que outros acadêmicos também especularam que o nome "Excalibur" (ou "Calibur"), como consta em alguns romances medievais, poderia vir de *chalybe*, a palavra em grego antigo para aço, que por sua vez vem do nome da tribo da Anatólia que a lenda transformou em descobridores do trabalho de ferraria em ferro. Sou ainda mais grata a meus correspondentes da lista eletrônica da SCA West, a Scott Thomas, ferreiro da Fazenda Histórica Ardenwood, em Fremont, na Califórnia, que passou uma tarde demonstrando técnicas, e a Loren Moyer, que me permitiu martelar tanto bronze quanto ferro em sua oficina.

Muitos elementos da cultura do último período da Idade do Bronze sobreviveram até a Idade do Ferro e depois. Línguas e mitologias se desenvolviam nas que conhecemos da história. Uma referência a uma "Senhora da Forja" em documentos micênicos sugere que o arquétipo da deusa que é fogo da forja e inspiração do ferreiro remonta a muito, muito tempo, assim como o arquétipo do ferreiro austero que bate relâmpagos com seu martelo. Nós o encontramos em deuses, de Ilmarinen a Ogum e Ferreiro Wayland. Podemos encontrá-La no relacionamento de Atenas e Hefesto (ver a monografia de Karl Kerenyi) e na identificação de Brigid como deusa da ourivesaria.

E assim, na estação de Brigid, ofereço este livro a Ela. Que ela nos molde bem!

IMBOLC, 2009

# SOBRE AS AUTORAS

**Marion Zimmer Bradley** foi a criadora do universo popular Darkover, assim como autora aclamada do best-seller *As brumas de Avalon*, sua sequência, *A casa da floresta*, e *A sacerdotisa de Avalon*, com sua colaboradora de longa data Diana L. Paxson. Morreu em Berkeley, Califórnia, em 25 de setembro de 1999.

**Diana L. Paxson** nasceu em Detroit, Michigan, em 1943, mas se mudou para Los Angeles aos três anos e vem sendo californiana desde então. Depois de estudar no Mills College, em 1960, fez mestrado em Literatura Comparada (Medieval) na Universidade da Califórnia – Berkeley. Ela se casou e se tornou mãe de dois filhos. Em 1971, começou a escrever com seriedade. Seu primeiro conto foi publicado em 1978, e seu primeiro romance, em 1981. Depois da morte de Marion Zimmer Bradley, ela se encarregou do rascunho deste romance planejado há muito para completar o ciclo da história.

# Leia também

## OS SEIS PRIMEIROS TÍTULOS DO CICLO DE AVALON

**MARION ZIMMER BRADLEY**

**A SENHORA DE AVALON**

O TERCEIRO LIVRO DO CICLO DE AVALON

Planeta · minotauro

**MARION ZIMMER BRADLEY**
e DIANA L. PAXSON

**A SACERDOTISA DE AVALON**

O QUARTO LIVRO DO CICLO DE AVALON

Planeta minotauro

**ANCESTRAIS DE AVALON**
O QUINTO LIVRO DO CICLO DE AVALON

MARION ZIMMER BRADLEY
e DIANA L. PAXSON

Planeta minotauro

**CORVOS DE AVALON**
O SEXTO LIVRO DO CICLO DE AVALON

MARION ZIMMER BRADLEY
e DIANA L. PAXSON

Planeta minotauro

**Acreditamos
nos livros**

Este livro foi composto em Adobe Garamond Pro
e impresso pela Gráfica Santa Marta para a Editora
Planeta do Brasil em maio de 2025.